D0550199

Du même auteur
aux Éditions Albin Michel

AVEC INTENTION DE NUIRE

NAISSANCES SUR ORDONNANCE

VENGEANCE AVEUGLE

ROBIN COOK

PHASE TERMINALE

ROMAN

traduit de l'américain
par Oristelle Bonis

Albin Michel

Édition originale américaine :
TERMINAL
© 1993 by Robin Cook
G. P. Putnam's Sons, New York

Traduction française :
© Éditions Albin Michel S.A., 1994
22, rue Huyghens 75014 Paris

ISBN 2-226-06889-9

A Jean, avec amour et gratitude

Science sans conscience n'est que ruine de l'âme.

François Rabelais

PROLOGUE

LUNDI 4 JANVIER, 7 HEURES

Helen Cabot se réveilla lentement alors que les premières lueurs de l'aube perçaient l'obscurité hivernale recouvrant la ville de Boston, dans le Massachusetts. La lumière pâle, anémiée, dissipa peu à peu les ténèbres de sa chambre de Louisburg Square, au deuxième étage de la maison de ses parents. La jeune fille n'ouvrit pas tout de suite les yeux pour mieux se prélasser sous l'édredon de son lit à baldaquin. À demi somnolente, elle ne soupçonnait par bonheur rien des terribles événements moléculaires qui se préparaient dans les profondeurs de son cerveau.

Ces vacances d'hiver ne compteraient pas parmi les plus agréables qu'Helen ait connues. Pour ne rater aucun des cours qu'elle suivait à l'université de Princeton, elle avait pris rendez-vous entre Noël et le jour de l'an pour subir une dilatation avec curetage, intervention gynécologique sans vrai caractère d'urgence. Les médecins lui avaient promis que l'ablation du tissu endométrial anormalement épais qui tapissait son utérus supprimerait les crampes extrêmement douloureuses qui la mettaient dans l'incapacité d'entreprendre quoi que ce soit chaque fois qu'elle avait ses règles. Ils lui avaient également assuré qu'il s'agissait d'une opération de routine. Mais tel n'avait pas été le cas.

Tournant la tête, Helen regarda la faible clarté du matin se répandre à travers les rideaux en dentelle. Elle ignorait tout du sort qui la menaçait. Il y avait même longtemps qu'elle ne s'était sentie aussi bien. Car si l'intervention elle-même s'était déroulée sans problème, n'entraînant que quelques légers désagréments postopératoires, au bout du troisième jour une migraine insupportable s'était déclenchée, bientôt suivie d'une forte fièvre, de vertiges et, trouble le plus gênant, de difficultés d'élocution. Dieu merci, ces différents symptômes avaient disparu aussi soudainement qu'ils avaient surgi, mais les parents d'Helen tenaient à ce qu'elle maintienne son rendez-vous avec le neurologue de l'Hôpital général du Massachusetts.

Elle sombrait à nouveau dans le sommeil lorsqu'elle entendit le cliquetis à peine perceptible du clavier de l'ordinateur de son père, dont le bureau jouxtait sa chambre. Entrouvrant un œil pour vérifier l'heure, elle s'aperçut qu'il était à peine plus de 7 heures. Il possédait vraiment une incroyable capacité de travail. Son poste de P-DG à la tête de la société qu'il avait fondée — une des plus grosses entreprises mondiales de logiciels informatiques — lui aurait aisément permis de se reposer sur ses lauriers. Mais c'était plus fort que lui, il ne supportait pas de rester inactif. Grâce à son labeur acharné, les Cabot jouissaient à présent d'une fortune prodigieuse et d'une position sociale éminemment enviable.

Malheureusement, la sécurité que les moyens de sa famille assuraient à Helen ne suffisait pas à la protéger contre la nature, qui ne respecte ni la richesse ni le pouvoir temporel. La nature, va à son propre rythme. Les événements surgis à son insu dans le cerveau d'Helen obéissaient aux molécules d'ADN contenant ses gènes. Et en ce fameux jour du début janvier, quatre gènes s'étaient mis à se multiplier dans plusieurs de ses neurones cérébraux et à produire des protéines au code bien particulier. Ces neurones avaient cessé de se diviser lorsque Helen était nouveau-né, ce qui était normal. Maintenant, en revanche, la présence des protéines fabriquées par les quatre gènes allait les contraindre à se diviser selon un processus qui ne cesserait plus. Un cancer de forme particulièrement maligne s'apprêtait à briser la vie de cette jeune fille de vingt et un ans. Helen Cabot était atteinte d'un cancer en phase terminale et elle n'en savait rien.

4 janvier, 10 h 45

Un léger vrombissement accompagna la sortie d'Howard Pace de la gueule du nouvel appareil à résonance magnétique nucléaire de l'Hôpital universitaire de Saint Louis. Jamais Howard ne s'était senti à ce point paniqué. S'il avait toujours nourri de vagues craintes à propos des hôpitaux et des médecins, à présent qu'il était malade ses peurs l'accablaient de tout leur poids.

Agé de quarante-sept ans, Howard avait joui d'une santé parfaite jusqu'à ce jour fatal de la mi-octobre où il s'était précipité au filet lors des demi-finales du tournoi de tennis organisé tous les ans par le Belvedere Country Club. Il y eut d'abord comme un petit bruit de bouchon qui saute, et Howard alla s'étaler de tout son long par terre pendant que la balle qu'il n'avait pu atteindre lui filait par-dessus la tête. Sous le choc, le ligament antérieur croisé de son genou droit s'était rompu net.

C'est ainsi que tout avait commencé. Lui remettre le genou en place s'était avéré facile. En dépit des troubles bénins que ses médecins attribuèrent aux effets secondaires de l'anesthésie générale, Howard put retourner au bureau après quelques jours d'arrêt. Il était capital pour lui de reprendre ses activités au plus vite, car en ces temps où les budgets de la Défense se réduisaient comme peau de chagrin il n'était pas de tout repos de diriger une des plus grosses entreprises aéronautiques des Etats-Unis.

La tête toujours maintenue dans le dispositif en forme d'étau de l'appareil à RMN, Howard ne prit conscience de la présence du technicien qu'au moment où celui-ci lui adressa la parole.

« Vous vous sentez bien ? lui demanda-t-il tout en entreprenant de le libérer.

— Ça va », réussit à articuler Howard, toujours couché sur le dos, le cœur battant la chamade sous l'effet de la terreur. Il appréhendait les résultats de l'examen. Derrière un panneau de verre, il aperçut un groupe de personnes en blouse blanche penchées devant un écran. Parmi elles se trouvait son médecin, Tom Folger. Tous ces gens montraient du doigt l'image apparue sur l'écran, s'exprimaient avec force gestes et, plus inquiétant, hochaient la tête.

Les problèmes justifiant cet examen s'étaient déclarés la veille au matin. Howard s'était réveillé avec la migraine, chose qui lui arrivait rarement, à moins de « prendre une cuite ». Or, il était à jeun. Pour tout dire, il n'avait pas absorbé une goutte d'alcool depuis le nouvel an. La douleur se calma après qu'il eut avalé un cachet d'aspirine et un morceau de pain. Plus tard dans la matinée, toutefois, en pleine séance de conseil d'administration, il fut saisi de vomissements qui se déclenchèrent d'un coup, sans nausée préalable. Surpris par la violence et la soudaineté de ce malaise, il n'eut même pas le temps de se détourner. Et, à sa grande humiliation, son petit déjeuner mal digéré fusa dans un hoquet sur la table du conseil.

Le technicien lui ayant enfin dégagé la tête, Howard entreprit de s'asseoir, mais cette tentative entraîna un retour en force de la migraine. S'affaissant sur le chariot dans sa position initiale, il ferma les yeux pour ne les rouvrir que lorsque son médecin lui effleura doucement l'épaule de la main. Il y avait plus de vingt ans que Tom Folger le suivait médicalement. Au fil des ans, les deux hommes s'étaient liés d'amitié et ils n'avaient pratiquement plus de secrets l'un pour l'autre. L'expression qu'il lisait maintenant sur le visage de Tom ne disait rien qui vaille à Howard.

« C'est méchant, hein ? commença-t-il.

— Je t'ai toujours parlé franchement, Howard...

— Ne change rien à tes habitudes », lui glissa celui-ci dans un chuchotement. Il n'avait pas envie d'entendre la suite, mais il le fallait, pourtant.

« Ça ne se présente pas très bien, reconnut Tom, la main toujours posée sur l'épaule d'Howard. Il existe plusieurs tumeurs. Trois, pour être exact. C'est du moins ce que nous avons pu dénombrer.

— Oh, mon Dieu ! gémit Howard. A ce stade-là c'est incurable, n'est-ce pas ?

— Ce n'est pas en ces termes qu'il faut en parler pour le moment, répliqua Tom.

— Pas en ces termes, bon sang ! lâcha Howard. Tu viens de me dire que tu m'avais toujours parlé franchement. Je te pose une question simple. J'ai le droit de savoir.

— Puisque tu m'y obliges, je te répondrai par l'affirmative :

il est en effet possible que ce soit incurable. Mais nous n'en sommes pas sûrs. Dans l'immédiat, nous avons du pain sur la planche. Premièrement, trouver d'où ça vient. Car le fait qu'il y ait plusieurs tumeurs semble *a priori* suggérer que le foyer se trouve ailleurs.

— Alors il faut s'y mettre, dit Howard. S'il y a une chance, je la prends, je veux l'emporter sur cette saloperie. »

4 janvier, 13 h 25

Quand Louis Martin reprit conscience dans la salle post-opératoire, il eut l'impression qu'on lui avait brûlé la trachée au chalumeau. Il lui était déjà arrivé d'avoir mal à la gorge, mais jamais au point de souffrir comme il souffrait en ce moment, chaque fois qu'il essayait d'avaler. Et pour aggraver encore les choses, il se sentait la bouche aussi sèche qu'un coin de Sahara.

L'infirmière tout à coup venue se matérialiser à son chevet lui expliqua que cette sensation pénible était due à l'intubation trachéale que l'anesthésiste avait effectuée avant l'intervention. Elle lui donna un gant de toilette humide à sucer et la douleur s'atténua.

Mais le temps qu'on pousse jusqu'à sa chambre le chariot sur lequel il était allongé, une nouvelle douleur se déclencha, irradiant jusqu'au creux des reins à partir d'un point localisé au niveau de l'entrejambe. Louis en connaissait la cause. C'est à cet endroit que le chirurgien était intervenu pour réduire l'hypertrophie de sa prostate. Cette fichue glande malade l'obligeait jusque-là à se lever quatre ou cinq fois par nuit pour aller uriner. Louis avait fixé la date de l'intervention au lendemain du nouvel an. Au début de l'année, l'activité de la grosse société d'informatique qu'il dirigeait au nord de Boston connaissait toujours un ralentissement.

Il crut qu'il allait succomber à la souffrance quand une autre infirmière surgie d'il ne savait où ajouta une dose de Demerol à la perfusion fixée à sa main gauche. Un bocal empli de liquide était accroché à la potence en forme de T dressée à la tête de son lit.

Le Demerol le plongea dans un sommeil narcoleptique. Il

avait perdu la notion du temps lorsqu'il perçut vaguement une présence à ses côtés. Ce n'est qu'au prix d'un immense effort qu'il parvint à ouvrir les yeux ; ses paupières semblaient de plomb. A la tête du lit se trouvait une femme en blouse blanche occupée à tripoter maladroitement le tube en plastique qui sortait du bocal du goutte-à-goutte. Elle tenait une seringue dans la main droite.

« Qu'est-ce que c'est ? » murmura Louis, la voix pâteuse comme s'il avait bu.

L'infirmière lui sourit : « On dirait que vous avez un verre dans le nez », lança-t-elle.

Louis cligna des yeux dans une tentative pour mettre au point l'image des traits bistre de son interlocutrice. Drogué comme il l'était, il la voyait dans un brouillard. N'empêche qu'elle avait raison de le taquiner au sujet de son élocution.

« Je n'ai pas besoin d'un autre calmant », réussit-il à dire tout en luttant pour se redresser à moitié en appui sur un coude.

« Ce n'est pas un calmant, corrigea-t-elle.

— Ah bon », dit Louis. Pendant qu'elle terminait de lui faire sa piqûre, il réalisa qu'il ne savait toujours pas quelle était la substance qu'on lui injectait. « Qu'est-ce que c'est que ce produit ? lui demanda-t-il.

— Un remède miracle », répondit-elle en réintroduisant vivement l'aiguille dans son capuchon.

Louis pouffa malgré lui. Et il s'apprêtait à lui poser une autre question quand elle s'empressa d'elle-même de satisfaire sa curiosité.

« C'est un antibiotique, ajouta-t-elle en lui pressant l'épaule d'un geste rassurant. Maintenant, vous allez fermer les yeux et vous reposer. »

Louis se laissa aller en arrière. Un petit rire étouffé le secouait. Il aimait bien les gens qui savaient plaisanter. Il se répétait pour lui-même les mots de l'infirmière : *remède miracle*. Elle avait raison, les antibiotiques appartenaient incontestablement à la catégorie des remèdes miracles. Le Dr Handlin l'avait prévenu qu'on le mettrait peut-être sous antibiotiques après l'opération. Simple mesure de précaution, avait-il dit. Louis se demanda confusément quels sentiments avaient bien pu agiter tous les pauvres bougres qui avaient dû être hospitalisés avant la découverte des antibiotiques. Et il se dit qu'il avait de la chance de vivre à l'époque où il vivait.

Suivant le conseil de l'infirmière, il ferma les yeux et laissa son corps se détendre. La douleur était toujours là, mais grâce aux analgésiques elle ne l'incommodait pas. Les analgésiques faisaient eux aussi partie des remèdes miracles, tout comme les anesthésiques. La perspective de la souffrance le rendait lâche, Louis était le premier à l'admettre. Il n'aurait jamais supporté de subir une intervention chirurgicale en ces temps pas si lointains où il n'existait aucun « remède miracle ».

Avant de succomber au sommeil, il eut encore le temps de se demander quels nouveaux médicaments seraient découverts à l'avenir. Et de décider qu'il poserait la question au Dr Handlin.

1

VENDREDI 26 FÉVRIER,
9 H 15

« Oh, la barbe, la voilà ! » s'exclama Sean Murphy. Saisissant à la hâte les dossiers empilés devant lui, il se précipita dans la pièce qui jouxtait le bureau des infirmières situé au sixième étage du bâtiment Weber, à l'hôpital Memorial de Boston.

Surpris par cette brusque retraite, Peter Colbert, un condisciple de Sean inscrit lui aussi en troisième année de médecine à Harvard, jeta un coup d'œil à la ronde. Rien ne sortait de l'ordinaire. Autour de lui régnait la même activité fébrile que dans n'importe quel service de médecine interne. Dans le couloir, des aides-soignants poussaient des chariots où étaient allongés des malades. Des accents d'orgue s'échappaient de la salle de repos — sans doute la musique du feuilleton diffusé à la télévision. Une seule personne étrangère au service se dirigeait en ce moment vers le bureau, une jeune femme séduisante à qui Peter aurait volontiers attribué une note de huit ou neuf sur dix pour son seul physique. Elle s'appelait Janet Reardon et travaillait comme infirmière dans un autre service de l'hôpital. Peter la connaissait vaguement. Réservée, inabordable, Janet venait d'une vieille famille de Boston.

S'éloignant du comptoir où il était installé à côté du bac de classement des dossiers des malades, Peter poussa la porte communiquant avec la pièce du fond. Cet espace relativement exigu servant à de multiples usages était meublé de quelques sièges à pupitre, d'un ordinateur et d'un petit réfrigérateur. Les infirmières s'y réunissaient pour se transmettre les rapports lors des changements d'équipe, et celles qui mangeaient sur place y prenaient également leurs repas.

« Mais dis-moi, que se passe-t-il ? » demanda Peter avec un empressement qui trahissait sa curiosité. Appuyé contre un mur, Sean serrait ses dossiers sur sa poitrine.

« Ferme la porte ! » exigea-t-il.

Peter obtempéra et avança d'un pas. « Tu es sorti avec la petite Reardon ? » Malgré son ton interrogatif, il s'agissait moins d'une question que d'une constatation stupéfaite. Deux mois presque s'étaient écoulés depuis que Sean, remarquant Janet pour la première fois, avait interrogé Peter à son sujet.

« Pince-moi, je rêve ! » s'était-il exclamé à mi-voix, l'air totalement ahuri. Devant lui se trouvait une des plus belles femmes qu'il ait jamais vues. Elle descendait de l'échelle où elle était grimpée pour attraper un objet placé en haut des rayonnages qui tapissaient le mur. Cela sautait aux yeux : avec sa silhouette, cette fille aurait pu faire la une de n'importe quel magazine de mode.

Peter l'avait mis en garde : « Ressaisis-toi, va, ce n'est pas ton genre. A côté de toi, cette fille est une princesse. Tu ne serais pas le premier à vouloir essayer de sortir avec elle. C'est impossible.

— Rien n'est impossible, avait répliqué Sean en contemplant Janet d'un œil appréciateur, quoique toujours aussi hébété.

— Un gosse des rues comme toi n'a aucune chance de rentrer dans la course, s'était obstiné Peter. Et encore moins de décrocher le gros lot. »

Sean l'avait mis au défi : « On parie ? Cinq dollars pour moi si tu perds. Elle sera folle de moi avant que l'année soit bouclée. »

A l'époque, Peter n'avait fait qu'en rire. Maintenant, il considérait son camarade avec un regain de respect. Il croyait avoir fini par connaître Sean, au cours de ces deux mois de stage éreintants, mais voilà que celui-ci se débrouillait pour le surprendre, et le dernier jour en plus.

« Jette un œil dehors pour voir si elle est partie, dit Sean.

— Tout cela est ridicule », répliqua Peter qui poussa néanmoins le battant de quelques centimètres. Debout derrière le comptoir, Janet discutait avec Carla Valentine, la surveillante. Peter laissa la porte se refermer d'elle-même.

« Elle est toujours là.
— Quelle plaie ! s'exclama Sean. Je ne veux pas lui parler en ce moment. J'ai beaucoup trop de travail et je n'ai pas envie d'une scène. Elle ne sait pas que je pars à Miami, pour ce stage facultatif à l'Institut de cancérologie Forbes, et j'ai bien l'intention de ne pas la prévenir avant samedi soir. Elle va piquer sa rogne, je le sais.
— Alors c'est vrai, tu es *sorti* avec elle ?
— Ouais, et si tu veux tout savoir ç'a été une histoire torride, répondit Sean. A propos, ça me rappelle que tu me dois cinq dollars. Cela dit, il a fallu que j'y mette du mien. Au début, c'est à peine si elle condescendait à me parler, puis mon charme a fini par opérer et mon obstination par payer. Surtout mon obstination, d'ailleurs.
— Tu te l'es tapée ? voulut savoir Peter.
— Ne sois pas grossier », répliqua Sean.
Peter se mit à rire : « Grossier, moi ? Ça alors ! Au lieu de me faire des sermons tu ferais mieux de te regarder !
— Le problème, c'est qu'elle prend les choses au sérieux, poursuivit Sean. Sous prétexte que nous avons couché deux ou trois fois ensemble, elle s'imagine que cette relation devrait durer toute la vie.
— Y aurait-il des projets de mariage dans l'air ? s'enquit Peter.
— Pas de mon côté en tout cas, dit Sean. Mais à mon avis elle y pense. Ça ne tient pas debout, surtout quand on sait que ses parents me détestent cordialement. Et puis merde, à la fin, je n'ai que vingt-six ans ! »
Peter entrouvrit à nouveau la porte. « Elle est toujours là, en train de tailler une bavette avec une infirmière. Ça doit être l'heure de sa pause.
— Génial ! lança Sean d'un ton sarcastique. Je n'ai plus qu'à m'installer ici pour travailler. Il faut que je finisse de rédiger ces rapports de service avant de retourner aux admissions.
— Je vais te tenir compagnie », dit Peter en quittant la pièce un instant pour aller chercher sa pile de dossiers.
Tous deux se mirent à travailler en silence, reportant sur les dossiers de leurs patients les derniers résultats des examens de laboratoire mentionnés sur les petites fiches glissées dans la poche de leurs blouses. Leur tâche consistait à

résumer chaque cas à l'intention des étudiants en médecine qui allaient les remplacer dans le service à partir du 1er mars.

« Ça, c'est le cas le plus intéressant dont j'ai eu à m'occuper », murmura Sean au bout d'une bonne demi-heure en brandissant un épais dossier. « Sans elle, je n'aurais jamais entendu parler de l'Institut Forbes.

— Helen Cabot ? demanda Peter.

— Elle-même, confirma Sean.

— Tu as vraiment eu tous les cas intéressants, espèce de crapule. En plus, Helen est superbelle, elle aussi. Tu parles, les pontes se bousculaient pour pouvoir s'occuper d'elle.

— Hmm. Mais, ajouta Sean, il se trouve que cette jolie fille est atteinte de tumeurs multiples au cerveau. » Ouvrant la chemise il feuilleta rapidement les quelque deux cents feuillets qu'elle contenait. « C'est quand même triste. Elle n'a que vingt et un ans, et de toute évidence son cancer est déjà en phase terminale. Son seul espoir est d'être admise à l'Institut Forbes. Ils ont obtenu des résultats prodigieux sur ce type de tumeur, là-bas.

— Tu as reçu le dernier rapport d'anat' path' ?

— Oui, hier, répondit Sean. Il s'agit d'un médulloblastome, un cas plutôt rare puisqu'il ne représente que deux pour cent des tumeurs cérébrales de cette nature. J'ai consulté quelques articles là-dessus, ça va me permettre de briller, cet après-midi, pendant la tournée. D'habitude, le médulloblastome se déclare surtout chez les jeunes enfants.

— Ainsi, Helen serait la malheureuse exception qui confirme la règle ?

— Pas une exception à proprement parler. En fait, vingt pour cent des médulloblastomes apparaissent chez des sujets de plus de vingt ans. S'agissant d'Helen, c'est la présence de tumeurs multiples qui a surpris tout le monde. Cela explique que personne n'ait pu deviner quel était le type de cellules en cause. Au départ, son médecin traitant a pensé qu'il avait affaire à un cancer métastatique, probablement développé à partir d'un ovaire. Mais il se trompait. Il projette maintenant d'écrire un article pour le *New England Journal of Medicine*.

— J'ai entendu dire qu'en sus d'être belle, Helen serait riche, aussi, laissa tomber Peter en déplorant, une fois de plus, que la jeune fille n'ait pas compté parmi ses patients.

— Son père est P-DG de la société Software. De toute

évidence, les Cabot ne sont pas à plaindre. Leur fortune leur permet largement de supporter les frais de séjour d'un endroit aussi cher que l'Institut Forbes. J'espère qu'on pourra faire quelque chose pour elle à Miami. Car non contente d'être ravissante, Helen est vraiment adorable. J'ai passé pas mal de temps à son chevet.

— Rappelle-toi que les médecins ne sont pas censés tomber amoureux de leurs malades, le taquina Peter.

— Helen Cabot pourrait tenter un saint », répliqua Sean.

Janet Reardon s'engagea dans l'escalier pour regagner le service de pédiatrie, situé au quatrième étage. Elle avait consacré le quart d'heure de sa pause-café à essayer de mettre la main sur Sean. Les infirmières du sixième l'avaient bien vu, un instant avant qu'elle n'arrive, en train de travailler sur les rapports de ses malades. Mais elles ignoraient où il avait disparu.

Janet était troublée. Cela faisait plusieurs semaines qu'elle dormait mal et que le sommeil l'abandonnait vers 4 ou 5 heures du matin, longtemps avant que son réveil se mette à sonner. Le problème qui l'agitait tournait autour de Sean et de leur relation. Au début, ses manières de goujat sûr de lui l'avaient heurtée, malgré l'attrait qu'exerçaient sur elle ses traits méditerranéens, ses cheveux noirs et ses yeux étonnamment bleus... Il avait fallu cette rencontre pour qu'elle comprenne que les Irlandais bruns méritaient leur réputation de charmeurs irrésistibles.

Elle avait commencé par repousser ses assiduités, estimant qu'ils n'avaient rien en commun, elle et lui. Mais il avait refusé de prendre ses refus au sérieux. Et l'intelligence hors pair du bel Irlandais piquait au vif la curiosité de Janet.

Elle finit par lui accorder un rendez-vous, en se disant que ce tête-à-tête mettrait fin à l'attirance qu'elle éprouvait pour lui. Or les choses ne se passèrent pas ainsi. Janet ne tarda pas à découvrir que le comportement rebelle de Sean constituait un puissant aphrodisiaque. Opérant une surprenante volte-face, elle en conclut qu'elle n'avait jusqu'alors eu affaire qu'à des prétendants au comportement trop prévisible. Tout à coup, elle découvrait qu'elle avait toute sa vie accepté passivement la perspective de se marier un jour comme ses parents, en épousant un homme « acceptable » au regard des conventions. Mais le charme viril de ce beau gosse grandi dans la ville de Charlestown avait conquis son cœur, et Janet était tombée amoureuse.

En arrivant au bureau des infirmières du service de pédiatrie, Janet s'aperçut qu'elle disposait encore de quelques minutes. Poussant la porte qui donnait dans la pièce du fond, elle se dirigea vers le distributeur de boissons : elle avait besoin d'une tasse de café pour tenir jusqu'à la fin de la journée.

« A voir ta tête, on dirait que tu as perdu un patient », lança une voix derrière son dos.

Se retournant, Janet s'aperçut de la présence de Dorothy MacPherson, une infirmière qui travaillait au même étage qu'elle. Lorsqu'elles étaient de garde ensemble, il leur arrivait souvent de bavarder, tout en se balançant sur leurs chaises, leurs pieds nus posés sur le comptoir.

« Ce qui m'arrive est à peu près aussi dur », répondit-elle en attrapant son café avant de rejoindre Dorothy et de se laisser tomber sur un des sièges en métal. « Ah, les hommes ! soupira-t-elle amèrement.

— Tu n'es pas la seule à t'en plaindre, renchérit Dorothy.

— Cette histoire avec Sean Murphy ne mène nulle part, ajouta Janet au bout d'un moment. Cela m'inquiète vraiment, et il faut absolument que je fasse quelque chose. Car, expliqua-t-elle avec un rire contraint, je n'ai franchement aucune envie d'être obligée d'admettre devant ma mère que c'est elle qui avait raison. »

Dorothy esquissa un sourire : « Je te comprends, dit-elle.

— C'en est arrivé au point que j'ai l'impression qu'il m'évite.

— Vous en avez parlé, tous les deux ?

— J'ai essayé. Mais clarifier ses sentiments n'est pas vraiment son fort.

— Essaie quand même. Tu devrais peut-être le voir ce soir et lui dire ce que tu viens de me dire.

— Ha ! s'exclama Janet avec un petit rire méprisant. Nous sommes vendredi. Impossible.

— Il est de garde ?

— Non, répondit Janet. Mais tous les vendredis soir il sort dans un bar de son quartier avec toute une bande de copains.

Les petites amies et les épouses légitimes ne sont pas invitées. C'est une soirée entre hommes, exclusivement. Et pour tout arranger, dans son cas il s'agit aussi d'une tradition irlandaise, bagarres d'ivrognes à l'appui.

— Mais c'est monstrueux !

— Après quatre années d'études à Harvard, un an de spécialisation en biologie moléculaire au MIT* et trois ans de médecine, on aurait pu croire qu'il allait se défaire de cette habitude. Mais non, il a l'air au contraire de tenir plus que jamais à ces sorties du vendredi soir.

— Je ne pourrais pas le supporter, protesta Dorothy. Je trouvais déjà pénible la véritable obsession que mon mari nourrissait pour le golf, mais ce n'était rien, en comparaison. Il n'y a vraiment pas d'histoire de femmes, derrière ces escapades ?

— Quelquefois, ils vont jusqu'à Revere, dans une boîte de strip-tease. Mais la plupart du temps Sean et les autres se contentent de rester ensemble, à boire de la bière en se racontant des blagues ou à regarder un match sur un écran de télé géant. Telle est du moins la description qu'il m'en a donnée. Naturellement, je n'ai pas été vérifier.

— Tu devrais peut-être te poser sérieusement la question de savoir pourquoi tu tiens à lui, dit Dorothy.

— Je n'arrête pas, répliqua Janet. Surtout ces temps-ci, et en particulier depuis que nous nous voyons si peu. C'est à peine si j'arrive à trouver un moment pour lui parler. Parce que non seulement il a ses études de médecine et tout ce qui va avec, mais en plus il prépare une thèse à Harvard.

— Il doit être exceptionnellement brillant.

— C'est son seul atout, ajouta Janet. Ça, et son physique.

— Voilà au moins deux bonnes raisons pour justifier ton angoisse, plaisanta Dorothy. Mais moi je ne tolérerais jamais que mon mari aille s'amuser " entre hommes " tous les vendredis soir. A ta place, je me précipiterais là-bas, et je te jure que je ne me gênerais pour lui dire ce que j'en pense devant tout le monde. Les hommes sont de grands enfants, c'est entendu, mais il y a quand même des limites.

— Je ne sais pas si j'en aurais le courage », répondit Janet.

* Le Massachusetts Institute of Technology, un des plus prestigieux organismes scientifiques américains.

Mais tout en terminant son café, elle se mit à y réfléchir. Au fond, le problème était qu'elle avait toujours vécu de façon passive, laissant les événements suivre leur cours pour ne réagir qu'après coup. Cela expliquait sans doute que les choses en soient arrivées là. Il était peut-être temps qu'elle se prenne par la main et fasse preuve de plus de détermination.

« Bon sang, Marcie ! Où avez-vous mis ces satanées maquettes ? tempêtait Louis Martin. Je vous avais dit de les poser sur mon bureau. » Pour mieux marquer son mécontentement, Louis frappa du poing son sous-main en cuir, bousculant les papiers qui s'y trouvaient. L'irritation qu'il ressentait ne l'avait pas quitté depuis qu'il s'était réveillé, à 4 heures et demie du matin, avec une migraine tenace. Groggy, il s'était rendu dans la salle de bains en quête d'aspirine et avait vomi dans le lavabo. Il en était encore bouleversé. Car rien, pas la moindre nausée, n'était venu l'avertir de ce haut-le-cœur subit.

Marcie Delgado accourut dans le bureau de son patron. Aujourd'hui, il n'avait pas arrêté de s'emporter contre elle et de la critiquer. Les yeux baissés, elle poussa devant lui la liasse de feuilles attachées par un trombone qui était placée en évidence devant lui et dont la première portait, en gros caractères : *Maquettes pour la réunion du conseil du 26 février*.

Sans s'excuser le moins du monde, Louis Martin s'empara des documents et sortit en trombe de la pièce. Mais il ne devait pas aller loin. A peine avait-il franchi quelques mètres qu'il avait oublié où il voulait se rendre. Quand enfin il lui revint qu'il se dirigeait vers les toilettes, il s'aperçut qu'il ne savait plus où elles se trouvaient.

« Bon après-midi, Louis », lança un des directeurs de la société qui le suivait à quelques pas. Puis, poussant une porte à main droite, il s'effaça pour lui céder le passage.

Louis franchit le seuil, mais l'endroit lui parut étranger. Il hasarda un coup d'œil en direction des gens assis autour de la longue table de conférence, atterré de constater qu'il ne reconnaissait aucun de ces visages. Alors qu'il baissait les paupières pour contempler les papiers qu'il avait emmenés avec lui, ceux-ci lui glissèrent des doigts. Un tremblement violent lui agitait les mains.

Louis Martin resta un moment parfaitement immobile pendant que le murmure des voix s'éteignait autour de lui. A présent, tous les regards convergeaient vers son visage devenu crayeux. Puis ses yeux se révulsèrent, son dos se cambra et il tomba en arrière. Sa tête heurta avec un bruit sourd le sol recouvert de moquette. Simultanément, des soubresauts commencèrent de lui agiter tout le corps et ses membres furent bientôt la proie de violentes contractions cloniques.

Aucun des associés de Louis n'avait jamais assisté à une attaque de grand mal, et une longue minute durant ils restèrent tous frappés de stupeur. Enfin, l'un d'eux se leva pour se précipiter aux côtés de son P-DG. Alors seulement les autres réagirent en se ruant vers les téléphones voisins pour prévenir les secours.

Le temps que l'ambulance arrive, la crise était passée. Hormis un reste de migraine et une impression de profonde léthargie, Louis se sentait relativement bien. Maintenant, il reconnaissait le lieu où il se trouvait, les gens qui l'entouraient. Et il fut consterné d'apprendre qu'il avait eu une crise d'épilepsie. Il pensait s'être simplement évanoui.

La première personne qui examina Louis aux urgences de l'hôpital Memorial de Boston fut un interne, qui se présenta sous le nom de George Carver. Un jeune homme visiblement surmené, mais néanmoins consciencieux. Lorsqu'il eut fini de l'interroger, il lui déclara qu'il fallait l'hospitaliser sans attendre l'avis de son médecin personnel, le Dr Clarence Handlin.

« C'est donc si grave, une attaque de ce genre ? » lui demanda Louis. Ayant déjà été opéré de la prostate deux mois plus tôt, la perspective d'un séjour à l'hôpital ne lui souriait guère.

« Il faut attendre les résultats de l'examen neurologique, avança prudemment George Carver.

— Mais *vous*, quelle est votre opinion ?

— Lorsqu'elle survient chez un adulte sans crier gare, une attaque de ce genre peut indiquer qu'il existe une lésion cérébrale structurelle.

— Ce qui veut dire quoi, traduit en langage courant ? s'enquit Louis qui détestait le jargon médical.

— Structurel a un sens bien précis, répondit le médecin sur la défensive. Cela signifie que le problème se pose au niveau du cerveau lui-même, et pas simplement de son fonctionnement.

— Vous pensez à une tumeur cérébrale ?

— Il pourrait en effet s'agir d'une tumeur, acquiesça George Carver à contrecœur.

— Mon Dieu ! » s'écria Louis en même temps que son corps se couvrait d'une sueur froide.

Après avoir fait de son mieux pour l'apaiser, George se rendit dans la « fosse », surnom donné par ceux qui y travaillaient au local situé au milieu de la salle des urgences. Il chercha d'abord à savoir si le médecin de Louis avait appelé. Ce n'était pas le cas. Puis il demanda qu'on lui envoie un interne en neurologie dans les plus brefs délais. Enfin il pria l'infirmière de garde aux urgences d'appeler l'étudiant en médecine qui devait s'occuper des entrées.

« Au fait, demanda-t-il à cette infirmière au moment de quitter la cabine où attendait Louis Martin, comment s'appelle l'étudiant qui prend le relais ?

— Sean Murphy », lui répondit-elle.

« La barbe ! » jura Sean en entendant le signal du bip glissé dans sa poche de poitrine. Bien qu'il eût la certitude que Janet était partie depuis longtemps, il entrebâilla la porte avec précaution et jeta un coup d'œil dehors. Ne la voyant pas dans les parages, il poussa résolument le battant. Il devait utiliser le téléphone du bureau des infirmières car Peter qui essayait d'obtenir des résultats de laboratoire monopolisait pour l'instant celui de la pièce du fond.

Avant d'appeler, il s'adressa à Carla Valentine, la surveillante :

« On a besoin de moi dans le service ? » demanda-t-il avec le secret espoir qu'elle réponde par l'affirmative, car il s'agirait alors d'un travail facile qu'il pourrait expédier en vitesse. En revanche, les choses prendraient plus de temps si l'appel venait des admissions ou des urgences.

« Rien à signaler pour le moment », répondit Clara.

Sean composa alors le numéro, et vit ses craintes confirmées : il devait se rendre aux urgences pour y interroger un patient.

Sachant que plus vite il s'informerait sur ce malade et les premiers examens qu'il avait subis, plus vite il pourrait se libérer, Sean salua Peter d'un geste de la main et gagna le rez-de-chaussée.

En temps normal, il aimait descendre aux urgences où régnait en permanence une atmosphère fébrile, surexcitée. Mais il aurait préféré ne pas avoir à s'occuper d'un nouveau cas le dernier jour de son stage à l'hôpital. Comme tout étudiant de Harvard qui se respecte, il passait en effet des heures à rassembler les informations indispensables à la rédaction d'un compte rendu qui comportait en moyenne quatre à dix pages de notes écrit serré.

« C'est un cas intéressant, lui confia George quand il le vit arriver, tout en décrochant le téléphone pour appeler le service de radiologie.

— Tu dis toujours ça, remarqua Sean laconiquement.

— Tu vas voir, poursuivit George. As-tu déjà observé un papillœdème ? »

Sean fit non de la tête.

« Prends un ophtalmoscope et fais un fond de l'œil à ce type pour examiner les terminaisons nerveuses. On dirait de vraies petites montagnes. Ce qui signifie que la pression intracrânienne est très élevée, lui expliqua George.

— Qu'est-ce qu'il a ? voulut savoir Sean.

— A mon avis, une tumeur au cerveau. Il a eu une crise au bureau. »

A ce moment, quelqu'un décrocha dans le service de radiologie, et sans plus s'occuper de Sean, George donna des directives pour que Louis Martin passe au plus vite un scanner.

S'emparant de l'ophtalmoscope, Sean se rendit auprès du malade. Peu familiarisé avec l'instrument, il le manipulait avec une certaine maladresse, mais à force de constance de sa part, et de patience de celle de Louis, il réussit à entr'apercevoir les terminaisons nerveuses qui dessinaient effectivement comme de petits monticules.

Résumer une histoire de cas restait toujours une tâche laborieuse, même dans des conditions idéales, mais cela s'avérait dix fois plus compliqué lorsqu'il fallait s'y atteler dans la salle des urgences, puis au service de radiologie en attendant les résultats du scanner. Sean posa donc le plus de questions possible au malade en les centrant autour du trouble qui venait de se déclarer. Il put ainsi apprendre ce que personne ne savait encore, à savoir que début janvier, quelques jours après son opération de la prostate, Louis Martin avait souffert de migraines passagères et de nausées, parfois accompagnées de fièvre et de vomissements. Louis lui fournit ces renseignements juste avant de passer le scanner approfondi que George avait demandé. Sean poursuivait son interrogatoire lorsque le technicien le pria de gagner la salle de contrôle adjacente au local où se déroulait l'examen.

Il rejoignit là plusieurs autres personnes, entre autres le Dr Clarence Handlin, médecin personnel de Louis Martin, George Carver et Harry O'Brian, l'interne en neurologie de garde ce soir-là. Tous groupés autour de l'écran, ils guettaient l'apparition des premières « coupes ».

Sean attira George un peu à l'écart pour lui parler de cette histoire de migraines, de fièvre et de nausées.

« Précieuses informations », le félicita George en se tripotant la mâchoire d'un air pensif. Visiblement, il s'efforçait de relier ces premiers symptômes au problème qui avait conduit Louis Martin à l'hôpital. « C'est la fièvre qui m'intrigue, lâcha-t-il enfin. T'a-t-il précisé s'il avait beaucoup de température ?

— Rien d'exceptionnel, dit Sean, ça oscillait entre 38 et 39. Il m'a raconté que c'était un peu comme s'il avait eu un rhume ou une petite grippe. Quoi qu'il en soit, ces accès de fièvre ont complètement disparu.

— Il y a peut-être un lien. En tout cas une chose est sûre, le bonhomme n'est pas au mieux de sa forme. Les tomographies du scanner préliminaire ont révélé deux tumeurs. Tu te souviens d'Helen Cabot ?

— Comment pourrais-je l'oublier ? rétorqua Sean. Je continue à la suivre.

— Eh bien les tumeurs de Martin rappellent étrangement celles d'Helen », ajouta George.

Un murmure de voix excitées s'éleva du groupe de médecins rassemblés autour de l'écran. Les premières coupes apparaissaient. Sean et Tom s'approchèrent et scrutèrent les images par-dessus les épaules de leurs confrères.

« Là aussi, on les voit, s'exclama Harry en pointant la tête de son marteau à réflexes vers l'écran. Il s'agit bien de tumeurs, il n'y a pas de doute. Et en voilà encore une autre, plus petite. »

Derrière lui, Sean s'entraînait à lire ces images.

« Ce sont très probablement des métastases, ajouta Harry. Pour qu'il y en ait autant, il faut qu'elles viennent d'ailleurs. La prostate, ce n'était pas un cancer ?

— Pas du tout, répondit le Dr Handlin. Louis Martin n'a jamais eu de graves ennuis de santé.

— Fumeur ? s'enquit Harry.

— Non », le renseigna Sean. Et le premier rang s'écarta un peu pour lui permettre de mieux voir l'écran.

« Alors il va falloir faire un bilan complet pour trouver l'origine de ces métastases », reprit Harry.

Sean se pencha pour regarder de plus près. Même un œil aussi inexpérimenté que le sien parvenait à distinguer les zones atteintes sur ces images. Mais ce qui le frappa surtout, ce fut de constater que, comme le lui avait confié George, elles ressemblaient étonnamment aux tumeurs d'Helen Cabot. Et que, comme elles, elles étaient toutes localisées dans le cerveau. La chose présentait d'autant plus d'intérêt que les médulloblastomes s'observent en principe non pas au niveau du cerveau, mais du cervelet.

Comme s'il lisait dans ses pensées, George prit la parole : « Statistiquement, vous avez raison, il faut envisager qu'il s'agit de métastases d'un cancer des poumons, du côlon ou de la prostate. Mais n'y a-t-il pas des chances pour que nous soyons en présence d'un type de tumeurs identiques à celles d'Helen Cabot ? Autrement dit d'un cancer du cerveau primaire et à tumeurs multiples, tel le médulloblastome ? »

Harry secoua la tête : « N'oubliez pas que dans notre métier, il ne faut pas brûler les étapes ni aller chercher midi à quatorze heures. Le cas d'Helen Cabot reste unique, même si on entend ici et là quelques échos de cas similaires. Pour ma part, je parie n'importe quoi que ce sont bel et bien des métastases que nous voyons ici.

— Dans quel service pensez-vous qu'il faut le faire admettre ? poursuivit George.

— Là, je suis partagé, répondit Harry. En neurologie, il aura besoin d'un spécialiste de médecine interne pour tirer au clair l'origine des métastases. Et si on le met en médecine interne, il faudra qu'il soit suivi par un neurologue.

— Pourquoi ne le prendriez-vous pas chez vous, puisque nous avons déjà Cabot ? lui proposa George. De toute façon, vous êtes plus proches de la neurochirurgie.

— Ça me va », acquiesça Harry.

Sean pesta intérieurement. Il avait travaillé pour rien ; puisque Louis Martin allait en neurologie, c'est le stagiaire de ce service qui tirerait profit de ses notes. Mais la pensée qu'il disposait de sa soirée lui mit un peu de baume au cœur.

Après avoir indiqué à George qu'il le verrait plus tard, pendant la tournée, il s'esquiva discrètement. Certes il n'était pas en avance dans la rédaction de ses rapports, mais après avoir parlé d'Helen Cabot il éprouvait le désir de lui rendre visite. Empruntant l'ascenseur, il monta au sixième et se dirigea directement vers la chambre 608 devant laquelle il s'arrêta une seconde, le temps de frapper trois petits coups contre la porte entrouverte.

En dépit de son crâne rasé et des taches bleues qu'y avait laissées le marqueur, Helen Cabot n'avait rien perdu de son charme. Ses grands yeux verts brillaient de tout leur éclat dans son visage délicat au teint diaphane. Mais son extrême pâleur laissait deviner qu'elle était malade. Ses traits s'illuminèrent lorsqu'elle aperçut Sean.

« Ah, mon docteur préféré ! déclara-t-elle.

— Futur docteur », la corrigea Sean. A la différence de la plupart de ses condisciples, il n'aimait pas se faire passer pour un médecin chevronné. Depuis qu'il avait quitté le lycée, il s'était donné l'impression d'être un imposteur, jouant d'abord le rôle de l'étudiant de Harvard, puis du MIT — et à présent, celui d'étudiant en médecine.

« Est-ce que vous connaissez la nouvelle ? lui demanda Helen en entreprenant de s'asseoir malgré son état de faiblesse dû aux innombrables attaques d'épilepsie.

— Non, mais vous allez me l'apprendre, dit Sean.

— L'Institut Forbes m'a acceptée.

— Formidable ! Maintenant je peux enfin vous dire que je pars moi aussi là-bas. Je préférais attendre d'être sûr que vous y soyez admise pour vous en parler.

— Quelle merveilleuse coïncidence ! Ainsi, j'aurai un ami près de moi. Vous savez sans doute, ajouta-t-elle, qu'ils obtiennent des rémissions à cent pour cent sur le type de cancer dont je souffre.

— Oui, ils obtiennent des résultats incroyables. En revanche, le fait que nous nous retrouvions tous les deux à l'Institut Forbes n'a rien d'une coïncidence. C'est grâce à vous que je suis au courant de son existence. Je vous ai dit, n'est-ce pas, que je faisais ma thèse sur le développement du cancer au niveau moléculaire ? Je ne vous cacherai pas que je brûle d'impatience à l'idée de travailler avec une équipe qui a cent pour cent de réussites sur un cancer bien précis. Je suis toutefois étonné de ne jamais en avoir entendu parler dans la littérature médicale. Mais peu importe : je veux aller là-bas et découvrir comment ils s'y prennent.

— Leur protocole en est encore au stade expérimental, dit Helen. Mon père a beaucoup insisté là-dessus. S'ils n'ont toujours pas publié leurs résultats, c'est peut-être qu'ils veulent d'abord être absolument sûrs de ce qu'ils avancent. De toute façon, publication ou pas, il me tarde d'y être et de commencer le traitement. C'est la première lueur d'espoir que j'entrevois depuis le début de ce cauchemar.

— Quand partez-vous ?

— La semaine prochaine, je ne sais pas exactement quand. Et vous ?

— Je prends la route dimanche matin à l'aube. Je veux arriver tôt dans la matinée de mardi. Je vous attendrai », lui dit-il en se penchant vers elle pour lui serrer l'épaule.

Avec un sourire, Helen posa sa main sur celle de Sean.

Une fois son rapport remis, Janet retourna au sixième pour essayer de trouver Sean. Les infirmières lui répétèrent la même chose : elles l'avaient entrevu quelques instants plus tôt mais ignoraient où il avait disparu. Elles proposèrent de le prévenir par le biais du signal d'appel, mais Janet préférait le surprendre. Il était maintenant 16 heures passées et elle se dit qu'il y avait de fortes chances pour qu'il soit parti travailler au laboratoire du Dr Clifford Walsh, son directeur de thèse.

S'armant de courage pour affronter la bise glaciale, elle quitta l'enceinte de l'hôpital, longea un moment Longfellow Avenue avant de traverser la grande cour carrée de l'université de médecine, puis, enfin arrivée à bon port, monta jusqu'au deuxième étage. Avant même d'ouvrir la porte du laboratoire, elle sut qu'elle avait deviné juste en distinguant la silhouette de Sean derrière la vitre en verre dépoli. Elle l'aurait reconnu entre mille à sa façon de se déplacer. Il possédait une grâce surprenante, malgré sa charpente trapue et musclée. Ne gaspillant ni ses efforts ni ses gestes, il s'acquittait toujours de sa tâche avec une remarquable efficacité.

Janet pénétra dans la pièce, ferma la porte derrière elle et hésita un moment sur le seuil, tout au plaisir d'observer Sean. A ses côtés se trouvaient trois autres chercheurs, également absorbés par leur travail. Pas un mot ne s'échappait de leurs lèvres. Dans le silence, un poste de radio diffusait de la musique classique.

Ce laboratoire avait un petit air vieillot avec ses instruments disparates et ses paillasses recouvertes de stéatite. Quelques ordinateurs et plusieurs polarimètres de taille impressionnante composaient tout l'équipement moderne. Bien que Sean lui ait à plusieurs reprises expliqué le sujet de sa thèse, Janet n'était pas encore tout à fait sûre d'avoir bien saisi. Sa recherche portait sur les oncogènes, autrement dit sur des gènes susceptibles de favoriser le développement cancéreux dans une cellule donnée. Sean lui avait précisé que les oncogènes étaient probablement fabriqués par des gènes chargés du « contrôle » cellulaire et eux-mêmes « infiltrés » par des virus d'un type particulier, les rétrovirus, qui avaient pour effet de stimuler la production virale dans les futures cellules hôtes.

Pendant ces explications, Janet se contentait généralement d'approuver de la tête pour montrer qu'elle suivait, mais l'enthousiasme de Sean la captivait davantage que ce qu'il lui racontait. Elle se rendait toutefois compte qu'elle allait avoir besoin de se familiariser avec les bases de la génétique moléculaire si elle voulait mieux comprendre la spécialité choisie par Sean. Ce dernier la créditait volontiers d'un savoir plus vaste que celui qu'elle maîtrisait effectivement, et ce dans un domaine où les progrès s'enchaînaient à une allure vertigineuse.

Alors que, toujours sur le pas de la porte, elle regardait Sean de dos en appréciant d'un œil connaisseur le V formé par ses larges épaules et ses hanches étroites, elle fut intriguée par l'activité qui semblait l'occuper. Lors des visites impromptues qu'elle lui avait rendues au cours de ces deux derniers mois, elle l'avait le plus souvent trouvé en train de régler un des polarimètres pour obtenir ou vérifier des résultats. Aujourd'hui, en revanche, il donnait l'impression de trier des objets, comme s'il rangeait.

Après l'avoir ainsi observé pendant quelques minutes, elle se décida à aller le rejoindre et s'arrêta tout près de lui. Avec son mètre soixante-sept, Janet était assez grande pour une femme, et Sean ne mesurant qu'un mètre soixante-quinze, ils pouvaient sans peine se parler les yeux dans les yeux, surtout lorsque Janet portait des chaussures à talon.

« Excuse-moi, mais qu'est-ce que tu es train de faire ? » demanda abruptement la jeune femme.

Sean sursauta. Il était si concentré qu'il n'avait pas perçu sa présence.

« Un petit peu de ménage, c'est tout », répondit-il, l'air vaguement coupable.

Esquissant un pas en avant, Janet plongea son regard dans ses yeux au bleu si pur. Il l'affronta un moment sans ciller, puis se détourna.

« Le ménage ? s'étonna Janet en baissant à son tour les paupières pour examiner la paillasse maintenant propre comme un sou neuf. Eh bien, pour une surprise ! Qu'est-ce qui t'arrive ? Ce plan de travail n'a jamais été aussi net et immaculé. Me cacherais-tu quelque chose ?

— Mais non », mentit Sean. Avant d'ajouter, après un temps d'arrêt : « Enfin, oui, si on veut. Je vais partir deux mois pour un stage facultatif.

— Où ça ?

— A Miami, en Floride.

— Et tu n'avais pas l'intention de m'en parler ?

— Bien sûr que si. Je comptais te le dire demain soir.

— Quand pars-tu ?

— Dimanche. »

Janet jeta autour d'elle un coup d'œil courroucé. Elle pianotait nerveusement du bout des doigts sur la paillasse en se demandant ce qu'elle avait bien pu faire pour mériter qu'il la traite de la sorte.

« Tu aurais donc attendu la veille au soir pour me prévenir ? reprit-elle en se tournant à nouveau vers Sean.

— Je ne l'ai appris que cette semaine. Il y a encore deux jours, rien n'était décidé. J'ai préféré attendre un moment propice.

— Etant donné la nature de notre relation, le moment propice aurait dû être celui où tu as pris cette décision. Mais pourquoi Miami ? Et pourquoi maintenant ?

— Tu te souviens de cette malade dont je t'ai parlé ? La jeune femme atteinte d'un médulloblastome.

— Helen Cabot ? Ta jolie petite étudiante ?

— Oui. En consultant la littérature spécialisée pour en savoir plus sur ce type de tumeur, j'ai découvert... » Sean s'interrompit brusquement.

« Eh bien, qu'est-ce que tu as découvert ?

— Non, ce n'est pas dans une revue que je l'ai appris, rectifia Sean. C'est un de ses médecins qui m'a dit que son père avait entendu parler d'un traitement qui, à ce qu'il semble, permettrait une rémission à cent pour cent de ce cancer. Mais le protocole en question n'est administré qu'à l'Institut de cancérologie Forbes, à Miami.

— Alors tu as décidé d'y aller. Comme ça.

— Pas exactement. J'en ai discuté avec le Dr Walsh, qui connaît le directeur de l'Institut, un certain Randolph Mason. Ils ont travaillé ensemble, autrefois. Là-dessus, Walsh a contacté Mason et il a réussi à me faire inviter là-bas.

— Je trouve le moment particulièrement mal choisi, commenta Janet avec acrimonie. Tu sais très bien que je viens de traverser une période difficile à cause de ce qui se passe entre nous. »

Sean haussa les épaules : « Je suis désolé. Mais si je pars c'est maintenant ou jamais, et ce stage risque d'être décisif pour mes recherches sur la carcinogenèse au niveau moléculaire. Si le protocole de l'Institut Forbes autorise vraiment une rémission à cent pour cent pour un cancer particulier, cela aura forcément des conséquences sur le traitement de tous les cancers. »

Cette iscussion torturait Janet. A l'heure qu'il était, elle n'imaginait pas pouvoir vivre deux mois sans Sean. Pourtant, il partait pour des motifs louables. Ce départ n'avait rien à voir avec des vacances au Club Méd ou ailleurs. Quelles raisons aurait-elle eues de se mettre en colère ? Quels arguments trouver pour le convaincre de rester ? Elle se sentait faible et perdue.

« Le téléphone, ça existe, ajouta enfin Sean. Je ne pars pas sur la Lune. Et cela ne durera que deux mois. Il faut que tu comprennes que c'est très important pour moi.

— Plus important que notre relation ? lâcha Janet. Plus important que le reste de notre vie ? »

A peine les avait-elle prononcées qu'elle regretta ces formules dignes d'une adolescente. Elle se trouvait ridicule.

« Ecoute, dit Sean, nous n'allons pas commencer à nous disputer et à comparer ce qui ne peut pas l'être.

— Mieux vaut poursuivre cette discussion tout à l'heure, acquiesça Janet en poussant un soupir et en refoulant ses larmes. C'est vrai que l'endroit n'est pas idéal pour aborder un sujet aussi épineux.

— Ce soir, je ne peux pas. C'est vendredi et...

— Et il faut absolument que tu rejoignes tes stupides copains dans ce café stupide », le coupa Janet d'un ton cassant.

Cet éclat ne passa pas inaperçu : quelques têtes se retournèrent dans leur direction.

« Janet ! Calme-toi ! lui enjoignit Sean. Nous nous verrons samedi soir, comme prévu. Nous aurons tout le temps d'en discuter.

— Tu savais pertinemment que ce départ allait me bouleverser. Et je ne vois pas pourquoi, pour une fois, tu ne pourrais pas renoncer à tes beuveries et à ta bande de potes minables.

— Tu vas trop loin, Janet, la coupa Sean. Je tiens à mes amis. Ce sont eux mes vraies racines. »

Un moment, ils se toisèrent avec une hostilité avouée. Puis Janet tourna les talons et s'éloigna à grandes enjambées vers la sortie.

Très gêné, Sean risqua un coup d'œil en direction des autres chercheurs. La plupart d'entre eux évitèrent son regard. Mais pas le Dr Clifford Walsh, un homme à la stature corpulente et à la barbe fournie, vêtu comme à l'accoutumée d'une longue blouse blanche dont il avait relevé les manches jusqu'au coude.

« Les perturbations sentimentales servent mal la créativité scientifique, lança-t-il à l'adresse de Sean. Je ne voudrais pas que l'agitation suscitée par votre départ puisse affecter en quoi que ce soit votre travail à Miami.

— Soyez tranquille, le rassura Sean.

— N'oubliez pas que je me suis mouillé pour vous envoyer là-bas. J'ai dû convaincre le Dr Mason que vous représentiez un atout sûr pour son équipe. Il semble très intéressé par vos connaissances sur les anticorps monoclonaux.

— Vous lui avez parlé de ça ? demanda Sean désorienté.

— Ne vous fâchez pas. Notre conversation m'a laissé comprendre que le sujet le passionnait, expliqua le Dr Walsh.

— Mais il y a trois ans que je ne travaille plus là-dessus,

protesta Sean. Depuis que j'ai quitté le MIT, je suis passé à autre chose.

— Je sais que vos recherches actuelles portent sur les oncogènes, mais vous vouliez ce stage et j'ai agi de la manière à mon avis la plus efficace pour vous l'obtenir. Une fois sur place, rien ne vous empêchera de préciser que vous vous êtes orienté vers la génétique moléculaire. Je crois vous connaître assez bien pour ne pas m'inquiéter. Je suis sûr que vous arriverez à vos fins. Essayez simplement d'y mettre les formes.

— Je me suis un peu renseigné sur les travaux de la directrice de recherche, dit Sean. Nous devrions nous entendre. Elle a passé sa thèse sur les rétrovirus et les oncogènes.

— Vous pourrez peut-être coopérer avec le Dr Deborah Levy, en effet. Mais que ce soit le cas ou non, estimez-vous heureux que l'Institut Forbes vous invite ainsi au pied levé.

— Je ne voudrais quand même pas avoir fait cette démarche pour besogner comme un tâcheron.

— Promettez-moi de ne pas jouer les fauteurs de troubles.

— Moi ? s'étonna Sean en levant le sourcil. Vous me connaissez assez pour savoir que cela ne me ressemble pas.

— Je vous connais trop, c'est bien tout le problème, le coupa le Dr Walsh. Votre impétuosité — c'est un euphémisme — peut en froisser plus d'un. Mais Dieu merci, votre intelligence vous sauve. »

2

VENDREDI 26 FÉVRIER,
16 H 45

« Attends, Corissa », dit Kathleen Sharenburg en s'appuyant contre un des présentoirs de cosmétiques du grand magasin. Corissa et Kathleen étaient venues s'acheter un nouveau justaucorps pour leur cours de danse dans ce centre commercial des quartiers ouest de Houston. Maintenant qu'elles avaient trouvé ce qu'elles voulaient, Corissa avait hâte de rentrer chez elle.

En proie à un vertige soudain, Kathleen éprouvait la désagréable impression que le décor qui l'entourait tournoyait sur lui-même. Son étourdissement prit fin dès qu'elle s'appuya contre le présentoir. Mais dans la seconde qui suivit, une vague de nausée la secoua des pieds à la tête. Ce frisson violent s'apaisa à son tour.

« Ça va ? lui demanda Corissa, sa meilleure amie de lycée.

— Je ne sais pas trop », répondit Kathleen. Elle souffrait à nouveau de ce mal de crâne qui l'avait à plusieurs reprises tourmentée au cours des derniers jours. La nuit, la douleur la réveillait parfois. Elle n'en avait cependant pas touché mot à ses parents, de crainte de devoir leur avouer qu'elle avait fumé un joint le week-end précédent.

« Tu es pâle comme une morte, remarqua Corissa. On n'aurait peut-être pas dû manger tous ces bonbons.

— Tais-toi, murmura Kathleen. Il y a un homme, là, qui nous écoute. Il veut nous kidnapper, il va nous attraper quand on sera dehors. »

Corissa pivota sur elle-même, à moitié persuadée qu'un affreux personnage les dévorait des yeux. Mais elle n'aperçut que quelques clientes paisiblement occupées à faire leurs emplettes dans le rayon parfumerie. Il n'y avait pas la moindre présence masculine dans les parages.

« Où as-tu vu un homme ? » s'étonna-t-elle.

Kathleen fixait un point devant elle : « Il est là-bas, près des manteaux », dit-elle en pointant la main gauche vers le fond du magasin.

Se tournant dans la direction indiquée, Corissa découvrit en effet un homme, à une cinquantaine de mètres de l'endroit où elles se trouvaient. Il se tenait derrière une dame qui examinait des vêtements suspendus à des cintres. Et il leur tournait le dos.

Perplexe, Corissa interrogea Kathleen du regard.

« Il dit qu'on ne peut pas sortir du magasin, souffla cette dernière.

— Mais qu'est-ce que tu racontes ? Tu commences à me faire peur, tu sais.

— Il faut qu'on s'en aille, vite », répliqua Kathleen comme si un danger imminent menaçait. Et sans autre explication, elle se précipita vers la sortie. Corissa se mit à courir pour la rejoindre. L'attrapant par un bras, elle l'obligea à s'arrêter.

« Qu'est-ce qui se passe ? Qu'est-ce qui ne va pas ? » demanda-t-elle.

Le visage de Kathleen s'était figé en un masque de terreur. « Il y a d'autres hommes maintenant, chuchota-t-elle d'un ton pressant. Ils ont pris l'escalator. Ils viennent pour nous prendre, eux aussi, je les entends. »

Corissa se retourna. Plusieurs hommes descendaient effectivement par l'escalier mécanique. A cette distance, Corissa ne pouvait toutefois pas distinguer leurs traits, et encore moins saisir leurs propos.

Le hurlement de Kathleen traversa Corissa comme une décharge électrique. Faisant volte-face, elle comprit que sa compagne perdait connaissance. Elle la saisit à bras-le-corps pour essayer de l'empêcher de tomber, mais Kathleen l'entraîna dans sa chute et toutes deux s'écroulèrent sur le sol dans un enchevêtrement de bras et de jambes.

Les convulsions commencèrent avant que Corissa ait pu se dégager. Kathleen s'arc-boutait de tout son corps sur le marbre du carrelage.

Des mains secourables remirent Corissa sur ses pieds. Deux clientes jusque-là absorbées dans le choix de produits de beauté entreprirent de s'occuper de Kathleen. Elles l'empêchèrent de se frapper la tête contre le dallage et réussirent à lui glisser un linge entre les dents. Un petit filet de sang suintait de ses lèvres. Elle s'était mordu la langue.

« Oh, mon Dieu, mon Dieu ! répétait inlassablement Corissa.

— Comment s'appelle-t-elle ? lui demanda une des femmes.

— Kathleen Sharenburg, répondit Corissa. C'est la fille de Ted Sharenburg, le directeur de la Shell, ajouta-t-elle comme si cette précision pouvait être de quelque secours.

— Que quelqu'un appelle une ambulance, ordonna la femme. Il faut arrêter cette attaque tout de suite. »

La nuit était déjà tombée, derrière les vitres du café du Ritz. Assise à l'intérieur, Janet observait les passants se hâter sur les trottoirs de Newbury Street en retenant leur chapeau à deux mains ou en agrippant les revers de leur manteau pour se protéger du vent.

Assise en face d'elle, Evelyn Reardon la chapitrait. « Je ne vois de toute façon pas ce que tu lui trouves. Dès le jour où tu l'as amené à la maison je t'ai dit qu'il était impossible.

— Je te rappelle qu'il va passer sa thèse et qu'il est diplômé de Harvard, rappela Janet à sa mère.

— Cela n'excuse pas ses manières, son manque de manières plutôt. »

Janet dévisagea froidement sa mère, une femme grande et mince aux traits réguliers. Il fallait être très myope ou très distrait pour ne pas remarquer leur étonnante ressemblance.

« Sean est très fier de ses origines, reprit Janet. Il met son point d'honneur à dire qu'il vient d'un milieu ouvrier.

— Il n'y a rien de mal à cela, répliqua Evelyn. Le seul problème est qu'il se complaît là-dedans. Ce garçon ne sait pas se tenir. Et ses cheveux longs...

— Il étouffe dans le carcan des " bonnes manières " », dit Janet. Comme d'habitude, elle se retrouvait en position de prendre la défense de Sean. Et cela l'irritait d'autant plus qu'elle lui en voulait énormément. Elle avait espéré que sa mère lui donnerait des conseils, au lieu de lui resservir toujours les mêmes critiques.

« C'est d'un banal ! soupira Evelyn. Si au moins il envisageait de s'installer comme médecin, ce serait peut-être différent. Mais cette histoire de biologie moléculaire ou je ne sais quoi, ça me dépasse. Sur quoi est-ce qu'il travaille, déjà ?

— Les oncogènes », précisa Janet. Elle aurait mieux fait de s'adresser à quelqu'un d'autre qu'à sa mère.

« Explique-moi encore une fois de quoi il s'agit », lui demanda Evelyn.

Janet se versa une nouvelle tasse de thé. Que sa mère pouvait se montrer agaçante, parfois ! Lorsqu'elle lui décrivait le sujet de recherche de Sean, Janet avait l'impression d'être un aveugle qui en guiderait un autre. Néanmoins, elle se lança.

« Les oncogènes, ce sont des gènes capables de transformer des cellules saines en cellules cancéreuses. Ils sont produits par des gènes normaux présents dans toutes les cellules vivantes, et qui portent le nom de proto-oncogènes. D'après Sean, on parviendra seulement à comprendre le cancer lorsqu'on aura identifié l'ensemble des proto-oncogènes et des oncogènes. Et c'est ce qu'il fait : il cherche des oncogènes dans des virus spécialisés.

— C'est sûrement très intéressant, remarqua Evelyn, mais tout cela reste très ésotérique et je vois mal comment il arriverait à nourrir une famille en s'obstinant dans cette voie.

— Là-dessus, tu pourrais bien te tromper. Quand il était au MIT, Sean a fondé avec deux de ses camarades une SARL spécialisée dans la fabrication des anticorps monoclonaux. Ils l'avaient baptisée Immunotherapy. Il y a un an, cette société a été rachetée par la Genentech, une compagnie privée qui travaille dans le domaine de la génétique.

— C'est en effet encourageant. Est-ce que Sean en a retiré un bénéfice ?

— Ils y ont gagné tous les trois. Mais d'un commun accord, ils ont réinvesti leurs gains dans une nouvelle société. Je ne peux pas t'en dire plus pour l'instant. Il m'a fait jurer le secret.

— Tu as des secrets pour ta mère, maintenant ? s'étonna Evelyn. De toute façon, tu sais ce que ton père en penserait. Il a toujours estimé que c'était de la folie d'utiliser son capital pour créer une entreprise. »

Janet poussa un soupir découragé : « Tout cela n'a aucun intérêt pour le moment, dit-elle. Je voulais parler avec toi de mon éventuel départ en Floride. Sean doit aller y passer deux mois pour se consacrer entièrement à sa recherche. Ici, à Boston, il doit la mener de front avec ses études de médecine. Je pensais que j'arriverais à y voir plus clair si j'en parlais avec toi.

— Et ton travail à l'hôpital Memorial ? s'enquit Evelyn.

— Je peux prendre un congé. Et je trouverais certainement du travail là-bas. C'est un des avantages du métier d'infirmière : on a besoin de nous partout.

— Hmm... Eh bien, à mon avis, ce n'est pas une bonne idée.

— Pourquoi ?

— Parce que ce serait une erreur de courir après ce garçon, ajouta Evelyn. Surtout dans la mesure où tu connais les sentiments de ton père et les miens à son égard. Il ne sera jamais dans son élément, parmi nous. Et après la façon dont il a traité oncle Albert, l'autre soir, j'avoue que je serais franchement embarrassée pour le placer à un dîner.

— Oncle Albert n'avait pas arrêté de l'asticoter à propos de ses cheveux, protesta Janet.

— Ce n'est pas une excuse pour parler de la sorte à quelqu'un de plus âgé que soi.

— Mais oncle Albert porte une perruque, tout le monde le sait.

— Tout le monde le sait peut-être, mais personne n'y fait allusion, répliqua sèchement Evelyn. Et c'est impardonnable d'avoir utilisé ce mot de " moumoute " à table. »

Janet avala une gorgée de thé et dirigea à nouveau son regard vers la vitre. Personne dans la famille n'ignorait qu'oncle Albert portait perruque, c'est vrai. Mais il était tout aussi vrai que personne n'abordait jamais le sujet. Janet avait grandi dans un milieu où les règles non écrites étaient légion et où les bonnes manières revêtaient une importance primordiale.

« Et si tu reprenais contact avec ce jeune homme charmant qui t'avait accompagnée au match de polo joué au profit de la Fondation pour la myopie, l'an dernier ? suggéra Evelyn.

— C'était un con.

— Janet ! » s'exclama sa mère.

Elles sirotèrent leur thé en silence. « Si tu as tellement envie de parler avec Sean, reprit enfin Evelyn, pourquoi ne pas le faire avant son départ ? Pourquoi ne pas le voir ce soir ?

— Impossible, dit Janet. On est vendredi, et il réserve toujours cette soirée à une sortie “ entre hommes ”. Lui et ses amis se retrouvent dans un bar où ils allaient quand ils étaient au lycée.

— Comme dirait ton père, je m'abstiendrai de tout commentaire », conclut Evelyn avec une satisfaction non dissimulée.

Le sweatshirt à capuche qu'il portait sous sa veste en laine isolait Sean du brouillard glacé. Tout en descendant High Street à petites foulées en direction de Monument Square, il poussait devant lui un ballon de basket en tapant dessus en rythme, de la main droite puis de la main gauche, alternativement. Il sortait d'un match amical organisé par le Charlestown Boys Club où il avait joué dans l'équipe dite « Les Anciens », un groupe hétéroclite d'amis plus ou moins proches dont les âges s'échelonnaient de dix-huit à soixante ans. La partie avait été animée, et Sean était encore moite de sueur.

Il contourna la place de Monument Square, au centre de laquelle se dressait le gigantesque monument phallique commémorant la bataille de Bunker Hill *, puis arriva à la maison où il avait passé son enfance. Son père, Brian Murphy, avait correctement gagné sa vie grâce à son métier de plombier, et des années avant que la mode pousse les gens à s'installer au centre-ville il avait acheté cette grande demeure de style victorien. La famille Murphy y avait d'abord occupé le grand duplex aménagé au rez-de-chaussée, mais après le décès du père, emporté à quarante-six ans par un cancer du foie, il avait fallu louer cet appartement pour boucler les fins de mois. Quand Brian, le frère aîné, était parti pour suivre ses études, Sean, son jeune frère Charles et Anne, la mère, s'étaient installés à l'étage dans un logement plus exigu. A présent, Anne Murphy y vivait seule.

En arrivant devant la porte, Sean remarqua la Mercedes garée derrière son quatre-quatre Isuzu, signe infaillible que Brian était venu leur rendre une de ses visites impromptues. Sean sut

* Célèbre bataille de la guerre d'Indépendance américaine, qui se déroula le 17 juin 1775 non loin de Charlestown et vit la victoire des patriotes américains sur les Anglais.

d'instinct que si son frère était là, c'était pour le faire revenir sur sa décision de partir à Miami.

Il monta l'escalier quatre à quatre, glissa sa clé dans la serrure et entra chez sa mère. L'attaché-case en cuir noir de Brian était posé sur une chaise. Une alléchante odeur de bœuf à l'étouffée embaumait l'appartement.

« C'est toi, Sean ? » lança Anne Murphy depuis la cuisine, avant de s'avancer dans l'entrée où Sean retirait son manteau. Vêtue d'une robe toute simple sur laquelle elle avait passé un vieux tablier, elle accusait largement ses cinquante-quatre ans. Le refoulement imposé par son long mariage avec le buveur impénitent qu'était Brian Murphy avait marqué à vie son visage aux traits tirés, aux yeux las et tristes. Ses cheveux ramassés en un chignon désuet frisaient naturellement, et leur chaude nuance châtain foncé disparaissait çà et là derrière des mèches grises.

« Brian est là, dit-elle.

— J'avais deviné. »

Sean gagna la cuisine pour saluer son frère. Brian se préparait un verre. Il avait ôté sa veste ; ses bretelles au motif cachemire dessinaient sur son torse deux verticales parfaites. Comme Sean, il avait le teint mat, des cheveux très bruns et des yeux bleu azur. Mais leur ressemblance s'arrêtait là. Autant Sean était spontané et désinvolte, autant Brian se montrait circonspect et sérieux. Et au lieu de laisser pousser sa tignasse en boucles folles comme son frère cadet, il avait toujours l'air de sortir de chez le coiffeur, avec sa raie impeccable et sa petite moustache soignée. Ses costumes, toujours dans les bleus sombres à rayures, indiquaient sans équivoque sa profession de juriste.

« Serais-je la cause de cet honneur insigne ? » demanda Sean en s'adressant à son frère. Celui-ci ne venait pas souvent voir leur mère, alors pourtant qu'il vivait tout près, à Back Bay.

« Maman m'a appelé », reconnut Brian.

Prendre une douche, se raser, enfiler un jean et un polo de rugby fut pour Sean l'affaire de quelques instants. Il était de retour dans la cuisine avant que Brian ait fini de découper la viande. Sean mit le couvert, non sans jeter quelques coups d'œil à son frère. Il se souvenait du temps pas si lointain où il le détestait. Des années durant, sa mère avait présenté ses fils en utilisant invariablement la même formule : « Mon merveilleux

Brian, mon bon petit Charles, et Sean. » Charles se préparait aujourd'hui à la prêtrise dans un séminaire du New Jersey.

Brian avait toujours été bâti comme un athlète, bien qu'il fût moins sportif que Sean. Excellent élève, il rentrait toujours directement à la maison après l'école. Plus tard, il avait fait ses études à l'université du Massachusetts, puis à la faculté de droit de Boston. Brian avait toujours plu à tout le monde. Chacun savait qu'il s'en sortirait brillamment et saurait échapper au cercle vicieux de l'alcool, des remords, de la dépression et de la tragédie où sombraient tant d'Irlandais. Quant à Sean, pour mieux soutenir sa réputation de garnement, il avait choisi ses amis parmi les bons à rien du voisinage et avait plus d'une fois eu maille à partir avec les autorités à cause de bagarres, de cambriolages ou de virées entre copains dans des voitures volées. Sans son intelligence hors pair et son habileté à manier les clubs de hockey, il aurait sans doute fini derrière les barreaux de la prison de Bridgewater plutôt qu'à Harvard. Dans les ghettos de la ville, la ligne de partage entre le succès et l'échec représentait un fil bien mince sur lequel les gosses jouaient les funambules pendant les années turbulentes de l'adolescence.

Les deux frères échangèrent à peine quelques paroles en mettant la dernière main au dîner. Une fois qu'ils se furent installés à table, Brian prit la parole dès la première gorgée de lait avalée. Depuis l'enfance, ils avaient toujours bu du lait à table.

« Maman se mine depuis que tu t'es mis en tête de partir à Miami », commença Brian.

Anne baissa les yeux vers son assiette. Elle était réservée de nature, et sa longue vie conjugale l'avait poussée à s'effacer davantage. Prompt à s'emporter, Brian Murphy père s'échauffait d'autant plus qu'il avait bu, et il buvait chaque jour que le bon Dieu faisait. En fin d'après-midi, après une journée passée à déboucher des canalisations, réparer des bouilloires qui rendaient l'âme ou installer des toilettes, il ne manquait jamais de s'arrêter au Blue Tower, un bar situé à proximité du pont Tobin. Et presque tous les soirs il rentrait ivre, aigri et d'humeur massacrante. C'était d'ordinaire sur Anne qu'il déchargeait sa bile, bien que Sean ait lui aussi reçu sa part de coups lorsqu'il essayait de protéger sa mère. Au matin, dégrisé, feu Brian Murphy se réveillait rongé par la culpabilité et jurait qu'on ne l'y prendrait plus. Mais il devait garder ses habitudes jusqu'à la fin, alors qu'il avait perdu près de trente-cinq kilos et qu'il se mourait d'un cancer du foie.

« Je vais là-bas pour poursuivre mes recherches, expliqua Sean. Il n'y a pas de quoi fouetter un chat.

— On vend de la drogue dans les rues de Miami », murmura Anne qui regardait toujours son assiette.

Sean leva les yeux au ciel. Se penchant par-dessus la table, il prit sa mère par le bras : « Maman, je n'ai plus touché à la drogue depuis le lycée. Je fais médecine, maintenant.

— Et l'incident qui s'est produit pendant ta première année à l'université ? glissa Brian.

— Il ne s'agissait que d'une petite ligne de coke pendant une fête, maugréa Sean. Manque de bol, la police a perquisitionné dans les règles.

— Le vrai coup de bol, ç'a été que je puisse empêcher la communication de ton casier judiciaire. Tu te serais retrouvé dans un sacré pétrin, sinon.

— Miami est une ville violente, ajouta Anne. Les journaux n'arrêtent pas de parler des horreurs qui s'y passent.

— Nom de Dieu ! jura Sean.

— Ne blasphème pas le nom du Seigneur, lui enjoignit sa mère.

— Maman, tu regardes trop la télé. Miami est une ville comme les autres, avec ses bons et ses mauvais côtés. Et quoi qu'il en soit, je pars pour travailler. Même si j'en avais envie, je n'aurais pas le temps de m'attirer des ennuis.

— Tu rencontreras bien des gens qui sauront t'entraîner, soupira Anne.

— Maman, je suis adulte, protesta Sean.

— Même ici, à Charlestown, tu fréquentes des gens peu recommandables, renchérit Brian. Maman a quelques raisons d'avoir peur. Tous les voisins savent pertinemment que Jimmy O'Connor et Brady Flanagan font sans arrêt des casses.

— Et qu'ils financent l'IRA, dit Sean en persiflant.

— Ce ne sont pas des militants politiques, rétorqua son frère. Ce sont des voyous. Et toi, tu choisis de rester en bons termes avec eux.

— On boit quelques bières ensemble le vendredi soir, admit Sean.

— Justement. Tu cours te réfugier au pub, comme papa. Et

en plus des soucis que tu donnes à maman, tu choisis mal ton moment pour partir. La banque Franklin va sous peu nous proposer un mode de financement pour la SA Oncogen. J'ai presque bouclé le dossier. Les choses risquent d'aller vite.

— Au cas où tu ne le saurais pas, je te signale qu'il existe une invention qui s'appelle télécopie, et des services de courrier exprès », répliqua Sean en repoussant sa chaise. Il se leva pour aller mettre son assiette dans l'évier. « Quoi que vous en pensiez, je pars à Miami. Je suis persuadé que l'Institut Forbes a mis le doigt sur quelque chose de capital. Maintenant, si vous le permettez, je vous laisse à vos conspirations et je vais boire un verre avec mes relations peu recommandables. »

Très irrité, Sean enfila à la va-vite le vieux caban que son père avait un jour ramené des entrepôts navals de Charlestown, à l'époque où ceux-ci existaient encore. Puis il s'enfonça une casquette de marin jusqu'aux oreilles et, dévalant l'escalier, sortit sous la pluie glacée. Le vent soufflait de l'est, charriant avec lui les effluves de l'océan. Arrivé devant l'Old Scully's, le bar de la rue Bunker Hill, Sean se sentit réconforté par la lueur chaude qui rougeoyait derrière les vitres embuées.

Poussant la porte, il fut tout de suite saisi par l'atmosphère chaleureuse et bruyante du lieu. La fumée des cigarettes avait presque noirci les panneaux en pin apposés sur les murs. Des graffiti balafraient le bois sombre des tables et des poutres. Au fond de la salle, le téléviseur accroché à une potence vissée au plafond retransmettait un match de hockey.

Molly, la seule femme présente dans le pub plein à craquer, partageait avec Pete la lourde tâche de servir au bar. Sean n'avait pas ouvert la bouche qu'elle poussait déjà devant lui une chope de bière débordante de mousse. Au même moment, un long bravo s'échappa de toutes les bouches : l'équipe des Bruins venait de marquer un but.

Sean poussa un soupir de satisfaction. Il se sentait chez lui, à l'Old Scully's. L'ambiance qui régnait là le détendait autant que le lit le plus confortable après une journée éprouvante.

Comme d'habitude, Jimmy et Brady le rejoignirent pour lui raconter d'un air fanfaron les « bricoles » dont ils s'étaient chargés le week-end précédent. L'anecdote leur rappela à tous trois les bons souvenirs du temps où Sean était « des leurs ».

« On a toujours su que tu étais un malin, vu la façon dont tu t'y prenais avec les systèmes d'alarme, dit Brady. Mais on n'aurait quand même pas pensé que tu irais jusqu'à Harvard. Comment t'arrives à supporter ces enfoirés ? »

Il ne s'agissait pas vraiment d'une question, aussi Sean ne prit-il pas la peine de répondre. La remarque lui permit toutefois de mesurer à quel point il avait changé. Il adorait toujours venir à l'Old Scully's, mais désormais il s'y contentait d'un rôle d'observateur. Cette prise de conscience le mit mal à l'aise, car il savait qu'il n'était pas plus intégré au milieu médical universitaire. Au fond, se dit-il, je suis socialement orphelin.

Quelques heures et plusieurs pintes plus tard, Sean, qui se sentait plus gai et moins paria, s'associa au concert tapageur de ceux qui proposaient de finir la soirée dans une boîte à strip-tease de Revere, sur le front de mer. L'excitation était à son comble quand brusquement un silence de mort tomba sur la salle. Une à une, les têtes se tournèrent vers la porte. Tous étaient sous le choc de l'événement incroyable auquel ils assistaient : une femme venait de mettre les pieds dans ce bastion masculin. Et pas une femme ordinaire, une de ces dondons qui mâchaient du chewing-gum dans les laveries automatiques. Une fille mince et superbe qui de toute évidence ne sortait pas de Charlestown.

Des diamants de pluie étincelaient dans ses longs cheveux blonds qui se détachaient sur la chaude couleur acajou de sa veste en vison. Ses yeux en amande dévisageaient effrontément les consommateurs stupéfaits. Le pli de sa bouche bien dessinée, ses pommettes hautes, tout indiquait sa détermination. Elle leur apparaissait comme une hallucination collective, comme un fantasme en chair et en os.

Les hommes commencèrent à s'agiter à l'idée qu'il devait s'agir de la maîtresse de l'un d'entre eux. Cette fille était bien trop belle pour être l'épouse légitime d'un habitué de l'Old Scully's.

Sean fut parmi les derniers à se retourner. Et il resta bouche bée en découvrant la jeune femme, qui n'était autre que Janet.

Janet le repéra dans la seconde. Elle se dirigea droit vers lui et se ménagea une place à ses côtés, devant le bar. Brady s'écarta en mimant la frayeur, comme s'il voyait en Janet une effrayante créature.

« Je prendrai une bière, s'il vous plaît », commanda-t-elle.

Sans un mot, Molly remplit une chope et la plaça devant l'intruse. Personne ne pipait ; seul le bruit de la télévision résonnait dans la pièce silencieuse.

Janet avala d'abord une gorgée de bière avant de s'adresser à Sean. Grâce à ses talons, elle pouvait croiser son regard sans même lever les yeux. « Je veux te parler », lui dit-elle.

Affreusement gêné, Sean revivait pour la première fois l'horrible embarras qu'il avait éprouvé à seize ans, le jour où le père de Kelly Parnell l'avait surpris sur le siège arrière de sa voiture, les fesses à l'air, en compagnie de sa fille.

Posant sa bière sur le comptoir, il saisit Janet par le coude et la poussa jusqu'à la porte. Dehors, l'air froid lui remit les idées en place. Il se sentait furieux, et un peu éméché.

« Qu'est-ce que tu fiches ici ? » s'exclama-t-il. Il jeta un regard furibond à la ronde. « C'est quand même incroyable ! Tu sais que tu n'es pas censée fourrer ton nez à l'Old Scully's.

— Je ne sais rien de la sorte, répliqua Janet. Tout ce que je sais, c'est que tu ne m'as pas invitée à venir, ce qui n'est pas tout à fait la même chose. Je n'avais pas imaginé que je commettrais un crime de lèse-majesté en venant dans ce bar. Il faut absolument que je te voie, et dans la mesure où tu pars dimanche, j'estime que cette discussion a plus d'importance que tes joyeuses soirées avec tes soi-disant amis.

— Qui es-tu pour porter ces jugements de valeur ? s'emporta Sean. C'est moi qui décide de ce qui est important pour moi, pas toi, et ton intrusion me déplaît énormément.

— Il faut que nous parlions de Miami, insista Janet. C'est de ta faute, tu n'avais qu'à ne pas attendre le dernier moment pour me prévenir.

— Il n'y a rien à discuter. Je pars, un point c'est tout. Personne ne m'arrêtera, ni toi, ni ma mère, ni mon frère. Maintenant, si tu veux bien m'excuser, je retourne au bar pour voir ce que je peux sauver de mon amour-propre.

— Mais cela risque de bouleverser toute notre vie », balbutia Janet. Quelques larmes vinrent se mêler à la pluie qui lui ruisselait sur le visage. Elle avait pris un risque énorme en venant à Charlestown. Ce rejet produisait sur elle un effet dévastateur.

« J'en parlerai avec toi demain, dit Sean. Bonne nuit, Janet. »

Ted Sharenburg attendait avec anxiété que les médecins le renseignent sur l'état de santé de sa fille. Sa femme avait réussi à le contacter à La Nouvelle-Orléans où il s'était rendu pour affaires. En apprenant ce qui était arrivé à Kathleen, il avait sauté dans le jet mis à sa disposition par la compagnie pour rejoindre directement Houston. Président-directeur général d'une grosse société pétrolière qui contribuait généreusement au fonctionnement des hôpitaux de Houston, Ted Sharenburg avait droit à certains égards. Sa fille avait été admise d'urgence pour un examen du cerveau, pratiqué en ce moment même dans le gigantesque appareil à résonance magnétique nucléaire qui avait coûté plusieurs millions de dollars.

« Nous ne pouvons pas encore dire grand-chose. Les premières images ne correspondent qu'à des coupes superficielles », lui glissa Judy Buckley, le médecin chef du service de neuroradiologie. A côté d'elle se trouvaient également le Dr Vance Martinez, médecin de famille des Sharenburg, et le Dr Stanton Rainey, chef du service de neurologie. La présence simultanée de ces trois éminents spécialistes constituait en soi un événement exceptionnel, d'autant qu'il était déjà 1 heure du matin.

Incapable de rester en place, Ted arpentait de long en large la salle de contrôle exiguë. Les informations qu'il avait pu recueillir sur l'état de sa fille le ravageaient.

« Elle a fait un délire paranoïaque aigu, lui avait confié le Dr Martinez. La plupart du temps, ce genre de crise est lié à une atteinte du lobe temporal. »

Pour la cinquantième fois au moins, Ted se retourna vers la vitre qui permettait de surveiller l'impressionnant cylindre de l'appareil à RMN, énorme baleine technologique qui semblait avoir avalé sa fille. Impuissant, Ted ne pouvait que regarder, et espérer. Il retrouvait, décuplée, l'impression de désarroi qui l'avait saisi quelques mois plus tôt lorsqu'il avait fallu opérer Kathleen des amygdales.

« Ça y est, on a quelque chose », lança le Dr Buckley.

Ted se rua vers l'écran de contrôle.

« Il y a une zone hypertendue, là, circonscrite au lobe temporal droit, précisa-t-elle.

— Qu'est-ce que cela veut dire ? » demanda Ted.

Les trois médecins échangèrent un regard. Il était rarissime qu'un des proches du malade se trouve dans cette pièce avec eux.

« Il s'agit probablement d'une lésion massive, reprit le Dr Buckley.

— Vous pourriez traduire ça en langage de tous les jours ? insista Ted en essayant de ne pas trahir sa panique.

— Le Dr Buckley pense à une tumeur cérébrale, expliqua le Dr Martinez. Mais nous en savons encore très peu, et à ce stade il faut nous garder des conclusions hâtives. Cette lésion existe peut-être depuis des années. »

Ted chancela. Ses pires craintes se matérialisaient. Pourquoi fallait-il que ce soit sa fille qui se trouve dans cette machine ? Pourquoi pas lui ?

« Oh ! s'écria Judy Buckley, sans penser à l'effet que cette exclamation pouvait produire sur Ted. Une autre zone lésée, ici. »

Les médecins se massèrent autour de l'appareil, comme pétrifiés par les images qui se déroulaient de haut en bas de l'écran. Un temps, ils oublièrent la présence de Ted.

« Cela me rappelle le cas de Boston, vous savez, dit le Dr Rainey. Cette jeune femme d'une vingtaine d'années, atteinte de tumeurs intracrâniennes multiples qui n'étaient pas des métastases. On a pu démontrer qu'il s'agissait d'un médulloblastome.

— Je croyais que le médulloblastome était toujours localisé dans la fosse postérieure, intervint le Dr Martinez.

— En principe, oui, reprit le Dr Rainey. Et de plus, on l'observe d'habitude chez de jeunes enfants. Mais dans vingt pour cent des cas à peu près, cette tumeur survient aussi chez des sujets de plus de vingt ans, et il arrive qu'elle se développe dans des parties du cerveau proches du cervelet. En l'occurrence, ce serait merveilleux si nous avions affaire à un médulloblastome.

— Pourquoi ? s'étonna le Dr Buckley qui n'ignorait pas que ce cancer entraînait une mortalité très élevée.

« Parce qu'une équipe de Floride est arrivée à des résultats remarquables sur ce type de cancer. En ce moment, ils obtiennent des rémissions quasi complètes.

— A quel endroit travaille cette équipe de médecins ?

s'enquit Ted, prompt à se saisir de cette information où il voyait un premier signe d'espoir.

— A l'Institut de cancérologie Forbes, répondit le Dr Rainey. Ils n'ont encore rien publié, mais la rumeur s'est chargée de propager leur succès. »

3

MARDI 2 MARS,

6 H 15

Lorsque Tom Widdicomb se réveilla, à six heures et quart du matin, Sean Murphy avait déjà pris la route depuis plusieurs heures dans l'intention d'arriver à l'Institut Forbes en milieu de la matinée. Tom ne connaissait pas Sean et n'était pas au courant de sa venue. S'il avait su que leurs destins allaient bientôt se croiser, son anxiété n'en aurait été que plus forte. L'angoisse l'envahissait chaque fois qu'il décidait d'aider une malade, et cette nuit il avait entrepris d'en aider non pas une, mais deux. D'abord Sandra Blankenship, hospitalisée au premier. Elle souffrait le martyre et on l'avait déjà mise sous chimiothérapie par voie intraveineuse. L'autre patiente, Gloria D'Amataglio, avait une chambre au troisième. Cela rendait les choses plus délicates dans la mesure où Norma Taylor, la dernière personne qu'ait assistée Tom, se trouvait elle aussi à cet étage. Tom ne souhaitait pas que quiconque puisse faire le rapprochement.

Il se rongeait à l'idée que ses agissements finissent par éveiller les soupçons et cette crainte n'était jamais aussi forte que lorsqu'il s'apprêtait à passer à l'acte. A en juger d'après les bavardages, pourtant, personne ne semblait se douter de quoi que ce soit. Après tout, Tom ne s'intéressait qu'aux malades atteintes d'un cancer en phase terminale. Leurs jours étaient comptés. Il se contentait simplement d'abréger leurs souffrances.

Tom prit sa douche, se rasa, enfila sa tenue de travail verte et gagna la cuisine. Sa mère s'y trouvait déjà. Elle s'était toujours levée avant lui, aussi loin qu'il s'en souvienne. Et chaque matin elle insistait pour qu'il avale un solide petit déjeuner parce qu'il était moins robuste que les autres. Depuis la mort de son père, survenue alors qu'il avait quatre ans, Tom et sa mère, Alice, vivaient ensemble dans un univers clos et secret. Après la disparition de M. Widdicomb, ils avaient partagé le même lit, et dès cette époque sa mère s'était mise à l'appeler « mon petit homme ».

« Je vais aider une autre femme, aujourd'hui, maman », déclara Tom en s'installant devant ses œufs au bacon. Elle était fière de lui, il le savait. Petit garçon, elle le portait aux nues, alors que ses camarades d'école en avaient fait leur souffre-douleur. Ils se moquaient cruellement de lui à cause de sa stature malingre et de ses yeux qui louchaient. Une fois la classe finie, ils le suivaient jusque chez lui en ricanant derrière son dos.

« Ne t'en fais pas, mon petit homme, le consolait Alice lorsqu'il arrivait en larmes à la maison. Je resterai toujours avec toi. Nous n'avons pas besoin des autres, nous deux. »

Et les choses s'étaient en effet passées ainsi. Tom n'avait jamais éprouvé le désir de la quitter. Devenu adulte, il trouva d'abord à s'employer chez un vétérinaire du quartier. Puis, sur la suggestion de sa mère qui savait l'intérêt qu'il portait à la médecine, il avait suivi des cours pour devenir aide-infirmier. Après sa formation, il trouva du travail chez un ambulancier. Mais des problèmes relationnels avec les autres employés le poussèrent à démissionner pour entrer à l'Hôpital général de Miami, où il ne resta qu'un temps parce qu'il ne s'entendait pas avec son supérieur. Ensuite, il fut engagé par une entreprise de pompes funèbres, qu'il quitta elle aussi relativement vite afin de postuler pour un emploi de garçon de salle à l'Institut Forbes.

« Cette femme s'appelle Sandra, dit-il à sa mère tout en lavant son assiette sous le jet de l'évier. Elle est plus âgée que toi. Elle souffre énormément. Le “ mal ” a atteint la colonne vertébrale. »

Lorsqu'il s'adressait à sa mère, Tom n'employait jamais le mot « cancer ». Dès que la maladie s'était déclarée chez elle, ils avaient d'un commun accord décidé de ne jamais la nommer. Ils préféraient utiliser des termes comme « mal » ou « problème », plus vagues et moins chargés émotionnellement.

En parcourant une revue médicale, Tom était un jour tombé sur un article d'un médecin du New Jersey qui expliquait l'action de la succinylcholine. Bien que rudimentaires, ses connaissances lui permirent de comprendre les effets physiologiques induits par cette substance. Et dans la mesure où ses fonctions à l'Institut l'amenaient parfois à nettoyer les chariots sur lesquels on rangeait les anesthésiques, il n'eut aucun mal à s'en procurer. La seule difficulté consistait à trouver un endroit où la dissimuler en attendant l'occasion de s'en servir. Après bien des recherches, Tom découvrit enfin une cachette idéale sur la dernière étagère du réduit où il entreposait ses ustensiles de ménage, au troisième étage de la clinique. Lorsque, grimpé sur un escabeau pour inspecter le haut des rayonnages, il vit le tas de poussière accumulé dessus, il comprit que la succinylcholine y serait en sécurité.

« Ne t'inquiète pas, maman, lança Tom en se préparant à partir. Je rentrerai le plus vite possible. Tu vas me manquer. Je t'aime. » Tom répétait ces quelques phrases depuis l'époque où il allait à l'école, et ce n'est pas parce qu'il avait dû endormir sa mère trois ans plus tôt qu'il éprouvait le besoin de changer quoi que ce soit à ces formules rituelles.

Il était presque dix heures et demie lorsque Sean gara sa voiture sur le parking de l'Institut Forbes. C'était une vraie journée d'été, au temps clair et dégagé. La température devait avoisiner les vingt degrés et Sean eut l'impression de se retrouver au paradis après la pluie et le froid qui sévissaient à Boston. Ce voyage de deux jours en voiture lui avait plu. Il aurait pu aller plus vite, mais à quoi bon brûler les étapes puisque personne ne l'attendait avant aujourd'hui, mardi. Il avait passé la première nuit en Caroline du Nord, dans un motel de montagne quelque peu à l'écart de l'autoroute I 95.

Le lendemain, il arrivait en Floride. Ici, le printemps semblait gagner en vigueur à chaque nouveau mile franchi. Cette nuit-là, Sean s'endormit grisé par l'air merveilleusement embaumé de Vero Beach. L'employé du motel qu'il interrogea au matin sur la source de ces parfums délicieux répondit par un sourire en lui montrant du doigt les orangeraies et les citronneraies cultivées alentour.

La dernière partie du trajet devait être la plus difficile. De la sortie sud de Palm Beach jusqu'à Miami, Sean dut avancer au pas, pris dans le flot dense de la circulation matinale où des milliers de véhicules roulaient pare-chocs contre pare-chocs malgré les quatre voies aménagées de chaque côté de la I 95.

Sean ferma sa voiture, s'étira, et contempla un moment les deux imposantes tours jumelles en verre teinté de l'Institut Forbes. Une passerelle abritée construite dans le même matériau reliait les deux bâtiments. Les panneaux signalétiques lui indiquèrent que l'immeuble de gauche abritait les services administratifs et ceux de la recherche, alors que l'établissement hospitalier proprement dit se trouvait dans celui de droite.

Comme il montait les marches menant vers le hall d'entrée, Sean se remémora ses premières impressions de Miami. Il se sentait partagé. En suivant la I 95 vers le sud, jusqu'à la sortie qu'il devait emprunter pour se rendre à l'Institut, il avait eu tout loisir d'admirer les étincelants gratte-ciel du centre. Mais sur les zones construites de part et d'autre de la voie express, entrepôts et magasins aux enseignes criardes côtoyaient des immeubles d'habitation délabrés. Quant au quartier de l'Institut qui s'étendait le long de la rivière, il avait lui aussi un aspect plutôt miteux en dépit des quelques constructions récentes qui se dressaient çà et là, entre les cubes carbonisés de structures en béton à toit plat.

Sean poussa la porte en verre et esquissa une grimace en pensant aux objections que les uns et les autres lui avaient adressées à propos de ce stage de deux mois. Il se demandait si sa mère arriverait jamais à surmonter le traumatisme que ses frasques d'adolescent lui avaient infligé. « Tu ressembles trop à ton père », soupirait-elle tout le temps, la voix lourde de reproches. En dehors du plaisir qu'il prenait à aller au pub, Sean ne se trouvait pourtant guère de points communs avec son père. Il est vrai que ce dernier n'avait jamais bénéficié des mêmes choix et des mêmes opportunités que lui.

Derrière la porte, sur un panneau posé contre un chevalet, Sean découvrit son nom suivi d'un simple mot : « Bienvenue ». Cette petite marque d'attention le toucha.

L'accès au bâtiment lui-même était commandé par un tourniquet, installé à côté d'un bureau d'accueil derrière lequel trônait un beau Sud-Américain au teint basané vêtu d'un uniforme de drap brun avec épaulettes et casquette à visière d'allure militaire. Ce harnachement s'inspirait à la fois des affiches de recrutement de la Marine américaine et des tenues de la Gestapo reconstituées pour Hollywood. « Sécurité », proclamait l'écusson au dessin compliqué que le vigile portait au bras, pendant que le badge épinglé sur sa poche de poitrine l'identifiait sous le nom de Martinez.

« Vous désirez ? » s'enquit M. Martinez avec un accent marqué.

Sean déclina son identité en montrant le panneau.

Impassible, Martinez le dévisagea, décrocha l'un des téléphones placés devant lui et se lança dans une conversation en espagnol sur un rythme *staccato*. Puis il reposa le combiné et, indiquant du geste un divan en cuir, il pria Sean de patienter quelques minutes.

Sean obtempéra. Il prit un numéro de *Science* posé sur la table basse devant lui et commença à le feuilleter, mais sans le lire vraiment. En fait, toute son attention était dirigée vers le système de sécurité hyperélaboré de l'Institut Forbes. D'épaisses parois de verre séparaient du reste du bâtiment cette salle d'attente réduite à sa plus simple expression. Apparemment, le tourniquet sous haute surveillance constituait la seule voie d'accès.

Favorablement impressionné par ce dispositif trop souvent absent des établissements de soins, Sean s'adressa au vigile pour lui dire tout le bien qu'il en pensait.

« Le quartier n'est pas toujours très sûr », lâcha celui-ci sans donner plus de détails.

Enfin arriva un second agent de la sécurité, dans une tenue identique à celle de son collègue. « Ramirez, dit-il en se présentant à Sean. Si vous voulez bien me suivre. »

Sean lui emboîta le pas. Remarquant que le dénommé Martinez ne pressait pas sur un bouton particulier pour débloquer le tourniquet, il se dit que le dispositif devait s'actionner au pied, à l'aide d'une pédale.

Il suivit son guide qui poussait la première porte à main gauche ; sur le battant, le mot SÉCURITÉ s'imprimait en lettres capitales. Tous deux pénétrèrent dans une première pièce dont un pan de mur entier était couvert d'une batterie de moniteurs surveillés par un troisième vigile. Le simple coup d'œil qu'il y jeta en passant suffit à Sean pour comprendre que des caméras de surveillance étaient branchées en permanence dans différentes zones des deux bâtiments de l'Institut.

Toujours à la suite de Ramirez, il entra enfin dans un petit bureau aveugle. Derrière la table se tenait un quatrième garde qui, lui, arborait deux étoiles dorées sur la poitrine et une cordelette de même couleur sur sa casquette. Son badge précisait qu'il s'appelait Harris.

« C'est bon, Ramirez », aboya ledit Harris. Et Sean crut qu'il allait ajouter : « Rompez. »

D'emblée, un sentiment d'antipathie s'installa entre les deux hommes pendant qu'ils s'évaluaient du regard.

Avec ses traits sanguins et son teint rouge brique, Harris rappelait à Sean bien des individus qu'il lui était arrivé de rencontrer à Charlestown. La plupart du temps, ces gens occupaient des postes qui leur conféraient un semblant d'autorité et ils s'acquittaient de leurs fonctions avec zèle. Très souvent aussi, ce n'étaient que de minables poivrots. Deux bières dans le nez, et on ne pouvait plus les raisonner ! Ils étaient prêts à déclencher une bagarre sous prétexte que l'arbitre avait sifflé leur équipe au cours d'un match. Sean avait depuis longtemps appris à les éviter, eux et leurs semblables. A présent, il se trouvait face à l'un d'eux.

« Ici, tout le monde file droit », lança Harris en guise de préambule. Sa voix gardait la trace d'un léger accent du Sud.

Sean trouva curieuse cette façon d'entrer en matière. Qu'est-ce que ce type s'imaginait ? Que Harvard était un repaire de repris de justice ? Harris était de toute évidence un costaud ; cela se voyait à ses biceps qui gonflaient le tissu de sa chemise à manches courtes. Mais il n'avait pas l'air en si bonne santé que ça. Sean joua un instant avec l'idée de lui vanter les bienfaits d'une alimentation saine, puis jugea préférable d'y renoncer. Il n'avait pas oublié les recommandations du Dr Walsh.

« A ce qu'il paraît, vous êtes docteur, reprit Harris. Pouvez m'expliquer pourquoi vous avez les cheveux si longs, alors ? J'irais jusqu'à dire que vous vous êtes pas rasé, ce matin.

— Mais j'ai mis une chemise propre et une cravate pour l'occasion, rétorqua Sean. Je me suis trouvé chic en me regardant dans le miroir.

— Faudrait voir à pas plaisanter avec moi », le coupa Harris d'un ton totalement dénué d'humour.

Sean, d'un air las, changea de jambe d'appui. Cette conversation le fatiguait.

« Vous vouliez me voir pour un motif particulier ? demanda-t-il.

— Il faut qu'on vous fasse un laissez-passer avec une photo », répondit Harris. Il se leva et lui tourna le dos pour aller ouvrir la porte qui se trouvait derrière son bureau. Il devait bien dépasser Sean d'une demi-tête et pesait sans doute huit à dix kilos de plus que lui. Sur les terrains de hockey, Sean avait mis au point une tactique pour calmer ce genre de gaillard : il suffisait de leur balancer un grand coup de tête sous le menton.

« Un bon conseil : allez chez le coiffeur, lança Harris en s'effaçant pour laisser passer Sean dans la pièce attenante. Et débrouillez-vous pour faire un pli à vos pantalons. Vous cadrerez peut-être mieux avec le décor. On n'est pas sur un campus, ici. »

En franchissant le seuil, Sean saisit le regard de Ramirez qui réglait un Polaroïd monté sur un trépied. D'un geste de la main, le vigile lui désigna le tabouret placé devant un rideau bleu. Docile, Sean prit place sur le siège.

Harris ferma la porte du studio photo et revint s'asseoir derrière son bureau. Sean était encore pire que ce qu'il avait imaginé. La perspective de devoir accueillir ici un de ces péteux de Harvard ne l'avait jamais beaucoup séduit, mais il ne s'attendait tout de même pas à tomber sur une espèce de hippie rescapé des années soixante.

Allumant une cigarette, Harris jura intérieurement contre Sean et ses pareils. Il haïssait en bloc ce ramassis d'étudiants libéraux ou de gauche qui croyaient tout savoir sur tout. Harris, lui, était d'abord passé par l'Armée du Salut avant de s'engager dans l'armée, la vraie, où il avait bossé dur pour participer aux actions de commando. Il avait fait du bon boulot et avait gagné ses galons de première classe dans le Golfe, après l'opération Tempête du désert. Mais l'effondrement de l'Union soviétique et la fin de la guerre froide avaient entraîné des coupes sombres dans le budget de la Défense. Harris était l'une des victimes des restrictions en effectifs.

Il écrasa son mégot dans le cendrier. Son intuition lui soufflait que Sean allait leur attirer des ennuis. Il faudrait l'avoir à l'œil.

Sean quitta le service de sécurité avec, épinglé sur sa poche de poitrine, un badge d'identité flambant neuf orné de son portrait. A première vue, l'expérience par laquelle il venait de passer contredisait le message de bienvenue qui l'attendait dans l'entrée, mais il était encore sous le coup de ce qu'il avait découvert : en interrogeant le taciturne Ramirez sur les raisons de ces précautions tatillonnes, il avait en effet appris que plusieurs chercheurs de l'Institut avaient disparu l'an dernier.

« Disparu ? » s'étonna Sean. Que du matériel puisse disparaître, passe encore, mais des êtres humains !... « On ne les a pas retrouvés ? poursuivit-il.

— Je ne sais pas, concéda Ramirez. Je ne suis là que depuis cette année.

— Vous venez d'où ?

— De Medellin, en Colombie », répondit brièvement Ramirez.

Sean n'avait pas posé d'autres questions, mais la dernière réponse de son interlocuteur était venue ajouter à son sentiment de malaise. Il trouvait suicidaire d'avoir confié la sécurité de l'établissement à un type qui, non content de se donner des airs de GI, engageait des bonshommes dont rien ne disait qu'ils n'avaient pas fait leurs premières armes dans la garde rapprochée d'un seigneur de la drogue colombien. En pénétrant à la suite de Ramirez dans l'ascenseur qui les conduisit au sixième étage, Sean sentit s'évanouir ses premières impressions favorables sur le dispositif de sécurité de l'Institut Forbes.

« Entrez, entrez ! » répétait chaleureusement le Dr Randolph Mason en tenant grande ouverte la porte de son bureau. Les inquiétudes de Sean cédèrent instantanément devant cet accueil cordial. « Nous sommes très heureux de vous avoir parmi nous, continua le Dr Mason. J'ai été ravi que Clifford m'appelle pour me suggérer de vous prendre ici. Je peux vous offrir un café ? »

Sean acquiesça, et l'instant d'après, sa tasse à la main, il s'installait sur un divan en face du directeur de l'Institut

Forbes. Avec sa haute stature, ses traits aristocratiques, ses tempes argentées, sa bouche sensible et expressive, le Dr Mason avait tout du médecin accompli tel que l'imaginent les metteurs en scène de cinéma et les romanciers. Ses yeux au regard compréhensif adoucissaient la ligne du nez aquilin. Il inspirait confiance ; cet homme devait non seulement prêter une oreille attentive à ses interlocuteurs, mais il arrivait sûrement à résoudre leurs problèmes.

« Une chose s'impose avant tout, dit le Dr Mason. Vous devez rencontrer notre directrice de recherche, le Dr Levy. » Avant même d'avoir fini sa phrase, il décrocha le téléphone pour prier sa secrétaire d'appeler le Dr Deborah Levy. « C'est une femme remarquable, elle ne manquera pas de vous impressionner, poursuivit-il. Je ne serais pas surpris qu'elle concoure bientôt pour le prix Nobel.

— Je suis déjà très impressionné par ses travaux sur les rétrovirus, reconnut Sean.

— Et vous n'êtes pas le seul. Encore un peu de café ? »

Sean déclina l'offre d'un signe de tête. « Je ne dois pas abuser de ce breuvage, dit-il. Il agit sur moi comme une drogue : si j'en bois trop, je grimpe au plafond et je mets plusieurs jours à m'en remettre.

— Cela me fait le même effet. Maintenant, abordons les détails matériels. Avez-vous prévu quelque chose pour votre hébergement ?

— Le Dr Walsh m'a laissé entendre que vous pourriez y pourvoir.

— En effet. Il y a quelques années, nous avons eu la bonne idée d'acheter un immeuble de plusieurs appartements. Il ne se trouve pas à Coconut Grove même, mais n'en est pas très éloigné. Nous le mettons à la disposition des chercheurs invités à l'Institut et des familles de nos malades, aussi vous pourrez y résider sans problème pendant votre séjour. Ce logement vous plaira, j'en suis sûr, de même que le quartier.

— J'ai donc bien fait de ne pas prendre de dispositions de mon côté. Mais pour ce qui est des agréments locaux, je dois dire que travailler me passionne plus que jouer les touristes.

— Travailler et se distraire, voilà le secret d'une vie équilibrée, le reprit gaiement le Dr Mason. En tout cas, rassurez-vous, nous saurons vous fournir en besogne. Nous voulons que vous profitiez pleinement de ce stage. Quand vous serez installé comme médecin, il faut que l'expérience acquise auprès de nos malades vous serve.

— Je compte plutôt poursuivre dans la recherche, précisa Sean.

— Je vois, dit le Dr Mason d'une voix très légèrement assombrie.

— En fait, la raison qui m'a poussé à venir chez vous... », se lança Sean. Mais il fut interrompu par l'arrivée du Dr Deborah Levy.

Et il y avait de quoi s'interrompre devant cette femme d'une beauté stupéfiante avec son teint olivâtre, ses grands yeux taillés en amande et ses cheveux aile de corbeau encore plus bruns que ceux de Sean. La blouse blanche qu'elle portait sur sa robe en soie bleu foncé mettait en valeur sa longue silhouette élégante. Elle marchait avec l'assurance et la grâce des êtres habitués au succès.

Sean s'arracha à sa stupeur pour se lever du divan.

« Ne vous dérangez pas, restez assis », dit le Dr Levy d'une voix rauque et néanmoins très féminine.

Embarrassé par son café qu'il n'avait pas eu la présence d'esprit de poser, Sean serra la main qu'elle lui tendait. Tout en le dévisageant intensément, elle lui rendit sa poignée de main avec une force surprenante et lui tapota le bras d'un mouvement vigoureux qui fit dangereusement glisser la tasse sur la soucoupe.

« On m'a demandé de vous réserver le meilleur accueil, commença-t-elle en prenant place en face de lui, mais je préfère vous parler tout de suite franchement. Je ne suis pas absolument persuadée que vous ayez été bien inspiré de venir chez nous. J'impose des règles très strictes à notre équipe de chercheurs. Alors de deux choses l'une, ou vous prenez le collier comme tout le monde, ou vous attrapez le premier avion pour rentrer à Boston. Je ne voudrais pas vous laisser croire...

— Je suis venu en voiture », la coupa Sean. La phrase sonna comme un défi, mais il n'avait pas pu la retenir. Il ne s'attendait pas à tant de brusquerie de la part de la directrice de recherche.

Le Dr Levy le dévisagea un moment en silence avant de reprendre la parole : « L'Institut de cancérologie Forbes n'est pas l'endroit idéal pour passer des vacances au soleil. Je me fais bien comprendre ? »

Sean risqua un coup d'œil vers le Dr Mason qui arborait toujours son sympathique sourire.

« Je ne suis pas ici pour me tourner les pouces. Même si l'Institut avait son siège dans le Dakota du Nord j'aurais fait l'impossible pour m'y faire inviter. Parlons clair : j'ai entendu parler de vos résultats sur le médulloblastome. »

Le Dr Mason toussota et, posant sa tasse sur une table basse, se pencha légèrement en avant : « Vous n'espérez tout de même pas travailler sur le protocole que nous avons mis au point pour le médulloblastome ? » demanda-t-il.

Sean scruta alternativement ses deux interlocuteurs du regard. « Telle est pourtant bien mon intention, répondit-il sur le qui-vive.

— Quand j'en ai discuté avec Walsh, reprit le Dr Mason, il m'a alléché en me parlant de vos travaux fructueux sur les anticorps monoclonaux de souris.

— J'ai en effet travaillé un an là-dessus au MIT, expliqua Sean. Mais cela ne m'intéresse plus. A mon sens, cette technologie est déjà dépassée.

— Nous ne partageons pas ces vues, répliqua le Dr Mason. Pour nous, ces recherches restent commercialement rentables et devraient le demeurer quelque temps. De fait, nous avons réussi à isoler une glycoprotéine chez des patients atteints d'un cancer du côlon. Maintenant, nous espérons trouver un anticorps monoclonal susceptible de permettre un diagnostic plus précoce. Mais comme vous le savez, les glycoprotéines réservent bien des surprises. Nous n'avons jamais pu obtenir une réponse antigénique chez nos souris et toutes nos tentatives pour cristalliser cette substance ont échoué. Le Dr Walsh m'avait assuré que vous étiez un véritable artiste dans le domaine de la chimie des protéines.

— Je l'ai été, confirma Sean. Mais j'ai dû perdre la main. A l'heure actuelle, je me consacre à la biologie moléculaire, notamment aux oncogènes et aux oncoprotéines.

— Exactement ce que je craignais, s'écria le Dr Deborah Levy en se tournant vers le Dr Mason. Je vous avais prévenu que ce n'était pas une bonne idée. Nous ne sommes pas équipés pour accueillir des étudiants. Je suis mille fois trop occupée pour servir de nounou à des stagiaires. Sur ce, vous voudrez bien m'excuser, je retourne travailler. »

Le Dr Levy se leva et regarda Sean de toute sa hauteur.

« Ne croyez pas que ma brusquerie soit personnellement dirigée contre vous, ajouta-t-elle. Je suis tout simplement très prise, et pas mal surmenée.

— Désolé, riposta Sean, mais il m'est difficile de ne pas le prendre personnellement dans la mesure où seuls vos succès sur le médulloblastome m'ont incité à demander ce stage et à entreprendre cet interminable voyage.

— Franchement, ça n'est pas mon problème, rétorqua-t-elle en tournant les talons pour gagner la porte.

— Docteur Levy ! s'exclama Sean. Pourquoi n'avez-vous jamais intérêt à se livrer à ce genre d'impertinence », ajouta-t-elle après avoir marqué un temps d'arrêt. Puis elle sortit et aurait probablement obligée à aller chercher du travail ailleurs. »

Le Dr Levy foudroya Sean du regard. « Un étudiant n'a jamais intérêt à se livrer à ce genre d'impertinence », ajouta-t-elle après avoir marqué un temps d'arrêt. Puis elle sortit et ferma la porte derrière elle.

Sean se tourna vers le Dr Mason en haussant les épaules. « Après tout, c'est elle qui a voulu qu'on parle franchement, dit-il. Elle n'a effectivement rien publié depuis des années.

— Clifford m'avait prévenu que vous n'étiez sans doute pas le plus diplomate de ses thésards, glissa malicieusement le Dr Mason.

— Ah bon ? » demanda Sean l'air dédaigneux. Il commençait déjà à remettre en question son séjour en Floride. Ceux qui lui avaient déconseillé de partir n'avaient peut-être pas tort, après tout...

« Mais il a ajouté que vous étiez extrêmement brillant. Et je pense que le Dr Levy s'est un peu laissé emporter. Il est vrai qu'elle est plus que débordée. Nous le sommes tous, d'ailleurs.

— Mais vous obtenez des résultats fantastiques sur le médulloblastome, insista Sean qui reprenait espoir et voulait plaider sa cause. Je suis sûr que vous êtes au bord d'une découverte décisive pour le cancer en général. Mon souhait le plus cher est de travailler sur ce protocole. En l'étudiant avec un regard neuf, objectif, j'arriverais peut-être à déceler quelque chose qui vous échappe.

— Le moins qu'on puisse dire est que vous ne manquez pas de confiance en vous, remarqua le Dr Mason. Un jour, nous aurons sans doute besoin d'un regard neuf. Mais ce moment n'est pas venu. Je vais vous parler en toute franchise et vous donner quelques informations d'ordre confidentiel. Plusieurs obstacles s'opposent à ce que vous participiez à nos études sur le médulloblastome. En premier lieu, il s'agit d'un protocole clinique et vous êtes ici pour effectuer des recherches scientifiques. Votre directeur a bien insisté sur ce point. Par ailleurs, il nous est impossible d'autoriser des personnes extérieures à l'Institut à prendre une part active à nos traitements de pointe, car nous ne pouvons les appliquer qu'à certains patients sélectionnés au moyen de techniques biologiques dont nous avons l'exclusivité. Cette politique nous est imposée par nos financiers. A l'instar de bien d'autres institutions de recherche, nous avons en effet été obligés de diversifier nos sources de financement depuis que le gouvernement a décidé de restreindre tous les crédits affectés à la recherche médicale à l'exception de ceux qui concernent le sida. Nous nous sommes tournés vers les Japonais.

— Comme l'Hôpital général de Boston ? s'enquit Sean.

— Plus ou moins. Nous avons conclu un marché de quarante millions de dollars avec le groupe Sushita Industries, qui se développe dans le secteur des biotechnologies. Au terme de cet accord, Sushita nous avance l'argent pendant une durée déterminée, et en contrepartie nous leur laissons la propriété des brevets que nos recherches nous amenèront à déposer. C'est entre autres pour cette raison que nous avons besoin de l'anticorps monoclonal de l'antigène du cancer du côlon. Si nous voulons que Sushita continue à alimenter le budget de l'Institut, il est indispensable que nous élaborions des produits commercialement porteurs. Or nos succès dans ce domaine n'ont pas été très concluants, jusqu'ici. Et si nous perdons ce financement, il faudra mettre la clé sous la porte, avec toutes les conséquences que cela implique pour les malades qui ont placé leur espoir en nous.

— Vous êtes dans une position difficile, reconnut Sean.

— Certes. Mais telle est aujourd'hui la loi dans les milieux de la recherche.

— L'accord que vous avez conclu avec Sushita mettra fatalement les Japonais en situation de nous dominer.

— On pourrait dire la même chose de la plupart des secteurs industriels. Les biotechnologies médicales ne sont pas seules en cause.

— Pourquoi ne pas utiliser l'argent que pourraient vous rapporter les brevets pour financer vos recherches ?

— Mais où trouver le capital de départ ? Cela dit, nous nous y employons, croyez-moi. Depuis deux ans, nous bénéficions des largesses d'une philanthropie que je croyais passée de mode. Plusieurs hommes d'affaires nous ont accordé des donations substantielles. Un dîner en l'honneur de l'un de ces généreux donateurs doit d'ailleurs avoir lieu ce soir. Tenue de soirée de rigueur, bien sûr. Vous me feriez plaisir en acceptant de venir. Cela se passe chez moi, à Star Island.

— Je n'ai pas la tenue adéquate, dit Sean, surpris de se voir invité malgré la scène qui venait de l'opposer au Dr Levy.

— Il y a moyen de s'arranger. Nous faisons souvent appel à un loueur de smokings. Il suffit que vous lui téléphoniez pour lui donner vos mensurations, et il vous livrera à domicile.

— C'est très aimable à vous », le remercia Sean. Il ne savait trop comment réagir à cette douche écossaise d'amabilité et d'animosité qu'il subissait depuis son arrivée à l'Institut.

Soudain, la porte du Dr Mason s'ouvrit avec fracas devant une énorme matrone vêtue de la blouse blanche des infirmières. Traversant le bureau en trombe, elle vint se planter devant son directeur. Quelque chose, visiblement, la paniquait.

« Il y en a eu une autre, Randolph, lâcha-t-elle tout à trac. C'est le cinquième cancer du sein qui claque pour insuffisance respiratoire. Je vous avais averti... »

Le Dr Mason bondit sur ses pieds. « Margaret, lança-t-il, je ne suis pas seul. »

Reculant comme si elle avait reçu une gifle, la grosse infirmière se tourna vers Sean qu'elle n'avait pas remarqué. C'était une femme d'une quarantaine d'années, au visage rond, aux cheveux gris serrés en un petit chignon étriqué et aux jambes solides. « Excusez-moi, balbutia-t-elle en pâlissant. Je suis vraiment confuse. » Puis, s'adressant à nouveau au Dr Mason : « Je savais que le Dr Levy était venue vous voir, mais quand j'ai vu qu'elle avait regagné son bureau j'ai cru que vous étiez seul.

— Cela ne fait rien », la rassura le Dr Mason avant de la présenter à Sean : « Mme Margaret Richmond, notre infirmière en chef. Et M. Sean Murphy, qui doit passer deux mois chez nous. »

Mme Richmond serra machinalement la main de Sean en

murmurant un vague « enchantée ». Puis, prenant le Dr Mason par le coude, elle le pilota d'autorité vers la porte qu'ils tirèrent derrière eux mais sans la refermer complètement.

Bien malgré lui, Sean surprit donc leur conversation, et ce d'autant mieux que Mme Richmond avait la voix haut perchée. Au premier décès qu'elle avait mentionné en entrant s'en ajoutait apparemment un second, celui d'une autre malade, elle aussi traitée par chimiothérapie pour un cancer du sein. On l'avait découverte sans vie dans son lit, complètement cyanosée, le teint aussi bleu que les précédentes.

« Ça ne peut pas continuer ! s'emportait Mme Richmond. Ces morts ne sont pas naturelles. Cela arrive toujours au même changement d'équipe et ça casse toutes nos statistiques. Il faut faire quelque chose avant que le contrôleur commence à nourrir des soupçons. Si les journalistes ont vent de la chose, la catastrophe nous pend au nez.

— Nous allons en informer Harris, lui glissa le Dr Mason de sa voix lénifiante. Nous lui dirons de laisser tomber le reste pour ne plus s'occuper que de cette affaire. Il saura y mettre un terme.

— Ça ne peut pas continuer, répéta Mme Richmond. Vu la situation, Harris ne peut pas se contenter de vérifier les antécédents des membres du personnel.

— Je suis d'accord avec vous, renchérit le Dr Mason. Nous allons le convoquer tout de suite. Je ne vous demande qu'un instant, le temps de donner quelques consignes pour que M. Murphy puisse visiter la maison. »

Les voix s'éloignèrent. Toujours assis sur le canapé, Sean se pencha en avant pour essayer d'en saisir davantage, mais plus aucun bruit ne parvenait de l'extérieur. Soudain, sans que personne ait frappé, la porte s'ouvrit à nouveau, et Sean se renversa brusquement contre le dossier pendant qu'une troisième personne entrait en coup de vent dans la pièce. Il s'agissait cette fois d'une fille de vingt à vingt-cinq ans, séduisante dans son chemisier blanc et sa jupe à carreaux. Elle avait l'air vive et malicieuse. Un grand sourire éclairait son visage au teint hâlé. L'heure était à nouveau à l'amabilité.

La jeune personne se présenta joyeusement : « Bonjour. Claire Barington. »

Elle lui apprit en deux mots qu'elle travaillait au service des relations publiques de l'Institut Forbes. Puis, agitant un petit trousseau de clés, elle le remit à Sean en disant : « Je vous les donne. Ce sont celles du somptueux appartement qui vous est réservé au Palace des Vaches. » Avec un rire pétillant, elle lui expliqua que l'immeuble acquis par l'Institut devait ce surnom à la lourdeur toute bovine de certains de ses anciens résidents.

« Je vais vous y conduire, ajouta-t-elle. Histoire de simplement m'assurer que tout est en ordre et que vous êtes bien installé. Mais auparavant, j'ai été chargée par le Dr Mason de vous emmener visiter nos locaux. Vous êtes partant ?

— L'idée me paraît bonne », répondit Sean en s'extrayant du canapé. Il n'était arrivé à l'Institut que depuis une heure environ, et si les deux mois à venir devaient se dérouler au même rythme, ce séjour serait à n'en pas douter hautement intéressant et instructif. A condition, bien sûr, qu'il décide de le prolonger. Tout en quittant le bureau du Dr Mason derrière la charmante Claire Barington, Sean pensait sérieusement à appeler le Dr Walsh et à rentrer à Boston. Il poursuivrait sûrement mieux ses recherches là-bas, si ses activités à Miami devaient se limiter à l'étude fastidieuse d'un anticorps monoclonal.

« Ici, expliquait Claire, nous sommes dans la partie administrative. Le bureau d'Henry Falworth se trouve juste à côté de celui du Dr Mason. M. Falworth est le directeur du personnel non médical. Et voici le bureau du Dr Levy. Naturellement, elle en a également un autre en bas, dans le laboratoire P3. »

Sean sursauta : « L'Institut Forbes est équipé d'un laboratoire P3 ? demanda-t-il sans dissimuler sa surprise.

— Oui, acquiesça Claire. A son arrivée chez nous, le Dr Levy a voulu qu'on aménage un laboratoire pouvant offrir une protection maximum. Nos services de recherche sont d'ailleurs dotés du matériel le plus moderne. »

Sean esquissa une moue dubitative. La présence dans ces murs d'un laboratoire prévu pour manipuler en toute sécurité des micro-organismes infectieux lui paraissait un luxe quelque peu excessif.

Claire lui désigna ensuite, de l'autre côté du couloir, la porte du bureau que partageaient le Dr Stan Wilson, chef du personnel médical, Margaret Richmond, l'infirmière en chef, et Dan Selenburg, l'administrateur de l'hôpital. « Bien sûr, tous les trois disposent aussi d'un bureau personnel au dernier étage de l'autre tour, celle de la clinique.

— Je m'en fiche, maugréa Sean. Montrez-moi plutôt les laboratoires de recherche.

— Hé, vous avez droit au grand jeu : c'est la visite complète ou rien », répliqua-t-elle un peu abruptement. Puis, se mettant à rire : « Allons, soyez gentil. J'ai besoin de m'entraîner à jouer le guide. »

Conquis, Sean sourit. Claire était l'être le plus spontané qu'il lui ait été donné de rencontrer depuis son arrivée. « C'est de bonne guerre, admit-il. Va pour la visite. »

Elle le conduisit dans une pièce adjacente où plusieurs personnes s'activaient fébrilement autour de huit grandes tables disposées en quinconce. L'énorme photocopieuse placée contre un des murs crachait le papier dans ses bacs superposés. Un gros ordinateur branché sur plusieurs modems trônait à l'abri de cloisons vitrées comme quelque étrange trophée. Le troisième mur était occupé par un petit monte-charge à la porte en verre transparent, rempli de documents aux allures de dossiers médicaux.

« Voilà le saint des saints, déclara Claire. C'est ici que l'on facture les frais hospitaliers et que l'on traite avec les compagnies d'assurance. C'est également d'ici que partent les chèques que je reçois en fin de mois. »

Après cette promenade un peu longue au goût de Sean dans les services administratifs, Claire l'emmena enfin dans la partie réservée à la recherche, qui occupait les cinq premiers étages du bâtiment.

« Au rez-de-chaussée se trouvent plusieurs salles de conférence, une bibliothèque et les services de sécurité, lança Claire alors qu'ils sortaient de l'ascenseur au cinquième. L'essentiel des recherches s'effectue à cet étage, qui abrite le matériel le plus important. »

Sean se risqua à jeter un coup d'œil dans plusieurs pièces. Mais il dut vite déchanter. Il s'attendait à trouver des équipements futuristes, des machines aux lignes superbes, le fin du fin de la technologie. Or il ne voyait que des laboratoires tout ce qu'il y a d'ordinaire, agencés autour de quelques structures de base et pourvus de banals appareils. Claire le présenta aux quatre personnes qu'ils rencontrèrent au hasard de ces incursions décevantes : David Loewenstein, Arnold Harper, Nancy Sprague et Hiroshi Gyuhama. Seul Hiroshi manifesta à Sean plus qu'un intérêt de pure forme. Après l'avoir salué en se cassant littéralement en deux au niveau de la taille, il lui témoigna son admiration en apprenant qu'il sortait de Harvard.

« Harvard est une très bonne université », commenta-t-il avec un fort accent japonais.

Comme ils poursuivaient leur visite le long du couloir, Sean s'étonna de constater que presque tous les locaux étaient vides.

« Où sont passés les chercheurs ? demanda-t-il à son accompagnatrice.

— Vous avez rencontré le personnel de recherche au grand complet ou presque, répondit Claire. A l'exception de Mark Halpern, notre technicien, mais je ne sais pas où il est pour l'instant. A l'heure qu'il est, nous nous contentons de ces effectifs, encore que le bruit court qu'ils seront bientôt augmentés. Comme toute entreprise, l'Institut Forbes connaît des périodes difficiles. »

Sean hocha la tête, mais il restait déçu. Les succès impressionnants obtenus par l'Institut sur le médulloblastome lui avaient laissé imaginer un cercle de chercheurs nombreux et dynamiques. Il tombait au contraire sur un endroit relativement désert, et ce constat lui remit en mémoire la troublante remarque de Ramirez.

« Un des agents de la sécurité m'a laissé entendre que plusieurs chercheurs avaient disparu. Vous savez quelque chose là-dessus ?

— Rien de bien substantiel, répondit Claire. L'histoire remonte à l'an dernier et elle a provoqué une vraie panique dans la maison.

— Que s'est-il passé ?

— Ils ont bel et bien disparu. En laissant tout derrière eux : appartements, voitures, jusqu'à leurs petites amies.

— Et on ne les a jamais retrouvés ?

— Si. L'administration n'aime pas évoquer ce sujet, mais il semble qu'ils soient partis travailler au Japon, pour je ne sais quel groupe industriel.

— Sushita Industries ? risqua Sean.

— Je ne sais vraiment pas », répondit Claire.

Sean n'ignorait pas que certaines entreprises mettaient tout en œuvre pour attirer chez elles des spécialistes compétents, mais d'habitude elles n'agissaient pas en secret. Et pas du

Japon. Il fallait sans doute y voir un signe que les temps changeaient plus vite qu'il ne croyait dans le domaine des biotechnologies.

Claire le conduisit jusqu'à une épaisse porte en verre qui barrait le couloir à une extrémité. ENTRÉE INTERDITE, lisait-on dessus en lettres capitales. Sean interrogea son guide du regard.

— C'est le laboratoire P3, expliqua Claire.

— On peut voir ? » demanda Sean, qui, les mains en œillères autour des yeux, s'approchait déjà de la paroi vitrée pour apercevoir ce qui se passait derrière. Il ne vit que des portes le long d'un couloir.

« Défendu, rétorqua la jeune fille en montrant le panneau. Le Dr Levy effectue la plupart de ses recherches ici. Du moins lorsqu'elle est avec nous. Elle partage son temps entre Miami et Key West, dans notre centre de diagnostic fondamental.

— Qu'est-ce que c'est que ça ? » demanda Sean.

Claire lui adressa un clin d'œil et posa un doigt sur sa bouche comme si elle lui confiait un secret : « Une petite succursale de l'Institut Forbes, qui se charge des études diagnostiques demandées par la clinique ainsi que par plusieurs autres établissements hospitaliers de la région. Disons que cela permet à la maison de s'assurer un petit appoint financier. Le seul problème est que la législation en vigueur en Floride se montre un peu tatillonne sur les transferts de patients.

— Comment se fait-il que nous n'ayons pas le droit de visiter ce labo ? s'obstina Sean en désignant la porte.

— D'après le Dr Levy, cela présente certains risques, bien que j'ignore lesquels. Franchement, je préfère rester dehors. Mais parlez-lui-en. Elle vous laissera probablement entrer. »

Sean n'était pas très sûr que le Dr Levy lui accorde cette faveur après l'âpre échange qui les avait opposés. Saisissant la poignée d'une main, il tira la porte qui s'ouvrit dans un craquement accompagné d'un léger sifflement.

L'air consterné, Claire s'agrippa à son bras : « Mais qu'est-ce qui vous prend ?

— Simple curiosité. Je voulais vérifier si c'était fermé à clé, répondit Sean en lâchant le battant qui revint s'appliquer contre les joints d'étanchéité.

— Ce n'est pas très malin », dit sèchement Claire.

Ils rebroussèrent chemin vers l'ascenseur pour se rendre au quatrième, qui se partageait entre un vaste laboratoire et, de l'autre côté du couloir, plusieurs petits bureaux.

« D'après ce que je sais, c'est ici que vous travaillerez », annonça Claire en entrant dans le laboratoire. Elle alluma les plafonniers. La pièce était immense, comparée aux endroits où Sean avait jusque-là exercé, tant à Harvard qu'au MIT où les chercheurs devaient jouer des coudes pour défendre leur territoire. Au centre, un box en verre abritait un terminal d'ordinateur et un bureau sur lequel était posé un téléphone.

Sean arpenta cet espace en tripotant les instruments. Les deux plus remarquables se composaient d'un spectrophotomètre à luminescence et d'un microscope binoculaire à même de détecter les émissions fluorescentes. Pour le reste, il s'agissait d'un équipement de base, quoique utile et en bon état de marche. Dans un environnement stimulant, il aurait sûrement été possible de s'amuser avec ces appareils, mais Sean commençait à avoir des doutes sur l'esprit d'équipe régnant dans cet établissement. D'autant que, selon toute apparence, il devrait sans doute travailler seul dans cette immense salle.

« Où sont rangés les réactifs et les autres produits ? » demanda-t-il.

Claire lui fit signe de la suivre et ils descendirent à l'étage inférieur où la jeune fille lui montra la pièce qui servait de réserve. Pour la première fois, ce qu'il avait sous les yeux impressionna Sean. Il y avait là toutes les substances dont pouvait rêver un chercheur en biologie moléculaire, notamment une riche sélection des lignées cellulaires cultivées au NIH *.

Après une visite superficielle des autres étages, Claire entraîna Sean dans les sous-sols. Là, se pinçant le nez, elle l'amena dans l'animalerie de l'Institut. Dans leurs cages, les chiens aboyaient, les singes se collaient derrière les barreaux, les souris et les rats tournaient comme des fous. L'air fétide et chargé d'humidité irritait les muqueuses. Claire présenta Sean à Roger Calvet, le gardien des lieux, un petit homme au dos contrefait par une bosse proéminente.

Ils ne s'attardèrent pas, et à peine étaient-ils sortis que Claire esquissa une mimique de soulagement. « C'est vraiment

* NIH : le National Institute of Health, ou Institut national de la santé.

l'endroit de la maison que je déteste le plus, soupira-t-elle. En fait, je me sens très partagée sur la question de l'expérimentation animale.

— La chose est assez barbare, admit Sean. Mais nous avons besoin de ces pauvres bêtes. Allez savoir pourquoi, je trouve cependant moins dur de m'occuper des souris et des rats que des chiens ou des singes.

— On m'a également chargée de vous montrer la clinique, dit Claire en changeant de sujet. On continue ?

— Pourquoi pas ? » répliqua Sean. Il trouvait sa compagne agréable.

Ils reprirent l'ascenseur jusqu'au premier et empruntèrent la passerelle pour se rendre dans l'autre bâtiment. Une distance d'une quinzaine de mètres séparait les deux tours.

Le premier étage de la clinique abritait l'unité de soins intensifs ainsi que les salles de chirurgie et de radiologie, le laboratoire de chimie et les archives. Claire entra dans cet espace, réservé au classement des dossiers des malades, afin de présenter Sean à sa mère, une des documentalistes de l'Institut.

« Si je peux vous rendre service, lui dit Mme Barington, n'hésitez pas à me passer un coup de fil. »

Sean la remercia et s'apprêta à prendre congé, mais Mme Barington insista pour lui montrer le service. Bien malgré lui, il dut s'intéresser aux prouesses de l'ordinateur, aux imprimantes à laser, au monte-charge utilisé pour transférer les dossiers des réserves situées en sous-sol, à la vue que les fenêtres ménageaient sur le cours paresseux de la rivière.

Une fois qu'ils se furent enfin libérés, Claire s'excusa auprès de Sean : « Elle n'est jamais comme cela, vous savez, ajouta-t-elle. Vous avez dû lui plaire.

— C'est bien ma chance, dit Sean. Les femmes mûres et les filles prépubères me trouvent irrésistible. Mais les femmes entre ces deux âges font comme si je n'existais pas.

— Et naturellement vous imaginez que je vous crois ! »

Sean eut ensuite droit à une promenade au pas de charge à travers la clinique ultra-moderne de quatre-vingts lits. Les chambres étaient propres, bien conçues, et le personnel paraissait compétent. Avec ses couleurs à éclat tropical, les plantes vertes et les bouquets de fleurs partout disposés à profusion, l'endroit avait même un air joyeux en dépit des maladies souvent gravissimes dont souffraient ceux qui y étaient soignés. Au cours de cette partie de la visite, Sean apprit que l'Institut de cancérologie Forbes s'était associé avec le NIH pour traiter les mélanomes de stade avancé. Le lumineux soleil de Floride multipliait en effet les risques d'apparition de ces cancers de la peau.

Quand ils en eurent assez vu, Claire lui déclara qu'il fallait encore qu'elle l'emmène au Palace des Vaches pour s'assurer que l'appartement lui convenait. Il tenta de la convaincre qu'il pouvait se débrouiller seul, mais elle ne voulut rien entendre et il dut la suivre en voiture, d'abord en dehors de l'enceinte de l'Institut, puis le long de la 12e Avenue. Sachant que les automobilistes de la ville se montraient souvent vindicatifs et qu'ils étaient pour la plupart armés, Sean conduisit avec une exceptionnelle prudence. Miami détenait le triste record des accidents mortels consécutifs à des rixes déclenchées par des accrochages insignifiants.

L'un derrière l'autre, les deux véhicules prirent à gauche dans la Calle Ocho ; là, Sean eut un bref aperçu de la florissante culture cubaine qui marquait de son empreinte le Miami moderne. Arrivés à Brickell, ils tournèrent à droite, et à nouveau le visage de la ville changea. Ils longeaient à présent des immeubles étincelants où s'affichaient le nom de banques dont chacune attestait ouvertement de la puissance financière engendrée par la commerce illicite de la drogue.

En revanche, le Palace des Vaches n'en imposait guère. Ce cube de béton de deux étages aux portes et fenêtres munies de cadres en aluminium ne se différenciait pas de la majorité des autres constructions du quartier. Devant et derrière s'étendaient deux parkings goudronnés. Seules quelques plantes tropicales en fleur lui conféraient quelque attrait.

Sean gara son quatre-quatre à côté de la Honda de Claire.

Après avoir vérifié le numéro de l'appartement sur le trousseau de clés, la jeune femme franchit l'entrée devant lui. L'appartement de Sean se trouvait à peu près au milieu du couloir conduisant à l'arrière du bâtiment. Pendant que Claire fourrageait dans la serrure, la porte d'en face s'ouvrit. Un homme blond qui pouvait avoir dans les trente ans apparut sur le seuil, torse nu :

« Un nouveau résident ? demanda-t-il.

— En effet, répondit Sean.

— Je m'appelle Gary, Gary Engels. Je viens de Philadelphie et je suis technicien en radiologie. Je travaille de nuit, le jour je cherche un appartement. Et vous ?

— Etudiant en médecine », fit Sean au moment où Claire réussissait enfin à ouvrir la porte.

Le logement se composait de deux pièces et d'une cuisine, toutes trois meublées. Dans le séjour et la chambre, des portes coulissantes donnaient sur un balcon qui courait sur toute la façade de l'immeuble.

« Qu'en pensez-vous ? demanda Claire en ouvrant la porte-fenêtre du salon.

— Je n'en attendais pas tant, dit Sean.

— L'Institut a parfois du mal à recruter certains types de personnel, expliqua Claire. En particulier des infirmières dotées d'une solide expérience. Il faut pouvoir les héberger temporairement dans un endroit correct, car la concurrence avec les autres hôpitaux de la ville est dure.

— Je dois vous remercier de m'avoir ainsi pris en charge, dit Sean.

— Ah, pendant que j'y pense, s'exclama-t-elle en lui tendant un bout de papier. Voici le numéro de téléphone du loueur de smokings dont vous a parlé le Dr Mason. Vous assisterez au dîner de ce soir, n'est-ce pas ?

— J'avais complètement oublié, confessa Sean.

— Venez, vous ne le regretterez pas. Ces petites réjouissances font partie des à-côtés agréables de la vie à l'Institut.

— Elles sont donc si fréquentes ? s'enquit Sean.

— Relativement. On s'y amuse beaucoup.

— J'en déduis donc que vous y serez ?

— Je ne raterais ça pour rien au monde.

— Eh bien, dans ce cas, je m'y joindrai peut-être. Il ne m'est pas arrivé si souvent d'enfiler un smoking. Il faut bien que je m'entraîne.

— Super, dit Claire. Et comme vous risquez d'avoir du mal à trouver l'adresse du Dr Mason, je me ferai un plaisir de venir vous prendre. J'habite Coconut Grove, au bout de la rue pour ainsi dire. Sept heures et demie, ça vous irait ?

— Je serai prêt », acquiesça Sean.

Hiroshi Gyuhama avait vu le jour à Yokosuka, au sud de Tokyo. Ce fils d'une Japonaise employée à la base navale américaine se passionna dès l'âge le plus tendre pour l'Amérique et le mode de vie occidental. Il ne tenta toutefois pas d'aller contre la volonté de sa mère qui s'opposait à ce qu'il apprenne l'anglais à l'école. Aussi n'est-ce qu'après la mort de Mme Gyuhama, alors qu'il suivait un cursus de biologie à l'université, qu'il put enfin se mettre à l'anglais, langue qu'il parvint à maîtriser avec une rapidité inouïe.

Une fois ses études terminées, Hiroshi fut engagé par Sushita Industries, un des géants japonais de l'informatique qui commençait alors à étendre ses activités aux biotechnologies. Découvrant qu'il parlait couramment anglais, ses supérieurs n'hésitèrent pas à l'envoyer en Floride afin qu'il supervise sur place l'emploi des fonds qu'ils avaient consentis à l'Institut Forbes.

Hormis quelques frictions avec deux chercheurs de l'Institut qui refusaient de coopérer — difficulté vite résolue par l'envoi des récalcitrants à Tokyo où ils se virent offrir des salaires astronomiques —, Hiroshi n'avait pas rencontré de problèmes sérieux au cours de sa mission.

En revanche, l'arrivée inattendue de Sean Murphy le perturbait. Pour Hiroshi comme pour ses compatriotes dans leur ensemble, l'imprévu constituait en soi une menace. Et aux yeux des Japonais, Harvard ne représentait pas tant une institution précise qu'une métaphore, le symbole de l'excellence et de l'inventivité américaines. Hiroshi ne s'en inquiétait que davantage : si Sean Murphy faisait profiter Harvard des recherches qui se poursuivaient à l'Institut, la grande université risquait de prendre les Japonais de vitesse dans la course au dépôt des brevets. Hiroshi ne pouvait que se méfier du nouveau venu, car son propre avancement au sein de Sushita dépendait de son adresse à protéger l'accord liant l'Institut au groupe japonais.

Sa première réaction fut d'utiliser sa ligne de téléphone privée pour télécopier un message à son contrôleur de Tokyo. Dès le départ, ses supérieurs avaient en effet insisté pour qu'il communique avec eux sans passer par le standard de l'Institut.

Hiroshi avait ensuite appelé la secrétaire du Dr Mason pour être reçu par le directeur. Le rendez-vous était fixé à 14 heures. Trois minutes avant l'heure convenue, Hiroshi s'engagea dans l'escalier menant au sixième étage. Toujours ponctuel, il ne laissait rien au hasard.

Quand il entra dans le bureau, le directeur se leva pour l'accueillir. Hiroshi s'inclina profondément, mais ce geste apparemment respectueux ne l'empêchait pas de tenir l'Américain en piètre estime. Selon lui, le Dr Mason ne possédait pas la force de caractère indispensable aux vrais dirigeants. Il le jugeait comme un être malléable, susceptible de céder à n'importe quelle pression.

« C'est très aimable à vous d'être monté jusqu'ici, monsieur Gyuhama, lui dit le Dr Mason en lui désignant le canapé. Puis-je vous offrir quelque chose ? Un thé, un café, un jus d'orange ?

— Un jus d'orange, s'il vous plaît », répondit Hiroshi avec un sourire poli. En fait, il n'avait pas soif, mais craignait d'offenser grossièrement son hôte en refusant.

Le Dr Mason prit place en face de lui. Hiroshi remarqua qu'il s'asseyait au bord du siège et n'arrêtait pas de se frotter les mains. Cette nervosité manifeste ne servit qu'à rabaisser encore le médecin dans l'esprit du jeune homme. Il trouvait inconvenant qu'un haut responsable se laisse aller à une attitude aussi transparente.

« Que puis-je pour vous ? » s'enquit le Dr Mason.

La question amena un nouveau sourire sur les lèvres d'Hiroshi. Jamais un Japonais ne se serait montré aussi direct.

« J'ai eu le plaisir de faire la connaissance d'un jeune étudiant, tout à l'heure, dit Hiroshi.

— Sean Murphy ? Il est en effet étudiant à Harvard.

— Harvard est une excellente université.

— Une des meilleures. Surtout en ce qui concerne la recherche médicale. » Le Dr Mason observait Hiroshi avec circonspection. Il savait que son interlocuteur empruntait toujours des détours, ce qui l'obligeait lui-même à deviner où il voulait en venir. L'exercice était pénible, mais le directeur n'ignorait pas qu'Hiroshi était là pour défendre les intérêts de Sushita Industries et qu'il ne fallait surtout pas le brusquer. Il semblait en tout cas que la présence de Sean l'incommodait.

La secrétaire apporta les jus de fruit, et Hiroshi remercia à plusieurs reprises en se cassant en deux. Après avoir bu une gorgée il posa son verre sur la table basse.

« Vous désirez peut-être que je vous explique les raisons de la venue de M. Murphy ? proposa le Dr Mason.

— Je vous en prie, opina Hiroshi.

— M. Murphy est en troisième année de médecine. A ce

stade de leur cursus, les étudiants peuvent effectuer un ou plusieurs stages pour mieux se former à un domaine qui les intéresse particulièrement. M. Murphy est attiré par la recherche. Il doit passer deux mois parmi nous.

— C'est une très bonne chose pour M. Murphy, dit Hiroshi. Il a ainsi la possibilité de passer l'hiver en Floride.

— Le système présente certains avantages, reconnut le Dr Mason. Il permet aussi aux néophytes de se familiariser avec la réalité du travail en laboratoire, et nous permet de disposer d'un chercheur sans qu'il nous en coûte rien.

— M. Murphy sera peut-être curieux de s'informer sur le projet en cours à propos du médulloblastome.

— En effet, confirma le Dr Mason. Mais il ne sera pas autorisé à y prendre part. Il travaillera sur la glycoprotéine du cancer du côlon, avec pour mission de mener la cristallisation à bien. Inutile de vous préciser que ce serait une excellente chose, tant pour l'Institut que pour Sushita Industries, s'il réussissait là où nous nous échinons depuis si longtemps.

— Mes supérieurs ne m'ont pas averti de l'arrivée de M. Murphy, remarqua négligemment Hiroshi. Je trouve étrange qu'ils aient pu oublier de m'en parler. »

Le Dr Mason comprit tout à coup quel était le véritable enjeu de cette conversation. Sushita Industries avait, entre autres conditions, exigé d'examiner les dossiers de toute personne désireuse d'être engagée par l'Institut. Cette formalité était en principe respectée, mais le Dr Mason n'avait pas imaginé qu'elle s'appliquait aussi aux étudiants, et en l'occurrence à Sean Murphy qui ne devait rester que peu de temps parmi eux.

« La décision d'inviter M. Murphy à faire son stage chez nous a été prise dans des délais assez brefs. J'aurais peut-être dû en informer Sushita, mais il ne s'agit pas d'un employé à proprement parler puisqu'il ne touche pas de salaire. De plus, il n'a pas terminé ses études et n'a donc qu'une expérience limitée.

— On va cependant le laisser manipuler des fragments de glycoprotéine, insista Hiroshi. Et il pourra utiliser la levure recombinante qui permet de la produire.

— Il est bien évident que nous allons lui confier la protéine, mais rien ne nous oblige à lui décrire la technologie dont nous nous servons pour la produire.

— Vous vous êtes renseigné, au sujet de cet homme ?

— Il vient ici sur la recommandation d'un confrère en qui j'ai toute confiance, répondit le Dr Mason.

— La compagnie que je représente apprécierait sans doute de recevoir son curriculum.

— Nous ne lui en avons pas demandé. Il n'est encore qu'étudiant. Si son parcours comprenait un élément de quelque intérêt, je suis sûr que mon ami, le Dr Walsh, me l'aurait signalé. Il m'a affirmé que M. Murphy était un artiste en matière de cristallisation des protéines et de fabrication des anticorps monoclonaux. Or nous avons besoin de quelqu'un de cette trempe pour mettre au point un produit brevetable. En outre, le fait qu'il sorte de Harvard est un bon point pour nous. Former chez nous des étudiants de cette prestigieuse université ne saurait en aucun cas nous porter tort. »

Hiroshi se leva et, son perpétuel sourire aux lèvres, s'inclina en une courbette qui fut toutefois moins accentuée et plus brève que la précédente. « Merci d'avoir bien voulu m'accorder un peu de votre temps », dit-il en quittant la pièce.

La porte se referma derrière lui avec un léger déclic. Fermant les yeux, le Dr Mason se frotta les paupières du bout des doigts. Il était beaucoup trop tendu ; s'il ne se surveillait pas, son ulcère à l'estomac allait empirer. Déjà atterré par l'éventualité qu'un psychopathe ait entrepris de tuer toutes ses patientes atteintes d'un cancer du sein, Mason se serait bien passé d'un problème avec Sushita Industries. Maintenant, il regrettait d'avoir rendu service à Clifford Walsh en invitant son protégé. Comme s'il avait besoin de se compliquer davantage la vie !

D'un autre côté, il fallait trouver quelque chose à offrir aux Japonais en échange de leurs versements, faute de quoi la manne s'interromprait. La présence de Sean pouvait s'avérer providentielle s'il arrivait à découvrir comment fabriquer un anticorps réagissant à la glycoprotéine.

Le Dr Mason se passa fébrilement la main dans les cheveux. A la vérité, il savait fort peu de choses sur Sean Murphy, et Hiroshi ne s'était pas gêné pour lui faire comprendre que c'était bien là le problème. Sean allait circuler dans les laboratoires, discuter avec les autres chercheurs, se servir des ordinateurs. Et la curiosité de ce garçon semblait décidément insatiable.

Décrochant impulsivement le téléphone, le Dr Mason demanda à sa secrétaire d'appeler Clifford Walsh à Boston. Puis il se mit à arpenter son bureau. Pourquoi diable n'avoir pas pensé à téléphoner plus tôt à Clifford ?

Quelques minutes plus tard, la secrétaire l'avertit que le Dr Walsh était au bout du fil et Mason retourna s'asseoir dans son fauteuil. Ils avaient discuté ensemble peu de temps auparavant, aussi les préliminaires d'usage furent-ils réduits au minimum.

« Sean est bien arrivé ? s'enquit le Dr Walsh.

— Il est là depuis ce matin.

— J'espère qu'il n'a pas déjà fait des siennes », dit Walsh. A ces mots, Mason sentit son ulcère se réveiller.

« Je trouve cette remarque curieuse, lâcha-t-il. Surtout après t'avoir entendu chanter ses louanges la semaine dernière.

— Tout ce que j'ai pu te dire sur lui est vrai. Ce gosse est un petit génie pour tout ce qui touche à la biologie moléculaire. Mais il a grandi dans la rue, et ses manières sont loin d'égaler ses capacités intellectuelles. C'est une vraie tête de mule, et physiquement il est fort comme un bœuf. Il avait la carrure pour devenir professionnel de hockey. Exactement le genre de type qu'il vaut mieux avoir de son côté quand il y a de la bagarre dans l'air.

— Les bagarres ne sont pas si fréquentes à l'Institut, observa le Dr Mason avec un petit rire. Nous ne pourrons hélas pas profiter de ses compétences en la matière. Mais dis-moi, est-ce qu'à ta connaissance Sean a déjà travaillé sur les biotechnologies dans le privé ? Le genre boulot d'étudiant pendant les vacances, tu vois ?

— Assurément, répondit Walsh. Et non seulement il a travaillé dans le privé, mais avec un petit groupe d'amis il a créé sa propre boîte, Immunotherapy, une société spécialisée dans la fabrication des anticorps monoclonaux à partir de souris. Les affaires marchaient bien, autant que je sache. Mais je n'arrive plus à suivre les développements industriels de notre secteur, aujourd'hui. »

Mason sentit ses douleurs d'estomac s'intensifier. Ces nouvelles ne soulageaient pas ses angoisses.

Il remercia le Dr Walsh et, tout de suite après avoir raccroché, avala deux pilules pour calmer la sensation de brûlure. Maintenant, il avait une bonne raison de s'inquiéter. Si le groupe Sushita venait à apprendre quel type de liens Sean entretenait avec Immunotherapy, il risquait purement et simplement de rompre l'accord financier conclu avec l'Institut.

Le Dr Mason se remit à faire les cent pas. Il fallait agir, mais comment ? Le mieux était peut-être de renvoyer Sean à Boston, ainsi que l'avait suggéré le Dr Levy. Mais cela reviendrait à priver l'Institut d'une collaboration inespérée pour le projet sur les glycoprotéines.

Soudain, une idée le traversa : il pouvait au moins essayer d'obtenir le maximum de renseignements sur la société fondée par Sean. Il décrocha à nouveau son téléphone, mais cette fois il composa lui-même le numéro, sans passer par sa secrétaire. Il voulait parler à Sterling Rombauer.

Fidèle au rendez-vous, Claire se présenta chez Sean à 7 heures et demie tapantes. Elle portait une robe noire à fines bretelles et de longs pendants d'oreille. Deux barrettes en strass retenaient ses cheveux châtain foncé vers l'arrière. Sean la trouva superbe.

Il doutait un peu plus de son allure à lui. Le loueur lui avait apporté un pantalon qui devait faire deux tailles de plus que la sienne et aurait bien supporté une ceinture, mais il était trop tard pour le changer. Les chaussures avaient elles aussi une demi-pointure de trop. En revanche, la chemise et la veste ne tombaient pas trop mal, et son obligeant voisin, Gary Engels, lui avait prêté du gel pour discipliner sa chevelure rebelle, maintenant lissée à la perfection. Il avait même pris la peine de se raser.

Ils montèrent dans le quatre-quatre de Sean, plus spacieux que la petite Honda de Claire. Suivant les instructions de la jeune fille, Sean contourna le centre-ville et suivit Biscayne Boulevard. Une foule bigarrée où se mêlaient les races et les nationalités les plus différentes se pressait dans les rues. Ils passèrent devant un garage Rolls Royce, et Claire fit état de la rumeur selon laquelle ces voitures de luxe se payaient en liquide ; ici, les gens se promenaient avec des valises pleines de billets de vingt dollars.

« Si le trafic de drogue devait cesser du jour au lendemain, Miami ne s'en remettrait probablement pas, remarqua Sean.

— La ville s'écroulerait », renchérit sa passagère.

Ils tournèrent à droite pour s'engager sur la digue MacArthur, vers la pointe sud de Miami Beach, et longèrent le port de Sealand où étaient amarrés plusieurs yachts de belle taille. Juste avant d'arriver à Miami Beach, Claire lui indiqua de prendre à gauche. Ils traversèrent un petit pont fermé par un portail devant lequel un garde armé les obligea à s'arrêter.

« La grande classe, commenta Sean lorsque l'homme leur eut fait signe de passer.

— Ultrachic, confirma Claire.

— Mason a l'air à son aise », ajouta Sean. Les somptueuses propriétés devant lesquelles ils passaient ne cadraient pas avec le train de vie du directeur d'un institut de recherche.

« Je crois que l'argent vient de sa femme, expliqua Claire. Elle s'appelait Forbes de son nom de jeune fille, Sarah Forbes.

— Sans blague, dit Sean en la regardant du coin de l'œil pour voir si elle ne se moquait pas de lui.

— Je vous assure. C'est la fille du fondateur de l'Institut de cancérologie Forbes.

— Vous m'en direz tant. C'est sympa de la part du vieux d'avoir casé son gendre.

— Ce n'est pas ce que vous croyez. En fait, ce fut un vrai roman-feuilleton, avec rebondissements et tout. Le vieux M. Forbes avait créé le centre de cancérologie, mais à sa mort son fils Harold, le frère aîné de Sarah, est devenu exécuteur testamentaire de tous les biens de la famille. Et il a dilapidé une grande partie de l'argent en investissant dans un projet immobilier, quelque part en Floride. Le Dr Mason n'est arrivé que plus tard à l'Institut, au moment où celui-ci était sur le point de couler. C'est lui qui a redressé la barre, avec l'aide du Dr Levy. »

Ils s'arrêtèrent dans une grande allée de gravier menant à une immense demeure dont le perron à portique était soutenu par de frêles colonnes corinthiennes. Un employé s'occupa de garer la voiture.

L'intérieur de la maison n'était pas moins impressionnant que la façade. Sol en marbre blanc, meubles blancs, tapis blancs, laque blanche sur les murs, la couleur blanche dominait partout.

« J'espère qu'ils n'ont pas payé le décorateur trop cher pour le choix des couleurs », souffla Sean à l'oreille de sa compagne.

Ils furent conduits au travers d'une enfilade de pièces jusqu'à une terrasse qui surplombait la baie de Biscayne. Au loin, la ville de Miami s'étendait le long du rivage comme un ruban scintillant et çà et là, par centaines, les lumières émanant des bateaux ou des petites îles venaient trouer l'étendue noire des flots.

Au centre de la terrasse, une piscine en forme de haricot géant était éclairée par des projecteurs disposés dans le fond. A sa gauche, se dressait une tente rayée de rose et blanc sous laquelle plusieurs longues tables supportaient une profusion de plats et de boissons. L'orchestre jamaïcain qui jouait dans le jardin emplissait la nuit veloutée de ses percussions. La terrasse elle-même se prolongeait par une jetée servant de ponton à un immense yacht blanc qui portait, suspendu aux bossoirs de sa poupe, un autre bateau plus petit.

« Nos hôtes viennent à notre rencontre », murmura Claire à l'adresse de Sean momentanément médusé par le spectacle.

Sean se retourna à temps pour voir le Dr Mason s'avancer vers eux en compagnie d'une blonde oxygénée à la silhouette plantureuse. Le directeur avait belle allure, avec son smoking qui de toute évidence ne sortait pas de chez le loueur, ses souliers vernis et son nœud papillon noir. Sa femme, elle, portait une robe pêche qui laissait ses épaules nues et semblait si étroitement ajustée que c'était pur miracle que son opulente poitrine n'en jaillisse pas au premier mouvement. Sa coiffure était légèrement ébouriffée et elle arborait un maquillage qui aurait mieux convenu à une fille deux fois plus jeune qu'elle. Elle avait l'air visiblement pompette.

« Bonsoir, Sean, dit le Dr Mason. J'espère que Claire s'est bien occupée de vous.

— Elle est parfaite », répondit Sean.

Le directeur lui présenta son épouse, qui se mit à jouer de la prunelle derrière ses cils enduits de mascara. En homme bien élevé, Sean lui serra la main pour éviter le baiser qu'elle s'apprêtait à lui déposer sur la joue.

Sur un geste du Dr Mason, un troisième couple vint se joindre à eux. Sean eut le désagréable sentiment de jouer les chiens savants en entendant parler de lui comme d'un brillant étudiant de Harvard accepté en stage à l'Institut.

L'homme s'appelait Howard Pace. Il occupait le fauteuil de président-directeur général d'une compagnie aéronautique de

Saint Louis et n'était autre que le généreux mécène dont l'Institut allait bientôt profiter des largesses.

« Vous savez, petit, lui confia M. Pace en lui passant un bras autour des épaules, ce don que j'ai décidé de faire doit servir à aider les jeunes comme vous. L'Institut Forbes accomplit des prodiges. Vous allez y apprendre beaucoup. Il faut étudier, petit, étudier ! » conclut-il en assenant à Sean une bourrade virile.

Mason commença à présenter Pace à d'autres gens, et soudain Sean se retrouva seul. Il se dirigeait vers le buffet pour prendre un verre lorsque une voix mal assurée l'interpella.

« Alors, beau gosse. »

Surpris, Sean pivota pour se retrouver face à face avec Sarah Mason.

« Venez, je veux vous montrer quelque chose », balbutia-t-elle en agrippant sa manche.

Sean jeta autour de lui un regard éperdu dans l'espoir d'apercevoir Claire, mais celle-ci s'était volatilisée. Avec un fatalisme auquel il cédait rarement, il laissa Sarah Mason l'entraîner jusqu'au bas des marches qui permettaient d'accéder au ponton. Tous les trois pas, il devait retenir son hôtesse dont les fins talons se prenaient dans les fissures des planches mal jointoyées. Une fois qu'ils furent arrivés au pied de la passerelle jetée devant le yacht, Sean s'immobilisa net, tenu en respect par un doberman de belle taille dont le cou s'ornait d'un collier clouté et qui découvrait ses crocs blancs.

« C'est mon bateau à moi, susurra Sarah. Il s'appelle *Lady Luck*. Ça vous dit, une petite balade ?

— Je n'ai pas l'impression que la bête qui se trouve sur le pont apprécie beaucoup la compagnie, hasarda Sean.

— Batman ? Oh, il ne faut pas avoir peur. Il sera doux comme un agneau aussi longtemps que vous resterez avec moi.

— On pourrait revenir plus tard. A parler franchement, j'ai une faim de loup.

— Il y a tout ce qu'on veut dans le frigo, s'obstina Sarah.

— Peut-être, mais je meurs d'envie de goûter à ces huîtres que j'ai aperçues sous la tente.

— Des huîtres, hmm... j'en mangerais bien, moi aussi. On reviendra voir le bateau plus tard. »

Sitôt qu'il eut ramené Sarah sur la terre ferme, Sean s'esquiva pour la laisser avec un couple qui s'aventurait sans méfiance vers le ponton. Comme il cherchait Claire dans la foule, il sentit une poigne de fer se poser sur son bras. Tournant la tête, Sean reconnut les traits boursouflés de Robert Harris, le chef de la sécurité. Même en smoking, il restait égal à lui-même avec sa coupe bien dégagée au-dessus des oreilles. Son col devait l'étrangler, car il avait les yeux exorbités.

« Je vais vous donner un petit conseil, Murphy, lâcha Harris d'un air faussement condescendant.

— Ah bon ? dit Sean. Ça doit être un très bon conseil, vu tous les points communs que nous avons, tous les deux.

— Espèce de péteux !

— C'est ça le conseil ?

— Ne vous approchez pas de Sarah Forbes. Je ne le répéterai pas deux fois.

— Fichtre, répliqua Sean. Il va falloir que je décommande le pique-nique qu'on avait prévu pour demain, elle et moi.

— Faites gaffe ! Quand on me cherche, on me trouve », grommela Harris qui s'éloigna après lui avoir jeté un regard noir.

Sean finit par trouver Claire devant la table chargée d'huîtres, de coquillages et de tourteaux. Tout en se remplissant une assiette, il lui reprocha de l'avoir abandonné aux griffes de Sarah Mason.

« J'aurais dû vous prévenir, c'est vrai, reconnut Claire. Quand elle a bu, elle est célèbre pour courir derrière tout ce qui porte un pantalon.

— Allons bon ! Et moi qui me croyais irrésistible ! »

Ils dégustaient toujours leurs fruits de mer lorsque le Dr Mason monta sur le podium et tapota le micro fixé sur un pied. Dès que le bruit de voix se fut éteint, il présenta Howard Pace à l'assemblée en le remerciant d'abondance pour son don généreux. Les applaudissement crépitèrent. Puis le Dr Mason tendit le micro à son invité d'honneur.

« Tout cela est un peu trop guimauve à mon goût, chuchota Sean.

— Chut ! Un peu de tenue ! » le réprimanda Claire.

Howard Pace commença par débiter les banalités d'usage, puis brusquement sa voix défaillit, submergée par l'émotion.

« Ce chèque de dix millions de dollars ne suffit pas à exprimer la reconnaissance que j'éprouve, se mit-il à bredouiller. L'Institut de cancérologie Forbes m'a rendu à la vie. Quand j'y suis entré, mes médecins me pensaient condamné par un cancer du cerveau soi-disant en phase terminale. J'y étais presque résigné, mais Dieu ne m'a pas abandonné. Merci mon Dieu, merci de m'avoir remis entre les mains des médecins de l'Institut Forbes, si dévoués, si compétents... »

Incapable de poursuivre, le visage inondé de larmes, Pace agita son chèque en l'air. Le Dr Mason surgit immédiatement à ses côtés et saisit le précieux bout de papier avant qu'il ne s'envole et parte à la dérive sur les eaux de la baie de Biscayne.

Une nouvelle salve d'applaudissements salua la fin de cette prestation qui constituait le clou de la soirée. Un frisson ému parcourut la foule des convives. Personne n'avait prévu qu'un personnage aussi puissant que Pace s'exprime avec cette sensibilité à fleur de peau.

Sean se tourna vers sa compagne : « Je ne voudrais pas passer pour un rabat-joie, dit-il, mais je suis debout depuis 5 heures du matin. Je ne vais pas tarder à m'écrouler. »

Claire posa son verre. « Je ne serai pas fâchée de rentrer, moi non plus. Je travaille tôt, demain. »

Ils s'approchèrent du Dr Mason pour le saluer, mais celui-ci, visiblement distrait, sembla à peine s'apercevoir qu'ils partaient. Sean fut soulagé de constater que Mme Mason ne se trouvait pas dans les parages.

Il ouvrit le premier la bouche, alors qu'ils roulaient déjà le long de la digue. « Le petit discours de Pace était vraiment touchant », observa-t-il.

La jeune femme opina de la tête : « Ce genre d'événement nous permet de supporter le reste. »

Sean ralentit pour se garer à côté de la voiture de Claire. Il y eut un petit moment d'embarras. « J'ai acheté de la bière cet après-midi, dit-il enfin. Je peux vous en offrir une ?

— Volontiers ! » répondit Claire spontanément.

En gravissant les marches de l'entrée derrière elle, Sean se demanda s'il n'avait pas préjugé de ses forces en lui proposant de monter. Il dormait presque debout.

Devant sa porte, il tripota gauchement ses clés en essayant de trouver la bonne. Ayant enfin réussi à ouvrir, il poussa la porte et chercha l'interrupteur à tâtons. Au moment où il alluma la lumière, un cri strident retentit. Sean se figea sur place en reconnaissant la personne qui l'attendait chez lui.

« Allez-y doucement », lança le Dr Mason aux deux ambulanciers qui manœuvraient leur civière pour sortir Helen Cabot de l'avion qui l'avait transportée jusqu'à Miami. « Attention aux marches ! »

Il était toujours en smoking. La soirée s'achevait lorsque Margaret Richmond l'avait prévenu par téléphone qu'Helen Cabot arrivait à l'aéroport. Sans plus s'attarder, le médecin avait sauté dans sa Jaguar.

Les deux infirmiers installèrent Helen dans l'ambulance avec mille précautions. Le Dr Mason s'engouffra à sa suite à l'arrière du véhicule.

« Vous êtes bien installée ? » demanda-t-il.

Helen le rassura d'un signe de tête. Le voyage l'avait fatiguée. Les puissants médicaments absorbés avant son départ n'avaient pas suffi à empêcher quelques crises. Et par-dessus le marché, l'avion s'était retrouvé pris dans des turbulences au-dessus de Washington.

« Je suis contente d'être arrivée », murmura Helen avec un faible sourire. Le Dr Mason lui étreignit amicalement le bras pour la réconforter, puis sortit de l'ambulance afin de rencontrer les parents de la jeune fille qui avaient suivi la civière en sortant de la carlingue. D'un commun accord, ils convinrent que Mme Cabot resterait avec Helen pendant que son mari accompagnerait le Dr Mason.

« Je suis très touché que vous soyez venu nous accueillir, dit John Cabot en montant dans la voiture. Mais votre habit me laisse penser que nous avons gâché votre soirée.

— Vous ne pouviez arriver à un meilleur moment. La réception s'achevait quand on m'a appelé, répondit le Dr Mason. Vous connaissez Howard Pace ?

— Le magnat de l'aéronautique ?

— Lui-même. M. Pace vient d'attribuer une donation généreuse à l'Institut Forbes, et nous avions organisé une petite fête en son honneur.

— Votre présence me met du baume au cœur, reprit John Cabot. Les médecins sont généralement si pris par leurs occupations que je les soupçonne de privilégier leurs intérêts au détriment de leurs patients. La maladie de ma fille m'a fait perdre bien des illusions.

— Vous n'êtes hélas pas le seul à penser de la sorte, soupira le Dr Mason. Mais cessez de vous tourmenter. Chez nous, le malade compte avant tout. Nous nous y consacrerions encore davantage si nous n'étions pas aussi étranglés par le manque d'argent. Nous gâchons un temps précieux à force de nous démener pour en trouver, maintenant que le gouvernement n'accorde ses subventions qu'au compte-gouttes.

— Si vous pouvez soulager ma fille, je me ferai une joie de vous aider financièrement.

— Nous mettrons tout en œuvre pour la guérir.

— Quelles sont ses chances de s'en sortir, à votre avis ? Je tiens à connaître la vérité.

— Il existe une très forte probabilité qu'Helen recouvre la santé, car nous avons obtenu des résultats inespérés avec le type de tumeur dont elle souffre. Cela dit, il faut démarrer le traitement sans attendre. J'aurais voulu accélérer son transfert chez nous, mais les médecins de Boston semblaient réticents à la laisser partir.

— Vous savez comment ça se passe, à Boston. Ils n'agissent pas avant d'avoir pratiqué tous les examens imaginables. Et ils les font passer plutôt deux fois qu'une, histoire de mieux vérifier.

— Nous avons essayé de les dissuader d'effectuer la biopsie de la tumeur, expliqua le Dr Mason. Avec un scanner de RMN un peu poussé, il est désormais possible de diagnostiquer les médulloblastomes. Mais ils n'ont rien voulu savoir. C'est d'autant plus regrettable que nous allons nous-mêmes devoir procéder à une biopsie, afin de mettre les cellules tumorales en culture. Cette technique fait partie intégrante du traitement.

— Quand comptez-vous faire cette biopsie ? s'enquit John Cabot.

— Le plus tôt possible », répondit le Dr Mason.

« Mais pourquoi avoir hurlé comme ça ? » demanda Sean, encore incomplètement remis du choc qu'il venait d'éprouver.

« Je n'ai pas hurlé, j'ai crié sous l'effet de la surprise. Inutile d'insister, d'ailleurs, car je ne sais lequel était le plus surpris de nous trois, toi, moi, ou cette fille.

— Je t'ai déjà répété au moins dix fois que cette “ fille ”

travaille à l'Institut de cancérologie Forbes, répliqua Sean. Elle est hôtesse au service des relations publiques, et on lui avait demandé de s'occuper de moi.

— Ce qui explique qu'elle t'ait accompagné chez toi à 10 heures du soir passées ? s'étonna Janet d'un ton dédaigneux. Ce n'est pas la peine de mentir pour m'épargner. Je ne te crois pas. Il n'y a pas vingt-quatre heures que tu es ici, et tu te débrouilles pour rentrer avec une femme !

— Je n'avais pas envie de l'inviter, mais il était difficile de faire autrement. Elle m'a montré l'appartement cet après-midi, et ce soir elle m'a accompagné à une réception de l'Institut. En arrivant sur le parking où elle avait laissé sa voiture, j'ai pensé que la moindre des politesses était de lui offrir un verre. De toute façon, je lui avais dit que j'étais épuisé. Bon sang, Janet, toi qui m'accuses toujours de manquer de courtoisie !

— Je m'étonne de te voir adopter des manières civilisées au moment qui te convient, juste à temps en tout cas pour en faire bénéficier une jeune et jolie fille, fulmina Janet. Tu permettras que je reste sceptique.

— Tu te montes la tête pour pas grand-chose. Mais comment es-tu arrivée là, à propos ?

— On m'a attribué un appartement à deux portes du tien, dit Janet. Et tu avais laissé la porte du balcon ouverte.

— Sous quel prétexte est-ce que tu loges ici ?

— Je suis engagée par l'Institut Forbes. Cela fait partie de la surprise que je te réservais. Je vais travailler ici. »

Pour la deuxième fois de la soirée, Sean resta bouche bée devant Janet.

« Travailler ici ? répéta-t-il comme s'il n'avait pas bien entendu. Qu'est-ce que c'est que cette histoire ?

— L'Institut recrute des infirmières, en ce moment, expliqua Janet. J'ai vu l'annonce, j'ai appelé le service du personnel et ils m'ont tout de suite engagée. Ils se sont eux-mêmes chargés de contacter la commission régionale du Bureau du personnel hospitalier pour négocier un contrat à durée déterminée. Je peux donc commencer sans attendre que ma carte professionnelle ait été visée par la commission de Floride.

— Et ton poste à Boston ?

— Aucun problème. On m'a accordé une mise en disponibilité. C'est un des avantages de ce métier : la demande est si forte que nous pouvons fixer nos conditions beaucoup plus facilement que la plupart des autres salariés.

— Eh bien, pour une nouvelle... dit Sean qui avait encore du mal à rassembler ses esprits.

— Comme ça, nous continuerons à travailler au même endroit.

— Et il ne t'est pas venu à l'idée de m'en informer ? lui demanda-t-il.

— Comment aurais-je pu ? Tu es parti si vite.

— Mais avant mon départ ? insista Sean. De toute façon, tu aurais au moins pu me laisser le temps de me retourner. J'aurais préféré que nous en parlions.

— C'est bien mon intention.

— Que veux-tu dire ?

— Je suis venue à Miami pour que nous ayons enfin une occasion de parler. A Boston, tu étais toujours pris par tes études et ta recherche. Ici, ton emploi du temps sera sûrement moins contraignant, cela devrait nous laisser du temps. »

Sean s'extirpa du canapé et fit quelques pas vers la porte-fenêtre restée ouverte. Il se trouvait à court de mots. Ce voyage en Floride tournait décidément à la catastrophe.

« Comment es-tu venue ? demanda-t-il à Janet.

— J'ai pris l'avion, puis j'ai loué une voiture.

— Rien n'est encore définitif, tu peux changer tes projets, murmura-t-il.

— Si tu t'imagines pouvoir me renvoyer à la maison aussi facilement, je te conseille d'y réfléchir à deux fois, répliqua Janet. C'est sans doute la première fois de ma vie que quelqu'un à qui je tiens me laisse en plan comme ça. » Sa voix à nouveau montée d'un cran vibrait de colère, mais Sean devina qu'elle était au bord des larmes. « Tu as peut-être des projets plus importants que notre histoire... »

Il l'interrompit : « Ce n'est pas ça du tout. Le problème, c'est que je ne suis pas sûr de rester ici.

— Qu'est-ce que tu racontes ? » dit-elle, stupéfaite.

Sean revint s'asseoir sur le divan. Plongeant son regard dans les yeux noisette de Janet, il retraça pour elle l'accueil pour le moins ambigu qu'il avait rencontré à l'Institut. Et, surtout, il lui expliqua que le Dr Mason et le Dr Levy hésitaient à le laisser travailler sur le protocole du médulloblastome.

« Ils ont d'autres projets pour toi ? lui demanda-t-elle.

— Des manips sans intérêt. Ils veulent que j'essaie de fabriquer un anticorps monoclonal réagissant à un antigène bien précis. Il faudrait que j'arrive à cristalliser cette protéine pour en déterminer la forme moléculaire dans un espace tridimensionnel. Pour moi, ce serait une perte de temps. Je n'apprendrai rien que je ne sache déjà. Il vaut mieux que je rentre à Boston et que je reprenne ma thèse sur les oncogènes.

— Tu ne pourrais pas faire les deux ? suggéra Janet. Les aider à trouver la protéine et, en échange, participer au protocole sur le médulloblastome ?

— Ils ont été catégoriques, dit Sean en secouant la tête. Ils ne changeront pas d'avis. D'après eux, cette étude sur le médulloblastome en est au stade des essais cliniques alors que je suis censé m'occuper de recherche fondamentale. Pourtant, tout à fait entre nous j'ai l'impression que leur peu d'empressement est lié à cette histoire de financement japonais.

— Japonais ? » s'étonna Janet.

Sean la mit au courant des fonds colossaux que le groupe Sushita versait à l'Institut pour que ce dernier mette au point des produits biotechnologiques commercialisables. « Je soupçonne plus ou moins que leur accord concerne étroitement le travail sur le médulloblastome, ajouta-t-il. Je ne vois pas d'autre explication à la pseudo-générosité des Japonais. S'ils misent si gros, c'est qu'ils comptent fermement que cet investissement leur rapporte un jour, et le plus vite possible, bien sûr.

— C'est terrible », balbutia Janet. Mais sa remarque n'avait qu'un lointain rapport avec les difficultés rencontrées par Sean. Encore sous le coup de l'effort qu'elle avait dû fournir pour venir en Floride, la jeune femme se sentait anéantie par ce retournement de situation imprévu.

« L'affaire est d'autant plus compliquée, précisa Sean, que la personne qui m'a reçu le plus froidement n'est autre que la directrice des recherches. C'est elle qui devrait superviser mon travail. »

Janet poussa un soupir. Elle essayait déjà d'imaginer des solutions pour se sortir du mauvais pas dans lequel elle s'était mise en se faisant engager par l'Institut Forbes. A Boston, on l'avait déjà remplacée. Si elle rentrait tout de suite, elle devrait accepter des gardes de nuit, en tout cas dans un premier temps. S'arrachant à son fauteuil, elle marcha jusqu'à la porte-fenêtre et appuya son front contre la vitre. Il y a quelques heures à peine, elle se félicitait d'être venue à Miami. A présent, cela lui paraissait la chose la plus stupide qu'elle ait jamais entreprise.

« Attends ! s'écria-t-elle tout à coup en pivotant sur elle-même. J'ai une idée...

— Eh bien, parle, lança Sean en la voyant retomber dans le silence.

— Je réfléchis », répliqua-t-elle avec un geste impatient pour qu'il la laisse se concentrer.

Sean la dévisagea. Une minute plus tôt, elle semblait complètement abattue, et voilà qu'à nouveau ses yeux pétillaient.

« Bon, voilà ce que je pense, dit-elle. Restons ici, et mettons-nous tous les deux à enquêter sur ce fameux protocole du médulloblastome.

— Explique-toi, lui demanda Sean, peu convaincu.

— C'est simple. Ils ne veulent pas de toi sous prétexte qu'ils expérimentent leur traitement cliniquement. Mais tout va bien puisque je travaillerai à la clinique. Je pourrai sans problème arriver à savoir quelles sont les substances utilisées, les dosages, les intervalles entre chaque perfusion. Ensuite, à toi de jouer en étudiant tout ça au laboratoire. Ton machin monoclonal devrait t'en laisser le loisir. »

Sean se mordillait pensivement la lèvre inférieure en réfléchissant à la proposition de Janet. Il avait de lui-même envisagé de se renseigner par des moyens détournés sur le traitement du médulloblastome. De fait, la collaboration de Janet levait le plus gros des obstacles dans la mesure où elle pourrait lui fournir les informations cliniques nécessaires.

« Il faudrait que tu me procures les dossiers médicaux », dit-il pensivement. Malgré lui, le doute l'envahissait. Telle qu'il la connaissait, Janet était quelqu'un de très à cheval sur les codes et les usages ; elle ne badinait pas avec le règlement, qu'il s'applique à l'intérieur ou à l'extérieur de l'hôpital.

« A partir du moment où je peux me servir d'une photocopieuse, cela ne posera pas de problèmes, répondit-elle.

— J'aurai aussi besoin d'échantillons de tous les médicaments utilisés.

— Il y a des chances pour que ce soit moi qui les administre. »

Sean soupira : « Je ne sais pas. Tout cela me paraît bien hasardeux.

— Oh, allez ! J'ai l'impression que nous avons renversé les rôles, s'exclama Janet. Tu m'as toujours dit qu'il fallait que je sorte de ma coquille, que je prenne des risques. Et là, c'est moi qui suis prête à risquer et toi qui te montres d'une prudence de Sioux. Aurais-tu perdu cet esprit de rébellion dont tu étais si fier ? »

Sa tirade arracha un sourire un Sean. « Ma parole, c'est vrai que je ne te reconnais plus. D'accord, tu as raison, ajouta-t-il en riant, je m'avoue battu avant d'avoir livré bataille. Tentons l'aventure, puisque tu es partante ! »

Tout heureuse, Janet se pendit à son cou et il la serra contre lui. Après être restés enlacés un long moment, ils se regardèrent, les yeux dans les yeux, puis s'embrassèrent.

« Il est temps d'aller nous coucher, maintenant que nous avons forgé ce pacte, lui souffla Sean à l'oreille.

— Bas les pattes ! répliqua Janet. Je rentre chez moi. Nous ne passerons pas la nuit ensemble avant d'avoir sérieusement discuté de notre relation.

— Janet, ne sois pas cruelle, la supplia Sean sur un ton plaintif.

— Tu as ton appartement et j'ai le mien, s'entêta-t-elle en lui pinçant le bout du nez. Je ne céderai pas avant que nous ayons eu cette discussion.

— Je suis trop épuisé pour me disputer avec toi.

— Parfait, dit Janet. Il n'est pas nécessaire que cela se transforme en dispute. »

Cette même nuit, à 23 h 30, Hiroshi Gyuhama était la seule personne à se trouver encore dans la tour abritant les services de recherche de l'Institut de cancérologie Forbes. Il y avait bien un gardien de nuit, mais Hiroshi le soupçonnait de dormir dans un des fauteuils du hall d'entrée. Le jeune Japonais jouissait d'une paix royale depuis le départ de David Loewenstein. Ce qui le retenait en ces lieux, ce n'était pas son travail mais le message qu'il attendait. En ce moment, le soleil était depuis longtemps levé à Tokyo où les horloges indiquaient 13 h 30. Or c'était en principe après le déjeuner que son contrôleur recevait les consignes que lui donnait la direction en réponse aux informations qu'il avait transmises.

Soudain, le signal lumineux du télécopieur se mit à clignoter et le mot « Réception » s'afficha sur le petit écran à cristaux liquides. Hiroshi s'empara fébrilement de la feuille de papier qui sortait de la machine avant de retourner s'asseoir pour la déchiffrer.

La première partie des instructions n'avait rien pour le surprendre. Les responsables de Sushita Industries s'alarmaient de l'arrivée inopinée d'un étudiant de Harvard ; sa venue, soulignaient-ils, contredisait l'esprit de l'accord conclu avec l'Institut. Suivait un passage où ils soulignaient que l'élaboration d'une méthode efficace pour diagnostiquer et soigner le cancer constituerait la plus importante des avancées biotechnologiques et pharmaceutiques du XXIe siècle. Ses retombées économiques, ajoutaient-ils, surpasseraient celles de la découverte des antibiotiques au XXe siècle.

En revanche, la seconde partie de la lettre plongea Hiroshi dans la consternation. On lui précisait que la direction ne voulait prendre aucun risque. Il devait se mettre en contact avec Tanaka Yamaguchi, lequel serait chargé d'enquêter sur Sean Murphy et d'agir en conséquence. Dans l'éventualité où Murphy représentait une menace, il conviendrait de l'envoyer immédiatement à Tokyo.

Après avoir plié la feuille en accordéon, Hiroshi la brûla au-dessus de l'évier puis dispersa les cendres sous le jet. Pendant l'opération, il remarqua que ses mains tremblaient.

Il s'était lourdement trompé en pensant que les ordres de Tokyo lui rendraient sa tranquillité d'esprit. De toute évidence, ses supérieurs ne le jugeaient pas capable de contrôler la situation. S'ils ne le disaient pas directement, la directive d'en référer à Tanaka indiquait sans équivoque le peu de confiance qu'ils lui accordaient dès lors que des questions cruciales étaient en jeu. Et cette absence de confiance remettait radicalement en question l'ascension d'Hiroshi au sein de la hiérarchie de Sushita. Il avait perdu la face.

Obéissant mécaniquement en dépit de son anxiété croissante, Hiroshi sortit la liste des numéros d'urgence qu'on lui avait remise un an plus tôt, avant son entrée à l'Institut. Puis il composa celui qui figurait en face du nom de Tanaka. Pendant que la sonnerie retentissait à l'autre bout de la ligne, Hiroshi laissa libre cours à sa colère et à son ressentiment contre Sean Murphy. Si ce blanc-bec encore étudiant en médecine ne s'était pas présenté à Miami, il ne se serait pas retrouvé dans une position aussi précaire.

Un bip sonore suivit le message débité à toute allure en japonais, qui priait les correspondants de laisser leur nom et leur numéro de téléphone. Hiroshi obtempéra, non sans avoir précisé qu'il attendrait qu'on le rappelle. Ses pensées dérivèrent ensuite vers Tanaka. Il ne connaissait pas très bien le personnage, mais le peu qu'il savait sur lui n'était pas pour le rassurer. Espion industriel de haut vol, Tanaka travaillait sur contrat avec différentes sociétés japonaises. Le bruit courait aussi, se souvint Hiroshi dans un début de panique, que Tanaka était lié aux *yakusa*, la terrible mafia japonaise.

Quelques instants plus tard, le téléphone se mit à sonner dans un bruit discordant encore amplifié par le silence ambiant. Hiroshi décrocha précipitamment, sans attendre la deuxième sonnerie.

« *Moshimoshi* », balbutia-t-il beaucoup trop vite dans le combiné, trahissant ainsi sa nervosité.

La voix qui lui répondit avait la précision et le tranchant d'un stylet. C'était celle de Tanaka.

4

MERCREDI 3 MARS,
8 H 30

Sean se réveilla en sursaut et attrapa sa montre posée sur la table de nuit. Il avait prévu d'arriver de bonne heure au labo et s'en voulut d'avoir dormi si longtemps en constatant qu'il était déjà 8 heures et demie du matin. Dorénavant, il faudrait qu'il se secoue un peu plus s'il comptait mettre en œuvre le plan de Janet.

Enfilant à la hâte son short d'athlétisme pour avoir l'air au moins décent, il se glissa sur le balcon et alla doucement frapper à la porte de Janet. Pas de réponse. Les rideaux toujours tirés dissimulaient la chambre à sa vue. Il cogna à nouveau de l'index, plus fort, et la jeune femme apparut derrière la vitre, les traits brouillés par le sommeil.

« Je ne t'ai pas manqué ? la taquina Sean lorsqu'elle lui eut ouvert.

— Quelle heure est-il ? demanda Janet, éblouie par la lumière.

— Pas loin de 9 heures. Je pars dans vingt minutes environ. Tu veux qu'on y aille ensemble ?

— Ne m'attends pas, répondit Janet. Il faut que je cherche un appartement aujourd'hui. Je ne peux rester ici que deux nuits.

— A cet après-midi, alors, lança Sean en s'apprêtant à partir.

— Sean ! le héla Janet.

— Oui ?

— Bonne chance !

— Toi aussi. »

Sean ne fut pas long à se préparer. Il prit ensuite sa voiture pour se rendre à l'Institut et se gara devant le bâtiment affecté à l'administration et à la recherche. L'horloge indiquait 9 heures et demie quand, franchissant le seuil, il tomba sur Robert Harris qui se dirigeait vers l'accueil. Le chef de la sécurité arborait une expression mi-irritée, mi-renfrognée. Apparemment, la bonne humeur n'entrait pas dans ses habitudes.

« Alors, on pantoufle ? demanda-t-il à Sean sur un ton provocant.

— Ah ! mon GI préféré, rétorqua Sean en présentant sa carte au gardien. Mme Mason est-elle tirée d'affaire, grâce à vous ? Je parie qu'elle vous a invité sur le *Lady Luck* pour se consoler de mon départ, non ? »

Robert Harris le fusilla du regard, mais le planton débloqua le tourniquet avant qu'il ait eu le temps d'imaginer une réplique cinglante, et Sean passa de l'autre côté.

Ne sachant pas très bien comment aborder cette première journée, il prit l'ascenseur jusqu'au sixième pour aller d'abord voir Claire. Après le malentendu de la veille au soir, elle allait sans doute l'accueillir assez froidement. Néanmoins, il voulait clarifier les choses.

Claire partageait son bureau avec son supérieur immédiat mais elle s'y trouvait seule lorsque Sean entra.

« Bonjour », dit-il chaleureusement.

Elle leva les yeux : « Bonjour. J'espère que vous avez bien dormi, répondit-elle un brin sarcastique.

— Je suis désolé à propos de ce qui s'est passé hier soir, commença Sean. Ce coup de théâtre était très désagréable et très gênant pour tout le monde. Je m'excuse d'avoir dû vous quitter de façon aussi abrupte, mais je vous assure que j'ai été le premier surpris par l'arrivée de Janet.

— Puisque vous le dites, répliqua Claire froidement.

— Claire, je vous en prie. Ne m'en voulez pas. Vous êtes une des rares personnes ici que je trouve sympathique. Je m'excuse, vraiment. Qu'est-ce que je peux faire d'autre ?

— Vous avez raison, dit-elle en s'adoucissant. Tournons la page. Que puis-je pour votre service, aujourd'hui ?

— J'imagine qu'il faudrait que je voie le Dr Levy. Comment dois-je m'y prendre, à votre avis ?

— Par signal d'appel. Les chercheurs et les membres du personnel médical ont tous un bip. Il vous en faut un. » Sur ce, elle décrocha son téléphone, vérifia auprès de la standardiste que le Dr Levy était dans la maison et demanda qu'on la prévienne.

Elle avait à peine fini de lui expliquer où il devait se rendre pour se procurer un bip qu'une des secrétaires du service administratif la rappela pour lui dire que le Dr Levy se trouvait dans son bureau du sixième étage.

Deux minutes plus tard, Sean frappait à la porte du Dr Levy en se demandant quel accueil elle lui réservait. Quoi qu'il en soit, se jura-t-il, il resterait poli.

Pour la première fois depuis son départ de Boston, le jeune chercheur retrouva dans le bureau du Dr Levy un décor et des objets qui lui étaient familiers : des piles de livres et de revues, un microscope binoculaire sous sa housse, et l'habituel bric-à-brac où les lames pour microscope se mêlaient aux microphotographies et aux coupes microscopiques, où les boîtes de Petri côtoyaient tubes à essai, erlenmeyers et petits carnets où consigner les résultats des expériences.

« Quelle matinée superbe, hasarda Sean, bien déterminé à partir du bon pied, aujourd'hui.

— J'ai demandé à Mark Halpern de monter dès que j'ai su que vous étiez à l'étage, dit le Dr Levy sans répondre à cette avance. Mark est notre technicien en chef, et pour l'instant l'unique laborantin de la maison. Il est là pour vous aider. Il peut aussi commander tous les types de fournitures ou de réactifs dont vous pourriez avoir besoin, encore que nous soyons assez bien équipés à cet égard. Cela étant, je vise systématiquement les bons de commande. Voici la glycoprotéine, poursuivit-elle en poussant vers Sean une petite éprouvette posée sur son bureau. J'insiste sur le fait qu'elle ne doit en aucun cas sortir de ce bâtiment, vous m'avez bien comprise ? Et je ne plaisantais pas, hier, en vous conseillant de vous en tenir à la tâche qui vous est assignée. Vous aurez largement de quoi vous occuper. Bonne chance, et j'espère que vous êtes aussi doué que le Dr Mason a l'air de le penser.

— Ne croyez-vous pas que tout se passerait aussi bien si nous essayions de nous entendre ? » demanda Sean en s'emparant de l'éprouvette.

Le Dr Levy passa la main dans ses cheveux noir de jais pour

écarter de son front quelques mèches folles. « Vos manières carrées me plaisent assez, déclara-t-elle après un court silence. Quant à nos rapports, ils dépendent de vous. Si vous travaillez dur, tout se passera à merveille entre nous. »

Sur ces entrefaites, Mark Halpern fit son apparition. Au jugé, Sean lui attribua une trentaine d'années. Plus petit que lui de quelques centimètres, il était tiré à quatre épingles ; la blouse immaculée qu'il portait par-dessus son costume lui donnait plus l'allure d'un vendeur en produits de beauté que d'un technicien scientifique.

Au cours de la demi-heure qui suivit, Mark s'ingénia à familiariser Sean avec l'immense laboratoire du quatrième étage que Claire lui avait montré la veille. Les explications qu'il lui fournit tranquillisèrent Sean sur le côté matériel de ses conditions de travail ; son seul regret était de ne pas pouvoir se lancer dans des recherches plus passionnantes.

Resté seul, Sean déboucha le petit tube en verre que le Dr Levy lui avait confié et regarda la fine poudre blanche qu'il contenait. Puis, l'approchant de ses narines, il renifla. La substance était inodore. Il commença par la dissoudre en petites quantités dans divers solvants pour se faire une idée de sa solubilité, puis prépara une électrophorèse sur gel qui le renseignerait approximativement sur son poids moléculaire.

Ses occupations l'absorbaient depuis une heure environ quand un mouvement à la périphérie de son champ de vision vint soudain distraire son attention. Tournant la tête, Sean ne vit devant lui que le vaste espace vide du laboratoire qui s'étendait jusqu'à la porte donnant sur l'escalier. Dans le silence, seuls résonnaient le bourdonnement d'un réfrigérateur et le vrombissement du plateau électrique que Sean avait actionné pour préparer une solution sursaturée. L'idée le traversa que cette solitude nouvelle pour lui le rendait peut-être sujet aux hallucinations.

Posant ses instruments, il quitta néanmoins la place qu'il occupait au centre de la pièce pour examiner cette dernière de bout en bout. Mais plus il l'inspectait, plus il doutait d'avoir vraiment vu quelque chose. Avançant vers la porte, il tira sur la poignée d'un geste brusque et glissa la tête dehors pour vérifier aussi dans la cage d'escalier. En fait, il ne s'attendait pas à trouver quoi que ce soit, aussi dut-il retenir un cri de surprise lorsqu'il se retrouva nez à nez avec un individu tapi derrière le chambranle.

Sean se rassura sur-le-champ en reconnaissant Hiroshi Gyuhama, qui paraissait aussi saisi que lui.

« Je suis vraiment confus, dit Hiroshi avec un sourire nerveux en s'inclinant en une profonde courbette.

— Tout va bien, rétorqua Sean, pris d'une envie irrésistible de s'incliner à son tour. C'est de ma faute. J'aurais dû regarder par la vitre avant d'ouvrir la porte.

— Non, non, tout est de ma faute, insista Hiroshi.

— Je crois réellement que c'est de la mienne. Mais laissons-là cette discussion stérile.

— Je suis seul fautif, s'obstina Hiroshi.

— Vous vouliez entrer ? demanda Sean en désignant le labo d'un geste de la main.

— Non, non, rétorqua Hiroshi dont le sourire s'élargit. Je retournais travailler. » Mais il restait figé sur place.

« Sur quoi travaillez-vous ? s'enquit Sean qui se sentait obligé de relancer la conversation.

— Sur le cancer du poumon. Merci infiniment.

— C'est moi qui vous remercie », ajouta Sean machinalement.

Hiroshi s'inclina à nouveau plusieurs fois puis tourna les talons pour monter au cinquième.

Haussant les épaules, Sean revint à sa paillasse. Il était fort possible que ce soit le Japonais qu'il avait entr'aperçu tout à l'heure, au moment où celui-ci passait devant le carreau de la porte. Mais dans ce cas, il fallait en déduire qu'il était resté là tout le temps... L'idée paraissait absurde.

Sachant qu'il ne retrouverait pas sa concentration de sitôt, Sean décida de descendre au sous-sol pour aller voir Roger Calvet. Leur conversation le mit vaguement mal à l'aise, car sa difformité empêchait le bossu de relever la tête pour regarder son interlocuteur en face. Il s'empressa néanmoins d'accéder à sa demande et de lui préparer un lot de souris auxquelles Sean voulait injecter la glycoprotéine dans l'espoir de susciter une réponse des anticorps. Bien qu'il n'attende pas grand-chose de cette expérience que les autres chercheurs de l'Institut avaient sûrement tentée avant lui, il devait tout reprendre depuis le début avant de pouvoir recourir aux « astuces » dont il avait le secret.

Une fois dans l'ascenseur, il posa le doigt sur le bouton du sous-sol, puis, changeant soudain d'avis, appuya sur celui du cinquième. Il n'aurait jamais pensé souffrir à ce point de la solitude. Ce stage à l'Institut s'avérait décidément déplaisant, et cela ne tenait pas uniquement à l'atmosphère peu chaleureuse qui y régnait. En fait, l'endroit n'était tout simplement pas assez *peuplé*. Il était trop vide, trop propre, trop net. Sean, qui n'avait jusque-là connu que l'esprit collégial caractéristique du milieu universitaire, imaginait qu'il en allait de même partout. Et brusquement, il avait soif de rapports humains. Aussi, sur un coup de tête, avait-il décidé de rendre visite à ses collègues.

Il tomba d'abord sur David Loewenstein, un garçon mince et exagérément sérieux qui pour l'heure s'absorbait dans l'examen des tubes à essai disposés devant lui. Sean vint se placer à sa gauche et le salua.

« Je vous demande pardon ? bredouilla David en abandonnant momentanément son observation.

— Comment ça marche ? demanda Sean après avoir pris la précaution de se présenter, au cas où David l'aurait oublié depuis la veille.

— Cette expérience se déroule on ne peut mieux, répondit David.

— Sur quoi planchez-vous ?

— Le mélanome.

— Ah. »

Sur ce, la conversation languissant, Sean prit le parti de s'éloigner. Il remarqua qu'Hiroshi regardait dans sa direction, mais, jugeant préférable de l'éviter après le récent incident survenu, il se dirigea vers Arnold Harper. A en juger d'après son long vêtement à capuchon, Sean subodora qu'il tentait une recombinaison génétique.

L'échange avec Arnold se révéla aussi instructif que celui avec David Loewenstein : Sean apprit en tout et pour tout qu'il travaillait sur le cancer du côlon. Et bien que ces recherches aient un rapport certain avec la glycoprotéine que devait étudier Sean, il ne semblait pas le moins du monde disposé à en parler.

Allant où ses pas le portaient, Sean se retrouva devant le panneau « Entrée interdite » fixé sur la porte du laboratoire hyperprotégé. Se collant comme la veille contre la vitre pour essayer de voir au travers, il ne distingua qu'un couloir où s'alignaient plusieurs portes. Après avoir jeté un regard par-dessus son épaule afin de s'assurer que personne ne l'observait, Sean tira la poignée vers lui et pénétra à l'intérieur. Le panneau de verre revint instantanément s'appliquer contre les joints d'étanchéité, signe que cette partie du bâtiment était soumise à une pression négative afin d'empêcher l'air de circuler lorsque le battant était ouvert.

Il resta un instant immobile sur le seuil, le cœur battant, retrouvant la sensation d'excitation maintes fois éprouvée dans son adolescence lorsque Jimmy, Brady et lui décidaient de partir visiter une ou deux villas des beaux quartiers. Ils ne volaient jamais d'objets de valeur ; ils se contentaient de postes de télé et de matériel hi-fi, marchandises qu'ils n'avaient aucun problème à fourguer à Boston. L'argent allait à un type qui était censé l'envoyer à l'IRA, mais Sean n'avait jamais su le montant des sommes effectivement arrivées en Irlande.

Son immixtion dans la zone interdite ne soulevant apparemment aucune protestation, Sean décida de poursuivre. L'endroit ne ressemblait guère à un labo aux normes P3. La première pièce qu'il inspecta était vide, dépourvue de tout équipement. Sean examina la surface des paillasses. Elles avaient dû servir un jour, mais pas de façon intensive : seules quelques traces laissées sur les carreaux par les rondelles en caoutchouc protégeant le pied des appareils témoignaient d'une utilisation antérieure.

Se penchant vers l'avant, Sean ouvrit une petite armoire et jeta un coup d'œil à l'intérieur. Elle contenait quelques flacons de réactifs à moitié vides et un assortiment d'ustensiles en verre, dont certains étaient cassés.

« On ne bouge plus ! »

La voix brusquement surgie derrière son dos poussa Sean à se redresser et à pivoter sur lui-même.

Robert Harris se tenait sur le seuil, mains sur les hanches et pieds écartés. Son visage sanguin était congestionné. Des gouttes de sueur perlaient sur son front.

« On ne vous apprend pas à lire, à Harvard ? tonna le chef de la sécurité.

— Ça ne vaut pas la peine de vous mettre dans un état pareil pour un laboratoire vide, riposta Sean.

— Il est interdit de pénétrer ici.

— On n'est pas à l'armée. »

Harris s'avança, l'air menaçant. Plus grand et plus lourd que Sean, il espérait l'intimider, mais ce dernier ne bougea pas d'un pouce. Il attendait, tous muscles bandés. Grâce à l'expérience acquise dans la rue, il savait où il cognerait, et fort, si Harris tentait de porter la main sur lui. Mais il pressentait aussi que l'autre ne s'y risquerait pas.

« Espèce de péteux, cracha Harris. J'ai tout de suite su que vous alliez nous poser des problèmes.

— C'est marrant ! Je me suis dit la même chose en vous voyant !

— Je vous ai prévenu : il ne faut pas me chercher, beugla Harris en s'approchant, le cou tendu, pour dévisager Sean à quelques centimètres.

— Vous avez des points noirs sur le nez, au cas où vous ne le sauriez pas. »

Harris s'immobilisa, sans cesser de fixer Sean. Son teint vira au rouge brique.

« Franchement, vous ne devriez pas vous exciter comme ça, ça vous fait du mal, observa Sean.

— Qu'est-ce que vous foutez ici, on peut savoir ?

— Pure curiosité de ma part. J'ai appris qu'il y avait un labo P3 et j'ai eu envie de visiter.

— Vous avez deux secondes pour déguerpir », lui ordonna Harris en reculant d'un pas et en lui montrant la porte.

Sean passa dans le couloir. « Je n'ai pas eu le temps de tout visiter, lança-t-il sur le seuil. Ça vous dirait de venir explorer avec moi ?

— Dehors ! » hurla Harris le doigt pointé vers la sortie.

Janet avait rendez-vous en fin de matinée avec l'infirmière en chef, Margaret Richmond. Une fois que Sean l'eut réveillée, elle mit à profit le temps qu'il lui restait avant de partir pour prendre une longue douche, s'épiler les jambes, se sécher les cheveux et repasser sa robe. Ce genre d'entrevue lui donnait toujours le trac, même si en l'occurrence elle savait que l'Institut Forbes avait accepté sa candidature. Janet se sentait d'autant plus tendue qu'il n'était pas encore tout à fait exclu que Sean décide de rentrer à Boston.

Totalement ignorante de ce que lui réservait l'avenir immédiat, elle ne manquait d'ailleurs pas de raisons de s'inquiéter.

Margaret Richmond ne ressemblait pas à l'idée que s'en était faite Janet à partir de leur discussion téléphonique. A sa voix, elle avait imaginé une personne frêle et délicate, bien différente de la forte femme à l'air plutôt sévère qui se tenait devant elle. Mme Richmond la reçut cependant avec une cordialité toute professionnelle et la félicita sincèrement d'avoir postulé à l'Institut. Elle lui laissa même le choix de ses horaires de travail. Janet qui s'était préparée à devoir d'abord accepter des gardes de nuit fut ravie de pouvoir opter pour l'équipe de jour.

« Je vois que vous indiquez une préférence pour les soins thérapeutiques, dit Mme Richmond en consultant le dossier placé sous ses yeux.

— C'est exact, précisa Janet. Je trouve ce travail particulièrement gratifiant dans la mesure où il me permet d'être en contact avec les malades.

— Il nous manque quelqu'un au troisième depuis déjà un certain temps.

— Ce serait parfait, répondit Janet avec enthousiasme.

— Quand voulez-vous commencer ? lui demanda Mme Richmond.

— Demain », dit Janet. Elle aurait préféré prendre quelques jours pour chercher un appartement et s'y installer, mais il lui paraissait urgent d'entamer son enquête sur le protocole du médulloblastome. « Je crois qu'il faut que je consacre la journée d'aujourd'hui à trouver un appartement dans le quartier, ajouta-t-elle.

— A votre place, glissa Mme Richmond, je chercherais plutôt du côté des plages, ou bien à Coconut Grove. Ces parties de la ville ont été très bien restaurées.

— Je suivrai vos conseils », acquiesça Janet. Puis elle se leva, pensant que l'entretien était terminé.

Mme Richmond la retint : « Voulez-vous que je vous montre rapidement la clinique ?

— Très volontiers », assura Janet.

Mme Richmond la conduisit d'abord de l'autre côté du couloir pour la présenter à Dan Selenburg, l'administrateur de l'établissement hospitalier. Ce dernier ne pouvant les recevoir pour l'instant, elles se rendirent au rez-de-chaussée qui abritait le service des consultations externes, la salle de conférences et la cafétéria.

Au premier étage, Janet visita en coup de vent l'unité de soins intensifs, les salles de chirurgie, le laboratoire, le service de radiologie et les archives. Puis elle suivit son guide jusqu'au troisième.

Avec son côté accueillant et sa conception très moderne, la clinique impressionna favorablement Janet. De plus, le personnel lui parut compétent, ce qui pour elle, infirmière, constituait un bon point. Jusque-là, elle avait un peu appréhendé de travailler dans cet établissement spécialisé dans les traitements anticancéreux. Mais l'ambiance agréable et la diversité de la population qui y était hospitalisée la convainquirent qu'elle arriverait à s'intégrer sans problème. A bien des égards, la clinique de l'Institut Forbes lui rappelait l'hôpital Memorial de Boston ; ces locaux étaient simplement plus neufs et décorés avec plus de goût.

Le troisième étage était aménagé selon un plan identique à tous les niveaux destinés à recevoir des malades. Il formait un rectangle divisé en chambres particulières qui se distribuaient de part et d'autre d'un couloir central. Délimité par un grand comptoir en forme de U, le bureau des infirmières était situé au milieu, à côté des ascenseurs. Derrière, se trouvaient la pièce réservée au personnel soignant et une réserve à pharmacie fermée par une porte à double battant. En vis-à-vis, de l'autre côté du couloir, s'ouvrait le salon-parloir des malades ; et face aux ascenseurs, il y avait un réduit servant à ranger le matériel et les produits d'entretien. Enfin, chaque extrémité du couloir donnait sur un escalier.

Une fois cette courte visite terminée, Mme Richmond présenta Janet à Marjorie Singleton, la surveillante de l'équipe de jour. Cette dernière, une petite rousse au nez criblé de taches de rousseur, plut tout de suite à Janet. Elle débordait d'énergie et semblait ne jamais se départir de son sourire. Janet rencontra également plusieurs autres membres du personnel, mais sans réussir à graver dans sa mémoire tous ces noms nouveaux pour elle. A l'exception de Mme Richmond et de Marjorie, le seul qu'elle arriva à retenir fut celui de Tim Katzenburg, le secrétaire médical du troisième étage. Ce bel adonis blond et bronzé avait plus l'allure d'un séducteur que d'un employé de bureau. Il confia à Janet qu'il suivait des cours du soir pour devenir assistant en chirurgie depuis qu'il avait découvert le peu d'utilité de son diplôme de philosophie.

« Nous sommes vraiment ravis de vous compter parmi nous, lui dit Marjorie qui avait dû s'absenter quelques instants pour s'occuper d'une urgence sans gravité. Autant de perdu pour Boston, autant de gagné pour nous.

— Je suis très contente d'être ici, répondit Janet.

— Nous étions à court de personnel depuis la fin tragique de Sheila Arnold, poursuivit Marjorie.

— Que lui est-il arrivé ?

— Une chose horrible. Elle a été violée et tuée. Chez elle, c'est-à-dire pas très loin de l'hôpital. Bienvenue à Miami, comme on dit !

— C'est affreux », murmura Janet. Elle se demandait si ce n'était pas là la raison qui avait poussé Mme Richmond à la mettre en garde contre le quartier.

« En ce moment, nous avons chez nous quelques patients qui viennent de Boston, reprit Marjorie. Voulez-vous les voir ?

— Avec plaisir », dit Janet.

Courant presque pour rester à la hauteur de Marjorie qui avançait d'un pas vif et décidé, elle pénétra à sa suite dans une chambre située sur la façade ouest du bâtiment.

« Helen, appela doucement Marjorie une fois arrivée au chevet du lit. Voici une personne de Boston, qui vient vous rendre visite. »

La malade ouvrit ses grands yeux verts dont la couleur d'émeraude formait un contraste frappant avec la pâleur de son teint.

« Janet est infirmière et elle va désormais travailler avec nous », poursuivit Marjorie.

Janet n'avait bien sûr pas oublié le nom d'Helen Cabot. En dépit de la semi-jalousie qu'elle avait pu ressentir à Boston, elle se sentit toutefois rassurée de la savoir à l'Institut. Sa présence contribuerait à retenir Sean en Floride.

Elle échangea quelques mots avec la jeune malade, puis sortit de la chambre en compagnie de Marjorie.

« Un cas bien triste, commenta cette dernière. Surtout pour quelqu'un d'aussi adorable. Elle doit subir une biopsie aujourd'hui. J'espère qu'elle réagira bien au traitement.

— Pourquoi ne réagirait-elle pas bien ? s'étonna Janet. J'ai entendu dire que vos médecins obtenaient cent pour cent de rémissions avec ce cancer. »

Marjorie s'arrêta net pour la dévisager : « Vous m'impressionnez, dit-elle. Non seulement vous semblez au courant de nos résultats sur le médulloblastome, mais en plus vous avez tout de suite établi le bon diagnostic. Auriez-vous le don de double vue, par hasard ?

— Hélas non, répliqua Janet en riant. Helen Cabot était hospitalisée au Memorial de Boston. C'est là-bas que j'ai appris ce qu'elle avait.

— Je me sens mieux. Une seconde, j'ai cru que vous étiez en possession de pouvoirs surnaturels. En fait, continua Marjorie en se remettant en route, je suis inquiète pour Helen Cabot car ses tumeurs en sont déjà à une phase très avancée. Pourquoi l'avoir gardée si longtemps à Boston ? Il y a des semaines qu'elle aurait dû commencer le traitement.

— Voilà un point sur lequel je ne saurais vous répondre », admit Janet.

Les deux jeunes femmes se rendirent ensuite chez Louis Martin. Contrairement à Helen, Louis ne paraissait pas malade. Elles le trouvèrent assis dans un fauteuil, habillé de pied en cap. Il n'était arrivé que quelques heures plus tôt et les formalités de son admission n'étaient pas encore terminées. S'il n'avait pas l'air gravement atteint, il semblait en revanche très anxieux.

Marjorie effectua une nouvelle fois les présentations, en précisant que Louis souffrait du même problème qu'Helen mais que, grâce à Dieu, il leur avait été adressé beaucoup plus vite.

Janet serra la main moite qu'il lui tendait. Devant l'effroi qu'elle lut dans ses yeux, elle essaya de trouver quelques mots susceptibles de le réconforter. Elle se sentait un peu coupable, car ce n'est pas sans une certaine satisfaction qu'elle avait appris qu'il était atteint du même mal qu'Helen. Le fait que deux patients de son étage suivent le traitement mis au point pour le médulloblastome allait accroître ses chances de mener ses recherches à bien. Sean en serait sûrement content.

Comme elle raccompagnait Marjorie jusqu'au bureau des infirmières, Janet lui demanda si tous les cas de médulloblastome étaient regroupés au troisième.

« Grand Dieu, non ! s'exclama Marjorie. Nous ne trions pas les malades en fonction de leur type de cancer. Leur hospitalisation à tel ou tel étage est un pur effet du hasard. En ce moment, nous avons trois médulloblastomes au troisième : Helen Cabot, Louis Martin et Kathleen Sharenburg, une jeune fille de Houston qui doit entrer aujourd'hui. »

Janet dissimula de son mieux sa satisfaction.

« Il y a encore quelqu'un que j'aimerais vous présenter, dit Marjorie en s'arrêtant devant la chambre 309. Gloria est un amour, et elle a une volonté de vivre qui galvanise les autres malades. Si je me souviens bien, elle vient d'un quartier de Boston appelé North End.

— Entrez, dit une voix derrière la porte en réponse aux coups discrets frappés par Marjorie.

— Bonjour, Gloria, lança Marjorie en poussant le battant. Alors, et cette chimio ?

— Extraordinaire, répliqua Gloria sur le ton de la plaisanterie. Je commence la première perfusion aujourd'hui.

— Je vous ai amené une de vos concitoyennes, ajouta Marjorie. Janet vient de Boston. Elle va travailler avec nous comme infirmière. »

Janet remarqua tout de suite que la femme allongée dans le lit devait avoir à peu près son âge. Quelques années plus tôt, un tel constat l'aurait épouvantée. Avant de rentrer à l'hôpital, elle pensait naïvement que le cancer ne frappait que les personnes âgées. Depuis, elle avait appris qu'aucun âge n'était à l'abri de la terrible maladie.

Gloria avait le teint mat, des yeux noirs, et sans doute était-elle brune à en juger d'après les touffes de duvet qui lui recouvraient le crâne par endroits. Elle avait dû avoir de beaux seins, mais à présent le fin tissu de sa chemise de nuit reposait bien à plat sur toute une moitié de son buste.

« Monsieur Widdicomb ! s'écria soudain Marjorie avec une irritation teintée de surprise. Pouvez-vous m'expliquer ce que vous fabriquez ici ? »

Absorbée dans la contemplation de Gloria, Janet n'avait pas remarqué qu'un quatrième personnage se trouvait dans la pièce, un homme en uniforme vert affublé d'un nez légèrement tordu.

« Ne vous fâchez pas contre Tom, dit Gloria. Il essaie simplement de m'aider.

— Je vous avais demandé d'aller nettoyer le 317, poursuivit Marjorie sans tenir compte de l'intervention de Gloria. Pourquoi êtes-vous dans cette chambre ?

— J'allais faire la salle de bains », répliqua l'interpellé sans lever les yeux, en tripotant le manche du balai-éponge plongé dans son seau.

Janet observait la scène, fascinée. Marjorie, ce petit bout de femme haut comme trois pommes, venait sous ses yeux de se transformer en chef autoritaire et intraitable.

« Et comment allons-nous accueillir la nouvelle malade si sa chambre n'est pas prête ? Sortez d'ici tout de suite et faites ce que je vous ai dit », ordonna-t-elle à Tom Widdicomb en montrant la porte du doigt.

« Ce garçon de salle est ma bête noire, murmura-t-elle en secouant la tête une fois qu'il fut parti.

— Il ne pense pas à mal, dit Gloria. Tom est un ange avec moi. Il vient me voir tous les jours.

— C'est très gentil à lui, mais il n'est pas infirmier, rétorqua Marjorie. Il faudrait d'abord qu'il fasse ce qu'on lui demande. »

Janet sourit. Elle aimait travailler dans des services dirigés par des gens capables de s'imposer. La petite scène à laquelle elle venait d'assister la persuadait qu'elle s'entendrait à merveille avec Marjorie Singleton.

Quelques éclaboussures d'eau sale jaillirent du seau pendant que Tom filait le long du couloir jusqu'à la chambre 317. Il libéra le loquet et laissa le battant se refermer avant de s'y appuyer, le souffle court. Les hoquets sifflants qui lui échappaient témoignaient de la terreur qui l'avait empoigné au bruit des coups frappés contre la porte de Gloria. Juste au moment, à une seconde près, où il allait lui donner la succinylcholine ! Si Marjorie et cette nouvelle infirmière étaient arrivées un instant plus tard, il aurait été pris sur le fait.

« Tout va bien, Alice, murmura Tom à sa mère pour la rassurer. Il n'y a pas de problème. Ne t'en fais pas. »

Maintenant qu'il avait maîtrisé sa peur, Tom s'abandonnait à la colère. Marjorie ne lui avait jamais plu. Dès le premier jour il l'avait détestée, avec son dynamisme et ses sourires faux-jeton de sale fouineuse. Alice l'avait prévenu qu'il fallait s'en méfier, mais il ne l'avait pas écoutée. Il aurait dû la traiter de la même façon que l'autre, Sheila Arnold. Celle-là aussi se mêlait de ce qui ne la regardait pas ; elle aurait voulu savoir pourquoi il traînait à côté d'un chariot d'anesthésiants. En tout cas Marjorie ne perdait rien pour attendre. Il finirait bien par dégoter son adresse en faisant le ménage dans les bureaux de l'administration, et il lui montrerait, une bonne fois pour toutes, qui était le plus fort.

La pensée du traitement qu'il allait infliger à Marjorie l'ayant un peu calmé, Tom s'écarta de la porte et balaya la pièce du regard. Faire le ménage lui était égal, dans la mesure où cela lui laissait une certaine liberté. Le travail était moins intéressant que dans les ambulances, bien sûr, mais au moins il n'avait de comptes à rendre à personne. Le plus souvent, on lui fichait la paix, et les anicroches avec les gens de l'espèce de Marjorie restaient rares. Qui plus est, il pouvait circuler à sa guise dans l'hôpital. Le seul hic, c'est qu'il fallait quand même bien nettoyer de temps en temps. Mais comme les autres ne passaient pas leur temps à le surveiller, en général il s'en tirait avec un petit coup de balai vite fait.

Pour être honnête avec lui-même, Tom devait reconnaître que le seul emploi qu'il regrettait vraiment était celui qu'il avait trouvé chez un vétérinaire tout de suite après avoir quitté le lycée. Il aimait les animaux. Au bout d'un certain temps, son patron lui avait confié la tâche d'endormir les bêtes, le plus souvent de vieux chats ou de vieux chiens malades. Abréger leurs souffrances procurait à Tom une immense satisfaction. Cela l'avait d'ailleurs beaucoup déçu de voir qu'Alice ne partageait pas son enthousiasme.

Ouvrant la porte, Tom jeta un œil dans le couloir. Il fallait qu'il aille chercher son chariot de ménage dans le débarras, mais il ne voulait pas tomber sur Marjorie. Elle allait encore lui crier dessus et il craignait de ne pas pouvoir se maîtriser. A plusieurs reprises déjà, il avait dû se retenir pour ne pas la frapper comme elle le méritait. Or il n'était pas fou : il savait qu'il ne pouvait pas se permettre ça sur son lieu de travail.

Ce serait plus difficile d'aider Gloria maintenant qu'il avait été repéré dans sa chambre. Il allait falloir redoubler de prudence et attendre un jour ou deux. Pourvu qu'elle soit encore sous perfusion, d'ici là ! Tom ne voulait pas injecter la succinylcholine par voie intramusculaire, car la substance risquait d'être détectée à l'autopsie.

Il se glissa furtivement dans le couloir. En passant devant la chambre 309, il jeta un regard à l'intérieur. Marjorie était partie mais l'autre, la nouvelle, s'attardait auprès de Gloria.

Tom ralentit le pas, en proie à une nouvelle angoisse. Et si cette infirmière engagée à la place de Sheila avait été recrutée pour le démasquer ? Si c'était une espionne ? Cela expliquerait son arrivée inopinée dans la chambre de Gloria, en compagnie de Marjorie !

Plus il y réfléchissait, plus Tom se persuadait qu'il voyait juste. La preuve, c'est que la nouvelle était restée avec Gloria. Elle venait pour le piéger, pour mettre un terme à sa croisade contre le cancer du sein.

« Ne t'inquiète pas, Alice, cette fois je me méfierai », murmura Tom à sa mère.

Anne Murphy avait l'impression de revivre, de sortir enfin de l'accablement dans lequel l'avait plongée le départ de Sean pour Miami. Cette ville restait pour elle synonyme de drogue et de péché. Elle aurait dû prévoir que son fils choisirait de s'y rendre ! Sean avait toujours été un garçon difficile, et comme tous ceux de son sexe ce n'était pas maintenant qu'il allait changer en dépit des succès étonnants venus couronner ses dernières années de lycée puis ses études à l'université. Anne avait cru entrevoir une lueur d'espoir quand il s'était inscrit en médecine, mais elle avait vite déchanté en apprenant que son fils ne comptait pas s'installer comme praticien. Se résignant, comme maintes fois par le passé, elle avait décidé de porter sa croix et de ne plus prier le Ciel d'accomplir des miracles.

Une question pourtant continuait de la tourmenter : pourquoi Sean ressemblait-il si peu à Brian ou à Charles ? Qu'avait-elle fait pour mériter d'avoir un enfant pareil ? Il fallait que ce soit de sa faute. Etait-ce parce qu'elle n'avait pas pu le nourrir au sein ? Parce qu'elle n'avait pas su arrêter son mari quand, sous l'empire de l'ivresse, il se mettait à cogner sur le petit ?

Il devait revenir à Charles, son plus jeune fils, d'égayer la triste période qui suivit le départ de Sean. Appelant sa mère de son séminaire du New Jersey, il lui avait annoncé son arrivée imminente : ce soir, il dînerait avec elle. Adorable Charles ! Il les sauverait tous, grâce à ses prières.

En prévision de sa venue, Anne employa une partie de la matinée à faire des courses. Elle comptait consacrer le reste de la journée à mettre les petits plats dans les grands. Prévenu, Brian avait dit qu'il essaierait de passer malgré un rendez-vous important qui risquait de se prolonger tard.

Ouvrant le réfrigérateur, Anne entreprit d'y ranger ses emplettes tout en laissant son imagination anticiper sur les joies que ne manquerait pas de lui apporter la soirée. Puis elle se morigéna intérieurement. Elle savait qu'il était imprudent de s'abandonner à ce genre de rêverie. La vie tenait à un fil bien mince, et le bonheur, les plaisirs n'étaient souvent que des signes annonciateurs de tragédie. Un moment, Anne se tortura à la pensée que Charles était peut-être mort sur la route, entre le New Jersey et Boston.

Un coup de sonnette interrompit ces macabres pensées. Peu habituée à recevoir des visites, Anne pressa le bouton de l'interphone et, mi-surprise, mi-inquiète, demanda qui venait la voir.

« Tanaka Yamaguchi, répondit une voix inconnue.

— C'est à quel sujet ?

— J'aimerais vous parler de votre fils, Sean Murphy. »

Le visage d'Anne perdit instantanément ses couleurs. Elle s'en voulait de s'être laissé distraire par des idées agréables. Sean avait à nouveau des ennuis. Il fallait s'y attendre !

Elle appuya sur la commande de la porte d'entrée et alla ouvrir à son visiteur. Déjà sidérée que quelqu'un prenne la peine de venir chez elle, elle resta interdite en découvrant qu'il s'agissait d'un Asiatique. Son nom aurait dû le lui laisser deviner, mais elle l'avait mal compris.

L'étranger n'était guère plus grand qu'elle. Trapu, musclé, il avait le teint cuivré et des cheveux d'un brun lustré coupés court. Il portait un costume d'un souple tissu noir légèrement brillant, une chemise blanche et une cravate sombre. Sous le bras, il tenait un pardessus Burberry.

« Je m'excuse de vous déranger », dit Tanaka avec un accent à peine perceptible. Puis, s'inclinant, il lui tendit sa carte sur laquelle étaient imprimés ces quelques mots : « Tanaka Yamaguchi, conseil en entreprise. »

Anne porta une main à sa gorge et saisit la carte sans un mot. La peur la rendait muette.

« Je voulais m'entretenir avec vous de votre fils, Sean, reprit Tanaka.

— Que se passe-t-il ? parvint à articuler Anne dans un filet de voix, comme si elle reprenait connaissance. Aurait-il à nouveau des ennuis ?

— Non, répondit Tanaka. Il a déjà eu des ennuis ?

— Quand il était adolescent. Sean a toujours été impétueux. Débordant d'énergie.

— Les petits Américains sont souvent difficiles, remarqua Tanaka. Au Japon, nous apprenons aux enfants à respecter leurs aînés.

— Mais le père de Sean n'était pas facile, lui non plus », avança Anne, elle-même surprise par cet aveu spontané. Troublée, elle ne savait plus très bien si elle devait ou non prier son hôte d'entrer.

« Je m'intéresse aux affaires de votre fils, dit Tanaka. Je sais qu'il sort de Harvard et qu'il est très brillant, mais est-il, ou a-t-il été associé à une entreprise spécialisée dans la fabrication de produits biologiques ?

— Avec un groupe d'amis, il a créé une société baptisée Immunotherapy, le renseigna Anne, soulagée de voir la conversation s'orienter vers les aspects les plus positifs du passé en dents de scie de Sean.

— Est-ce qu'il en fait toujours partie ?

— Il ne me parle pas beaucoup de tout ça.

— Je vous remercie infiniment, madame, conclut Tanaka en lui adressant une nouvelle courbette. Bonne journée. »

Anne le suivit des yeux jusqu'à ce qu'il ait disparu au coude de l'escalier. Cette façon abrupte de terminer leur entretien la laissait presque aussi médusée que la visite de cet homme. Deux étages plus bas, elle entendit claquer la porte d'entrée de l'immeuble. Rentrant chez elle, elle s'enferma aussitôt à double tour.

Il lui fallut un moment pour se remettre. Après avoir jeté un nouveau coup d'œil sur la carte de Tanaka Yamaguchi, elle glissa le bristol dans la poche de son tablier et regagna la cuisine pour s'occuper du repas. Elle pensa un instant appeler Brian, puis se dit qu'elle pourrait toujours lui parler du Japonais ce soir. A condition, bien sûr, qu'il soit là. Elle prit la décision de lui téléphoner si elle ne le voyait pas à dîner.

Une heure plus tard environ, la sonnette retentit à nouveau, dérangeant Anne dans la confection d'un gâteau. Elle crut tout d'abord que le Japonais revenait lui poser d'autres questions. Elle aurait mieux fait de prévenir Brian...

« Qui est là ? demanda-t-elle d'une voix inquiète après avoir appuyé sur le bouton de l'interphone.

— Sterling Rombauer, répondit une voix grave et mâle. Vous êtes bien Anne Murphy ?

— Oui...

— J'aimerais m'entretenir avec vous au sujet de votre fils, Sean. »

Anne resta un instant bouche bée. Encore un inconnu qui voulait l'interroger sur Sean !

« Que voulez-vous savoir ? demanda-t-elle.

— Je préférerais vous en parler de vive voix.

— Je descends », répliqua Anne.

Elle se lava les mains pour les débarrasser de la farine et descendit au rez-de-chaussée. L'homme se tenait dans le hall, son manteau en poil de chameau jeté sur le bras. Il portait un costume et une chemise blanche, comme le Japonais, mais sa cravate était en satin rouge.

« Je suis désolé de vous déranger, dit-il, parlant à travers la porte vitrée qui partageait l'entrée en deux.

— Pourquoi vous intéressez-vous à mon fils ?

— Je suis envoyé par l'Institut de cancérologie Forbes, de Miami », expliqua Sterling Rombauer.

Reconnaissant le nom de l'établissement où Sean effectuait son stage, Anne ouvrit la porte et dévisagea son visiteur, un bel homme, au visage carré et au nez droit, aux cheveux châtains naturellement bouclés. Sans son nom, se dit-elle, il pourrait être irlandais. Il mesurait près d'un mètre quatre-vingts et ses yeux étaient du même bleu que ceux de ses fils.

« Est-ce que Sean aurait fait une bêtise ?

— Pas à ma connaissance, la rassura Sterling. La direction de l'Institut procède toujours à une petite enquête de routine sur les gens qu'elle emploie. On ne plaisante pas avec les questions de sécurité, là-bas. Je voulais simplement vous interroger sur deux ou trois points.

— Lesquels ?

— Est-ce que vous savez si votre fils est en contact avec des sociétés de biotechnologie ?

— Vous êtes la seconde personne à me poser cette question en une heure, répliqua Anne.

— Ah ? laissa échapper son interlocuteur. Et puis-je vous demander qui vous l'a déjà posée ? »

Anne plongea la main dans la poche de son tablier et lui tendit la carte de Tanaka. Il la contempla un moment, sourcils froncés, puis la lui rendit.

« Qu'avez-vous dit à M. Yamaguchi ? s'enquit-il.

— Que mon fils avait fondé sa propre société de biotechnologie, avec des amis à lui. Elle s'appelle Immunotherapy.

— Je vous remercie, madame Murphy, dit Sterling. Notre conversation m'aura été très utile. »

Anne regarda son élégant visiteur dévaler la petite volée de marches du porche et s'engouffrer à l'arrière d'une luxueuse voiture noire conduite par un chauffeur en uniforme.

Elle remonta l'escalier plus ébahie que jamais. Une fois chez elle, elle resta un moment indécise, puis décrocha le téléphone et composa le numéro de Brian. Après s'être excusée de le déranger dans son travail, elle lui raconta les deux visites étranges auxquelles elle avait eu droit.

« C'est bizarre, commenta Brian une fois qu'elle eut fini.

— Crois-tu que Sean ait encore des ennuis ? Je me sens inquiète. Tu connais ton frère.

— Je vais lui passer un coup de fil. D'ici là, si d'autres personnes venaient t'interroger, ne dis rien. Contente-toi de me les envoyer.

— J'espère que je n'ai pas trop parlé.

— Mais non, bien sûr que non.

— Est-ce qu'on te verra, tout à l'heure ?

— Je ferai de mon mieux, répondit Brian. Mais si je n'étais pas là à 8 heures, mettez-vous à table sans moi. »

Le plan de Miami étalé à côté d'elle sur le siège passager, Janet se débrouilla pour retrouver son chemin jusqu'à la résidence de l'Institut Forbes. Elle vit avec plaisir que le quatre-quatre de Sean était garé sur le parking. Ainsi, elle pourrait lui annoncer sans attendre la bonne nouvelle : elle avait trouvé un appartement clair et agréablement meublé à la pointe sud de Miami Beach ; de la fenêtre de la salle de bains, on arrivait même à apercevoir un petit bout d'océan en se tordant un peu le cou. Ses premières démarches s'étaient pourtant avérées plutôt décevantes car la saison battait son plein. Le logement qu'elle avait fini par dénicher était d'ailleurs réservé depuis l'an dernier, mais les locataires s'étaient désistés au dernier moment ; leur ordre d'annulation était parvenu à l'agence cinq minutes avant l'arrivée de Janet.

La jeune femme se rendit d'abord dans son studio pour se rafraîchir le visage et enfiler un short et un débardeur. Puis elle se glissa sur le balcon jusqu'à la porte de Sean, qu'elle trouva affalé sur le divan, l'air maussade.

« J'ai de bonnes nouvelles ! s'exclama-t-elle joyeusement en se laissant tomber sur le fauteuil en face de lui.

— Voilà qui va me changer les idées.

— J'ai trouvé un appartement, poursuivit-elle en brandissant son bail. Rien d'extraordinaire, mais c'est à deux pas de la plage, et surtout à cinq minutes de la voie express qui mène à l'Institut.

— Janet, je ne suis pas sûr de rester ici, lui annonça Sean, l'air complètement démoralisé.

— Pourquoi ? Que s'est-il passé ? demanda-t-elle avec un petit frisson d'anxiété.

— L'Institut Forbes est une maison de fous. L'ambiance y est dégueulasse. Et pour tout arranger, je suis sans arrêt surveillé par une espèce de mariole japonais. Chaque fois que je me retourne, il est dans mon dos.

— Mais encore ? » insista Janet. Elle voulait que Sean lui dise tout ce qu'il avait sur le cœur afin de trouver des arguments à lui avancer. Maintenant qu'elle venait de signer un bail pour deux mois, elle se trouvait quasi dans l'obligation de rester à Miami.

« Il y a quelque chose qui ne tourne franchement pas rond là-bas, se mit à expliquer Sean. Les gens sont soit sympathiques, soit antipathiques. C'est tout l'un ou tout l'autre, je trouve ça bizarre. En plus, je suis seul comme un rat dans un immense labo désert. C'est dingue.

— Jusque-là, tu t'es toujours plaint du manque de place, lui fit observer Janet.

— On ne m'y reprendra plus ! Je n'avais jamais réalisé à quel point j'ai besoin d'avoir des gens autour de moi, pour travailler. Et ce n'est pas tout : ils ont installé un labo sous protection d'indice 3 dans lequel on n'a pas le droit d'entrer. J'ai fait comme si je ne le savais pas et j'ai été explorer. Tu sais ce que j'y ai trouvé ? Rien. L'endroit est vide. D'accord, je n'ai pas tout visité, il a bien fallu que je m'arrête quand je me suis retrouvé nez à nez avec l'espèce de GI refoulé qui dirige le service de sécurité et qui menaçait de jouer au dur avec moi.

— Il était armé ? s'alarma Janet.

— Non, mais il est balèze. Il s'est approché au maximum et il m'a jeté un regard mauvais. J'étais à ça de lui balancer un coup de pied là où je pense, précisa Sean en écartant le pouce et l'index d'un demi-centimètre.

— Vous vous êtes battus ?

— Non. Il a reculé et m'a dit de foutre le camp. Mais je ne te raconte pas dans quel état il était, à gueuler comme un âne pour me faire sortir de cette pièce vide comme si j'avais commis je ne sais quel crime ! Complètement barje.

— Tu n'as pas vu les autres salles. Celle où tu es entré est peut-être en réfection ?

— C'est possible, admit Sean. On peut sûrement trouver tout un tas d'explications. N'empêche que c'est bizarre, et si tu y ajoutes tous les autres trucs bizarres, je t'assure qu'au total il y a de quoi se poser des questions.

— Et le travail qu'ils t'ont confié ?

— Là, ça va. En fait, je ne sais pas pourquoi cette manip leur a posé tant de problèmes. Le Dr Mason, le directeur, est passé dans l'après-midi et je lui ai montré ce que je faisais. J'ai déjà obtenu quelques cristaux minuscules. Je lui ai dit que d'ici une semaine environ, j'arriverais sans doute à en obtenir de plus gros. Il a eu l'air content, mais après son départ j'y ai repensé. En fait, je n'ai aucune envie d'aider une compagnie japonaise à gagner de l'argent, or c'est essentiellement à cela que mon boulot servira si je réussis.

— Tu as quand même d'autres projets, lui rappela Janet.

— Comment ça ?

— Notre enquête sur le protocole du médulloblastome. Je prends mon service demain au troisième étage. Et devine qui vient d'arriver ?

— Helen Cabot ? risqua Sean en se redressant pour se caler contre le dossier.

— Gagné, répondit Janet. Ainsi qu'un autre habitant de Boston, un certain Louis Martin.

— Avec le même diagnostic ?

— Parfaitement. Un médulloblastome, lui aussi.

— C'est incroyable ! Je suis sûr qu'ils l'ont envoyé ici vite fait.

— Oui. D'ailleurs les gens de l'Institut s'étonnent qu'Helen ait été retenue si longtemps à Boston. La surveillante de l'étage ne m'a pas caché ses inquiétudes à son sujet.

— Les avis étaient partagés sur la nécessité ou non de lui faire une biopsie, et sur la tumeur sur laquelle opérer, lui expliqua Sean.

— Il y a aussi une jeune fille qui a été hospitalisée pendant que j'étais là-bas.

— Encore un médulloblastome ?

— Oui. Cela fait donc trois patients en début de traitement à mon étage. Je trouve que ce n'est pas si mal.

— Il me faut des photocopies de leurs dossiers. J'aurai également besoin d'échantillons des produits qu'on leur donne dès qu'ils démarreront ce fameux traitement, sauf bien sûr s'il s'agissait de médicaments déjà homologués. Mais je ne pense pas que ce soit le cas... on ne va pas leur faire de chimio, ou du moins pas exclusivement. Ces produits portent probablement un code. Et il faut aussi que tu me procures le régime alimentaire de chacun de ces patients.

— J'essaierai. Ce ne devrait pas être difficile puisque je les verrai tous les jours. Je pourrais peut-être même me débrouiller pour m'occuper personnellement de l'un d'entre eux. Par ailleurs, j'ai repéré une photocopieuse dans un endroit qui me paraît tranquille, aux archives.

— Sois prudente, la prévint Sean. La mère de Claire, la jeune femme qui travaille au service des relations publiques, est documentaliste à l'Institut.

— Je serai prudente », dit Janet qui s'interrompit un moment pour le dévisager. Elle avait appris qu'il valait mille fois mieux ne pas le brusquer et le laisser arriver lui-même à ses conclusions, mais une question lui brûlait les lèvres : « Alors, reprit-elle, tu joues le jeu jusqu'au bout ? Tu vas rester, quitte à perdre un peu de temps sur cette glycoprotéine, quitte à supporter ce Japonais ? »

Sean se pencha en avant. Tête basse, les coudes sur les genoux, il se gratta l'arrière de la nuque. « Je ne sais pas, répondit-il. Toute cette histoire me paraît absurde. Il faut vraiment aimer la science pour en passer par là !... Je me demande, continua-t-il en relevant la tête pour regarder Janet, si les technocrates de Washington savent à quel point nos établissements de recherche ont besoin de fonds, si limités soient-ils. C'est quand même râlant que la politique s'en mêle au moment où la recherche est plus vitale que jamais.

— Raison de plus pour essayer de mener notre projet à bien.

— Tu parles sérieusement ?

— Absolument.

— Il va nous falloir déployer des trésors d'ingéniosité.

— Je sais.

— Et aussi enfreindre quelques règles, ajouta-t-il. Tu es sûre que tu pourras t'y résoudre ?

— Je crois que j'y arriverai.

— Une fois que nous serons lancés, nous ne pourrons plus revenir en arrière... »

Janet était sur le point de lui répondre lorsque la sonnerie du téléphone les fit tous deux tressaillir.

« Qui diable ça peut-il être ? demanda Sean.

— Tu ne réponds pas ?

— J'hésite. » En fait, il craignait que l'appel vienne de Sarah Mason. Elle lui avait téléphoné dans l'après-midi mais il s'était bien gardé de l'encourager, malgré son envie de saisir cette occasion de mettre Harris hors de lui.

« Tu devrais quand même décrocher, lui conseilla Janet.

— Réponds, toi. »

Janet se leva et s'empara du combiné, puis le lui tendit après avoir demandé qui était à l'appareil. Son expression indifférente tranquillisa Sean.

« Ton frère, lui annonça-t-elle.

— Mon frère ? » grommela Sean en s'extirpant du canapé. Cela ne ressemblait pas à Brian de l'appeler. Ils n'étaient pas liés à ce point, et leur dernière rencontre ne datait que du vendredi précédent.

« Qu'est-ce qui ne va pas ? demanda-t-il dans le téléphone.

— J'allais te poser la même question, répondit Brian à l'autre bout du fil.

— Tu veux vraiment tout savoir, ou tu préfères que je m'en tienne à des généralités sur le climat de Miami ?

— Je crois qu'il vaudrait mieux que tu me parles franchement, lui conseilla Brian.

— L'Institut Forbes est un drôle d'endroit, dit Sean. J'ai l'impression que je risque d'y perdre complètement mon temps et je ne sais pas encore si je vais rester, ajouta-t-il en lançant un coup d'œil à Janet qui esquissa une mimique excédée.

— Ici aussi, il se passe des choses bizarres. » Brian lui raconta la visite des deux hommes venus interroger leur mère à propos d'Immunotherapy.

« Immunotherapy, c'est de l'histoire ancienne, répliqua Sean. Que leur a dit maman ?

— Pas grand-chose. A l'en croire, du moins. Mais tout ça l'a un peu paniquée. Elle leur a simplement déclaré que tu avais fondé cette société avec des amis.

— Elle n'a pas précisé que nous l'avions vendue ?

— Bien sûr que non.

— Et Oncogen, alors ?

— Elle m'a affirmé qu'elle n'en avait pas parlé. Nous lui avions fait promettre de ne pas en souffler mot à quiconque.

— Un bon point pour elle.

— Mais pourquoi ces gens sont-ils venus la voir ? Rombauer s'est présenté comme envoyé par l'Institut. D'après lui, il ne s'agit que d'une petite enquête de routine, justifiée par des motifs de sécurité. Est-ce que tu aurais déjà fait quoi que ce soit qui puisse menacer la sécurité de l'Institut ?

— Arrête ton char ! Il y a à peine vingt-quatre heures que je suis ici.

— Ce n'est un secret pour personne que tu aimes bien mettre ton grain de sel partout. Tes salades ont de quoi excéder les mieux disposés à ton égard.

— Ton baratin vaut bien mes salades, rétorqua Sean. Tu en as même fait ton métier, en devenant avocat.

— Laisse tomber, je n'ai pas l'intention de m'énerver aujourd'hui. Sérieusement, qu'est-ce qui se passe à ton avis ?

— Je n'en ai pas la moindre idée. Peut-être que ce type a raison, qu'ils enquêtent systématiquement.

— Mais ces deux fouineurs n'avaient pas l'air de se connaître, ajouta Brian. Je trouve ça curieux, pour une procédure de routine. Le premier a laissé sa carte. Je l'ai sous les yeux : Tanaka Yamaguchi, conseil en entreprise.

— Conseil en entreprise, ça veut tout dire et rien dire, remarqua Sean. Je me demande s'il n'est pas lié à Sushita Industries, le consortium japonais qui finance massivement l'Institut. De toute évidence, ce qui les intéresse c'est d'obtenir des brevets lucratifs.

— Ils ne peuvent pas se contenter des appareils photo, de l'informatique et des voitures ? pesta Brian. Ils sont en train de foutre en l'air l'économie mondiale !

— Ils sont bien trop malins pour ça, ils visent le long terme. Mais pourquoi diable s'intéressent-ils à mes liens avec Immunotherapy, cette petite boîte de rien du tout ? Là, franchement je ne vois pas.

— Je pensais que tu aurais pu éclairer ma lanterne. Te connaissant, je ne suis pas encore tout à fait convaincu que tu n'aies pas semé ta merde, là-bas.

— Quel langage ! Cela me choque, venant de toi, répliqua Sean.

— Je te contacterai dès que la banque Franklin m'aura fait signe pour Oncogen, reprit Brian. D'ici là, essaie de ne pas t'attirer d'ennuis.

— Qui ? Moi ? » s'étonna Sean d'un air innocent avant de raccrocher.

« Est-ce que tu aurais encore changé d'avis ? s'exclama aussitôt Janet avec une rancœur manifeste.

— De quoi parles-tu ?

— Tu viens de dire à ton frère que tu n'étais pas sûr de vouloir rester. J'avais cru comprendre que nous avions décidé de tenter le coup.

— Exact, dit Sean. Mais je ne voulais pas détailler notre plan à Brian. Ça l'aurait rendu malade d'inquiétude. En plus, il en aurait probablement parlé à ma mère, et Dieu sait ce qui aurait pu se passer ! »

« C'était vraiment très agréable », déclara Sterling à la masseuse, une grande et belle Finlandaise vêtue d'une jupette qui au premier abord aurait pu passer pour une tenue de tennis. Il lui laissa cinq dollars de pourboire supplémentaire ; lorsqu'il s'était adressé au portier du Ritz pour réserver une séance de massage, il avait déjà augmenté la somme portée à son compte d'un pourboire conséquent, mais la jeune femme avait largement dépassé le temps imparti.

Pendant qu'elle rangeait ses flacons d'huile de massage, Sterling se débarrassa de la serviette nouée autour de sa taille et enfila un peignoir blanc en éponge. Puis il prit place sur le fauteuil confortable placé près de la fenêtre, posa les pieds sur un pouf et se versa un verre du champagne que lui offrait la maison. Il séjournait régulièrement au Ritz de Boston.

La masseuse lui adressa un petit signe d'adieu de la porte, et il la remercia à nouveau. Il faudrait qu'il lui demande son nom, la prochaine fois. Ce type de service faisait partie des frais dont devaient s'acquitter les clients de Sterling Rombauer. Il arrivait d'ailleurs que certains s'en plaignent, mais Sterling leur répliquait que c'était à prendre ou à laisser. S'ils n'acceptaient pas ses conditions, ils n'avaient qu'à s'adresser ailleurs. Les choses n'allaient jamais plus loin car il avait acquis une efficacité redoutable dans sa branche, l'espionnage industriel.

Il aurait pu se contenter d'appellations plus aseptisées — « conseil en entreprise » ou « consultant industriel », par exemple — pour décrire ses activités, mais il préférait s'en tenir crûment au terme d'« espion industriel » même si, pour des raisons de décence élémentaire, cette profession ne figurait pas en tant que telle sur sa carte. Celle-ci portait simplement la mention « consultant », sans autre précision, à la différence du bristol que Mme Murphy lui avait montré quelques heures plus tôt.

Tout en sirotant son champagne, Sterling admirait la vue superbe qui s'étendait sous ses yeux. De sa chambre située à un étage élevé, il découvrait le parc du Boston Garden. Le jour touchait à sa fin. Quelques réverbères s'allumèrent le long des allées serpentines, illuminant l'étang aux cygnes et son pont suspendu miniature. On était déjà début mars, mais une récente vague de froid avait gelé l'étang, et sur la glace qui brillait comme un miroir des patineurs virevoltaient avec grâce en entrecroisant leurs arabesques.

Levant les yeux, Sterling contempla le dôme en or du Capitole où se réfléchissaient les derniers feux du soleil. Il songea amèrement au rude coup que les députés venaient de porter à sa feuille d'impôts en votant des lois irréfléchies contraires à l'esprit d'entreprise. A cause de ces mesures, il avait perdu plusieurs bons clients ; certains avaient choisi de s'installer dans un pays à la législation plus favorable, les autres avaient tout simplement dû abandonner la partie. Pourtant, Sterling appréciait ses séjours à Boston, ville hautement civilisée.

Tirant vers lui le téléphone posé de l'autre côté de la table, il décida de terminer ce qu'il lui restait à faire avant de s'accorder un dîner bien mérité. Ses occupations ne lui pesaient pas, bien au contraire, surtout compte tenu du peu de labeur qu'elles exigeaient. Après des études d'informatique à Stanford, Sterling avait travaillé plusieurs années pour IBM, puis avait fondé avec succès une société spécialisée dans la fabrication des puces informatiques. Vers l'âge de trente-cinq ans, il s'était aperçu qu'entre son mariage qui battait de l'aile et le traintrain abrutissant de ses responsabilités de chef d'entreprise, la vie qu'il menait ne le satisfaisait pas. Il commença par divorcer, puis inscrivit sa société en Bourse et s'enrichit considérablement. Il s'occupa ensuite d'organiser le rachat de l'entreprise et se retrouva à la tête d'un vrai pactole. Maintenant qu'il avait la quarantaine, sa solide fortune faisait bien des envieux.

Pendant près d'un an, il s'était autorisé des foucades d'adolescent dont l'avait privé sa jeunesse studieuse. Mais les charmes de cette régression avaient fini par le lasser. C'est alors qu'un de ses amis resté dans les affaires lui demanda s'il ne se chargerait pas d'une petite enquête pour lui rendre service. Ce fut pour Sterling l'occasion de se lancer dans une nouvelle carrière, une carrière stimulante qui le préservait de la monotonie et de l'ennui et lui permettait d'utiliser tout à la fois son savoir d'ingénieur informaticien, son sens des affaires, son imagination et sa compréhension instinctive du comportement de ses semblables.

Sterling composa le numéro de téléphone privé du Dr Randolph Mason. Ce dernier décrocha aussitôt.

« Je ne suis pas très sûr que les nouvelles que je vous apporte vous fassent très plaisir, commença Sterling.

— Plus tôt je serai au courant, mieux cela vaudra, répondit Mason.

— Sean Murphy est une espèce de petit prodige, vous savez. Alors qu'il était encore étudiant au MIT, il a lui-même créé sa propre entreprise de biotechnologie, Immunotherapy, qui commercialisait des tests de diagnostic à usage personnel. L'affaire s'est révélée rentable dès le début.

— Et ça marche toujours ?

— A merveille ! Tellement bien que Genentech s'est porté acquéreur, il y a un an à peu près.

— Eh bien dites-moi ! s'exclama le Dr Mason que cette dernière révélation rassérénait un peu. Et Sean, dans tout ça ?

— Lui et ses amis s'en sont extrêmement bien tirés, expliqua Sterling. Vu leur mise de fonds initiale, la vente d'Immunotherapy leur a rapporté un joli pécule.

— Si je comprends bien, il ne s'en occupe donc plus ?

— Plus du tout, confirma Sterling. Vous êtes soulagé ?

— Oui, je vous l'avoue. L'expérience de ce garçon sur les anticorps monoclonaux m'intéresse, mais pas s'il a derrière lui une structure de production. Ce serait trop risqué.

— Il pourrait néanmoins monnayer des informations auprès d'un tiers, glissa Sterling. Ou bien être aussi employé par quelqu'un d'autre.

— Vous pourriez tirer ça au clair ?

— Je pense que oui. Vous voulez que j'aille plus loin ?

— Absolument, dit le Dr Mason. Avant d'engager M. Murphy, je dois m'assurer qu'il ne pratique pas l'espionnage industriel sous une forme ou sous une autre.

— J'ai appris un petit détail supplémentaire, ajouta Sterling en se reversant du champagne. Une autre personne que moi enquête sur Sean Murphy. Un certain Tanaka Yamaguchi. »

Les tortellini qu'il avait avalés à midi se mirent à peser sur l'estomac sensible du directeur de l'Institut.

« Ce nom vous dit quelque chose ? reprit Sterling.

— Non », répondit le Dr Mason. Il n'avait jamais entendu parler de Tanaka Yamaguchi, mais la conclusion s'imposait d'elle-même. Sterling le devança : « Mon hypothèse est qu'il travaille pour Sushita Industries. Et il est au courant, à propos d'Immunotherapy. La mère de Sean lui en a parlé.

— Il est allé voir Mme Murphy ?

— De même que moi.

— Mais alors, Sean va savoir qu'il enquête sur lui, bredouilla le Dr Mason, désemparé.

— Aucune importance, dit Sterling. Si Sean est effectivement un espion, il va se tenir à carreau quelque temps. S'il n'en est pas un, il va simplement se poser des questions, ou au pis s'irriter de la curiosité dont il est l'objet. Sa réaction ne devrait pas vous préoccuper. A votre place, je m'inquiéterais plutôt au sujet de Tanaka Yamaguchi.

— Que voulez-vous dire ?

— Je ne l'ai jamais rencontré, mais j'ai beaucoup entendu parler de lui, ce qui est normal puisque nous sommes plus ou moins en concurrence. Il y a maintenant des années qu'il vit aux Etats-Unis, où il était venu au départ pour suivre des études. Si je me souviens bien, c'est l'aîné d'une famille d'industriels cossus, propriétaires de plusieurs usines. Le problème, c'est que Tanaka s'est adapté avec trop de facilité au mode de vie " dégénéré " de l'Occident. Et qu'en s'américanisant, il s'est un peu trop émancipé par rapport aux critères japonais. La famille a décidé de ne plus le recevoir, question d'honneur, mais de le laisser vivre sur un grand pied. Une manière d'exil, si vous voulez. Tanaka a eu l'intelligence d'arrondir sa pension en exploitant le même créneau que moi, sauf que lui propose ses services aux entreprises japonaises installées chez nous. En réalité, il se comporte un peu comme un agent double, car il travaille fréquemment pour les *yakusa* en même temps que pour une compagnie nippone ayant pignon sur rue. Il est malin, il est impitoyable, et il est efficace. Le fait qu'il s'occupe de cette affaire prouve que vos amis de Sushita Industries n'ont pas l'intention de plaisanter.

— Vous pensez qu'il a été mêlé à la disparition des deux chercheurs dont nous avons ensuite eu la surprise d'apprendre qu'ils travaillaient pour Sushita au Japon ?

— Cela ne m'étonnerait pas.

— Je ne peux pas laisser un étudiant de Harvard disparaître de la même façon, dit le Dr Mason. La presse monterait l'affaire en épingle et la réputation de l'Institut en pâtirait.

— A votre place, je ne m'inquiéterais pas trop dans l'immédiat, le rassura Sterling. D'après ce que je sais, Tanaka se trouve toujours à Boston. Dans la mesure où il a obtenu les mêmes informations que moi, il doit se dire que Sean Murphy est sur un autre coup.

— Du genre ?

— Je ne sais pas exactement. Je n'ai pas réussi à trouver trace des sommes que Sean et ses associés ont encaissées en vendant Immunotherapy. Aucun d'entre eux ne dispose vraiment de ce qu'on pourrait appeler une fortune, et ils ne font pas non plus étalage de signes extérieurs de richesse, voiture de luxe ou autre. A mon avis, ils préparent quelque chose, et Tanaka partage probablement cette hypothèse.

— Bon sang ! laissa échapper le Dr Mason. Je ne sais plus quoi faire. Je devrais peut-être renvoyer le petit Murphy sans attendre.

— Si comme vous me l'avez dit vous pensez vraiment qu'il

peut vous tirer d'affaire avec cette protéine, ne le lâchez pas. Je contrôle parfaitement la situation. Mes contacts me tiennent informés en permanence et mon réseau bostonien est particulièrement solide grâce à mon passé d'informaticien. Si vous voulez que je continue et si vous acceptez de payer mes honoraires, tout se passera bien.

— Continuez, dit le Dr Mason. Et tenez-moi au courant. »

5

JEUDI 4 MARS,

6 H 30

Tôt levée, Janet revêtit son uniforme blanc et quitta son appartement de bonne heure pour prendre son service, de 7 heures à 15 heures comme convenu. A cette heure matinale, la circulation était fluide sur la I 95, surtout au nord de la ville. Sean et elle avaient envisagé de se rendre ensemble à l'Institut, mais décidé pour finir qu'il était préférable que chacun garde sa propre voiture.

La jeune femme se sentait au bord de la nausée. Son anxiété excédait largement la nervosité qui accompagne souvent les débuts dans un nouveau poste. Elle savait qu'elle allait devoir passer outre le règlement, et cette perspective la mettait dans un état de tension extrême. D'une certaine façon, elle se jugeait déjà coupable, coupable par intention.

Arrivée au troisième étage de la clinique avec un peu d'avance sur l'horaire, elle alla chercher un café et entreprit de se familiariser avec les lieux, de repérer les bacs où l'on rangeait les dossiers, la resserre à médicaments, le placard des fournitures. Quand vint le moment de la réunion entre l'équipe de nuit et l'équipe de jour, elle avait largement recouvré son calme. La présence amicale de Marjorie produisait sur elle un indéniable effet d'apaisement.

L'équipe de nuit n'avait pas grand-chose à signaler, hormis la nette aggravation de l'état d'Helen Cabot. La malade avait fait plusieurs crises d'épilepsie au cours de la nuit, et d'après les médecins la pression intracrânienne exercée par ses tumeurs s'était encore accrue.

« Est-ce qu'ils pensent que cette détérioration est liée à la biopsie sous scanner qu'elle a subie hier ? s'enquit Marjorie.

— Non, répondit Juanita Montgomery, la surveillante de l'équipe de nuit. Le Dr Mason était là à 3 heures du matin, pendant une des attaques, et il estime que le traitement est sans doute à l'origine de ces complications.

— Elle a déjà commencé le traitement ? s'étonna Janet.

— Oui, dit Juanita. Dès son arrivée ici, dans la nuit de mardi.

— Mais c'est seulement hier qu'elle a passé la biopsie, reprit Janet.

— La biopsie servira à préciser le traitement au niveau cellulaire, intervint Marjorie. Aujourd'hui, on doit lui prélever des lymphocytes T qui seront ensuite cultivés et sensibilisés à la tumeur. Mais le traitement lymphatique, lui, a tout de suite démarré.

— On l'a mise sous Mannitol pour diminuer la pression intracrânienne, ajouta Juanita. Ça a l'air de marcher. Depuis, elle n'a pas eu de nouvelle crise. Dans la mesure du possible, les médecins préféreraient éviter les stéroïdes et le recours à un shunt. Quoi qu'il en soit, il faut la surveiller en permanence, et particulièrement au moment du prélèvement. »

Dès que le rapport fut terminé, les infirmières de garde pendant la nuit purent rentrer chez elles, les yeux marqués par la fatigue. L'équipe de jour se mit au travail sans attendre. Janet fut vite accaparée par la tâche. Il y avait énormément de malades à cet étage, tous atteints d'une forme ou d'une autre de cancer et qui chacun suivait un traitement personnalisé. Le patient qui la toucha le plus était un angélique bambin de neuf ans sur qui les chirurgiens devaient pratiquer une greffe de moelle osseuse destinée à suppléer à son déficit en globules rouges. On lui avait déjà administré une chimiothérapie à forte dose et des rayons, afin d'éliminer complètement toutes les parties de sa moelle atteintes par la leucémie. Depuis, il était à la merci de n'importe quel micro-organisme, y compris ceux qui d'ordinaire ne sont pas pathogènes pour l'être humain.

Vers le milieu de la matinée, l'heure de la pause accorda enfin un répit à Janet. La plupart des infirmières passaient cet instant de détente dans la pièce qui leur était réservée derrière le bureau. Janet, elle, décida d'en profiter pour demander à Tim Katzenburg de lui montrer comment interroger les fichiers informatisés destinés à compléter les dossiers traditionnels ouverts au nom de chaque patient. Certes, elle avait suivi des cours d'informatique et cette technologie nouvelle n'avait rien pour l'intimider, mais elle savait qu'elle gagnerait du temps en se faisant expliquer le fonctionnement des logiciels adoptés par l'Institut.

Alors que Tim était occupé au téléphone, Janet ouvrit le fichier d'Helen Cabot, qui était relativement succinct puisque l'hospitalisation de la jeune fille remontait à moins de quarante-huit heures. Un schéma apparut sur l'écran, localisant celle des trois tumeurs retenue pour la biopsie ainsi que le site de la trépanation : le chirurgien avait ouvert le crâne juste au-dessus de l'oreille droite. Suivait une description sommaire du fragment de tissu prélevé pour la biopsie : ferme, blanc et d'une masse suffisante, cet échantillon avait immédiatement été mis dans la glace et expédié au laboratoire d'analyses. La partie concernant le traitement précisait qu'Helen Cabot était actuellement sous MB-300C et MB-303C, selon un dosage de 100 mg/jour et kilo de son propre poids et à raison de 0,05 ml/mn et kilo.

Janet s'assura que Tim était toujours au téléphone avant de noter ces renseignements sur un bout de papier. Elle releva également le code alphanumérique, T-9872, porté en face du diagnostic succinctement rédigé : « médulloblastome à tumeurs multiples ».

Elle utilisa ensuite ce code alphanumérique pour recenser les patients atteints de la même affection et actuellement hospitalisés dans l'établissement. Il y en avait cinq au total, dont trois au troisième étage. Les deux autres, que Janet inscrivit également sur son papier, étaient Margaret Demars, au deuxième, et Luke Kinsman, un enfant de huit ans admis au quatrième étage, dans le service de pédiatrie.

« Vous avez des problèmes ? lança Tim dans son dos.

— Pas du tout », répondit Janet qui s'empressa de sortir du fichier pour que Tim ne le voie pas sur l'écran. Mieux valait éviter de faire naître des soupçons dès le premier jour...

« Je dois rentrer les données que vient de me transmettre le labo, dit Tim. J'en ai pour une minute. »

Lui laissant la place devant l'ordinateur, Janet inspecta

rapidement le bac où étaient classés les dossiers dans l'espoir d'y trouver ceux de Cabot, Martin ou Sharenburg. Mais aucun d'entre eux ne s'y trouvait.

Marjorie fit soudain irruption dans le bureau ; elle venait chercher des narcotiques dans l'armoire fermée à clé qui leur était affectée.

« Toujours au travail ! Mais c'est l'heure de prendre un café bien mérité ! s'exclama-t-elle à l'adresse de Janet.

— Je ne m'en prive pas », répondit Janet en levant son gobelet en plastique. Demain, se dit-elle, il faudrait qu'elle pense à se procurer une chope, pour faire comme les autres qui avaient tous la leur.

« Vraiment, vous m'impressionnez, plaisanta Marjorie tout en farfouillant dans l'armoire. On n'est pas au bagne, vous savez. Vous avez le droit de vous poser les fesses de temps en temps. »

Janet répliqua avec un sourire que c'est très volontiers qu'elle prendrait sa pause, une fois qu'elle se serait familiarisée avec le fonctionnement du service. Quand Tim eut fini de se servir de l'ordinateur, elle l'interrogea à propos des trois dossiers manquants.

« Ils sont au premier, lui expliqua-t-il. On prélève des lymphocytes T à Cabot, en ce moment, et Martin et Sharenburg passent à la biopsie. Naturellement, les dossiers suivent toujours les malades.

— Naturellement », répéta Janet. Ce n'était vraiment pas de chance que ces trois dossiers soient justement indisponibles ! L'espionnage clinique qu'elle s'était engagée à mener à bien risquait de s'avérer moins facile qu'elle ne l'avait cru au départ, en soumettant son plan à Sean.

Faisant momentanément une croix sur ces dossiers, Janet dut attendre qu'une autre des infirmières de son équipe, Dolores Hodges, ait trouvé ce qu'elle cherchait dans la resserre à médicaments. Dès que Dolores fut partie, Janet se faufila dans le minuscule réduit après s'être assurée que personne ne l'observait. Les casiers au nom de chaque malade qui s'alignaient sur les étagères contenaient les remèdes prescrits à chacun et commandés à la pharmacie centrale du rez-de-chaussée.

Janet vérifia rapidement l'assortiment d'ampoules, de flacons et de tubes rangés dans le casier d'Helen ; il y avait là des préparations anti-épileptiques, des tranquillisants, des cachets contre la nausée, des analgésiques non narcotiques, mais les mentions MB-300C et MB-303C ne figuraient sur aucun d'entre eux. Pensant que ces produits étaient peut-être entreposés en lieu sûr, avec les narcotiques, Janet inspecta l'armoire réservée à ces derniers, mais sans plus de succès.

Elle s'intéressa ensuite au casier de Louis Martin, placé tout en bas, presque au niveau du sol, ce qui l'obligea à s'agenouiller dans une position inconfortable et à repousser le battant inférieur de la porte pour avoir plus de place. Cette fois encore, ses recherches restèrent vaines : aucune étiquette des médicaments ne portait le code MB.

« Mon Dieu ! Vous m'avez fait peur ! s'écria Dolores en manquant trébucher sur Janet accroupie au-dessus du casier de Louis Martin. Je suis désolée, reprit-elle. Je ne pensais pas trouver quelqu'un ici.

— C'est de ma faute », s'excusa Janet en rougissant. Elle avait peur de s'être trahie, mais Dolores semblait ne s'être aperçue de rien. Janet s'étant poussée pour lui laisser le passage, elle attrapa ce dont elle avait besoin et ressortit aussi vite qu'elle était entrée.

Janet quitta la resserre en tremblant comme une feuille. Sa mission d'espionne venait à peine de commencer et déjà elle se demandait si elle aurait les nerfs assez solides pour agir avec la duplicité exigée par ce rôle.

Arrivée devant la chambre d'Helen Cabot, elle s'arrêta un instant. Un butoir en caoutchouc maintenait la porte légèrement entrebâillée. Janet entra et jeta un coup d'œil autour d'elle. Elle n'escomptait pas trouver les produits codés dans cette pièce, mais voulait quand même vérifier. Comme prévu, elle ne trouva rien.

Son sang-froid alors recouvré, elle décida de regagner le bureau des infirmières. Passant devant la chambre de Gloria D'Amataglio, elle eut envie de prendre de ses nouvelles. Assise dans son fauteuil, Gloria tenait sur les genoux un petit bassin en forme de haricot. Elle était toujours sous perfusion.

En bavardant ensemble la veille, Janet et Gloria s'étaient rendu compte qu'elles avaient toutes deux fait leurs études à Wellesley College. Dans la nuit, Janet s'était promis de lui demander si elle connaissait une de ses amies, d'un an plus jeune qu'elle et de la même promotion que Gloria.

« Vous connaissez Laura Lowell ! s'exclama Gloria. Quelle coïncidence ! Nous étions très liées, elle et moi. J'adorais ses parents. » La malade faisait des efforts visibles pour se montrer sociable. Sa chimiothérapie l'exténuait et la rendait visiblement nauséeuse.

« Je pensais que vous deviez bien vous entendre, dit Janet. Tout le monde aimait Laura. »

Elle allait s'excuser et laisser Gloria se reposer quand un léger bruit derrière elle attira son attention. Elle se retourna, juste à temps pour entrevoir un garçon de salle en combinaison verte surgir sur le seuil et s'éclipser instantanément. Comprenant que sa présence l'empêchait de faire le ménage, Janet promit à Gloria de repasser la voir plus tard et sortit dans le couloir pour prévenir l'homme qu'il pouvait disposer de la chambre. Mais elle eut beau regarder de part et d'autre du couloir et aller jusqu'à vérifier dans quelques chambres voisines, Janet ne le vit nulle part. Il semblait s'être volatilisé.

S'apercevant qu'il lui restait un peu de temps avant la fin de la pause, Janet prit l'ascenseur pour se rendre au premier étage dans l'espoir de pouvoir au moins feuilleter un des trois dossiers manquants. Le prélèvement d'Helen Cabot n'était toujours pas terminé et devait durer encore un certain temps ; son dossier n'était pas accessible. Kathleen Sharenburg subissait en ce moment même sa biopsie, et son dossier se trouvait dans le bureau du service de radiologie. En revanche, la jeune femme eut plus de chance avec Louis Martin, dont la biopsie était programmée juste après celle de Kathleen Sharenburg. Janet le découvrit, allongé sur un chariot dans le vestibule attenant au bloc chirurgical, profondément endormi par les tranquillisants qu'on lui avait administrés. Son dossier était glissé dans le support métallique fixé à l'extrémité du chariot.

Un technicien lui ayant appris que Louis ne passerait pas sur la table d'opération d'ici une heure au moins, Janet décida de courir le risque et s'empara du dossier. Comme un assassin qui quitterait précipitamment les lieux du crime son arme à la main, elle se précipita jusqu'aux archives en courant presque, cédant à nouveau au sentiment de panique ressenti quelques instants plus tôt dans la resserre. Piteusement, elle s'avoua qu'elle faisait probablement la pire des recrues pour ce genre de mission.

« Bien sûr que vous pouvez utiliser la photocopieuse, répondit une des archivistes à la question qu'elle lui posa. Elle est là pour ça. Signez simplement le cahier en indiquant que vous êtes infirmière. »

Janet se demanda si son interlocutrice était la mère de la jeune hôtesse qui raccompagnait Sean chez lui le soir où elle était elle-même arrivée à Miami. Il fallait rester prudente. Tout en se dirigeant vers la photocopieuse, elle jeta un regard par-dessus son épaule. La femme avait repris la tâche qu'elle avait interrompue pour lui répondre et ne lui prêtait plus aucune attention.

Janet photocopia rapidement le dossier de Louis au grand complet. Il comprenait plus de feuillets qu'elle ne s'y était attendue, compte tenu du fait que le malade n'était hospitalisé que depuis la veille. En le compulsant, elle s'aperçut qu'il se composait pour l'essentiel de documents envoyés par l'hôpital Memorial de Boston.

Lorsqu'elle eut enfin terminé, Janet se dépêcha de ramener le dossier au chariot qui, à son grand soulagement, n'avait pas été déplacé, et remit l'enveloppe exactement comme elle l'avait trouvée. Louis ne bougea pas.

Dans l'ascenseur qui la ramenait au troisième, Janet s'affola. Elle n'avait absolument pas pensé à ce qu'elle allait faire de la copie du dossier, trop volumineuse pour entrer dans son sac. Il fallait la mettre provisoirement en lieu sûr, dans une cachette où personne ne risquait de la découvrir.

Sa pause touchait à sa fin et elle n'avait pas de temps à perdre. Qu'allait-on penser d'elle, si elle rognait sur son temps de travail dès le premier jour à l'Institut ? Elle se mit à passer frénétiquement plusieurs endroits en revue. Le salon réservé aux patients ? Impossible, en ce moment il était occupé. Sous un casier du bas, dans la resserre ? Non, trop risqué. Finalement, elle se décida pour le placard du ménage.

Elle jeta un coup d'œil dans le couloir. Plusieurs personnes allaient et venaient, mais toutes paraissaient absorbées par leurs occupations. Le chariot de ménage abandonné devant une chambre lui laissa penser que Tom Widdicomb devait nettoyer cette pièce. Retenant son souffle, Janet se glissa à l'intérieur du débarras dont la porte se referma automatiquement derrière elle. Brusquement plongée dans le noir, la jeune femme chercha l'interrupteur à tâtons et alluma la lumière.

Un évier de proportions généreuses occupait une bonne partie du minuscule espace. En face, à côté d'un placard à balais, se trouvait un meuble bas fermé par des panneaux coulissants et surmonté d'une série de rayonnages. Janet ouvrit d'abord le placard à balais. Quelques étagères avaient été aménagées au-dessus du compartiment principal, mais elles étaient trop exposées aux regards. S'intéressant ensuite aux rayonnages, la jeune femme leva les yeux jusqu'à la dernière planche.

Un pied en appui sur le bord de l'évier, elle grimpa sur le buffet et sonda du bout des doigts l'interstice qu'elle venait de repérer entre le plafond et le rayonnage du haut. Sûre d'avoir enfin trouvé ce qu'elle cherchait, elle engagea le dossier photocopié dans cette fente et le laissa tomber derrière la corniche, soulevant un fin nuage de poussière.

Tranquillisée, elle redescendit de son perchoir, se passa les mains sous l'eau et se faufila hors du débarras. Apparemment, sa disparition momentanée n'avait pas été remarquée. Une infirmière qu'elle croisa dans le couloir lui adressa un grand sourire.

Janet regagna le bureau et se mit au travail d'arrache-pied. Il lui fallut à peu près cinq minutes pour retrouver son calme. Au bout de dix minutes, son pouls battait à nouveau à un rythme normal. Et lorsque, quelques instants plus tard, Marjorie vint la rejoindre, elle s'était suffisamment ressaisie pour se renseigner sur les préparations codées administrées à Helen Cabot.

« J'ai regardé le protocole mis au point pour chaque patient, dit-elle pour commencer. Je veux me familiariser avec les médicaments qu'ils prennent, de façon à ne pas me sentir perdue si on me demande de m'occuper de tel ou tel cas. Or j'ai remarqué deux références qui m'intriguent : MB-300C et MB-303C. Est-ce que vous savez de quoi il s'agit et où ils sont rangés ? »

Marjorie qui l'avait écoutée un coude posé sur le comptoir se redressa pour lui montrer la petite clé enfilée sur la chaîne en argent qu'elle portait autour du cou.

« C'est à moi qu'il faut s'adresser pour tous les produits codés MB, répondit-elle. Ils sont enfermés à double tour à l'intérieur d'un frigo qui se trouve dans le bureau. Ici, ajouta-t-elle en tirant sur une porte basse pour découvrir un petit réfrigérateur. Leur distribution dépend exclusivement de la surveillante de chaque équipe. Nous contrôlons ces produits un peu comme les narcotiques, si vous voulez, mais de façon encore plus rigoureuse.

— Je vois. Cela explique pourquoi je ne les ai pas trouvés dans la resserre », dit Janet en s'obligeant à sourire. Elle réalisait tout à coup que se procurer ces médicaments risquait de s'avérer mille fois plus difficile qu'elle ne l'avait imaginé. Elle se demandait même si la chose était du domaine du possible.

Tom Widdicomb essayait de se ressaisir. Jamais il n'avait autant flippé. D'habitude, sa mère arrivait à le calmer, mais cette fois elle le laissait tomber sans mot dire.

Il avait tenu à venir très tôt au travail, ce matin, pour surveiller la nouvelle. Dès que Janet Reardon était arrivée, il l'avait gardée à l'œil, la suivant à la trace, observant ses moindres faits et gestes. Au bout d'une heure, il avait fini par se convaincre que ses craintes étaient injustifiées : Mlle Reardon se conduisait apparemment comme n'importe quelle autre infirmière et Tom s'était senti soulagé.

Et voilà qu'il avait fallu qu'elle entre à nouveau chez Gloria ! Ce n'était pas croyable. Elle avait recommencé son manège juste au moment où il relâchait son attention. Il avait déjà dû ajourner à deux reprises ses tentatives d'aider Gloria à cause de la même bonne femme. « Deux fois de suite, la sale moucharde ! » Tom sifflait de colère dans le débarras où il avait couru se réfugier.

Une seule chose le consolait un peu : aujourd'hui, c'est lui qui avait déjoué ses plans, et pas l'inverse. Mieux encore, il l'avait surprise au dernier moment. Il ne savait pas si elle l'avait repéré ou non, mais il y avait des chances que oui.

Il s'était alors remis à l'épier, de plus en plus persuadé qu'elle n'était là que pour le démasquer. Finalement, elle ne se comportait pas du tout comme les autres infirmières. Elle furetait partout, avec son petit air en dessous. Il l'avait bien vue entrer dans le débarras, cette sournoise. Du couloir, il l'entendait ouvrir les placards, se rongeant les sangs à l'idée qu'elle allait trouver son matériel. Il attendit qu'elle soit ressortie pour pénétrer à son tour dans le réduit. Grimpant sur le buffet, il glissa la main sur la dernière planche et tâta à l'aveuglette l'endroit où se trouvait sa planque, tout au fond, dans l'angle. La succinylcholine et les seringues y étaient toujours, Dieu merci. Rien n'avait été dérangé.

Une fois redescendu, Tom tenta tant bien que mal de se maîtriser. Il ne risquait rien, puisque la succinylcholine était restée en place. En tout cas, il ne risquait rien dans l'immédiat. Mais il fallait absolument régler son sort à Janet Reardon, en finir avec elle comme avec Sheila Arnold. Ce n'est pas cette fille qui allait mettre un terme à sa croisade ! S'il abandonnait, Alice se détournerait de lui à jamais.

« Ne t'en fais pas, maman, dit Tom à voix haute. Tout se passera bien. »

Mais Alice ne l'écoutait pas. Elle était terrifiée.

Au bout d'un quart d'heure, Tom avait récupéré assez de sang-froid pour affronter le monde extérieur. Prenant une profonde inspiration, il tira la porte. Son chariot se trouvait dans le couloir à l'endroit où il l'avait laissé, rangé contre le mur.

S'en emparant, il se dirigea d'un pas traînant vers les ascenseurs, le regard rivé au sol. Au moment où il passait devant le bureau des infirmières, Marjorie l'interpella pour lui demander d'aller tout de suite faire la chambre numéro tant.

« L'administration vient de m'appeler », répliqua Tom sans lever les yeux. Au moindre petit incident, une tasse de café renversée, par exemple, il fallait qu'il descende là-bas pour nettoyer. Mais c'est à l'équipe de nuit qu'était confié le ménage proprement dit des bureaux administratifs.

« Eh bien, dépêchez-vous, et remontez ici en vitesse », lança Marjorie.

Tom jura intérieurement.

Arrivé à destination, il se rendit directement au secrétariat central, poussant toujours son chariot devant lui. Ce bureau était une vraie ruche, personne n'y faisait jamais attention à lui. Tom s'arrêta devant le mur où était punaisé le plan de la résidence que l'Institut avait acquise dans les quartiers sud-est de la ville.

L'immeuble comptait dix appartements à chaque étage, tous numérotés, et les noms des occupants étaient reportés sur le panneau d'affichage accroché à côté. Tom repéra très vite celui de Janet Reardon, en face du numéro 207. Le casier contenant les différents jeux de clés se trouvait à portée de main, juste en dessous du plan. Il était en principe fermé, mais la clé restait en permanence dans la serrure. A l'abri de son chariot opportunément placé devant le casier, Tom n'eut aucun mal à se procurer le trousseau de l'appartement 207.

Pour justifier sa présence, il prit ensuite le temps de vider quelques corbeilles à papier avant de repartir avec son matériel.

Il sentit le soulagement l'envahir alors qu'il attendait l'ascenseur. Alice avait à nouveau envie de communiquer avec lui, à présent. Elle lui dit à quel point elle était fière qu'il ait réussi à reprendre les choses en main, et lui avoua que la nouvelle, Janet Reardon, lui avait causé beaucoup de souci.

« Je t'avais dit que ce n'était pas la peine de t'inquiéter, murmura Tom. Sois tranquille, personne ne viendra nous embêter. »

« Il faut battre le fer pendant qu'il est chaud » : Sterling Rombauer avait fait sien cet adage que sa mère, institutrice de son métier, se plaisait à répéter. Persuadé que Tanaka Yamaguchi aurait jeté son dévolu sur l'un des meilleurs palaces de Boston, Sterling avait décidé de joindre les contacts qu'il entretenait depuis plusieurs années dans les grands établissements de la ville. Le succès ne s'était pas fait attendre. Sterling ne put réprimer un sourire en apprenant que, non content d'exercer la même profession que lui, Tanaka partageait aussi ses goûts en matière d'hôtels : il avait pris une chambre au Ritz-Carlton.

La chance tournait décidément à son avantage. Grâce à ses fréquents séjours dans cet établissement, Sterling y avait noué des relations aussi solides qu'utiles. Il lui suffit de deux ou trois questions discrètes pour obtenir de précieuses informations. *Primo*, Tanaka s'adressait au même loueur de voitures de maître que lui, ce qui n'avait rien d'étonnant puisque c'était de loin le plus compétent ; *secundo*, il avait retenu sa chambre jusqu'au surlendemain ; *tertio*, il avait réservé un déjeuner pour deux personnes au café Ritz.

Sterling se mit d'emblée au travail. Un simple coup de fil au maître d'hôtel de ce restaurant très coté lui valut la promesse que M. Yamaguchi serait placé à une table du fond, sur la banquette. M. Sterling Rombauer lui-même aurait droit au guéridon d'angle voisin, distant d'à peine un demi-mètre. Sterling appela ensuite l'agence de location de voitures, dont le directeur s'engagea à lui communiquer le nom du chauffeur de M. Yamaguchi, ainsi que la liste des différents endroits où il devait le conduire.

« Ce Japonais a l'air d'avoir le bras long, ajouta son interlocuteur. Nous avons été le chercher à l'aéroport, où il est arrivé en jet privé. Et j'aime autant vous dire qu'il ne s'agissait pas d'un minable coucou. »

Sterling s'empressa de téléphoner à l'aéroport, où on lui confirma la présence du Gulfstream III de Sushita Industries avant de lui en fournir le numéro de matricule. Ce dernier renseignement lui permit d'appeler son contact à l'aéroport de Washington, qui promit à son tour de le tenir informé des déplacements de l'appareil.

Sterling avait abattu une bonne partie de sa besogne sans même quitter sa chambre. Comme il lui restait un peu de temps à tuer avant le rendez-vous du déjeuner, il s'octroya une petite pause et sortit s'acheter des chemises à la boutique Burberry's.

Croisant les jambes au niveau de la cheville, Sean s'installa nonchalamment sur un des sièges en plastique moulé de la cafétéria de l'Institut. Un coude posé sur la table, il se tenait pensivement le menton de la main gauche tout en laissant pendre le bras droit par-dessus le dossier. Il se trouvait à peu près dans le même état d'esprit morose que la veille au soir, au moment de la visite de Janet. La matinée qui venait de s'écouler sur le même mode que la journée précédente le confirmait dans l'idée que l'Institut constituait un lieu de travail décidément bizarre et bien peu chaleureux. Hiroshi poursuivait son manège de détective amateur. Sean avait dû se rendre à plusieurs reprises au cinquième étage pour se servir d'un appareil introuvable dans son spacieux laboratoire du quatrième, et chaque fois ou presque il avait surpris le Japonais en train de l'observer à la dérobée. Dès que leurs regards se croisaient, Hiroshi détournait rapidement le sien, comme s'il croyait Sean assez naïf pour ne pas s'apercevoir de cette surveillance.

Sean vérifia l'heure à sa montre. Janet et lui étaient convenus de se retrouver à midi et demi. Il était une heure moins vingt-cinq, et elle se faisait toujours attendre. Il envisageait d'aller chercher sa voiture au parking et de sortir faire un tour pour se changer les idées quand enfin il la repéra dans la foule qui commençait d'envahir la cafétéria. Le seul fait de la voir suffit à dissiper en partie sa contrariété.

Bien que la jeune femme n'ait pas encore acquis le bronzage de rigueur en Floride, sa peau avait déjà pris une belle nuance hâlée. Sean ne l'avait jamais trouvée plus séduisante. Tout en la contemplant d'un œil admiratif avancer entre les tables de sa démarche sensuelle, il formula en lui-même le souhait d'arriver à aborder franchement avec elle les raisons qui la poussaient à passer la nuit chez elle plutôt que chez lui.

Elle s'assit en face de lui, de l'autre côté de la table, sans même lui dire bonjour ni se débarrasser du journal replié qu'elle tenait sous le bras. Visiblement nerveuse, elle n'arrêtait pas de se tourner à droite et à gauche pour regarder autour d'elle, avec des petits mouvements de tête d'oiseau sur le qui-vive.

« Janet, reprends-toi. Nous ne sommes pas dans un film d'espionnage, lui dit Sean.

— C'est pourtant exactement l'impression que j'ai, soupira Janet. Je me faufile sur la pointe des pieds en essayant de ne pas éveiller les soupçons, mais il me semble tout le temps que les autres m'épient et savent parfaitement ce que je fabrique.

— Qui m'a collé une débutante pareille pour complice ! » plaisanta Sean en levant les yeux au ciel, avant d'ajouter, sur un ton plus sérieux : « Je ne suis pas sûr que notre plan puisse marcher si tu te mets dans tous tes états dès le début. Les choses ne font que commencer, ce n'est rien en comparaison de ce qui nous attend. D'ailleurs, pour tout t'avouer, je suis jaloux. Toi, au moins, tu peux agir, alors que moi, j'ai dû passer je ne sais combien d'heures dans les entrailles de la terre à injecter à de malheureuses souris la fameuse protéine en solution. Je t'assure que ça manquait de mystère, et même de piquant. Cet endroit me rend dingue.

— Tu en es où dans tes tentatives de cristallisation ?

— Je mets délibérément la pédale douce. Je suis allé beaucoup trop vite et je ne veux pas qu'ils sachent que j'avance à toute allure. Si je ralentis le rythme, cela me laissera le temps de poursuivre les autres recherches, et je pourrai toujours m'abriter derrière les résultats obtenus petit à petit. Et toi ? Ça progresse ?

— Pas énormément, reconnut Janet. Mais je me suis lancée. Je t'ai photocopié un dossier.

— Un seul ? lâcha Sean visiblement déçu. Et tu fais tout ce cinéma pour un seul dossier ?

— Ne commence pas à t'en prendre à moi, répliqua sèchement la jeune femme. Je t'assure que ce n'est pas si facile que ça.

— Je n'ai jamais prétendu que ça le serait, repartit Sean, cinglant. Jamais. Ce n'est pas mon genre.

— Oh, la ferme, dit Janet en lui tendant le journal par-dessous la table. Je fais de mon mieux. »

Posant le journal à côté de son assiette, Sean l'ouvrit, dévoilant les pages photocopiées qu'il contenait et dont il s'empara aussitôt.

« Sean ! s'exclama Janet médusée tout en examinant furtivement la pièce pleine de monde. Tu ne pourrais pas être un peu plus discret ?

— J'en ai ma claque d'être discret, répliqua-t-il en commençant à feuilleter le dossier.

— Tu sais très bien que tu pourrais me compromettre ! Il y a peut-être des gens qui travaillent au même étage que moi, ici. Qui te dit qu'ils ne m'ont pas vue te donner ces papiers ?

— Tu te soucies trop de ce que pensent les autres, répondit Sean distraitement. Les gens ne sont pas aussi observateurs que tu as l'air de le penser. » Puis, tapotant un feuillet du doigt : « Le dossier de Louis Martin est une pure et simple retranscription du compte rendu clinique de l'hôpital Memorial. C'est moi qui ai rédigé son histoire de cas. Cette espèce de flemmard d'interne en neurologie s'est contenté de recopier mes notes.

— Comment le sais-tu ?

— Aux formules employées. Ecoute ça : “ Le patient a *malheureusement* dû subir une prostatectomie il y a trois mois. ” J'utilise exprès des expressions de ce style pour repérer ceux qui pompent mes comptes rendus. Ce petit jeu m'amuse beaucoup. Personne d'autre n'utilise ce genre de phraséologie dans les histoires de cas. On est censé s'en tenir aux faits bruts et s'abstenir de tout jugement de valeur.

— L'imitation constitue toujours une forme de flatterie, observa la jeune femme. Tu devrais te sentir flatté.

— La seule chose qui présente quelque intérêt là-dedans, poursuivit Sean sans relever, se trouve dans les prescriptions. On administre à Martin deux produits désignés par des codes : MB-300M et MB-305M.

— Une numérotation identique figure dans le fichier informatisé d'Helen Cabot », dit Janet en lui tendant le papier sur lequel elle avait transcrit les informations données par l'ordinateur.

Sean vérifia le dosage et le taux d'administration.

« Qu'est-ce que c'est, à ton avis ? demanda Janet.

— Aucune idée. Tu as pu t'en procurer ?

— Pas encore. Mais je sais où sont rangés ces médicaments. On les conserve dans un réfrigérateur fermé à double tour et dont seule la surveillante a la clé.

— Encore une chose intéressante, dit Sean en poursuivant sa lecture : d'après la date et l'heure mentionnées ici, Martin a été mis sous traitement dès son arrivée à Miami.

— Il en va de même pour Helen Cabot. »

Janet répéta à Sean ce que Marjorie lui avait expliqué quelques heures plus tôt, à savoir qu'on commençait tout de suite le traitement lymphatique, alors que le traitement cellulaire prescrit pour résorber la tumeur était défini en fonction de la biopsie et du prélèvement des lymphocytes T.

« Je trouve quand même curieux qu'ils démarrent le traitement aussi vite, remarqua Sean. A moins que le code MB ne désigne tout simplement des lymphokines ou des médications propres à stimuler les défenses immunitaires... En tout cas, il ne s'agit sûrement pas de médicaments nouveaux, de substances chimiothérapiques inconnues, par exemple.

— Pourquoi ?

— Parce qu'on ne peut pas les utiliser sans l'aval de la FDA *. Ces médicaments ont forcément reçu son feu vert. Comment se fait-il que tu n'aies réussi à photocopier qu'un seul dossier ? demanda Sean en changeant de sujet. Et celui d'Helen Cabot ?

— J'ai déjà eu de la chance de pouvoir me procurer celui-ci,

* Food and Drugs Administration : agence gouvernementale américaine seule habilitée à autoriser ou interdire les produits alimentaires et pharmaceutiques mis en vente sur le territoire des Etats-Unis.

répondit Janet. En ce moment même, on prélève des lymphocytes T à ta protégée ; quant à l'autre jeune fille, Kathleen Sharenburg, on lui fait une biopsie. Martin devait passer juste après elle et c'est pour cela que j'ai pu subtiliser son dossier.

— En ce moment ils se trouvent donc tous les trois au premier étage ? Juste au-dessus ?

— J'imagine que oui.

— Je pense que je vais me passer de déjeuner et monter là-haut, dit Sean. Vu l'agitation qui règne la plupart du temps dans les services de soins intensifs et les blocs chirurgicaux, je parie que leurs dossiers traînent en évidence quelque part. J'ai probablement une chance de pouvoir y jeter un œil.

— Vas-y, si tu veux. Je suis sûre que tu t'en tireras mieux que moi, répliqua Janet.

— Rassure-toi, je n'ai pas l'intention de marcher sur tes plates-bandes. J'ai absolument besoin que tu me fournisses une copie des deux autres dossiers, ainsi que des renseignements au jour le jour sur les traitements. En plus, je veux aussi la liste de tous les patients hospitalisés ici pour un médulloblastome. Je suis vraiment curieux d'en savoir plus sur ces fameux résultats. Enfin, je veux un échantillon des produits codés. Ce dernier point est particulièrement important ; il faut absolument que je puisse les analyser, et le plus tôt sera le mieux.

— Je ferai tout mon possible », acquiesça Janet. Au vu des problèmes que lui avait posés le simple fait de photocopier le dossier de Martin, elle commençait à nourrir des doutes sur sa capacité à œuvrer avec la célérité que Sean aurait souhaitée. Mais elle garda ses inquiétudes pour elle : Sean aurait pu y trouver un motif pour abandonner la partie et décider de rentrer à Boston.

Sean se leva et lui étreignit amicalement l'épaule. « Je sais que ça n'est pas facile pour toi, lui glissa-t-il, mais après tout, c'était ton idée. »

La jeune femme posa une main sur la sienne : « On y arrivera, affirma-t-elle.

— Je te retrouve tout à l'heure au Palace des Vaches. J'essaierai de rentrer à peu près en même temps que toi, vers 4 heures.

— A tout à l'heure », lança Janet.

Sean sortit de la cafétéria et emprunta l'escalier situé au sud du bâtiment. L'activité bourdonnante qui se déployait au premier était en tout point conforme à ses prévisions. En sus du bloc chirurgical, cet étage regroupait en effet les salles de radiothérapie et de radiologie, et c'est également là qu'étaient dispensés les soins ne pouvant être pratiqués dans les chambres.

Sean dut naviguer entre les chariots transportant ceux et celles qui arrivaient ou repartaient pour telle ou telle procédure ; d'autres malades patientaient, allongés sur des civières poussées contre les murs ; d'autres encore, mieux portants, attendaient assis sur les bancs, en robe de chambre.

Il se fraya un chemin à travers le couloir encombré, s'excusant chaque fois qu'il heurtait par mégarde un médecin, un infirmier ou un patient suffisamment valide pour marcher, repérant les portes devant lesquelles il passait au fur et à mesure de sa progression. Les services de radiologie et de chimiothérapie se trouvaient à main gauche, l'unité de soins intensifs et les salles d'opération à main droite. Sachant qu'un prélèvement prenait toujours beaucoup de temps et ne requérait pas une surveillance constante, il décida de se mettre d'abord à la recherche d'Helen Cabot. Pour consulter son dossier, bien sûr, mais aussi pour le plaisir de la revoir.

Repérant une infirmière du service d'hématologie aux garrots en caoutchouc qu'elle avait glissés autour de sa ceinture, Sean lui demanda où s'effectuaient les prélèvements. Elle le guida vers un couloir latéral et lui indiqua deux portes. La remerciant, Sean poussa d'abord la première. Un homme était allongé sur le lit d'examen placé au centre de la pièce. Sean referma doucement le battant et ouvrit l'autre porte. Un seul regard lui suffit pour reconnaître Helen Cabot dans la forme étendue sous un drap.

Elle était seule. Deux cathéters s'enfonçaient dans son bras gauche ; le premier envoyait son sang jusque dans un appareil qui séparait les lymphocytes des autres éléments hématologiques avant de réinjecter le sang dans le second tube qui le restituait au corps de la jeune fille. Le tout fonctionnait en circuit fermé.

Helen tourna vers Sean sa tête entourée de bandages. A sa vue, ses lèvres ébauchèrent un sourire qui s'effaça presque instantanément derrière les larmes venues noyer ses grands yeux verts.

Sa pâleur et son aspect général révélèrent d'emblée à Sean la dramatique aggravation de son état. Les dernières attaques d'épilepsie avaient durement éprouvé son organisme affaibli.

« Je suis content de vous voir, lui dit-il en se penchant sur le lit, le visage tout près du sien, résistant à l'envie de la prendre dans ses bras pour la réconforter. Tout va bien ?

— Ç'a été vraiment pénible, murmura Helen avec difficulté. On m'a fait une autre biopsie, hier. Ce n'était pas drôle, vous savez. Les médecins m'ont prévenue que je risquais d'aller encore plus mal en début de traitement, et ils avaient raison. Ils m'ont dit de ne pas désespérer. Mais c'est dur. J'ai eu des maux de tête épouvantables. Même parler me fait mal.

— Il faut tenir bon. Accrochez-vous à l'idée que tous les patients entrés ici avec un médulloblastome en sont sortis guéris.

— C'est ce que je n'arrête pas de me dire.

— J'essaierai de passer vous voir tous les jours. Tiens, à propos, où est votre dossier ?

— Je pense qu'il est resté dans la salle d'attente », répondit Helen en désignant une autre porte de sa main libre.

Il lui serra l'épaule avec un sourire chaleureux avant de pénétrer dans la petite pièce qui donnait elle aussi sur le couloir. Posé en évidence sur une tablette se trouvait ce qu'il cherchait : le dossier d'Helen.

Il le feuilleta rapidement. Sur les ordonnances, figuraient en toutes lettres des produits codés sur le même principe que ceux qu'il avait remarqués dans le dossier de Martin : MB-300C et MB-303C. Se reportant ensuite aux premières pages, il y trouva une copie du rapport qu'il avait lui-même rédigé à Boston.

Compulsant l'ensemble du dossier à la hâte, Sean arriva à la partie consacrée à la description clinique et survola le compte rendu de la biopsie pratiquée la veille. Le bref commentaire ajouté à la fin précisait que la patiente avait assez bien supporté l'intervention.

Sean avait à peine commencé à s'intéresser aux examens de laboratoire quand la porte donnant sur le couloir s'ouvrit brutalement. Le battant avait été poussé avec une telle violence que la poignée, en heurtant le mur, laissa une marque dans le plâtre.

Pris de court par cette irruption, Sean laissa tomber le dossier sur la tablette en mélanine blanche. Devant lui, remplissant le cadre de la porte restée ouverte, se dressait l'imposante silhouette de Margaret Richmond. Sean reconnut tout de suite la surveillante en chef venue perturber son entretien avec le Dr Mason. Apparemment, elle était coutumière des entrées fracassantes.

« Qu'est-ce que vous faites ici ? Qu'est-ce que vous fabriquez avec ce dossier ? » aboya-t-elle, ses bajoues tremblant d'indignation.

Une fraction de seconde, Sean joua avec l'idée de lui répondre vertement, puis se retint au dernier moment.

« Je suis venu voir une de mes patientes et amies, expliqua-t-il. Je suivais Mlle Cabot à l'hôpital Memorial.

— Cela ne vous donne pas le droit de consulter son dossier, répliqua-t-elle en le toisant. Les dossiers médicaux sont des documents confidentiels exclusivement réservés aux malades et à leurs médecins. Nous prenons très au sérieux nos responsabilités à cet égard.

— Je suis persuadé que l'intéressée elle-même n'y verrait aucune objection. Si vous voulez, nous pouvons tout de suite aller le lui demander.

— Vous n'êtes pas ici pour suivre un stage clinique mais uniquement à titre de chercheur, reprit Mme Richmond en haussant le ton, sans tenir compte de la suggestion de Sean. L'arrogance dont vous faites preuve en vous conduisant avec une telle liberté dans la clinique est inadmissible. »

Une figure familière à Sean apparut alors derrière l'épaule de Mme Richmond, celle de Robert Harris, le GI aigri, pour l'heure bouffi de suffisance. Sean devina ce qui avait dû se passer. Il avait sans doute été filmé à son insu par une des caméras du système de télésurveillance placée dans le couloir central ; Harris avait aussitôt prévenu Richmond, puis il s'était empressé de monter pour assister à l'algarade.

Sachant Harris mêlé à l'affaire et voyant que de toute façon Mme Richmond restait sourde à ses tentatives de conciliation, Sean ne put retenir la réplique cinglante qui lui brûlait les lèvres :

« Nous en reparlerons lorsque vous serez disposée à vous comporter en être humain adulte et responsable, lança-t-il. D'ici là, autant que je retourne à mon laboratoire.

— Votre impertinence aggrave encore les choses, éructa Mme Richmond dans un jet de postillons. Non seulement vous ne respectez pas le règlement et vous violez l'intimité des malades, mais en plus vous ne manifestez pas l'ombre d'un remords. Je m'étonne que les directeurs d'études de Harvard aient toléré quelqu'un de votre acabit dans leur institution.

— Je vais vous confier un secret, dit Sean. Ma façon d'agir ne leur faisait ni chaud ni froid. Ce sont mes performances au hockey qui les ont impressionnés. Cela étant, je serais ravi de poursuivre cette aimable discussion mais le devoir m'appelle auprès de mes amies les souris. Soit dit en passant, je les trouve d'ailleurs bien plus agréables à fréquenter qu'un certain nombre des collaborateurs de l'Institut Forbes. »

Le visage congestionné de Mme Richmond devint cramoisi. Pour Sean, leur altercation venait simplement s'ajouter à la kyrielle d'épisodes grotesques dont il commençait à avoir sa claque. Aussi prenait-il un malin plaisir à attiser la fureur de cette grosse dame qui aurait pu sans problème remplacer un des piliers de l'équipe de rugby de Miami.

« Si vous ne sortez pas d'ici immédiatement, j'appelle la police », l'avertit Mme Richmond d'une voix perçante.

Sean trouva l'idée amusante. Il imaginait déjà le pauvre flic en uniforme en train de s'évertuer à caractériser les faits qui lui étaient reprochés au moyen d'une formule du style : « Le suspect, externe en médecine de l'université de Harvard, s'est permis de consulter le dossier médical d'une de ses patientes. »

Il avança d'un pas en dévisageant Mme Richmond droit dans les yeux. Puis, souriant de son air le plus enjôleur, il lui glissa sur un ton de confidence : « Je sais que vous préféreriez que je reste, mais je suis désolé, il faut vraiment que j'y aille. »

La surveillante en chef et Harris lui emboîtèrent le pas jusqu'à la passerelle jetée au-dessus du vide qui séparait les deux bâtiments de l'Institut. Tout en l'escortant de la sorte, ils ne cessèrent d'échanger haut et fort des propos sur la décadence morale de la jeunesse contemporaine.

Alors qu'il s'engageait sur la passerelle, Sean réalisa à quel point il allait devoir se reposer sur Janet pour obtenir les documents cliniques relatifs au protocole du médulloblastome. Si toutefois il restait à Miami, bien sûr...

Une fois de retour dans son laboratoire, il se plongea dans le travail pour essayer de surmonter la colère et la frustration engendrées par l'incident ridicule qui venait de se dérouler. Tout comme la pièce vide dans laquelle Harris l'avait surpris la veille, le dossier d'Helen ne contenait rien qui puisse justifier le courroux de Mme Richmond. Mais lorsqu'il se fut un peu calmé, Sean dut néanmoins reconnaître que l'infirmière en chef avait raison sur un point : la clinique de l'Institut était un établissement privé, pas un centre hospitalier universitaire comme l'hôpital Memorial, où l'enseignement et les soins donnés aux malades allaient de pair. Ici, le dossier d'Helen devait en effet demeurer confidentiel. Il n'empêche que la fureur manifestée par Mme Richmond paraissait sans commune mesure avec l'infraction dont Sean s'était rendu coupable.

Sans même s'en apercevoir, en moins d'une heure Sean se laissa complètement absorber par ses expériences de cristallisation. A un moment, levant devant lui l'éprouvette pour la regarder à la lumière du plafonnier, il fut distrait par un mouvement furtif surgi à la périphérie de son champ de vision. L'incident de la veille se répétait ; cette fois encore, ce qu'il avait surpris du coin de l'œil venait de la porte donnant sur l'escalier.

Sans même se retourner pour regarder dans cette direction, Sean posa tranquillement le récipient sur la paillasse et se rendit dans la réserve comme s'il avait besoin d'aller y chercher quelque chose. La petite pièce possédant une entrée sur le couloir central, il put sans problème filer comme l'éclair jusqu'à l'autre extrémité du bâtiment, et de là emprunter l'escalier opposé à celui qui jouxtait son laboratoire.

Arrivé au quatrième, il parcourut à nouveau le couloir sur toute sa longueur, puis, retenant son souffle, entama sur la pointe des pieds la descente de la volée de marches qui le reconduisait à son laboratoire. Comme il s'y attendait, il découvrit Hiroshi posté sur le palier, en train de lorgner furtivement par le carreau découpé dans le battant, visiblement déconcerté par la longue absence de Sean à l'intérieur de la réserve.

Sans un bruit, il se faufila derrière le Japonais avant de lâcher dans son dos un hurlement que la caisse de résonance formée par la cage d'escalier se chargea encore d'amplifier. Sean lui-même fut impressionné par le niveau sonore qu'il était capable d'atteindre.

Il lui était arrivé de voir quelques films de kung-fu et il s'inquiétait un peu de la capacité d'Hiroshi à maîtriser les arts martiaux. Mais ses craintes s'évanouirent vite quand le Japonais, loin de réagir, tomba pratiquement dans les pommes. Il se serait sans doute écroulé par terre sans la poignée sur laquelle il avait posé la main et qui vint inopinément le retenir dans sa chute.

Quand il fut suffisamment remis pour comprendre ce qui venait de se passer, Hiroshi s'écarta du chambranle et se lança en balbutiant dans des explications embrouillées. Tout en balbutiant de la sorte, il reculait prudemment, et dès que son pied heurta la première marche il fit brusquement volte-face et s'engouffra dans l'escalier comme s'il avait le diable aux trousses.

Révolté par tant de lâcheté, Sean lui emboîta le pas, non pour lui donner la chasse mais dans l'intention d'aller rendre compte à Deborah Levy. Il en avait plus qu'assez de la surveillance d'Hiroshi, et il estimait qu'en sa qualité de directrice des recherches le Dr Levy était la personne la mieux placée pour tirer cette histoire au clair.

Montant directement au sixième il s'arrêta devant le bureau du Dr Levy. Là, il risqua un coup d'œil par la porte entrouverte et s'aperçut que la pièce était vide.

Les secrétaires ne savaient pas où se trouvait Deborah Levy mais elles lui suggérèrent de la prévenir par l'intermédiaire du signal d'appel. Trop furieux pour attendre, Sean résolut de descendre au cinquième pour s'entretenir avec Mark Halpern. Le pimpant technicien portait toujours sa blouse d'un blanc immaculé. Sans doute, se dit Sean, devait-il la laver et la repasser lui-même chaque jour.

« Je cherche le Dr Levy, lui déclara Sean d'un air courroucé.

— Elle n'est pas là, répondit Mark. Est-ce que je peux vous aider ?

— Vous savez à quelle heure elle doit rentrer ?

— Elle ne sera pas là de la journée. Elle a dû partir à Atlanta ce matin. Son travail l'oblige à se déplacer souvent.

— Quand va-t-elle revenir ?

— Je ne sais pas exactement, répondit Mark en hésitant. Peut-être demain, en fin de journée. Il me semble qu'elle a parlé de s'arrêter dans notre établissement de Key West, au retour.

— Elle y va souvent ? demanda Sean.

— Assez souvent, oui. Plusieurs des chercheurs qui ont travaillé à l'Institut pour passer leur thèse devaient en principe s'installer à Key West, mais ils se sont dérobés au dernier moment. Leur défection est un coup dur pour le Dr Levy. Apparemment, l'Institut a du mal à leur trouver des remplaçants.

— Dites-lui que j'aimerais la voir dès qu'elle sera rentrée, l'interrompit Sean que les problèmes de recrutement de l'Institut n'intéressaient pas outre mesure.

— Vous êtes sûr que je ne peux rien pour vous ? » insista Mark.

Une seconde, Sean fut tenté de lui parler de l'étrange comportement d'Hiroshi, puis il y renonça. Mieux valait s'adresser à la responsable du service. Le technicien ne lui serait d'aucun secours.

Dépité de n'avoir pas pu décharger sa colère, Sean se résigna à contrecœur à retourner dans son laboratoire. Il y était presque arrivé quand une question qu'il aurait dû poser à Mark lui revint soudain à l'esprit.

Rebroussant aussitôt chemin, il fit à nouveau irruption dans le minuscule bureau de Mark Halpern pour lui demander si les anatomo-pathologistes de la clinique coopéraient à l'occasion avec les chercheurs de l'Institut.

« Cela peut se produire, répondit Mark. Le Dr Barton Friedburg, par exemple, a plusieurs fois apporté sa contribution à des articles collectifs.

— Comment est-il ? Plutôt bon bougre ou plutôt intraitable ? J'ai l'impression qu'il n'y a pas de juste milieu ici, les gens sont tout l'un ou tout l'autre.

— Barton Friedburg est un homme très aimable, protesta Mark. Et si je peux me permettre, je crois que vous prenez un peu trop vite le sérieux et le dévouement professionnels pour des marques d'inimitié...

— A votre avis, si je l'appelle pour lui poser deux ou trois questions il acceptera de me répondre ? le coupa Sean.

— Absolument », répliqua Mark.

Regagnant son laboratoire, Sean s'assit derrière le bureau protégé par des parois vitrées et décrocha le téléphone pour appeler le Dr Friedburg. Il trouva de bon augure que le médecin prenne lui-même la communication.

Après s'être présenté, Sean lui expliqua qu'il aimerait connaître les résultats de la biopsie pratiquée la veille sur Helen Cabot.

Le Dr Friedburg le pria de patienter une minute. A l'autre bout du fil, Sean l'entendait discuter avec une autre personne.

« Nous n'avons aucun résultat de biopsie au nom d'Helen Cabot, reprit le médecin un instant plus tard à l'adresse de Sean.

— Mais je sais pourtant qu'on lui en a fait une hier.

— On a dû l'envoyer au labo de Key West. Il faudrait appeler là-bas pour vous renseigner. Pour notre part, nous n'effectuons jamais ce genre d'analyse.

— Qui dois-je demander ?

— Le Dr Levy, expliqua Barton Friedburg. Depuis que Paul et Roger sont partis, c'est sur elle que tout repose. Je ne sais pas à qui elle confie l'examen des tissus, mais en tout cas ce n'est pas à nous. »

Sean raccrocha. Décidément, rien ne semblait simple à l'Institut Forbes. Il n'allait certainement pas se risquer à parler d'Helen Cabot à Deborah Levy. Cette dernière devinerait tout de suite pourquoi ce cas l'intéressait, surtout lorsque Mme Richmond lui aurait raconté qu'elle l'avait surpris le nez dans le dossier d'Helen.

Sean poussa un soupir en baissant les yeux vers l'éprouvette contenant la protéine qu'il était chargé de cristalliser. Il avait envie de tout balancer dans l'évier.

Janet trouva que l'après-midi passait comme l'éclair. Les patients allaient et venaient dans un flux incessant pour suivre des soins ou passer des examens, ce qui posait en permanence des problèmes d'organisation tactique. De plus, certains suivaient des protocoles compliqués, requérant un minutage et des dosages d'une extrême précision. Tout en s'activant fébrilement, Janet parvint néanmoins à observer la façon dont le personnel soignant se répartissait les malades. Et il ne lui fut tout compte fait pas trop difficile d'obtenir que les cas d'Helen Cabot, de Louis Martin et de Kathleen Sharenburg lui soient confiés dès le lendemain.

A défaut de leur administrer elle-même leur traitement dans l'immédiat, elle pourrait au moins examiner de plus près les flacons contenant les substances codées que Marjorie allait distribuer aux infirmières. Une fois en possession de ces flacons du MB-300C avaient une capacité de 10 centilitres et ceux du MB-303C de 5 centilitres seulement. Hormis cette différence, les uns et les autres ressemblaient en tout point à ceux d'ordinaire utilisés pour les médicaments injectables.

En sus de la pause du matin, toutes les catégories de personnel employées à la clinique avaient droit à une deuxième interruption de travail dans l'après-midi. Janet en profita pour descendre aux archives. Là, elle recourut au procédé qu'elle avait déjà utilisé avec Tim, au secrétariat du troisième ; avisant une des documentalistes, une jeune femme nommée Melanie Brock, elle lui expliqua qu'elle venait juste d'être engagée et qu'elle voulait s'initier au système informatique utilisé à l'Institut. Bien qu'elle ait l'habitude des ordinateurs, ajouta-t-elle, elle aurait sans doute besoin qu'on la guide un peu au début. Impressionnée par tant de sérieux, Melanie se fit un plaisir de lui indiquer le code permettant d'accéder aux archives médicales et de lui expliquer les différentes fonctions de la machine.

Restée seule après cette courte introduction, Janet tapa sur le clavier l'identificateur T-9872, celui-là même qu'elle avait utilisé quelques heures auparavant chez Tim pour consulter les fichiers des patients actuellement hospitalisés avec un diagnostic de médulloblastome. Cette fois, elle obtint une liste différente recensant les trente-huit cas traités à l'Institut au cours des dix dernières années ; en revanche, les noms des cinq patients en cours de traitement n'y figuraient pas.

Janet eut par ailleurs l'impression que les admissions pour ce type de cancer avaient très nettement augmenté depuis deux ou trois ans. Pour en avoir le cœur net, elle demanda à l'ordinateur de lui fournir un tableau statistique du nombre de cas traités chaque année. La figure qui se dessina sur l'écran confirma amplement son pressentiment :

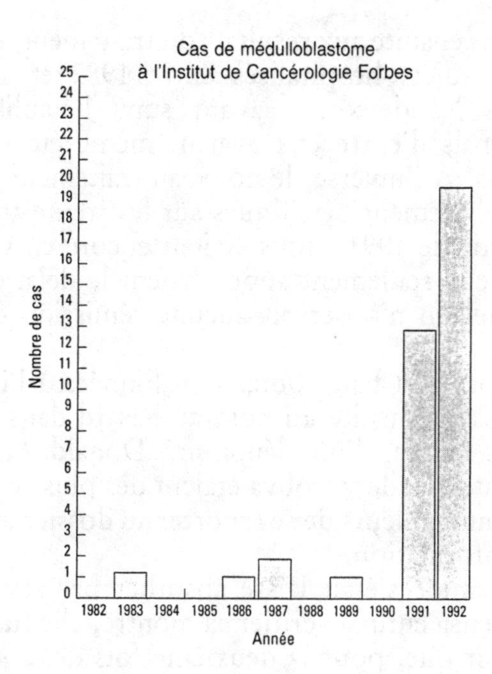

En étudiant ce graphique, Janet nota que de 1982 à 1990 cinq personnes atteintes d'un médulloblastome avaient été admises à l'Institut, alors que ce chiffre passait à trente-trois pour les deux seules années 1991 et 1992. D'abord intriguée par cet accroissement vertigineux, elle se souvint que les excellents résultats obtenus sur cette maladie ne dataient guère que de deux ans. Le succès du traitement devait bien sûr être à l'origine de l'augmentation de la demande.

Janet demanda ensuite une analyse démographique en fonction de l'âge et du sexe des malades. Les trente-trois cas les plus récents se distinguaient par une nette prépondérance masculine, puisqu'ils comprenaient vingt-six hommes pour sept femmes. Parmi les cinq cas antérieurs, on comptait trois sujets de sexe féminin et deux de sexe masculin.

En regardant la distribution par âge, Janet s'aperçut que dans le premier groupe, un seul des malades avait vingt ans ; les quatre autres étaient tous des enfants de moins de dix ans. Dans le second groupe, elle dénombra sept cas de moins de dix ans et deux entre dix et vingt ans ; les vingt-quatre autres avaient tous plus de vingt ans.

S'intéressant ensuite aux résultats du traitement, elle constata que les cinq sujets hospitalisés entre 1982 et 1990 étaient

S'intéressant ensuite aux résultats du traitement, elle constata que les cinq sujets hospitalisés entre 1982 et 1990 étaient décédés dans les deux ans ayant suivi l'établissement du diagnostic ; trois d'entre eux avaient même été emportés en quelques mois. A l'inverse, le nouveau traitement avait eu des effet spectaculairement bénéfiques sur les trente-trois malades soignés à partir de 1991 : tous étaient encore en vie, même si trois d'entre eux seulement approchaient le délai de deux ans au-delà duquel on n'observait aucune rémission dans le premier groupe.

Janet recopia à la hâte toutes ces données à l'intention de Sean. Choisissant ensuite un nom au hasard dans la liste, elle interrogea le fichier d'un dénommé Donald Maxwell. Les renseignements qu'elle y trouva étaient des plus succincts ; une note conseillait d'ailleurs de se reporter au dossier médical pour plus ample information.

La jeune femme s'était laissé absorber par ses recherches. Quand elle pensa enfin à vérifier sa montre, elle fut consternée de s'apercevoir que, pour la deuxième fois de la journée, elle avait dépassé le temps accordé pour la pause.

Elle se dépêcha d'imprimer la liste des trente-huit noms, avec la répartition par âge et par sexe et les numéros d'entrée à la clinique de l'Institut. Ce n'est pas sans nervosité qu'elle s'empara de la feuille recrachée par l'imprimante à laser : elle agissait avec la hantise que quelqu'un surgisse sans crier gare derrière son dos pour lui demander des explications. Mais il n'en fut rien ; personne ne semblait s'intéresser à ses activités.

Avant de regagner son étage, Janet voulait poser une dernière question rapide à Melanie. Elle trouva la documentaliste à la photocopieuse.

« Comment dois-je m'y prendre pour me procurer le dossier médical d'un patient qui n'est plus en traitement ici ? lui demanda-t-elle.

— Il faut vous adresser à l'une d'entre nous, lui répondit Melanie. Vous devez simplement vous munir d'une autorisation visée, dans votre cas, par un responsable du personnel infirmier. Ensuite, cela ne prendra qu'une dizaine de minutes. Les dossiers sont archivés au sous-sol, dans un souterrain qui communique avec les deux bâtiments de l'Institut. Cette disposition est très pratique. Les médecins et les infirmières ont parfois besoin de consulter ces documents pour préciser le traitement des malades qui viennent en consultation externe ; quant aux services administratifs, ils s'y réfèrent pour la facturation et pour les statistiques. Les dossiers sont acheminés par ce monte-charge », précisa enfin Marjorie en montrant à Janet le petit appareil à paroi de verre encastré dans un des murs.

Après l'avoir remerciée, Janet se hâta vers les ascenseurs. Cette histoire d'autorisation l'inquiétait. Comment faire pour s'en procurer une sans se démasquer complètement ? Sean aurait peut-être une idée...

Tout en pressant sur le bouton du troisième d'un geste impatient, Janet se dit qu'elle devrait sans doute s'excuser d'arriver une fois de plus en retard. Elle ne pouvait pas continuer comme ça. Ce n'était pas juste pour les autres, et Marjorie le lui ferait sûrement remarquer.

Sterling Rombauer était enchanté de la manière dont sa journée se déroulait. La satisfaction qu'il ressentait lui arracha un sourire au moment où il montait dans l'ascenseur lambrissé qui devait le conduire dans les bureaux privés que la banque Franklin possédait dans Federal Street, à Boston. Oui, c'était vraiment une journée de rêve, où il avait gagné sur toute la ligne en échange d'un minimum d'efforts. Et l'idée de la somme rondelette qu'il allait empocher pour cette partie de plaisir était encore plus réjouissante.

Il avait divinement bien déjeuné au Ritz, où le maître d'hôtel avait poussé l'obligeance jusqu'à lui apporter une bouteille de meursault blanc du meilleur cru, tirée de la cave réservée aux clients de marque. Assis tout près de Tanaka et de son hôte, Sterling avait pu saisir l'essentiel de leur conversation en s'abritant derrière le *Wall Street Journal.*

L'invité de Tanaka était un des cadres de la société Immunotherapy, dont les structures n'avaient pratiquement pas changé depuis le rachat par Genentech. Sterling ignorait combien d'argent contenait la banale enveloppe blanche que Tanaka avait posée sur la table, mais il remarqua que l'autre la glissait sans perdre de temps dans la poche intérieure de sa veste.

Les propos échangés par les deux hommes lui apprirent bien des choses. Sean et ses amis avaient vendu Immunotherapy en vue de constituer une augmentation de capital qu'ils destinaient à une nouvelle création d'entreprise. Sans en être sûr à cent pour cent, l'informateur de Tanaka avait cru comprendre que cette dernière aurait elle aussi à voir avec les biotechnologies. Mais il ne savait pas sous quel nom elle allait être lancée, ni dans quelle branche elle devait se positionner.

Il confia par ailleurs au Japonais que Sean et ses associés avaient dû momentanément ajourner leur projet lorsqu'ils s'étaient rendu compte qu'ils ne disposaient pas des fonds suffisants. Lui-même avait été pressenti et il avait accepté de participer, jusqu'au moment où on l'avait informé que l'affaire serait retardée le temps de rassembler les sommes nécessaires. Au ton de voix adopté par l'homme pour relater cet incident, Sterling devina que ces atermoiements l'avaient passablement brouillé avec l'équipe des fondateurs d'Immunotherapy.

Pour finir, il livra à Tanaka le nom du financier de la banque Franklin qui se chargeait de négocier le prêt destiné à augmenter le capital de départ. Sterling connaissait plusieurs personnes au sein de cette banque, mais Herbert Devonshire n'était pas du nombre. Peu importait ; cette lacune serait vite comblée puisque c'était précisément Herbert que Sterling s'apprêtait à rencontrer.

Son déjeuner au Ritz lui avait par ailleurs fourni l'occasion d'observer Tanaka de près. Familiarisé depuis longtemps avec la mentalité et la culture japonaises, notamment dans leurs liens avec le monde des affaires, Sterling fut fasciné par l'habileté avec laquelle son collègue et concurrent cachait son jeu. Jamais un non-initié n'aurait remarqué, derrière sa déférence et sa courtoisie parfaites, les signes imperceptibles témoignant du dédain manifeste dans lequel il tenait son compagnon de table.

Sterling n'avait aucun moyen de surprendre la conversation que Tanaka devait avoir avec Herbert Devonshire. A défaut, il voulait au moins savoir dans quel endroit elle se déroulerait afin d'être en mesure de suggérer à M. Devonshire qu'il en connaissait la teneur. Il avait donc fait en sorte que le chauffeur de Tanaka reçoive l'ordre de prévenir l'agence de location de voitures du lieu de rendez-vous. Après quoi, le directeur s'était lui-même chargé de transmettre l'information au chauffeur de Sterling.

Ainsi tuyauté, Sterling s'était rendu au City Side, un bar très fréquenté situé dans le centre commercial de Faneuil Hall

Market. Il s'exposait bien sûr à ce que Tanaka le reconnaisse, puisqu'il l'avait côtoyé au Ritz, mais il était décidé à courir ce risque. Se contentant d'observer Tanaka et Devonshire à distance, il mémorisa la table où ils s'installaient et les boissons qu'ils commandaient. Il nota également l'heure à laquelle Tanaka s'absenta un moment pour passer un coup de fil.

Armé de ces bribes d'information, Sterling se prépara en confiance à affronter le banquier. Il avait réussi à obtenir un rendez-vous avec lui dans l'après-midi.

Après une courte attente, sans doute destinée à lui prouver que M. Devonshire avait un emploi du temps chargé, Sterling fut introduit dans un majestueux bureau. Les larges baies qui s'ouvraient au nord et à l'est offraient une vue splendide, d'un côté sur le port de Boston, de l'autre sur l'aéroport international de Logan et le pont qui relie Boston à Chelsea en enjambant la Mystic River.

M. Devonshire était un homme de petite taille au crâne chauve et luisant, qui portait des lunettes à fine monture d'acier et un costume d'une coupe on ne peut plus classique. Se levant pour accueillir son visiteur, il lui serra la main en se penchant par-dessus l'impressionnant meuble d'époque qui lui servait de bureau. Au jugé, Sterling estima qu'il ne devait pas mesurer plus d'un mètre cinquante.

Sterling lui tendit sa carte, et tous deux s'assirent. M. Devonshire plaça le petit rectangle blanc au centre de son sous-main, en le bougeant délicatement jusqu'à ce que ses bords tracent des parallèles parfaites avec ceux du buvard, puis il croisa les doigts.

« Je suis enchanté de faire votre connaissance, monsieur Rombauer, dit-il enfin en levant vers Sterling ses petits yeux perçants. Que peut la banque Franklin pour votre service ?

— Ce n'est pas la banque Franklin qui m'intéresse, mais vous, monsieur Devonshire. Je suis venu pour traiter directement avec vous.

— Notre établissement a toujours privilégié le service personnalisé, répondit Herbert Devonshire sur un ton neutre.

— Je vais donc vous parler sans détours. Je désire que nous établissions ensemble une forme d'association... secrète, disons, qui nous serait profitable à tous deux. J'ai besoin de certaines informations et je suis en mesure de vous en fournir d'autres, tout cela sans que vos supérieurs soient nécessairement au courant. »

Herbert Devonshire déglutit, mais son visage resta totalement impassible.

Se penchant en avant, Sterling poursuivit, le regard rivé à celui de son vis-à-vis : « La situation est simple. Cet après-midi, vous avez retrouvé M. Tanaka Yamaguchi au City Side, un bar dont je crois pouvoir dire sans me tromper qu'il ne ressemble pas aux lieux où vous rencontrez d'habitude vos clients. Vous avez commandé une vodka-citron vert, puis vous avez fourni plusieurs renseignements à M. Yamaguchi ; si la chose n'est pas illégale en soi, elle paraît néanmoins un peu scabreuse d'un strict point de vue déontologique. D'autant que peu après cette entrevue, une partie non négligeable des avoirs détenus par Sushita Industries à la Bank of Boston a été transférée à la banque Franklin grâce à un ordre de virement vous désignant nommément comme l'intermédiaire financier de cette transaction. »

Herbert pâlit en entendant ces précisions.

« Je dispose de nombreux contacts dans le monde des affaires, ajouta Sterling en se calant contre le dossier de son fauteuil. Vous inclure dans ce réseau à la fois intime et anonyme, mais considérable de par son envergure, serait un plaisir pour moi. Cela nous permettrait, j'en suis sûr, d'entamer une collaboration fructueuse. Voici donc ma proposition : voulez-vous vous joindre à nous ? Avec pour seule obligation de ne jamais, en aucun cas, dévoiler la source des informations que vous recevriez par ce biais.

— Et si je choisissais de décliner cette offre ? s'enquit Herbert d'une voix devenue rauque.

— Je communiquerais ce que je sais de votre rencontre avec M. Yamaguchi à qui de droit, c'est-à-dire aux personnes dont dépend votre avenir au sein de la banque Franklin.

— Mais c'est du chantage !

— Pour ma part, je préfère parler de libre échange, rétorqua Sterling. Et pour prix de votre initiation, je vous demanderai de me répéter très exactement ce que vous avez dit à M. Yamaguchi au sujet d'un de nos amis communs, M. Sean Murphy.

— Vous dépassez les bornes, s'offusqua Herbert.

— Pas de grands mots, je vous en prie. Il serait dommage de gâcher cette conversation par un excès de pudeur mal placée.

Le fait est que vous avez dépassé les bornes en vous conduisant comme vous l'avez fait, monsieur Devonshire. La facture que je vous présente n'est rien, comparée aux bénéfices que vous allez soutirer à Sushita Industries, votre nouveau client. Et je peux vous assurer que je saurai très largement vous rétribuer en retour.

— Je n'ai confié que très peu d'éléments à M. Yamaguchi, se lança Herbert. Rien, en tout cas, qui tire à conséquence.

— Si cela vous arrange de considérer les choses sous cet angle, je n'y vois pas d'inconvénient », rétorqua Sean.

Il y eut un silence, que les deux hommes employèrent à se dévisager de part et d'autre du large plateau de table en acajou.

« Je lui ai simplement dit que M. Murphy et ses associés nous avaient demandé un prêt pour créer une nouvelle société, reprit enfin Herbert. Mais je n'ai donné aucun chiffre.

— Le nom de cette société ?

— Oncogen.

— Son créneau ?

— La mise sur le marché de produits médicamenteux pour diagnostiquer et soigner le cancer.

— La date de la création ?

— Imminente. Elle sera annoncée d'ici quelques mois.

— Y a-t-il autre chose ? demanda encore Sterling. Je dois vous préciser que j'ai les moyens de vérifier ces informations.

— Non, c'est tout, répondit Herbert d'une voix crispée.

— Si jamais j'apprenais que vous avez délibérément cherché à me dissimuler quoi que ce soit, les choses se passeront comme si vous aviez refusé de coopérer, lança Sterling sur un ton lourd de menaces.

— Vous m'excuserez mais j'ai d'autres rendez-vous », dit abruptement Herbert pour conclure l'entretien.

Sterling se mit debout.

« Je sais à quel point il est irritant de se voir forcer la main, reprit-il avant de prendre congé, mais tranquillisez-vous : je paie toujours mes dettes et je sais que j'en ai une à votre égard. N'hésitez pas à m'appeler. »

Une fois sorti de l'immeuble, Sterling se hâta de regagner sa voiture qui l'attendait quelques mètres plus loin. Après avoir frappé du doigt contre la vitre pour réveiller le chauffeur assoupi sur le volant, il s'engouffra à l'arrière et appela tout de suite son contact à l'aéroport de Washington.

« Je vous appelle d'une voiture, lui déclara-t-il sans autre préambule.

— Le départ du jet est prévu pour demain matin, lui apprit ce dernier.

— Il va où ?

— A Miami. Et j'aimerais bien être à la place de votre client », ajouta son correspondant avant de raccrocher.

« Alors, qu'est-ce que tu en dis ? » demanda Janet à Sean qui glissait la tête par la porte de la chambre. Elle l'avait convaincu de l'accompagner à Miami Beach pour visiter l'appartement qu'elle venait de louer.

« Je trouve ça parfait, dit-il en se retournant pour embrasser le salon du regard. Je ne suis pas sûr que je supporterais ces couleurs très longtemps, mais ça ressemble tout à fait à la Floride. » Les murs étaient jaune bouton-d'or, et la moquette vert pomme. Des coussins imprimés de larges fleurs tropicales s'étalaient sur les meubles en osier laqués de blanc.

« Ce n'est jamais que pour deux mois, observa Janet. Viens dans la salle de bains. Regarde, on voit la mer.

— Enfin ! s'exclama Sean en louchant à travers les lames du store. Je pourrai au moins dire que je l'ai vue ! » A condition de se tordre un peu le cou, on apercevait en effet une étroite bande d'océan coincée entre deux immeubles. Il était 7 heures du soir passées et le soleil avait déjà disparu derrière l'horizon. A la faveur de l'obscurité croissante, les eaux acquéraient une nuance plus grise que bleue.

« La cuisine n'est pas mal, non plus », reprit Janet.

Sean la suivit. Ses yeux s'attardèrent sur la jeune femme qui ouvrait les placards l'un après l'autre pour lui montrer la vaisselle. Elle avait troqué son uniforme d'infirmière contre un débardeur et un short, et il la trouvait infiniment sexy dans cette tenue bien faite pour attiser l'imagination. Troublé, il ne savait trop quelle contenance adopter pendant qu'elle se penchait pour déployer devant lui les trésors de la batterie de cuisine.

« Je vais pouvoir jouer les cordons-bleus ! lança-t-elle en se relevant.

— Formidable », commenta Sean l'esprit ailleurs, tourmenté par des appétits d'un autre ordre.

Ils regagnèrent le salon.

« Je m'installerais bien ici ce soir. J'adore cet appart, risqua Sean.

— Tout doux, répliqua Janet. Que je sache, je n'ai rien fait pour te laisser croire que nous allions nous installer ensemble comme si de rien n'était. Nous avons besoin de parler sérieusement, tous les deux. C'est l'unique raison qui m'a poussée à venir à Miami.

— Tu oublies cette histoire de médulloblastome que nous devons tirer au clair.

— A mon avis, notre petite enquête n'est pas incompatible avec une discussion de fond.

— Ce n'est pas ce que j'ai voulu dire. Mais en ce moment, j'ai du mal à penser à autre chose qu'à l'Institut ; je me demande ce que j'y fais et s'il ne vaudrait pas mieux partir. Cette situation finit par m'obséder complètement.. Il me semble que tu peux comprendre, tout de même. »

Janet leva les yeux au ciel sans répondre.

« Et en plus, je meurs de faim, poursuivit Sean avec un sourire. Tu sais que je suis incapable d'aligner deux phrases quand mon estomac me tourmente.

— Je peux patienter un peu, concéda Janet. Mais ne va surtout pas croire que je renonce : j'ai besoin d'avoir cette conversation avec toi. Maintenant, puisque tu as envie de dîner, le type de l'agence immobilière m'a dit qu'il y avait un bon restau cubain à deux pas d'ici, dans Collins Avenue.

— Cubain ?

— Oh, je sais qu'en dehors du ragoût irlandais ta culture gastronomique n'est pas très développée, se moqua Janet. Mais nous sommes à Miami ! C'est l'occasion ou jamais de te montrer un peu téméraire.

— Beurk, maugréa Sean. Si tu y tiens... »

Le restaurant étant tout près, ils y allèrent à pied, laissant le quatre-quatre de Sean sur le parking situé en face de l'appartement. Main dans la main, ils remontèrent Collins Avenue vers le nord, pendant qu'au-dessus de leurs têtes de gros nuages ourlés d'or et d'argent moutonnaient dans le ciel qui se teintait de pourpre en direction des Everglades. L'océan se dissimulait à leur vue, mais ils percevaient le bruit des vagues déferlant sur le sable, derrière une rangée d'immeubles Arts déco récemment rénovés.

Une vie intense animait ce quartier situé à proximité des plages. Les badauds allaient et venaient dans les rues noires de monde ; certains discutaient, assis sur les marches des porches ou accoudés aux balustrades ; des jeunes chaussés de patins louvoyaient entre les groupes ; d'autres roulaient au pas dans leurs voitures, toutes vitres baissées, la musique à fond et les basses parfois poussées si fort que Sean et Janet sentaient les vibrations résonner jusque dans leur poitrine.

« Ces mecs-là se seront bousillé l'oreille interne avant d'avoir trente ans », commenta Sean.

Une pagaille indescriptible régnait dans le restaurant où la cohue se pressait autour des tables serrées les unes contre les autres. Les serveuses et les serveurs se reconnaissaient à leur jupe ou pantalon noirs, à leur chemise blanche et à leur tablier douteux. Ils se faufilaient dans la salle comble en criant leurs commandes à la cantonade en direction des cuisines et en se hélant mutuellement à grand renfort d'interjections en espagnol. Une délicieuse odeur de porc rôti, d'ail et de café grillé flottait par-dessus ce tumulte.

Suivant le courant, Sean et Janet se retrouvèrent assis à une longue table, serrés au milieu d'autres dîneurs. Des bouteilles de Corona bien frais au goulot décoré d'une rondelle de citron vert jaillirent comme par miracle devant eux.

« Je ne vois vraiment pas ce que je vais pouvoir manger, là-dedans », se lamenta Sean après avoir étudié le menu. Janet avait raison : il n'aimait pas varier son régime alimentaire.

« Quelle blague », dit Janet qui se chargea d'autorité de la commande.

Sean fut agréablement surpris par ce qu'il découvrit dans son assiette. Le rôti de porc mariné dans une sauce puissamment aillée lui parut délicieux, tout comme le riz au safran et les haricots noirs recouverts d'un hachis d'oignon. Seul le yucca ne le tentait pas.

« Ce truc ressemble à une espèce de pomme de terre enduite d'un exsudat muqueux.

— C'est répugnant, protesta Janet. Arrête de parler comme si tu récitais un cours de médecine ! »

Le vacarme qui régnait autour d'eux rendant toute discussion à peu près impossible, en sortant du restaurant ils se dirigèrent vers l'océan et s'aventurèrent dans les jardins de

Lummus Park, plus propices à une conversation en tête à tête. Assis sous un énorme banian, ils contemplèrent un moment la vaste étendue liquide piquetée des feux des cargos et des bateaux de plaisance.

Sean rompit le premier le silence : « On a du mal à croire que c'est toujours l'hiver à Boston, dit-il.

— Je ne sais même plus comment nous supportons de vivre dans la pluie et la boue la majeure partie de l'année, soupira Janet. Mais laissons là ces futilités. S'il est vrai que tu ne te sens pas de taille à aborder tout de suite le sujet de notre relation, parlons plutôt de l'Institut. Comment s'est passé ton après-midi ? Mieux que la matinée ? »

Sean émit un petit rire sans joie : « Ç'a été encore pire. Je n'étais pas au premier depuis cinq minutes que l'infirmière en chef a surgi dans la pièce comme une furie, en hurlant et en tempêtant parce que je consultais le dossier d'Helen.

— Margaret Richmond ? Elle s'est mise en colère ?

— Tu parles ! dit Sean en opinant du chef. Ses cent vingt kilos de chair en tremblaient d'indignation. Elle était hors d'elle.

— Avec moi, elle s'est montrée très courtoise, remarqua Janet.

— Je ne l'ai vue que deux fois, et je t'assure qu'elle ne m'a pas frappé par sa courtoisie.

— Comment a-t-elle su que tu étais là-bas ?

— Le GI de la sécurité l'accompagnait. Ils ont dû me repérer avec leurs caméras de surveillance.

— Oh ! Zut ! Encore un truc auquel il faut que je fasse gaffe. Je n'avais pas pensé que je pouvais être filmée.

— Tu n'as pas à t'inquiéter, la rassura Sean. C'est moi que ce type ne peut pas encadrer. En plus, il y a des chances pour que les caméras soient installées dans les espaces communs, pas dans les chambres des malades.

— Tu as réussi à parler à Helen Cabot ?

— On a échangé quelques mots. Elle n'a pas l'air bien du tout.

— Son état s'est beaucoup détérioré, renchérit Janet. Le bruit court qu'il faudrait lui faire un shunt. Tu as découvert quelque chose en lisant son dossier ?

— Je n'en ai pas eu le temps. Ils m'ont littéralement chassé de la clinique en m'escortant jusqu'à la passerelle. Là-dessus, pour couronner le tout, j'ai à nouveau eu droit à une visite du Jap qui est venu m'espionner en se planquant dans la cage d'escalier. Je ne sais pas ce qu'il cherche, mais cette fois je l'ai eu. Je lui ai flanqué la pétoche de sa vie en surgissant derrière son dos et en poussant un cri qui l'a tétanisé sur place. J'ai cru qu'il allait faire dans son froc de trouille.

— Pauvre vieux.

— Tu parles comme il est à plaindre ! ironisa Sean. Ce sale faux-jeton n'arrête pas de m'épier depuis mon arrivée.

— Enfin, j'ai eu plus de chance que toi, reprit Janet d'un ton désinvolte.

— C'est vrai ? s'exclama Sean dont le visage s'éclaira. Formidable ! Tu as pu piquer un de ces fameux produits miracles ?

— Non, répondit Janet tout en fouillant dans sa poche pour en sortir la page arrachée à l'imprimante et le bout de papier où elle avait pris ses notes à la hâte. Mais j'ai une liste de tous les patients admis à l'Institut pour un médulloblastome depuis les dix dernières années : il y en a trente-huit en tout, dont trente-trois en 1991 et 1992 seulement. Tous les renseignements figurent sur cette feuille. »

Sean s'empara des papiers. Pour les lire, il dut les lever au-dessus de sa tête afin de bénéficier du soupçon de lumière émis par les lointains réverbères d'Ocean Drive. Pendant qu'il les déchiffrait, Janet lui résuma ce qu'elle avait appris quant à la répartition par sexe et groupe d'âge. Elle l'informa aussi de l'extrême concision des fichiers informatiques et lui parla de la note qui conseillait de se reporter aux dossiers médicaux. Enfin, elle lui répéta ce que lui avait dit Melanie à propos de la consultation des dossiers : on pouvait les obtenir en moins de dix minutes à condition d'être muni d'une autorisation.

« Il faut absolument que je voie ces dossiers, reprit Sean lorsqu'elle eut terminé. Ils sont conservés aux archives, eux aussi ? »

Janet lui rapporta les explications de Melanie sur le souterrain qui reliait les deux bâtiments de l'Institut.

« Voilà qui arrange tout, remarqua Sean. Il devrait être assez facile de mettre la main dessus.

— Qu'est-ce que tu veux dire ?

— Tout simplement que je pourrais me les procurer sans quitter le bâtiment de la recherche. Après l'épisode d'aujourd'hui, il est clair que je suis *persona non grata* à la clinique. Mais grâce à la disposition des lieux, je peux sans doute m'emparer de ces dossiers sans m'attirer les foudres de Mme Richmond et compagnie.

— Tu ne vas tout de même pas t'introduire dans le souterrain en douce ? s'inquiéta Janet.

— Je doute un peu qu'ils laissent la porte ouverte exprès pour moi.

— Tu vas trop loin, protesta Janet. En agissant ainsi, tu enfreins carrément la loi.

— Je t'avais prévenue que nous y serions obligés, remarqua Sean.

— Tu avais parlé d'enfreindre des règles ou des règlements, pas la loi.

— Oh, ne finasse pas sur le sens des mots ! lança Sean d'un air exaspéré.

— Mais la différence est énorme.

— Les lois ne sont jamais que des règles codifiées. Je savais que ce petit jeu nous amènerait fatalement à transgresser la loi d'une façon ou d'une autre et je croyais que tu l'avais compris, toi aussi. Mais à supposer que tu aies raison, nous avons quand même le droit pour nous, non ? De toute évidence, les chercheurs de l'Institut ont mis au point un traitement superefficace contre le médulloblastome. Seulement voilà : ils le gardent sous le coude pour pouvoir le commercialiser avant que les autres aient eu le temps de se retourner. C'est pour ça que les subventions privées accordées à la recherche médicale me mettent en rogne. Les labos privés sont tellement obnubilés par la rentabilité que l'intérêt général passe au second plan, et la santé publique avec lui. Ce que les gens de l'Institut ont découvert à propos du médulloblastome aura forcément des conséquences sur le traitement de tous les cancers, et qu'est-ce qu'ils font ? Ils gardent le secret pour eux ! C'est de la rétention d'informations. Ils oublient que leurs découvertes reposent pour l'essentiel sur la recherche fondamentale élaborée dans les institutions universitaires qui, elles, sont financées par l'argent des contribuables. Les boîtes privées se contentent de prendre, sans rien donner en échange. Au bout du compte, ce sont les citoyens comme toi et moi qui se retrouvent floués dans l'histoire.

— Oui, mais la fin ne justifie pas les moyens, s'obstina Janet.

— Ah, fais comme tu veux, s'emporta Sean. Entre-temps, tu sembles quand même oublier que c'est toi qui as eu cette idée. Mais très bien. Peut-être qu'il vaut mieux renoncer, en effet, peut-être qu'il vaut mieux que je retourne à Boston et que je me remette à ma thèse.

— D'accord, d'accord, soupira Janet. Si tu le prends comme ça, je m'incline. »

Sean saisit la balle au bond : « Il nous faut les dossiers et il nous faut les produits codés, affirma-t-il en s'étirant de tout son long. Alors, au boulot !

— Maintenant ? s'alarma Janet. Mais il est presque 9 heures du soir.

— La première règle à suivre quand on veut enfreindre la loi, c'est d'agir lorsqu'on est sûr de ne pas être dérangé, dit-il pour la taquiner. Le moment me paraît parfaitement choisi. En plus, j'ai un alibi solide : je n'ai pas fini d'injecter la première dose de glycoprotéine à toutes mes souris.

— Que le ciel me vienne en aide ! » murmura Janet en saisissant la main que Sean lui tendait pour l'aider à se lever.

Tom Widdicomb manœuvra pour se garer sur le dernier emplacement du parking de la résidence de l'Institut. Il avança jusqu'à ce que les roues heurtent la bordure en ciment. Alice lui avait indiqué cette place, abritée par le feuillage protecteur d'un immense fromager. Ici, la voiture aurait plus de chances de passer inaperçue. C'était d'ailleurs celle d'Alice, une Cadillac décapotable de 1969 à la carrosserie vert acidulé.

Tom ouvrit la portière et sortit, après s'être assuré qu'il n'y avait pas âme qui vive alentour. Il enfila une paire de gants de chirurgien en latex. Puis, se penchant sous le siège avant, il attrapa le couteau à découper. Un éclat de lumière glissa sur l'acier poli. Tom avait d'abord pensé venir avec son pistolet, mais il avait réfléchi : vu la minceur des cloisons, le bruit de la détonation risquait d'alerter tout le monde. Mieux valait prendre le couteau, même si le travail était toujours moins propre avec les armes blanches.

Avec mille précautions pour ne pas se couper, Tom glissa la lame sous la manche droite de sa chemise et referma les doigts autour de l'extrémité du manche. Dans la main gauche, il tenait le jeu de clés du 207.

Il se glissa à l'arrière de l'immeuble, en comptant les ouvertures donnant sur le balcon jusqu'à ce qu'il se trouve en dessous du 207. Aucune lumière ne brillait à la fenêtre. La nouvelle infirmière était déjà au lit, ou alors elle était sortie. Tom s'en fichait. Chacune de ces alternatives présentait ses avantages et ses inconvénients.

Il contournait le bâtiment pour gagner la porte d'entrée lorsque celle-ci s'ouvrit, poussée par un des résidents. Aplati contre le mur, Tom attendit que l'homme ait gagné sa voiture et se soit éloigné avant de pénétrer dans le hall. Une fois à l'intérieur, il accéléra le pas. Il n'avait pas envie qu'on le voie. Arrivé devant le 207, il débloqua la serrure, poussa le battant et le referma doucement derrière lui, exécutant cette série de gestes d'un seul mouvement fluide et coulé.

Plusieurs minutes durant, il resta adossé au chambranle sans bouger, l'oreille aux aguets. Il percevait à distance le bourdonnement caractéristique des téléviseurs allumés dans d'autres appartements. Laissant tomber les clés dans sa poche, il fit glisser le long de son bras le couteau qu'il agrippa par le manche, la lame pointée devant lui comme s'il s'agissait d'un poignard.

Il avança sur la pointe des pieds. La lumière diffuse des réverbères du parking lui permettait de repérer les contours des meubles, ainsi que la porte donnant dans la chambre : le battant était ouvert.

Tom s'achemina jusque sur le seuil et inspecta du regard cette pièce, plus sombre que la précédente car les rideaux masquaient les fenêtres. De l'endroit où il se tenait, il ne pouvait pas distinguer si le lit était vide ou non. A nouveau, il tendit l'oreille. Dans le silence, seuls lui parvinrent le bruit des téléviseurs des voisins et le ronronnement du réfrigérateur. Il n'entendait pas le souffle régulier caractéristique des dormeurs.

S'approchant du lit à pas de loup, il en tâta précautionneusement la surface. Ses sens ne l'avaient pas trompé : personne ne dormait entre ces draps.

Il se redressa et lâcha enfin le souffle qu'il avait jusque-là inconsciemment retenu. Il se sentait à la fois soulagé et profondément déçu. L'anticipation de la violence avait fait naître en lui une excitation qui ne trouvait pas d'exutoire.

Se déplaçant à l'aveuglette, il finit par entrer dans la salle de bains. Là, il laissa courir sa main libre le long du mur jusqu'à ce qu'il ait trouvé l'interrupteur. La lumière l'éblouit, l'obligeant à cligner des yeux, mais elle lui révéla des objets fascinants : un soutien-gorge et un slip en dentelle couleur chair mis à sécher au-dessus de la baignoire.

Alice n'avait jamais porté de sous-vêtements pareils. Tom posa son couteau sur le lavabo et décrocha le slip. Sans pouvoir expliquer pourquoi, il lui fallait bien reconnaître que la lingerie féminine le mettait dans tous ses états. Assis sur le bord de la baignoire, la lumière toujours allumée et le couteau à portée de la main, il se mit à caresser le tissu soyeux du bout des doigts. Il se sentait bien. L'attente serait peut-être longue, mais il avait de quoi s'occuper.

« Et si on se fait prendre ? » demanda Janet nerveusement alors qu'ils se dirigeaient vers l'Institut Forbes. Sur le chemin, ils s'étaient arrêtés à Home Depot, un magasin de bricolage où Sean avait acheté des outils qui, à l'en croire, seraient aussi efficaces qu'un pied-de-biche et un rossignol.

« On ne se fera pas prendre puisqu'on y va à l'heure où il n'y a justement plus personne, répliqua Sean. Encore que ça reste à prouver, évidemment, mais on verra bien.

— En tout cas, il y aura du monde dans la clinique, lui rappela Janet.

— Rassure-toi, nous n'y mettrons pas les pieds.

— Et le service de sécurité ? Tu y as pensé ?

— C'est de la tarte, répondit Sean. Exception faite de leur chef aux allures de GI, ces types en uniforme ne m'impressionnent pas beaucoup. Je suis sûr qu'ils ne sont pas attentifs à l'entrée.

— Je n'ai pas ton expérience, évidemment...

— Change un peu de disque, tu veux !

— Comment se fait-il que tu sois si calé sur les serrures, les rossignols et les systèmes d'alarme ? insista la jeune femme.

— Quand j'étais gosse, Charlestown était encore une ville de prolos, lui expliqua Sean. Le centre ne s'est embourgeoisé que plus tard. A l'époque, nos paternels travaillaient tous dans une branche différente. Le mien était plombier. Celui de

Timothy O'Brien, serrurier. Il avait appris à son fils quelques-unes des ficelles du métier et Timmy nous les a montrées à son tour. Au début, on a pris ça comme un jeu. Il s'agissait simplement de rivaliser d'adresse : aucune serrure du quartier ne devait nous résister. Le père de Charlie Sullivan, lui, était électricien. Il installait des systèmes d'alarme dernier cri à Boston, surtout dans les beaux quartiers, du côté de Beacon Hill. Charlie l'accompagnait souvent. Et de fil en aiguille, il s'est mis à nous expliquer des trucs sur les alarmes.

— Ça n'est pas très prudent de donner des informations de ce genre à des gamins », remarqua Janet. Sa propre enfance s'était déroulée dans un tout autre univers, fait d'écoles privées, de leçons de musique, de vacances sur la côte.

« Tu n'as pas tort, acquiesça Sean. Mais on n'a jamais rien piqué dans le quartier. On se contentait de crocheter les portes et de les laisser ouvertes, juste pour blaguer. Après les choses ont pris une autre tournure. Petit à petit, on s'est risqué vers des coins comme Swampscott ou Marblehead, avec des garçons plus vieux qui savaient conduire. On se postait près d'une baraque, on la surveillait un moment, et puis on crochetait la serrure, on piochait dans la cave et on embarquait le matériel hi-fi.

— Quoi ? Tu volais ? ! » s'exclama Janet très choquée.

Sean lui jeta un bref coup d'œil avant de regarder à nouveau la route.

« Evidemment que je volais, reprit-il. Ça nous donnait des frissons, à l'époque. Dans la bande, on s'était tous mis dans la tête qu'il fallait forcément être millionnaire pour vivre sur la côte au nord de Charlestown. » Il lui raconta la combine qu'ils avaient trouvée pour revendre la marchandise à Boston, et comment, une fois l'argent en poche, ils dédommageaient le chauffeur, s'offraient une bière et donnaient le reste à un sympathisant de l'IRA. « On a d'ailleurs fini par se convaincre qu'on agissait pour la bonne cause, par pur militantisme, même si on n'avait pas la moindre idée de ce qui se passait en Irlande du Nord.

— Mon Dieu ! Je ne pensais pas que c'était allé aussi loin », dit Janet. Sean avait déjà évoqué devant elle des bagarres d'adolescent ou des virées entre copains, mais ce n'étaient là que des broutilles en regard de ces histoires de cambriolage.

« Garde tes jugements de valeur pour toi, l'avertit Sean. Nous n'avons pas grandi dans le même monde, toi et moi.

— Je ne juge pas, mais je m'inquiète quand même un peu de voir que tu trouves toujours de bonnes raisons pour te justifier, rétorqua Janet. Ça devient une vraie manie, ma parole.

— La dernière fois que j'ai trempé dans ce genre d'embrouille, j'avais quinze ans. Depuis, l'eau a coulé sous les ponts. »

Il traversa le parking de l'Institut pour s'arrêter devant le bâtiment de la recherche. Puis il coupa le moteur et éteignit les phares. Tous deux restèrent un moment silencieux.

« Est-ce que tu es d'accord pour continuer ou pas ? demanda enfin Sean. Je ne veux pas t'obliger à quoi que ce soit, mais je ne peux pas me permettre de rester deux mois ici à perdre mon temps sur des trucs que je connais par cœur. De deux choses l'une : ou je rentre à Boston, ou je travaille sur le protocole du médulloblastome. Malheureusement, tout seul je n'arriverai à rien ; ça me paraît encore plus évident depuis mon algarade avec cette mégère de Margaret Richmond. Alors soit tu m'aides, soit on laisse tomber. Mais laisse-moi te dire une bonne chose : si nous entrons là ce soir, c'est pour obtenir des informations, pas pour voler des postes de télé. Et c'est aussi pour une sacrée bonne cause. »

Janet garda un instant les yeux fixés droit devant elle. Elle ne pouvait pas s'offrir le luxe d'hésiter longtemps, mais les pensées se bousculaient sous son crâne. Elle tourna la tête vers Sean. L'amour qu'elle éprouvait pour lui emporta sa décision.

« D'accord, lâcha-t-elle dans un soupir. Allons-y. »

Ils sortirent de la voiture et se dirigèrent vers l'entrée. Sean avait fourré les outils dans un sac en papier qu'il tenait sous le bras.

« Bonsoir », lança-t-il à l'adresse du vigile, un Latino au teint bistré dont la lèvre supérieure s'ornait d'une fine moustache. Ce dernier se pencha sur son badge en louchant vers Janet. Le short qu'elle portait avait apparemment l'heur de lui plaire.

« Je vais piquer mes rats », expliqua Sean.

Sans mot dire, le regard rivé sur les jambes de la jeune femme, le garde leur fit signe de passer. Comme ils franchissaient le tourniquet, Sean et Janet remarquèrent un poste de télévision miniature calé sur la batterie d'écrans de contrôle : c'était l'heure d'un match de foot.

« Tu vois ce que je te disais à propos du service de sécurité ? dit Sean alors qu'ils empruntaient l'escalier pour se rendre au sous-sol. Ce mec était plus intéressé par tes jambes que par mon badge. J'aurais pu lui présenter une photo de Charlie Manson, il n'y aurait vu que du feu.

— Pourquoi est-ce que tu lui as parlé de rats, et pas de souris ?

— Tout le monde déteste les rats. Je ne voudrais pas qu'il lui prenne l'envie de descendre pour regarder ce qu'on fabrique.

— Tu penses vraiment à tout », remarqua Janet.

Le sous-sol avait des airs de labyrinthe avec ses enfilades de corridors où s'alignaient des portes fermées à double tour, mais il était convenablement éclairé. Une chance, car si Sean avait suffisamment fréquenté l'animalerie pour se repérer dans ses alentours immédiats, il ne s'était encore jamais aventuré au-delà. A cette heure déserte, les murs et le sol en béton nu amplifiaient l'écho de leurs pas.

« Tu vois à peu près dans quelle direction nous allons ? s'enquit Janet.

— Vaguement. »

Ils suivirent d'abord le couloir central, puis, après maints détours, arrivèrent à un croisement en T.

« La clinique doit être par là, dit Sean.

— Comment le sais-tu ? »

Sean pointa le doigt vers l'enchevêtrement de fils et de câbles qui sillonnaient le plafond. « Le poste électrique se trouve forcément sous la clinique, expliqua-t-il. Ces câbles servent donc à alimenter l'autre partie en électricité. Maintenant, il ne nous reste plus qu'à trouver l'entrée du souterrain. »

Ils continuèrent dans la direction indiquée par Sean. Cent cinquante mètres plus loin environ, deux portes se faisaient face de part et d'autre de l'étroit corridor. Elles étaient toutes deux fermées à clé.

« C'est le moment d'essayer le matériel », dit Sean en posant son sac par terre pour en sortir une fine petite clé plate et plusieurs bouts de gros fil de fer. La clé dans une main et une tige métallique dans l'autre, il inséra ces instruments improvisés dans la serrure.

« C'est là qu'il faut du doigté », reprit-il. Fermant les yeux, il se concentra sur sa tâche, procédant par petits gestes minutieux.

« Alors ? s'impatienta Janet qui tournait la tête de droite à gauche pour inspecter le couloir, persuadée que quelqu'un allait surgir d'un moment à l'autre.

— Ça y est, c'était un jeu d'enfant. »

La serrure céda avec un léger déclic. Sean poussa le battant et appuya sur l'interrupteur ; ils se trouvaient dans un local d'électricité équipé de deux tableaux de commande gigantesques.

Après avoir pris soin d'éteindre la lumière et de refermer derrière lui, Sean entreprit de forcer l'autre porte. Il y parvint encore plus vite que la fois précédente.

« Ces outils font un peu amateur mais ils ne marchent pas si mal que ça », déclara-t-il avec satisfaction.

En allumant, ils découvrirent devant eux un long boyau étroit garni de rayonnages métalliques sur chacune des parois. Les dossiers médicaux occupaient une partie des étagères ; il restait beaucoup d'espace vide.

« Et voilà, dit Sean.

— Ils ont prévu large, commenta Janet.

— Reste où tu es, ne bouge pas, lui enjoignit Sean. Il faut d'abord que je vérifie qu'il n'y a pas de système d'alarme.

— Oh, mon Dieu ! Tu ne pourrais pas prévenir un peu à l'avance ? »

Sean inspecta rapidement les lieux à la recherche d'éventuels capteurs à infrarouges ou de détecteurs de mouvements, mais il ne trouva rien de suspect. Rejoignant Janet, il sortit de sa poche la feuille qu'elle avait imprimée quelques heures plus tôt.

« Nous allons nous partager le travail, lui dit-il. Je n'ai besoin que des dossiers concernant les deux dernières années. C'est sur ces cas-là que le traitement a marché. »

Janet se chargea de la première moitié de la liste et Sean de la seconde. Il leur fallut à peine dix minutes pour réunir les trente-trois dossiers.

« On voit bien que la clinique n'est pas rattachée à l'Université, remarqua Sean. Dans un CHU *, il faut un vrai coup de bol pour arriver à dénicher un dossier quand on en a besoin. Alors trente-trois, tu imagines...

— Qu'est-ce que tu vas en faire ? s'enquit Janet.

— Les photocopier. Il y a une photocopieuse dans la

* Centre hospitalier universitaire.

bibliothèque. Toute la question est de savoir si cette dernière est ouverte. Je n'ai pas envie que le garde me prenne en train de crocheter la serrure. Il y a probablement une caméra, là-haut.

— Allons voir, dit Janet qui désirait en finir au plus vite.

— Attends. Je crois que j'ai une meilleure idée », reprit Sean en se dirigeant vers l'autre extrémité du souterrain, celle qui en principe permettait d'accéder au bâtiment réservé aux services administratifs et à la recherche. Janet dut allonger le pas pour rester à sa hauteur. Les rayonnages s'arrêtaient contre un mur dans lequel s'encastrait une porte en verre. A sa droite était fixée une petite plaque métallique percée de deux boutons. Sean appuya sur celui du bas. Aussitôt, un vrombissement sourd se fit entendre.

« La chance est peut-être avec nous », murmura Sean.

Quelques minutes plus tard, le monte-charge s'arrêta derrière la paroi vitrée. Sean ouvrit la porte et se mit à enlever les plateaux qui garnissaient l'appareil.

« Qu'est-ce que tu fabriques ? demanda Janet.

— Je fais une petite expérience. » Une fois qu'il eut retiré suffisamment de plateaux, il se glissa à l'intérieur, plié en quatre, les genoux sous le menton. « Ferme la porte et appuie sur le bouton du haut, dit-il.

— Tu es sûr que ça va marcher ?

— Vas-y. Mais quand le moteur se sera arrêté, attends quelques instants, et surtout n'oublie pas de rappeler cet engin pour que je puisse redescendre. »

Janet s'exécuta. Sean disparut dans les airs en lui adressant un petit signe de la main.

Restée seule, la jeune femme sentit son anxiété monter brusquement d'un cran. Si la présence de Sean l'avait jusque-là empêchée de s'appesantir sur la gravité de leurs agissements, l'atmosphère sinistre du souterrain se chargea de la ramener à la réalité : elle était ni plus ni moins en train de commettre un vol par effraction dans les sous-sols de l'Institut de cancérologie Forbes.

Le vrombissement du moteur s'arrêta. Janet compta mentalement jusqu'à dix avant d'appuyer sur le bouton. Trois minutes plus tard, Sean était de retour.

« Ça marche comme sur des roulettes, lui annonça-t-il. On arrive directement dans le bureau de la compta. Et le plus beau, c'est qu'ils sont équipés d'une photocopieuse ultra-performante. »

Ils eurent vite fait de transporter tous les dossiers jusqu'au monte-charge.

« A toi l'honneur, dit Sean en lui tenant la porte.

— Je ne sais pas si je ne préfère pas rester ici.

— Comme tu veux. Dans ce cas, tu n'as qu'à m'attendre pendant que je fais les photocopies. J'en aurai pour une demi-heure, environ. » Il fit mine de s'introduire dans la petite cabine.

Janet le saisit par le bras : « Non, j'y vais. Je n'ai pas plus envie de rester toute seule en bas. »

L'air narquois, Sean lui céda la place et lui passa une grosse pile de dossiers avant de fermer la porte et de faire partir le monte-charge. Lorsque le bruit du moteur eut cessé, il rappela l'appareil dans lequel il s'engouffra tant bien que mal avec le reste des documents. Sur ce, il dut attendre quelques instants dans cette position peu confortable que Janet se décide à presser à son tour le bouton.

Il devina son affolement à la manière dont elle lui ouvrit la porte.

« Qu'est-ce qui ne va pas ? lui demanda-t-il en dépliant ses membres.

— On y voit comme en plein jour, ici, dit-elle. C'est toi qui as allumé ?

— Non, répondit-il en empilant les dossiers. C'était déjà allumé quand je suis monté, tout à l'heure. Sans doute un employé du ménage qui aura oublié d'éteindre.

— Je n'y aurais pas pensé... Comment fais-tu pour garder ton calme dans une situation pareille ? » Sa voix vibrait presque de colère.

Sean haussa les épaules : « C'est sans doute que je me suis beaucoup entraîné quand j'étais jeune. »

Ils trouvèrent vite un système pour photocopier les dossiers sans perdre de temps. Travaillant à la chaîne, ils en glissaient plusieurs dans les différents chargeurs de la machine, agrafaient les photocopies et glissaient les originaux dans leurs chemises.

« Tu as remarqué l'ordinateur qui se trouve derrière ces parois vitrées ? demanda Janet.

— Je l'ai vu l'autre jour, pendant ma visite guidée.

— Il marche, en ce moment. J'ai été le voir en t'attendant. Il est connecté à plusieurs modems et raccordé au réseau téléphonique. A mon avis, il doit s'agir d'une sorte d'enquête statistique, ou d'un programme dans ce goût-là. »

Sean lui jeta un regard surpris. « Je ne savais pas que tu étais si calée en informatique. C'est plutôt rare pour quelqu'un qui a passé sa licence en littérature anglaise, non ?

— L'informatique m'a toujours fascinée, répondit Janet. Du coup, j'ai suivi plusieurs UV, en plus de ma licence. J'aimais tellement ça que j'ai presque failli changer d'orientation en cours de route. »

Après avoir chargé plusieurs dossiers dans la photocopieuse, ils se dirigèrent jusqu'au box en verre et contemplèrent l'ordinateur derrière les vitres. Une série de chiffres s'alignait sur l'écran. Sean poussa la porte.

« Je me demande pourquoi ils le mettent en cage comme ça, dit-il.

— Pour le protéger. Les gros ordinateurs sont particulièrement sensibles à la fumée de cigarette. »

Ils restèrent un moment à regarder la colonne de nombres à neuf chiffres qui défilait sur l'écran.

« Qu'est-ce que c'est, à ton avis ? demanda Sean.

— Aucune idée. Ce ne sont pas des numéros de téléphone puisque ces derniers comprennent toujours sept ou dix chiffres, jamais neuf. En plus, aucun ordinateur au monde ne pourrait appeler autant de numéros à cette vitesse. »

L'interminable succession s'interrompit soudain pour laisser place à un nombre à dix chiffres en même temps qu'une tonalité de téléphone se mettait à résonner par-dessus le bourdonnement de l'air conditionné.

« Ça, c'est un numéro de téléphone, ajouta Janet. Je reconnais même l'indicatif. C'est celui du Connecticut. »

L'écran se vida une nouvelle fois. Puis le déroulement des nombres à neuf unités reprit avant de s'immobiliser sur un de ces codes pendant que l'imprimante se mettait en marche. Janet et Sean se penchèrent sur la feuille de papier où s'inscrivait le numéro sélectionné, suivi de ces informations : *Peter Ziegler, 55 ans, hôpital Valley, Charlotte, Caroline du Nord. Intervention sur le tendon d'Achille, 11 mars.*

Tout à coup, une alarme retentit. Ils échangèrent un regard ; celui de Sean trahissait la perplexité, celui de Janet, la panique.

« Qu'est-ce que c'est que ça ? murmura-t-elle.

— Je ne sais pas. Mais ça ne ressemble pas à une alarme antivol. » Il se retourna juste à temps pour voir la porte de la comptabilité tourner sur ses gonds.

« Baisse-toi ! » souffla-t-il à Janet en l'obligeant à se mettre à quatre pattes. Persuadé que seul l'ordinateur pouvait attirer quelqu'un dans ce lieu à cette heure tardive, il poussa la jeune femme à ramper sous la console. Folle de terreur, elle obtempéra, avançant tant bien que mal au milieu du fouillis des câbles. Sean s'accroupit derrière elle. Ils venaient juste de gagner leur cachette quand la porte du box en verre s'ouvrit.

De l'endroit où ils se terraient, ils ne voyaient qu'une paire de jambes. Féminines, indubitablement. Leur propriétaire s'empressa d'abord de couper l'alarme. Ils l'entendirent ensuite décrocher un téléphone et composer un numéro.

« Nous avons un nouveau donneur potentiel, dit la femme. En Caroline du Nord. »

Là-dessus, l'imprimante se remit en marche, ce qui déclencha aussitôt l'alarme.

« Tu entends ? reprit la voix féminine. Quelle coïncidence ! On nous en signale un autre à l'instant même où je t'appelle. » Elle s'interrompit, arrêta l'alarme et attendit que l'imprimante ait fini. « Patricia Southerland, quarante-sept ans, Hôpital général de San Jose, en Californie. Biopsie du sein, 14 mars. Ça m'a l'air bien, ça aussi. Qu'est-ce que tu en penses ? »

Il y eut une pause, puis elle enchaîna : « Je sais que nous n'avons pas d'équipe, mais rien ne presse. Fais-moi confiance. Après tout, c'est mon service. »

Sur ce, elle raccrocha, arracha la feuille qui venait de sortir de l'imprimante puis tourna les talons et sortit.

Un long moment, ils gardèrent tous deux le silence.

« Qu'est-ce que c'est que cette histoire de donneur potentiel ? se risqua enfin Sean.

— Je ne sais pas et ça m'est bien égal, chuchota Janet. Je n'ai qu'une envie, sortir de là.

— Donneur... répéta Sean pensivement. C'est un peu macabre. Qu'allons-nous encore découvrir ? Une chambre froide avec des corps en pièces détachées ? Cet endroit me paraît de plus en plus louche, tu sais.

— Elle est partie ? demanda Janet.

— Je vais voir. » Il s'extirpa à reculons de leur abri improvisé et risqua prudemment un œil par-dessus le meuble.

Il n'y avait personne dans la pièce. « Elle n'a plus l'air d'être là, dit-il. C'est drôle qu'elle n'ait pas remarqué que la photocopieuse marchait. »

Janet pointa à son tour le nez dehors.

« Quand elle est entrée, le système d'alarme de l'ordinateur masquait sans doute le bruit de la photocopieuse, reprit Sean. Mais en sortant, elle aurait dû l'entendre.

— Elle devait être préoccupée par autre chose, hasarda Janet.

— Sans doute », acquiesça Sean en hochant la tête.

L'ordinateur s'était arrêté. L'interminable liste de nombres à neuf chiffres avait cessé de défiler sur l'écran.

— Allons-nous-en d'ici, vite », dit Janet sans arriver à maîtriser le tremblement de sa voix.

Ils s'aventurèrent hors du bureau vitré. La machine avait fini de photocopier les dossiers qu'ils avaient glissés dedans et le silence régnait dans la grande pièce.

« Cela explique pourquoi elle n'a rien entendu, dit Sean en s'empressant de charger les derniers documents.

— Je veux m'en aller ! répéta Janet.

— Il faut d'abord que je finisse ces photocopies », répliqua Sean en appuyant sur le bouton. Puis il sortit les originaux et les photocopies déjà prêtes et entrepris de ranger et d'agrafer les différentes piles de feuilles.

Janet se contenta d'abord de le regarder, terrifiée à l'idée que l'intruse pouvait resurgir d'un moment à l'autre. Mais bientôt, reconnaissant que plus vite ils en auraient terminé, plus vite ils pourraient se libérer, elle se mit elle aussi à l'ouvrage. Cette fois, rien ne vint les déranger et ils arrivèrent au bout de leur tâche en un temps record.

Lorsque, ses dossiers sous le bras, il retourna vers le monte-charge, Sean découvrit qu'il était possible d'appuyer sur les boutons de commande même quand la porte était ouverte. Une fois celle-ci refermée, l'appareil se mettait en marche.

« Voilà qui me rassure, dit-il pour taquiner Janet. Je pourrai toujours redescendre si jamais tu tardes un peu à me renvoyer l'ascenseur.

— Je ne trouve pas ça drôle », rétorqua la jeune femme en se recroquevillant dans l'habitacle, les bras chargés d'autant de dossiers qu'elle avait pu prendre.

Répétant en sens inverse la manœuvre qui leur avait permis

d'accéder au sixième étage, ils regagnèrent le souterrain. Au grand dam de Janet, Sean insista pour qu'ils prennent le temps de remettre les dossiers en place. Cela fait, ils transportèrent les photocopies jusqu'à l'animalerie où Sean les dissimula derrière les cages de ses souris.

« Il faudrait que je pique ces petites bêtes, dit-il, mais à vrai dire je ne m'en sens pas le courage. »

Janet ne commença à se détendre que lorsque la voiture eut démarré et qu'ils se furent éloignés de l'Institut.

« Je crois que je n'ai jamais rien vécu d'aussi terrible, soupira-t-elle alors qu'ils traversaient le quartier de Little Havana. Je ne comprends pas comment tu fais pour rester aussi maître de toi.

— J'avais le cœur qui battait, reconnut Sean. Mais tout s'est assez bien passé, à part le petit incident avec l'ordinateur. Maintenant que nous en sommes sortis, tu ne trouves pas toi aussi que c'était plutôt excitant ?

— Non ! » déclara Janet d'un ton catégorique.

Ils se turent un moment, puis Sean reprit la parole : « Je n'arrive toujours pas à comprendre ce que fabriquait cet ordinateur. Et je ne vois pas du tout le rapport entre l'Institut et les dons d'organe. Ils ne peuvent quand même pas s'amuser à greffer des organes prélevés sur des cadavres de cancéreux. Ce serait de la folie ; rien ne garantit que ces greffes ne finiraient pas par développer un cancer. Qu'est-ce que tu en penses, toi ?

— Après cette aventure, je suis incapable de penser », répondit sèchement Janet.

Ils étaient arrivés devant la résidence de l'Institut.

« Mazette ! siffla Sean. Regarde un peu cette Cadillac décapotable. Tu parles d'une bagnole ! Barry Dunhegan en avait une exactement pareille quand j'étais gosse, sauf qu'elle était rose. Barry n'était qu'un frimeur, mais nous, les gosses, on le trouvait génial. »

Janet jeta un regard distrait aux ailerons du monstre en partie masqué par le feuillage d'un arbre exotique. Elle avait du mal à croire que Sean puisse encore s'émerveiller devant une voiture après le cauchemar qu'ils venaient de traverser.

Sean choisit un emplacement au hasard et serra le frein à main. Tous deux descendirent du quatre-quatre et pénétrèrent dans l'immeuble en silence. En montant l'escalier derrière Janet, Sean repensa à la façon dont le vigile avait lorgné les jambes de la jeune femme. Le pauvre diable avait des excuses... C'est vrai qu'elles étaient fabuleuses.

Arrivé devant sa porte, il la prit dans ses bras et la serra contre lui. Elle s'abandonna à son étreinte.

« Si tu restais avec moi, cette nuit ? » hasarda Sean d'une voix mal assurée ; il lui en coûtait de poser cette question qui risquait de lui attirer un nouveau refus.

Janet ne répondit pas tout de suite, et plus elle tardait, plus Sean reprenait confiance. Il libéra sa main gauche pour attraper ses clés.

« Je ne pense pas que ce soit une bonne idée, dit-elle enfin.

— Oh, allez, viens, la pressa Sean, troublé par le léger parfum de la jeune femme.

— Non », déclara Janet sur un ton définitif. Elle avait un peu hésité, mais sa décision était prise : « Je sais que ce serait merveilleux et qu'après cette soirée je me sentirais plus en sécurité avec toi, mais je veux d'abord que nous nous expliquions, tous les deux. »

Sean se sentit envahi par un sentiment de frustration. Que Janet pouvait se montrer têtue, parfois ! Il essaya une autre tactique.

« Très bien ! dit-il en feignant de s'emporter. Comme tu voudras. » Il la lâcha, ouvrit sa porte et fit un pas sur le seuil. Avant de refermer, il se retourna pour la dévisager avec l'espoir de l'avoir ébranlée en se fâchant. Mais Janet lui rendit son regard sans ciller, l'air exaspéré, puis elle lui tourna le dos et s'éloigna dans le couloir.

Sean ne se sentait pas très fier de lui. Son premier réflexe fut de sortir sur le balcon. Quelques portes plus loin, il vit la lumière s'allumer dans l'appartement de Janet. Indécis, il ne savait pas très bien quelle conduite adopter.

« Ah, les hommes ! » laissa échapper Janet dans un soupir rageur en rentrant chez elle. Elle s'appuya un instant contre le chambranle, se repassant dans sa tête le bref échange qui venait d'avoir lieu. Sean n'avait aucune raison de se mettre en colère. Elle avait suivi son plan hasardeux sans rechigner. D'ailleurs, elle en passait toujours par ses quatre volontés. Est-ce qu'il n'aurait pas pu, pour une fois, essayer de se mettre à sa place ?

De toute façon, ce n'était pas ce soir qu'ils allaient résoudre leurs problèmes. Janet gagna la chambre et alluma la lumière. Elle ne fit pas attention au fait que la salle de bains était fermée, un détail qui aurait pourtant dû la frapper car elle laissait systématiquement les portes ouvertes lorsqu'elle était seule.

Elle enleva son débardeur, dégrafa son soutien-gorge et les posa négligemment sur le fauteuil placé près du lit. Puis elle défit la barrette qui retenait ses cheveux et secoua plusieurs fois la tête. Elle se sentait à la fois épuisée et excédée ; à deux doigts de craquer, comme disait sa compagne de chambre à l'université. Attrapant le sèche-cheveux qu'elle avait abandonné sur son lit le matin, Janet poussa la porte de la salle de bains. A peine avait-elle appuyé sur l'interrupteur qu'elle prit conscience de la présence d'un danger sur sa gauche. Instinctivement, elle jeta les mains en avant, comme pour parer un coup.

Le hurlement qui lui montait dans la gorge s'arrêta net devant le spectacle terrifiant qu'elle avait sous les yeux. Devant elle se tenait un homme vêtu de vêtements noirs informes, le visage comprimé de façon grotesque par le bas en Nylon qu'il avait enfilé sur la tête. Les bras tendus à hauteur d'épaule, il brandissait vers elle un couteau de boucher.

Pendant une fraction de seconde, tous deux restèrent pétrifiés. Puis Janet empoigna son dérisoire sèche-cheveux comme un 357 Magnum pour le pointer en tremblant vers cette figure de cauchemar. Sidéré, l'intrus fixa un instant le canon de l'arme braquée vers lui avant de réaliser qu'il ne s'agissait que d'un objet inoffensif.

Il fut le premier à réagir. Se propulsant vers l'avant, il arracha le sèche-cheveux des mains de Janet et s'en débarrassa en le lançant contre le miroir de la petite armoire de toilette qui vola en éclats. Le tintement du verre brisé sortit brusquement Janet de son état quasi somnambulique et elle se rua hors de la salle de bains.

Il l'agrippa par un bras. Mais l'épouvante décuplait les forces de la jeune femme qui, dans son élan, l'entraîna à sa suite dans la chambre. Tom avait prévu de la poignarder près de la baignoire. Elle l'avait déconcentré en le menaçant avec son sèche-cheveux. Et en passant dans la pièce à côté, elle contrariait ses plans. Maintenant, voilà qu'elle se mettait à brailler. La pire des choses.

La première fois, Janet avait retenu son cri sous l'effet du choc, mais à présent elle se rattrapait. Le hurlement strident qu'elle poussa résonna à l'intérieur du petit appartement et se propagea à travers les minces cloisons. Tout l'immeuble devait l'avoir entendu. Le sang de Tom se glaça dans ses veines et un frisson lui parcourut l'échine. Malgré la colère qui l'aveuglait, il comprit qu'il était en mauvaise posture.

Il tira brutalement sur le bras de la jeune femme et l'envoya bouler à travers la chambre. Dans sa trajectoire, elle heurta un des murs et vint s'écrouler en travers du lit. Tom aurait pu lui régler son compte sur-le-champ, mais il n'en avait plus le temps s'il voulait sauver sa peau. Sans un regard pour Janet, il se rua vers la porte-fenêtre, s'empêtra en jurant dans les rideaux puis, se glissant dehors, il s'évanouit dans la nuit.

Sean arpentait le balcon depuis un moment en essayant de rassembler assez de courage pour frapper à la porte entrebâillée du salon de Janet afin de lui présenter des excuses. Il sentait bien qu'il s'était mal conduit, mais il n'entrait pas dans ses habitude de faire amende honorable et il avait du mal à vaincre sa fierté.

Le fracas du miroir qui se brisait dissipa ses hésitations. Sean se précipita derechef vers la porte, s'acharnant sur le store qui la masquait sur presque toute la hauteur. Il venait juste de débloquer le mécanisme lorsqu'il entendit le hurlement de Janet, presque instantanément suivi d'un bruit de heurt violent. Il s'élança à l'intérieur de la pièce, trébucha contre la glissière et vint s'étaler de tout son long sur la moquette. Se remettant sur ses pieds sans perdre une minute, il se rua dans la chambre. Etendue sur le lit, Janet le dévisageait avec des yeux fous de terreur.

« Qu'est-il arrivé ? » lui demanda-t-il.

La jeune femme se redressa : « Il y avait un homme dans la salle de bains, expliqua-t-elle en refoulant ses larmes. Armé, avec un couteau. » Puis, montrant du doigt la porte-fenêtre, elle ajouta : « Il s'est enfui par là. »

Sean tira les rideaux d'un geste sec. Dehors, il y avait non pas un homme, mais deux, qui s'engouffrèrent de front à travers l'ouverture en le bousculant d'un air menaçant. Sean s'apprêtait à riposter quand il reconnut soudain l'un d'entre eux ; c'était

Gary Engels, accompagné d'un autre résident. Alertés par le cri de Janet, ils accouraient pour lui porter secours.

Sean leur expliqua en deux mots ce qui venait de se passer et tous trois ressortirent sur le balcon. Alors qu'ils se penchaient sur la balustrade, ils perçurent un crissement de pneus en provenance du parking. Pendant que Gary et son compagnon dévalaient les escaliers à la poursuite de l'agresseur, Sean retourna auprès de Janet.

Un peu remise de sa frayeur, la jeune femme avait passé un sweatshirt. Assise au bord du lit, elle venait juste d'appeler la police lorsque Sean vint la rejoindre. Elle reposa le combiné et leva la tête vers lui.

« Ça va ? lui demanda-t-il gentiment.

— Je crois que oui, répondit-elle en frissonnant. Mais quelle journée, mon Dieu !

— Tu vois que tu aurais mieux fait de rester avec moi », dit-il en s'asseyant à ses côtés et en lui passant un bras autour des épaules.

Malgré elle, Janet laissa échapper un petit rire bref. Décidément, quelles que soient les circonstances Sean ne perdait jamais son sens de l'humour. Et c'était merveilleux de se retrouver dans ses bras.

« J'avais entendu dire que Miami était une ville animée, reprit-elle, décidée à se mettre au diapason, mais je ne m'attendais pas à ça.

— Tu sais comment ce type a pu entrer ici ?

— J'avais laissé la porte-fenêtre du salon ouverte, confessa Janet.

— C'était imprudent, mais la leçon est rude.

— Je viens de Boston. Là-bas, la pire chose qui me soit jamais arrivée c'est de recevoir un coup de fil obscène.

— Je sais, dit Sean. Et d'ailleurs je me suis excusé. »

Avec un sourire, Janet lui lança un oreiller à la tête.

Vingt minutes plus tard, les policiers arrivèrent dans une voiture de patrouille reconnaissable à ses gyrophares, mais sans sirène. Deux officiers de police en uniforme se présentèrent à l'appartement ; Peter Jefferson, un Noir barbu à la carrure impressionnante, et Juan Torres, un Hispano-Américain mince et moustachu. Consciencieux et méticuleux, ils passèrent une bonne demi-heure à recueillir la déposition de Janet. Quand elle leur précisa que l'homme portait des gants en caoutchouc souple, ils décidèrent qu'il était inutile de déranger le spécialiste des empreintes qui aurait en principe dû les rejoindre.

« Dans la mesure où il n'y a pas de blessés, les choses sont différentes, précisa Juan Torres. Dans les cas d'homicides, l'enquête est naturellement plus poussée.

— Mais ça aurait pu être un homicide, protesta Sean.

— Hé, du calme ! lança Jefferson. On fait de notre mieux avec les moyens du bord. »

Les deux policiers poursuivaient encore leur interrogatoire lorsqu'un autre personnage fit irruption chez Janet : Robert Harris, le chef de la sécurité de l'Institut.

Robert Harris cultivait soigneusement ses relations avec les services de police de Miami. Cela ne l'empêchait pas de fulminer contre le laisser-aller qui régnait dans leurs rangs ; généralement, en moins d'un an, le manque de discipline et d'entraînement physique finissait par avachir les meilleures recrues. Mais Harris était suffisamment réaliste pour savoir qu'il avait tout intérêt à se mettre les flics dans la poche. L'agression de ce soir contre une infirmière de l'Institut le prouvait amplement. Sans ses accointances, Harris n'aurait peut-être pas été informé de l'incident avant le lendemain matin. Et il aurait ressenti ça comme un affront.

L'agent de garde au commissariat l'avait appelé chez lui, alors qu'il regardait une émission de télé tout en s'entraînant sur son banc de musculation. Harris pesta intérieurement quand le flic lui dit que la voiture de patrouille était sur place depuis une demi-heure. Mais il était mal placé pour se plaindre. Après tout, mieux valait tard que jamais. Le plus important était d'arriver avant que l'affaire soit classée.

Tout en roulant vers la résidence de l'Institut, il repensa au viol et au meurtre de Sheila Arnold. Il n'arrivait pas à se débarrasser du soupçon, tenace mais jusqu'à ce jour non vérifié, qui le taraudait depuis la mort de la petite Arnold : son décès devait avoir un rapport avec la disparition en série des patientes atteintes d'un cancer du sein. Harris n'étant pas médecin, il n'avait aucune raison de mettre en doute ce que le Dr Mason lui avait dit quelques mois plus tôt, à savoir qu'il était persuadé que quelqu'un assassinait ces malades. Sous le sceau du secret, le directeur lui avait confié que le visage cyanosé de ces femmes prouvait qu'on les avait intentionnellement fait passer de vie à trépas en les privant d'oxygène.

Il avait été on ne peut plus clair : Harris devait s'atteler en priorité à cette enquête et découvrir de quoi il retournait. Si jamais la presse avait vent de l'histoire, l'Institut Forbes ne s'en relèverait pas. Le Dr Mason lui avait même glissé à mots couverts que son poste à la tête du service de sécurité était en jeu ; il fallait impérativement tout mettre en œuvre pour régler avec discrétion ce problème épineux. Plus vite Harris y parviendrait, mieux on s'en porterait, lui y compris.

Depuis cette conversation, Harris n'avait guère progressé dans son enquête. Sur la suggestion du Dr Mason, il avait commencé par chercher l'auteur des crimes parmi les médecins et les infirmières de l'Institut. Mais cela n'avait rien donné. Des recherches plus approfondies sur les emplois du temps de tous les membres du personnel n'avaient révélé aucune anomalie. Quant aux tentatives d'assurer discrètement la sécurité des malades d'un cancer du sein, elles avaient elles aussi fait long feu. Pourtant, Harris n'avait pas lésiné sur les moyens employés.

L'idée qu'il devait exister un lien entre la mort de Mlle Arnold et ces décès par suffocation l'avait traversé dès le lendemain du meurtre, alors qu'il gagnait l'Institut au volant de sa voiture. Pas plus tard que l'avant-veille, on avait en effet retrouvé une des malades sans vie dans son lit, le visage tout bleu.

Sheila Arnold était peut-être un témoin gênant. Elle avait peut-être vu ou entendu quelque chose de suspect... quelque chose auquel elle n'avait pas attaché d'importance sur le moment mais que l'assassin, lui, avait pu juger capital. Dans l'ensemble, le raisonnement se tenait, même s'il arrivait à Harris d'en douter et de n'y voir que le fruit des élucubrations d'un cerveau fatigué par le surmenage.

Quoi qu'il en soit, ces conjectures ne l'avaient pas mené bien loin. Il savait par les policiers qu'un témoin avait vu un homme sortir de l'appartement de Mlle Arnold, la nuit du meurtre, mais la description restait désespérément vague : il s'agissait d'un individu de sexe masculin, de taille et de corpulence moyennes, aux cheveux bruns. Le témoin n'avait pas vu son visage. Dans un établissement aussi important que l'Institut, ce signalement imprécis ne pouvait être d'aucune utilité.

Dès qu'Harris eut appris qu'une autre infirmière de l'Institut venait de se faire agresser, ses soupçons se firent plus insistants. Le mardi précédent, une malade soignée pour un cancer du sein était décédée de la même façon suspecte que les autres.

Harris était impatient d'interroger Janet. Aussi fut-il extrêmement dépité de la trouver en compagnie de cet enfoiré de Sean Murphy.

Les policiers n'en ayant pas tout à fait fini avec la jeune femme, Harris en profita pour faire le tour de l'appartement. Il remarqua le miroir brisé dans la salle de bains, ainsi que le sèche-cheveux en morceaux. Il vit également le slip, tombé par terre au milieu des éclats de verre. En déambulant dans le salon, il nota le trou pratiqué dans le store de la porte-fenêtre. De toute évidence, celui qui avait fait ça cherchait à pénétrer dans la pièce, pas à s'enfuir.

« Vous voulez mon témoignage ? » plaisanta Peter Jefferson qui venait le rejoindre, son collègue sur les talons. Harris et Peter se connaissaient de longue date.

« Qu'est-ce que vous avez appris ? s'enquit Harris.

— Pas grand-chose, répondit Peter. Le type portait un bas en Nylon sur la tête. Taille et corpulence moyennes. Comme il n'a pas ouvert la bouche, on ne connaît pas son accent. La fille a eu du bol : il était armé d'un couteau.

— Et pour la suite des opérations ? » demanda Harris.

Peter haussa les épaules : « La routine habituelle. On va rédiger un rapport, et puis on verra ce qu'en fait le patron. De toute façon, l'enquête sera confiée à la PJ. Là-bas, ils feront comme ils voudront... Pas de coups et blessures, rien de volé, poursuivit-il en baissant la voix, il y a peu de chances pour qu'ils donnent suite. Elle s'en sort sans une égratignure. »

Harris l'avait écouté en hochant la tête. Les deux policiers lui firent leurs adieux et quittèrent l'appartement. Quand il entra dans la chambre, Janet entassait quelques vêtements dans un sac de voyage. Sean, lui, rassemblait ses affaires de toilette dans la salle de bains.

« Je voulais vous dire, au nom de l'Institut Forbes, que je suis vraiment désolé de ce qui vous est arrivé, commença Harris.

— Merci, dit Janet.

— Jusque-là, nous n'avions pas pensé qu'il fallait assurer la sécurité de cet immeuble, ajouta Harris.

— Naturellement. Mais cela aurait pu arriver n'importe où. J'avais laissé la porte-fenêtre ouverte.

— Les policiers m'ont dit qu'il ne serait pas facile d'identifier votre agresseur.

— Il avait un bas sur le visage. Et tout s'est passé si vite...

— Vous ne l'aviez jamais vu auparavant ?

— Je ne crois pas. Mais je ne peux rien affirmer, c'est impossible.

— Je voudrais vous poser une question, ajouta Harris. Et je vous demande de prendre le temps de réfléchir avant de me répondre : est-ce que vous avez été témoin de quelque chose... disons d'inhabituel, dernièrement, à l'Institut Forbes ? »

Janet sentit sa bouche devenir sèche.

Sean qui écoutait cet échange de la salle de bains devina immédiatement qu'elle repensait à leur équipée dans le souterrain.

« Janet vient de vivre des moments assez pénibles, lança-t-il en s'avançant dans la chambre.

— Vous, on ne vous demande pas votre avis, gronda Harris en se tournant vers lui.

— Je le donne quand même, riposta Sean. Janet s'est déjà expliquée avec les flics. Si vous voulez en savoir plus, adressez-vous à eux. Elle, rien ne l'oblige à vous parler et je crois qu'elle en a assez vu comme ça pour cette nuit. Alors arrêtez de la cuisiner. »

Face à face, les deux hommes s'affrontaient du regard.

« Ça suffit ! cria Janet, les yeux brillants de larmes. Je ne supporte pas ça, surtout pas maintenant. »

Sean s'assit à côté d'elle sur le lit, lui prit la tête entre les mains et appuya son front contre le sien.

« Je suis navré, mademoiselle Reardon, reprit Harris. Je comprends ce que vous éprouvez. Mais il est important que je sache si vous avez remarqué quoi que ce soit d'inhabituel aujourd'hui. Je sais que c'était votre premier jour à l'Institut. »

Janet secoua la tête. Sean lança à Harris un regard qui lui signifiait clairement de s'en aller.

Le chef de la sécurité dut se retenir pour ne pas corriger ce morveux comme il le méritait. L'envie le démangeait de lui rabaisser le caquet, mais il se contenta de tourner les talons et de quitter la pièce sans un mot.

L'angoisse de Tom Widdicomb augmentait au fur et à mesure que la nuit tirait vers sa fin. Tapi contre le congélateur dans le réduit qui jouxtait le garage, il tenait ses genoux entre ses bras comme s'il mourait de froid. De grands frissons le secouaient par intermittences pendant que sa mémoire s'amusait à le torturer en lui représentant inlassablement la façon désastreuse dont les événements s'étaient enchaînés à la résidence de l'Institut.

Il était vraiment nul, la nullité même. Non seulement il n'avait pas réussi à endormir Gloria D'Amataglio, mais en plus il n'avait toujours pas réglé son compte à cette nouvelle qui lui mettait des bâtons dans les roues. Malgré le bas en Nylon, elle avait eu tout le temps de le dévisager. Demain, elle risquait de le reconnaître... Mais ce qui l'humiliait le plus, c'était de s'être fait avoir en confondant le sèche-cheveux avec un revolver.

Il était tellement débile qu'Alice ne voulait plus lui adresser la parole. Il avait bien essayé de lui parler, mais elle ne lui prêtait aucune attention. Il l'avait déçue. Il ne serait jamais plus son « petit homme ». Bien fait pour lui si les autres ricanaient derrière son dos... Tom avait tout tenté pour la raisonner ; il lui avait juré qu'il aiderait Gloria le matin même et qu'il allait se débarrasser de cette morpionne qui se mêlait de ce qui ne la regardait pas. Il avait promis, juré, tempêté en vain. Alice s'obstinait dans son mutisme.

Tout ankylosé, Tom se mit debout et étira ses muscles endoloris. Il avait passé des heures assis à croupetons dans ce coin, à espérer que sa mère vienne enfin le consoler. En pure perte. Elle ne voulait plus entendre parler de lui. Tom se résolut à lui parler en face à face.

Contournant le congélateur, il débloqua la poignée et souleva le couvercle. Au contact de l'air chaud et humide, un tourbillon de vapeur froide s'échappa de l'intérieur du bac. Puis la vapeur se dissipa petit à petit pour révéler les traits momifiés d'Alice Widdicomb. Ses cheveux teints en roux s'emmêlaient sur son crâne en mèches raides et gelées ; ses yeux se creusaient dans son visage au teint couperosé de bleu. Des cristaux s'étaient formés sur ces cils, à la frange des paupières, et le froid qui avait contracté les globes oculaires ridait légèrement la surface de la cornée opaque, comme couverte de givre ; les lèvres rétractées découvraient les dents jaunies dans une horrible grimace.

Tom et sa mère ayant toujours vécu à l'écart, personne n'était venu lui poser de questions indiscrètes après qu'il eut endormi Alice. Il n'avait commis qu'une seule erreur, celle de n'avoir pas pensé tout de suite au congélateur. Au bout de quelques jours, l'odeur était devenue presque insupportable. Un voisin avec qui il leur arrivait d'échanger deux mots lui en ayant fait la remarque, Tom avait imaginé cette solution *in extremis*.

Depuis, la vie suivait son cours comme avant. La caisse de retraite d'Alice continuait d'envoyer ses chèques à intervalles réguliers. Il n'y avait eu qu'une seule alarme, mais sérieuse. Un vendredi soir, en plein été, le compresseur du congélateur était tombé en panne. Tom avait dû faire appel à un dépanneur et lui fixer un rendez-vous pour le lundi suivant. Il était mort de peur à l'idée que le technicien aurait peut-être besoin d'ouvrir l'appareil. Ses craintes s'avérèrent toutefois sans fondement. L'homme se contenta de lui dire que ça puait la viande pourrie.

Retenant le couvercle d'une main, Tom regardait intensément sa mère. Mais aucun mot ne franchit les lèvres d'Alice qui semblait en proie à une terreur irraisonnée.

« Je le ferai aujourd'hui, l'assura Tom d'un ton implorant. Gloria est toujours sous perfusion. Si ça ne marche pas, je me débrouillerai autrement. L'infirmière, je trouverai bien un moyen. Personne ne t'emmènera. Je te protégerai toujours, tu sais bien. Parle-moi, s'il te plaît. »

Alice Widdicomb ne sortit pas de son silence.

Tom rabattit lentement le couvercle. Un moment il garda la main posée dessus, dans l'espoir qu'elle change d'avis, puis, à contrecœur, il la quitta et traversa la cuisine pour gagner la chambre qu'ils avaient partagée pendant de si longues années. Là, il ouvrit le tiroir de la table de nuit où Alice rangeait l'arme à feu qui avait autrefois appartenu à son père. Après la mort de ce dernier, Alice se l'était appropriée ; elle la montrait fréquemment à Tom, lui disant que si quelqu'un essayait de les séparer, elle le tuerait avec. Tom trouvait cette arme magnifique avec sa poignée en nacre.

« Personne ne nous séparera, maman », déclara-t-il à voix haute. Jusqu'à présent il ne s'était servi de ce pistolet qu'une fois, quand cette moucharde de Sheila Arnold avait voulu faire sa maligne en lui disant qu'elle l'avait vu voler un flacon sur le chariot d'anesthésiques. Maintenant, il allait falloir qu'il l'utilise à nouveau pour empêcher Janet Reardon de nuire à la cause.

« Je saurai te prouver que je suis ton petit homme, tu verras », affirma Tom avant de glisser le P. 38 dans sa poche et de gagner la salle de bains pour se raser.

6

VENDREDI 5 MARS,

6 H 30

Tout en roulant le long de la digue MacArthur, Janet essayait de se changer les idées en admirant le magnifique point de vue sur la baie de Biscayne. Elle songea fugitivement à partir en croisière avec Sean sur l'un des yachts éclatants de blancheur qui étaient amarrés dans le port de Dodge Island. Mais les événements de la nuit précédente lui revenaient sans cesse à l'esprit.

Après s'être trouvée face à face avec un inconnu dans sa salle de bains, elle ne s'était pas sentie le courage de rester plus longtemps au 207. L'appartement de Sean ne lui paraissant pas plus sûr, elle avait trouvé préférable de déménager sur-le-champ dans le deux-pièces qu'elle louait à Miami Beach. Peu séduite à l'idée de s'y retrouver seule, elle invita Sean à venir avec elle. A son grand soulagement, il accepta et s'offrit même à dormir sur le divan. Une fois arrivée là-bas, cependant, Janet avait laissé ses bonnes résolutions s'envoler. Ils avaient dormi côte à côte, sur un mode « terriblement platonique » selon les mots de Sean. Ils n'avaient pas fait l'amour, mais en elle-même, Janet reconnaissait que la présence de Sean lui avait apporté plus que du réconfort.

Leur escapade nocturne à l'Institut la troublait presque autant que l'intrusion de l'homme au couteau. Mentalement, elle revivait l'incident survenu dans le bureau de la comptabilité, se demandant ce qui se serait passé si on les avait découverts. Mais les questions qu'elle commençait à se poser sur la vraie personnalité de Sean la perturbaient plus que tout.

Qu'il soit intelligent, brillant et plein d'esprit, cela ne faisait aucun doute. Mais comment aurait-elle pu ne pas s'interroger sur son sens moral après les révélations qu'il lui avait faites sur son passé de voyou ?

Janet se sentait d'autant plus déprimée que la journée qui l'attendait s'annonçait rude, elle aussi. Aujourd'hui, elle devait absolument déjouer la surveillance de ses supérieurs pour se procurer un échantillon des produits codés. Si jamais elle échouait, tout laissait craindre que Sean fasse sa valise pour rentrer à Boston...

Lorsqu'elle se présenta dans son service, l'effervescence qui y régnait parvint à l'arracher à ses préoccupations. Dès son arrivée, elle fut emportée dans un tourbillon d'activités. La réunion préliminaire avec l'équipe de nuit permit à celles qui prenaient le relais d'apprécier l'ampleur de la tâche qui les attendait. Entre les examens, les soins de routine et l'administration délicate des traitements anticancéreux, elles n'allaient guère avoir le temps de souffler. Les nouvelles les plus inquiétantes concernaient Helen Cabot, dont l'état ne s'était pas amélioré, contrairement aux prévisions des médecins. L'infirmière chargée de veiller sur elle pendant la nuit estimait même que la jeune fille déclinait depuis l'attaque qui s'était déclenchée vers 4 heures du matin. Janet qui s'était débrouillée pour prendre son tour de garde auprès d'Helen Cabot se montra particulièrement attentive pendant cette partie du compte rendu.

Concernant les produits codés, elle avait échafaudé un plan qui exigeait d'abord qu'elle trouve des flacons vides en tout point identiques à ceux qu'elle avait observés la veille ; ensuite, il lui suffirait de s'isoler un moment à l'abri des regards indiscrets.

Dès la fin de la réunion interéquipes, ses multiples tâches accaparèrent Janet. Avant toute chose, il lui incombait de renouveler le dernier goutte-à-goutte de Gloria D'Amataglio dont le traitement chimiothérapique devait être momentanément suspendu à partir du lendemain. Janet avait toujours eu la main très sûre pour les intraveineuses. Aussi s'était-elle spontanément proposée pour s'occuper de Gloria qui, à en croire ses collègues, avait des veines particulièrement difficiles à piquer.

Munie de l'attirail nécessaire, Janet entra chez Gloria qu'elle trouva adossée à ses oreillers, la mine beaucoup plus reposée que la veille. Tout en échangeant avec elle des propos nostalgiques sur l'université qu'elles avaient toutes deux fréquentée, Janet trouva la veine et introduisit l'aiguille d'un geste rapide et précis.

« Je n'ai presque rien senti, la félicita Gloria.

— Simple question d'habitude », répondit Janet.

Après avoir quitté Gloria, elle se prépara non sans appréhension à mettre son plan à exécution. A cette heure matinale, circuler dans le couloir n'était pas chose aisée. Janet dut à plusieurs reprises s'effacer pour laisser passer les chariots servant à transporter les malades et elle faillit heurter de plein fouet l'homme de ménage qui passait en traînant les pieds, encombré de son seau et de son balai.

Ayant enfin atteint le bureau des infirmières, Janet sortit le dossier d'Helen Cabot. La feuille de prescriptions visée par le médecin indiquait qu'il fallait lui donner le MB-300C et le MB-303C à 8 heures du matin. Janet commença par préparer le bocal du goutte-à-goutte et les seringues, et elle en profita pour subtiliser des flacons vides. Cela fait, elle partit demander à Marjorie les produits qu'il fallait administrer à Helen.

« Une seconde », répondit Marjorie en filant comme une flèche jusqu'à l'ascenseur pour remettre à un aide-soignant l'ordonnance de radiographie qu'il avait oubliée de poser sur le chariot de son malade.

« Quelle tête en l'air, celui-là, remarqua Tim. Toujours dans la lune. »

Marjorie regagna le bureau aussi vite qu'elle en était sortie. Tout en passant derrière le comptoir, elle décrocha de la chaîne qu'elle portait autour du cou la clé du réfrigérateur où étaient conservés les médicaments codés.

« Quelle journée ! lança-t-elle à Janet. Et dire que ça ne fait que commencer ! » L'ambiance tumultueuse qui suivait le changement d'équipe exigeait d'elle une vigilance de tous les instants. Elle se pencha pour ouvrir le petit meuble aux allures de coffre-fort et en sortit les deux flacons destinés à Helen Cabot. Puis, consultant un grand registre rangé lui aussi dans le réfrigérateur, elle précisa à Janet qu'il fallait prélever deux centilitres dans le plus grand des flacons et un demi-centilitre seulement dans l'autre. Lorsqu'elle aurait terminé, Janet devrait parapher le registre qui serait contresigné par Marjorie.

Tim les interrompit en prévenant Marjorie que le Dr Larsen la demandait au téléphone.

Serrant précieusement les médicaments dans sa main, Janet pénétra dans la pièce attenante au bureau et se dirigea droit vers l'évier dont elle ouvrit en grand le robinet d'eau chaude. Après s'être assurée que personne ne l'observait, elle maintint les deux flacons sous le jet. Sous l'effet de la chaleur, les étiquettes commencèrent à se décoller. Janet les retira avec précaution pour les placer sur les flacons vides qu'elle venait de dérober. Et elle glissa ceux qui contenaient les produits codés au fond d'un tiroir où s'entassait pêle-mêle tout un bric-à-brac de cuillers en plastique, de stylos, de bloc-notes et d'élastiques.

Enfin, jetant par précaution un nouveau regard autour d'elle, elle laissa tomber les deux flacons vides sur le carrelage où ils se brisèrent en mille morceaux. Elle répandit quelques gouttes d'eau par-dessus puis regagna le bureau.

Marjorie était toujours au téléphone. N'osant pas la déranger, Janet attendit qu'elle ait raccroché pour lui poser une main sur le bras.

« J'ai fait une bêtise », annonça-t-elle en prenant un air bouleversé, ce qui ne lui était pas difficile vu l'état de nervosité dans lequel elle se trouvait.

« Quelle bêtise ? s'étonna Marjorie en ouvrant de grands yeux.

— J'ai cassé les flacons. Ils m'ont glissé des mains et sont tombés par terre.

— Ce n'est pas grave, ce n'est pas grave, la rassura Marjorie, visiblement soulagée. Il n'y a pas de quoi en faire en drame. Ça peut arriver, surtout quand on est bousculé comme ce matin. Où est-ce que ça s'est passé ? »

Janet la guida dans la pièce de derrière et lui montra les éclats de verre. S'accroupissant, Marjorie attrapa prudemment ceux des morceaux où les étiquettes étaient restées attachées.

« Je suis vraiment désolée, ajouta Janet.

— Ce n'est pas grave, répéta Marjorie en se remettant debout. Ça arrive à tout le monde. Venez, nous allons prévenir Mme Richmond. »

Suivie de Janet, elle retourna dans le bureau pour appeler l'infirmière en chef. Tout en lui racontant ce qui venait d'arriver, elle se contorsionna pour attraper le registre dans le réfrigérateur.

« Il y avait encore six centilitres dans le grand et quatre dans le petit », expliqua-t-elle au téléphone. L'appareil collé contre l'oreille, elle écouta ce que lui disait son interlocutrice en opinant machinalement de la tête puis reposa enfin le combiné.

« C'est arrangé, dit-elle à Janet avant de noter quelques mots dans le registre. Signez simplement là, en face de la colonne où je mentionne que ces flacons ont été cassés. »

Janet s'exécuta.

« Maintenant, allez voir Mme Richmond. Elle vous attend dans l'autre bâtiment, au sixième. Emportez ça, ajouta-t-elle en lui tendant une enveloppe où elle avait glissé les morceaux de verre portant toujours les étiquettes. Mme Richmond vous en donnera d'autres en échange. D'accord ? »

Janet acquiesça d'un signe de tête avant de lui renouveler ses excuses.

« Ne vous mettez pas martel en tête, la tranquillisa Marjorie. On en a vu d'autres, vous savez ! » Puis, retournant à son travail, elle pria Tim de prévenir Tom Widdicomb par signal d'appel pour qu'il vienne nettoyer les dégâts.

Le cœur battant et le feu aux joues, Janet se dirigea vers les ascenseurs en s'efforçant de marcher le plus normalement possible. Le stratagème avait réussi, mais elle ne se sentait pas fière d'elle. En agissant de la sorte, elle avait abusé de la confiance et de la gentillesse de Marjorie. Elle se demandait aussi si elle n'avait pas agi à la légère en laissant les flacons non étiquetés dans le tiroir. Et si quelqu'un tombait dessus ? Elle aurait bien aimé pouvoir les garder sur elle, mais c'était trop risqué. Sans doute était-il préférable de les laisser dans leur cachette et de ne les en sortir que plus tard, pour les donner directement à Sean.

Janet passa devant la chambre de Gloria. Malgré son trouble, elle fut surprise de constater que la porte était fermée. Cela lui parut d'autant plus curieux qu'elle-même l'avait laissée ouverte, tout à l'heure, pour faire plaisir à Gloria ; la malade prétendait en effet que le seul fait d'observer les allées et venues dans le couloir lui donnait l'impression de participer à la vie du service.

Perplexe, Janet s'arrêta, hésitant sur la conduite à tenir. Déjà en retard sur son horaire, elle aurait mieux fait de se rendre tout de suite chez Mme Richmond. Mais cette histoire de porte close la tracassait. Pensant que Gloria avait peut-être besoin qu'on lui remonte le moral, elle frappa discrètement contre le battant. Pas de réponse. Elle frappa une deuxième fois, plus fort ; le résultat fut le même. Elle se décida alors à ouvrir et glissa la tête à l'intérieur. Immobile, Gloria gisait sur le dos, une de ses jambes pendant d'un côté du lit, dans une posture pour le moins inhabituelle chez une personne assoupie.

« Gloria ? » appela Janet.

L'interpellée ne réagit pas.

Calant la porte avec la butée en plastique, Janet s'approcha, sans remarquer le seau plein d'eau sale et la serpillière abandonnés dans un coin. Toute son attention était dirigée vers la malade dont le visage, à son grand effroi, avait revêtu la teinte bleu foncé caractéristique de la cyanose.

« Chambre 309, vite ! » cria Janet dans le téléphone mural qu'elle avait décroché à la hâte. Elle posa machinalement l'enveloppe contenant les débris de verre sur la table de nuit puis, sans perdre un instant, entreprit de faire du bouche-à-bouche à Gloria. Après lui avoir renversé la tête en arrière et s'être assurée qu'elle n'avait aucun corps étranger dans la bouche, elle lui pinça les narines de la main droite et lui insuffla à plusieurs reprises de l'air dans les poumons. La facilité avec laquelle elle y parvint lui rendit un peu d'espoir ; au moins, cela prouvait que rien n'obstruait la trachée. Tâtant le pouls de la main gauche, elle perçut un faible battement.

Marjorie arriva la première dans la chambre, bientôt suivie de plusieurs membres de l'équipe. Lorsqu'une des infirmières prit la relève de Janet, une petite foule d'au moins dix personnes se pressait autour du lit. Même le garçon de salle était présent.

Au soulagement général, la sinistre nuance bleue s'effaça peu à peu des traits de Gloria. Plusieurs médecins, dont un anesthésiste, étaient accourus du premier étage. L'écran du moniteur installé juste avant leur arrivée montrait que le cœur battait, lentement mais régulièrement. D'un geste sûr, l'anesthésiste inséra dans la trachée de Gloria un tube auquel était raccordé un ballon destiné à alimenter ses poumons en oxygène. Grâce à cette technique plus efficace que le bouche-à-bouche, le visage de Gloria retrouva vite un teint presque normal.

Mais certains signes demeuraient inquiétants. Les pupilles dilatées de Gloria ne se rétractèrent pas lorsque l'anesthésiste lui passa devant les yeux un crayon lumineux. Et son corps resta inerte à l'examen des réflexes.

Au bout de vingt minutes, cependant, Gloria commença à tenter de respirer par ses propres moyens. Bientôt, sa cage thoracique se mit à se soulever et s'abaisser d'elle-même. Elle récupéra également certains réflexes, mais d'une manière qui ne laissait rien présager de bon : les bras et les jambes restaient raides ; seuls les pieds et les mains fléchissaient.

« Oh, dit l'anesthésiste. Cette rigidité semble prouver que le cerveau a été touché. Il est resté privé d'oxygène trop longtemps.

— C'est quand même bizarre, s'étonna une femme médecin en penchant le flacon de la perfusion pour l'examiner. Je n'aurais jamais cru que ce cocktail pouvait provoquer un arrêt respiratoire.

— La chimio reste une arme à double tranchant, reprit l'anesthésiste. Au départ, la patiente a peut-être fait un accident vasculaire. Quoi qu'il en soit, il faut alerter Randolph. Le plus tôt sera le mieux. »

Atterrée, Janet reprit son enveloppe et sortit d'un pas mal assuré. Elle avait beau savoir que de tels drames risquaient toujours de se produire en milieu hospitalier, son expérience ne l'avait pas aguerrie contre cette cruelle vérité.

Marjorie la rejoignit dans le couloir.

« Nous jouons vraiment de malchance avec les cancers du sein, murmura-t-elle en secouant la tête. A la place des responsables, je vérifierais quand même le protocole de chimio qu'on leur administre. »

Janet opina du chef sans répondre.

« C'est toujours très dur d'arriver la première, poursuivit Marjorie. Vous avez fait tout ce que vous pouviez.

— C'était la moindre des choses, parvint à articuler Janet.

— Essayez de ne pas trop y penser. Et dépêchez-vous d'aller chercher les médicaments d'Helen Cabot avant que nous nous retrouvions avec un autre problème sur les bras », conclut Marjorie en lui tapotant amicalement l'épaule.

Janet descendit à pied au premier et emprunta la passerelle pour se rendre dans l'autre bâtiment. Là, elle prit l'ascenseur jusqu'au sixième et, après s'être annoncée, fut introduite dans le bureau de Mme Richmond.

Celle-ci l'attendait visiblement. Elle tendit la main pour

saisir l'enveloppe, l'ouvrit, et en éparpilla le contenu sur son sous-main. Du bout de l'index, elle retourna les morceaux de verre pour lire les étiquettes.

Janet était restée debout. Le silence de Mme Richmond fit lever en elle une peur irrationnelle, l'impression que cette femme savait exactement ce qu'elle avait fait. Elle sentit ses mains devenir moites.

« Vous n'avez pas eu d'ennuis ? lui demanda enfin Mme Richmond d'une voix étonnamment douce.

— Je m'excuse, je ne comprends pas, bredouilla Janet.

— En cassant ces flacons, vous ne vous êtes pas coupée ?

— Non, s'empressa de répondre Janet. Je les ai laissés tomber par terre. Je ne me suis pas blessée.

— Bon, eh bien, ce n'est pas la première fois que cela se produit, ni la dernière, j'imagine, dit Mme Richmond. Ça aurait pu être pire si vous vous étiez coupée. »

Elle se leva avec une agilité surprenante pour quelqu'un de sa taille et alla ouvrir un grand placard mural placé derrière son fauteuil. Dedans, se trouvait une armoire frigorifique fermée à clé. Pendant que Mme Richmond y prenait deux flacons semblables à ceux que Janet avait cassés, celle-ci eut le temps de voir que les étagères étaient abondamment garnies de produits codés.

Ouvrant un tiroir de son bureau, Mme Richmond en sortit ensuite une boîte, dans laquelle elle choisit deux étiquettes libellées de la même façon que celles collées sur les bouts de verre. Elle les lécha et s'apprêtait à les apposer sur leurs flacons respectifs quand la sonnerie du téléphone l'interrompit.

Elle décrocha tout en poursuivant sa tâche, le combiné calé dans le creux de son épaule. Soudain, elle s'arrêta net.

« Quoi ? » cria-t-elle dans un crescendo plaintif pendant que son visage virait au rouge brique. « Où ? » reprit-elle. Puis, après une pause : « Au troisième ! C'est de pire en pire. Quelle catastrophe ! »

Elle raccrocha violemment et resta un moment comme hypnotisée, à regarder droit devant elle sans ciller. Se rappelant enfin la présence de Janet, elle lui tendit brusquement les flacons.

« Il faut que j'y aille, lança-t-elle tout à trac. Faites attention à ces médicaments. »

Sur ce, elle quitta la pièce en coup de vent sans que Janet ait eu le temps de lui parler.

Janet s'arrêta sur le seuil du bureau et suivit des yeux l'infirmière en chef qui s'éloignait à grandes enjambées. Se retournant, elle contempla le placard qui dissimulait le grand frigo. Quelque chose clochait, mais elle ne voyait pas très bien quoi. Il se passait trop de choses en même temps.

Sterling Rombauer constituait une énigme pour Randolph Mason. Le directeur de l'Institut Forbes se demandait ce qui pouvait bien motiver cet homme doté d'un sens des affaires légendaire et d'une fortune passant pour considérable. A sa place et avec ses moyens financiers, Mason n'aurait jamais passé son temps à parcourir le pays en tous sens au service des uns et des autres. Il n'en était pas moins reconnaissant à Sterling d'avoir choisi cette voie : les enquêtes qu'il lui confiait aboutissaient toujours.

« A mon avis, il est inutile de vous inquiéter tant que l'avion de Sushita Industries n'aura pas atterri à Miami, lui disait Sterling. L'appareil devait attendre Tanaka à Boston pour l'emmener en Floride, mais il s'est envolé à New York et à Washington sans lui. Tanaka a dû prendre une ligne régulière pour venir ici.

— Et naturellement, vous serez averti de l'arrivée de l'avion ? » s'enquit le Dr Mason.

Sterling hocha la tête d'un signe affirmatif.

L'interphone placé sur le bureau se mit à crépiter. C'était Patty, la secrétaire de Mason.

« Je m'excuse de vous déranger, docteur, mais Mme Richmond est là, dit-elle. Elle a l'air bouleversée. »

Le Dr Mason avala sa salive. Pour que Margaret Richmond se mette dans tous ses états, il devait s'être passé quelque chose de grave. S'excusant auprès de Sterling, il s'éclipsa pour aller au-devant de l'infirmière en chef qui l'attendait chez Patty. Il l'attira à l'écart.

« Ça vient encore de se produire, jeta Mme Richmond d'une voix hachée. Toujours sur un cancer du sein, avec arrêt respiratoire et cyanose. Randolph, il faut absolument prendre des mesures !

— Elle est morte ? demanda le Dr Mason.

— Non, pas morte, mais d'une certaine façon c'est encore

pire, surtout si les journalistes s'en mêlent. Elle est dans un état végétatif ; de toute évidence le cerveau a souffert.

— Nom de nom ! jura le Dr Mason. Ça risque en effet de tourner mal si les gens de la famille se mettent à poser des questions.

— Vous pouvez être sûr qu'ils en poseront. Une fois de plus, Randolph, je me vois dans l'obligation de vous rappeler qu'un scandale de cette ampleur réduirait toutes nos ambitions à néant.

— Vous n'avez pas besoin de me le rappeler.

— Que comptez-vous faire ?

— Je ne sais pas, mais il faut agir vite. Commençons par convoquer Harris. »

Il demanda à Patty d'appeler de toute urgence le chef de la sécurité.

« Sterling Rombauer est dans mon bureau, reprit-il à l'adresse de l'infirmière en chef. Il ne serait peut-être pas mauvais que vous l'entendiez vous expliquer de vive voix ce qu'il a découvert sur le jeune externe qui vient de Boston.

— Ce sale blanc-bec ! s'exclama Mme Richmond. Quand je l'ai surpris dans la clinique en train de fouiner dans le dossier d'Helen Cabot, j'ai eu envie de l'étrangler.

— Calmez-vous, calmez-vous, lui conseilla le Dr Mason. Et venez avec moi. »

Elle le suivit dans le bureau de mauvaise grâce. Comme Sterling se levait pour la saluer, elle maugréa que ce n'était pas la peine qu'il se dérange pour elle.

Après les avoir fait asseoir, le Dr Mason pria Sterling de mettre Mme Richmond au courant des résultats de son enquête.

« Sean Murphy est un individu intéressant et complexe, commença Sterling sur le ton de la conversation mondaine en se carrant dans son fauteuil, jambes croisées. Il mène en quelque sorte une double vie, car bien que son entrée à Harvard l'ait radicalement transformé, il reste très attaché à ses origines irlandaises ouvrières. De plus, c'est un battant. Avec un groupe d'amis, il s'apprête à fonder une entreprise qui devrait s'appeler Oncogen, dans le but de lancer sur le marché des produits à fins diagnostiques et thérapeutiques élaborés à partir des technologies de pointe en carcinologie.

— Dans ce cas, il n'y a pas trente-six solutions, le coupa

Mme Richmond. Bon débarras ! Je commençais à en avoir assez, de son insolence.

— Laissez Sterling terminer, intervint le Dr Mason.

— M. Murphy est passionné par tout ce qui touche aux biotechnologies, poursuivit ce dernier. Et c'est un domaine où il se montre particulièrement doué. Son seul point faible, qui je crois ne vous aura pas échappé, tient à son manque de savoir-vivre. Il n'a aucun respect pour l'autorité et se débrouille toujours pour dresser un maximum de gens contre lui. Cela étant, il n'en est pas à son coup d'essai. Il y a quelques années, il a déjà créé avec succès une société que Genentech vient de racheter. Et il lui a été assez facile de rassembler les fonds nécessaires à son deuxième projet.

— Ce garçon est décidément dangereux, dit Mme Richmond.

— Ce n'est pas ce que vous pensez, reprit Sterling. En fait, le problème est qu'à l'heure actuelle les responsables de Sushita doivent en savoir à peu près aussi long que moi. Si j'en juge d'après mon expérience, ils vont estimer que Sean Murphy compromet les espérances financières qu'ils avaient placées dans l'Institut. A partir de là, ils ne resteront pas inactifs. Or je vois pas M. Murphy accepter de déménager pour Tokyo, même et surtout avec un salaire alléchant à la clé. S'il reste ici, en revanche, il y a toutes les chances pour que les Japonais reviennent sur leurs promesses et refusent de reconduire leur investissement.

— Mais enfin c'est clair, lança Mme Richmond. Renvoyons Sean Murphy à Boston et l'affaire sera réglée. Nous n'allons tout de même nous brouiller avec Sushita pour lui ! »

Sterling et le Dr Mason échangèrent un regard.

« De mon point de vue, dit ce dernier en s'éclaircissant la gorge, je préfère ne rien précipiter. Ce garçon fait un excellent travail. Je suis descendu le voir au labo, ce matin. Il a déjà sélectionné toute une lignée de souris qui tolèrent bien la glycoprotéine. De plus, il m'a montré les résultats de ses expériences de cristallisation. C'est extrêmement encourageant. D'ici une semaine, il compte obtenir des cristaux de taille convenable. Aucun de nos chercheurs n'a jamais réussi à aller aussi loin. J'ai peur qu'en le renvoyant nous tombions de Charybde en Scylla. La menace sérieuse qui plane aujourd'hui sur le financement de l'Institut vient aussi du fait que nous n'avons pas encore réussi à présenter aux Japonais un seul brevet commercialisable. Il est compréhensible qu'ils s'impatientent.

— Si je comprends bien, s'indigna Mme Richmond, vous pensez qu'il faut garder ce morveux envers et contre tout ?

— Oui, même si pour ma part je l'exprimerais autrement.

— Alors pourquoi ne pas décrocher votre téléphone et vous expliquer avec les gens de Sushita Industries ?

— Je ne crois pas que ce serait très judicieux, s'empressa de répondre Sterling. Les Japonais n'aiment pas qu'on leur expose directement les choses, ils ne comprendraient pas cette façon de faire. Loin de les tranquilliser, cela les alarmerait.

— Qui plus est, j'y ai fait déjà allusion devant Hiroshi, ajouta le Dr Mason. Les dirigeants de Sushita ont aussitôt commandité leur propre enquête sur M. Murphy.

— Les hommes d'affaires nippons ont horreur de l'incertitude, commenta Sterling.

— Mais qu'attendez-vous de ce garçon, à la fin ? s'exclama Mme Richmond. C'est un espion, non ? C'est bien pour ça qu'il est venu ici ?

— Non, répondit Sterling. Ce n'est pas un espion au sens traditionnel du terme. Vos succès sur le médulloblastome l'intéressent, certes, mais d'un point de vue purement scientifique, pas commercial.

— Il m'a très ouvertement confié qu'il aurait aimé travailler sur le protocole du médulloblastome, renchérit le Dr Mason. Lors de notre première entrevue, je l'ai beaucoup déçu en m'y opposant formellement. S'il était là pour nous espionner, il aurait pris plus de précautions.

— C'est aussi mon avis, dit Sterling. A son âge, on est encore idéaliste et altruiste. La nouvelle fièvre de l'or qui s'est emparée de la science en général et de la recherche en médecine en particulier ne l'a pas encore contaminé.

— Il ne doit pas être si désintéressé que ça puisqu'il a fondé sa propre société, leur fit remarquer Mme Richmond.

— Ses associés et lui vendaient pratiquement leurs produits à prix coûtant, précisa Sterling. Seule la cession de leur entreprise leur a permis de réaliser des bénéfices.

— Qu'est-ce que vous proposez, pour finir ? demanda Mme Richmond en se tournant vers le Dr Mason.

— J'ai chargé Sterling de suivre cette affaire pour nous et de nous tenir informés au jour le jour, lui dit-il. Par ailleurs, il assurera la protection de Sean Murphy aussi longtemps que ce dernier pourra nous être utile. S'il devait s'avérer qu'il est là pour nous espionner, Sterling nous le fera savoir et nous le renverrons *illico* à Boston.

— Ça fait cher de l'heure de baby-sitting », marmonna Mme Richmond.

Avec un sourire entendu, Sterling hocha la tête en signe d'acquiescement. « Je trouve Miami particulièrement agréable en cette saison, dit-il. Et l'hôtel Grand Bay me convient tout à fait. »

Un petit grésillement dans l'interphone précéda la voix de Patty : « M. Harris est là », annonça la secrétaire.

Le Dr Mason se leva pour signifier à Sterling que l'entretien était terminé. Tout en le raccompagnant, il se dit que Mme Richmond avait au moins raison sur un point : Sterling faisait payer cher ses compétences. Il restait néanmoins convaincu que l'argent qu'il allait pouvoir lui remettre grâce à la générosité d'Howard Pace serait bien employé.

Harris l'attendait dans la pièce à côté. En homme respectueux des usages, le Dr Mason le présenta à Sterling, sans pouvoir s'empêcher de penser qu'il aurait été difficile de trouver deux individus plus dissemblables.

Après avoir demandé à Harris d'aller l'attendre dans son bureau, il remercia Sterling et lui recommanda instamment de le tenir au courant dans les moindres détails. Celui-ci parti, il se prépara avec lassitude à aborder la discussion brûlante qu'il devait avoir avec son chef de la sécurité.

Il le trouva qui patientait debout au milieu de la pièce, raide comme la justice, tenant sous le bras la casquette à visière sur laquelle était épinglé son insigne doré.

« Prenez donc un siège, lui dit le Dr Mason en contournant son bureau.

— Oui, monsieur, dit Harris comme s'il avait compris, mais sans bouger d'un pouce.

— Bon sang, Harris, asseyez-vous ! » s'exclama le directeur.

Robert Harris obtempéra, sa casquette toujours sous le bras.

« Vous avez sans doute appris que nous venons de perdre une autre patiente atteinte d'un cancer du sein, commença le Dr Mason. Le fait qu'elle ne soit pas cliniquement morte ne change rien à l'affaire, bien au contraire.

— Oui, monsieur », répéta Harris d'un ton crispé.

Le Dr Mason dévisagea son vis-à-vis avec une irritation à peine masquée. S'il appréciait le professionnalisme de Robert Harris, sa manière toute militaire de remplir ses fonctions l'exaspérait. Cet homme n'était pas à sa place dans un établissement médical. Pourtant, il était efficace, et personne n'avait eu à s'en plaindre jusqu'à cette série de morts suspectes.

« Ainsi que nous vous l'avons déjà dit, poursuivit-il, ces accidents sont probablement l'œuvre d'un déséquilibré. La situation est devenue intolérable. Il faut absolument y remédier. Je vous avais demandé de résoudre ce problème toutes affaires cessantes. Où en êtes-vous ?

— Je ne m'occupe plus que de cela, monsieur, répondit Harris. Suivant vos conseils, j'ai épluché les antécédents de la plupart des médecins et des infirmières qui travaillent ici. J'ai vérifié leurs références en contactant des centaines d'institutions d'enseignement et de recherche. Jusqu'ici, ces vérifications n'ont rien donné. Je compte les étendre à tous les membres du personnel susceptibles d'approcher les cancers du sein. Nous avons par ailleurs essayé d'assurer la protection des malades, mais elles sont trop nombreuses pour être surveillées en permanence. A mon avis, l'idéal serait d'équiper toutes les chambres d'un système de télésurveillance. »

Harris ne fit pas état de ses soupçons sur le lien éventuel unissant ces décès aux deux agressions, dont une mortelle, dirigées contre des infirmières. Après tout, ce n'était qu'un pressentiment.

« L'idée n'est pas mauvaise, dit Mme Richmond. Nous pourrions en effet installer des caméras chez tous les cancers du sein.

— Cela reviendra très cher, les prévint Harris. Il faudra non seulement payer le matériel et l'installation, mais aussi recruter des agents supplémentaires pour surveiller les écrans.

— Les questions d'argent sont accessoires, décréta Mme Richmond. Si cette affaire se poursuit et s'ébruite, il ne nous restera plus qu'à mettre la clé sous la porte.

— Je vais me renseigner, promit Harris.

— Au besoin, n'hésitez pas à demander des effectifs supplémentaires, lui dit le Dr Mason. Tout cela n'a que trop duré.

— Bien, monsieur », répondit Harris. Mais il ne voulait pas de renforts, il entendait se débrouiller seul. A ce stade, c'était devenu pour lui une affaire d'honneur. Il n'allait quand même pas se laisser damer le pion par un cinglé sorti de l'asile !

« Et l'agression qui a eu lieu cette nuit à la résidence ? l'interrogea Mme Richmond. Il est impensable que nos infirmières se fassent attaquer dans les logements que nous mettons à leur disposition. J'ai déjà assez de mal à les embaucher comme ça !

— C'est la première fois qu'un problème de sécurité se pose à la résidence, dit Harris.

— Il faudrait peut-être prévoir des rondes de nuit là-bas, s'entêta l'infirmière en chef.

— Je vais étudier le problème, lui promit Harris. Je vous remettrai un devis.

— Ce qui se passe dans la clinique est plus important, intervint le Dr Mason. Pour le moment, vous devez vous y consacrer exclusivement. Inutile de vous disperser.

— Bien, monsieur, répondit Harris.

— Vous voyez autre chose ? » demanda le directeur à Mme Richmond.

Elle secoua la tête en signe de dénégation.

« Nous comptons sur vous, reprit Mason en regardant Harris droit dans les yeux.

— Oui, monsieur », dit le chef de la sécurité en se mettant debout. Il faillit claquer des talons, mais se retint à temps.

« Incroyable ! » s'exclama Sean tout haut alors que, seul dans l'espace vitré aménagé au centre de son immense laboratoire, il feuilletait les photocopies des trente-trois dossiers empilés devant lui. Si jamais quelqu'un surgissait à l'improviste, il aurait tout le temps de glisser les dossiers dans un des tiroirs du bureau, et de donner le change en se plongeant dans le cahier où il détaillait jour après jour le protocole qu'il avait mis au point pour immuniser les souris.

Ce cri de surprise lui était arraché par les statistiques générales qu'il avait sous les yeux. En l'espace de deux ans, l'Institut Forbes avait bel et bien réussi à assurer une totale rémission des cas de médulloblastome, et ce succès était d'autant plus frappant qu'il contrastait du tout au tout avec l'évolution systématiquement fatale observée au cours des huit années antérieures. D'après le suivi par RMN, le traitement finissait même par avoir raison des tumeurs les plus massives. A la connaissance de Sean, aucune thérapie anticancéreuse n'avait jamais permis d'atteindre des résultats aussi cohérents, à l'exception de celles utilisées sur des cancers *in situ*, c'est-à-dire des néoplasmes extrêmement circonscrits et localisés, qu'il était possible d'exciser entièrement ou d'éliminer d'une manière ou d'une autre.

Pour la première fois depuis son arrivée à l'Institut, Sean avait passé une matinée tranquille. Nul n'était venu l'importuner, ni Hiroshi ni aucun des autres chercheurs. Il avait commencé sa journée en injectant la glycoprotéine à un lot supplémentaire de souris, ce qui lui avait permis de récupérer les photocopies cachées dans l'animalerie. Puis il avait repris ses expériences de cristallisation jusqu'à ce qu'il estime ce travail suffisamment abouti pour satisfaire le Dr Mason pendant au moins une semaine. Invité à venir voir les cristaux, ce dernier avait d'ailleurs paru favorablement impressionné. Là-dessus, estimant que personne ne le dérangerait plus, Sean s'était retiré dans le box en verre pour consulter les dossiers.

Après les avoir rapidement passés en revue pour se faire une idée générale, il s'intéressa aux données d'ordre épidémiologique. Cet échantillon de patients très diversifié par l'âge et l'origine ethnique se distribuait de façon à peu près égale entre les deux sexes. Mais ce qui retint tout de suite l'attention de Sean fut de constater que le groupe principal, celui des sujets masculins de race blanche et d'âge moyen, était atypique en regard de la fréquence habituelle de la maladie. Cette anomalie tenait sans doute à des facteurs d'ordre économique. La clinique de l'Institut n'était pas à la portée de tout le monde, et seuls ceux qui disposaient d'une solide assurance ou de revenus conséquents pouvaient y séjourner. Sean remarqua par ailleurs que la distribution géographique était elle aussi très large, tous les patients venant de l'une ou l'autre des grandes métropoles des Etats-Unis.

En y regardant de plus près, il trouva toutefois un cas qui contredisait cette généralisation hâtive, celui d'un malade habitant la petite ville américaine de Naples, dans l'Etat de Miami. Pendant son voyage, Sean avait repéré sur la carte cette bourgade située au sud de la presqu'île de Floride, sur la côte ouest, à proximité du parc national des Everglades. Le patient en question s'appelait Malcolm Betencourt et il y aurait bientôt deux ans qu'il avait démarré le traitement. Sean releva son nom et son numéro de téléphone. Il serait peut-être instructif d'avoir une discussion avec lui.

Passant à l'aspect clinique des dossiers, il nota qu'il s'agissait la plupart du temps de cancers à tumeurs multiples alors que le médulloblastome n'en développait en principe qu'une seule. Cette particularité expliquait que les médecins traitants aient souvent cru au départ avoir affaire à des métastases qui auraient gagné le cerveau à partir d'un autre organe, tels les poumons, les reins ou le foie. Dans l'ensemble, ces praticiens avaient été très déconcertés d'apprendre qu'il s'agissait de tumeurs primaires formées dans le tissu nerveux du cerveau. D'abord imperceptible, le phénomène néoplasique s'aggravait rapidement sur un mode particulièrement agressif. Et son issue aurait été rapidement fatale si le traitement n'avait pas été mis au point.

En ce qui concernait ce dernier, Sean s'aperçut qu'il ne variait jamais d'un patient à l'autre. Hormis quelques ajustements en fonction du poids, le dosage et le taux d'administration des produits codés restaient toujours les mêmes. Les malades commençaient par passer une semaine entière à la clinique, à la suite de quoi ils étaient suivis en consultation externe à des intervalles de plus en plus longs, quinze jours d'abord, puis un, deux, six mois, et pour finir une fois par an seulement. Treize des trente-trois personnes suivies avaient atteint ce stade de la visite annuelle. Elles ne souffraient que de séquelles sans gravité qui étaient moins imputables au traitement lui-même qu'à des déficits neurologiques bénins entraînés par le grossissement rapide des tumeurs avant l'hospitalisation.

L'épaisseur des dossiers en imposa également à Sean. Au vu de la richesse des informations qu'ils recelaient, il lui faudrait une bonne semaine pour en venir à bout.

La sonnerie du téléphone placé sur son bureau le fit sursauter, tant il était absorbé par sa lecture. Il décrocha, persuadé qu'il s'agissait d'une erreur de numéro, et fut agréablement surpris d'entendre la voix de Janet.

« J'ai les produits, lui annonça-t-elle tout de go.

— Formidable, dit Sean.

— On peut se retrouver à la cafétéria ?

— Tout à fait. Mais qu'est-ce qui ne va pas ? ajouta-t-il, saisi par la lassitude avec laquelle elle s'exprimait.

— Tout, répondit la jeune femme. Je t'expliquerai quand on se verra. Tu peux venir maintenant ?

— J'arrive dans cinq minutes », dit-il en reposant le combiné.

Après avoir pris soin de dissimuler les dossiers, Sean emprunta l'ascenseur et franchit la passerelle qui séparait les deux bâtiments. Savoir qu'il se trouvait sans doute dans le champ d'une des caméras de surveillance lui donna envie de faire le clown, mais il résista sagement à la tentation.

Janet l'attendait dans la cafétéria, assise devant une tasse de café. Elle avait l'air abattu.

« Qu'est-ce qui t'arrive ? lui demanda-t-il en tirant une chaise pour s'installer en face d'elle.

— Une des malades du troisième est dans le coma, expliqua Janet. Je venais juste de lui changer son goutte-à-goutte. Quand je l'ai quittée, elle avait l'air bien ; l'instant d'après elle a fait un arrêt respiratoire.

— Je suis désolé, je sais que c'est affreux », dit-il. Pour avoir lui-même vécu ce genre d'incident tragique, il comprenait ce que pouvait ressentir sa compagne.

« Enfin, j'ai ces satanés produits, ajouta Janet sans s'appesantir.

— Ça n'a pas été trop difficile ?

— Psychologiquement, si.

— Où les as-tu mis ?

— Dans mon sac, murmura-t-elle en jetant un regard autour d'elle. Je vais te les passer sous la table.

— Ce n'est pas la peine de faire tout ce cinéma, tu sais. La meilleure façon d'éviter d'attirer l'attention, c'est de se conduire normalement, sans se cacher.

— Moque-toi, ça ne changera rien », rétorqua Janet le nez dans son sac.

Sean sentit ses doigts lui effleurer le genou. Il passa la main sous la table et les deux flacons tombèrent dans le creux de sa paume. Par égard pour Janet, il les glissa discrètement dans ses poches, un de chaque côté. Aussitôt fait, il se leva.

« Sean ! le supplia Janet.

— Qu'est-ce qu'il y a ?

— Fais attention ! Tu ne peux pas attendre cinq minutes et faire au moins semblant de discuter avec moi ? »

Sean se rassit. « Personne ne nous regarde, dit-il. Quand est-ce que tu finiras par te mettre ça dans le crâne ?

— Comment peux-tu en être si sûr ? »

Il retint la réplique qui lui brûlait les lèvres. Janet reprit la parole :

« On ne pourrait pas parler de quelque chose d'agréable, pour changer ? demanda-t-elle. Je me sens complètement à bout.

— De quoi veux-tu qu'on parle ?

— De ce qu'on va faire dimanche, par exemple. J'ai besoin de sortir un peu de l'hôpital. De souffler, de me détendre, de m'amuser.

— Eh bien c'est promis, dimanche on ira se promener. Mais pour le moment je n'ai qu'une envie : aller analyser ces produits au labo. Tu crois que ça aura l'air louche si je remonte tout de suite ?

— Vas-y, lui intima Janet. Tu es impossible !

— On se voit tout à l'heure chez toi, à Miami Beach », lança Sean sans demander son reste, peu désireux de s'entendre dire qu'il n'était pas invité ce soir. Sur la porte, il se retourna et lui adressa un signe de la main.

Tout en s'engageant sur la passerelle, il caressa les flacons glissés au fond de ses poches. Il allait en examiner le contenu sur-le-champ. Pour la première fois depuis sa décision de venir à Miami, il retrouvait grâce à Janet un peu de cet enthousiasme que partagent tant de chercheurs.

Les bras chargés d'une grosse boîte en carton, Robert Harris pénétra dans la pièce aveugle qu'il occupait dans les sous-sols et posa son colis par terre, à côté du bureau. Puis, s'accroupissant, il ôta le couvercle et attrapa une première chemise.

A la suite de sa conversation avec le Dr Mason et Mme Richmond, il s'était directement rendu chez Henry Falworth, le directeur du personnel non médical, pour lui demander les dossiers de tous les salariés susceptibles d'entrer en contact avec les malades. Cette liste devait comprendre les employés à qui il incombait de préparer les menus, d'apporter les repas dans les chambres et de débarrasser les plateaux. Elle concernait également les équipes de gardiennage et de maintenance qui intervenaient à l'occasion dans les étages de la clinique.

Pour finir, elle incluait le personnel du ménage et de l'entretien des chambres, des couloirs et des espaces communs.

Au total, elle rassemblait un nombre de noms assez conséquent, mais c'était la seule piste qui s'offrait à Harris. Généraliser le système de télésurveillance coûterait beaucoup trop cher, il le savait. Il allait se renseigner et préparer un devis, comme promis, mais le Dr Mason trouverait sûrement le prix dissuasif.

Harris avait prévu de commencer par consulter rapidement cette cinquantaine de dossiers en se fiant à son intuition. Chaque fois qu'il trouverait dans l'un d'eux un élément discutable ou curieux, il le mettrait de côté afin de constituer un premier sous-groupe de suspects. Bien qu'il ne soit pas plus psychologue que médecin, Harris se disait que quelqu'un de suffisamment cinglé pour s'acharner sur des malades devait avoir un passé douteux.

Il tomba d'abord sur Ramon Concepcion, trente-cinq ans, employé aux cuisines. Cet immigré d'origine cubaine travaillait depuis l'âge de seize ans dans des hôtels et des restaurants. Son assiduité, ses références, ses absences pour maladie, tout paraissait normal. Harris reposa la chemise à côté de la boîte.

Il feuilleta ainsi les dossiers les uns après les autres, sans rien trouver d'anormal jusqu'au moment où il arriva à Gary Wanamaker, lui aussi employé aux cuisines. Avant d'entrer à l'Institut, Gary avait travaillé cinq ans à la cantine de la prison de Rikers Island, près de New York. La photo agrafée sur la première page était celle d'un homme aux cheveux bruns. Harris plaça son dossier à part, sur le bureau.

Il en avait consulté cinq autres lorsqu'il s'arrêta sur Tom Widdicomb, membre de l'équipe de nettoyage. Harris fut intrigué par le fait qu'après avoir suivi une formation d'aide-infirmier, Widdicomb se soit contenté d'emplois d'homme à tout faire dans plusieurs endroits successifs, avec notamment un passage éclair à l'Hôpital général de Miami. Harris regarda la photo. Encore un brun. La chemise au nom de Tom Widdicomb alla rejoindre celle de Wanamaker sur le bureau.

Harris se remit à feuilleter la pile jusqu'à ce qu'un troisième dossier retienne sa curiosité. Ralph Seaver travaillait à la maintenance. Auparavant, il avait purgé une peine de prison pour viol. C'était écrit en toutes lettres, noir sur blanc. Avec le numéro de téléphone de la personne qui avait suivi Seaver pendant sa période de probation, dans l'Indiana.

Harris secoua la tête. Il était tombé sur une vraie mine, avec cette liste. En comparaison, les dossiers du personnel médical restaient d'une pauvreté navrante. Il n'y avait rien trouvé, à part des broutilles pour usage illicite de substances médicamenteuses et une allusion à des mauvais traitements sur enfant. Là, il se retrouvait enfin avec du pain sur la planche. La pile n'était encore entamée qu'aux trois quarts et il avait déjà mis de côté trois dossiers méritant qu'on s'y intéresse de plus près.

Au lieu de profiter de sa pause pour boire un café et se détendre, Janet prit l'ascenseur pour descendre au premier étage, dans l'unité de soins intensifs. Elle avait énormément d'estime pour celles de ses consœurs qui travaillaient là, se demandant par quel miracle elles arrivaient à supporter cette tension de tous les instants. Une fois son diplôme en poche, Janet avait elle-même passé quelques semaines dans un service de soins intensifs. Si elle aimait ce travail qu'elle trouvait intellectuellement stimulant, elle découvrit assez vite qu'il ne répondait pas à son attente. Outre son côté astreignant, il ne ménageait pratiquement aucun contact avec les malades, dont la plupart étaient d'ailleurs dans l'incapacité totale de communiquer.

Janet se dirigea vers le lit de Gloria. Elle était toujours dans le coma et son état ne présentait aucune amélioration bien qu'elle arrivât maintenant à respirer sans assistance. Ses pupilles excessivement dilatées ne réagissaient toujours pas à la lumière et, plus alarmant, l'électroencéphalogramme montrait que l'activité du cerveau demeurait quasi inexistante.

Une femme assise au chevet de Gloria lui caressait doucement le front. Agée d'une trentaine d'années à peu près, elle lui ressemblait beaucoup. Elle leva les yeux à l'approche de Janet.

« Vous êtes une des infirmières de Gloria ? » demanda-t-elle.

Janet hocha la tête. Les yeux rougis de la visiteuse indiquaient qu'elle avait pleuré.

« Je m'appelle Marie, reprit-elle. Je suis la sœur aînée de Gloria.

— Ce qui s'est passé est affreux. Je suis vraiment navrée, dit Janet.

— Au moins elle ne souffre plus, maintenant, soupira Marie. C'est peut-être aussi bien. »

Sans doute devait-elle puiser un certain réconfort dans cette pensée, aussi Janet acquiesça-t-elle de la tête. Elle était pourtant loin de partager cet avis. L'attitude très positive, combative, de Gloria aurait en effet pu lui permettre de vaincre son cancer du sein. Des gens encore plus atteints qu'elle arrivaient parfois à s'en sortir.

Luttant pour refouler ses larmes, Janet retourna au troisième et se jeta à corps perdu dans le travail. C'était la meilleure solution pour chasser les idées qui se bousculaient dans sa tête sur l'amère injustice de cet accident. Sa détermination ne suffit toutefois pas à effacer l'image obsédante du sourire que lui avait adressé Gloria pour la remercier d'avoir changé sa perfusion. Un autre incident allait se charger de balayer ce souvenir, une tragédie encore plus brutale et plus traumatisante que celle de la matinée.

Il était un peu plus de 14 heures lorsque Janet quitta le patient à qui elle venait de faire une intramusculaire. Comme elle longeait le couloir pour regagner le bureau des infirmières, elle eut envie de passer voir Helen Cabot.

En début de matinée, elle avait ajouté au goutte-à-goutte d'Helen la dose prescrite de produits codés, opération qu'elle avait renouvelée une heure plus tard environ. Helen s'était alors plainte d'une forte migraine. Soucieuse, Janet avait appelé le Dr Mason pour l'en informer. Il lui avait conseillé d'essayer de soulager la malade avec un médicament léger et de le rappeler si son état empirait.

L'antalgique administré à Helen par voie orale ne réussit pas à supprimer totalement la migraine mais il l'empêcha au moins d'empirer. Janet s'en était assurée en multipliant les visites au chevet de la malade, d'abord à intervalles rapprochés, puis toutes les heures. Constatant qu'en dehors de cette migraine somme toute supportable Helen ne présentait aucun symptôme alarmant, elle s'était peu à peu tranquillisée.

Il était presque 14 h 15 lorsque, poussant une nouvelle fois la porte, elle s'inquiéta de découvrir Helen étendue sans connaissance, la tête mollement inclinée sur le côté. S'approchant du lit, elle s'aperçut que la jeune fille respirait de façon irrégulière, avec un souffle tour à tour amplifié puis presque inaudible qui laissait craindre une atteinte d'ordre neurologique. Sans perdre une seconde, elle appela le bureau des infirmières et bouscula Tim pour qu'il lui passe Marjorie.

« Venez tout de suite chez Helen Cabot, lança-t-elle d'une voix pressante. Elle fait une dyspnée asthmatique. Ça ressemble beaucoup à la respiration de Cheyne-Stokes.

— Oh, non ! s'écria Marjorie. Je préviens tout de suite le neurologue et le Dr Mason. »

Janet écarta l'oreiller pour redresser la tête d'Helen. Puis, saisissant la fine torche électrique qu'elle portait toujours sur elle, elle la passa devant les yeux de la malade. Une des deux pupilles, anormalement dilatée, ne réagit pas à la lumière. Un frisson d'effroi parcourut Janet. La pression exercée par la tumeur à l'intérieur de la boîte crânienne avait dû s'accentuer au point de provoquer une hernie cérébrale. La vie d'Helen était en danger.

Se redressant, Janet ralentit au maximum le débit du goutte-à-goutte. Dans l'immédiat, c'était tout ce qu'elle pouvait faire.

Marjorie arriva la première en compagnie de plusieurs infirmières, bientôt suivie par le Dr Burt Atherton, le neurologue, et le Dr Carl Seibert, un anesthésiste, accourus en toute hâte. Tous deux se mirent instantanément à lancer des ordres pour essayer de diminuer la pression intracrânienne. Le Dr Mason se présenta le dernier, à bout de souffle.

Bien qu'elle lui ait parlé au téléphone, Janet n'avait encore jamais rencontré le directeur de l'établissement. Il avait tenu à suivre personnellement le cas d'Helen mais cet accident neurologique gravissime l'obligeait à passer la main au Dr Atherton.

Devant l'absence de résultats des mesures d'urgence et le déclin visible de l'état d'Helen, il fut décidé de procéder sans attendre à une intervention chirurgicale. A la grande stupéfaction de Janet, il fallut alors prendre des dispositions pour transférer la jeune fille à l'Hôpital général de Miami.

Décontenancée, Janet saisit la première occasion pour interpeller Marjorie.

« Pourquoi ne pas l'opérer sur place ? lui demanda-t-elle.

— L'Institut est un établissement spécialisé, s'entendit-elle répondre. Nous ne sommes pas équipés pour la neurochirurgie. »

Janet ne comprenait pas. Il était capital d'opérer Helen sans perdre une minute, et il n'était pas indispensable de disposer d'une unité de neurochirurgie pour cette intervention. Il suffisait d'un bloc opératoire et d'un chirurgien capable d'effectuer une trépanation. Cela devait être à la portée des médecins de l'Institut, puisqu'ils arrivaient à faire des biopsies.

Après des préparatifs précipités, Helen fut placée sur un lit roulant. Janet aida à l'y installer, puis, tenant le bocal de la perfusion à bout de bras pendant qu'on poussait le chariot dehors, elle accompagna l'équipe chargée du transfert.

Dans l'ascenseur, Helen fit une nouvelle complication. Sa respiration, qui était restée heurtée et saccadée depuis que Janet avait prévenu les secours, s'interrompit complètement et son teint très pâle se mit à bleuir.

Pour la seconde fois de la journée, Janet entreprit de faire un bouche-à-bouche pendant que l'anesthésiste réclamait à grands cris dans l'interphone que quelqu'un vienne les attendre au rez-de-chaussée avec du matériel de réanimation.

Dès que l'ascenseur s'arrêta, une infirmière se précipita à l'extérieur pendant qu'une autre bloquait les portes pour les empêcher de se refermer. Quelques instants plus tard, le Dr Seibert poussait Janet du coude et introduisait dans la gorge d'Helen un tube endotrachéal relié à un ballon d'oxygène. Sous l'effet du gaz insufflé dans ses poumons, la sinistre coloration bleuâtre s'effaça du visage d'Helen qui retrouva sa pâleur habituelle.

« Allez, on y va », lança l'anesthésiste. Le petit groupe compact escorta Helen au pas de course jusqu'à la plate-forme devant laquelle attendait une ambulance. En un clin d'œil, les roues du chariot furent escamotées et on introduisit le brancard à l'arrière du véhicule, où le Dr Seibert s'engouffra à son tour pour maintenir la respiration d'Helen.

Les portières claquèrent, le gyrophare se mit à clignoter, et dans un hurlement de sirène l'ambulance disparut au coin du bâtiment.

Janet se tourna vers Marjorie qui, debout à côté du Dr Mason, essayait de le réconforter en lui tapotant l'épaule.

« Tout s'est passé si vite, murmurait ce dernier d'une voix altérée. J'aurais dû m'y préparer, bien sûr, cela devait forcément nous arriver un jour ou l'autre, mais notre traitement du médulloblastome semblait si efficace… Chaque nouveau succès me confortait dans l'idée que nous étions à l'abri de ce genre de tragédie.

— Tout est de la faute des médecins de Boston, lança Mme Richmond qui les avait rejoints juste avant le départ de l'ambulance. Ils auraient dû nous écouter. Ils l'ont gardée trop longtemps.

— Peut-être aurait-il fallu la mettre en observation dans l'unité de soins intensifs, ajouta le Dr Mason. Mais son état restait stationnaire, rien ne laissait présager cette attaque.

— On arrivera peut-être à la sauver à l'Hôpital général, dit Marjorie avec un optimisme forcé.

— Ce serait un miracle, intervint le Dr Atherton. Il est on ne peut plus évident que la hernie de l'uncus de l'hippocampe comprime d'ores et déjà la moelle allongée. »

Janet dut se retenir pour ne pas lui ordonner de se taire. Ce jargon que les médecins utilisaient pour mieux se défendre contre l'émotion lui paraissait parfois insupportable, surtout dans des circonstances aussi dramatiques.

Tout à coup, comme s'il obéissait à un signal invisible, le groupe entier tourna les talons et s'éclipsa derrière les portes battantes donnant accès à la rampe des ambulances. Désireuse de profiter un instant du calme apaisant qui régnait dans le jardin, Janet ne suivit pas le mouvement. Au milieu de la pelouse, s'élevait un majestueux banian qui masquait en partie un arbre en fleur d'une espèce inconnue à la jeune femme. Le vent tiède et chargé d'humidité des tropiques lui caressait doucement le visage. Mais le bref répit qu'elle s'octroyait fut vite gâché par le ululement de la sirène qui s'éloignait. Ce bruit plaintif et perçant lui résonnait aux oreilles comme le glas annonçant la mort d'Helen Cabot.

Tom Widdicomb tournait comme un ours en cage dans la maison de sa mère, se lamentant et se maudissant tour à tour. Il ne savait plus s'il avait froid ou chaud ; il se mettait soudain à grelotter et l'instant d'après il transpirait à grosses gouttes. Il se sentait malade, malade d'angoisse.

Lorsqu'il était allé voir son supérieur, celui-ci l'avait d'ailleurs autorisé à rentrer chez lui en lui disant qu'il était en effet très pâle. Il avait même remarqué le tremblement qui l'agitait.

« Mettez-vous au lit et profitez du week-end pour vous reposer, lui avait-il conseillé. C'est peut-être un début de grippe. »

Tom avait donc quitté son travail plus tôt que d'habitude, mais il était bien trop affolé pour s'allonger. Tout ça à cause de Janet Reardon. Il avait failli avoir une attaque en l'entendant frapper à la porte alors qu'il venait juste d'endormir Gloria. Seul un instinct de survie l'avait poussé à aller se cacher dans la salle de bains. Il était coincé, elle le tenait, cela ne faisait plus aucun doute. Dans sa panique, il avait même sorti le revolver de sa poche.

Puis la confusion qui régnait dans la chambre lui avait offert une diversion salutaire. Personne ne l'avait vu se glisser hors de la salle de bains. Il avait même pu récupérer son seau et filer sans encombre dans le couloir.

Mais Gloria était toujours vivante. Janet Reardon l'avait sauvée. La pauvre femme continuait donc à souffrir sans que Tom soit maintenant en mesure de la soulager puisqu'il n'avait pas le droit de pénétrer dans l'unité de soins intensifs où on l'avait transportée.

C'est pour cela qu'Alice s'obstinait dans son silence. Tom l'avait suppliée en vain. Alice savait très bien qu'il ne pourrait plus approcher Gloria jusqu'à ce qu'elle soit à nouveau installée dans une chambre seule.

Restait Janet Reardon. Tom voyait en elle un mauvais génie qui avait pour mission de les détruire, lui, sa mère et la vie qu'ils s'étaient créée. Il fallait l'éliminer sans attendre. Mais il n'y avait plus d'étiquette à son nom sur le panneau des résidents affiché dans l'administration. Elle avait déménagé et il ne connaissait pas sa nouvelle adresse.

Tom regarda sa montre. Il savait que Janet quittait son service au même moment que lui, à 15 heures, sauf que les infirmières sortaient toujours un peu plus tard à cause de la réunion interéquipes. Il allait l'attendre dans le parking. Ensuite, il la suivrait en voiture jusque chez elle et il l'abattrait à bout portant. S'il réussissait, Alice romprait enfin ce silence qui le mettait à cran.

« Elle est morte ! » répéta Janet en éclatant en sanglots. Cela ne lui ressemblait pas de s'apitoyer sur la disparition de ses patients au point de fondre en larmes, mais les deux drames successifs de cette journée la rendaient hypersensible. De plus, la réaction de Sean ajoutait à son désarroi. Sans paraître outre mesure ému par la mort d'Helen Cabot, il ne semblait s'intéresser qu'à une chose : l'endroit où se trouvait son corps.

« J'ai compris qu'Helen était morte, reprit-il d'une voix plus douce. Et cela ne m'est pas indifférent, crois-moi. Si je réagis comme ça, c'est en partie pour cacher la douleur que je ressens. Helen était une fille merveilleuse et sa mort a quelque chose de révoltant. Quand on pense que son père dirige une des plus grosses sociétés d'informatique du monde...

— Je ne vois pas quelle différence ça fait, jeta Janet en passant son index replié sous ses yeux.

— Aucune, reconnut Sean. Ça montre simplement à quel point nous sommes tous égaux devant la mort. Riches ou pauvres, tout le monde y passe.

— Je ne te savais pas si philosophe.

— Tous les Irlandais sont philosophes dans l'âme. Cela nous permet de surmonter notre destin tragique. »

Ils se trouvaient dans la cafétéria. En sortant de la réunion interéquipes, Janet avait appelé Sean pour lui demander de venir la rejoindre. Elle avait besoin de parler à quelqu'un avant de rentrer chez elle.

« Je ne voudrais pas te choquer, poursuivit Sean, mais j'aimerais vraiment savoir où ils ont mis Helen. Ils l'ont gardée ici ?

— Non, répondit Janet dans un soupir. A vrai dire, j'ignore où elle est. Quelque part à l'Hôpital général, j'imagine.

— Pourquoi serait-elle là-bas ? » demanda Sean en posant les coudes sur la table.

Janet lui expliqua tout, en exprimant clairement son indignation à propos de l'incapacité des chirurgiens de l'Institut à pratiquer une craniotomie d'urgence.

« Elle était à la dernière extrémité, lui dit-elle. C'était de la folie de la transférer. Ils n'ont même pas eu le temps d'intervenir. Il paraît qu'elle est morte aux urgences de l'Hôpital général.

— Si on y allait tous les deux ? proposa Sean. Je voudrais la voir. »

Croyant qu'il plaisantait, Janet leva les yeux au ciel, exaspérée.

« Je parle sérieusement, reprit-il. Il y a de fortes chances pour qu'on fasse une autopsie. Et rien ne me plairait plus que de pouvoir subtiliser un bout de la tumeur. Ainsi, d'ailleurs, qu'un échantillon de sang et de liquide céphalo-rachidien. »

Ces précisions révulsaient Janet. Elle en frissonna de dégoût.

« Allons, la pressa Sean. N'oublie pas que nous avons partie liée dans cette affaire. La mort d'Helen me bouleverse, tu le sais parfaitement. Mais ce qui est fait est fait, et au lieu de pleurer je préfère travailler pour la science. Si tu gardes ton uniforme et que je passe une blouse blanche, nous n'aurons aucun mal à nous introduire dans l'hôpital. Ah, et pendant que j'y pense il faut aussi prendre des seringues.

— Pour quoi faire ? s'enquit Janet.

— Au cas où, répondit Sean avec un clin d'œil. On n'est jamais trop prévoyant. »

Sean devait être le meilleur baratineur de la terre ou bien elle-même était trop abattue pour réfléchir, quoi qu'il en soit Janet se sentit incapable de lui résister plus longtemps. Un quart d'heure plus tard, elle se hissait à côté de lui sur le siège passager du quatre-quatre, résignée à l'accompagner sans protester dans un établissement où ils n'avaient jamais mis les pieds ni l'un ni l'autre, et avec le projet insensé de dérober un fragment de tissu cérébral sur le cadavre d'une femme qui venait juste de mourir.

« Le voilà, c'est lui », dit Sterling en pointant le doigt derrière le pare-brise pour désigner Sean Murphy à l'attention de Wayne Edwards.

Wayne était un Afro-Américain bâti comme un colosse, que Sterling recrutait à l'occasion, lorsqu'on lui confiait une mission dans le sud de la Floride. Ex-sergent de l'armée américaine, ex-flic, ex-petit entrepreneur, Wayne qui avait à son actif un passé professionnel aussi riche et varié que celui de Sterling avait décidé de se lancer dans le même genre d'activités. Il s'était installé comme détective privé, et si son métier l'amenait essentiellement à fouiner dans le linge sale des familles, il avait déjà fait la preuve de son flair et de son efficacité dans un certain nombre d'autres domaines. Sterling l'avait rencontré quelques années plus tôt, à l'époque où ils travaillaient tous deux pour le compte d'un gros industriel de Miami.

« Ton client a l'air assez balèze, remarqua Wayne qui se flattait de juger les gens au premier coup d'œil.

— En effet, renchérit Sterling. C'était le meilleur joueur de l'équipe de hockey de Harvard. Il aurait pu passer professionnel, s'il avait voulu.

— Et la poule ? demanda Wayne.

— Une infirmière, de toute évidence. J'ignore tout des histoires de cœur de Sean Murphy.

— Jolie fille, laissa tomber Wayne. Au fait, que devient Tanaka Yamaguchi ? Tu l'as vu ces temps-ci ?

— Non, dit Sterling. Mais ça ne devrait pas tarder. Mon contact à l'aéroport de Washington a pu voir le plan de vol du jet de Sushita Industries. Prochaine escale : Miami.

— Ça va mettre un peu d'animation.

— En un sens, tant mieux, reprit Sterling. Si le mouvement s'accélère, notre affaire sera plus vite résolue. »

Wayne mit le contact et la Mercedes 420 S EL vert foncé démarra en douceur. Derrière ses vitres fortement teintées, Sterling et lui n'avaient rien à craindre des regards indiscrets. Les équipes médicales venaient de changer une demi-heure plus tôt et un nombre impressionnant de voitures manœuvraient sur le parking. Wayne en laissa plusieurs s'intercaler entre Sean et lui, puis il le suivit à distance. Les deux véhicules s'engagèrent sur la 12, en direction du nord.

« J'ai des sandwichs et des trucs à boire dans la glacière, sur le siège arrière, lança Wayne avec un geste par-dessus l'épaule.

— Tu penses vraiment à tout », répliqua Sterling. Wayne était un homme prévoyant. C'était un des côtés qu'il appréciait chez lui.

« Trop tard ! La balade est déjà terminée, dit Wayne en ralentissant. Ça sera pour une autre fois.

— On dirait un autre hôpital, s'étonna Sterling en se penchant pour mieux observer le bâtiment dont ils approchaient.

— Miami doit avoir la plus forte densité d'hôpitaux au kilomètre carré, mon pote. Il y en a au moins un tous les deux kilomètres. Mais celui-là, c'est le plus grand et le plus beau : c'est l'Hôpital général de Miami.

— Curieux. Mais après tout, peut-être que la fille travaille ici.

— Tiens, tiens, marmonna Wayne entre ses dents. Apparemment, on n'est pas seuls sur ce coup.

— Que veux-tu dire ?

— Tu vois la Cadillac vert pomme, derrière nous ?

— Difficile de ne pas la remarquer.

— Je l'ai repérée au moment où on a traversé la rivière. Et j'ai la nette impression que le type suit ton M. Murphy. J'avais la même tire, en bordeaux, quand j'étais plus jeune. C'est pour ça que je l'ai remarquée. Une super bagnole, mais c'est l'enfer à garer en ville. »

Sterling et Wayne observèrent Sean et sa compagne pénétrer dans l'hôpital par l'entrée des urgences. Le conducteur de la Cadillac les escortait à quelques mètres.

« Je crois que mon petit doigt avait raison, enchaîna Wayne. Ce gommeux m'a l'air de leur filer le train avec encore plus d'empressement que nous.

— Je n'aime pas ça », dit Sterling. Il ouvrit la portière, descendit de voiture et se retourna pour regarder la voyante Cadillac. « Ça n'est pas le style de Tanaka mais je ne veux prendre aucun risque, ajouta-t-il en se penchant vers Wayne resté derrière le volant. J'y vais. Si Murphy sort, tu le suis. Et si l'autre sort le premier, tu le suis. De toute façon je t'appellerai avec le portable. »

Attrapant la housse de son téléphone portable, Sterling s'élança sur les pas de Tom Widdicomb au moment où ce dernier gravissait les quelques marches adjacentes au quai pour ambulances aménagé devant les urgences.

Grâce aux indications que leur avait précipitamment fournies l'interne de garde aux urgences, Sean et Janet n'eurent aucun mal à trouver le service d'anatomo-pathologie. Là, Sean héla un autre interne. Ainsi qu'il l'avait expliqué à Janet, il suffisait de s'adresser aux médecins ou aux infirmières pour trouver tout ce qu'on voulait dans n'importe quel hôpital.

« Je suis dispensé d'autopsies, ce mois-ci », rétorqua l'interpellé sur un ton pressé.

Sean lui barra la route. « Je veux simplement savoir si une de mes patientes n'est pas inscrite chez vous.

— Vous avez son numéro de dossier ?

— Non, simplement son nom. Elle est morte en arrivant aux urgences.

— Alors, ce n'est probablement pas ici qu'on va l'autopsier. En principe, nous ne nous chargeons que des sujets décédés dans un des services de l'Hôpital général.

— Comment faire pour s'en assurer ? insista Sean.

— Elle s'appelait comment ?

— Helen Cabot. »

L'interne daigna alors décrocher un téléphone mural situé à proximité. Moins de deux minutes plus tard, il leur confirma qu'Helen Cabot n'était pas entrée en anatomo-pathologie.

« Où peut-elle être, alors ? demanda Sean.

— A la morgue, bien sûr. C'est au sous-sol. Prenez l'ascenseur principal pour descendre au premier sous-sol, et là suivez les flèches avec un M majuscule inscrit en rouge », expliqua l'interne avant de s'éloigner à grands pas.

Sean se tourna vers Janet : « Tu joues le jeu ? Si on la trouve, on saura ce qui s'est passé. Et je pense qu'on devrait même arriver à faire un ou deux prélèvements.

— Au point où j'en suis, tu sais... » soupira Janet avec résignation.

Tom Widdicomb avait retrouvé son calme. D'abord consterné de voir Janet Reardon sortir en compagnie de ce type en blouse blanche, il s'était rassuré en constatant qu'ils le conduisaient à l'Hôpital général. Tom connaissait l'endroit comme sa poche. En plus, comme ils arrivaient à l'heure où commençaient les visites, il y aurait foule dans les couloirs. Et qui disait foule disait cohue. Cela lui donnerait peut-être une chance de liquider cette garce sans avoir besoin de la suivre jusque chez elle. Et tant pis s'il était aussi obligé de descendre le mec en même temps !

Garder leur trace à l'intérieur de l'hôpital ne s'avéra pas chose aisée. Pensant qu'ils lui avaient échappé, Tom s'apprêtait à retourner au parking pour surveiller le quatre-quatre lorsqu'ils surgirent soudain presque sous son nez. Si près, qu'il fut persuadé que Janet allait le reconnaître. Il resta pétrifié sur place. Terrorisé à l'idée que Janet se mette à crier comme la veille, dans l'appartement, il agrippa l'arme glissée dans sa poche. Si elle criait, il l'abattrait sur-le-champ.

Mais Janet passa sans même le regarder. De toute évidence, elle ne l'avait pas identifié. Tranquillisé, il suivit le couple de plus près, poussant même l'audace jusqu'à s'engouffrer à leur suite dans l'ascenseur.

Quand l'homme appuya sur le bouton marqué — 1, Tom sentit l'allégresse le gagner. Le sous-sol était de loin son endroit préféré à l'Hôpital général. A l'époque où il y travaillait, il s'y rendait plus souvent qu'à son tour pour visiter un peu la morgue ou lire le journal en douce. Il avait appris à se diriger les yeux fermés dans ce labyrinthe souterrain.

La peur que Janet le remarque le tenailla une nouvelle fois lorsque la cabine se vida au rez-de chaussée. Seuls un médecin et un technicien de la maintenance étaient restés avec eux. Tom s'abrita tant bien que mal derrière eux, mais malgré la mince protection qu'ils lui offraient, Janet ne le remarqua pas.

L'ascenseur arriva au sous-sol. Le médecin et le technicien en sortirent aussitôt et s'éloignèrent vers la droite. Janet et Sean hésitèrent un instant, tournèrent la tête d'un côté, de l'autre, et prirent à gauche.

Tom attendit jusqu'au dernier moment. A l'instant où les portes allaient se refermer, il s'élança pour les bloquer des épaules et passa la tête à l'extérieur. Tout allait bien. Il reprit sa filature en maintenant prudemment une distance de cent cinquante mètres environ entre le couple et lui. Enfonçant la main au fond de sa poche, il la posa sur le pistolet, la paume sur la crosse et le doigt sur la détente.

Plus le couple s'éloignait des ascenseurs, plus Tom jubilait. Le lieu se prêtait on ne peut mieux à l'exécution de ses projets. Il n'en crut pas sa chance lorsqu'il les vit s'engager vers un secteur du sous-sol particulièrement peu fréquenté. Dans le silence total, on n'entendait que le bruit de leurs pas et le léger sifflement des tuyaux du chauffage.

« Cette expédition a tout d'une descente aux Enfers, remarqua Sean. Je me demande si nous ne nous sommes pas perdus.

— Depuis la dernière flèche, il n'y a pas eu de signe nous indiquant de tourner, dit Janet. Je ne pense pas que nous nous soyons trompés.

— Pourquoi faut-il que les morgues soient toujours si isolées et loin de tout ? Même l'éclairage devient de plus en plus dégueulasse.

— Elle devrait être placée à proximité d'une rampe d'accès. Tiens, regarde, une autre flèche. Nous sommes sur la bonne voie.

— En fait, je pense que c'est pour mieux dissimuler leurs bavures, railla Sean. Ça ne ferait pas une bonne pub à l'hôpital si la morgue se trouvait à côté de l'entrée principale.

— A propos, j'ai oublié de te demander ce qu'avait donné l'analyse des produits codés.

— Pas grand-chose, jusqu'à présent. J'ai simplement préparé un gel d'électrophorèse.

— Me voilà bien renseignée ! observa Janet d'un ton sarcastique.

— Je t'explique, c'est très simple. Dans la mesure où il y a toutes les chances pour que ces médicaments fassent partie d'un traitement immunothérapique, ils doivent contenir des protéines. Or ces dernières possèdent une certaine charge électrique qui les fait se déplacer à l'intérieur d'un champ électromagnétique. Si tu les plonges dans une émulsion préparée selon des critères précis, elles perdent leur charge spécifique et ne se déplacent plus qu'en fonction de leur taille. Cela permet de trouver combien de protéines différentes sont concernées et d'en calculer approximativement le poids moléculaire. Ce n'est qu'une première étape.

— Je voulais simplement m'assurer que mes efforts n'avaient pas été vains et que tu t'étais mis au travail.

— Ne va surtout pas croire que tu es au bout de tes peines. Ces deux échantillons ne me suffiront pas, loin de là. J'aurai bientôt besoin de ceux de Louis Martin.

— Je ne crois pas que ce soit possible, soupira Janet. Je ne peux tout de même pas casser d'autres flacons, ça finirait par paraître louche.

— Essaie un autre stratagème, lui suggéra Sean. Il ne m'en faut pas beaucoup, tu sais.

— Je pensais que tu en aurais largement assez avec deux flacons pleins.

— Ce n'est pas le problème. Je dois comparer les protocoles de chaque patient pour trouver en quoi ils diffèrent.

— A mon avis, ils ne sont sans doute pas si différents que ça. Quand je suis allée chez Mme Richmond pour lui demander deux flacons en échange de ceux que j'avais cassés, elle les a pris au hasard dans sa réserve. J'ai l'impression que ce sont toujours les deux mêmes produits qui sont administrés.

— Tu ne me feras pas gober ça, dit Sean. A partir du moment où on s'intéresse aux antigènes, on ne trouve jamais deux tumeurs semblables : un même type de cancer développe des tumeurs différentes selon les individus ; et, toujours selon cette perspective, les différentes tumeurs d'un même sujet ne sont pas non plus identiques. Cette diversité au niveau des antigènes explique qu'on ait besoin de recourir à toute une gamme d'anticorps.

— Mais en attendant les résultats de la biopsie, j'imagine qu'il n'est pas impensable d'administrer les mêmes médicaments à tout le monde, n'est-ce pas ?

— En effet, je n'y avais pas songé. Chapeau ! » répondit-il avec une admiration non dissimulée.

Après avoir tourné une dernière fois au coin d'un couloir ils se retrouvèrent devant une large porte capitonnée. L'écriteau cloué dessus à hauteur d'œil indiquait : « Morgue. Défense d'entrer ». A côté, se trouvait un panneau muni de plusieurs manettes de commande.

« Oh, oh, s'exclama Sean, ils ont pris leurs dispositions en vue de notre arrivée. Ces verrous ont l'air d'une efficacité redoutable. Et dire que je n'ai pas emporté mes outils ! »

Janet tira sur la porte qui céda sans difficulté.

« Je te revaudrai ça, reprit Sean. Finalement ils ne devaient pas nous attendre. Pas aujourd'hui, en tout cas. »

Un courant d'air glacial émanant de la pièce vint s'enrouler autour de leurs jambes. Tendant le bras, Sean actionna les interrupteurs. Une demi-seconde durant, rien ne se passa, puis les tubes néon fixés au plafond se mirent à clignoter.

« Après toi, dit Sean en s'esquivant galamment.

— C'est toi qui as eu cette idée. A toi l'honneur », répliqua Janet.

Il s'avança, Janet derrière son dos. Plusieurs rangées de

piliers de soutènement en béton masquaient en partie l'espace immense qui s'ouvrait devant eux. Çà et là étaient éparpillés des chariots d'un modèle ancien, qui tous supportaient une forme inerte recouverte d'un drap blanc. Le thermomètre placé près de l'entrée affichait neuf degrés.

« Je n'aime pas cet endroit, murmura Janet en frissonnant.

— C'est absolument gigantesque, dit Sean. Les architectes devaient avoir une piètre opinion des compétences de l'équipe médicale, ou alors ils ont fait leurs plans en prévision d'une catastrophe nationale.

— Dépêchons-nous, je n'ai pas envie de m'éterniser ici », reprit Janet, les bras serrés sur la poitrine pour se protéger de l'atmosphère humide et froide qui sentait le renfermé, cette odeur de moisi caractéristique des caves fermées depuis des années.

Sean souleva un drap. « Excusez-moi », dit-il en s'adressant au cadavre du manœuvre en bâtiment qui gisait dessous, le visage ensanglanté et le corps disloqué, toujours vêtu de ses vêtements de travail. Sean laissa retomber le tissu et se dirigea vers un autre chariot.

Surmontant sa répulsion, Janet se décida à faire de même en procédant dans la direction opposée.

« Dommage qu'ils ne soient pas rangés par ordre alphabétique, dit Sean. Il doit bien y avoir cinquante macchabées, là-dedans. Tu peux être sûre que la Chambre de commerce de Miami n'essaiera jamais de séduire les investisseurs avec un petit topo sur la paix et la tranquillité de l'endroit.

— Sean ! Je trouve ton humour franchement déplacé ! cria Janet de l'autre bout de la rangée de piliers.

— Helen, Helen, se mit à chantonner Sean sur un air de comptine enfantine. Viens, ma petite Helen, sors de ta cachette.

— Tu ne respectes vraiment rien ! » lança Janet d'un ton choqué.

Plus il approchait du dénouement, plus Tom se laissait gagner par l'excitation. Même Alice s'était résolue à sortir de son long silence pour le féliciter d'avoir suivi Janet et son ami à l'intérieur de l'Hôpital général. La morgue n'avait pratiquement pas de secrets pour Tom. Il n'aurait pu rêver d'endroit mieux choisi pour mener son plan à bien.

Arrivé près de la porte, il sortit l'arme de sa poche. Puis, la tenant de la main droite, il tira le lourd battant et risqua un œil à l'intérieur. Ni la fille ni le type ne se trouvaient dans son champ de vision. Tom s'avança, laissant la porte se refermer derrière lui. Les deux autres restaient invisibles mais il percevait leurs voix. Il entendit distinctement Janet dire à l'homme en blouse blanche qu'elle n'appréciait pas ses plaisanteries.

Se retournant aux trois quarts, Tom posa la main sur le gros verrou en cuivre et le fit doucement jouer. Sans un bruit, le pêne vint se placer sous la gâche. Du temps où Tom travaillait à l'Hôpital général, il n'avait jamais trouvé la porte de la morgue close et il doutait fort que quiconque en possède une clé. Il pouvait être à peu près sûr qu'on ne viendrait pas les déranger.

« Que tu es malin, mon petit homme », chuchota Alice.

Brandissant le revolver à deux mains comme il l'avait vu faire dans des films à la télé, Tom se dirigea vers le pilier en béton le plus proche. A en juger au bruit des voix, Janet et son copain devaient se trouver de l'autre côté.

« Certains de ces cadavres sont là depuis un bout de temps, observa Sean. On dirait qu'on les a oubliés.

— Je pensais la même chose, renchérit Janet. A mon avis, nous ne trouverons pas Helen ici. Logiquement, le corps aurait dû être près de l'entrée. Elle n'est morte que depuis quelques heures. »

Sean allait acquiescer quand tout à coup les néons s'éteignirent. Dans ce lieu souterrain dépourvu de fenêtres et dont la porte fermait hermétiquement grâce aux joints d'isolation, ils se retrouvèrent plongés dans une obscurité aussi totale, aussi absolue qu'au cœur d'un trou noir.

Au moment où la lumière s'éteignit, un hurlement perçant jaillit, instantanément suivi de sanglots hystériques. Sean crut tout d'abord qu'il s'agissait de Janet, mais les pleurs venaient de l'autre bout de la pièce, celui où se trouvait l'entrée.

Qui pouvait bien crier comme ça ? Cette incertitude mettait Sean au supplice. En temps ordinaire, le simple fait d'être brusquement privé de lumière ne l'aurait pas perturbé outre mesure, mais ces gémissements de terreur ajoutés à l'opacité des ténèbres le précipitaient dans un état proche de la panique. Seule l'inquiétude qu'il éprouvait pour Janet l'empêcha de perdre son sang-froid.

« J'ai peur du noir, se mit soudain à hoqueter une voix. Au secours ! J'ai peur ! »

A ce gémissement succéda un tintamarre de sons métalliques et de chocs sourds. Poussés par une main affolée, les chariots se cognaient les uns contre les autres, laissant tomber leur chargement sur le sol.

« Au secours ! » reprit la voix.

Sean était sur le point de lâcher quelques mots pour essayer d'apaiser la frayeur de l'inconnu, mais il hésita ; une telle initiative risquait de produire un effet contraire à celui recherché. Incapable de se décider, il resta planté sur place.

On entendit à nouveau un cliquetis de chariots, puis un choc assourdi, comme si quelqu'un se heurtait rudement au rembourrage de la porte. Suivit un petit déclic sec.

A la faveur du faible rai de lumière venu trouer l'obscurité, Sean aperçut Janet qui se tenait à six ou sept mètres de lui, comme paralysée, les deux mains pressées sur la bouche. Cela ne dura qu'un instant. Les ténèbres les enveloppèrent de nouveau, mais cette fois rien ne vint troubler le silence.

« Janet ? murmura Sean. Ça va ?

— Oui, répondit-elle. Mais mon Dieu, qu'est-ce qui a bien pu se passer ?

— Avance dans ma direction. J'en fais autant de mon côté.

— D'accord.

— Une vraie maison de fous, poursuivit Sean pendant qu'ils se rapprochaient l'un de l'autre à l'aveuglette. Je prenais l'Institut pour un asile d'aliénés, mais c'est le paradis à côté de l'Hôpital général. Au cas où j'oublierais, rappelle-moi que c'est le dernier endroit où postuler pour mon internat. »

Enfin leurs mains se frôlèrent. Se tenant fermement l'un à l'autre, ils se frayèrent un chemin vers la porte en essayant d'éviter les chariots. A un moment donné, Sean buta dans un cadavre. Obligeamment, il prévint Janet de l'enjamber.

« Je vais faire des cauchemars toutes les nuits, après cette aventure, soupira la jeune, femme.

— Ça vaut largement un scénario de Stephen King, en effet. »

La main qu'il tendait en avant pour éviter les obstacles toucha la surface lisse du mur. Se déplaçant latéralement, Sean atteignit bientôt la porte, poussa le battant, et Janet et lui se retrouvèrent dans le couloir désert, clignant des yeux à cause de la lumière.

« Je suis désolé de t'avoir entraînée là-dedans, s'excusa Sean en prenant le visage de Janet entre ses mains.

— Au moins, on ne s'ennuie pas avec toi, répliqua-t-elle. Mais tu n'y es pour rien. Je n'avais qu'à ne pas te suivre. Viens, sortons d'ici.

— Pour une fois que nous sommes du même avis ! » dit-il en l'embrassant sur le bout du nez.

La légère inquiétude qu'ils ressentaient à l'idée de ne pas retrouver leur chemin s'avéra infondée. Quelques minutes plus tard, ils grimpaient dans le quatre-quatre de Sean qui démarra aussitôt.

« Ouf ! soupira Janet. Qui pouvait bien pousser ces cris, à ton avis ?

— Je ne sais pas, répondit Sean, mais c'était à frémir. Si quelqu'un avait voulu nous flanquer la trouille de notre vie, il ne s'y serait pas pris autrement. Peut-être qu'un vilain petit troll a élu domicile dans le sous-sol et qu'il fait ça à tout le monde. »

Alors qu'ils s'apprêtaient à sortir du parking, Sean freina si brutalement que Janet dut se retenir contre le tableau de bord.

« Que se passe-t-il ? » demanda-t-elle.

Sean pointa le doigt vers l'avant : « Regarde ce bâtiment en brique, là devant. C'est l'Institut médico-légal. Je n'imaginais pas qu'il était si près. Le corps d'Helen a quelque chance de s'y trouver, qu'en penses-tu ? C'est peut-être un signe du destin...

— Je ne suis pas franchement emballée, mais puisque nous sommes là !

— Tu l'as dit, ma jolie ! » rétorqua Sean.

Il gara la voiture et tous deux gravirent les marches du porche pour se diriger vers le bureau des renseignements. Là, une Noire à la mine avenante leur demanda ce qu'ils désiraient.

Après lui avoir expliqué qu'il était étudiant en médecine et que Janet était infirmière, Sean lui dit qu'il aimerait parler à l'un des médecins.

« Lequel ? s'enquit l'hôtesse d'accueil.

— Pourquoi pas le directeur ? suggéra Sean.

— Il est à l'extérieur, en ce moment. Que diriez-vous du sous-directeur ?

— Ce serait parfait », répliqua Sean.

Ils durent patienter quelques instants, puis furent dirigés vers le bureau du sous-directeur, le Dr John Stasin. Ce dernier eut l'air ravi de les recevoir.

« L'enseignement est une mission qui nous tient particulièrement à cœur, déclara-t-il avec fierté. Nous ne saurions qu'encourager nos collègues à s'intéresser à nos travaux.

— En l'occurrence, nous nous intéressons à un cas bien précis, avança Sean. Il s'agit d'une jeune fille, Helen Cabot, qui est décédée cet après-midi aux urgences de l'Hôpital général.

— Ce nom ne me dit rien, répondit le Dr Stasin. Mais attendez une minute. Je vais me renseigner. » Il composa un numéro de téléphone, précisa à son interlocuteur qu'il cherchait à savoir où était Helen Cabot, puis se contenta de quelques grognements d'approbation laconiques. Ce coup de fil fut des plus brefs. De toute évidence, le Dr Stasin n'était pas homme à perdre son temps.

« On nous l'a bien envoyée il y a quelques heures, mais nous ne l'avons pas gardée, annonça-t-il à ses visiteurs après avoir raccroché.

— Pourquoi ? demanda Sean.

— Pour deux raisons. *Primo* parce qu'elle souffrait d'un cancer du cerveau dûment diagnostiqué, qui d'après son médecin traitant est sûrement à l'origine du décès. Et *secundo* parce que sa famille répugnait manifestement à nous la laisser. Dans ce genre de circonstance, nous estimons préférable de ne pas nous opposer aux vœux des parents. Contrairement à une opinion bien répandue, en règle générale nous respectons les exigences des familles. Sauf bien sûr lorsque nous pouvons légitimement soupçonner qu'il y a eu crime ou que tout nous incline à penser qu'il est dans l'intérêt général de pratiquer une autopsie.

— Est-ce que vous avez quand même prélevé quelques échantillons de tissus ? s'enquit Sean.

— Non, puisqu'il n'y aura pas d'autopsie. Si nous en faisions une, tous les prélèvements effectués resteraient bien évidemment à notre entière discrétion. Mais étant donné les dispositions prises, la famille d'Helen Cabot récupérera le corps dans son intégralité. D'ailleurs, la maison de pompes funèbres Emerson est déjà venue le chercher. Elle devrait le réexpédier à Boston dès demain. »

Sean remercia le Dr Stasin de leur avoir consacré un peu de son temps.

« Vous n'avez pas à me remercier, dit le sous-directeur. Et n'hésitez pas à nous appeler si nous pouvons vous rendre service, le laboratoire est ouvert tous les jours. »

Sean et Janet regagnèrent leur voiture. L'après-midi tirait à sa fin et on se trouvait en pleine heure de pointe.

« Le Dr Stasin s'est montré d'une bonne volonté étonnante, non ? » remarqua Janet.

Sean se contenta de hausser les épaules avant d'appuyer son front contre le volant. « C'est déprimant, soupira-t-il. On dirait que tout se ligue contre nous.

— Ce n'est tout de même pas une raison pour sombrer dans la mélancolie, le reprit-elle, frappée par son air morose.

— La mélancolie est un trait fondamental du caractère irlandais, il faut me prendre comme je suis. Tu sais, je me dis que toutes ces difficultés que nous rencontrons sont autant d'avertissements, de signes destinés à me montrer que je ferais mieux de rentrer à Boston et de me remettre à travailler sérieusement. Je n'aurais jamais dû venir ici.

— Allons dîner quelque part, proposa Janet pour lui changer les idées. Pourquoi ne pas retourner dans ce restaurant cubain, du côté des plages ?

— Je n'ai pas très faim.

— Peu importe. Devant un bon *arroz con pollo* tu verras la vie autrement, crois-moi. »

Bien qu'il fasse encore relativement jour dehors, Tom Widdicomb avait allumé toutes les lampes dans la maison d'Alice. Il avait toujours eu peur du noir et il était terrorisé à l'idée que la nuit allait bientôt tomber. Plusieurs heures s'étaient écoulées depuis le terrible épisode survenu à l'intérieur de la morgue, mais Tom en tremblait encore. Un jour, sa mère lui avait joué un sale tour pour le punir. Il avait six ou sept ans et il faisait une colère parce qu'elle ne voulait pas qu'il reprenne de dessert ; il l'avait menacée de raconter au directeur de l'école qu'ils dormaient dans le même lit. Alors, elle l'avait enfermé dans un placard et l'y avait laissé toute la nuit. Après cette expérience atroce, Tom resta à jamais terrifié par le noir et les placards.

Il ne savait ni pourquoi ni comment la lumière s'était éteinte, tout à l'heure, mais quand il avait enfin trouvé la porte et l'avait poussée pour s'enfuir, il s'était retrouvé nez à nez avec un homme athlétique en costume et cravate. L'arme que Tom tenait toujours à la main l'avait fait reculer, et Tom en avait profité pour bondir dans le couloir et détaler comme un lapin. Le type avait bien essayé de le poursuivre, mais il s'était vite fait distancer dans le dédale de couloirs que Tom connaissait mieux que personne, ce qui lui permit de sortir par une porte dérobée donnant sur un escalier extérieur, côté parking.

Il avait ensuite piqué un sprint affolé jusqu'à sa Cadillac. Craignant que l'inconnu qui lui avait donné la chasse ait réussi à le prendre de vitesse, il avait effectué sa manœuvre en observant attentivement les autres véhicules. A cette heure-ci, le parking s'était vidé, et Tom eut vite fait de remarquer la Mercedes verte.

Négligeant la sortie principale, il en avait gagné une autre, rarement empruntée. Quand la Mercedes s'y engagea derrière lui, ses derniers doutes l'abandonnèrent : l'autre se lançait à ses trousses. Tom s'était alors appliqué à le semer dans le flot dense de la circulation. Un feu opportunément passé au rouge et quelques véhicules venus s'intercaler entre eux lui avaient permis de prendre du champ. Après, il avait continué à conduire pendant encore une bonne demi-heure, sans but, pour s'assurer que personne ne lui filait le train. Puis il était rentré à la maison.

« Tu n'aurais jamais dû aller dans l'hôpital, se fustigea Tom à voix haute dans l'espoir d'attendrir sa mère. Tu aurais dû l'attendre dehors, espèce de crétin, et la suivre tranquillement chez elle. »

Tom ne savait toujours pas où habitait Janet.

« Alice, parle-moi », se mit-il à crier. Mais Alice resta muette.

Tom n'avait plus qu'à patienter jusqu'au lendemain, samedi. Alors, il recommencerait, et cette fois il ne prendrait pas de risques. Il attendrait Janet à la fin de son travail, il la suivrait, et il la descendrait chez elle.

« Tu verras, maman, lança Tom en direction du congélateur. Tu verras. »

Janet avait vu juste, même si Sean n'était pas près d'en convenir. Il se sentait ragaillardi par ce repas et la tasse de café bien corsé qu'il venait d'avaler. Ce breuvage fort et savoureux dégusté à petites gorgées l'avait presque immédiatement plongé dans une douce euphorie.

L'attitude très positive de Janet l'avait également aidé à surmonter son abattement. Malgré les épreuves qui avaient marqué cette journée et leur pénible incursion dans la morgue, la jeune femme s'ingéniait à lui remonter le moral. Elle lui rappela que leur plan se déroulait somme toute assez bien. En quarante-huit heures, ils avaient réussi à subtiliser trente-trois dossiers de malades atteints de médulloblastome et deux flacons de produits codés.

« Je trouve que ce n'est pas si mal, déclara Janet. Maintenant, nous avons tout en main pour comprendre pourquoi ce traitement marche si bien. Courage, Sean, nous touchons au but. »

Jointe aux effets de la caféine, la détermination de Janet finit par convaincre Sean.

« D'accord, lâcha-t-il, on continue. Pour commencer, allons faire un tour du côté des pompes funèbres Emerson.

— Tu crois que c'est vraiment utile ? s'inquiéta Janet soudain redevenue méfiante.

— On ne perd rien à essayer. Si ça se trouve, ils travaillent tard. Ils nous donneront peut-être des échantillons. »

L'entreprise Emerson avait son siège sur North Miami Avenue, non loin du cimetière de la ville et des jardins de Biscayne. Elle y occupait une belle construction en bois de style victorien bâtie sur un étage. Sa façade gris pâle, son toit en ardoises percé de plusieurs lucarnes, la large véranda qui la bordait sur trois côtés, tout laissait à penser qu'à l'origine il avait dû s'agir d'une demeure privée.

Le reste du quartier était moins attrayant. La villa était encadrée par deux immeubles en béton totalement dépourvus de charme, dont l'un abritait la boutique d'un marchand de spiritueux et l'autre un magasin d'articles de plomberie. Sean se gara devant la maison de pompes funèbres, sur l'emplacement réservé aux livraisons.

« Ça n'a pas l'air ouvert, observa Janet.

— Il y a de la lumière, répliqua Sean. J'ai envie d'aller voir. »

Le rez-de-chaussée était en effet brillamment éclairé. En revanche, aucune lampe n'était allumée ni sur la véranda ni à l'étage.

Sean sortir du quatre-quatre, gravit les quelques marches menant à l'entrée et appuya sur la sonnette. Personne ne venant lui répondre, il se hasarda à regarder par les fenêtres en faisant le tour de la véranda. Sans plus de succès, apparemment, puisqu'il regagna la voiture et démarra aussitôt.

« Où m'emmènes-tu, maintenant ? s'enquit Janet.

— Il faut que je passe à Home Depot. J'ai besoin de quelques outils.

— Ça ne me plaît qu'à moitié.

— Si tu veux, je te dépose chez toi », proposa Sean.

Janet garda le silence. Sean prit la direction de Miami Beach. Arrivé devant l'immeuble de Janet, il se rangea le long du trottoir. Ni l'un ni l'autre n'avait prononcé un mot depuis leur dernier échange.

« Tu peux me dire ce que tu as l'intention de faire ? demanda enfin Janet.

— Chercher Helen Cabot jusqu'à ce que je l'aie trouvée. Je ne pense pas en avoir pour longtemps.

— Tu vas forcer la porte de cette maison, c'est ça ?

— Disons que je vais m'y " introduire ", ça fait moins mauvais genre. Je n'ai besoin que de quelques prélèvements. Au pire, que peut-il se passer ? Elle est morte, de toute façon. »

Janet hésita. Elle avait déjà ouvert sa portière et s'apprêtait à descendre. Mais si fou que lui parût le plan de Sean, elle savait qu'elle était impliquée avec lui dans cette aventure. Après tout, c'est elle qui en avait lancé l'idée, ainsi qu'il le lui avait plusieurs fois fait remarquer. Et de toute façon, elle deviendrait folle d'inquiétude si elle devait rester chez elle à l'attendre. S'adossant de nouveau au siège, elle déclara qu'elle avait changé d'avis et préférait venir avec lui.

« Je t'accompagne pour t'empêcher de faire n'importe quoi, ajouta-t-elle.

— Comme tu veux », répondit-il d'une voix égale.

Il se rendit d'abord à Home Depot où il acheta un diamant

pour couper le verre, une ventouse, un couteau à cran d'arrêt, une petite scie sauteuse électrique et une glacière. Puis il s'arrêta devant une épicerie ouverte tard pour y faire aussi l'emplette de boissons fraîches et d'un pain de glace. Là-dessus, il retourna à l'entreprise de pompes funèbres et se gara au même endroit que précédemment.

« Je t'attends dans la voiture, le prévint Janet. Et soit dit en passant, je te trouve complètement cinglé.

— Tes opinions t'appartiennent, répliqua Sean. Moi, je dirais plutôt que je suis résolu à aller jusqu'au bout.

— Une glacière et des boissons fraîches ! s'exclama Janet. On dirait que tu pars en pique-nique, ma parole.

— Je n'aime pas être pris au dépourvu. »

Il saisit son matériel et la glacière et se dirigea vers l'entrée de la maison. Janet l'observa à distance vérifier les fenêtres les unes après les autres, sans même essayer de se cacher des automobilistes qui passaient dans l'avenue. Il agissait avec un sang-froid stupéfiant, comme s'il se croyait invisible. Puis elle le vit poser son chargement sous une fenêtre d'un des murs latéraux et se pencher pour attraper des outils.

« Bon sang ! » s'écria Janet à mi-voix. Folle de rage, elle descendit de voiture et le rejoignit sous la véranda. Tout entier à sa tâche, il appliquait soigneusement la ventouse contre un des carreaux.

« Tu as eu des regrets ? lui demanda-t-il sans la regarder, tout en passant d'une main sûre le diamant autour de la vitre.

— Tu es fou à lier, chuchota Janet. Ton comportement est renversant, tu sais.

— Ça me rappelle de vieux souvenirs », se contenta de répondre Sean. Tirant sur la ventouse d'un geste sec, il enleva la quasi-totalité de la vitre et la déposa à ses pieds. Puis il passa la tête par le trou afin d'inspecter l'intérieur du cadre. Il y avait bien une alarme, expliqua-t-il à Janet, mais comme il l'avait prévu elle n'était déclenchée que par l'ouverture de la fenêtre à guillotine.

Il ramassa son attirail, le jeta sur le plancher, puis se faufila à travers l'ouverture.

« Si tu n'as pas l'intention de venir, il vaut mieux que tu retournes à la voiture, conseilla-t-il à Janet. Ça pourrait paraître bizarre de voir une jolie fille rôder à cette heure devant la baraque du croque-mort. D'autant que je risque d'en avoir pour un moment si je trouve le corps d'Helen.

— Aide-moi, dit-elle spontanément en tendant la main vers lui.

— Fais attention aux bords, ça coupe ! »

Une fois Janet dedans, Sean ramassa le sac d'outils pendant que Janet s'emparait de la glacière.

« C'est sympa de nous avoir laissé la lumière », remarqua Sean.

Les deux pièces de devant servaient à accueillir les clients et à exposer le matériel funéraire. Celle dans laquelle ils venaient de pénétrer contenait huit cercueils artistiquement disposés, le couvercle béant. De l'autre côté de l'étroit hall d'entrée se trouvait un bureau. Quant à l'arrière de la maison, il était occupé par une grande salle d'un seul tenant réservée aux embaumements ; de lourdes tentures masquaient les fenêtres.

Le mobilier se composait essentiellement de quatre tables en acier inoxydable, deux d'entre elles supportant un cadavre recouvert d'un drap blanc. Le premier était celui d'une femme assez forte ; l'expression détendue de ses traits aurait pu laisser croire qu'elle dormait, n'eût été la large incision en forme de Y tailladée dans son buste. Elle avait été autopsiée.

Sean souleva le second drap.

« La voilà, souffla-t-il à Janet. Nous l'avons enfin trouvée. »

Janet inspira profondément pour se préparer au spectacle qui l'attendait. Mais ce qu'elle avait sous les yeux était loin d'être aussi insoutenable qu'elle le craignait. L'air reposé, Helen Cabot donnait elle aussi l'impression d'être profondément assoupie. Elle avait même meilleure mine que lorsqu'elle était en vie. Son teint diaphane était moins pâle qu'à l'accoutumée.

« Quelle déveine, soupira Sean. Ils l'ont déjà embaumée. C'est fichu pour la prise de sang.

— Comme elle a l'air bien, remarqua Janet.

— Ils connaissent leur métier d'embaumeurs, c'est sûr », approuva Sean. Puis, lui montrant un grand meuble vitrine placé contre un mur, il ajouta : « Regarde s'il n'y a pas des aiguilles et un scalpel, là-dedans.

— De quelle taille ?

— Peu importe. Prends simplement l'aiguille la plus longue. »

Pendant qu'elle cherchait, il brancha la scie électrique et l'essaya. L'engin démarra dans un bruit assourdissant.

Janet avait découvert toute une collection de seringues, d'aiguilles, de fil à suturer et de gants en latex, mais pas de scalpel. Elle posa ses trouvailles sur la table.

« Je vais commencer par le liquide céphalo-rachidien », annonça Sean en enfilant une paire de gants.

Janet l'aida à basculer Helen sur le côté, de façon qu'il puisse insérer une aiguille dans la région lombaire, entre deux vertèbres.

« Vous n'aurez mal qu'une toute petite seconde, lança Sean d'un ton léger en tapotant la hanche du cadavre.

— Je t'en prie, dit Janet, arrête avec ces plaisanteries macabres. J'ai déjà assez mal au cœur comme ça. »

Sean fut le premier surpris d'atteindre le canal médullaire du premier coup. Jusque-là, il ne lui était arrivé qu'une ou deux fois d'effectuer ce prélèvement sur des patients vivants. Il remplit soigneusement la seringue, la reboucha et la déposa dans la glacière. Janet lâcha Helen qui roula sur le ventre.

« Passons maintenant aux choses difficiles, reprit Sean. Je suppose que tu as déjà assisté à une autopsie ? »

Janet hocha la tête. C'était le cas, en effet, mais elle gardait un mauvais souvenir de l'expérience. Elle frissonna, les bras croisés sur la poitrine, pendant que Sean se préparait.

« Il n'y a pas de scalpel ? » lui demanda-t-il.

Elle lui fit signe que non.

« Heureusement que j'ai pensé à tout », dit-il en attrapant le couteau. Après en avoir déplié la lame, il incisa la nuque d'Helen d'une oreille à l'autre. Saisissant ensuite le bord supérieur de la peau, il tira dessus d'un coup sec. Le scalp se détacha du crâne dans un bruit de plantule déracinée. Sean l'arracha en remontant petit à petit, jusqu'au front.

Il palpa l'orifice laissé sur le côté gauche par la première craniotomie pratiquée à l'hôpital Memorial de Boston, puis glissa la main sur le côté droit à la recherche de la trépanation effectuée deux jours auparavant à l'Institut Forbes.

« Bizarre, murmura-t-il. Je ne trouve pas ce fichu trou.

— Ne perdons pas de temps », l'enjoignit Janet. Chaque minute qui passait ajoutait à son anxiété.

Après s'être obstiné un moment à tâter le crâne derrière l'oreille droite, Sean finit par renoncer. Il se pencha pour attraper la petite scie électrique et leva les yeux vers Janet.

« Si tu n'as pas envie de voir, écarte-toi, lui conseilla-t-il. Ça ne va pas être joli, joli.

— Dépêche-toi », lança simplement Janet.

Sean introduisit l'extrémité de la scie dans l'orifice repéré à gauche et mit l'outil en marche. La lame qui dérapa sur l'os faillit lui échapper des mains. La tâche risquait d'être moins facile que prévu.

« Il faut que tu me tiennes la tête », dit-il à Janet.

Les mains sur les joues d'Helen, Janet tenta tant bien que mal de limiter les mouvements saccadés imprimés à la tête inerte par les tressautements de la scie. Sean eut toutes les peines du monde à détacher la calotte crânienne. Il aurait voulu limiter l'entaille à l'épaisseur de l'os, mais la lame, impossible à maîtriser, avait pénétré plus profondément çà et là, entamant le cerveau en plusieurs endroits.

« C'est dégoûtant, dit Janet en se redressant pour se débarrasser des éclats d'os qui lui avaient jailli sur le buste et les bras.

— Cette scie n'est pas exactement adaptée à la chirurgie, concéda Sean. On fait avec ce qu'on a. »

L'étape suivante leur posa à peu près autant de problèmes. La lame du couteau était loin d'être aussi fine qu'un scalpel et Sean eut du mal à l'insérer en dessous du cerveau pour trancher le cordon médullaire et les nerfs craniaux. Il fit néanmoins de son mieux, puis, glissant les doigts dans la blessure, il empoigna le cerveau mutilé et l'arracha à la boîte crânienne.

Il sortit ensuite les boissons de la glacière, laissa tomber le cerveau sur la glace et décapsula une des boîtes avant de la tendre à Janet. Il avait l'air exténué. De la sueur lui coulait sur le front.

Janet déclina son offre. Sidérée, elle le regarda avaler goulûment une longue rasade.

« Tu sais que je te trouve incroyable, quelquefois », commença-t-elle.

Un bruit de sirène couvrit la fin de sa phrase. Prise de panique, Janet allait se précipiter vers la salle d'exposition mais Sean la retint.

« Il faut partir, vite, chuchota-t-elle d'une voix blanche.

— Non, répliqua Sean. Ils ne s'amèneraient pas avec une sirène. Ça n'est sûrement pas pour nous. »

Le son strident s'intensifia. Janet sentait son cœur s'affoler dans sa poitrine. La sirène retentit si fort qu'on aurait dit qu'elle résonnait à l'intérieur de la maison, puis le son décrut brusquement.

« Effet Doppler, remarqua Sean. Excellente démonstration.

— Je t'en prie, l'implora Janet. Partons. On a ce que tu voulais.

— Il faut d'abord nettoyer, répondit Sean en reposant sa boisson. Cette autopsie est censée rester clandestine. Regarde s'il n'y a pas un balai ou une serpillière quelque part. Moi je vais raccommoder les morceaux d'Helen et on n'y verra que du feu. »

Malgré son état de nervosité, Janet lui obéit et se mit à réparer fébrilement les dégâts. Quand elle eut terminé, elle dut attendre que Sean ait fini de remettre le scalp en place à l'aide d'une série de points de suture sous-cutanés. Cela fait, il rabattit les cheveux d'Helen par-dessus l'incision. C'était du beau travail, Janet elle-même dut en convenir. Personne n'aurait pu penser que le cadavre avait été profané.

Sans plus perdre de temps, ils transportèrent les outils et la glacière dans la pièce contenant les cercueils.

« J'y vais le premier, tu me passeras les affaires », dit Sean qui s'engouffra à travers le trou pratiqué dans le carreau.

Dès qu'il fut de l'autre côté, Janet lui tendit le sac d'outils et la glacière.

« Tu as besoin que je t'aide ? lui demanda Sean les bras chargés.

— Je devrais y arriver, répliqua Janet. J'ai bien réussi à entrer. »

Sans l'attendre, Sean se dirigea vers la voiture.

La jeune femme agrippa le cadre de la fenêtre avant de l'enjamber. Dans sa hâte, elle avait oublié la mise en garde de Sean ; le verre tranchant comme un rasoir lui entailla quatre doigts. Reculant sous l'effet de la douleur, elle regarda sa main où suintait un filet de sang et étouffa un juron.

L'idée lui vint qu'il serait après tout beaucoup plus facile et moins dangereux de sortir en ouvrant tout simplement la fenêtre. Au moins, cela lui éviterait de se couper une deuxième fois. Sans plus réfléchir, elle poussa les taquets qui maintenaient la guillotine et souleva cette dernière. L'alarme se déclencha instantanément.

Se contorsionnant pour passer à travers la fenêtre, Janet se précipita à la suite de Sean. Elle arriva à la voiture alors qu'il venait juste de cacher la glacière derrière un des sièges avant. D'un seul mouvement, ils grimpèrent dans le quatre-quatre et Sean démarra aussitôt.

« Que s'est-il passé ? lui demanda-t-il.

— J'ai oublié qu'il y avait une alarme et j'ai ouvert la fenêtre, confessa Janet. Je suis désolée, mais je t'avais prévenu que je n'étais pas très douée pour ce genre d'expédition.

— Ça ne fait rien, répondit Sean en tournant à droite au premier croisement. Nous serons loin avant qu'ils aient le temps de réagir. »

Mais il n'avait pas vu l'homme qui, alerté par l'alarme, était sorti du magasin de spiritueux et les avait observés monter dans le quatre-quatre. Le témoin eut tout le temps de relever le numéro de la plaque d'immatriculation. Sur ce, il rentra dans sa boutique, prit soin de noter le numéro au cas où il aurait un trou de mémoire, et appela la police.

Sean passa d'abord par l'Institut pour que Janet puisse récupérer sa voiture. Lorsqu'il se rangea devant la clinique, la jeune femme avait en partie retrouvé son calme. Elle ouvrit la portière et s'apprêta à descendre.

« Tu me suis, on se retrouve chez moi ? lança-t-elle par-dessus son épaule.

— Je vais d'abord au labo, répondit Sean. Tu veux venir ?

— Je travaille, demain matin, lui rappela-t-elle. Et j'ai une dure journée derrière moi. Je suis épuisée. Mais Dieu sait ce que tu vas encore imaginer si je te laisse !

— Je ne serai pas long, la rassura Sean. Allez, viens ! Demain, c'est samedi, et après-demain je t'emmène en balade, comme promis. On partira dès que tu sortiras du travail.

— A t'entendre, on croirait que tu as déjà une idée de l'endroit où nous irons.

— Exactement. J'ai envie d'aller du côté du parc national des Everglades et de pousser jusqu'à Naples. Il paraît que c'est très chouette.

— D'accord, donnant, donnant, acquiesça Janet en claquant la portière. Mais ce soir, je veux que tu me ramènes à la maison à minuit au plus tard.

— Tes désirs sont des ordres », répliqua Sean en redémarrant pour aller se garer devant l'autre bâtiment de l'Institut.

« Quoi qu'il en soit, l'avion de Sushita Industries n'a toujours pas quitté Washington », déclara Sterling au Dr Mason. Il avait rejoint le directeur dans son bureau pour une réunion impromptue à laquelle assistaient également Wayne Edwards et Margaret Richmond. « Et je ne pense pas, ajouta-t-il, que Tanaka se décide à bouger avant que l'appareil se soit posé à Miami.

— Mais vous disiez que Sean était suivi, dit le Dr Mason. Qui d'autre pourrait bien s'intéresser à lui ?

— J'espérais que vous pourriez nous éclairer là-dessus, expliqua Sterling. Vous n'avez vraiment pas une petite idée sur les mobiles de ce troisième larron ? Wayne l'a remarqué au moment où nous avons traversé la rivière. »

Le Dr Mason regarda Mme Richmond qui se contenta de hausser les sourcils. Il revint à Sterling :

« Est-ce que Tanaka n'aurait pas pu engager ce mystérieux personnage ?

— J'en doute, dit Sterling. Cela ne lui ressemble pas. Quand Tanaka passera à l'action, Sean Murphy disparaîtra purement et simplement. Le Japonais connaît son métier ; il agira sans prévenir, en douceur. Le type que nous avons repéré avait l'air plutôt hirsute. Il portait une chemise et un pantalon douteux, couleur marron, sans cravate. Et son comportement n'avait franchement rien de professionnel.

— Racontez-moi exactement ce qui s'est passé, le pria le Dr Mason.

— Nous avons suivi Sean et une jeune infirmière qui ont quitté l'Institut ensemble, vers 16 heures.

— L'infirmière est sans doute Janet Reardon, observa Mme Richmond. Sean et elle se fréquentaient déjà à Boston. »

Sterling la remercia d'une brève inclinaison de tête et demanda à Wayne de noter le nom qu'elle venait de leur donner : « Il va falloir enquêter sur elle. Il est important de savoir s'ils travaillent en équipe ou non », ajouta-t-il.

Il enchaîna sur la filature qui les avait conduits jusqu'à l'Hôpital général, sans oublier de mentionner la consigne laissée à Wayne de suivre l'homme en marron au cas où celui-ci sortirait le premier.

Le Dr Mason ne fut pas peu surpris d'apprendre que Sean et son amie étaient entrés dans la morgue.

« Que diable pouvaient-ils bien aller faire là-bas ? s'étonna-t-il.

— Voilà encore un point sur lequel j'espérais que vous pourriez nous éclairer, lui dit Sterling.

— Je ne vois vraiment pas », répondit le directeur, l'air perplexe, en jetant un nouveau regard en direction de Mme Richmond.

L'infirmière en chef esquissa une moue dubitative. Sterling reprit la parole :

« Lorsque l'inconnu s'est introduit dans la morgue derrière Sean Murphy et Mlle Reardon, je n'ai fait que l'entr'apercevoir mais il m'a bien semblé qu'il tenait un revolver. La suite des événements devait d'ailleurs confirmer cette impression. Bien évidemment inquiet pour M. Murphy, je me suis précipité à la suite du trio, mais j'ai trouvé porte close.

— C'est à faire froid dans le dos, murmura Mme Richmond.

— Il ne me restait qu'une chose à faire, reprit Sterling, éteindre les lumières.

— Très futé, dit le Dr Mason. C'était une bonne idée.

— Je tablais sur le fait qu'ils n'allaient pas se tirer dessus avant que j'aie pu trouver le moyen d'ouvrir la porte, mais je n'ai même pas eu besoin d'aller jusque-là. Notre empêcheur de tourner en rond a apparemment la phobie du noir. Au bout de quelques instants, il a fait irruption hors de la pièce en proie à une terreur panique. C'est à ce moment-là que j'ai pu vérifier qu'il était bel et bien armé. Je l'ai poursuivi, mais malheureusement j'étais chaussé normalement alors qu'il portait des baskets, ce qui lui donnait un net avantage sur moi. De plus, il semblait connaître l'endroit comme sa poche. Quand j'ai compris que je ne le rattraperais pas, je suis retourné à la morgue. Mais le temps que j'arrive, Sean Murphy et Mlle Reardon s'étaient eux aussi envolés.

— Wayne a donc suivi cet homme ? demanda le Dr Mason.

— Il a essayé, en effet.

— Il m'a semé, avoua Wayne. C'était l'heure de pointe, je n'ai pas eu de chance.

— Bref, nous ignorons donc où M. Murphy a disparu, maugréa le Dr Mason. Et nous nous retrouvons avec un problème supplémentaire en la personne de cet énigmatique agresseur.

— Nous avons posté un collègue de M. Edwards devant la résidence de l'Institut pour qu'il nous prévienne du retour de Sean, précisa Sterling. Nous finirons par le retrouver. »

Le téléphone placé sur le bureau se mit à sonner. Le Dr Mason décrocha.

« Juan Suarez, du service de sécurité, à l'appareil, dit une voix à l'autre bout du fil. Vous m'avez demandé de vous appeler dès que Sean Murphy rentrerait, monsieur le directeur. Il vient juste d'arriver avec une infirmière. Ils sont allés directement au quatrième. »

Mason le remercia et raccrocha, l'air soulagé.

« Sean Murphy est sain et sauf, annonça-t-il aux autres. Il est ici et il a filé dans son laboratoire, sans doute pour piquer un nouveau lot de souris. Ça, c'est ce que j'appelle de la conscience professionnelle ! Ce jeune homme a une grande carrière devant lui, croyez-moi. Il mérite bien tout le mal que nous nous donnons pour lui. »

Il était plus de 22 heures lorsque Robert Harris quitta l'appartement de Ralph Seaver. L'intéressé ne s'était pas montré très coopératif. Il n'avait semble-t-il guère apprécié qu'Harris lui ressorte l'épisode de sa condamnation pour viol, qu'il qualifiait pour sa part de « vieille histoire ». Harris ne s'était pas attardé. Bien que Seaver ne lui fût pas sympathique, il lui avait suffi d'un regard pour le rayer mentalement de sa liste de suspects. D'après les descriptions, l'agresseur était un homme de taille et de corpulence moyennes. Seaver, lui, ne devait pas mesurer loin de deux mètres et il pesait dans les cent vingt kilos.

Remontant dans sa Ford bleu foncé, Harris consulta le dernier dossier de la mince pile posée sur le siège passager. L'adresse de Tom Widdicomb se trouvait à Hialeah, pas très loin de l'endroit où habitait Harris. Malgré l'heure tardive, le chef de la sécurité décida de faire le détour. S'il voyait de la lumière, il sonnerait ; dans le cas contraire, il repousserait cette visite au lendemain matin.

Harris avait déjà un peu fouillé dans le passé de Tom Widdicomb. Quelques questions posées au téléphone lui permirent de s'assurer que Widdicomb avait effectivement un diplôme d'aide-infirmier. En revanche, un coup de fil à la compagnie d'ambulances pour laquelle il avait travaillé un temps ne lui apprit pas grand-chose. Le propriétaire s'était refusé à tout commentaire, arguant du fait qu'il avait retrouvé sa voiture avec deux pneus crevés après avoir fourni des renseignements sur un de ses anciens employés.

Le chef du personnel de l'Hôpital général de Miami s'était montré moins réticent mais ne lui en avait pas dit beaucoup plus. Lui-même n'avait jamais rencontré M. Widdicomb, expliqua-t-il ; au vu de son dossier, il savait simplement qu'il avait quitté l'hôpital de son plein gré.

Harris avait également parlé avec Glen, le chef de l'équipe de ménage de la clinique de l'Institut. D'après Glen, Tom était quelqu'un de fiable mais qui entretenait d'assez mauvais rapports avec ses collègues. Il ne donnait satisfaction que lorsqu'on le laissait travailler seul.

Enfin Harris avait aussi appelé un certain Maurice Springborn, vétérinaire de son état. Mais le numéro n'était plus en service et il n'y avait pas d'abonné à ce nom dans l'annuaire. Au total, Harris n'avait donc rien découvert de compromettant au sujet de Tom Widdicomb. Et tout en roulant dans Hialeah à la recherche du 18, Palmetto Lane, il ne se sentait pas très optimiste.

« Au moins il y a de la lumière, c'est toujours ça », dit-il entre ses dents en se rangeant le long du trottoir devant une vieille baraque en bois à l'aspect délabré. Alors que toutes les maisons de cette rue modeste étaient plongées dans l'ombre, celle de Tom Widdicomb était en effet illuminée comme Times Square la nuit de Noël. Toutes les lampes étaient allumées, dedans comme dehors.

Harris descendit de voiture et contempla avec étonnement la maison brillamment éclairée. Tout en s'en approchant, il remarqua le nom d'Alice Widdicomb inscrit sur la boîte aux lettres et se demanda quel lien de parenté unissait cette femme à Tom.

Il gravit les marches du porche, appuya sur la sonnette et mit à profit l'attente qui se prolongeait pour examiner de plus près la bâtisse. La peinture délavée de la façade aurait eu besoin d'un bon coup de pinceau.

Personne ne venant lui ouvrir, Harris sonna une deuxième fois en collant son oreille contre le battant afin de s'assurer que la sonnette marchait. Il l'entendit nettement. S'impatientant, il essaya encore, sans plus de succès, avant d'abandonner la partie et de regagner sa voiture.

Mais au lieu de mettre le contact il resta assis à regarder la maison en se demandant ce qui avait bien pu pousser ses occupants à l'éclairer aussi somptueusement. Il s'apprêtait enfin à démarrer lorsqu'il crut voir quelque chose bouger derrière la fenêtre du salon. Le mouvement se répéta. A l'intérieur, quelqu'un soulevait furtivement un rideau. Sans doute dans l'espoir de repérer ce visiteur indésirable.

Harris redescendit de voiture, gravit à nouveau le porche et posa longuement le doigt sur la sonnette. Mais la porte resta obstinément close.

Dégoûté, il tourna les talons et s'engouffra dans la Ford. Là, décrochant son téléphone de voiture, il appela Glen pour lui demander si Tom Widdicomb devait venir travailler le lendemain.

« Non, monsieur Harris, répondit Glen de sa voix traînante à l'accent du Sud. En principe, il devrait être absent jusqu'à lundi. Il était au trente-sixième dessous, aujourd'hui, blanc comme un linge. Je l'ai autorisé à partir plus tôt. »

Harris lui souhaita bonne nuit et raccrocha. Si Widdicomb s'était senti assez faible pour rentrer se mettre au lit, pourquoi cet éclairage insensé ? Etait-il malade au point de ne pas pouvoir venir jusqu'à la porte ? Et où était cette Alice dont le nom figurait seul sur la boîte aux lettres ?

Tout en s'éloignant de Hialeah, Harris réfléchit à la suite des opérations. Ce qui se passait chez les Widdicomb lui paraissait louche. Il pouvait rebrousser chemin et surveiller la baraque, mais cette solution extrême ne l'enchantait pas. D'un autre côté, s'il attendait jusqu'au lundi matin il risquait de perdre un temps précieux. Pour finir, Harris décida de revenir le lendemain de bonne heure pour essayer au moins de voir à quoi ressemblait Tom Widdicomb. D'après Glen, il n'était ni très grand ni très gros. Et il avait les cheveux bruns.

Harris soupira. Il aurait pu trouver mieux à faire, un samedi, que d'aller poireauter devant cette bicoque, mais il n'avait pas de meilleure idée. Il avait intérêt à avancer un peu son enquête sur les accidents des cancers du sein s'il voulait garder son poste à l'Institut.

Sean sifflotait doucement en travaillant, tout à la joie de pouvoir se concentrer sur sa tâche. Perchée sur un haut tabouret identique au sein, Janet le regardait manipuler les petits récipients de verre et de plastique disposés devant lui, sur la paillasse.

Dans ces moments tranquilles, elle le trouvait incomparablement séduisant. Ses cheveux bruns encadraient son visage penché en avant d'une cascade de boucles soyeuses, presque féminines, qui formaient un contraste frappant avec son visage aux traits sévères et virils. L'arête de son nez s'amincissait vers le haut, à la jonction avec les sourcils fournis. Le nez lui-même était des plus droits, sauf au bout où il s'incurvait en bec au-dessus des lèvres. Les yeux bleu sombre se posaient sans ciller sur le petit plateau à instruments que Sean tenait entre ses doigts forts et déliés.

Il leva vers Janet un regard brillant d'excitation. En le voyant ainsi, la jeune femme se sentit si éperdument amoureuse de lui que leur incursion dans l'entreprise de pompes funèbres s'effaça presque de son esprit. Elle aurait voulu qu'il la prenne dans ses bras, qu'il lui dise qu'il l'aimait et voulait vivre avec elle le restant de ses jours.

« Ces premiers gels d'électrophorèse à colloïdes d'argent sont fascinants. Viens voir », lui dit-il.

Ramenée à la réalité par cette déclaration terre à terre, Janet descendit de son tabouret. Ce qu'il voulait lui montrer ne la passionnait pas outre mesure, mais elle n'avait guère le choix. Bien que déçue de ne pouvoir épancher sa tendresse, elle n'osait pas saper l'enthousiasme de Sean.

« Ça, c'est le produit du plus grand des deux flacons, lui annonça-t-il fièrement. La solution dans laquelle je l'ai fixé me permet de vérifier qu'il ne comprend qu'un seul composant, d'un poids moléculaire de 150 000 daltons environ. »

Janet hocha la tête.

Sean saisit la deuxième préparation : « L'autre flacon n'a pas le même contenu, reprit-il. Ces trois bandes bien distinctes signifient que nous avons ici trois composants différents, avec des poids moléculaires beaucoup moins importants. A première vue, je dirai que le premier flacon renferme une immunoglobuline alors que le second contient essentiellement des cytokines.

— Des cytokines ? Qu'est-ce que c'est ?

— C'est un terme générique. Suis-moi, ajouta-t-il en se levant. Je dois aller chercher des réactifs. »

Quittant la pièce, ils empruntèrent l'escalier pour se rendre à l'étage en dessous. Durant le trajet, Sean poursuivit ses explications.

« Les cytokines sont des protéines produites par les cellules du système immunitaire. Elles jouent un rôle capital dans les échanges intercellulaires puisque c'est en fonction de leurs indications que les cellules vont se mettre à grossir et à se diviser, ou qu'elles se prépareront pour lutter contre une invasion virale, bactérienne, voire un processus néoplasique. Après avoir prélevé des lymphocytes sur des patients cancéreux, les biologistes de l'Institut national de la santé publique les ont cultivés *in vitro* avec une cytokine particulière, l'interleukine-2, puis ils ont les réinjectés aux malades. Les résultats sont encourageants.

— Mais moins décisifs que ceux obtenus par l'Institut Forbes avec le médulloblastome, j'imagine ? l'interrogea Janet.

— Mille fois moins », confirma Sean.

Il choisit plusieurs réactifs dans la réserve, et tous deux remontèrent au laboratoire, les bras chargés. Sean se montrait intarissable.

« Nous vivons une époque passionnante pour la biologie, poursuivit-il. Le XIXe siècle a vu l'essor de la chimie, le XXe restera comme le grand siècle de la physique, mais le XXIe siècle sera celui de la biologie moléculaire. Bientôt ces trois sciences vont fusionner, et cela entraînera des découvertes prodigieuses, dignes des meilleurs scénarios de science-fiction. D'ailleurs, le mouvement a déjà commencé. »

L'enthousiasme de Sean était contagieux. Oubliant sa fatigue et les douloureux événements de cette journée bousculée, Janet l'écoutait avec le plus vif intérêt.

« Quelle est la prochaine étape, dans l'analyse de ces produits ? demanda-t-elle.

— J'hésite, reconnut Sean. Je crois qu'il faudrait d'abord observer comment cet anticorps inconnu qu'est notre immunoglobuline réagit en présence de la tumeur d'Helen Cabot. »

Après avoir prié Janet de lui attraper des ciseaux et un scalpel dans un tiroir, Sean posa la glacière dans l'évier et enfila une paire de gants en latex. Ainsi protégé, il sortit le cerveau qu'il rinça sous le jet avant de le poser sur une planche à découper qu'il avait attrapée sous l'évier.

« J'espère que je n'aurai pas de mal à trouver la tumeur, dit-il. C'est la première fois de ma vie que je fais un truc comme ça. D'après l'examen par RMN pratiqué à Boston, la plus grosse tumeur est localisée dans le lobe temporal gauche. C'est sur celle-là qu'on a fait la biopsie, là-bas. Autant commencer par elle. » Sean orienta soigneusement le cerveau sur la planche puis entreprit de découper le lobe temporal en tranches.

« Ce petit travail de découpage m'en rappelle une bien bonne, lança-t-il. Je ne sais pas si je vais résister à l'envie de te la raconter.

— Retiens-toi, s'il te plaît », lui intima Janet qui avait déjà du mal à accepter l'idée que ce cerveau soit celui de quelqu'un avec qui elle venait tout juste de lier connaissance.

« Ah, ça s'annonce bien », dit Sean en séparant les bords de l'incision qu'il venait de pratiquer. Sous les chairs apparut un tissu plus jaune d'aspect et plus dense, troué çà et là de cavités minuscules mais visibles à l'œil nu. « Ces petits trous pourraient bien correspondre aux zones insuffisamment irriguées à cause de la croissance de la tumeur. Tiens, viens m'aider. »

Janet enfila à son tour une paire de gants en latex et écarta les masses cérébrales pendant que Sean s'emparait des ciseaux pour prélever un fragment de la tumeur.

« A présent, il va falloir isoler les cellules », déclara-t-il. Il déposa son échantillon dans une boîte de Petri contenant un milieu de culture auquel il ajouta des enzymes et enfourna le petit récipient dans l'incubateur. « Ensuite, ajouta-t-il en attrapant le plus grand des flacons subtilisés par Janet, nous essaierons d'identifier cette immunoglobuline. Pour ce faire, nous allons recourir à ELISA, un test qui permet d'identifier certaines catégories d'immunoglobulines. »

Reposant le flacon sur la paillasse, il prit une espèce de plateau en plastique muni de quatre-vingt-seize petits tubes creux où il introduisit autant d'anticorps capteurs différents. Il répandit ensuite un peu de sérum-albumine par-dessus pour bloquer le processus de liaison à son début et compléta l'opération en versant dans chaque tube une quantité infinitésimale et précisément mesurée de produit codé.

« Le jeu consiste maintenant à trouver lequel de ces anticorps va réagir au produit. » Sans s'arrêter de parler, Sean commença à passer les tubes sous l'eau pour les débarrasser des immunoglobulines qui n'avaient pas réagi. « A cette fin, nous allons remettre dans les tubes des anticorps identiques à ceux que j'y ai déposés tout à l'heure, mais marqués cette fois par un composé enzymatique qui va colorer la préparation. » Sous l'effet de cette substance, la solution préparée dans les tubes témoins vira en effet au bleu pâle.

« Gagné ! » s'exclama Sean en voyant le contenu d'un des tubes adopter la même teinte lavande. « Le mystérieux produit a perdu son mystère. Il contient une immunoglobuline humaine bien connue sous le nom d'IgG1.

— Comment l'Institut arrive-t-il à la fabriquer ?

— Bonne question. A partir d'anticorps monoclonaux, je suppose, bien qu'il ne soit pas exclu d'y arriver en utilisant de l'ADN recombinant. La seule difficulté vient du fait que cette molécule est particulièrement grande. »

Sans tout comprendre de ce que lui disait Sean, Janet ne perdait pas une miette de ses éclaircissements. Mais la fatigue accumulée finit par avoir raison de l'intérêt qu'elle portait à ces expériences destinées à déterminer la composition des produits codés. Jetant un coup d'œil à sa montre, elle s'aperçut qu'il était près de minuit.

Bien que prise de scrupule à l'idée d'interrompre Sean dans ce travail qu'elle l'avait convaincu de mener à bien, elle se pencha pour lui effleurer le bras :

« Tu as vu l'heure ? lui demanda-t-elle.

— Bon sang, dit Sean en regardant sa montre. Je n'ai pas vu le temps passer.

— Je me lève tôt, ajouta Janet. Il faut que j'aille dormir un peu. Mais je peux rentrer toute seule si tu préfères rester.

— Pas question, il est beaucoup trop tard. Laisse-moi quelques minutes, le temps de vérifier le second produit avec ELISA. Ensuite, je ferai juste un petit test de photoluminescence pour observer les réactions entre l'IgG1 et la tumeur d'Helen. Je n'en ai pas pour longtemps. »

Janet fit contre mauvaise fortune bon cœur. Mais ne pouvant plus supporter de rester assise sur un tabouret, elle alla chercher un fauteuil dans le bureau aux parois vitrées. Moins d'une demi-heure plus tard, Sean bondissait presque de joie :

grâce à ELISA il venait de déterminer trois cytokines dans le second produit. D'abord l'interleukine-2 qui, ainsi qu'il l'expliqua à Janet, correspondait à un facteur de croissance des lymphocytes T ; puis le facteur alpha de la nécrose tissulaire, qui pousse certaines cellules à détruire des cellules cancéreuses qu'elles ne reconnaissent pas ; enfin l'interféron gamma, substance ayant apparemment pour rôle de stimuler l'ensemble du système immunitaire.

« Ce ne sont pas les lymphocytes T, justement, qui sont détruits par le sida ? s'enquit Janet qui avait du mal à garder les yeux ouverts.

— Exact. » Très absorbé, Sean s'empara ensuite de différentes lames de verre sur lesquelles il avait étalé des solutions plus ou moins concentrées de l'immunoglobuline inconnue pour les examiner au fluoroscope. Choisissant d'observer d'abord les préparations les plus diluées, il glissa une première lame sous l'objectif de l'appareil et régla le binoculaire.

« Wouah ! s'exclama-t-il. La rapidité de cette réaction est incroyable. Même avec une solution à dix pour cent, l'IgG1 réagit très fortement à la tumeur. Viens voir ça, Janet. »

Seul le silence lui répondit. Interloqué, Sean interrompit sa contemplation et se tourna pour découvrir la jeune femme recroquevillée dans le fauteuil, profondément endormie.

Un sentiment de culpabilité l'envahit. Il n'avait pas réalisé à quel point elle devait être épuisée. Il se leva, s'étira pour détendre ses bras et son dos courbatus et se pencha sur Janet. Le sommeil donnait une expression angélique à son visage encadré par la masse blonde de ses beaux cheveux. Résistant à l'envie de l'embrasser, il la secoua doucement par l'épaule.

« Janet, murmura-t-il, on s'en va. Il est temps d'aller au lit. »

Janet était déjà montée dans le quatre-quatre et avait attaché sa ceinture de sécurité lorsqu'elle se souvint qu'elle devait récupérer sa voiture.

« Tu es sûre que tu peux conduire ? lui demanda Sean.

— Oui. Et je préfère l'avoir pour demain matin », répondit-elle sur un ton qui n'admettait pas de réplique.

Sean la conduisit donc sur le parking de la clinique où elle le quitta pour prendre sa voiture. Il la laissa passer devant. A ce moment-là, la jeune femme occupait bien trop ses pensées pour qu'il remarque la Mercedes verte qui s'était engagée à leur suite, tous feux éteints.

7

SAMEDI 6 MARS,

4 H 45

Sean ouvrit les yeux et se réveilla instantanément. Il lui tardait de retourner dare-dare à son labo pour résoudre le mystère du traitement du médulloblastome. Les quelques manips auxquelles il s'était livré quelques heures plus tôt n'avaient servi qu'à lui aiguiser l'appétit. Aussi, bien que le jour ne soit pas encore levé, il se glissa hors du lit, prit une douche et s'habilla.

Prêt à partir, il rentra dans la chambre sur la pointe des pieds et alla doucement secouer Janet. Il aurait préféré la laisser dormir jusqu'au dernier moment, mais il fallait qu'il lui parle.

Roulant sur le dos, Janet balbutia, d'une voix brouillée par le sommeil : « C'est déjà l'heure de se lever ?

— Non, chuchota Sean. Je pars au labo. Tu vas pouvoir te rendormir. Je voulais simplement te rappeler de penser à prendre quelques affaires pour notre voyage à Naples. On partira cet après-midi, dès que tu sortiras du travail.

— C'est drôle mais j'ai l'impression que tu as une idée derrière la tête, dit la jeune femme en se frottant les yeux. Qu'est-ce que tu comptes faire à Naples ?

— Je te raconterai tout en chemin. En partant directement de l'Institut, on évitera les embouteillages. Ne te charge pas trop. Une tenue pour dîner ce soir, un maillot de bain et un jean, ça devrait suffire. Ah, autre chose... » ajouta-t-il en se penchant sur elle.

Janet le regarda droit dans les yeux.

« Je veux que tu te procures un peu des produits codés de Louis Martin.

— Rien que ça ! s'exclama Janet en se redressant pour s'asseoir. Et comment est-ce que je suis censée m'y prendre ? Tu sais les difficultés que j'ai eues à dérober ceux d'Helen.

— Ne t'énerve pas, répliqua Sean. Je te demande simplement d'essayer. C'est très important. Tu m'as dit qu'à ton avis ces médicaments sortaient tous du même lot. Ça me paraît impossible et j'ai besoin de le vérifier. Il ne m'en faut pas beaucoup. Quelques centilitres du plus grand des deux flacons fera l'affaire.

— Mais ces produits sont encore plus surveillés que les narcotiques, gémit Janet.

— Et si tu y ajoutais un peu de sérum physiologique ? Tu ne connais pas ce vieux truc qui consiste à verser un peu d'eau dans les bouteilles d'alcool des parents ? Personne ne s'apercevra que la concentration n'est pas la même. »

Janet examina cette suggestion.

« Ça ne risque pas de porter tort au patient ? demanda-t-elle.

— Je suis sûr que non. Ces médicaments sont sûrement préparés avec une bonne marge de sécurité.

— D'accord, je vais essayer », promit Janet à contrecœur. La perspective d'abuser une nouvelle fois de la confiance de Marjorie la rebutait.

« Je ne t'en demande pas plus, dit Sean en déposant un baiser sur son front.

— Maintenant je ne vais jamais pouvoir me rendormir, se plaignit-elle alors qu'il se dirigeait vers la porte.

— On pourra rester au lit tant qu'on voudra pendant le week-end », lança-t-il avant de sortir.

Quand il monta dans son quatre-quatre, l'aube commençait à peine à pâlir le ciel vers l'est. Ailleurs, les étoiles scintillaient sur la voûte sombre de la nuit.

L'esprit tout entier tourné vers les tâches qui l'attendaient, il démarra sans prêter aucune attention à ce qui se passait autour de lui. Cette fois encore, il ne vit pas la Mercedes vert sombre se glisser à sa suite dans la circulation fluide en gardant prudemment ses distances.

Tout en emboîtant le pas à Sean, Wayne Edwards composa sur son téléphone de voiture le numéro de la chambre de Sterling Rombauer, à l'hôtel Grand Bay.

C'est un Sterling mal réveillé qui décrocha à la troisième sonnerie.

« Le loup vient de sortir de sa tanière et il roule vers l'ouest, lui annonça Wayne. Il va sans doute à l'Institut.

— Très bien, répondit Sterling. Ne le lâche pas. Je te rejoins. On vient de m'informer il y a une demi-heure que l'avion de Sushita Industries avait enfin décollé.

— Ah, les choses sérieuses vont commencer.

— C'est bien mon sentiment », confirma Sterling.

Anne Murphy se sentait à nouveau triste et déprimée. Charles était venu la voir, mais il n'avait passé qu'une seule nuit à la maison. Maintenant qu'il était parti, l'appartement lui semblait vide et trop grand pour elle. C'était une telle joie de retrouver ce fils chéri, si calme, si près de Dieu, et un tel déchirement de le quitter. Ce matin elle s'attardait au lit sans avoir le courage d'en sortir lorsqu'un coup de sonnette l'obligea à se lever.

Elle enfila sa robe de chambre et traversa la cuisine d'un pas las. Elle n'attendait personne, mais l'autre jour, elle n'attendait pas non plus ces deux hommes venus lui poser des questions sur Sean. Intérieurement, elle se rappela sa promesse de ne rien dire, ni sur Sean, ni sur le projet Oncogen.

« Qui est là ? demanda-t-elle dans l'interphone.

— Police », répondit une voix.

Anne sentit un frisson lui parcourir l'échine alors qu'elle pressait sur le bouton qui commandait la porte d'entrée. Cette visite ne pouvait avoir qu'une explication : Sean avait à nouveau fait des siennes. Elle se lissa les cheveux à la hâte avant d'aller ouvrir. Sur le seuil se tenaient un homme et une femme vêtus de l'uniforme de la police de Boston.

« Désolée de vous déranger, madame, dit la femme en lui montrant son insigne. Je me présente : agent Hallihan ; l'agent Mercer m'accompagne. »

Tout en les dévisageant avec des yeux ronds, Anne agrippait à deux mains les revers de sa robe de chambre. La police s'était plus d'une fois présentée chez elle, lorsque Sean était adolescent. Cette scène lui rappelait de mauvais souvenirs.

« Que voulez-vous ? s'enquit-elle.

— Vous êtes bien Anne Murphy, mère de Sean Murphy ? » demanda l'agent Hallihan.

Anne fit oui de la tête.

« Nous venons vous voir à la suite d'une réclamation de la police de Miami, enchaîna l'agent Mercer. Savez-vous où se trouve votre fils Sean, en ce moment ?

— Il travaille à l'Institut de cancérologie Forbes de Miami, répondit Anne. Que s'est-il passé ?

— Nous n'en savons pas plus que vous, dit l'agent Hallihan.

— Il a des ennuis ? insista Anne.

— Nous n'avons vraiment aucune information, madame, reprit fermement l'agent Hallihan. Est-ce que vous avez son adresse, là-bas ? »

Anne s'éloigna vers le meuble du téléphone placé dans l'entrée pour recopier l'adresse de l'Institut sur un bout de papier qu'elle tendit aux deux policiers.

« Merci, madame, et excusez-nous pour le dérangement », lança l'agent Hallihan avant de tourner les talons.

Anne s'appuya mollement contre la porte qu'elle avait refermée derrière les deux policiers. Ses craintes les plus profondes venaient de se réaliser, elle en avait la certitude. Sean n'avait pas su résister à la dangereuse emprise de Miami.

Dès qu'elle crut s'être suffisamment ressaisie, Anne composa le numéro personnel de Brian.

« Sean s'est encore attiré des ennuis », balbutia-t-elle dans l'appareil en l'entendant décrocher. Les larmes jaillirent dès qu'elle eut ouvert la bouche.

« Maman, reprends-toi, dit Brian.

— Il faut que tu le sortes de là », réussit-elle à articuler entre deux sanglots.

A force de persuasion, Brian réussit à la calmer un peu et elle lui raconta la visite à laquelle elle venait d'avoir droit.

« Il doit s'agir d'une petite infraction au code de la route, lâcha Brian. Il a dû passer en voiture sur une pelouse, un truc dans ce goût-là.

— Je crois que c'est plus grave, hoqueta Anne en reniflant. Quelque chose me le dit. Je le sens. Ce garçon causera ma mort.

— Veux-tu que je vienne ? lui proposa Brian. Je passe

quelques coups de fil pour voir de quoi il retourne et j'arrive. Je suis sûr que c'est une bêtise qui ne prête pas à conséquence.

— Dieu fasse que tu aies raison », soupira Anne en se mouchant à petits coups.

Après avoir raccroché, Anne alla s'habiller et commença à se coiffer. Brian habitait Back Bay, de l'autre côté de la rivière. Comme on était samedi, il n'y aurait pas d'embouteillages et il serait là dans une demi-heure. Lorsqu'il sonna pour la prévenir qu'il montait, Anne plantait la dernière épingle dans son chignon.

« Avant de partir, j'ai appelé un de mes amis à Miami, Kevin Porter, lui déclara d'emblée Brian. Kevin est un avocat d'affaires avec qui il nous arrive de travailler. Je lui ai tout expliqué. Il va se renseigner auprès de la police et nous rappellera tout de suite après.

— Je suis sûre que c'est grave, dit Anne.

— Tu n'es sûre de rien ! éclata Brian. Pourquoi te mettre dans un état pareil avant de savoir ce qui s'est passé ? A force de t'inquiéter, tu vas te retrouver à l'hôpital, comme la dernière fois. »

Quelques minutes plus tard, la sonnerie du téléphone retentit. Brian alla décrocher.

« Je n'ai pas de très bonnes nouvelles pour vous, mon vieux, commença Kevin. Cette nuit, un marchand de vin a vu votre frère s'enfuir à la suite d'un cambriolage avec effraction. Il a relevé le numéro de la voiture. »

Brian soupira et regarda sa mère qui attendait, assise au bord d'une chaise, les mains croisées sur les genoux. Une violente colère contre son cadet l'envahit. Quand Sean finirait-il enfin par comprendre qu'il torturait leur pauvre mère avec ses frasques à répétition ?

« C'est une curieuse affaire, poursuivait Kevin. Apparemment, on a retrouvé un cadavre mutilé et... vous êtes prêt à entendre la suite ?

— Dites-moi tout.

— Le cerveau a disparu. Or, le cadavre en question n'est pas celui d'un pauvre bougre mort dans l'anonymat. C'est celui d'une jeune fille de bonne famille ; son père est un très gros bonnet, il a d'ailleurs une entreprise du côté de Beantown.

— Beantown ? A côté de Boston ?

— Tout juste. Et comme ce monsieur a le bras long, j'aime

mieux vous dire qu'il y a du grabuge, ici. La police est sur les dents. Le procureur a sorti une liste de chefs d'accusation impressionnante. Quant au médecin légiste, il prétend que le crâne a été découpé avec une scie sauteuse.

— Et on a vu le quatre-quatre de Sean quitter les lieux ? demanda Brian qui essayait déjà de rassembler des éléments pour la défense de son frère.

— Hélas, oui. En plus, un autre médecin légiste aurait rencontré votre frère quelques heures avant, à l'Institut médico-légal ; il y était venu en compagnie d'une infirmière pour examiner le cadavre de cette fille, dans l'intention de faire des prélèvements, semble-t-il. Apparemment, il est arrivé à ses fins. En tout cas la police les cherche, lui et sa copine infirmière, pour les interroger et sans doute pour les boucler.

— Merci, Kevin. Est-ce qu'il y a un moyen de vous joindre, dans la journée ? J'aurai peut-être encore besoin de vos services, surtout si on arrête Sean.

— Pas de problème, je ne bouge pas de tout le week-end. Je vais demander aux flics de me prévenir s'ils arrêtent votre frère. »

Brian reposa lentement le combiné avant de lever les yeux vers sa mère. Ces nouvelles allaient l'anéantir, même si elle avait envisagé le pire.

« Tu as les numéros de téléphone où l'on peut joindre Sean ? » lui demanda-t-il du ton le plus dégagé qu'il put.

Sans mot dire, Anne se leva pour aller les lui chercher.

Brian appela d'abord à la résidence. Il laissa sonner une bonne douzaine de fois avant de raccrocher. Puis il essaya le centre de recherche de l'Institut Forbes. Là, il tomba sur un répondeur qui lui apprit que le standard était ouvert du lundi au vendredi, de 8 heures à 17 heures.

Il se décida alors à téléphoner à la compagnie Delta Airlines, où il réserva une place dans l'avion de midi pour Miami. Cette affaire prenait une tournure par trop étrange et il préférait aller y voir de plus près.

« Tu vois, j'avais raison, n'est-ce pas ? dit Anne. C'est grave.

— Il y a sûrement un malentendu quelque part, maman. De toute façon, il vaut mieux que je parte là-bas pour essayer de clarifier la situation.

— Qu'est-ce que j'ai fait pour mériter ça ? gémit Anne.

— Maman, calme-toi, dit Brian. Ce n'est pas de ta faute. »

Hiroshi Gyuhama souffrait de brûlures d'estomac. Il se sentait à bout de nerfs. Depuis que Sean lui avait fait tellement peur en le surprenant dans la cage d'escalier, il n'osait plus aller l'espionner. Ce matin pourtant, il lui avait bien fallu s'y résigner après avoir remarqué le quatre-quatre garé sur le parking. Comme il s'y attendait, Sean se trouvait dans son labo où il travaillait déjà d'arrache-pied malgré l'heure matinale. Sans s'attarder, Hiroshi regagna son bureau.

Sa nervosité s'expliquait aussi par l'arrivée de Tanaka Yamaguchi à Miami. Deux jours plus tôt, Hiroshi était allé le chercher à l'aéroport pour le conduire au Doral Country Club, où Tanaka avait l'intention de séjourner et de jouer au golf en attendant les dernières instructions de Sushita Industries.

Ces ordres étaient arrivés tard la veille au soir. Après avoir pris connaissance du rapport envoyé par Tanaka, les responsables du consortium japonais s'étaient convaincus que Sean Murphy risquant de contrecarrer les espoirs qu'ils avaient placés dans l'Institut, le mieux était donc de l'envoyer à Tokyo où ils pourraient essayer de le « raisonner ».

Le comportement de Tanaka mettait Hiroshi au supplice. Déjà sur ses gardes à cause des liens notoires que l'homme de main entretenait avec les *yakusa*, il n'avait eu aucun mal à déchiffrer les signes de mépris discrets qui lui étaient adressés. Certes, Tanaka s'était incliné pour le saluer, mais ni très longtemps ni très profondément. Et pendant le trajet, la conversation n'avait porté que sur des banalités. Tanaka n'avait pas prononcé le nom de Sean Murphy. Pire encore, en arrivant à l'hôtel il avait pris congé d'Hiroshi sans chercher à le retenir et ne l'avait pas invité à une partie de golf.

Hiroshi se sentait douloureusement humilié par ces affronts ; et il savait quelles conclusions il fallait en tirer.

La mort dans l'âme, il composa le numéro de téléphone du Doral Country Club et demanda à parler à M. Yamaguchi. On lui passa tout de suite la réception du golf où Tanaka s'était inscrit pour un départ dans le quart d'heure qui suivait.

Tanaka se montra particulièrement cassant avec Hiroshi. Ce dernier en vint tout de suite aux faits.

« M. Sean Murphy se trouve à l'Institut. Il travaille dans son laboratoire, dit-il.

— Merci, répondit Tanaka. L'avion est parti tout à l'heure. Tout se déroule comme prévu. Nous nous verrons donc à l'Institut, cet après-midi. »

Sean avait entamé sa journée dans les meilleures dispositions. Après avoir si facilement réussi à identifier l'immunoglobuline et les trois cytokines, il s'était dit qu'il n'aurait aucun mal à trouver l'antigène auquel réagissait cette immunoglobuline. Il y avait tout lieu de penser qu'il était localisé sur la membrane des cellules cancéreuses, étant donné l'intensité de la réaction observée quelques heures plus tôt sur les cellules tumorales.

Dans ce cas, il s'agissait aussi d'un peptide, du moins en partie. Pour le vérifier, Sean avait prélevé des cellules intactes sur la tumeur d'Helen et les avait mises au contact de l'enzyme trypsine. Mais il avait dû déchanter devant l'absence de réaction de l'immunoglobuline.

A partir de ce moment-là, les ennuis avaient commencé. Toutes les tentatives de Sean pour déterminer la nature de cet antigène firent chou blanc. Il essaya d'abord en vain de provoquer une liaison entre l'immunoglobuline et d'innombrables antigènes connus. Ensuite, il passa des heures à remplir des centaines de petits tubes avec des lignées cellulaires cultivées *in vitro*, mais sans plus de succès. S'intéressant au premier chef aux lignées cellulaires issues de tissus nerveux, il tenta l'expérience avec des cellules normales, puis avec des cellules néoplasiques, c'est-à-dire transformées par un processus cancéreux. Devant l'absence de résultats, il se décida d'abord à détruire la paroi cellulaire pour découvrir les antigènes du cytoplasme, puis à provoquer la lyse du noyau pour atteindre les antigènes présents au cœur de la cellule. Tout cela en pure perte. Rien ne se passait à l'intérieur des petits tubes qu'il observait inlassablement au fluoroscope.

Quand le téléphone sonna, il commençait à désespérer de jamais y arriver. Il se leva pour aller décrocher. C'était Janet.

« Comment va, Einstein ? lança-t-elle joyeusement.

— Très mal, répondit Sean. Je suis en plein brouillard.

— Ah, tu me déçois. Mais j'ai une petite surprise qui devrait te rendre ta bonne humeur.

— Qu'est-ce que c'est ? » demanda-t-il laconiquement. Il était incapable de penser à quoi que ce soit d'autre qu'à ce fichu antigène. Et ce n'était sûrement pas Janet qui allait lui donner la solution.

« Grâce à tes conseils, j'ai réussi à prélever quelques gouttes du produit de Louis Martin, celui du plus grand flacon, lui annonça la jeune femme.

— C'est bien, répondit-il sans grand enthousiasme.

— Qu'est-ce qui ne va pas ? Tu devrais être content, non ?

— Je suis très content. Mais aussi complètement découragé. Je ne m'en sors pas.

— Viens à la cafétéria. Je te donnerai le produit et une petite pause te fera peut-être du bien. »

Ils se retrouvèrent quelques instants plus tard et Sean en profita pour manger un morceau. Discrète comme à son habitude, Janet lui passa une seringue sous la table. Il la laissa tomber dans sa poche.

« J'ai préparé quelques affaires pour partir, comme tu me l'avais demandé », dit la jeune femme pour essayer de lui changer les idées.

Pour toute réponse, Sean mordit dans son sandwich.

« Notre petite escapade n'a pas l'air de t'exciter autant que ce matin, remarqua Janet.

— Je n'ai pas vraiment la tête à ça, confessa Sean. Je n'aurais jamais pensé qu'il me serait aussi difficile d'identifier l'antigène auquel se combine cette mystérieuse immunoglobuline.

— Pour moi aussi, la journée a commencé assez rudement. Gloria ne va pas mieux, loin de là, et c'est vraiment déprimant de la voir comme ça. Je ne sais pas ce qu'il en est pour toi, mais il me tarde d'aller prendre un peu l'air. De toute façon, ça nous détendra tous les deux. Peut-être que le seul fait de sortir un peu de ton labo te donnera une illumination.

— Ça serait formidable, mais j'en doute.

— Je serai libre vers 3 heures et demie. Où veux-tu qu'on se retrouve ?

— Viens m'attendre ici, dans le hall. Il vaut mieux partir par là que par la clinique, ça nous permettra d'éviter la cohue du changement d'équipe.

— Je serai ponctuelle », promit Janet avec un grand sourire.

Sterling se retourna à moitié pour secouer son passager assoupi sur le siège arrière. Wayne se réveilla en sursaut.

« Les choses se précisent », dit Sterling. Le doigt tendu derrière le pare-brise, il lui montra la somptueuse limousine qui se garait à mi-chemin entre les deux bâtiments de l'Institut. Lorsqu'elle se fut arrêtée, une des portières arrière s'ouvrit devant un Japonais.

« Tanaka Yamaguchi en personne, lança Sterling. Tu peux voir combien il y a de personnes dans la voiture ?

— Difficile à dire, avec ces vitres teintées, répondit Wayne, les yeux vissés à une paire de jumelles. Il y a un autre homme à l'arrière. Ah, attends, une des portières avant s'ouvre. J'en vois encore deux. Ça fait quatre en tout.

— C'est ce que j'avais prévu. Et j'imagine qu'ils sont tous japonais ?

— En plein dans le mille !

— C'est curieux qu'ils viennent ici, reprit Sterling. D'habitude, Tanaka préfère attirer ses proies dans un endroit discret où il est sûr qu'il n'y aura pas de témoins.

— Ils ont sans doute prévu de suivre Murphy. Et ils attendront d'avoir trouvé le lieu idéal.

— C'est sans doute ça... » Un second homme sortit de la voiture, japonais lui aussi mais plus grand que Tanaka. « Passe-moi les jumelles, dit Sterling, je voudrais les regarder de plus près. »

Après avoir réglé la mise au point, il contempla un instant les deux Asiatiques en faisant la moue. Il ne connaissait pas le compagnon de Tanaka.

« Et si on allait leur dire un petit bonjour, histoire de se présenter ? suggéra Wayne. On pourrait les prévenir que l'opération est plutôt risquée. Il suffit peut-être de se montrer persuasifs pour qu'ils renoncent à leur plan.

— Ça ne servirait qu'à les mettre sur leurs gardes. Si nous nous découvrons trop tôt, ils agiront simplement de façon plus clandestine. Alors que si nous les prenons sur le fait, nous pourrons leur mettre le marché en main.

— Je vois. Monsieur préfère jouer au chat et à la souris.

— C'est on ne peut plus exact », rétorqua Sterling.

Assis à l'intérieur de sa voiture, Robert Harris faisait le guet dans Palmetto Lane, où il avait pris la précaution de se garer deux maisons avant celle de Tom Widdicomb. Arrivé tôt le matin, il patientait déjà depuis plusieurs heures mais n'avait pas encore perçu le moindre signe de vie. Seule différence avec la veille au soir, toutes les lumières étaient maintenant éteintes. A un moment, il crut de nouveau voir les rideaux bouger, mais ce n'était sans doute qu'une illusion, un tour que lui jouaient ses sens pour tromper l'ennui.

Plusieurs fois déjà, il avait été tenté d'abandonner. Il perdait un temps précieux à surveiller un individu qu'il soupçonnait pour des broutilles — un changement d'orientation professionnelle, toutes ces lampes allumées sans raison, une porte restée close malgré les coups de sonnette insistants... Mais le lien éventuel entre les deux agressions contre les infirmières et les meurtres dans la clinique turlupinait Harris. Et il n'avait rien d'autre à se mettre sous la dent, pas l'ombre d'une piste. Aussi avait-il décidé de rester.

Il était un peu plus de 14 heures. Tenaillé par la faim et d'autres besoins physiques, Harris allait se résigner à partir quand Tom Widdicomb se montra enfin. La porte du garage s'ouvrit en grand et Harris le vit sur le seuil, qui clignait des yeux dans la clarté éblouissante.

Physiquement, Tom faisait l'affaire : brun, de taille et de corpulence moyennes, il portait des vêtements fripés qui ne payaient pas de mine. Une des manches de sa chemise était retroussée jusqu'au coude ; l'autre pendait sur le poignet, déboutonnée. Il était chaussé de vieilles chaussures de jogging.

Deux véhicules étaient garés dans le garage : une superbe Cadillac décapotable vert pomme et une Ford Escort grise. Tom monta dans la Ford qui démarra non sans mal. Le pot d'échappement crachait une fumée noire, comme si la voiture n'avait pas roulé depuis longtemps. Tom sortit en marche arrière, descendit pour refermer le garage et s'engagea dans la rue. Harris le laissa prendre un peu d'avance avant de démarrer à son tour.

Il n'avait pas de plan préconçu. Quand Tom avait fait irruption à la porte du garage, il avait envisagé d'aller lui parler tout de suite. Puis il y avait renoncé, sans trop savoir pourquoi, et maintenant il le suivait faute de mieux. Il ne le regretta pas longtemps lorsqu'il comprit que Tom le conduisait à l'Institut. L'affaire prenait une tournure intéressante.

Sur le parking, il partit dans la direction opposée pour que Tom ne le remarque pas. Puis il s'arrêta en laissant son moteur tourner au ralenti et, de loin, observa Tom errer à la recherche d'une place et se garer pour finir à côté de l'entrée de la clinique.

Harris trouva un emplacement à cent cinquante mètres environ de celui qu'avait choisi Tom. Fugacement, l'idée le traversa que son suspect était peut-être venu attendre Janet Reardon, la dernière infirmière à s'être fait attaquer. Si tel était bien le cas, c'était peut-être lui qui l'avait agressée, et alors il se pouvait aussi qu'il soit le meurtrier des patientes atteintes d'un cancer du sein.

A ce point de ces réflexions, Harris secoua la tête. Il y avait trop de « si » là-dedans, et cette façon de travailler ne lui ressemblait pas ; il aimait s'appuyer sur des faits, pas sur de vagues suppositions. Mais pour le moment il n'avait rien d'autre à sa disposition, et Tom Widdicomb était manifestement un type bizarre : il passait la nuit dans une maison éclairée comme en plein jour, il restait caché une bonne partie de la journée, et voilà qu'il venait rôder dans la clinique alors qu'il était soi-disant en arrêt maladie et qu'il aurait dû rester couché chez lui. Bien que ce faisceau de présomptions ridicules ait de quoi rebuter un esprit logique, Harris n'en était pas moins résolu à poursuivre sa filature. Les coudes sur le volant, il se maudit de n'avoir pas pensé à prendre au moins un sandwich et une bouteille de Gatorade.

Après avoir quitté Janet, Sean remonta dans son laboratoire et décida d'aborder le problème sous un autre angle. Au lieu de s'évertuer à définir la spécificité antigénique du produit administré à Helen Cabot, il allait déterminer précisément en quoi ce médicament différait de celui de Louis Martin. L'électrophorèse lui permit de constater tout de suite que les deux médicaments avaient un poids moléculaire *grosso modo* équivalent, ce qui en soi n'avait rien de surprenant. Le test ELISA à partir de l'immunoglobuline anti-humaine IgG1 lui confirma également que dans un cas comme dans l'autre il avait affaire à la même catégorie d'immunoglobulines.

En revanche, l'expérience suivante lui réservait une surprise. Il mit quelques cellules de la tumeur d'Helen en contact avec le produit de Louis Martin pour observer ce qui se passait au fluoroscope, et à sa grande stupéfaction découvrit que la réaction était aussi spectaculaire que celle provoquée par le produit administré à Helen. Janet lui avait dit être à peu près sûre que rien ne distinguait les deux médicaments, mais jusque-là Sean avait eu toutes les raisons d'en douter. La spécificité antigénique des cancers et des anticorps rendait en effet cette similitude hautement improbable. Pourtant, force lui était de constater que le produit de Louis Martin réagissait à la tumeur d'Helen. Sean aurait donné cher pour pouvoir prélever quelques cellules de la biopsie de Louis Martin, afin d'examiner si elles réagissaient de la même façon au produit d'Helen. Cela lui aurait au moins permis de vérifier la découverte ahurissante qu'il venait de faire.

Assis devant sa paillasse, Sean fit un effort pour se concentrer. Il pouvait soumettre le produit de Louis Martin à toute la batterie de tests déjà essayés sur celui d'Helen, mais cela ne le mènerait sans doute pas plus loin. Il était probablement plus judicieux d'essayer de localiser les zones de liaison antigénique des deux immunoglobulines. Ensuite, il pourrait comparer leurs séquences d'acides aminés.

La première étape de cette procédure consistait à catalyser ces deux immunoglobulines à l'aide d'une enzyme, en l'occurrence de la papaïne, afin d'en dissocier les fragments responsables de la liaison antigène. Une fois ces segments séparés, Sean entreprit de « dérouler » les molécules. Cela fait, il lui restait à les introduire dans un analyseur automatisé qui se chargerait d'effectuer pour lui le séquençage complexe des acides aminés. Cette machine se trouvait au cinquième.

Sean monta donc à l'étage au-dessus. Quelques chercheurs étaient venus travailler, bien qu'on soit samedi, mais son travail l'absorbait trop pour qu'il ait envie d'engager la conversation avec eux.

Sean mit l'analyseur en marche et retourna à son labo sans s'attarder davantage. Comme il ne voulait pas gaspiller les quelques gouttes du produit de Louis Martin que lui avait données Janet, il continua d'utiliser celui d'Helen pour essayer de trouver une substance susceptible de se combiner avec l'antigène. A force de passer en revue les différents types d'antigènes susceptibles de se trouver sur la membrane des cellules cancéreuses, il finit par se dire qu'il devait s'agir d'une glycoprotéine formant un site de liaison cellulaire.

C'est alors qu'il songea à la fameuse glycoprotéine qu'on l'avait chargé de cristalliser.

Répétant l'opération effectuée avec d'innombrables antigènes, il utilisa son fluoroscope pour tester la réactivité de la glycoprotéine de l'Institut au médicament d'Helen. Mais alors qu'il se penchait sur l'appareil, une voix féminine profonde jaillit dans son dos :

« Je peux savoir ce que vous êtes en train de faire ? »

Sean sursauta et tourna la tête. Derrière lui, à deux pas, le Dr Deborah Levy le dévisageait d'un regard noir de colère.

Sean ne savait plus où se mettre. Il n'avait même pas pris la précaution d'imaginer un petit discours convaincant pour expliquer pourquoi il se livrait à ces recherches immunologiques. En fait, il n'avait absolument pas prévu que quelqu'un pourrait venir le déranger un samedi matin, et surtout pas le Dr Levy, qu'il pensait absente de la ville.

« Je vous ai posé une question simple, reprit-elle. J'attends votre réponse. »

Sean détourna les yeux et contempla d'un air penaud la paillasse où s'entassaient dans le plus grand désordre les substances et les instruments dont il s'était servi. Il fallait absolument qu'il invente au plus vite une explication. La seule chose qui lui vint à l'esprit fut cette cristallisation qu'il était censé mener à bien. Malheureusement, cette manip n'avait rien à voir avec l'immunologie.

« Je travaille sur la glycoprotéine, finit-il par articuler.

— Où sont les cristaux ? s'enquit le Dr Levy sans hausser le ton.

— Ah, je ne sais plus, bredouilla Sean qui se sentait ridicule.

— Je vous avais prévenu que je n'ai pas besoin de plaisantins dans mon équipe. J'ai un peu le sentiment que vous ne m'avez pas prise au sérieux.

— Pas du tout, s'empressa de répondre Sean. Je vous assure que non.

— Roger Calvet m'a dit que vous n'étiez pas descendu injecter d'autres souris.

— Oui, mais...

— Et M. Harris m'a appris qu'il vous avait surpris dans le laboratoire P3, le coupa le Dr Levy. Claire Barington vous avait pourtant précisé que cet endroit était interdit.

— J'ai simplement pensé...

— Je ne vous ai pas caché que votre venue ici ne m'enchantait pas, reprit-elle sans le laisser finir. Jusqu'ici, la façon dont vous vous conduisez renforce encore mes prétentions à votre égard. Je veux savoir ce que vous fabriquez, avec tout ce matériel et ces réactifs hors de prix. Vous n'êtes pas ici pour faire de l'immunologie mais pour cristalliser une protéine.

— Je voulais juste m'amuser un peu, protesta mollement Sean.

— Vous amuser un peu ! répéta le Dr Levy en laissant éclater son mépris. Mais où vous croyez-vous ? Dans une salle de jeux ? » Malgré son teint hâlé, le rouge de la colère lui monta aux joues. « Aucun des membres de mon équipe n'entreprend une recherche sans m'en avoir explicitement informée. C'est moi qui décide qui fait quoi, ici. Et j'ai décidé que vous deviez vous consacrer exclusivement à la cristallisation de la glycoprotéine du côlon. Est-ce que je me fais bien comprendre ? Dès la semaine prochaine, j'exige que vous me montriez des cristaux dignes de ce nom.

— Très bien », murmura Sean en évitant de la regarder.

Le Dr Levy s'attarda un instant, comme si elle voulait s'assurer que ses remontrances n'étaient pas tombées dans l'oreille d'un sourd. Sean se sentait comme un vilain petit garçon pris la main dans le sac. Il ne trouvait rien à dire pour sa défense. Son talent pour les répliques cinglantes semblait l'avoir momentanément abandonné.

Au bout d'un moment qui lui parut durer une éternité, le Dr Levy tourna enfin les talons et sortit de sa démarche décidée.

Resté seul, Sean demeura plusieurs minutes sans bouger, les yeux fixés sur la pagaille qui encombrait la paillasse. Il n'avait aucune idée de l'endroit où pouvaient bien se trouver les cristaux. Quelque part, sûrement, mais il n'essaya même pas de les chercher. Tout cela était grotesque, humiliant, frustrant. Il en avait vraiment assez de cet endroit. Jamais il n'aurait dû venir à l'Institut, et jamais il n'aurait pris cette décision s'il avait su ce qui l'attendait. Il aurait dû partir en claquant la porte dès le premier jour, dès qu'il avait compris comment les choses allaient se passer. Sa fureur était telle qu'il dut se retenir pour ne pas balayer d'un revers de main tout ce fatras de pipettes, de flacons, de coupelles et de bouteilles de réactifs.

Il était un peu plus de 14 heures à sa montre.

« Qu'ils aillent au diable, eux et leurs satanés secrets », jura-t-il entre ses dents. Il ramassa les immunoglobulines toujours inconnues et alla les ranger dans le réfrigérateur, à côté du cerveau d'Helen Cabot et de la seringue dans laquelle il avait ponctionné le liquide céphalo-rachidien.

Sur ce, sans se préoccuper de ranger la paillasse encombrée d'instruments et de produits divers, il attrapa son blouson en jean et quitta la pièce.

Le chaud soleil de Miami le réconforta quelque peu alors qu'il sortait de l'Institut. Il se dirigea vers son quatre-quatre, jeta son blouson sur le siège arrière et s'installa au volant. Le moteur vrombit. Sean démarra sur les chapeaux de roue et fila pleins gaz vers la résidence, trop plongé dans ses pensées pour remarquer l'énorme limousine noire qui lui emboîtait le train (et qui, dans sa hâte, heurta dangereusement de la caisse contre le ralentisseur), de même qu'il ne vit pas la Mercedes vert foncé qui talonnait la limousine.

Arrivé à la résidence en un temps record, Sean freina brutalement, claqua la portière, et lança un grand coup de pied dans la porte d'entrée pour l'ouvrir. Il était d'une humeur massacrante.

Alors qu'il cherchait ses clés pour rentrer chez lui, la porte de l'appartement d'en face s'ouvrit et Gary Engels fit son apparition sur le seuil, en jean et torse nu, comme à l'accoutumée.

« Salut, vieux, lança Gary d'un ton mi-figue, mi-raisin en s'adossant au chambranle. Tu as eu de la visite tout à l'heure.

— Quel genre de visite ?

— Des représentants de la loi. Deux gros flics costauds, qui sont venus poser tout un tas de questions. Ils s'intéressent à toi, et à ta voiture.

— Il y a longtemps qu'ils sont passés ?

— Ils viennent juste de partir. Tu as dû les croiser sur le parking.

— Merci pour le renseignement », dit Sean. Il entra chez lui et ferma la porte, excédé de se retrouver avec un nouveau problème sur les bras. Il ne pouvait y avoir qu'un seul motif à cette descente de police : un témoin avait dû relever le numéro de sa plaque d'immatriculation quand l'alarme s'était déclenchée dans l'entreprise de pompes funèbres.

Dans l'immédiat, le plus important était d'échapper aux policiers. Sean fourra dans un sac de sport le minimum indispensable — des slips, des chaussures —, puis il attrapa une petite valise où il empila une chemise, une cravate, un pantalon et une veste. Trois minutes plus tard, il se retrouvait dans l'entrée.

Avant de sortir, il observa le parking à la recherche d'une voiture de police identifiée comme telle ou banalisée. Le seul véhicule qui sortait un peu de l'ordinaire était une luxueuse limousine. Sachant que les flics n'avaient pas les moyens de jouer aux milliardaires, Sean piqua un sprint jusqu'à son quatre-quatre et reprit la direction de l'Institut. En chemin, il s'arrêta devant une cabine téléphonique.

Le fait que la police soit sur ses traces l'ennuyait sérieusement. Il n'avait pas gardé que de bons souvenirs de ses démêlés avec les autorités, et tout particulièrement de ses ennuis avec la justice. Et il n'avait aucune envie d'être à nouveau obligé de patauger dans ce marécage de bureaucratie imbécile.

Quand Gary l'avait mis au courant, il avait tout de suite pensé à appeler Brian. Avant de s'expliquer avec les forces de l'ordre, il voulait prendre conseil auprès d'un avocat, et il n'en connaissait pas de meilleur que son frère. Il y avait des chances pour que ce dernier soit chez lui, puisqu'on était samedi. Mais au bout de la troisième sonnerie, c'est un répondeur qui se déclencha pour débiter un message débile sur fond de musique d'ascenseur. Sean se demandait parfois par quel miracle Brian et lui avaient pu grandir dans la même famille.

Il laissa à son tour un message pour prévenir son frère qu'il fallait absolument qu'il lui parle mais qu'il le rappellerait plus tard, car lui-même était injoignable. Il raccrocha en se disant qu'il essaierait à nouveau, une fois arrivé à Naples.

Sur ce, il remonta en voiture et fila à l'Institut. Il voulait être au rendez-vous quand Janet quitterait son travail.

8

SAMEDI 6 MARS,
15 H 20

La réunion interéquipes regroupant les deux brigades d'infirmières s'acheva vers 3 h 20. Janet s'endormait sur sa chaise. Elle s'était levée épuisée après que Sean l'eut réveillée, ce matin, mais une bonne douche et un café l'avaient presque remise d'aplomb. Elle avait avalé une deuxième tasse de café en milieu de matinée, puis une autre encore dans l'après-midi. Tout cela l'avait aidée à tenir pendant la journée. Mais dès qu'elle s'assit pour assister au rapport, la fatigue la terrassa d'un coup. A sa grande confusion, Marjorie dut lui donner un petit coup de coude dans les côtes pour l'empêcher de piquer du nez.

« Il faut vous reposer, au lieu de faire la java toute la nuit », lui souffla-t-elle à mi-voix dans l'oreille.

Janet lui répondit par un petit sourire. A supposer qu'elle ait pu lui raconter ce qu'elle avait fait au cours de la soirée et de la nuit précédentes, Marjorie ne l'aurait jamais crue. Elle-même devait d'ailleurs se pincer pour se persuader qu'elle n'avait pas rêvé.

Sitôt la réunion terminée, elle alla chercher ses affaires et traversa la passerelle pour se rendre dans l'autre bâtiment. Sean l'attendait sur un des fauteuils du hall, plongé dans une revue. Il eut l'air ravi de la voir, et elle se réjouit de constater que son humeur sombre s'était dissipée.

« Prête à partir ? lui demanda-t-il en se levant.

— On ne peut plus prête. Sauf que j'aimerais bien enlever mon uniforme et prendre une douche.

— Pour l'uniforme, ça peut s'arranger. Tu n'as qu'à aller te changer dans les toilettes pour dames. En revanche, pour la douche il faudra patienter. Mais ça vaut la peine de partir tout de suite pour éviter les embouteillages. Notre trajet nous oblige à passer à côté de l'aéroport et je suis sûr qu'il y a une circulation d'enfer par là, en fin d'après-midi.

— Je blaguais en parlant de la douche, dit Janet. Mais je vais me changer.

— Fais comme chez toi, répliqua Sean. C'est juste là, à droite. »

Tom caressait l'arme à manche de nacre glissée dans la poche de son pantalon tout en surveillant l'entrée de la clinique dont Janet Reardon ne devait plus tarder à sortir. Il pourrait peut-être saisir l'occasion de la tuer au moment où elle s'installerait dans sa voiture. Tom se représentait la scène qui allait se dérouler : il s'avancerait vers elle alors qu'elle se pencherait sur le volant pour mettre le contact, il lui tirerait froidement une balle dans la nuque et continuerait à marcher comme si de rien n'était. Vu la foule qui se pressait sur le parking et les ronflements de moteur qui dominaient tous les bruits, il y avait des chances pour que la détonation passe inaperçue.

Mais il commençait à trouver le temps long, et Janet ne se montrait toujours pas. Il avait déjà repéré plusieurs personnes qu'il connaissait de vue, en particulier certaines des infirmières du troisième ; la réunion était donc finie.

Tom regarda sa montre : 3 h 37. La bousculade provoquée par le changement d'équipe commençait à se calmer et le parking s'était considérablement vidé. Il sentit l'énervement le gagner. Il fallait absolument qu'il trouve cette fille. Il était sûr qu'elle était venue travailler aujourd'hui, puisqu'il avait pris la peine de le vérifier. Où était-elle passée ?

S'écartant du mur contre lequel il était resté appuyé, Tom fit le tour de la clinique et se dirigea vers l'autre bâtiment. Chemin faisant, il leva les yeux vers la passerelle qui reliait les deux parties de l'Institut. Janet Reardon avait pu l'emprunter pour sortir de l'autre côté...

A mi-parcours, il ralentit le pas pour admirer la longue limousine noire garée devant le centre de recherche. Sans doute une célébrité qui avait rendez-vous au service des consultations externes, se dit-il. Ce n'était pas la première fois que ça arrivait.

Tout en scrutant le parking d'un œil inquiet, Tom tenta d'imaginer une parade. Impossible de vérifier si cette garce avait déjà fichu le camp puisqu'il ne connaissait pas sa voiture. Si elle était déjà partie, les choses allaient se compliquer sérieusement. Demain, elle avait droit à un jour de congé, et comme il ne savait toujours pas où elle habitait, il ne pourrait pas lui mettre la main dessus avant lundi. Il ne tiendrait jamais jusque-là. La seule idée de rentrer chez lui bredouille lui donnait la nausée. Alice ne lui avait pas adressé la parole de toute la nuit.

Tom se creusait toujours la cervelle en quête d'un improbable trait de génie lorsqu'il aperçut le quatre-quatre qu'il avait suivi la veille. Il décida de s'en approcher pour le regarder de plus près, mais au lieu d'avancer il recula soudain d'un pas. Ça y est, c'était elle ! Elle sortait du centre de recherche un sac de voyage à la main.

Bien que soulagé, il se renfrogna aussitôt en constatant qu'elle n'était pas seule. Le type qui était déjà avec elle hier après-midi l'accompagnait. Tom les suivit des yeux pendant qu'ils traversaient le parking en direction du quatre-quatre. Il s'apprêtait à foncer vers sa voiture pour être sûr de ne pas les rater quand il s'aperçut qu'ils refermaient la portière du quatre-quatre sans monter dedans, après y avoir pris une petite valise et un autre sac.

Il était hors de question d'abattre Janet Reardon maintenant que la cohue s'était résorbée. D'autant que cela impliquait de supprimer aussi le mec pour qu'il n'y ait pas de témoin.

Tom regagna sa Ford en surveillant le couple du coin de l'œil. Quand il y arriva, les deux jeunes gens s'étaient arrêtés à côté d'une Pontiac rouge. Tom s'installa et mit le contact pendant que Janet et Sean rangeaient leurs bagages dans le coffre de la Pontiac.

Robert Harris n'avait pas quitté Tom des yeux. Il remarqua Janet et Sean avant lui et éprouva tout d'abord une profonde déception devant l'absence de réaction de son suspect numéro un : sa belle théorie s'écroulait comme un château de cartes ! Puis il reprit espoir en se rendant compte que Tom devait les avoir vus puisqu'il se dépêchait de regagner sa voiture. Harris démarra et sortit du parking en priant le ciel pour que Tom suive Janet ainsi qu'il l'avait escompté. Arrivé à l'angle de la 12e Rue, il se rangea sur le bas-côté. S'il ne se trompait pas, les deux voitures allaient sortir l'une derrière l'autre et ses présomptions pourraient se transformer en solides soupçons.

Janet et Sean se présentèrent les premiers et prirent vers le nord pour traverser la rivière. Puis la voiture de Tom surgit et s'engagea dans la même direction. Seule une limousine noire séparait les deux véhicules.

« Ça commence à devenir palpitant », marmonna Harris en passant la première. Derrière lui, un coup de klaxon retentissant l'obligea à piler net. Une grosse Mercedes le dépassa en trombe après avoir failli l'emboutir.

« Merde ! » jura Harris. Peu désireux que Tom Widdicomb lui échappe, il mit le pied au plancher pour ne pas se laisser distancer. Il était résolu à le suivre ; et si ce salaud tentait quoi que ce soit sur la personne de Janet Reardon, il le coincerait vite fait.

Harris resta optimiste jusqu'au moment où Tom tourna en direction de l'ouest au lieu de filer sur la voie express 836 qui contournait Miami par l'est. Et quand le petit cortège passa devant l'aéroport international de Miami puis s'embarqua sur la bretelle menant à l'autoroute du Sud, il réalisa avec consternation que la promenade risquait d'être beaucoup plus longue que prévu.

« Je n'aime pas ça, dit Sterling alors qu'ils quittaient l'autoroute du Sud à la hauteur de la route 41. Où est-ce qu'ils nous emmènent ? J'aurais préféré qu'ils aillent tranquillement chez eux ou restent au moins dans des endroits un peu fréquentés.

— S'ils prennent vers l'ouest au prochain croisement, c'est qu'ils ont l'intention d'aller visiter le parc des Everglades, répondit Wayne qui conduisait. Ou alors de traverser carrément la péninsule de Floride. La route 41 relie Miami à la côte du golfe du Mexique en coupant à travers les Everglades.

— Qu'est-ce qu'il y a à voir sur cette côte ?

— Pas grand-chose, d'après mon guide. Belles plages et beau temps garanti, mais rien de bien folichon. Naples est la seule ville digne de ce nom. Il y a aussi deux ou trois petites îles pas mal, comme Marco et Sanibel. En fait, le coin est un paradis pour promoteurs qui attirent là-bas toute une clientèle de retraités. Ils font dans le genre sobre et chérot. Un appart à Naples, ça coûte une fortune.

— On dirait qu'ils vont vers l'ouest », observa Sterling les yeux fixés sur la limousine qui les précédait. A vrai dire, ils suivaient non pas Sean mais Tanaka, persuadés que le Japonais irait jusqu'au bout du voyage.

« Quelle est la prochaine ville, avant Naples ? demanda Sterling.

— C'est le désert. On ne traverse que des marécages qui grouillent d'alligators planqués derrière des herbes coupantes comme des rasoirs.

— Je commence à devenir franchement inquiet. Tout ça fait le jeu de Tanaka. Pourvu qu'ils n'aient pas l'idée de s'arrêter dans un motel paumé », râla Sterling en jetant un coup d'œil sur sa droite.

L'image que lui renvoya le rétroviseur l'obligea à se retourner. Il n'avait pas rêvé : le conducteur de la voiture bleue qui les suivait n'était autre que Robert Harris, le chef de la sécurité de l'Institut Forbes. Sterling avait fait sa connaissance pas plus tard que la veille.

Après avoir conseillé à Wayne de jeter un œil derrière lui, il lui expliqua de qui il s'agissait. « Encore une complication supplémentaire, ajouta-t-il. Quelle raison peut bien pousser M. Harris à se lancer aux trousses de Sean Murphy ? J'ai bien peur que sa présence ne serve qu'à embrouiller encore un peu plus les choses.

— Il est au courant pour Tanaka ? demanda Wayne.

— Ça me paraît impossible. Mason ne serait quand même pas stupide à ce point.

— Peut-être qu'il en pince pour la fille ? avança Wayne. Peut-être qu'il n'y a qu'elle qui l'intéresse et qu'il se fiche de Murphy ? »

Sterling poussa un soupir : « C'est fou la vitesse à laquelle une opération apparemment simple peut se mettre à dérailler. Il y a encore quelques minutes, j'étais persuadé que nous arriverions à contrôler une situation dont nous détenions encore la clé. Maintenant, je n'y crois plus. J'ai même comme un pressentiment que la chance va jouer un rôle déterminant dans tout ça. Il y a trop de variables, tout d'un coup. On ne peut plus rien maîtriser. »

Brian n'ayant emporté qu'un sac de voyage et son attaché-case, il n'eut pas besoin d'attendre ses bagages à la sortie de l'avion et put aller directement au comptoir de la société Hertz. Un employé l'accompagna sur le parking où était garée la limousine crème qu'il avait réservée par téléphone.

Après avoir consulté le plan détaillé des rues de Miami qu'il avait pris la précaution d'acheter, Brian se dirigea vers le sud, en direction de la résidence de l'Institut. A l'aéroport de Boston, il avait à plusieurs reprises essayé de joindre Sean chez lui, mais sans succès. Soucieux, il avait alors appelé Kevin de l'avion. Ce dernier lui avait assuré que Sean n'était toujours pas arrêté.

Arrivé à destination, Brian frappa plusieurs coups à la porte de son frère sans obtenir de réponse. En désespoir de cause, il lui laissa un message lui demandant de le contacter à l'hôtel Colonnade de Miami. Il se penchait pour glisser le mot sous le paillasson lorsqu'une porte s'entrouvrit de l'autre côté du couloir.

« Vous cherchez Sean Murphy ? lui demanda un jeune homme vêtu en tout et pour tout d'un jean.

— En effet », lui dit Brian avant de préciser qu'il était le frère de Sean.

Gary Engels se présenta à son tour. « Sean est venu ici vers 2 heures et demie, ajouta-t-il. Je l'ai prévenu que la police le cherchait et il ne s'est pas attardé longtemps.

— Il ne vous a pas dit où il allait ?

— Non. Mais il est parti en emmenant une valise et un sac de sport. »

Brian remercia Gary et regagna sa voiture. Le fait que Sean soit parti avec des bagages lui paraissait plutôt mauvais signe, mais il ne le croyait tout de même pas assez stupide pour jouer les filles de l'air. Il est vrai qu'il fallait s'attendre à tout de la part de cette tête brûlée.

Brian décida de passer à l'Institut Forbes. Même si le

standard était fermé le week-end, le centre de recherche devait rester ouvert. La suite lui prouva qu'il avait raison.

En entrant dans le hall, il avisa le gardien qui contrôlait les entrées.

« Je cherche M. Sean Murphy, lui dit-il. Je suis son frère et je viens de Boston pour une affaire urgente.

— M. Murphy n'est pas ici, déclara le gardien avec un accent espagnol prononcé. Il est sorti à 2 h 20, poursuivit-il en consultant le registre placé devant lui, puis il est rentré à 3 h 05 et il est reparti à 3 h 50.

— Vous ne savez pas comment je pourrais le joindre ? »

Le vigile se détourna pour consulter un autre fichier : « M. Murphy loge à la résidence de l'Institut, l'informa-t-il. Vous voulez que je vous donne l'adresse ? »

Brian déclina cette offre inutile et remercia l'homme sans insister davantage. Une fois dehors, il se demanda ce qu'il allait bien pouvoir faire. Evidemment, ce n'était pas très raisonnable de débarquer à Miami sans même en avoir parlé à Sean. Où son frère pouvait-il bien avoir disparu ?

Dans l'immédiat, il ne lui restait qu'à se rendre à l'hôtel. Brian effectua un demi-tour en contournant le parking, et c'est alors qu'il remarqua un quatre-quatre Isuzu noir qui ressemblait étrangement à celui de Sean. Il freina, vérifia que le véhicule était en effet immatriculé dans le Massachusetts et arrêta sa limousine sur le premier emplacement venu pour aller voir de plus près. Ses derniers doutes s'évanouirent devant le monceau d'emballages de hamburgers et de gobelets en plastique accumulé entre les sièges. Pas de doute, cette poubelle appartenait à Sean.

C'était tout de même curieux qu'il l'ait laissée ici... Rebroussant chemin, Brian alla informer le gardien de sa découverte et lui demanda au passage des explications. Pour toute réponse, il eut droit à un haussement d'épaules désabusé.

« Est-il possible de rencontrer le directeur de l'Institut d'ici lundi ? » insista Brian.

Le garde secoua négativement la tête.

« Mais si je vous laissais mon nom et mes coordonnées, auriez-vous l'obligeance de les remettre à votre supérieur en le priant de bien vouloir les transmettre au directeur ? »

Cette fois, le garde opina aimablement du bonnet et tendit à Brian un stylo et un bout de papier. Brian griffonna quelques mots et lui rendit le tout avec un billet de cinq dollars. Un sourire rayonnant illumina le visage du cerbère.

Sur ce, Brian partit pour l'hôtel. Dès qu'il eut pris possession de sa chambre, il appela Kevin pour lui donner son numéro de téléphone. Kevin lui confirma que Sean était toujours en liberté.

Brian passa ensuite un coup de fil à sa mère pour la rassurer sur son voyage et son arrivée à Miami. Il dut bien sûr lui confesser qu'il n'avait pas encore vu Sean, mais lui affirma que cela ne saurait tarder. Avant de raccrocher, il lui laissa également le numéro auquel on pouvait le joindre.

Cette brève conversation terminée, Brian délaça ses chaussures et ouvrit son attaché-case. Quitte à rester cloué dans cette chambre d'hôtel, autant en profiter pour travailler.

« Cela ressemble tout à fait à l'idée que je me faisais du sud de la Floride », dit Sean. Ils avaient enfin laissé la civilisation derrière eux et quitté l'autoroute à quatre voies bordée de centres commerciaux et d'immeubles, pour emprunter une simple route de campagne qui traversait les Everglades en un long ruban rectiligne.

« Ces paysages sont d'une beauté à couper le souffle, remarqua Janet. Ils ont quelque chose de préhistorique. Je ne serais qu'à moitié surprise de voir un brontosaure émerger des marais. »

Les terres inondées s'étendaient à perte de vue, tel un océan de hautes herbes dont la plate monotonie était çà et là rompue par un bosquet de pins, de cyprès ou de palmiers. Certains de ces arbres se dressaient comme de pâles fantômes ; d'autres balançaient doucement leurs frondaisons bleutées. Dans le lointain, d'énormes cumulus éclatants de blancheur moutonnaient contre l'azur du ciel.

Rassérénée, Janet se sentait tout heureuse d'avoir quitté Miami et la clinique. Laissant à Sean le soin de conduire, elle avait incliné son siège et posé ses pieds nus sur le tableau de bord. Simplement vêtue d'un jean et d'une chemise en coton blanc, elle laissait le vent qui s'engouffrait par les vitres grandes ouvertes jouer librement dans ses cheveux.

Seul le soleil était un peu gênant. Ils roulaient en effet droit vers l'ouest et recevaient de plein fouet ses rayons, ce qui les avait obligés à rabattre le pare-soleil malgré les lunettes noires qu'ils portaient tous les deux.

« Je crois que je commence à comprendre tout le bien qu'on dit de la Floride, reprit Janet.

— En comparaison, le climat de Boston semble encore plus rigoureux et plus hostile », renchérit Sean.

La jeune femme se tut un moment, comme pour mieux savourer cet instant, puis enchaîna à brûle-pourpoint :

« Au fait, pourquoi n'as-tu pas voulu prendre ton quatre-quatre ?

— Eh bien... disons qu'il y a un petit problème avec ma bagnole.

— Quel genre de problème ?

— La police a apparemment envie de poser quelques questions à son propriétaire.

— Quoi ? s'écria Janet en retirant ses pieds du tableau de bord. Qu'est-ce que c'est que cette histoire, encore ?

— Gary Engels m'a dit que les flics étaient passés à mon appartement tout à l'heure, lui expliqua Sean. Il semble que quelqu'un ait relevé le numéro de la voiture au moment où l'alarme s'est mise à sonner, quand nous sommes sortis des pompes funèbres.

— Oh, non ! gémit Janet. Alors nous sommes recherchés, c'est ça ?

— Pas exactement. C'est *moi* qui suis recherché, précisa Sean.

— Celui qui a relevé le numéro nous a forcément vus tous les deux. C'est épouvantable ! » Prise de désespoir, Janet ferma les yeux. Le cauchemar continuait, d'autant plus terrifiant qu'elle avait prévu dès le début ce qui leur arrivait maintenant.

« Pour le moment, tout ce qu'ils ont c'est un numéro d'immatriculation. Il leur en faudrait tout de même plus pour nous incriminer, reprit Sean pour essayer de la rassurer.

— Mais ils peuvent vérifier nos empreintes.

— Tu rêves ! lâcha-t-il avec un petit rire dédaigneux. Ils ne vont quand même pas mobiliser une équipe de spécialistes des empreintes pour une fenêtre cassée et un cadavre à qui il manque le cerveau.

— Qu'est-ce que tu en sais ? Tu ne fais pas partie de ceux qui sont chargés d'appliquer la loi, que je sache ! Il vaudrait mieux faire demi-tour et aller nous expliquer tout de suite avec les policiers.

— Ne sois pas ridicule. Nous n'allons pas nous rendre. N'oublie pas que c'est moi qu'ils cherchent et moi qu'ils veulent interroger. Si vraiment les choses devaient se gâter, je paierais les pots cassés. Mais pour le moment on n'en est pas là. J'ai appelé Brian. Il connaît plusieurs personnes, ici, à Miami. Il saura me sortir de là.

— Tu lui as parlé ? s'enquit Janet.

— Non, pas encore, reconnut Sean. Mais j'ai laissé un message sur son répondeur. En arrivant à Naples, j'essaierai encore, et s'il n'est pas rentré je lui donnerai le numéro de l'hôtel. A propos, tu as ta carte de crédit sur toi ?

— Evidemment.

— Tu es une fille formidable, s'esclaffa-t-il en lui posant une main sur le genou. Il n'y avait pas de place au Quality Inn, alors j'ai réservé au Ritz-Carlton. »

Janet se détourna pour regarder par la vitre, se demandant ce qu'elle était en train de faire de sa vie. Ses idées noires n'avaient rien à voir avec l'argent qu'elle allait dépenser, car elle trouvait normal de payer l'addition de temps en temps. Sean savait se montrer généreux quand il était en fonds et elle-même disposait de moyens plus que suffisants. En revanche, le fait que la police s'intéresse à eux l'inquiétait davantage. C'était bien sûr très chevaleresque, de la part de Sean, de vouloir assumer seul les risques ; mais même au cas improbable où cette affaire n'aurait pas de suites, Janet ne pouvait pas se désolidariser de lui. Le témoin qui avait relevé le numéro d'immatriculation l'avait forcément vue, elle aussi. Découragée, elle se surprit à penser que sa passion pour Sean semblait décidément vouée à lui compliquer la vie, d'abord sur le plan affectif et maintenant sur le plan professionnel. Comment allaient réagir ses supérieurs en apprenant qu'une infirmière de l'Institut se retrouvait impliquée dans une histoire de vol par effraction chez un entrepreneur de pompes funèbres ? Les employeurs voyaient rarement ce genre de haut fait d'un bon œil.

Janet se sentait perdue, paniquée, alors que Sean, lui, paraissait aussi calme et sûr de lui que d'habitude. Qu'il pût conserver son sang-froid malgré la police de Miami lancée à ses trousses la dépassait complètement. Perplexe, elle se dit qu'elle ne parviendrait jamais à le comprendre tout à fait.

« Au fait, pourquoi m'emmènes-tu à Naples ? lui demanda-t-elle en changeant de sujet. Tu avais promis de me l'expliquer pendant le trajet.

— Pour une raison très simple, répondit Sean. Un des trente-trois dossiers que nous avons photocopiés appartient à un certain Malcolm Betencourt, qui habite cette ville.

— Il a été soigné à l'Institut pour un médulloblastome ?

— Ouais. Et c'est l'un des premiers à avoir bénéficié du traitement. Il y a presque deux ans qu'il est en rémission.

— Qu'est-ce que tu comptes faire ?

— L'appeler.

— Pour lui dire quoi ?

— Je ne sais pas encore, dit Sean. Il va falloir que j'improvise. À mon avis, ça devrait être intéressant d'avoir le point de vue d'un malade sur ce fameux traitement. Ils ont bien dû lui donner deux ou trois informations, ne serait-ce que pour qu'il signe la décharge.

— Mais qu'est-ce qui te laisse penser qu'il voudra bien te parler ? insista Janet.

— Tu ne crois tout de même pas qu'il pourra résister à mon charme irlandais ?

— Non, sérieusement. En général, les gens n'aiment pas trop s'étendre sur leurs problèmes de santé.

— Peut-être, mais les choses sont différentes pour ceux qui ont réchappé d'une maladie gravissime dont le diagnostic les condamnait à plus ou moins brève échéance. En général, ces miraculés adorent raconter comment ils ont été sauvés grâce à un médecin extraordinaire. Tu n'as jamais remarqué à quel point les malades veulent se persuader que leur toubib est génial, même quand sa renommée ne dépasse pas les limites d'un bled perdu ?

— J'ai surtout remarqué que tu avais un culot monstre », répliqua Janet. Mais si elle avait des doutes sur l'accueil que leur réserverait Malcolm Betencourt, elle savait aussi que rien n'empêcherait Sean de tenter sa chance. De plus, l'idée d'une journée de vacances la séduisait toujours autant, même si ce voyage d'agrément servait en fait une fin pratique. Et leur escapade allait peut-être enfin lui fournir l'occasion de discuter de l'avenir avec Sean. Exception faite de leur rencontre avec M. Betencourt, ils allaient en effet passer de longues heures en tête à tête.

« Tu as pu tirer quelque chose de l'échantillon de médicament de Louis Martin ? » demanda Janet. Elle avait décidé d'entretenir Sean des sujets qui lui tenaient à cœur jusqu'au dîner —, un dîner qu'elle imaginait aux chandelles, sur une terrasse surplombant la mer. Là, il serait temps d'aborder les problèmes plus essentiels de leur amour et de leur engagement l'un vis-à-vis de l'autre.

« J'ai été interrompu par notre charmante directrice des recherches, répondit Sean en lui lançant un coup d'œil dépité. Elle m'a passé un savon et m'a ordonné de reprendre sur-le-champ cette foutaise de cristallisation. Pour une fois, je n'ai pas su quoi répondre ; elle m'a complètement pris de court. Je suis resté planté à la regarder pendant qu'elle m'engueulait.

— Mon pauvre, fit Janet.

— Bof, il fallait bien que ça arrive tôt ou tard. Avant que cette harpie surgisse sans crier gare, je n'arrivais à rien de bon, de toute façon. J'ai eu beau expérimenter tous les antigènes possibles et imaginables — cellulaires, viraux, bactériens et que sais-je —, je n'ai pas obtenu une seule réaction avec le produit d'Helen. Tu dois avoir raison, tous ces médicaments ont l'air de provenir du même lot. J'ai essayé celui de Louis sur la tumeur d'Helen et il a lui aussi réagi de façon foudroyante.

— Donc, ils utilisent toujours la même préparation, remarqua Janet. Et après ? Quand on soigne les gens avec des antibiotiques on ne change pas de substance à chaque fois, n'est-ce pas ? S'ils attribuent à ces produits un code différent en fonction des patients, c'est sans doute simplement pour mieux en contrôler l'administration.

— Mais l'immunothérapie n'a rien à voir avec les antibiotiques, protesta Sean. Rappelle-toi ce que je t'ai dit hier : d'un point de vue antigénique, il n'y a pas deux cancers identiques, y compris lorsqu'ils sont du même type.

— Je croyais qu'une des règles d'or du raisonnement scientifique était de toujours tenir compte de l'exception. Lorsqu'on découvre un élément qui contredit la théorie, la première chose à faire est de remettre la théorie en question, non ?

— Oui, mais... » Sean s'interrompit, hésitant. Le raisonnement de Janet était juste, et il était en effet indéniable que l'Institut Forbes avait obtenu des rémissions à cent pour cent grâce à un traitement apparemment non personnalisé. Ce succès était déjà attesté dans trente-trois cas, Sean avait pu le constater lui-même. C'est donc lui qui devait faire fausse route en s'attachant au dogme de la spécificité immunologique des cellules cancéreuses.

« Allez, admets que je viens de marquer un point, le taquina Janet.

— C'est vrai, mais je continue à penser qu'il y a quelque chose de bizarre là-dedans. Quelque chose qui m'échappe.

— Ça, c'est sûr. Ce qui t'échappe, c'est que tu ne sais toujours pas à quel antigène se lie cette immunoglobuline. Mais une fois que tu l'auras déterminé, l'énigme se résoudra peut-être d'elle-même. A mon avis, tu y verras plus clair après une bonne journée de détente. Je te parie que, lundi matin, tu vas avoir une idée de génie qui te permettra de résoudre ce casse-tête. »

Maintenant qu'ils avaient laissé le cœur des Everglades derrière eux, Sean et Janet retrouvaient progressivement la civilisation. Ils traversèrent d'abord quelques petites stations de villégiature, puis la route s'élargit à deux voies de chaque côté. Les marais disparurent, remplacés par des centres commerciaux, des stations-service, des buvettes bigarrées et des golfs miniatures, tout un ensemble disparate dont la laideur n'avait rien à envier aux faubourgs de Miami.

« Je suis déçue, dit Janet. Je croyais Naples d'une beauté exceptionnelle.

— Pas de jugement hâtif avant que nous ayons atteint le golfe du Mexique », lui conseilla Sean.

La route bifurqua soudain vers le nord, toujours défigurée par une débauche de panneaux d'affichage gigantesques et d'enseignes criardes.

« Comment tous ces commerces arrivent-ils à survivre ? se demanda Janet à voix haute. Ils se ressemblent tous.

— C'est un des grands mystères de la culture américaine », rétorqua Sean.

Etalant la carte sur ses genoux, Janet se chargea de la navigation. Ils durent tourner à de nombreuses reprises avant de prendre enfin sur la gauche pour longer la côte.

« Ça devient un peu plus engageant par ici », remarqua Sean.

Après avoir parcouru environ deux kilomètres en admirant au passage quelques superbes panoramas, ils virent tout à coup surgir devant eux, au milieu des mangroves qui bordaient le front de mer, l'architecture de style méditerranéen du Ritz-Carlton. Le luxuriant mélange de plantes tropicales et de fleurs exotiques contre lequel se détachait l'hôtel les émerveilla.

« Enfin chez nous ! » soupira Sean comme ils s'engageaient entre les piles du portail. Un homme en livrée bleue et chapeau noir s'empressa de venir leur ouvrir les portières.

« Bienvenue au Ritz-Carlton », les accueillit cet employé stylé.

Franchissant le seuil, ils pénétrèrent dans la fraîche pénombre du hall d'entrée, tout de marbre rose brillant et garni de somptueux tapis orientaux et de lustres en cristal. Dans la salle adjacente, plusieurs personnes prenaient le repas du soir sous les immenses arcades des fenêtres. Un musicien en frac exerçait ses talents sur un piano à queue installé dans un coin.

Pendant qu'ils confirmaient leur réservation auprès de la réceptionniste, Sean enlaça Janet.

« Je sens que cet endroit va me plaire », lui souffla-t-il au creux de l'oreille.

Au cours de cette poursuite, Tom Widdicomb passa par toute une gamme d'émotions. Au début, voir Janet et Sean sortir de Miami en direction des Everglades l'avait perturbé. Puis il s'était dit que cela servirait ses plans : les gens qui partent en promenade sont moins méfiants, leur attention se relâche ; en ville, chacun reste toujours plus ou moins sur ses gardes. Au bout de presque deux heures de conduite, toutefois, Tom sentit de nouveau la fureur l'envahir lorsque, baissant les yeux sur la jauge d'essence, il s'aperçut qu'il risquait de tomber en panne. Cette garce de Reardon lui avait pourtant causé assez d'ennuis comme ça ! Tom se mit à souhaiter de toutes ses forces que la voiture qui le précédait s'arrête tout bonnement au bord de la route pour qu'il puisse abattre cette fille et ce type à bout portant et en finir une bonne fois pour toutes avec eux.

Lorsqu'ils arrivèrent enfin au Ritz-Carlton, il roulait sur la réserve depuis huit kilomètres au moins.

Il passa devant le grand portail pour aller se garer sur un large terre-plein situé à côté des courts de tennis, puis il remonta à pied l'allée menant à l'hôtel. La Pontiac rouge se trouvait devant le perron. Enfonçant la main dans sa poche, Tom agrippa son revolver et se mêla à un groupe de vacanciers qui pénétrait à l'intérieur. Malgré ses craintes, personne ne lui posa de questions. Il marqua un temps d'arrêt sur le seuil pour examiner le somptueux hall d'entrée et remarqua tout de suite Janet et Sean, debout devant la réception.

Sa rage lui donna l'audace d'avancer vers eux et de venir se placer à côté de Sean. Janet était de l'autre côté. A l'idée qu'il lui aurait suffi de tendre le bras pour la toucher, Tom frissonna des pieds à la tête.

« Nous n'avons plus de chambre non-fumeurs avec vue sur la mer », annonçait à Sean la réceptionniste, une femme de petite taille, très blonde et d'un bronzage à désespérer les dermatologues.

Sean adressa un regard interrogateur à Janet : « Qu'en penses-tu ? lui demanda-t-il.

— Pourquoi ne pas essayer une chambre pour fumeurs ? proposa-t-elle.

— Nous en avons une au quatrième, répondit l'hôtesse. La 401, une très belle chambre avec vue sur la mer.

— Parfait, dit Sean. Allons voir. »

Tom s'éloigna du comptoir en se répétant intérieurement ce numéro, « 401 », et se dirigea vers l'ascenseur. Chemin faisant, il dut faire un détour pour éviter un homme bâti comme une armoire à glace qui marchait d'un air absorbé, un écouteur glissé dans une oreille. Lui-même avançait les mains dans les poches, le doigt posé sur la détente.

Debout près du piano, Robert Harris hésitait, torturé par l'indécision. Comme son suspect numéro un, il s'était tout d'abord réjoui de cette balade inattendue : sa théorie lui paraissait moins bancale, maintenant que Tom Widdicomb s'était lancé sur les traces de Janet. Mais plus la procession s'éloignait de Miami, plus l'humeur d'Harris s'assombrissait, entre autres parce qu'il craignait lui aussi de se retrouver à court d'essence. Par-dessus le marché, il mourait de faim. Il n'avait rien avalé depuis son petit déjeuner matinal. Et maintenant que tout le monde était arrivé au Ritz-Carlton après cette interminable traversée des Everglades, il se rendait compte qu'il n'était pas plus avancé qu'au départ. Aller à Naples ne constituait pas un crime en soi, et Tom pourrait toujours prétendre qu'il y était venu pour son plaisir. Au bout de vingt-quatre heures, le lien éventuel entre Tom et l'agression perpétrée contre Janet ou les meurtres de la clinique restait toujours des plus ténus ; Harris en était encore au stade des hypothèses et des conjectures.

Il devait attendre que Tom Widdicomb ose un geste ouvertement agressif contre Janet. Mais l'intérêt manifeste que le garçon de salle portait à l'infirmière était peut-être à mettre au compte d'une banale obsession de frustré. Cette fille n'était franchement pas mal. On pouvait même dire qu'elle était séduisante, voire sexy ; la chose n'avait pas échappé à Harris.

Avec son short et son tee-shirt, Harris ne passait pas inaperçu dans cet endroit chic. Assez mal à l'aise, il contourna le piano dès qu'il vit Tom avancer dans le hall et passa d'un pas rapide derrière Janet et Sean, toujours occupés à la réception.

De loin, il aperçut Tom tourner au fond du couloir. Il s'apprêtait à se lancer à sa poursuite lorsqu'une main impérieuse le retint par le bras. Se retournant, Harris se retrouva nez à nez avec un homme à la carrure imposante dont l'oreille droite s'ornait d'un petit écouteur. Son costume noir pouvait à première vue le faire passer pour un client. Mais ce type n'était pas en vacances ; il faisait de toute évidence partie du service de sécurité de l'hôtel.

« Excusez-moi, dit-il à Harris d'une voix feutrée. Je peux vous aider ? »

Harris jeta un regard dans la direction où Tom avait disparu, puis regarda le garde dont la main était toujours posée sur son bras. Il fallait qu'il improvise une réponse, et vite...

« Qu'est-ce qu'on fait ? » soupira Wayne, tassé sur le volant. Il avait garé la Mercedes verte le long du trottoir, à quelques mètres de l'entrée du Ritz-Carlton. La limousine, elle, s'était rangée à côté d'un des piliers du portail. Personne n'en était encore descendu, mais le portier en livrée avait parlé au chauffeur qui venait de lui glisser un billet ; une grosse coupure, probablement.

« Je ne sais vraiment pas, répondit Sterling sur un ton

hésitant. Mon intuition me pousserait plutôt à ne pas lâcher Tanaka, mais la présence de M. Harris m'inquiète. Je ne comprends pas pourquoi il est ici.

— Tiens, tiens, lâcha Wayne. On dirait que ça se complique. »

La portière avant droite de la limousine venait de s'ouvrir devant un jeune Japonais impeccablement habillé qui tenait un téléphone portable à la main. Il posa l'appareil sur le toit de la voiture, ajusta sa cravate, reboutonna sa veste, puis reprit son téléphone et franchit le portail.

« Tu crois qu'ils se seraient mis en tête de liquider Sean Murphy ? reprit Wayne. Ce gommeux pue le tueur professionnel.

— Ça ne me paraît pas très vraisemblable, remarqua Sterling. D'habitude, les Japonais ne procèdent pas ainsi. D'un autre côté, il est vrai que Tanaka n'est pas très classique, dans son genre, surtout si l'on pense à ses liens avec les *yakusa*. Et le secteur des biotechnologies est des plus convoités. Etant donné tous ces impondérables, je préfère ne pas me risquer à faire des prédictions. Il serait peut-être plus prudent que tu suives ce Jap à l'intérieur. Je te confie la mission de veiller sur la sécurité de M. Murphy. »

Ravi de pouvoir quitter la voiture, Wayne ne demanda pas son reste. Sterling le suivit un instant des yeux puis se remit à observer la limousine. Il essayait d'imaginer les pensées qui devaient agiter Tanaka et le plan qu'il avait concocté. Ses réflexions lui remirent en mémoire l'arrivée imminente du jet de Sushita Industries.

Aussitôt, il utilisa le téléphone de voiture pour appeler son contact à Washington. L'informateur le pria de patienter le temps pour lui d'interroger l'ordinateur. Un bref instant plus tard, il était à nouveau au bout de la ligne.

« L'oiseau a quitté le nid, lui annonça-t-il.

— Quand ? » s'enquit Sterling brusquement très inquiet. Si l'avion était parti, Wayne avait peut-être vu juste... Tanaka n'étant plus en liaison avec ses supérieurs, il avait pu renoncer à emmener Sean au Japon.

« Il n'y a pas très longtemps qu'il est parti, lui précisa son contact.

— Où est-ce qu'il doit atterrir ? Sur la côte est de la Floride ?

— Non. Il se dirige bien vers la Floride mais va se poser à Naples. Cette précision vous est utile ?

— Et comment ! s'exclama Sean avec soulagement.

— De là, il gagnera le Mexique. Et dès lors, il se trouvera évidemment hors de notre juridiction.

— Je vous remercie infiniment. Votre aide m'a été très précieuse », dit Sterling avant de raccrocher.

Il avait eu une bonne idée de passer ce coup de fil qui l'avait entièrement rassuré sur le sort de Sean Murphy. Loin de penser à liquider le jeune chercheur, les Japonais se préparaient à lui offrir un petit voyage de l'autre côté du Pacifique.

« Ça ne sent pas du tout la cigarette, ici », lança Janet en reniflant, le nez froncé. Puis elle ouvrit les doubles portes-fenêtres et s'avança sur la terrasse. « Sean ! Viens voir, s'écria-t-elle. C'est magnifique ! »

Assis sur le lit, Sean cherchait sur la notice posée à côté du téléphone les instructions pour passer un coup de fil à l'extérieur. Il se leva et rejoignit Janet.

De leur chambre, la vue était en effet spectaculaire. La plage en contrebas de l'hôtel s'incurvait tel un cimeterre géant vers le nord, jusqu'à l'île Sanibel. Juste sous leurs pieds, la masse verte foisonnante des palétuviers dissimulait le rivage à leurs regards, mais de l'autre côté, en direction du sud, la plage resurgissait pour dessiner une longue bande qui finissait par disparaître derrière une rangée d'immeubles. Et à l'ouest, face à eux, le soleil incendiait le ciel d'un embrasement rouge sang. L'océan couleur émeraude paraissait calme comme un lac. Quelques véliplanchistes qui évoluaient en surface égayaient par endroits sa surface de leurs voiles vivement colorées.

« Allons nous baigner ! proposa Janet, les yeux brillants d'enthousiasme.

— Vas-y, je te rejoins, répondit Sean. Il faut d'abord que j'appelle Brian et M. Betencourt.

— Bonne chance ! » jeta Janet en s'engouffrant dans la salle de bains pour aller se changer.

Sean composa le numéro de Brian. Il le trouverait sûrement chez lui, maintenant qu'il était plus de 6 heures du soir... Sean pesta intérieurement en entendant le répondeur lui débiter à nouveau le message qu'il connaissait désormais par cœur. Il attendit le signal sonore, puis laissa à son frère le numéro de sa chambre au Ritz-Carlton en lui demandant de le joindre de toute urgence.

Cela fait, il appela M. Betencourt. Ce dernier décrocha dès la deuxième sonnerie.

Sean commença par l'appâter en annonçant qu'il était étudiant à Harvard et qu'il effectuait un stage à l'Institut Forbes. Puis il expliqua qu'après avoir consulté les dossiers des patients admis à l'Institut pour un médulloblastome, il cherchait à rencontrer ceux dont l'état s'était amélioré. M. Betencourt étant du nombre, il aurait aimé pouvoir s'entretenir avec lui de son traitement, dans la mesure bien sûr où cela ne posait pas de problèmes...

« Appelez-moi Malcolm, lui proposa d'emblée son interlocuteur. D'où m'appelez-vous ? De Miami ?

— Non, je suis à Naples, répondit Sean. Je viens juste d'arriver avec une amie.

— Ah, vous êtes tout près ! Formidable ! Alors comme ça, vous sortez de Harvard ? Vous êtes simplement en fac de médecine, là-bas, ou vous suivez aussi d'autres études ? »

Sean lui précisa qu'il allait bientôt passer sa thèse en médecine mais qu'il avait déjà un diplôme de biologie de Harvard.

« Moi aussi j'ai fait mes études à Harvard, dit alors Malcolm. J'en suis sorti en 1950. Ça fait un bail, comme vous voyez. J'espère que vous défendez nos couleurs dans un sport, au moins ! »

Bien qu'un peu surpris du tour que prenait cette conversation, Sean était décidé à ne rien brusquer. Il annonça donc à Malcolm qu'il avait joué dans l'équipe de hockey de Harvard.

« Ma partie à moi, c'était la voile, les régates, reprit Malcolm. Mais passons. Ce qui vous intéresse, ce n'est pas ma jeunesse épique mais mon séjour à l'Institut Forbes. Combien de temps comptez-vous rester à Naples ?

— Jusqu'à demain soir.

— Ça peut peut-être se faire. Une minute, jeune homme. » Quelques secondes plus tard, Malcolm était à nouveau au bout du fil : « Que diriez-vous de venir dîner chez nous ce soir ? demanda-t-il.

— Ce serait absolument parfait, mais je suis confus, répondit Sean. Je ne voudrais pas m'imposer.

— Tout va bien, ma femme est d'accord, le rassura cordialement Malcolm. Et Harriet est déjà tout émoustillée à l'idée de recevoir de la jeunesse. Inutile de vous mettre sur votre trente et un. 8 heures et demie, ça vous va ?

— A merveille, répondit Sean. Vous pouvez m'indiquer le chemin ? »

Malcolm Betencourt habitait dans le quartier Port-Royal, avenue Galleon, au sud de la vieille ville.

Sean venait de raccrocher quand quelqu'un frappa à la porte. Les yeux fixés sur le bout de papier où il avait soigneusement noté les indications de Malcolm, il alla distraitement ouvrir sans même penser à demander qui était là, ou à regarder à travers l'œilleton de sécurité. Il avait oublié que Janet avait mis la chaîne de sûreté en place. Quand il tira sur la poignée, la porte lui résista pour ne s'entrebâiller que de quelques centimètres.

La personne qui se trouvait derrière tenait à la main un objet brillant que Sean entraperçut à travers la fente, mais sans y attacher d'importance tant il était occupé à se débattre avec le dispositif de sécurité. Une fois la porte correctement ouverte, il s'excusa auprès de son visiteur.

Vêtu de l'uniforme des garçons d'étage, celui-ci lui déclara avec un sourire que c'était à lui de s'excuser de le déranger, mais que la direction l'avait chargé de leur apporter un plateau de fruits et une bouteille de champagne pour se faire pardonner de n'avoir pu leur proposer une chambre non-fumeurs donnant sur la mer.

Sean le remercia et lui donna un pourboire avant d'appeler Janet. Sans attendre, il remplit les deux flûtes de champagne.

Janet apparut sur le seuil de la salle de bains dans un maillot de bain noir une pièce, largement échancré en haut des cuisses et qui lui laissait le dos nu jusqu'au creux des reins. Devant cette vision de rêve, Sean avala sa salive avec difficulté.

« Tu es superbe, murmura-t-il.

— Tu aimes ? demanda Janet en pivotant sur elle-même. Je l'ai acheté juste avant de quitter Boston.

— J'adore », répliqua Sean en lui tendant un verre du champagne offert par la direction.

« A notre escapade ! dit Janet.

— Tchin-tchin, répondit Sean pendant que leurs flûtes s'entrechoquaient.

— Et à cette discussion que nous allons bientôt avoir. »

Sean leva à nouveau sa flûte en haussant les sourcils : « Quelle discussion ?

— Je veux mettre à profit les vingt-quatre heures dont nous disposons pour parler de notre relation.

— Vraiment ? demanda Sean légèrement crispé.

— Ne fais pas cette tête-là ! Allez, bois ton champagne et enfile un maillot. Si nous traînons trop longtemps, le soleil sera couché avant que nous ayons mis le nez dehors. »

Sean passa le short d'athlétisme qui devait lui tenir lieu de slip de bain, vêtement qu'il n'avait pas retrouvé au moment de faire sa valise. Il ne s'en était d'ailleurs pas soucié. Il n'entrait pas dans ses intentions de passer beaucoup de temps sur la plage, et il s'était dit que si d'aventure l'occasion s'en présentait, au lieu de piquer une tête il irait se prélasser sur le sable en regardant les filles.

Une fois leur champagne avalé, les deux jeunes gens enfilèrent les peignoirs en éponge mis à leur disposition par l'hôtel. Dans l'ascenseur, Sean évoqua l'invitation de Malcolm Betencourt. Surprise qu'il soit si vite arrivé à ses fins, Janet se sentit aussi un peu déçue. Elle s'était fait une joie à l'idée de dîner romantiquement en tête à tête avec lui.

Sur le chemin de la plage, ils passèrent devant la piscine tout en courbes dont la forme s'inspirait librement de celle du trèfle à quatre feuilles. Une demi-douzaine d'enfants y barbotaient gaiement. Après avoir emprunté une petite jetée de planches pour franchir sans encombre un bras de marécage, ils arrivèrent à l'océan.

Malgré l'heure tardive, la plage était éblouissante avec son sable blanc où se mêlaient par milliards de minuscules débris de coquillages blanchis par le sel et le soleil. Des fauteuils et des tables en séquoia abrités sous des parasols bleus s'alignaient devant l'hôtel. Quelques promeneurs déambulaient par petits groupes vers le nord, mais au sud tout l'espace était libre.

Préférant rester seuls, Janet et Sean choisirent cette direction et traversèrent en biais toute l'étendue de sable pour gagner le rivage où les vagues clapotaient doucement. Sean qui n'avait guère que l'expérience des bains de mer au cap Cod* fut agréablement surpris par la température de l'eau. Elle était fraîche, certes, mais loin d'être glaciale.

Main dans la main, ils longèrent le bord, marchant sur le sable humide et ferme. Le soleil qui plongeait derrière l'horizon projetait à la surface des flots un long ruban de lumière dorée. Un vol de pélicans traversa silencieusement les airs. Plus loin, des profondeurs de la mangrove montait le chant d'un oiseau tropical.

Lorsqu'ils eurent dépassé la ligne d'immeubles élevés dans le prolongement du Ritz-Carlton, ils arrivèrent en vue d'un bois de pins auxquels se mêlaient quelques bouquets de palmiers. Le crépuscule transformait peu à peu l'océan en nappe d'argent.

« Est-ce que tu tiens vraiment à moi ? » demanda abruptement Janet. Sachant qu'elle n'aurait pas l'occasion de discuter sérieusement avec Sean pendant le dîner, elle avait décidé de ne pas différer leur conversation plus longtemps. Cette promenade sentimentale devant le soleil couchant s'y prêtait d'ailleurs particulièrement bien.

« Bien sûr que je tiens à toi, répondit Sean.

— Pourquoi ne me le dis-tu jamais ?

— Je ne le dis jamais ? répéta-t-il étonné.

— Non. Jamais.

— Eh bien... je ne sais pas. J'y pense tout le temps.

— Mais tu tiens à moi ? Beaucoup ?

— Beaucoup.

— Est-ce que tu m'aimes, Sean ? »

Tous deux gardèrent un instant le silence, regardant les empreintes que leurs pieds laissaient sur le sable.

« Oui, articula enfin Sean.

— Oui quoi ?

— Oui. Que faut-il ajouter ? » Se détournant, Sean contempla le point où le soleil venait de disparaître derrière l'horizon en laissant derrière lui une lueur incandescente.

« Regarde-moi, Sean », reprit Janet.

Il obtempéra sans enthousiasme.

« Tu ne peux pas articuler ces deux mots : je t'aime ? insista Janet.

— Je te le dis sans le dire.

* Cap de l'Atlantique situé au nord-est des Etats-Unis, à proximité de Boston.

— C'est comme si tu avais peur que ça t'arrache la bouche. Pourquoi ?

— Je suis irlandais, essaya de plaisanter Sean. Les Irlandais ne sont pas très doués pour exprimer leurs sentiments.

— Au moins, tu le reconnais, soupira Janet. Mais pour moi c'est une question cruciale de savoir si tu m'aimes ou pas. Ce ne serait même pas la peine de nous engager dans cette discussion à laquelle je tiens si tu n'étais pas sûr de tes sentiments.

— Tu ne peux pas en douter, protesta Sean.

— D'accord, pour le moment tu es quitte, concéda la jeune femme en le retenant par le bras pour l'obliger à s'arrêter. Mais je ne comprendrai jamais pourquoi tu restes si discret sur notre relation alors que tu sais te montrer si beau parleur dès qu'il s'agit de n'importe quoi d'autre. Enfin, on en reparlera plus tard. Si on allait nager ?

— Tu as envie d'entrer là-dedans ? demanda Sean d'un air réticent, les yeux fixés sur l'océan presque noir, à présent.

— A ton avis ? Tu connais un autre moyen de se mettre à l'eau ?

— A vrai dire, non... Mais ce truc que je porte n'est pas vraiment un maillot. » En fait, il craignait qu'une fois son short mouillé, il ait l'air aussi indécent qu'en costume d'Adam.

Janet n'en revenait pas de le voir si pudique. La plage était déserte et il répugnait à se baigner pour un simple problème de vêtement !

« Si ça t'ennuie, tu n'as qu'à l'enlever, lança-t-elle.

— Ça alors ! s'exclama Sean d'un ton moqueur. C'est toi, la jeune fille de bonne famille, qui me proposes de faire trempette à poil ! Très bien. Je m'exécute à condition que tu en fasses autant. »

Il la dévisagea dans le jour qui déclinait, posant sur elle un regard appréciateur qui la mit mal à l'aise. Juste retour des choses, pensa-t-il. Après tout, quelques instants plus tôt c'est lui qui se tortillait sous le feu roulant de ses questions. Elle n'aurait sans doute pas l'audace de relever son défi mais, avec Janet on ne savait jamais... Elle était arrivée à le surprendre plus d'une fois, ces temps derniers, à commencer par sa décision de débarquer sans crier gare à Miami.

« Toi d'abord, lança-t-elle.

— Tous les deux ensemble », proposa-t-il.

Ils se regardèrent une demi-seconde, puis sans plus hésiter se dépouillèrent de leurs peignoirs et de leurs maillots et se précipitèrent en gambadant dans l'écume légère. La nuit tomba peu à peu pendant qu'ils s'ébrouaient dans l'eau peu profonde, laissant le friselis des vagues caresser leurs corps nus. Au sortir du rude hiver bostonien, cette baignade leur procurait une joie intense et Janet s'y livra avec un plaisir plus vif encore qu'elle ne l'aurait cru.

Au bout d'un quart d'heure, ils sortirent de l'eau et coururent vers leurs vêtements en s'ébrouant et en gloussant comme deux adolescents tout fous. Janet leva un pied pour enfiler son maillot, mais Sean avait d'autres idées en tête. La prenant par la main, il l'entraîna vers la lisière du bois. Là, ils étalèrent leurs peignoirs sur le sable fin recouvert d'une couche d'aiguilles de pin et s'abandonnèrent à une étreinte joyeuse et passionnée.

Leurs ébats ne devaient pourtant pas durer longtemps.

Janet fut la première à s'alarmer. Levant la tête, elle regarda la longue ligne lumineuse dessinée par la plage.

« Tu as entendu ? demanda-t-elle à Sean.

— Non. Quoi ? dit Sean sans même tendre l'oreille.

— Attends, lui enjoignit Janet. J'entends du bruit. »

Elle venait à peine de terminer sa phrase quand une silhouette émergea de derrière les pins noyés d'ombres épaisses. L'obscurité leur dissimulait le visage de l'inconnu, mais les deux jeunes gens distinguaient en revanche très nettement le pistolet qu'il pointait vers Janet.

« Si nous sommes chez vous, veuillez nous excuser, déclara Sean tout à trac. Nous partons tout de suite.

— La ferme », siffla Tom, les yeux rivés sur le corps nu de Janet. Il avait d'abord pensé les abattre tous deux sur-le-champ, mais le spectacle qu'il avait sous les yeux l'hypnotisait. Un moment, il ne sut plus où il était ni ce qu'il faisait là.

Janet serra son peignoir contre sa poitrine pour se protéger de ce regard scrutateur, mais ce geste ne fut pas du goût de Tom. Se penchant en avant, il arracha le peignoir de sa main libre et le laissa tomber sur le sable.

« Tu n'aurais jamais dû te mêler de ça, glapit-il à l'adresse de la jeune femme.

— Qui êtes-vous ? Je ne comprends pas, balbutia-t-elle, incapable de détacher son regard de l'arme braquée sur elle.

— Alice m'avait prévenu que les filles comme toi essaieraient de me perdre, poursuivit Tom.

— Qui est Alice ? intervint Sean en se remettant sur ses pieds dans l'espoir de pousser Tom à continuer à parler.

— La ferme ! »

Tom brandit le pistolet en direction de Sean, résolu cette fois à le liquider sans attendre. Bras tendu, il appuya sur la détente et le coup partit.

Mais la balle n'atteignit pas sa cible. Au moment précis où Tom pressait sur la détente, une autre forme humaine soudain jaillie des ténèbres du bois le plaqua au sol et l'envoya bouler plusieurs mètres plus loin.

Dans sa chute, Tom lâcha son arme qui atterrit presque aux pieds de Sean. Le bruit de la détonation lui résonnant encore aux oreilles, celui-ci la regarda, sidéré. Il l'avait échappé belle !

« Ramassez ce flingue ! » haleta Harris tout en essayant de maîtriser Tom. Au corps à corps, les deux hommes roulèrent jusqu'au pied d'un pin, et là Tom parvint à se dégager. Chancelant, il se lança dans une course éperdue vers le rivage mais Harris, qui s'était précipité sur ses talons, eut vite fait de le rattraper.

Reprenant leurs esprits, Sean et Janet se mirent à s'activer au même moment. Janet s'empara à la hâte des peignoirs et des maillots pendant que Sean ramassait le pistolet. Harris et Tom luttaient toujours farouchement sur la plage, presque au bord de l'eau.

« Filons, vite, lança Sean d'une voix pressante.

— Mais nous ne connaissons même pas notre sauveur. Il a peut-être besoin d'aide...

— Sûrement pas, répliqua Sean. Je sais qui c'est, il se débrouillera sans nous. On file. »

La prenant par la main, il l'obligea contre son gré à quitter l'abri des arbres pour gagner la plage au pas de course et bifurquer vers le nord en direction du Ritz-Carlton. A plusieurs reprises, la jeune femme tourna la tête pour regarder par-dessus son épaule, mais Sean l'entraînait toujours de l'avant. Arrivés en vue de l'hôtel, ils firent halte pour enfiler leurs peignoirs.

« Qui est cet homme qui nous a secourus ? demanda Janet en essayant de reprendre haleine.

— Robert Harris, le chef du service de sécurité de l'Institut, haleta Sean, aussi essoufflé qu'elle. Il s'en sortira. La tapette qui nous a braqués risque de passer un sale quart d'heure.

— Qui est-ce ?

— Je n'en ai pas la moindre idée.

— Qu'allons-nous dire à la police ?

— Rien du tout. Tant que je suis recherché, il n'est pas question d'aller faire une déclaration aux flics. Je ne bougerai pas avant d'avoir parlé à Brian. »

Ils contournèrent la piscine et entrèrent dans l'hôtel. Janet reprit la parole :

« Cet homme qui nous a menacés doit avoir un lien avec l'Institut, autrement le chef de la sécurité ne se serait pas trouvé là.

— Tu as sans doute raison, remarqua Sean. Mais on peut aussi imaginer que Robert Harris me court après parce qu'il a été informé par la police. Ça lui ressemblerait assez, de jouer les chasseurs de prime. Je suis sûr qu'il ne serait pas mécontent de me mettre sur la touche.

— Tout ça ne me dit rien qui vaille, soupira Janet en montant dans l'ascenseur.

— A moi non plus. Cette histoire est franchement bizarre, c'est à n'y rien comprendre.

— Que pouvons-nous faire ? Je continue à penser qu'il vaudrait mieux prévenir la police.

— Pour commencer nous allons changer d'hôtel, déclara Sean. Cela ne me plaît pas du tout qu'Harris connaisse notre adresse. Le fait qu'il soit à Naples rend déjà les choses assez compliquées comme ça. »

Une fois dans leur chambre, ils rassemblèrent rapidement leurs affaires.

« Voilà comment nous allons faire, expliqua Sean à Janet. Je vais me charger des bagages et sortir du côté des courts de tennis en passant par la piscine. Toi, tu vas chercher ta voiture en sortant par la porte de devant et tu me prends au passage.

— Mais ça ne va pas ? s'indigna Janet. Pourquoi faudrait-il partir comme des voleurs ?

— Robert Harris nous a déjà repérés et rien ne dit qu'il soit venu seul. Je préfère leur laisser croire, à lui et aux autres, que nous restons ici », rétorqua Sean.

Il n'était visiblement pas d'humeur à discuter et la jeune

femme comprit que ce n'était pas la peine d'insister. D'autant que sa paranoïa était peut-être justifiée.

Elle le laissa passer devant avec les bagages.

Wayne Edwards rejoignit la Mercedes verte au petit trot et se laissa tomber sur le siège passager. Sterling s'était glissé derrière le volant.

Quelques mètres plus loin, le jeune Japonais remontait lui aussi dans la limousine.

« Que se passe-t-il ? s'enquit Sterling.

— Va savoir, répondit Wayne. Ce Jap s'est installé dans le hall et s'est mis à feuilleter des revues. Et puis la fille s'est pointée, toute seule. En ce moment, elle est au portail où elle attend sa voiture. Quant à Sean Murphy, je ne l'ai pas vu. Je suis prêt à parier que nos copains d'en face sont perplexes, eux aussi. »

La Pontiac rouge apparut devant la grille, conduite par un employé en livrée.

Aussitôt un petit nuage de fumée noire s'échappa du pot d'échappement de la limousine.

Tout en mettant le moteur de la Mercedes en marche, Sterling prévint Wayne que le jet de Sushita allait se poser d'ici peu à Naples.

« Alors, il va bientôt y avoir de l'action, remarqua Wayne. Tant mieux.

— Je suis sûr que c'est pour cette nuit, reprit Sterling. Nous devons nous tenir prêts. »

La Pontiac rouge les dépassa, pilotée par Janet Reardon et immédiatement suivie de la limousine. Sterling manœuvra pour faire demi-tour.

Au bout de quelques mètres, la Pontiac tourna à droite et la limousine fit de même.

« Ça sent le coup fourré, grommela Wayne. Pour revenir à la route, il fallait prendre à gauche. Là, c'est une impasse. »

Il avait raison ; la rue dans laquelle ils s'engagèrent à leur tour se terminait effectivement en cul-de-sac. Mais elle permettait d'accéder un vaste parking dont l'entrée était en partie masquée par des feuillages. Sterling la franchit.

« Les Japs sont là, dit Wayne en lui montrant la limousine garée sur la droite.

— La Pontiac aussi, ajouta Sterling en se tournant vers les courts de tennis. Et M. Murphy charge ses bagages dans le coffre. Nos amis m'ont tout l'air de déménager à la cloche de bois.

— Ils doivent se croire plus malins que tout le monde, railla Wayne en secouant la tête.

— Ce départ précipité a peut-être quelque chose à voir avec la présence de M. Harris. »

Sur ces entrefaites, la Pontiac rouge quitta le parking, imitée par la limousine. Sterling attendit quelques instants avant de leur emboîter le pas.

« Regarde si tu ne vois pas la voiture d'Harris, lança Sterling à Wayne.

— Je ne l'ai vue nulle part », lui assura son passager.

Les trois véhicules firent route vers le sud pendant sept ou huit kilomètres avant de bifurquer vers l'ouest en direction de la côte. A la queue leu leu, ils s'engagèrent sur Gulf Shore Boulevard.

« C'est beaucoup plus construit, par ici », remarqua Wayne. De chaque côté de la rue s'élevaient de coquets immeubles devant lesquels s'étendaient des petits carrés de pelouse soigneusement entretenus, bordés de plates-bandes fleuries.

La Pontiac s'engagea sur la rampe menant à la terrasse de l'hôtel Edgewater Beach pendant que la limousine ralentissait pour emprunter la voie d'accès ménagée au niveau de la rue. Sterling se rangea le long du trottoir, en bas de la rampe, et coupa le moteur. De l'endroit où il était garé, il put voir Sean donner des directives au portier qui sortait les bagages du coffre.

« Charmant, ce petit hôtel, observa Wayne. Beaucoup moins prétentieux que le Ritz.

— Cette façade modeste trompe son monde, dit Sterling. Je sais par des amis banquiers que cet établissement a été racheté par un brave citoyen suisse qui a décoré l'intérieur avec un goût très sûr.

— Tu crois que Tanaka va tenter le coup ici ? demanda Wayne.

— A mon avis, il attendra plutôt que Sean Murphy et sa compagne sortent afin de pouvoir les coincer dans un lieu plus isolé.

— Si j'avais une pépée comme elle sous la main, je m'enfermerais à double tour dans ma chambre et je demanderais qu'on me monte à dîner.

— Tiens, puisqu'on en parle, voyons un peu ce que mon contact de Boston a appris à propos de cette jeune personne », déclara Sterling en décrochant le téléphone de voiture.

9

SAMEDI 6 MARS,

19 H 50

« C'est fabuleux, dit Janet en poussant les persiennes en bois tropical qui plongeaient la pièce dans une semi-pénombre.

— Oui, renchérit Sean. On dirait un balcon suspendu au-dessus de la mer. »

Leur chambre se trouvait au deuxième étage et ses fenêtres donnaient sur la plage brillamment éclairée par une rangée de réverbères.

En contemplant ce spectacle, les deux jeunes gens s'efforçaient d'oublier la troublante mésaventure à laquelle ils avaient échappé de justesse. La première impulsion de Janet avait été de rentrer à Miami, mais Sean avait su la convaincre de rester. A supposer que leur agresseur ait eu un mobile, lui avait-il dit, il ne tenterait certainement plus de s'en prendre à eux ; et maintenant qu'ils avaient fait tout le chemin jusqu'à Naples, il aurait été dommage de ne pas profiter du séjour.

« Dépêchons-nous, lança Sean. Nous devons être chez Malcolm Betencourt dans trois quarts d'heure. »

Pendant que Janet prenait sa douche, Sean tenta encore une fois d'appeler Brian. Il tomba à nouveau sur le répondeur. Laissant le troisième message de la journée, il demanda à son frère de ne pas tenir compte de son coup de fil précédent et de le contacter à l'hôtel Edgewater Beach ; il lui donna le numéro de sa chambre et précisa qu'il sortait dîner dehors mais qu'il était impératif qu'ils se parlent le plus vite possible : Brian ne devait pas hésiter à le joindre, même tard dans la nuit.

Sean passa ensuite un coup de fil à M. Betencourt pour le prévenir qu'ils seraient sans doute un peu en retard : M. Betencourt lui affirma que cela ne posait pas de problème et le remercia de l'avoir prévenu.

Pendant que Janet s'attardait dans la salle de bains, Sean prit le P. 38 qu'il avait ramassé sur la plage, un vieux Smith & Wesson assez semblable à ceux dont sont équipés les privés dans les films policiers. Un peu de sable s'échappa du barillet qui contenait quatre balles. Sean eut un hochement de tête incrédule en repensant à celle qui avait bien failli l'expédier dans l'au-delà. Tout compte fait, il trouvait assez savoureux d'avoir été sauvé par un individu qui lui avait été d'emblée si antipathique.

Il remit le barillet en place et glissa le pistolet sous sa chemise. Au cours des dernières vingt-quatre heures, il avait trop souvent frôlé la catastrophe pour laisser passer cette occasion de s'armer. Tout ce qui lui arrivait semblait par trop inexplicable, et, en bon étudiant en médecine, Sean inclinait à rattacher cet ensemble de signes alarmants à une étiologie commune. Porter cette arme sur lui le rassurait. Il ne voulait pour rien au monde revivre le sentiment d'impuissance qu'il avait éprouvé lorsque l'inconnu de la plage lui avait tiré dessus.

Sean alla prendre sa douche dès que Janet eut fini. Tout en se maquillant, elle continua à lui reprocher de n'avoir pas voulu déclarer à la police la tentative de meurtre dont ils avaient fait l'objet. Sans se laisser ébranler, Sean lui affirma que Robert Harris était tout à fait capable de se tirer d'affaire seul.

« Mais après coup, ça va paraître bizarre qu'on n'ait pas voulu aller s'expliquer devant les policiers, s'obstina Janet.

— Peut-être, mais si c'est le cas je laisserai à Brian le soin de régler ce nouveau problème, répondit Sean. Arrêtons de parler de tout ça, tu veux bien ? Ça nous changera les idées.

— J'ai encore une question. Ce type a insinué que je m'étais mêlée de ce qui ne me regardait pas. Qu'est-ce que ça veut dire, à ton avis ? »

Exaspéré, Sean leva les bras au ciel.

« Comment veux-tu que je sache à quoi il faisait allusion ? De toute évidence le bonhomme était fêlé. Il devait être en plein délire paranoïaque.

— D'accord, d'accord, répliqua Janet. On se calme. Tu as rappelé Brian ?

— Dieu sait où il traîne, celui-là, il n'est toujours pas rentré ! Mais je lui ai laissé notre numéro ici. Il appellera sans doute après le dîner. »

Quand ils furent prêts, Sean décrocha une nouvelle fois le téléphone pour demander au gardien du parking d'amener la Pontiac devant l'entrée. En quittant la chambre, il glissa le Smith & Wesson dans la poche de sa veste, à l'insu de Janet.

La jeune femme retrouva peu à peu sa sérénité alors qu'ils roulaient plein sud le long de Gulf Shore Boulevard. Ce quartier calme et planté d'arbustes produisait sur elle un effet d'apaisement. Nulle part on ne voyait de papiers sales, de graffitis ou de clochards. Naples semblait épargnée par les difficiles problèmes qui ravageaient tant d'autres villes américaines.

Alors qu'elle se tournait vers Sean pour lui faire admirer un arbre en fleur, la jeune femme remarqua qu'il levait sans arrêt les yeux vers le rétroviseur.

« Qu'est-ce que tu surveilles comme ça ? lui demanda-t-elle.

— Robert Harris », répondit Sean.

Janet jeta un regard incrédule par-dessus son épaule avant de s'adresser à nouveau à Sean.

« Tu l'as vu ? s'inquiéta-t-elle.

— Non, dit Sean. Je ne vois pas notre généreux sauveur mais j'ai l'impression que nous sommes suivis.

— Il ne manquait plus que ça ! » s'exclama Janet. Ces vacances éclair ne se passaient décidément pas comme elle l'avait rêvé.

Tout à coup, Sean braqua le volant pour faire demi-tour au beau milieu de la rue. Déséquilibrée, Janet dut se cramponner pour ne pas lui tomber dessus. Ils repartirent dans la direction d'où ils venaient.

« Regarde la bagnole en face, lança Sean. Essaie de repérer la marque, et la binette du chauffeur si tu peux. »

Deux voitures arrivaient dans l'autre sens, précédées du double faisceau de lumière de leurs phares. Sean ralentit.

« C'est une limousine ! dit Janet.

— Eh bien ! Ça prouve que je deviens vraiment parano, constata Sean un brin dépité. Robert Harris n'a sûrement pas les moyens de s'offrir un tel luxe. » Et dans un crissement de pneus, il retraversa le boulevard pour repartir en direction du sud.

« Tu ne pourrais pas prévenir, avant de faire tes manœuvres débiles ? protesta Janet en se rencoignant sur son siège.

— Pardon », s'excusa Sean.

Au fur et à mesure qu'ils se rapprochaient de la vieille ville, les villas devenaient de plus en plus spacieuses et imposantes. Celles du quartier de Port-Royal étaient impressionnantes de luxe, et c'est avec un respect admiratif que Sean et Janet s'engagèrent dans l'allée éclairée par des torchères qui menait à la demeure de Malcolm Betencourt. Suivant la flèche qui indiquait *Parking visiteurs,* ils se garèrent à près de trois cents mètres du perron.

« On dirait un château français rebâti pierre à pierre, murmura Janet. C'est immense. Qu'est-ce qu'il fait, ce monsieur ?

— Il s'occupe d'une richissime fondation pour hôpitaux, précisa Sean qui était déjà sorti de voiture et se précipitait pour lui ouvrir la portière.

— J'ignorais que les associations caritatives étaient si riches », remarqua Janet.

Les Betencourt les accueillirent de façon charmante comme s'ils les connaissaient depuis toujours. Ils les taquinèrent même d'être allés se garer dans l'espace réservé aux fournisseurs.

Un verre de kir au champagne à la main, Janet et Sean eurent droit à la visite complète des deux mille mètres carrés de la demeure. Leurs hôtes poussèrent l'amabilité jusqu'à leur montrer les jardins, la piscine à deux niveaux, avec sa cascade formée par le déversement du premier bassin dans le second, et le voilier en teck amarré à la jetée privée.

« On pourrait penser que cette maison est un peu trop grande pour nous deux, mais Harriet et moi avons l'habitude de prendre nos aises, observa négligemment Malcolm alors qu'ils prenaient place autour de la table. En fait, celle que nous possédons dans le Connecticut est encore plus grande.

— Et nous recevons beaucoup », ajouta Harriet. Elle agita une petite clochette et un domestique apporta l'entrée pendant qu'un autre remplissait leurs verres de vin blanc sec.

« Ainsi donc, vous êtes en stage à l'Institut Forbes, reprit Malcolm. Vous avez de la chance, mon petit Sean, vous ne pouviez pas mieux tomber. Vous connaissez le Dr Mason, bien sûr ?

— Naturellement, et le Dr Levy aussi, répondit Sean.

— Ils font de grandes choses, tous les deux. J'en suis moi-même la preuve vivante.

— Vous devez évidemment leur en être très reconnaissant, dit Sean. Mais...

— Le mot n'est pas assez fort ! le coupa Malcolm. On a plus que de la reconnaissance pour des gens qui vous rendent à la vie.

— Notre fondation leur a donné cinq millions de dollars, renchérit Harriet. Tous les Américains devraient mettre de l'argent dans ces établissements qui font des miracles pour notre santé au lieu de graisser la patte des parlementaires.

— Harriet prend très à cœur le financement de la recherche, expliqua Malcolm.

— C'est en effet une question importante, reconnut Sean. Mais en tant qu'étudiant en médecine, monsieur Betencourt, c'est surtout votre expérience de malade qui m'intéresse, et j'aimerais vous en entendre parler. Comment avez-vous vécu les soins qui vous étaient donnés ? Etant donné vos activités, vous avez sûrement cherché à en savoir le plus possible, n'est-ce pas ?

— Vous voulez parlez de la qualité des soins ou des soins eux-mêmes, du traitement ?

— Du traitement, confirma Sean.

— Bien que je ne sois pas médecin mais homme d'affaires, répondit Malcolm, je peux dire sans me vanter que je suis un profane relativement bien informé sur les questions médicales. Quand je suis arrivé à l'Institut, ils ont tout de suite démarré une immunothérapie avec un anticorps. Le premier jour, j'ai subi une biopsie et on a prélevé des globules blancs dans mon sang. Ensuite, ces globules ont été mis en culture avec des fragments de la biopsie, ce qui les a transformés en “ cellules tueuses ” du cancer. Et après, on les a réinjectés dans mon sang. Si j'ai bien compris, l'anticorps commence par envelopper les cellules cancéreuses, puis les cellules tueuses arrivent, les repèrent et les boulottent. »

L'air interrogateur, Malcolm se tourna vers Harriet.

« C'est bien ça, renchérit-elle. Ces globules blancs transformés se sont attaqués aux cellules du cancer et ils les ont complètement nettoyées.

— Au début, mes symptômes ont commencé par s'aggraver

légèrement, ajouta Malcolm, puis peu à peu ils se sont atténués. On a pu suivre l'évolution grâce à l'appareil à RMN qui a montré que les tumeurs s'étaient résorbées. Et aujourd'hui, je pète la forme. » Comme pour mieux souligner cette déclaration, Malcolm se martela le torse du poing.

« Vous êtes toujours suivi en consultation externe, n'est-ce pas ? reprit Sean.

— Exact, répondit Malcolm. Pour le moment, je dois retourner à l'Institut tous les six mois, mais le Dr Mason est convaincu que je suis guéri, et d'ici quelque temps je devrais en principe pouvoir me contenter d'une visite par an. Chaque fois, ils me refilent une petite dose d'anticorps, juste au cas où.

— Et tous vos symptômes ont disparu ? demanda Sean.

— Tous. Je me porte comme un charme. »

Les domestiques les débarrassèrent de leurs assiettes et apportèrent le plat principal, servi avec un vin rouge moelleux. Sean se sentait détendu malgré l'incident survenu sur la plage. Il jeta un coup d'œil à Janet qui s'entretenait avec Harriet ; les deux femmes s'étaient découvert des amis communs et bavardaient avec animation. Quand leurs regards se croisèrent, Janet adressa un petit sourire à Sean. Visiblement, elle aussi appréciait sa soirée.

Malcolm goûta une gorgée de vin d'un air appréciateur.

« Pas mal, cette cuvée 86 », remarqua-t-il. Puis reposant son verre, il se tourna vers Sean. « Aujourd'hui, poursuivit-il, non seulement ma tumeur du cerveau a complètement disparu mais je suis en pleine santé. J'ai l'impression d'avoir rajeuni de dix ans. Remarquez, je compare sans doute avec l'état dans lequel j'étais juste avant qu'on me fasse cette immunothérapie. A ce moment-là, vous n'auriez pas donné cher de ma peau ! Je vivais un vrai calvaire. Mes malheurs ont commencé avec une opération du genou, ce qui n'était déjà pas marrant ; là-dessus, l'encéphalite s'est déclarée, et on s'est aperçu que j'avais une tumeur au cerveau. Mais maintenant je me porte comme un charme. Je n'ai même pas eu un rhume de l'année. »

Sean qui s'apprêtait à porter sa fourchette à sa bouche interrompit son geste : « Vous avez fait une encéphalite ? demanda-t-il.

— Ouais, dit Malcolm. J'étais un cas médical à moi tout seul. A l'époque, on aurait pu me montrer dans les amphis de médecine. J'avais des migraines à répétition, des poussées de fièvre, je me sentais complètement à plat et... (il se pencha vers Sean pour lui parler à l'oreille, la bouche cachée derrière sa main) mon membre me brûlait chaque fois que j'allais pisser. » Il jeta un regard à la ronde pour s'assurer que les deux femmes n'avaient pas entendu.

« Comment a-t-on découvert qu'il s'agissait d'une encéphalite ?

— Ces migraines me mettaient à la torture. J'ai été consulter notre médecin de famille, qui m'a envoyé au Columbia Presbyterian. Dans cette clinique, ils sont très forts pour tout ce qui touche aux maladies infectieuses : ils sont plus ou moins spécialisés dans toutes ces saletés de maladies exotiques ou tropicales. Les toubibs de là-bas m'ont examiné et c'est eux qui ont les premiers soupçonné qu'il devait s'agir d'une encéphalite ; ils ont confirmé le diagnostic à l'aide d'une technique qui s'appelait polymérase quelque chose...

— Polymérisation, ou PCR, une réaction en chaîne, précisa Sean, qui buvait du petit-lait. Vous savez quelle était précisément l'encéphalite dont vous souffriez ?

— En abrégé ils disaient ESL : encéphalite de Saint Louis. D'ailleurs ça les a soufflés parce que, apparemment, c'était un peu tôt pour la saison. Mais j'avais fait un ou deux voyages, alors ça s'explique. De toute façon, cette encéphalite n'était pas trop méchante, et assez vite je suis allé mieux. Et puis, deux mois plus tard... boum ! tumeur au cerveau ! J'ai cru que j'allais y passer, et les médecins qui me soignaient dans le Connecticut aussi. D'abord ils ont cru que ce cancer venait d'un autre organe, genre le côlon ou la prostate. Mais quand ils ont vu qu'il n'y avait pas de problème ailleurs, ils ont décidé de faire une biopsie. Le reste, vous le connaissez aussi bien que moi. »

Malcolm se remit à manger, avala une ou deux bouchées et une gorgée de vin, puis leva la tête vers Sean. Ce dernier n'avait pas bougé ; il restait figé sur place, perdu dans ses pensées. Inquiet, Malcolm se pencha vers lui : « Ça va, mon vieux ? » lui demanda-t-il. Sean battit des paupières comme s'il sortait d'un sommeil sous hypnose.

« Ça va, ça va », bredouilla-t-il. Il s'empressa de s'excuser pour ce moment de distraction ; l'histoire de son hôte l'avait frappé de stupeur, expliqua-t-il, et il tenait à le remercier d'avoir bien voulu la lui confier.

« C'est moi qui vous remercie, répliqua Malcolm. Si je peux

aider les gens comme vous qui se préparent à devenir médecins, j'aurai un peu l'impression de rembourser au moins une partie de la dette que je dois à la science. Sans le Dr Mason et sa consœur, le Dr Levy, je ne serais plus là pour vous raconter tout ça. »

Laissant Sean à sa rêverie, Malcolm se tourna ensuite vers Harriet et Janet, et tous trois se mirent à savourer leur dîner en échangeant des propos sur Naples et les raisons qui avaient poussé les Betencourt à s'installer dans la région.

« Si nous prenions le dessert sur la terrasse qui surplombe la piscine ? proposa Harriet pendant qu'on débarrassait la table.

— Je crains que nous ne soyons obligés de nous passer de dessert, lança Sean qui n'avait pas ouvert la bouche depuis un long moment. Janet et moi avons une longue journée derrière nous et je crois qu'il serait sage de rentrer à l'hôtel avant de nous endormir debout. N'est-ce pas, Janet ? »

Janet acquiesça, mais son sourire contraint cachait mal son embarras.

Cinq minutes plus tard, ils faisaient leurs adieux aux Betencourt qui les avaient raccompagnés jusqu'au perron. Malcolm pria Sean de ne pas hésiter à l'appeler s'il avait d'autres questions à lui poser, et il lui donna le numéro de sa ligne directe.

Janet était écarlate quand la porte se referma enfin derrière eux et qu'ils s'engagèrent dans la majestueuse allée.

« C'était très mal élevé d'interrompre cette soirée de façon aussi abrupte, déclara-t-elle avec amertume. Ces gens se sont montrés absolument charmants avec nous, et tu leur fausses compagnie au beau milieu du repas.

— Nous avions fini de manger, de toute façon, dit Sean. Il était déjà question du dessert. Et je ne tenais plus en place. Cette discussion avec Malcolm m'a révélé des choses franchement étonnantes. Je ne sais pas si tu l'écoutais quand il me décrivait sa maladie ?

— Je parlais avec Harriet, rétorqua Janet sur un ton crispé.

— Il m'a raconté qu'il avait eu une encéphalite après avoir été opéré, et que là-dessus sa tumeur au cerveau s'était développée en l'espace de quelques mois.

— Et alors ?

— J'ai réalisé que cette histoire était exactement la même que celle d'Helen Cabot et de Louis Martin. Je suis bien placé pour le savoir puisque c'est moi qui ai rédigé les comptes rendus quand ils sont entrés au Memorial de Boston.

— Tu crois qu'il y aurait un lien entre ces trois cas ? lui demanda Janet d'une voix un peu adoucie.

— J'ai le vague souvenir que cet enchaînement se répète sur un rythme à peu près identique dans un certain nombre des dossiers que nous avons photocopiés, énonça Sean pensivement. Je ne peux pas en jurer parce que ce n'est pas cela qui m'intéressait au premier chef, mais il me paraît difficile d'invoquer le hasard quand on se retrouve devant trois cas similaires.

— Qu'est-ce que tu veux dire ?

— Ce n'est encore qu'un pressentiment... il faut que j'aille à Key West pour le vérifier. L'Institut possède un laboratoire d'analyses médicales, là-bas, une espèce de succursale lucrative, si tu veux. Beaucoup de cliniques et d'hôpitaux contournent plus ou moins la loi en s'adjoignant ce genre de structure quasi indépendante : ça leur permet de se faire du blé en se chargeant des diagnostics demandés par d'autres établissements hospitaliers.

— Je suis libre tout le week-end prochain, samedi et dimanche. Un petit tour à Key West ne serait pas pour me déplaire.

— Je ne veux pas attendre. Je compte partir le plus vite possible. Il y a anguille sous roche, j'en suis sûr. » Entre la police qui le recherchait et Brian qui restait introuvable, Sean se disait par ailleurs qu'il serait imprudent de remettre ce voyage d'une semaine.

Janet, elle, s'immobilisa net et regarda sa montre. Il était plus de 10 heures du soir. Elle le regarda, incrédule : « Tu comptes aller là-bas ce soir ?

— Regardons sur la carte à quelle distance c'est. On décidera après. »

Janet rattrapa Sean qui s'était arrêté pour l'attendre.

« Sean, tu te conduis vraiment de façon de plus en plus énigmatique et folle, lui déclara-t-elle fermement. Tu appelles les gens au dernier moment en leur forçant la main pour qu'ils t'invitent à dîner, et puis tu quittes la table sans attendre la fin du repas parce que tu as brusquement décidé de partir à Key West. Je renonce à comprendre. Mais je vais te dire une chose : moi je n'irai pas à Key West ce soir. Moi, je... »

Janet n'eut pas le temps de terminer cette longue tirade exaspérée. En faisant le tour de la Pontiac que dissimulait en partie un immense banian, elle faillit heurter de plein fouet un individu vêtu d'un costume sombre, d'une cravate noire et d'une chemise blanche. Dans l'obscurité, on ne distinguait ni son visage ni ses cheveux.

Encore très éprouvée par leur aventure sur la plage, la jeune femme resta paralysée par l'épouvante lorsqu'elle se retrouva nez à nez avec cet homme surgi sans crier gare. Sean fit un pas vers elle, mais une autre silhouette indistincte l'empêcha d'avancer plus loin.

Malgré l'obscurité, Sean comprit tout de suite qu'il avait affaire à un Asiatique. Mais avant qu'il ait pu réagir, un troisième personnage vint se placer dans son dos. Un long moment durant, personne ne dit mot. Sean se retourna pour regarder la maison en essayant d'estimer le temps qu'il lui faudrait pour arriver jusqu'au perron. Il envisagea aussi ce qu'il devrait faire ensuite. Tout dépendrait de la rapidité de réaction de Malcolm Betencourt...

« Je vous prie de bien vouloir nous suivre », dit l'homme qui se tenait devant Sean. Il s'exprimait dans un anglais impeccable. « M. Yamaguchi serait très honoré d'avoir une conversation avec vous-même et votre compagne. »

Sean dévisagea les trois hommes à tour de rôle. Tous affichaient une assurance et une tranquillité au plus haut point déconcertantes. Il sentait le poids du pistolet de Tom dans sa poche mais n'osait pas s'en servir. D'une part il n'avait guère l'expérience des armes à feu, et d'autre part on ne tirait pas sur les gens comme ça ; d'autant que ceux-là avaient sans doute les moyens de riposter...

« Il serait très regrettable que les choses se passent mal, reprit l'homme qui lui avait déjà adressé la parole. Suivez-nous, s'il vous plaît, et il ne vous arrivera rien. M. Yamaguchi vous attend dans une voiture garée dans la rue.

— Sean ! lança Janet de l'autre côté de la voiture. Qui sont ces gens ?

— Je l'ignore, répondit Sean, mais je vais demander. Pourriez-vous m'indiquer qui est M. Yamaguchi et pourquoi il a si envie de bavarder avec nous ? reprit-il en interrogeant le plus loquace des trois personnages.

— Suivez-nous, je vous en prie, répéta ce dernier. M. Yamaguchi vous expliquera lui-même de quoi il s'agit. La voiture est tout près.

— Ma foi, puisque vous insistez, dit Sean, allons saluer ce M. Yamaguchi. »

Il pivota pour contourner la voiture par l'arrière et celui des Japonais qui se tenait dans son dos s'écarta pour le laisser passer. Sean rejoignit Janet, la prit par l'épaule, et tous deux emboîtèrent le pas à l'interlocuteur de Sean, le plus grand des trois inconnus, pendant que les deux autres fermaient la marche.

La nuit était si noire qu'ils ne virent tout d'abord pas la limousine garée sous les arbres quelques mètres plus loin. L'homme qui marchait devant ouvrit la portière arrière et fit signe à Janet et Sean de monter.

« M. Yamaguchi ne pourrait-il pas sortir ? » demanda Sean. Il était presque sûr que c'était cette limousine qui les avait suivis tout à l'heure, pendant qu'ils se rendaient chez les Betencourt.

« Montez, s'il vous plaît. Vous serez plus à l'aise à l'intérieur », dit le plus grand des Japonais.

D'un mouvement de tête, Sean conseilla à Janet d'obtempérer et s'engouffra à sa suite dans la voiture. Presque instantanément, l'autre portière arrière s'ouvrit et l'un des Japonais mutiques prit place à côté de Janet pendant que son double s'asseyait près de Sean. Le plus disert s'installa au volant et mit le contact.

« Que vont-ils nous faire, Sean ? » demanda Janet avec appréhension. Pour toute réponse, Sean lui tapota le genou.

« M. Yamaguchi ? » lança-t-il en direction de la banquette placée en vis-à-vis, sur laquelle on discernait une silhouette masculine à côté de ce qui ressemblait à un petit poste de télévision intégré.

« Merci d'avoir bien voulu vous joindre à moi, répondit Tanaka en inclinant légèrement le buste. Je m'excuse infiniment pour le manque de place, mais nous serons bientôt arrivés. »

La voiture démarra dans une embardée. Janet agrippa la main de Sean.

« Vous et vos hommes êtes vraiment d'une courtoisie exquise et nous vous en savons gré, répliqua Sean. Mais nous vous saurions également gré de nous donner une petite idée des raisons de notre présence ici et de l'endroit où vous nous conduisez.

— Nous vous emmenons en vacances », jeta négligemment Tanaka. Ses dents très blanches brillaient dans le noir dès qu'il ouvrait la bouche. Sean put entr'apercevoir ses traits lorsqu'ils passèrent sous un réverbère. Il semblait à la fois calme et résolu. Son visage ne laissait paraître aucune trace d'émotion.

« Ce voyage vous est offert par le groupe Sushita Industries, poursuivit Tanaka, et je peux vous assurer que vous serez extrêmement bien traités. Si la direction de Sushita ne vous tenait pas en haute estime, elle ne ferait pas ce geste à votre égard. Je suis désolé que tout cela se passe de manière aussi clandestine, mais j'obéis aux ordres. Et je regrette aussi que mademoiselle se retrouve mêlée à cette affaire. Toutefois, rassurez-vous, vos hôtes lui manifesteront autant de respect qu'à vous-même. Dans une certaine mesure, d'ailleurs, sa présence n'est pas inutile. Je suis en effet persuadé que vous ne voudriez pas qu'il lui arrive quoi que ce soit. Aussi, monsieur Murphy, je ne saurais trop vous conseiller de vous abstenir de toute action d'éclat. Mes collègues sont d'excellents professionnels. »

Janet poussa un gémissement. Sean lui serra la main pour lui imposer le silence.

« Puis-je savoir quelle est notre destination ? demanda-t-il.

— Tokyo », répondit Tanaka comme si cela allait de soi.

Un silence contraint s'installa dans la voiture pendant qu'ils faisaient route vers le nord. Sean considéra les options qui s'offraient à lui. Elles n'étaient pas nombreuses. La menace énoncée à l'encontre de Janet donnait à réfléchir, et vu la situation, l'arme qu'il portait dans sa poche semblait bien dérisoire.

Tanaka n'avait pas menti en disant que le trajet serait court. Moins de vingt minutes plus tard, ils arrivaient à l'aéroport de Naples. A cette heure tardive, l'endroit paraissait désert ; seules quelques lumières brillaient à l'intérieur du bâtiment principal. Sean essayait désespérément d'imaginer un moyen d'attirer l'attention d'un tiers, mais il craignait trop que leurs ravisseurs s'en prennent à Janet pour tenter un geste sans doute désespéré. Et bien que l'idée d'être emmené de force au Japon lui déplaise souverainement, il ne voyait pas comment se tirer de ce mauvais pas.

La limousine franchit un passage ménagé dans la clôture métallique et s'engagea sur une piste. Contournant le bâtiment principal par l'arrière, elle se dirigea vers un grand jet privé qui de toute évidence était prêt à décoller d'un moment à l'autre ; les moteurs ronflaient, les feux de navigation clignotaient, l'échelle escamotable était installée devant la porte.

Ils s'arrêtèrent à une petite centaine de mètres de l'avion. Sean et Janet se virent poliment priés de descendre et de s'avancer vers l'appareil. Les mains sur les oreilles pour se protéger du vacarme des moteurs, ils durent s'exécuter malgré eux. Sean examina une fois encore la situation, mais elle semblait décidément tourner à leur désavantage. Il croisa le regard de Janet qui paraissait malade d'angoisse. Tous deux s'immobilisèrent au bas des marches.

« Allez-y, je vous en prie », hurla Tanaka pour couvrir le bruit des moteurs tout en leur faisant signe de monter.

Sean et Janet échangèrent un nouveau regard impuissant avant de se résigner à obéir. Ils durent se baisser pour pénétrer dans la carlingue. Tout de suite à leur gauche se trouvait le cockpit, derrière une porte close.

L'intérieur de l'avion était aménagé avec une élégante simplicité qui alliait les teintes chaudes de l'acajou sombre et du cuir fauve au vert foncé de la moquette. Les sièges se composaient d'une banquette et d'une série de fauteuils club inclinables que l'on pouvait faire pivoter dans n'importe quelle direction. L'arrière était occupé par un bar à côté duquel se trouvait la porte des toilettes. Une bouteille de vodka ouverte et un citron vert coupé en rondelles étaient posés en évidence sur le bar.

Ne sachant où s'installer, Sean et Janet restèrent sur le seuil. Un homme d'allure distinguée en costume trois-pièces occupait un des fauteuils de la première rangée. Comme les Japonais, il paraissait serein et sûr de lui. Il avait un beau visage aux traits anguleux, des cheveux légèrement frisés, et il tenait un verre plein dans la main droite. Lorsqu'il le porta à ses lèvres, les deux jeunes gens perçurent distinctement le tintement des glaçons.

Tanaka qui montait à bord derrière Sean et Janet aperçut cet homme une seconde après eux. Il se figea sur place, l'air stupéfait, et se fit bousculer par le plus grand des Japonais qui marchait immédiatement sur ses talons. Déséquilibré, il se mit à glapir en japonais une série de mots sans doute peu aimables.

L'autre s'apprêtait à répliquer, mais l'inconnu le devança : « Mieux vaut sans doute que vous sachiez que je parle couramment japonais, déclara-t-il en anglais. Je me présente : Sterling Rombauer. » Posant son verre sur le bras de son fauteuil dans l'endroit prévu à cet effet, il se leva, sortit une carte de visite de sa poche de poitrine et la tendit à Tanaka en s'inclinant avec respect.

Tanaka lui rendit son salut en s'emparant de la carte qu'il lut attentivement avant de s'incliner à nouveau malgré la désagréable surprise que lui causait manifestement la présence de Sterling. Puis il glissa quelques mots en japonais à l'homme qui se trouvait derrière lui.

« Je crois que je pourrais vous répondre plus vite que monsieur, intervint Sterling en s'asseyant dans son fauteuil et en reprenant son verre. Ni le pilote ni le copilote ni aucun membre de l'équipage ne se trouvent dans le cockpit. Ils se reposent au fond, dans les toilettes », précisa-t-il avec un geste de la main par-dessus son épaule.

Tanaka se lança à nouveau dans un discours en japonais plus virulent à l'adresse du garde du corps.

« Excusez-moi de vous interrompre encore, reprit Sterling, mais ce que vous venez de demander à votre associé me paraît tout à fait déraisonnable. Si vous prenez le temps d'examiner un peu la situation, vous conviendrez sûrement que ç'aurait été pure folie de ma part de venir seul. Regardez par ce hublot : vous apercevrez une voiture, dans laquelle se trouve en ce moment mon complice, installé à côté d'un téléphone portable grâce auquel il peut contacter la police à tout moment. Comme vous le savez, dans ce pays les enlèvements sont considérés comme un délit, un crime pour être plus précis. »

Tanaka baissa les yeux vers la carte de Sterling comme s'il espérait y découvrir un renseignement qui lui aurait échappé en première lecture.

« Que voulez-vous ? lui demanda-t-il enfin en anglais.

— Je pense qu'une petite discussion s'impose, monsieur Tanaka Yamaguchi. » Sterling agita les glaçons dans son verre avant d'avaler une gorgée. « Je suis ici pour défendre les intérêts de l'Institut de cancérologie Forbes, poursuivit-il. Son directeur serait navré de compromettre les bonnes relations qui le lient à Sushita Industries, mais il estime qu'il y a tout de même des limites. Il est formellement opposé au départ de M. Murphy au Japon. »

Tanaka garda le silence.

« Monsieur Murphy, lança Sterling sans plus s'occuper de lui, auriez-vous l'obligeance de nous laisser seuls quelques instants, M. Yamaguchi et moi ? Je vous propose de sortir de cet appareil avec votre compagne et d'aller rejoindre mon associé dans la voiture. Attendez-moi là-bas, je ne serai pas long. »

Tanaka ne fit aucun tentative pour s'opposer à cette suggestion. Sans se faire prier, Sean prit Janet par la main. Tous deux passèrent devant Tanaka et le garde du corps, descendirent la volée de marches et gagnèrent en courant la Mercedes garée perpendiculairement à l'avion.

Sean ouvrit la portière arrière et s'effaça pour laisser monter Janet. Avant qu'il se soit lui-même engouffré dedans, Wayne les salua d'un chaleureux : « Salut, jeunes gens. » Mais c'est à peine s'il tourna la tête vers eux tant il était attentif à surveiller le jet.

« Ne le prenez pas mal, ajouta-t-il en regardant toujours droit devant lui, mais je crois que ce serait plus sage d'aller nous attendre dans l'aérogare.

— M. Rombauer nous a demandé de venir vous rejoindre, dit Sean.

— Ouais, ouais, je sais, c'est ce qu'on avait prévu, reprit Wayne, mais depuis j'ai fait marcher mes méninges. Si jamais ils essaient de faire démarrer cet engin, je fonce droit sur le train d'atterrissage avant. Et y a pas de gilets de sauvetage, à l'arrière.

— Je vois, répliqua Sean. A tout à l'heure. » Il saisit à nouveau la main de Janet, et tous deux quittèrent la voiture pour se diriger vers le terminal de l'aéroport.

« Je ne comprends rien à ce qui se passe, gémit Janet dès qu'ils furent seuls. La vie avec toi est vraiment infernale, Sean Murphy. Tu peux m'expliquer ce que te veulent tous ces gens ?

— J'aimerais bien, dit Sean. Ils doivent s'imaginer que je sais des choses intéressantes...

— Lesquelles, par exemple ? »

Sean haussa les épaules : « Ce que je sais, en tout cas, c'est que nous venons d'échapper à un voyage au Japon qui n'aurait pas arrangé mes affaires.

— Mais pourquoi le Japon ?

— Je l'ignore. Il est vrai que cet Hiroshi n'a pas arrêté de me surveiller depuis que je suis arrivé à l'Institut, et que par ailleurs ma mère a récemment reçu la visite d'un Japonais qui l'a interrogée à mon propos. La seule explication qui me vient à l'esprit, c'est que les pontes de Sushita Industries doivent considérer que je représente une menace pour leurs investissements.

— Il y a vraiment de quoi devenir fou, s'énerva Janet. Et qui était cet homme qui nous a fait sortir de l'avion ?

— Je l'ai vu ce soir pour la première fois de ma vie, il a dit qu'il travaillait pour l'Institut. »

Arrivés devant le terminal, ils trouvèrent porte close.

« Qu'est-ce qu'on fait, maintenant ? demanda Janet.

— Viens ! On ne va pas rester là. »

Ensemble, ils firent le tour du bâtiment et sortirent du terrain d'aviation en empruntant le même chemin que la limousine à l'aller. De l'autre côté de l'aérogare, se trouvait un parking où étaient garés quelques véhicules. Sean commença à passer de l'un à l'autre en essayant les portières.

« Ne me dis rien, surtout, je crois que j'ai deviné, lança Janet. Tu vas maintenant voler une voiture, histoire de terminer la soirée en beauté !

— Je dirais plutôt " emprunter " », rétorqua Sean. Il tomba sur une Chevrolet « Celebrity » qui n'était pas fermée à clé. Après s'être penché pour passer la main sous le tableau de bord, il se glissa derrière le volant. « Monte, ordonna-t-il à Janet. Ça sera facile. »

Janet hésita à se laisser entraîner plus avant dans une aventure à laquelle elle n'avait jamais voulu participer. L'idée de partir dans une voiture volée la rebutait franchement, surtout compte tenu des ennuis dans lesquels ils étaient déjà plongés jusqu'au cou.

« Monte ! » répéta Sean.

Janet ouvrit sa portière et s'assit sur le siège passager.

Sean réussit à démarrer presque du premier coup, ce qui ajouta encore au sentiment de désarroi de la jeune femme.

« Tu n'as pas perdu la main, observa-t-elle d'un air méprisant.

— Il y a des choses qui ne s'oublient pas », se contenta de répondre Sean.

En arrivant sur la route, il prit à droite.

« Est-ce que je peux savoir où tu comptes aller ? s'enquit Janet après un long silence.

— Je ne sais pas encore très bien, dit Sean. J'aimerais trouver un endroit où me renseigner sur la direction de Key West, mais le problème est que tout le monde a l'air de dormir, dans cette ville. C'est samedi soir, pourtant, et il n'est que 11 heures.

— Tu ne pourrais pas me ramener chez les Betencourt ? Ça me permettrait au moins de reprendre ma voiture et de rentrer à l'hôtel. Tu n'as qu'à aller à Key West tout seul, si tu en as tellement envie.

— Je ne pense pas que ce soit une bonne idée. Cette bande de Japonais ne s'est sûrement pas pointée chez les Betencourt par hasard. Je suis sûr que c'étaient eux qui nous suivaient en limousine quand j'ai fait demi-tour, tout à l'heure. Il y a des chances pour qu'ils nous aient filés depuis l'hôtel Edgewater Beach, ce qui me laisse penser qu'ils étaient déjà derrière nous au Ritz-Carlton. Je dirais même qu'ils ne nous ont pas lâchés d'une semelle depuis que nous avons quitté l'Institut.

— Mais les deux autres non plus, apparemment.

— En effet. Nous devions former une vraie caravane quand nous avons traversé les Everglades, acquiesça Sean. N'empêche que pour éviter que cette poursuite continue, nous ne pouvons ni aller chercher ta voiture, ni retourner à l'hôtel.

— Quant à prendre le risque d'aller à la police, il n'en est évidemment pas question, j'imagine ?

— Bien sûr que non ! dit Sean sur un ton cinglant.

— Et nos affaires, tu y as pensé ?

— Nous téléphonerons de Miami pour demander qu'on nous les envoie, et nous préviendrons les Betencourt pour la voiture. Hertz se débrouillera pour aller la récupérer. Tout cela n'a aucune importance. Ce qui en a, en revanche, c'est que nous ne soyons plus suivis. »

Janet poussa un soupir. Elle ne savait quelle décision adopter. Sa seule envie était d'aller se coucher mais les arguments de Sean l'ébranlaient ; en plus, il paraissait en mesure de contrôler à peu près une situation qui, elle, la déroutait complètement. Cette tentative d'enlèvement l'avait autant traumatisée que l'agression sur la plage.

« Tiens, voilà des gens, dit Sean. Je vais voir. » Il ralentit pour s'approcher d'une rangée de voitures qui stationnaient devant ce qui devait être une discothèque, à en juger d'après l'enseigne lumineuse où scintillait le mot *Oasis*. La file de véhicules avançait en serpentant vers un parking en partie occupé par des bateaux montés sur des remorques. L'Oasis partageait cet endroit avec une marina aménagée à côté.

Sean sortit de la Chevrolet et se faufila entre les pare-chocs jusqu'à l'entrée de la boîte de nuit. Un bruit de basses discordantes s'échappait de la porte. Après avoir attendu un moment à côté de la guérite des gardiens du parking, Sean finit par coincer un des hommes et lui demanda la direction du port. Dès qu'il eut obtenu ce renseignement, il rejoignit Janet à qui il répéta les instructions pour qu'elle le guide.

« Mais pourquoi le port, maintenant ? s'enquit Janet avec mauvaise humeur. A moins que cette question te paraisse stupide, bien sûr...

— Hé ! Arrête un peu de t'en prendre à moi ! maugréa Sean.

— Et à qui d'autre veux-tu que je m'en prenne ? Ce week-end est loin de ressembler à ce que j'avais imaginé.

— Je n'y suis pour rien. Tu ferais mieux de te mettre en rogne contre le barjo de la plage ou ces paranos de Japs.

— Mais pourquoi le port ? s'obstina Janet.

— Key West se trouve pile au sud de Naples, répondit Sean. Ça, au moins, je m'en souvenais pour l'avoir vu sur la carte. Et l'archipel des Keys se prolonge vers le golfe du Mexique. Je me dis qu'y aller en bateau sera sans doute à la fois plus facile et plus rapide. Ça nous permettra de dormir un peu. Et nous ne serons pas obligés d'utiliser la voiture que j'ai " empruntée ". »

Janet s'abstint de tout commentaire. Tout compte fait, passer une nuit à bord était un moyen comme un autre de couronner cette folle journée.

Ils n'eurent pas de mal à trouver le port dont l'entrée était signalée par un grand drapeau. Mais Sean fut déçu par le manque d'animation qui régnait là. Le port de plaisance était dûment fermé. Quelques annonces pour des sorties de pêche en mer étaient bien affichées sur un panneau mais les pêcheurs, pourtant nombreux sur la côte ouest de la Floride, semblaient avoir déserté l'endroit. Après avoir garé la voiture, il se dirigea avec Janet vers l'embarcadère. Les quelques ferrys qui y étaient amarrés étaient tous plongés dans le noir.

Sans s'attarder davantage, ils regagnèrent la Chevrolet.

« Tu n'as pas une autre idée de génie, Einstein ? » demanda Janet en s'appuyant sur le capot.

Sean réfléchit. Il restait persuadé qu'ils avaient tout intérêt à se rendre à Key West en bateau. A cette heure-ci, il était sûrement trop tard pour louer une autre voiture, et à supposer qu'ils en trouvent une, ils arriveraient là-bas épuisés. Un peu plus loin, il y avait un bar-restaurant opportunément baptisé Le Port. Il le montra du doigt à Janet.

« Je boirais volontiers une bière, dit-il. Et puis, on ne sait jamais ; peut-être que le serveur pourra nous trouver un bateau. »

Le Port était une espèce de guinguette en planches d'aspect rustique, meublée en guise de tables de panneaux d'écoutille posés sur des tréteaux. Les fenêtres, simples ouvertures dans le mur garnies de moustiquaires, ne se fermaient qu'une fois les volets poussés. Toute une collection de filets, de bouées et autre matériel de marine décorait les murs, et le plafond s'ornait de grands ventilateurs dont les pales brassaient lentement l'air moite. Un bar en bois de pin bruni dessiné en forme de J était disposé face à la porte.

Quelques personnes s'étaient attroupées autour pour regarder un match de basket sur le poste de télévision accroché en hauteur, à côté de l'entrée. Cet endroit qui ressemblait vaguement à l'Old Scully's de Charlestown plut tout de suite à Sean. Il lui donna même un peu le mal du pays.

Sean et Janet allèrent s'asseoir sur des tabourets placés devant le bar. Deux serveurs s'activaient derrière : un grand type à l'air sérieux portant moustache, et un petit trapu qui affichait un sourire supérieur. Ils étaient tous deux vêtus d'une chemise imprimée à manches courtes et d'un short de couleur sombre protégé par un tablier noué autour de la taille.

Avec un mouvement de poignet expérimenté, le plus grand des deux hommes fit glisser devant eux deux dessous de bouteille en carton.

« Qu'est-ce que je vous sers ? demanda-t-il.

— Je vois que vous avez des beignets de calamar, dit Sean en regardant le menu accroché au mur.

— Ça marche, répondit le serveur.

— Donnez-moi une pression avec, commanda Sean. Une blonde.

— La même chose pour moi », dit Janet.

Le barman leur servit sans attendre deux chopes de bière glacée. Et Sean et Janet avaient à peine eu le temps de lâcher une remarque sur l'atmosphère bon enfant du lieu qu'il leur apporta leurs portions de calamars.

« Wouah ! s'exclama Sean. On n'attend pas, chez vous.

— La bonne cuisine, ça prend du temps », rétorqua le serveur.

Malgré toutes les épreuves qu'ils venaient de traverser, Sean et Janet ne purent s'empêcher d'éclater de rire. Le serveur, lui, en bon comédien qu'il était, resta absolument impassible.

Sean sauta sur l'occasion pour l'interroger sur les possibilités de louer un bateau.

« Vous voudriez quel genre de bateau ? » s'enquit le serveur.

Sean haussa les épaules : « Je ne m'y connais pas assez pour pouvoir vous répondre, dit-il. En fait, nous voudrions aller à Key West. Il faut longtemps pour y arriver ?

— Ça dépend. A vol d'oiseau, c'est bien à quatre-vingt-dix milles. Avec un engin un peu puissant, il faut compter trois ou quatre heures.

— Vous ne connaissez pas quelqu'un qui pourrait nous emmener là-bas ? demanda Sean.

— Si vous y mettez le prix, ça peut se faire.

— Combien ?

— Cinq ou six cents dollars, répondit le barman avec un petit haussement d'épaules.

— Ils acceptent les cartes de crédit ? »

Janet ouvrit la bouche pour protester, mais Sean lui posa une main sur le genou. « Je te rembourserai », lui souffla-t-il à l'oreille.

Dans l'intervalle, le serveur s'était dirigé à l'autre bout du bar pour décrocher le téléphone.

Sterling prit un malin plaisir à composer le numéro personnel de Randolph Mason. Si bien payé soit-il, il n'appréciait pas de travailler jusqu'à 2 heures du matin. Et il pensait que cela ne plairait guère au Dr Mason d'être réveillé à cette heure tardive.

Ce dernier décrocha effectivement en grommelant d'une voix ensommeillée, mais il parut néanmoins soulagé d'entendre Sterling.

« J'ai trouvé la solution au problème Tanaka-Sushita, lui annonça celui-ci. Et je viens même de recevoir un fax de Tokyo confirmant qu'ils ont renoncé à enlever M. Murphy. Vous pouvez le garder à l'Institut à condition de vous porter personnellement garant qu'il restera à l'écart des essais menés sur les produits brevetables.

— Trop tard, répliqua le Dr Mason. Je ne peux plus leur donner cette garantie. »

Très étonné, Sterling garda le silence.

« Il y a du nouveau, lui expliqua le Dr Mason. Brian Murphy, le frère de Sean, est arrivé à Miami. Très inquiet. Comme il n'arrivait pas à mettre la main sur Sean, il a insisté pour me parler. Et il m'a appris que la police recherchait son frère pour une histoire de vol par effraction chez un entrepreneur de pompes funèbres où l'on a dérobé le cerveau d'un cadavre.

— Ce menu larcin aurait un lien avec l'Institut Forbes ? s'enquit Sterling de plus en plus interloqué.

— Absolument. Le cadavre était celui d'une jeune femme hospitalisée chez nous pour un médulloblastome. Je dois d'ailleurs ajouter que c'est le premier décès consécutif à ce type de cancer que nous enregistrons depuis des années. Le problème est que le protocole que nous avons mis au point n'est pas encore breveté, et donc pas protégé.

— Vous voulez dire que Sean Murphy pourrait commercialiser le traitement avant vous, maintenant qu'il est en possession de ce cerveau ?

— Vous avez deviné juste, comme d'habitude, confirma le Dr Mason. J'ai déjà avisé le service de sécurité de l'Institut que M. Murphy était interdit de séjour chez nous. Ces événements modifient bien sûr le cours de votre enquête. Maintenant, je compte sur vous pour le faire arrêter.

— Cela risque de ne pas être facile, glissa Sterling. M. Murphy et Mlle Reardon se sont évanouis dans la nature. Je vous appelle de l'hôtel où ils étaient descendus. Ils ont laissé toutes leurs affaires, mais j'ai le sentiment qu'ils n'ont pas l'intention de repasser ici. En fait, je crains de les avoir sous-estimés. Je m'étais imaginé qu'ils se laisseraient un peu aller à la passivité après avoir failli se faire embarquer de force pour le Japon, mais il n'en est rien. A l'heure qu'il est, ils ont probablement réquisitionné une voiture pour partir ailleurs.

— Il faut les retrouver, dit le Dr Mason.

— La confiance que vous me témoignez me flatte, reprit Sterling, mais ces nouvelles données modifient la nature de ma mission. Pour ce genre d'affaire, je crois que vous feriez mieux d'engager un détective privé. Ses honoraires seraient sûrement moins élevés que les miens.

— Je tiens à ce que ce soit vous qui vous en chargiez, insista le Dr Mason avec des accents de désespoir dans la voix. Il faut que la police s'empare au plus vite de Sean Murphy. Si j'avais su tout cela avant, jamais je ne me serais opposé à son départ pour le Japon. Je vous offre cinquante pour cent de plus. Acceptez.

— C'est très généreux, Randolph, mais...

— Deux fois plus, le coupa le Dr Mason. Cela prendrait beaucoup trop de temps de mettre quelqu'un d'autre sur le coup. Je veux que Sean Murphy se retrouve derrière les barreaux, et rapidement.

— Très bien, accepta Sterling à contrecœur, je m'en occupe. Mais je dois vous prévenir qu'à moins que Mlle Reardon n'utilise sa carte de crédit je n'ai aucun moyen de retrouver leur piste jusqu'à ce qu'ils rentrent à Miami.

— Pourquoi sa carte à elle ? demanda le Dr Mason.

— Ils ont payé leurs notes d'hôtel avec.

— Jusqu'ici, vous ne m'avez jamais déçu, Sterling. Faites pour le mieux.

— Je vais essayer », promit Sterling.

Après avoir raccroché, il expliqua brièvement à Wayne qu'il devait passer un autre coup de fil. Ils se trouvaient dans le hall de l'hôtel Edgewater Beach, où Wayne s'était confortablement installé dans un canapé pour feuilleter un magazine.

Sterling appela un de ses nombreux informateurs du réseau bancaire de Boston. Une fois qu'il fut sûr que son interlocuteur était suffisamment réveillé, il lui donna deux ou trois détails sur Janet Reardon, en lui précisant notamment qu'elle avait utilisé sa carte de crédit pour payer deux hôtels différents à quelques heures d'intervalle. Puis il le pria de le rappeler sur sa ligne de voiture s'il s'apercevait que la carte avait été à nouveau utilisée.

Cela fait, il rejoignit Wayne pour lui raconter en substance sa conversation avec le Dr Mason.

« Tu n'aurais pas une suggestion sur la façon dont nous devrions procéder ? lui demanda-t-il.

— Si, rétorqua Wayne. Prenons chacun une chambre ici. La nuit porte conseil, comme on dit. »

Janet avait le cœur au bord des lèvres. La sauce au poivre vert du faux-filet qu'on leur avait servi chez les Betencourt lui barbouillait l'estomac. Elle gisait sur une des couchettes de l'étroite cabine placée à l'avant du bateau de douze mètres qui les emmenait à Key West. De l'autre côté, Sean dormait du sommeil du juste. Cela exaspérait Janet de le voir si paisible et détendu en dépit de leur situation quasi désespérée. Mais l'irritation qu'elle ressentait ne faisait qu'exaspérer son mal de mer.

L'océan qui leur avait paru si calme au coucher du soleil semblait maintenant se déchaîner. En faisant route au sud, la vedette prenait les lames de biais et tanguait d'un bord à l'autre, secouée par un méchant roulis. Mais pour Janet, le plus insupportable était peut-être le grondement constant des moteurs Diesel lancés à plein régime.

Ils avaient dû attendre 3 heures moins le quart pour embarquer. Les premiers milles avaient été faciles, agréables, même : la mer était calme et le clair de lune leur révélait les masses sombres de centaines d'îlots recouverts de mangrove. Epuisée, Janet était allée se coucher, mais il lui sembla qu'elle venait juste de s'endormir lorsqu'elle ouvrit les yeux en sursaut, alertée par les violentes secousses qui agitaient le bateau et ce mugissement qu'elle confondit d'abord avec le bruit du vent. Comme elle n'avait pas entendu Sean descendre, elle fut à la fois surprise et agacée de le découvrir en train de dormir tranquillement.

Posant les pieds par terre, la jeune femme se cramponna au bord de sa couchette pendant que le bateau plongeait dans un creux. Elle se mit debout tant bien que mal et, se retenant aux murs des deux mains, gravit en titubant les marches menant au salon. Elle avait besoin de respirer un peu d'air frais pour ne pas être malade. Les odeurs d'essence qui flottaient dans la cabine aggravaient encore son début de nausée.

Avec l'énergie du désespoir, elle réussit à gagner la poupe où se trouvaient deux chaises pivotantes solidement vissées sur le pont à l'intention des pêcheurs. Craignant toutefois que ces sièges ne soient trop exposés aux embruns, la jeune femme alla s'écrouler sur les coussins qui garnissaient une banquette aménagée à bâbord. Celle de tribord était toute détrempée d'eau de mer.

L'air et le vent eurent vite fait de remettre Janet d'aplomb, mais elle dut renoncer à l'idée de prendre un peu de repos. Elle devait littéralement s'agripper pour ne pas tomber. Assourdie par le rugissement des moteurs, ballottée en tous sens par les chocs encore plus violents à la poupe qu'à la proue, Janet ne trouvait aucun charme à cette croisière forcée. Devant elle, sous l'auvent qui protégeait la cabine, elle distinguait la silhouette de Doug Gardner, le marin qui, moyennant une somme rondelette, avait bien voulu passer une nuit blanche pour les conduire à Key West. En ce moment, il était assis devant un tableau de bord où brillaient plusieurs cadrans. Il n'avait de toute façon pas grand-chose à faire puisqu'il avait mis le bateau sur pilotage automatique.

Janet renversa la tête en arrière pour contempler la voûte étoilée, et ce spectacle lui rappela les soirée d'été où, encore adolescente, elle s'émerveillait devant la beauté du ciel nocturne. A l'époque, elle aimait rêver à son avenir, à ce qu'elle ferait quand elle serait « grande ». Et maintenant qu'elle était majeure et indépendante, une chose en tout cas lui apparaissait clairement : la vie qu'elle menait n'avait pas beaucoup de points communs avec celle qu'elle avait imaginée.

Bien qu'elle ait du mal à se l'avouer, elle devait convenir que sa mère avait peut-être raison. C'était sans doute de la folie pure d'avoir suivi Sean en Floride pour essayer de parler avec lui. La jeune femme ébaucha un sourire contraint. Jusqu'ici, les seules choses intéressantes qu'ils aient réussi à se dire tenaient à ces brefs propos échangés quelques heures plus tôt sur la plage du Ritz-Carlton, où Sean s'était contenté de répéter en écho qu'il l'aimait. Il fallait avouer que c'était un piètre résultat.

Janet était venue à Miami dans l'espoir de reprendre sa vie en main, mais plus elle restait avec Sean, moins elle avait l'impression de maîtriser quoi que ce soit.

Après avoir déjà réveillé le Dr Mason à 2 heures du matin, Sterling éprouva encore plus de plaisir à le rappeler à 3 heures et demie. Lui-même venait juste d'être tiré du sommeil par un coup de fil de son informateur de Boston. Il dut laisser sonner quatre coups avant que le docteur prenne la communication.

« Je connais la destination de ce couple honni, lui annonça Sterling. Par chance, la jolie Mlle Reardon a encore une fois utilisé sa carte de crédit pour s'acquitter d'une somme assez considérable. Elle a versé cinq cent cinquante dollars à un pêcheur qui les emmène à Key West par voie de mer.

— Voilà une nouvelle qui n'est pas excellente, commenta le Dr Mason.

— Je pensais que vous seriez ravi de connaître leur destination, dit Sterling. Pour ma part, je trouve que nous nous en sortons plutôt bien.

— L'Institut possède une annexe à Key West, lui expliqua le Dr Mason. Un laboratoire d'analyses fondamentales. J'imagine que c'est pour cela que M. Murphy a décidé de s'y rendre.

— Pourquoi irait-il dans ce laboratoire ?

— Nous effectuons pas mal d'analyses, là-bas. Avec le système actuel du tiers payant, la solution est assez rentable.

— Mais pourquoi craignez-vous l'arrivée de M. Murphy ?

— C'est ce laboratoire qui se charge des biopsies des médulloblastomes, poursuivit le Dr Mason. Or je n'ai aucune envie que cet individu mette son nez dans les techniques de sensibilisation que nous utilisons pour les lymphocytes T.

— Vous croyez qu'une seule visite lui suffirait pour comprendre vos méthodes ?

— Il pige assez vite, dès qu'il s'agit de biotechnologies. Aussi, je ne veux pas prendre ce risque. Débrouillez-vous pour aller immédiatement à Key West et l'empêcher d'entrer dans ce labo. Et ne le lâchez que pour le remettre à la police.

— Cher docteur Mason, est-ce que vous savez qu'il est 3 heures et demie du matin ?

— Prenez un avion, je saurai vous dédommager. Vous allez contactez M Kurt Wanamaker, qui dirige une compagnie de charters. Je lui passe tout de suite un coup de fil pour le prévenir de votre appel. »

Sterling nota le numéro de téléphone dudit Kurt Wanamaker et raccrocha. Malgré la petite fortune qu'allait lui rapporter ce nouveau rebondissement, l'idée de se précipiter à Key West en

10

DIMANCHE 7 MARS,

5 H 30

Dans la lumière incertaine du petit matin, Key West se révéla à Sean sous l'aspect d'une longue ligne basse verdoyante, avec, nichées çà et là, quelques maisons en bois. Des immeubles en brique ajoutaient un peu de relief au paysage, mais aucun d'entre eux ne comptait plus de quatre étages. Vers le nord-ouest, en revanche, la côte paraissait plus peuplée avec ses ports de plaisance et ses hôtels tassés les uns contre les autres.

« A quel endroit allez-vous nous faire débarquer ? demanda Sean à Doug Gardner.

— Je pensais vous laisser à l'embarcadère de Pier House, répondit Doug en coupant le moteur. C'est juste en bas de la rue Duval, la plus animée de Key West.

— Vous connaissez bien le coin ? s'enquit San.

— Comme ci, comme ça.

— En fait, je cherche un laboratoire d'analyses médicales spécialisé sur le cancer...

— Là, vous m'en demandez trop...

— Logiquement, il ne devrait pas être bien loin de l'hôpital.

— Des hôpitaux, y en a deux, répliqua Doug. Un à Key West même, mais assez petit. Et un autre plus grand, à Stock Island, l'îlot d'à côté. »

Sean descendit réveiller Janet. La jeune femme fit la tête en apprenant qu'il lui fallait se lever. Entre deux bâillements, elle raconta à Sean qu'il y avait à peine un quart d'heure, vingt minutes peut-être qu'elle avait regagné sa couchette.

« Mais non. Moi j'ai ronflé plusieurs heures d'affilée et quand je suis venu me coucher tu dormais comme un ange, lui dit-il.

— Peut-être, mais après la mer s'est agitée et j'ai dû monter sur le pont. Je n'ai pas pu dormir pendant toute la traversée comme toi. Ce week-end est vraiment infernal ! »

Ils accostèrent sans problème. Un dimanche matin et de si bonne heure, aucun bateau ne manœuvrait à proximité du quai. Doug salua ses deux passagers d'un geste de la main et repartit en sens inverse dans une gerbe d'écume dès qu'ils eurent mis pied à terre.

Tout en se dirigeant vers la ville, les deux jeunes gens éprouvèrent la curieuse impression d'être les seuls êtres vivants sur l'île. Les bouteilles de bière vides et autres débris qui jonchaient les caniveaux montraient à l'évidence que les gens d'ici avaient célébré le samedi soir comme il se doit, mais Sean et Janet ne croisèrent pas âme qui vive. Les bêtes elles-mêmes semblaient se cacher. Le silence qui les accueillit ressemblait au calme qui précède la tempête.

Ils remontèrent la rue Duval, succession ininterrompue de boutiques de tee-shirts fantaisie, de bijouteries de pacotille et de magasins de souvenirs qui abritaient leurs devantures derrière des rideaux de fer comme en prévision d'une émeute. Au rond-point, les wagons miniatures du petit train pour touristes semblaient abandonnés à côté de la guérite jaune bouton-d'or où l'on vendait les billets. Il émanait un charme étonnant de cet endroit aux allures de bastringue délaissé.

Au moment où ils passaient devant le bar à l'enseigne de Sloppy Joe's, le soleil qui se levait derrière l'océan remplit la rue déserte d'une clarté brumeuse. Un pâté de maisons plus loin, ils furent assaillis par un parfum qui leur mit l'eau à la bouche.

« Hmm, que ça sent bon, dit Sean. Ça me rappelle l'odeur...

— ... des croissants », termina Janet à sa place.

Se fiant à leur odorat, ils arrivèrent devant une boulangerie qui faisait aussi salon de thé. Les effluves délectables s'échappaient de fenêtres ouvertes sur une terrasse garnie de tables et de parasols. La porte était fermée, mais le cri poussé par Sean alerta une jolie rousse frisée qui sortit en s'essuyant les mains sur son tablier.

« C'est fermé, leur déclara-t-elle d'une voix teintée d'un soupçon d'accent français.

— Vous ne pourriez pas nous vendre deux de ces croissants qui embaument ? »

La femme leva la tête d'un air entendu. « C'est possible, répondit-elle. Si vous voulez, je peux vous servir un café au lait, je viens d'en préparer pour moi. A cette heure-ci, la machine à expresso n'est pas encore branchée. »

Sans se faire prier davantage, Sean et Janet s'attablèrent sous un parasol pour déguster les pâtisseries juste sorties du four. Le café chaud les requinqua.

« Et maintenant ? demanda Janet. Comment comptes-tu procéder ? »

Sean caressa pensivement son menton hérissé de poils de barbe. « Je vais déjà voir s'ils n'ont pas un annuaire, dit-il. Ça me permettrait au moins de trouver l'adresse de ce labo.

— Pendant que tu cherches, je vais aller me rafraîchir un peu, déclara Janet. Je me sens sale comme un peigne.

— Ça ne te fera pas de mal, en effet », répliqua Sean, qui dut se baisser pour éviter la serviette en papier que Janet lui jetait à la tête.

Le temps que la jeune femme revienne, il s'était non seulement procuré l'adresse du laboratoire mais en plus la rousse avenante lui avait expliqué comment s'y rendre.

« Ce n'est pas la porte à côté, annonça-t-il à Janet. On ne peut pas y aller à pied.

— Pas de problème, rétorqua-t-elle en se moquant. On peut toujours faire du stop ou tout simplement prendre un taxi. Vu la circulation, ce sera facile. »

En fait, ils n'avaient pas croisé un seul véhicule depuis leur arrivée.

« J'ai une autre idée », lança Sean en se levant après avoir laissé un généreux pourboire sur la table.

Janet le regarda un instant d'un air interrogateur avant de deviner ce à quoi il pensait.

« Ah, non ! s'exclama-t-elle. Pas question ! Tu ne vas pas encore voler une voiture !

— Emprunter, rectifia Sean. J'avais oublié à quel point c'est commode. »

Janet eut beau protester qu'elle ne voulait pas se compromettre dans un autre « emprunt » de ce genre, Sean ne se laissa pas entamer.

« Je n'abîmerai rien », promit-il pendant qu'il essayait d'ouvrir l'une après l'autre les portières des voitures garées le long du trottoir. Mais elles lui résistèrent toutes. « Ma parole, reprit-il, les gens sont plutôt méfiants par ici ! » Puis, s'arrêtant net, il jeta un regard de l'autre côté de la rue. « Je change d'avis, murmura-t-il. Finalement, ce n'est pas une voiture que je prendrai... »

Il traversa pour s'approcher d'une grosse moto appuyée sur sa béquille et réussit à la démarrer presque aussi vite que s'il avait eu la clé de contact. Assis à califourchon sur la selle, il repoussa la béquille et fit signe à Janet de venir le rejoindre.

Elle le regarda un moment sans bouger pendant qu'il faisait rugir le moteur. Il ne payait pas de mine, dans ses vêtements fripés et avec sa barbe qui lui mangeait les joues ; Janet se demanda comment elle avait pu tomber amoureuse de cette espèce de voyou. A contrecœur, elle finit pourtant par s'installer derrière lui et lui passa les bras autour de la taille. Sean mit aussitôt les gaz et ils partirent en trombe, dans un tintamarre qui brisa d'un coup la paix de ce matin tranquille.

Ils redescendirent la rue Duval en direction du port, puis bifurquèrent au niveau du rond-point et suivirent la côte vers le nord. Leur course folle s'acheva devant un quai à l'abandon où le laboratoire de l'Institut occupait un petit immeuble en brique d'un seul étage, récemment ravalé. Sean gagna l'arrière du bâtiment et gara la moto sous un hangar. Le bruit du moteur s'éteignit enfin pour laisser place au silence, que venaient seulement troubler les criaillements lointains des mouettes. L'endroit paraissait vide.

« J'ai l'impression que la chance nous a abandonnés, observa Janet. Ça a l'air fermé.

— Allons voir », proposa Sean.

Ils gravirent les quelques marches menant à la porte de derrière. Aucune lumière ne brillait à l'intérieur. S'avançant sur la terrasse découverte qui bordait la partie nord, ils essayèrent successivement toutes les portes sans succès. De l'autre côté du bâtiment, une plaque fixée à côté de l'entrée prévenait les visiteurs que le laboratoire était ouvert de 12 heures à 17 heures les dimanches et jours fériés. Il était possible de laisser les échantillons à analyser dans la boîte aux lettres placée à côté.

« Je crois qu'il faudra revenir », dit Janet.

Sean ne lui répondit pas. Plaçant ses mains en œillères autour des yeux, il regarda à travers les fenêtres de la façade principale. Puis il entreprit de faire le tour de l'immeuble en répétant systématiquement cet examen pour finir par se retrouver à son point de départ. Janet l'avait suivi pas à pas.

« J'espère que tu n'es pas en train d'imaginer Dieu sait quoi, reprit-elle. Essayons de trouver un endroit où dormir quelques heures. Nous pourrons toujours revenir cet après-midi. »

Cette fois encore, Sean ne prit pas la peine d'ouvrir la bouche. Il s'écarta quelque peu de la dernière des fenêtres puis, sans prévenir, frappa le carreau du tranchant de la main avec un geste de karatéka. La vitre implosa et se brisa en mille morceaux sur le plancher. Janet qui s'était vivement reculée jeta un regard furtif derrière elle pour vérifier qu'aucun témoin ne se trouvait dans les parages. Elle agrippa Sean par la manche :

« Ne fais pas ça, le supplia-t-elle. Nous sommes déjà recherchés par la police depuis ce qui s'est passé à Miami.

— Ce carreau cassé n'a pas déclenché d'alarme, c'est déjà ça », remarqua simplement Sean tout en retirant les éclats coupants restés accrochés aux montants de la fenêtre. Cela fait, il s'engouffra à l'intérieur et inspecta soigneusement le cadre. « Il n'y a pas d'alarme du tout », confirma-t-il en remontant le châssis de la guillotine avant de tendre la main à Janet.

Elle fit un pas en arrière : « Je ne veux pas être mêlée à ça, dit-elle.

— Viens, la pria Sean. Je ne casserais pas un carreau pour entrer si je n'avais pas l'impression que c'est diablement important. Tout ce qui se passe est plus que louche, et nous trouverons peut-être des réponses ici. Fais-moi confiance.

— Et si quelqu'un arrivait ? demanda Janet en lançant un autre regard nerveux par-dessus son épaule.

— Personne ne va venir un dimanche à 7 heures et demie du matin, lui assura Sean. De toute façon, je veux simplement jeter un coup d'œil. Nous serons dehors d'ici un quart d'heure, promis. Et si ça peut te faire plaisir, je laisserai un billet de dix dollars pour le vitrier. »

En repensant à tout ce qu'ils avaient déjà traversé, Janet se dit que ça n'avait effectivement pas beaucoup de sens de refuser d'agir maintenant. Elle tendit la main à Sean pour qu'il l'aide à passer de l'autre côté.

Ils étaient entrés dans les toilettes pour hommes. Une

puissante odeur de désinfectant se dégageait du petit bloc rose fixé à la base de l'urinoir apposé contre un des murs.

« Un quart d'heure, pas plus », dit Janet alors que Sean poussait la porte avec précaution.

Ils pénétrèrent dans un couloir qui traversait le bâtiment sur toute sa longueur. Un rapide examen leur permit de se rendre compte que le rez-de-chaussée était en majeure partie occupé par un immense laboratoire qui s'étendait lui aussi d'une aile à l'autre. Sur le même côté du couloir que les toilettes pour messieurs se trouvaient successivement des toilettes pour dames, une pièce de rangement, un bureau et un escalier.

Pendant que Janet n'arrêtait pas de lancer à la ronde des regards alarmés, Sean ouvrait les pièces à tour de rôle. En entrant dans le laboratoire, il se dirigea tout de suite au centre en examinant ce qui l'entourait avec curiosité. Le sol était recouvert d'un lino gris foncé, les placards étaient protégés par de la mélanine gris clair et les paillasses par un revêtement en plastique blanc.

« Tout a l'air normal, c'est un joli petit labo bien propret, remarqua Sean. Et pas mal équipé, en plus. » Il s'arrêta dans la zone réservée à la microbiologie pour se pencher sur un incubateur rempli de boîtes de Petri.

« Quelque chose de bizarre ? s'enquit Janet.

— Pas vraiment, mais je suis un peu déçu. Je ne vois pas avec quoi ils font leurs analyses de tissus. C'est curieux puisque c'est en principe ici que l'Institut envoie les biopsies pour examen. »

Sean ressortit dans le couloir et s'engagea dans l'escalier. Arrivé sur le palier, il se retrouva devant une porte blindée.

« Oh, oh, s'exclama-t-il, on risque d'en avoir pour plus d'un quart d'heure.

— Tu as promis ! lui rappela Janet.

— J'ai parlé trop vite, dit-il négligemment tout en examinant la serrure. Si j'arrive à me procurer les outils adéquats, ça pourrait nous retenir seize minutes au lieu de quinze.

— Ça en fait déjà quatorze !

— Viens avec moi, lança Sean. On va essayer de trouver un truc qui pourrait faire office de barre de force et du fil de fer un peu épais. »

Il dévala l'escalier, et Janet n'eut que le temps de le suivre.

A 7 h 45, le Sea King qu'avait réquisitionné Sterling atterrit dans un crissement de pneus sur une des pistes de l'aéroport de Key West, qu'il remonta jusqu'au terminal. Il vint s'immobiliser à côté d'un avion prêt à décoller, qui assurait des navettes régulières vers l'île.

Il était déjà presque 5 heures lorsque la compagnie d'avions-taxis avait rappelé Sterling à l'hôtel Edgewater Beach. Au terme d'une discussion acharnée où il s'était notamment engagé à payer un supplément conséquent, il avait réussi à obtenir un départ vers 6 heures du matin. Mais le temps de faire le plein, l'appareil était parti avec trois bons quarts d'heure de retard.

Sterling et Wayne avaient mis ce délai à profit pour prolonger un peu leur courte nuit, d'abord à l'hôtel puis à l'aéroport de Naples. Ils avaient d'ailleurs continué à dormir pendant une bonne partie du vol.

A la sortie de l'avion, ils furent accueillis par un petit homme chauve et trapu qui arborait une chemisette imprimée de motifs fleuris et tenait à la main un gobelet de plastique sentant bon le café chaud. C'était Kurt Wanamaker.

« Je suis passé au labo vers 7 heures et quart, leur dit-il tout en les précédant jusqu'à sa Chrysler Cherokee. Tout avait l'air tranquille. Si vraiment ils ont l'intention de venir ici, vous avez dû les prendre de vitesse.

— Emmenez-nous tout de suite là-bas, répondit Sterling. Je voudrais être sur place si d'aventure M. Murphy essayait d'entrer. Nous pourrons en profiter pour vérifier deux ou trois points avant de le livrer à la police. »

« Ça devrait marcher », murmura Sean. Il ferma les yeux pour mieux se concentrer sur les deux recharges de stylo à bille qu'il avait introduites dans la serrure : l'une d'elles, tordue à angle droit, faisait office de barre de force.

« A quoi joues-tu, exactement ? lui demanda Janet.

— Je taquine la serrure, la gorge de la serrure, pour être précis. Dedans, il y a cinq petits bidules qui empêchent le ressort de jouer. Ah, ça y est. » Le pêne glissa avec un léger déclic et la porte tourna sur ses gonds.

Sean entra le premier. Dans cette pièce aveugle, il faisait aussi noir que par une nuit sans lune, mais un peu de lumière filtrait par la cage d'escalier. En tâtonnant sur le mur de gauche, Sean tomba sur toute une série d'interrupteurs. Il les bascula tous d'un coup et les plafonniers s'allumèrent instantanément.

« Tu as vu ça ! » s'extasia Sean médusé. Devant lui s'ouvrait le laboratoire idéal qu'il aurait rêvé de trouver à l'Institut Forbes. Cet endroit immense prenait l'étage entier et tout y était d'un blanc éclatant, le carrelage du sol comme les carreaux des paillasses, les portes des placards aussi bien que la peinture des murs.

Sean avança lentement jusqu'au centre en admirant d'un œil appréciateur le matériel flambant neuf. Il posa la main sur un appareil :

« Le dernier cri de la technique, dit-il. Ce joujou vaut au moins douze mille dollars. Et celui-là, deux fois plus au bas mot ; c'est le tout nouveau spectrophotomètre à chimiluminescence. Là, tu as un appareil de chromatographie à phase liquide : vingt mille dollars ; quant à ce trieur automatique de cellules, il doit coûter dans les cent cinquante mille dollars. Et... ça alors ! »

Bouche bée, Sean avait stoppé net devant un appareil à la curieuse forme ovoïde. « Ne t'approche surtout pas de ce machin avec ta carte de crédit, lança-t-il à Janet. C'est un résonateur nucléaire magnétique. Est-ce que tu as une idée du prix de cette babiole ? »

Janet fit non de la tête.

« Cinq cent mille dollars au minimum. Et s'ils se sont offert ça, ils doivent forcément avoir un défracteur de rayons X. »

Tout excité, Sean se dirigea vers un espace protégé par des parois vitrées. Dedans, se trouvait tout l'équipement nécessaire pour assurer une protection de type 3, ainsi qu'un nombre incalculable d'incubateurs de milieux de culture. Sean tira sur la poignée de la porte ; celle-ci s'ouvrit en résistant comme si elle était retenue par une énorme ventouse. A l'intérieur de ce laboratoire de virologie, la pression était en effet maintenue plus basse que dans le reste de la pièce afin d'empêcher les micro-organismes de sortir de la zone sous haute surveillance.

Tout en refermant derrière lui, Sean fit signe à Janet de l'attendre dehors. Il commença par soulever le couvercle d'un congélateur ; le thermomètre placé dedans indiquait — 21 °C. La cuve elle-même abritait plusieurs casiers en métal où s'alignaient de petits flacons qui chacun contenait une culture virale congelée.

Sean s'intéressa ensuite à quelques-uns des incubateurs. Ces appareils étaient maintenus à une température constante de 37° Celsius afin de reproduire les conditions thermiques de l'organisme humain.

Regardant ensuite sur le bureau, Sean examina quelques microphotographies électroniques de virus isométriques, qui chacune s'accompagnait d'un dessin au trait représentant la capside virale. Ces croquis faits pour cerner la symétrie icosaédrique des capsules entourant le matériel génétique des virus en précisaient également l'échelle ; Sean nota que les particules virales mesuraient quarante-trois nanomètres de diamètre.

Sortant de la zone P3, Sean se dirigea ensuite vers le secteur du laboratoire aménagé pour l'étude des oncogènes, un domaine de recherche qui lui était beaucoup plus familier. Contrairement toutefois au matériel qu'il avait l'habitude d'utiliser à Boston, ici tout était ultramoderne. Il contempla avec convoitise les étagères où s'alignaient à profusion les produits réactifs permettant d'isoler les oncogènes et leurs sous-produits, les oncoprotéines.

« Ils sont vraiment à la pointe du progrès », lâcha-t-il avec une admiration mêlée d'envie. La partie réservée à l'étude des oncogènes était elle aussi équipée de toute une série d'incubateurs. Il en ouvrit un pour regarder les lignées cellulaires abritées à l'intérieur.

« Qu'est-ce que j'aimerais bosser là, soupira-t-il en refermant l'appareil.

— Tu as enfin trouvé ce que tu cherchais ? lui demanda Janet qui le suivait pas à pas.

— J'ai trouvé bien plus que ce que je cherchais ! s'exclama-t-il. C'est sûrement ici que travaille le Dr Levy. Je parie que la plupart de ces fabuleux appareils viennent du labo interdit qui se trouve au cinquième étage de l'Institut.

— C'est tout ce que ça t'apprend ? s'étonna Janet.

— Non. Maintenant je sais aussi que je vais passer quelques heures palpitantes quand nous serons rentrés à l'Institut. Je crois... »

Il n'eut pas le temps de finir. Un bruit de voix et de pas en provenance de l'escalier l'interrompit au beau milieu de sa phrase. Terrifiée, Janet retint un cri en posant sa main sur sa bouche. Sean la serra contre lui tout en inspectant désespérément la pièce du regard en quête d'un endroit où se cacher. Mais il n'y avait pas d'issue. Ils étaient pris au piège.

11

DIMANCHE 7 MARS,
8 H 05

« Je les ai ! » tonitrua Wayne Edwards. Il venait de tirer vers lui la porte d'un placard situé à quelques mètres du laboratoire P3 isolé derrière ses cloisons de verre.

Gênés par la lumière, Sean et Janet le dévisageaient en clignant des yeux.

Kurt Wanamaker et Sterling s'empressèrent de venir examiner la découverte de Wayne.

« Qu'ils sont mignons, commenta Sterling. A les voir, on ne croirait jamais que ce sont des fuyards ou des agents provocateurs.

— Allez, ouste ! Tout le monde dehors ! » ordonna Wayne.

C'est une Janet penaude et visiblement bourrelée de remords qui sortit la première, bientôt suivie d'un Sean à l'air ombrageux.

« Vous n'auriez jamais dû nous fausser compagnie comme ça à l'aéroport, les tança Sterling. Quels ingrats vous faites ! Quand je pense à tout le mal que nous nous sommes donné pour vous éviter d'être enlevés par les Japonais ! Je serais curieux de savoir si vous avez au moins une idée des ennuis que vous semez partout où vous passez.

— Des ennuis que *je* sème, le corrigea Sean.

— Ah, le Dr Mason m'avait prévenu que vous aviez la langue bien pendue, s'exclama Sterling. Eh bien tant mieux ! Vous allez pouvoir vous défouler autant que vous le voudrez avec les policiers de Key West. A eux de voir avec leurs collègues de Miami qui doit se charger de votre cas, maintenant que vous venez de commettre cette nouvelle infraction chez eux. »

Sterling s'éloigna pour aller décrocher un téléphone et posa le doigt sur une touche.

Sans une hésitation, Sean tira le pistolet de sa poche et le pointa sur lui. « Reposez ça tout de suite », jeta-t-il.

La vue de cette arme dans la main de Sean arracha un cri à Janet.

« Sean ! hurla-t-elle. Non !

— La ferme », aboya Sean. Ces trois hommes qui formaient un arc de cercle autour d'eux le rendaient nerveux. Il ne voulait surtout pas qu'ils puissent profiter de la présence de Janet pour prendre l'avantage.

Dès que Sterling eut reposé le combiné, Sean agita son arme pour leur indiquer de se rapprocher les uns des autres.

« C'est de la folie pure, déclara Sterling. Un vol à main armée constitue un délit autrement plus sérieux qu'un simple vol par effraction.

— Rentrez là-dedans, et plus vite que ça, se contenta de répondre Sean en leur montrant le placard que Janet et lui venaient juste de libérer.

— Sean, tu es fou ! risqua Janet en avançant vers lui.

— Toi, ne t'en mêle pas ! » gronda Sean. Et il l'obligea à s'écarter d'une bourrade.

Déjà désemparée par ce pistolet jailli de la poche de Sean, Janet fut encore plus choquée par le changement soudain intervenu dans son comportement. La violence de son ton et la farouche détermination qui se lisait sur son visage la laissaient abasourdie.

Une fois les trois hommes entassés dans l'étroit placard, Sean les y enferma à double tour avant de bloquer la porte à l'aide de plusieurs meubles volumineux.

Cela fait, il empoigna Janet et l'entraîna de force vers la sortie. Au milieu de l'escalier, la jeune femme parvint à se dégager.

« Tu pars sans moi, haleta-t-elle en se frottant le poignet. Je ne viens pas avec toi.

— Mais qu'est-ce que tu racontes ? siffla Sean entre ses dents.

— Est-ce que tu te rends compte de la façon dont tu viens de me traiter ? Je ne veux plus rien avoir à faire avec toi.

— Tu ne vas pas commencer ! pesta Sean d'un air rageur. J'ai joué au gros dur pour impressionner les trois autres, c'est tout. Si les choses ne se passent pas comme je le souhaite, tu pourras toujours t'en sortir en déclarant que tu t'es retrouvée embarquée contre ton gré dans cette affaire. Avec la quantité de boulot qui m'attend à Miami, il y a des chances pour que la situation ne s'arrange pas de sitôt.

— Sois clair, pour une fois, et arrête de t'exprimer par énigmes, s'emporta Janet. Qu'est-ce que tu veux dire ?

— Ça serait un peu long à t'expliquer. Pour l'instant, la seule chose à faire c'est de ficher le camp d'ici. Je ne suis pas sûr que la porte du placard leur résiste longtemps. Et une fois qu'ils seront dehors, ils ne mettront pas longtemps à ameuter la population. »

Ne sachant plus à quel saint se vouer, Janet se résigna à suivre Sean, d'abord jusqu'en bas des marches, puis dans le couloir du rez-de-chaussée et enfin jusqu'à l'extérieur du bâtiment. Le quatre-quatre Cherokee de Kurt Wanamaker attendait au coin de la rue. Sean poussa Janet dedans.

« C'est gentil de leur part de nous avoir laissé les clés, remarqua-t-il en se glissant derrière le volant.

— Comme si ça changeait quoi que ce soit pour toi ! » lâcha Janet d'un air méprisant.

Sean démarra, puis coupa presque instantanément le contact.

« Que se passe-t-il, encore ? demanda Janet.

— Dans l'affolement, j'ai oublié de prendre un ou deux réactifs là-haut, répondit-il en sortant de la Chevrolet. J'en ai pour une minute. Je reviens tout de suite. »

Avant que Janet ait eu le temps de protester, il était déjà parti en courant. La jeune femme rageait intérieurement. Sean se fichait pas mal de tout ce qu'elle pouvait dire et penser. Descendant à son tour de voiture, elle se mit à déambuler nerveusement autour du véhicule.

Sean revint un bref instant plus tard, portant sous le bras un gros carton qu'il jeta négligemment sur le siège arrière. Le moteur ronflait déjà lorsque Janet s'engouffra à ses côtés. Il démarra dans une embardée.

« Regarde s'il n'y a pas une carte dans la boîte à gants », lança-t-il à Janet.

Elle lui tendit celle qui s'y trouvait et il la consulta tout en conduisant.

« Impossible de garder cette voiture jusqu'à Miami, dit-il. Dès qu'ils seront sortis de leur placard, ils s'apercevront de sa disparition. Et comme il n'y a qu'une seule route pour remonter vers le nord, la police aura vite fait de nous mettre la main dessus.

— Une fuyarde, voilà ce que je suis ! se mit à soliloquer Janet. Cet homme avait raison, il n'y a pas d'autre mot. Ça me paraît tellement grotesque que je ne sais pas s'il faut en rire ou en pleurer.

— Il y a un aéroport à Marathon, remarqua Sean sans relever. Nous laisserons la bagnole là-bas pour en louer une ou prendre un avion, tout dépendra des heures de vol.

— Parce que nous rentrons à Miami, c'est bien ça ?

— Absolument.

— Qu'est-ce qu'il y a dans ce carton ? lui demanda-t-elle.

— Tout un tas de réactifs que je n'avais pas à l'Institut.

— Quel genre de réactifs ?

— Essentiellement des brins d'ADN complémentaire et des sondes ADN, répondit Sean. Avec ça, je vais pouvoir me mettre à analyser sérieusement les oncogènes et les acides nucléiques viraux. J'ai notamment trouvé l'ADN complémentaire et les sondes dont on se sert pour l'encéphalite de Saint Louis.

— Et qu'est-ce que tu comptes démontrer, avec ça ?

— Si je te le disais, tu trouverais ça ridicule, reconnut Sean. Pour le moment, je n'ai qu'une hypothèse, il me manque encore la preuve. Tant que je ne l'aurai pas, je ne veux en parler à personne, pas même à toi.

— Tu pourrais quand même me donner une vague idée de l'usage auquel tu réserves cet ADN complémentaire et ces sondes, insista Janet.

— L'ADN complémentaire va me servir à identifier des brins d'ADN bien précis, expliqua Sean. Je vais en quelque sorte le charger de chercher le brin qui lui correspond parmi des millions d'autres, et il finira par se lier à lui. Ensuite, grâce à la PCR, une réaction en chaîne par polymérisation, le brin que je voulais identifier va se multiplier à des milliards d'exemplaires. Ce qui me permettra ensuite de le repérer facilement grâce à une sonde ADN.

— Si je comprends bien, ces brins d'ADN complémentaire et ces sondes ADN jouent un peu le rôle d'un aimant très puissant qui permet de chercher la proverbiale aiguille dans une botte de foin, commenta Janet.

— C'est exactement ça, dit Sean, impressionné de la voir assimiler aussi aisément ses explications scientifiques. Un aimant superpuissant, je dirais même magique. Le type qui a mis cette technique au point aurait mérité de recevoir le prix Nobel.

— La biologie moléculaire avance vraiment à pas de géant, reprit Janet en bâillant.

— Les choses vont à une vitesse folle, acquiesça Sean. Même les spécialistes du domaine ont du mal à ne pas se laisser dépasser. »

Janet luttait pour garder les yeux ouverts. Ses paupières s'alourdissaient et le ronronnement régulier du moteur accroissait encore sa torpeur. Elle aurait voulu continuer à presser Sean de questions pour savoir ce qu'il avait derrière la tête et ce qu'il pensait faire une fois arrivé à l'Institut Forbes, mais elle était trop lasse pour poursuivre cette conversation.

Les voyages en voiture produisaient toujours sur elle un effet apaisant. Epuisée par sa courte nuit à bord du bateau et cette course folle d'un bout à l'autre de la péninsule, elle ne tarda pas à piquer du nez. Bientôt, le sommeil dont elle avait tant besoin l'envahit. Elle y succomba pour ne se réveiller que lorsque Sean quitta la route n° 1 au niveau de l'aéroport de Marathon.

« Jusque-là, pas de problème, dit Sean alors qu'elle sortait de son assoupissement. Nous n'avons croisé ni barrages, ni motards. »

Janet se cala sur son siège. Il lui fallut un instant pour rassembler ses idées et comprendre où elle se trouvait, mais très vite la réalité lui apparut dans toute son horreur, la laissant encore plus découragée que lorsqu'elle s'était endormie. Un peu groggy, elle se passa la main dans les cheveux qu'elle trouva tout poisseux et emmêlés. Elle se demanda de quoi elle avait l'air mais renonça à se regarder dans le miroir. Cela n'aurait servi qu'à la démoraliser un peu plus.

Sean tint à se garer dans la partie la plus encombrée du parking. La voiture serait ainsi moins facile à repérer, ce qui leur laisserait plus de temps devant eux. Prenant sous son bras le carton posé sur le siège arrière, il demanda à Janet d'aller se renseigner sur les départs prévus pour Miami pendant que lui-même se chargeait de voir s'il pouvait louer une voiture. Il cherchait toujours une agence de location lorsque la jeune femme le rejoignit pour lui annoncer que le prochain avion pour Miami décollait dans vingt minutes.

L'employé à qui Sean confia son carton l'enveloppa obligeamment de ruban adhésif et y apposa quantité d'étiquettes marquées « Fragile ». Il lui promit que ce paquet serait traité avec le plus grand soin. Un peu plus tard, alors qu'il embarquait à bord du petit appareil, Sean aperçut de loin la boîte qui se balançait dangereusement au sommet du monceau de bagages embarqués dans la soute. Mais cela ne l'inquiéta pas outre mesure. Bien protégés par les petites billes de polystyrène qu'il avait trouvées dans laboratoire de Key West, ses précieux réactifs pourraient certainement voyager sans encombre.

Après avoir atterri à Miami et loué une voiture à l'agence Avis (mieux valait éviter Hertz où un ordinateur indiscret risquait de signaler que Janet Reardon n'avait toujours pas rendu la Pontiac rouge), ils se rendirent directement à l'Institut. Sean se gara le plus près possible du bâtiment de la recherche, puis sortit le laissez-passer qu'il devait présenter à l'entrée. L'épuisement commençait lui aussi à le gagner.

« Tu veux venir ? demanda-t-il à Janet. Si tu préfères, garde la voiture et rentre te reposer.

— Si je suis venue jusqu'ici, répliqua Janet, c'est pour comprendre ce que tu as l'intention de faire.

— Ça me paraît normal, dit Sean. Alors on y va. »

Ils sortirent de la voiture et pénétrèrent dans l'immeuble. Sean qui n'avait pas prévu que les choses risquaient d'être compliquées fut très surpris de voir le gardien se lever pour les accueillir. Jusqu'à présent, il n'avait jamais eu droit à autant d'égards. Sean connaissait ce vigile pour l'avoir déjà vu plusieurs fois. Il s'appelait Alvarez.

« Monsieur Murphy ? l'interpella ledit Alvarez avec un fort accent espagnol.

— C'est bien moi », dit Sean en butant dans le tourniquet qui était resté bloqué. D'une main, il levait son laissez-passer pour qu'Alvarez puisse l'examiner, de l'autre il tenait fermement son carton. Janet le suivait à deux pas.

« Vous n'avez pas le droit d'entrer ici », déclara Alvarez.

Sean posa le carton par terre et se pencha pour brandir le

laissez-passer sous le nez du gardien : « Je travaille ici, vous le savez bien, répliqua-t-il.

— J'ai des ordres du Dr Mason », dit Alvarez en se reculant comme si le laissez-passer dégageait une odeur de soufre. Puis il décrocha le téléphone tout en feuilletant rapidement un fichier d'adresses.

« Posez ce téléphone immédiatement ! » lui ordonna Sean qui commençait à perdre patience.

Sans tenir compte de sa mise en garde, le gardien commença à composer le numéro du Dr Mason sur le cadran.

« Je vous l'ai demandé poliment ! rugit Sean en élevant considérablement le ton. Maintenant vous allez raccrocher, et tout de suite. »

Impassible, le gardien finit de composer son numéro et leva les yeux vers Sean en attendant d'avoir la communication.

Rapide comme l'éclair, Sean se rua derrière le bureau d'accueil et arracha les fils du téléphone. Il brandit sous les yeux du vigile effaré le câble qui lui était resté dans la main et au bout duquel pendouillait un écheveau de minuscules fils rouges, verts et jaunes.

« La ligne est en dérangement », lâcha-t-il froidement.

Le visage d'Alvarez vira au pourpre. Lâchant le combiné, il saisit une matraque rangée sous la tablette et fit le tour du comptoir.

Au lieu de battre en retraite ainsi que l'autre s'y attendait, Sean s'élança à sa rencontre comme un joueur de hockey s'apprêtant à bloquer la balle. Il frappa du bas vers le haut, et son avant-bras vint durement percuter la mâchoire inférieure du vigile, dont les pieds soudain ne touchaient plus terre. Celui-ci lâcha sa matraque devenue inutile et alla s'écrouler contre le mur. Le coup porté par Sean s'était accompagné d'un craquement sec, assez comparable au bruit d'une branche morte brisée net. Au moment où il heurta le mur, Alvarez poussa un râle si profond qu'on aurait dit qu'il expulsait tout l'air contenu dans ses poumons. Puis il s'affaissa sur le sol comme une poupée de chiffon.

« Sean ! s'écria Janet. Tu l'as tué !

— Bon sang, il a la mâchoire solide, ce salaud », grogna Sean en se frottant l'avant-bras.

Un filet de sang s'écoulait de la bouche d'Alvarez. Janet

alla s'agenouiller près de lui, terrifiée à l'idée qu'il soit mort. Mais il avait simplement perdu connaissance.

« Cela ne s'arrêtera donc jamais ! se mit-elle à gémir. Je crois que tu lui as cassé la mâchoire et le malheureux s'est mordu la langue. Tu l'as complètement assommé.

— Il n'y a qu'à le transporter du côté de la clinique, suggéra Sean.

— Ils ne sont pas équipés pour accueillir les blessés, rétorqua Janet. Il faut l'emmener à l'Hôpital général. »

Sean poussa un soupir exaspéré en lorgnant du coin de l'œil son carton toujours posé par terre. Le travail qui l'attendait au laboratoire exigeait qu'il y consacre au moins quatre heures. Il regarda sa montre : il était 1 heure de l'après-midi.

« Sean ! reprit Janet d'un ton autoritaire. Il faut y aller. L'hôpital n'est qu'à trois minutes d'ici. On ne peut tout de même pas le laisser comme ça ! »

De mauvais gré, Sean dissimula son carton derrière le bureau d'accueil puis se pencha vers Alvarez toujours inconscient. Avec l'aide de Janet, il parvint à le transporter dehors et à le hisser tant bien que mal sur le siège arrière de la voiture qu'ils venaient de louer.

En son for intérieur, il reconnaissait que la seule chose à faire était en effet d'amener le blessé dans un service d'urgences. Non seulement il aurait été criminel de le laisser baigner dans son sang, mais si par malheur Alvarez devait y passer il se retrouverait lui-même dans un sacré pétrin ; un pétrin dont tout le talent d'avocat de son frère ne parviendrait jamais à le sortir. S'il comprenait la nécessité de porter secours à sa victime, Sean n'avait cependant aucune envie de se faire arrêter.

Il réfléchit rapidement. Il est vrai que c'était dimanche, un jour où le personnel des urgences était traditionnellement débordé. Cela simplifierait les choses...

« On ne s'attarde pas, lança-t-il à Janet. On le pose et on s'en va. Les médecins se débrouilleront bien sans nous. »

Janet était d'un autre avis mais elle trouva plus sage de ne pas le contrarier.

Il laissa le moteur tourner pendant que Janet et lui s'échinaient à transporter le corps inerte d'Alvarez jusqu'aux urgences. L'homme respirait toujours.

Avisant un chariot inoccupé à quelques mètres de la porte, Sean le montra à Janet d'un signe de tête :

« On le met là-dessus », ordonna-t-il sur un ton sans réplique.

Dès qu'ils eurent fini d'installer le gardien, Sean débloqua le frein et poussa légèrement sur la poignée. « Un accident de la route ! » clama-t-il pendant que le chariot se mettait à rouler doucement dans le couloir. Là-dessus, empoignant Janet par le bras, il lança : « Allez, on file ! »

Ils repartirent en courant.

« Ce n'est pas un accident de la route, remarqua sèchement Janet en montant dans la voiture.

— Je sais. Mais c'est tout ce qui m'est venu à l'esprit. Tu sais comment ça se passe, dans les services d'urgence. Ce type aurait pu passer des heures dans le couloir avant qu'on s'intéresse à lui. »

Janet répondit par un haussement d'épaules. En fait, Sean avait raison. Avant de partir elle avait aperçu un infirmier se pencher sur le chariot.

Ils étaient tous les deux exténués et n'échangèrent plus un mot jusqu'à l'Institut. La démonstration de violence à laquelle venait de se livrer Sean consternait Janet, qui découvrait avec effarement ce nouvel aspect de sa personnalité.

Sean, lui, essayait d'imaginer un moyen sûr pour travailler plusieurs heures d'affilée sans risquer d'être dérangé. Entre ce qui venait de se passer avec Alvarez et le fait qu'il soit recherché par la police, sa situation paraissait maintenant désespérée. Les chiens étaient lâchés, et il ne voyait pas comment leur échapper. Soudain, il eut une idée. Une idée folle, peut-être, mais qui pouvait marcher. Elle lui fit un instant oublier son épuisement et amena un sourire sur ses lèvres. Ce plan lui paraissait vraiment de bonne guerre.

De toute façon, au point où il en était il n'avait plus le choix : il fallait aller jusqu'au bout, quitte à recourir à des méthodes radicales. Plus Sean examinait les soupçons qu'il nourrissait depuis quelque temps déjà sur ce qui se tramait à l'Institut de cancérologie Forbes, plus il se persuadait qu'il était dans son droit. Mais il avait besoin de prouver ce qu'il subodorait, et pour pouvoir le prouver, il fallait qu'il puisse travailler en paix dans son labo. Ce qui l'obligeait à prendre des mesures énergiques. Les seules qui puissent être efficaces.

Au moment de garer la voiture sur le parking de l'Institut, il sortit enfin de son silence.

« La nuit où tu es arrivée à Miami, dit-il à Janet, j'assistais à une petite fiesta chez le Dr Mason. Une réception donnée en l'honneur d'un monsieur qui, après avoir été miraculeusement guéri d'un médulloblastome, manifestait sa reconnaissance en jouant les généreux mécènes. Il a signé un gros chèque. Très gros. C'est vrai qu'il en avait les moyens : il dirige une usine d'aéronautique à Saint Louis. »

Janet s'abstint de tout commentaire.

« Louis Martin, lui, est le P-DG d'une société informatique installée au nord de Boston », continua Sean tout en terminant sa manœuvre. Il se hasarda à regarder Janet qui le dévisagea comme s'il était devenu fou. « Quant à Malcolm Betencourt, ajouta-t-il, il s'occupe d'une association philanthropique fabuleusement riche.

— Helen Cabot était étudiante », lui fit remarquer Janet.

Sean serra le frein à la main.

« Exact, reprit-il. Helen était étudiante. Mais son père occupe le fauteuil de P-DG d'une des plus grosses sociétés de fabrication de logiciels du monde.

— Et alors ? Qu'est-ce que tu en déduis ? lui demanda Janet.

— Je voulais simplement soumettre tout cela à ta réflexion, dit Sean en sortant de voiture. Et quand on sera là-haut, j'aimerais que tu examines les trente-trois dossiers que nous avons photocopiés, en t'intéressant tout spécialement à la situation sociale de ces patients. Ensuite tu me diras ce que tu en penses. »

Sean fut soulagé de voir que personne n'avait pris la relève d'Alvarez. Il alla chercher le carton qu'il avait caché derrière le comptoir puis, suivi de Janet, il franchit le tourniquet et tous deux prirent l'ascenseur jusqu'au quatrième.

Une fois dans son laboratoire, il alla tout de suite ouvrir le réfrigérateur pour s'assurer que le cerveau d'Helen et l'échantillon de liquide céphalo-rachidien s'y trouvaient toujours. Après avoir constaté que tout était en ordre, il sortit les dossiers de leur cachette et les tendit à Janet. Ses yeux s'arrêtèrent un moment sur la paillasse encombrée de tout le bric-à-brac qu'il y avait laissé, mais il n'y toucha pas.

« Prends connaissance de ces dossiers, lança-t-il à Janet d'un ton neutre. Moi, j'ai un truc à faire dehors. Je n'en ai pas pour longtemps, une heure maximum. »

Interloquée, Janet leva la tête.

« Où vas-tu ? lui demanda-t-elle. Je croyais que tu étais pressé de te mettre au travail.

— C'est vrai, répliqua Sean. Mais je n'ai pas envie qu'on vienne me déranger : il y a eu cet incident avec Alvarez, et à l'heure qu'il est les trois autres doivent être sortis de leur placard. J'ai deux ou trois choses à régler pour empêcher l'invasion des barbares.

— Qu'est-ce que tu entends par " régler " ? s'enquit Janet.

— Si jamais quelqu'un entre ici pendant que je ne suis pas là, reprit Sean en ignorant sa question, tu n'auras qu'à dire la vérité. A savoir que tu ignores où je suis passé.

— Mais qui pourrait venir ?

— Personne, j'espère, mais on ne sait jamais. Robert Harris, par exemple, celui qui nous a sauvés hier sur la plage. Il risque de pointer son nez. Si jamais Alvarez avait l'idée de raconter ce qui lui est arrivé, c'est sûrement lui qu'il préviendrait.

— Et si on me demande ce que moi je fais ici ?

— Là encore, tiens-t'en à la vérité : tu fouilles dans ces dossiers pour essayer de comprendre ce qui me pousse à agir de la sorte.

— Oh, Sean, je t'en prie, lâcha Janet d'un ton dédaigneux. Ce n'est pas ces dossiers qui vont me permettre de mieux te comprendre. C'est ridicule.

— Contente-toi de les lire en gardant à l'esprit ce dont je te parlais dans la voiture.

— Ces renseignements sur la situation sociale des patients ?

— Tu as tout compris. Il faut que j'y aille maintenant. Mais je voudrais te demander un service. Tu veux bien me prêter ce nécessaire à maquillage dont tu ne te sépares jamais ?

— Cette histoire ne me plaît pas du tout, murmura Janet en sortant le boîtier en métal de son sac pour le tendre à Sean. Je suis de plus en plus inquiète.

— Ne t'en fais pas, répondit Sean. Je m'en servirai comme d'une botte secrète si jamais je tombe sur Batman.

— Oh, toi et tes devinettes ! Je commence à en avoir assez ! » s'exclama Janet exaspérée.

Sean savait qu'il ne disposait pas de beaucoup de temps. A supposer qu'Alvarez soit toujours évanoui, il n'allait pas tarder à reprendre conscience. Et il y avait tout lieu de penser qu'il donnerait immédiatement l'alarme en expliquant dans quelles circonstances il avait dû quitter son poste.

Prenant la voiture qu'ils avaient louée à l'aéroport, Sean se rendit d'abord au port de plaisance situé à côté du théâtre municipal de Miami. Là, il loua un petit hors-bord avec lequel il traversa la baie de Biscayne en passant au large du bassin en eau profonde de Dodge Island. En ce dimanche après-midi, les quais étaient littéralement assiégés par la foule des touristes qui s'apprêtaient à embarquer pour une petite croisière vers les Antilles.

La traversée du chenal devait s'avérer quelque peu périlleuse à cause des courants contraires créés par le vent et le passage intense des embarcations de toute taille. Sean réussit néanmoins à le franchir sans encombre pour gagner le pont qui relie le boulevard MacArthur à Miami Beach. En passant sous les piles de l'ouvrage, il aperçut sur sa gauche l'objectif vers lequel il se dirigeait : Star Island.

Il n'eut aucun mal à trouver la maison des Mason grâce au *Lady Luck*, l'immense yacht blanc amarré à la jetée qui prolongeait la terrasse. Sean arrêta le hors-bord à l'arrière du yacht, devant un ponton flottant relié à la jetée par une échelle de corde. Ainsi qu'il l'avait prévu, Batman, le doberman des Mason, l'attendait en haut de l'échelle en grondant, tous crocs dehors.

Après avoir arrimé le bateau, Sean escalada prudemment les barreaux en répétant à mi-voix : « Couché, mon gros, couché. » Le molosse, lui, penchait le cou en avant et répondait à ces cajoleries en découvrant les babines dans un rictus menaçant. Plus il montrait les dents, plus ses grondements s'amplifiaient.

Lorsqu'il ne fut plus qu'à une trentaine de centimètres de la gueule du monstre, Sean lui assena un grand coup sur le museau avec l'étui en métal que lui avait prêté Janet ; Batman poussa un hurlement et partit la queue basse vers sa niche placée à côté du garage.

Certain que les Mason n'avaient pas d'autre chien, Sean grimpa sur la jetée et inspecta les alentours. Il fallait qu'il agisse rapidement, avant que quiconque ait l'idée de décrocher le téléphone pour ameuter la police. Les portes-fenêtres du salon étaient grandes ouvertes sur la terrasse. Il s'en échappait un air d'opéra.

Le jeune homme fut surpris de ne voir personne. Par cette journée magnifique, il s'était attendu à trouver Sarah Mason allongée sur une chaise longue près de la piscine. Il y avait bien une grande serviette de plage, un flacon de lotion solaire et quelques pages de journal, mais pas de Sarah.

Avançant à grandes enjambées, Sean contourna la piscine et s'approcha de la maison. Bien que les baies soient ouvertes, les stores tirés empêchaient de voir à l'intérieur.

Arrivé devant une des portes, il poussa doucement le store et pénétra dans la pièce en tendant l'oreille, à l'affût d'un bruit de conversation qu'aurait pu lui masquer la musique qui passait à plein volume.

Se dirigeant droit vers la chaîne stéréo, il examina un instant les innombrables voyants puis, après avoir enfin trouvé la commande « Marche/Arrêt », il appuya sur le bouton. Un silence subit s'installa dans la pièce. Sean escomptait bien que cette brutale interruption du grand air d'*Aïda* allait pousser les occupants des lieux à réagir.

Il avait vu juste. Quelques secondes plus tard, le Dr Mason sortit de son bureau pour jeter à sa chaîne hi-fi un regard déconcerté. Lorsque ses yeux tombèrent sur Sean, il se raidit, les traits figés par une expression de sidération absolue.

« Bonjour, docteur, dit Sean d'une voix qu'il s'efforça de rendre joviale. Mme Mason serait-elle dans les parages, par hasard ?

— Mais bon sang qu'est-ce que c'est que ce... que cette... ? » s'exclama le Dr Mason d'un air faussement assuré qui cachait mal son désarroi.

« Cette intrusion ? » lui souffla Sean.

Sarah Mason entra sur ces entrefaites, « vêtue », pour ainsi dire, d'un bikini noir coupé dans un tissu brillant. Ce maillot étriqué couvrait à peine ses formes généreuses. Par-dessus, elle portait une chemise ornée de boutons en strass, mais si transparente qu'elle ajoutait encore à l'impudeur de sa tenue. Pour compléter ce costume, elle s'était chaussée de mules noires à talons aiguilles, agrémentées d'une petite aigrette de plumes sur le cou-de-pied.

« Je suis venu vous inviter tous deux à m'accompagner jusqu'à mon laboratoire, déclara Sean comme si la chose allait de soi. Et si je peux vous donner un conseil, vous feriez bien de prendre un peu de lecture. L'après-midi risque de se prolonger tard. »

M. et Mme Mason se regardèrent, interdits.

« Le problème, poursuivit Sean, est que je ne dispose pas de beaucoup de temps. Il faut vous dépêcher. Nous prendrons votre voiture, puisque je suis venu en bateau.

— Je vais appeler la police, lança le Dr Mason en tournant les talons pour se diriger vers son bureau.

— Allons, docteur, il faut que je vous apprenne les règles de ce petit jeu », dit Sean en sortant le pistolet de Tom de sa poche et en l'agitant au bout de son bras tendu pour que le couple le voie bien.

Mme Mason poussa un petit cri. Son mari se pétrifia sur place.

« J'espérais que vous accepteriez tout de suite mon invitation, reprit Sean, mais j'avais prévu ce moyen de persuasion, au cas où.

— Vous êtes en train de faire une grosse bêtise, mon jeune ami, lâcha le Dr Mason avec morgue.

— Avec tout le respect que je vous dois, répliqua Sean, si jamais mes soupçons se vérifient je pense que c'est vous qui avez fait de grosses bêtises.

— Cela ne vous mènera pas loin, vous savez.

— Je n'ai pas l'intention d'aller loin.

— Fais quelque chose, à la fin », cria Mme Mason à son époux. Les larmes qui s'étaient formées au coin de ses yeux menaçaient dangereusement de noyer le mascara épais dont elle s'était enduit les cils.

« Gardez votre sang-froid, ordonna Sean. Je ne tirerai que si vous m'y obligez. Et maintenant, nous allons gentiment monter dans la voiture tous les trois. » Il agita le pistolet en direction du hall d'entrée.

« Je dois vous prévenir que nous attendons de la visite, dit le Dr Mason. Pour ne rien vous cacher, nous attendons votre...

— Raison de plus pour nous dépêcher ! le coupa Sean. Allez, en route ! »

Voyant que Sean ne plaisantait pas, le Dr Mason entoura les épaules de sa femme d'un bras protecteur et se dirigea vers la sortie. Sean s'effaça pour les laisser passer devant pendant que Mme Mason se mettait à sangloter en bredouillant qu'elle ne pouvait pas sortir habillée comme ça.

« Allez, dépêchons ! » cria Sean qui commençait à s'impatienter.

Ils n'étaient plus qu'à quelques mètres de la Jaguar du Dr Mason lorsqu'une autre voiture s'arrêta dans l'allée.

Passablement inquiet, Sean s'empressa de glisser l'arme au fond de sa poche. L'idée de devoir prendre une troisième personne en otage ne lui souriait franchement pas. Mais sa contrariété céda vite la place à la stupéfaction lorsqu'il s'aperçut que le visiteur importun n'était autre que Brian.

« Sean ! » s'exclama Brian en reconnaissant à son tour son frère. Il s'élança en courant à sa rencontre avec une expression de surprise et de plaisir mêlés. « Ça fait vingt-quatre heures que je te cherche ! Où étais-tu passé ?

— J'ai essayé de te joindre plusieurs fois, répondit Sean. Que diable viens-tu faire à Miami ?

— Votre arrivée est une bénédiction, Brian, intervint le Dr Mason. Figurez-vous que votre frère s'était mis dans la tête de nous kidnapper.

— Et il est armé ! renchérit Mme Mason en reniflant à petits coups.

— Armé ? » Brian jeta à son frère un regard incrédule. « Où est cette arme ?

— Il l'a mise dans sa poche, glapit Mme Mason.

— C'est vrai, Sean ? » s'enquit Brian en le dévisageant.

Sean haussa les épaules : « J'ai dû me résoudre à employer les grands moyens, répliqua-t-il.

— Donne-moi cette arme, dit Brian en tendant la main.

— Non.

— Donne-moi cette arme, répéta Brian en haussant le ton.

— Brian, il se passe des choses que tu ne peux pas comprendre, commença Sean. Pour le moment, ne t'en mêle pas, s'il te plaît. D'ici peu, j'aurai sûrement besoin de tes talents d'avocat, mais pour le moment reste à l'écart. Essaie de garder la tête froide. »

Brian s'approcha de Sean jusqu'à presque le toucher :

« Donne-moi cette arme, dit-il pour la troisième fois. Je ne te laisserai pas faire ce genre de sottise. Un enlèvement à main armée, ça va chercher loin, tu sais. Au bout, c'est la prison, obligatoirement.

— Je sais que tu ne penses qu'à mon bien, riposta Sean. Je sais que tu es l'aîné et que tu es un grand juriste, mais je n'ai pas le temps de t'expliquer ce qui se passe. Fais-moi confiance ! »

Vif comme l'éclair, Brian plongea la main dans la poche de son frère pour s'emparer du pistolet qui la déformait de manière ostensible. Il referma les doigts autour de l'arme. Sean lui bloqua le poignet d'une prise de fer.

« Tu es le plus vieux mais je suis le plus fort, dit-il. Tu sais bien que j'aurais le dessus.

— Je ne te laisserai jamais faire une chose pareille, rétorqua Brian.

— Lâche ce flingue !

— Comment veux-tu que j'accepte que tu foutes ta vie en l'air ?

— Fais gaffe, Brian, ça va mal se terminer », l'avertit Sean.

La main toujours refermée autour du pistolet, Brian essaya de se dégager de la poigne de son frère.

Sean réagit en lui envoyant un uppercut du gauche dans le creux de l'estomac, puis, en moins de temps qu'il ne faut pour le dire, acheva le travail avec un direct sur le nez. Brian s'affaissa comme un sac de pommes de terre et se roula en boule pour essayer de reprendre son souffle. Un petit filet de sang s'échappait d'une de ses narines.

« Je suis désolé, vraiment », dit Sean.

Les Mason qui avaient assisté à cette scène d'un air médusé se ruèrent d'un même mouvement vers le garage. Sean bondit à leur suite, les rejoignit en deux foulées et saisit Mme Mason par le bras. Son époux qui lui donnait la main fut bloqué net dans son élan.

Après la sévère leçon qu'il venait d'infliger à Brian, Sean n'était plus d'humeur à discuter. « En voiture, aboya-t-il d'un ton rogue. Docteur, prenez le volant. »

Quand ils démarrèrent, Sean se retourna pour regarder son frère qui essayait tant bien que mal de se redresser en position assise. Sur son visage se lisait un mélange complexe d'incompréhension, de souffrance et de colère.

« C'est pas trop tôt ! » souffla Kurt Wanamaker qui sortit du placard d'un pas chancelant en même temps que Sterling et Wayne. Tous trois transpiraient à grosses gouttes. Malgré l'air conditionné du laboratoire, la température était montée de plusieurs degrés à l'intérieur du réduit dépourvu d'aération.

« Je ne pouvais pas deviner que vous étiez là, s'excusa le technicien de laboratoire qui venait de les délivrer.

— On crie au secours depuis au moins midi ! se plaignit amèrement Kurt.

— Nous n'entendons presque rien, en bas, surtout quand les machines marchent, expliqua le technicien. En plus, nous ne montons jamais ici.

— Avec tout le raffut qu'on a fait, j'ai vraiment du mal à vous croire ! » répliqua Kurt.

Pendant cet échange, Sterling s'était précipité sur le téléphone pour appeler le Dr Mason chez lui. Voyant que personne ne répondait, il maudit le directeur de l'Institut qu'il imaginait en train de passer un dimanche après-midi tranquille dans quelque club privé.

Furieux, il rejoignit Kurt et Wayne et leur annonça que la seule chose à faire était de retourner immédiatement à l'aéroport.

Ils descendaient l'escalier lorsque Wayne rompit le premier le silence tendu qui s'était installé.

« Je n'aurais jamais cru que Sean Murphy était du genre à porter un pétard sur lui, dit-il.

— Pour une surprise, c'était une surprise, renchérit Stirling. J'y vois une preuve de plus que ce jeunot est autrement plus retors que nous l'avions imaginé. »

Dès qu'ils eurent mis le pied dehors, Kurt Wanamaker poussa un cri étranglé : « Ma voiture ! Elle n'est plus là ! gémit-il.

— Encore une délicate attention de M. Murphy, sans aucun doute, déclara Sterling. Il a vraiment envie de se moquer de nous, dirait-on.

— Je me demande comment il a fait pour venir jusqu'ici avec la fille, remarqua Wayne. Ça fait une trotte, depuis la ville.

— Il y a une moto garée derrière, intervint le technicien. Elle n'appartient à aucun des membres du personnel.

— Wayne, c'est sans doute la réponse à votre question. Quant à vous, poursuivit Sterling en se tournant vers Kurt, il faut appeler la police et leur décrire votre voiture. A mon avis, on peut sans risque de se tromper présumer que Sean Murphy l'a prise pour quitter Key West. Il est peut-être encore possible de le rattraper.

— Elle était toute neuve, se lamenta Kurt. Ça faisait à peine trois semaines que je l'avais. Quelle histoire ! »

Sterling retint la réplique qui lui brûlait les lèvres. Il n'éprouvait que du mépris pour cet homme assommant, et chauve de surcroît, avec qui il venait de passer plus de cinq longues heures inconfortables dans un espace minuscule.

« Peut-être pourriez-vous aussi demander à l'un de vos employés de nous conduire jusqu'à l'aéroport », lâcha-t-il simplement. Et il essaya de se réconforter en se disant que c'était probablement la dernière fois de sa vie qu'il adressait la parole à ce déplaisant personnage.

12

DIMANCHE 7 MARS,
14 H 30

La voiture du Dr Mason s'engagea sur le parking. De loin, Sean essaya de regarder à l'intérieur du bâtiment de la recherche pour voir si un changement était intervenu depuis son départ. Mais le soleil qui se reflétait sur les baies vitrées l'empêchant de distinguer quoi que ce soit, il ne put vérifier si Alvarez avait été ou non relayé par un autre gardien.

Ce n'est qu'en pénétrant dans le hall d'entrée sur les talons du Dr Mason qu'il aperçut le vigile qui se tenait derrière le bureau. Le badge épinglé sur sa poitrine annonçait qu'il s'appelait Sanchez.

« Dites-lui qui vous êtes et demandez-lui son passe-partout, souffla Sean à l'oreille de Mason pendant que le trio s'approchait du tourniquet.

— Il sait très bien qui je suis ! rétorqua sèchement Mason.

— Parfait. Donnez-lui l'ordre de ne laisser entrer personne jusqu'à ce que nous soyons tous redescendus. » Sean n'ignorait pas que cette consigne serait sans doute de moins en moins respectée au fur et à mesure que l'après-midi s'écoulerait, mais elle lui permettrait de jouir d'un long moment de tranquillité.

Le Dr Mason obtempéra, et dès que Sanchez lui eut donné le gros trousseau de clés, il le passa à Sean. Le gardien les dévisagea curieusement quand ils franchirent le tourniquet. Ce n'était pas tous les jours qu'il avait l'occasion de voir une blonde les seins quasi à l'air pénétrer dans l'Institut en bikini noir et petites mules à talons coquettement décorées de plumes.

« Votre frère avait raison », remarqua le Dr Mason une fois que Sean eut refermé à double tour derrière eux la porte vitrée placée derrière le tourniquet. « Vous commettez un délit des plus graves. C'est la prison qui vous attend. Oh, vous n'irez pas loin, croyez-moi !

— Je vous ai déjà dit que je n'avais pas l'intention d'aller loin », répliqua Sean.

Il ferma également à clé la porte commandant l'accès de l'escalier. Au premier étage, il verrouilla les portes coupe-feu placées devant la passerelle conduisant à la clinique. Et lorsqu'ils arrivèrent au quatrième, il bloqua l'ascenseur, puis appela la seconde cabine qu'il mit à son tour hors service.

Tout en poussant les Mason dans son laboratoire, il adressa un grand signe à Janet qui s'était installée dans le box en verre pour consulter les dossiers. Elle en sortit pour venir à leur rencontre et dévisagea les Mason avec des yeux ronds. Sean fit rapidement les présentations avant d'envoyer le couple prendre la place de Janet dans le bureau vitré, où il les enferma.

« Qu'est-ce qu'ils viennent faire ici ? s'étonna Janet. Et qu'est-ce que c'est que ce maillot que porte Mme Mason ? En plus, on dirait qu'elle a pleuré

— Elle est un peu hystérique et elle n'a pas eu le temps de se changer, répondit Sean. Je les ai amenés pour dissuader les autres de venir me déranger. Et aussi parce que je tiens à ce que le Dr Mason soit le premier informé de ce que je ne vais pas tarder à découvrir.

— Tu les as forcés à venir jusqu'ici ? » s'indigna Janet. Sean lui avait déjà amplement prouvé qu'il n'hésitait pas employer les grands moyens, mais cette fois il passait les bornes.

« Je crois qu'ils auraient préféré écouter *Aïda* jusqu'à la fin, reconnut-il tout en entreprenant de dégager un endroit de la paillasse située sous une hotte aspirante.

— Et tu t'es servi de ce pistolet ? reprit Janet qui voulait savoir à quoi s'en tenir.

— Il a bien fallu que je le leur montre, confessa Sean.

— Mon Dieu ! Mais que va-t-il nous arriver ? » s'exclama Janet horrifiée en levant les yeux au ciel.

Sans répondre, Sean disposa devant lui plusieurs petits récipients en verre propres. Janet le saisit par le bras.

« Tu vas vraiment trop loin ! dit-elle d'une voix crispée. Tu viens de prendre les Mason en otage. Est-ce que tu te rends seulement compte de ce que cela signifie ?

— Mais oui, rétorqua Sean. Qu'est-ce que tu crois ? Que je suis fou ?

— Je ne suis pas loin de le penser !

— Tu as eu de la visite pendant mon absence ?

— Oui. Robert Harris est venu, comme tu l'avais prévu. »

Sean leva les yeux pour la regarder d'un air interrogateur.

« Je lui ai répondu selon tes conseils, poursuivit Janet. Il m'a demandé si tu étais retourné à la résidence et j'ai dit que je n'en savais rien. Il a dû aller te chercher là-bas.

— Parfait, dit Sean. S'il y a quelqu'un qui me fait peur, c'est bien lui. Je le trouve un peu excité. Il faut que tout soit prêt avant qu'il revienne. »

Sean se remit au travail. Janet hésitait sur la conduite à tenir. Elle le regarda quelques instants mélanger différents réactifs dans un grand erlenmeyer jusqu'à obtenir un liquide gras et incolore.

« Qu'est-ce que tu fais, exactement ? s'enquit-elle.

— Je prépare une bonne dose de nitroglycérine. Et un bain glacé où je la mettrai à refroidir.

— Tu plaisantes ? s'alarma Janet.

— Evidemment, répondit Sean en baissant la voix. Je fais de l'esbroufe pour impressionner le Dr Mason et sa ravissante épouse. En tant que médecin, il possède juste ce qu'il faut de connaissances en chimie pour croire à ce que je raconte.

— Sean, je te trouve vraiment bizarre.

— J'ai un comportement un peu étrange, c'est vrai. A propos, que penses-tu de ces dossiers ?

— Tu pourrais bien avoir raison. Le statut social des patients n'est pas systématiquement mentionné, mais lorsqu'il l'est il s'agit toujours de patrons d'une grosse entreprise, ou de leurs proches parents.

— Et je parie qu'ils font tous partie des cinq cents familles les plus riches du pays. Alors, qu'est-ce que tu en dis ?

— Je suis bien trop fatiguée pour tirer quelque conclusion que ce soit, mais je trouve en effet la coïncidence curieuse. »

Sean se mit à rire : « Tu crois qu'il y a une probabilité statistique pour que ce soit un simple effet du hasard ?

— Je ne suis pas assez forte en statistiques pour pouvoir te répondre », rétorqua Janet.

Sean leva le récipient et l'agita doucement pour mélanger la solution qu'il contenait.

« Ça devrait pouvoir passer, murmura-t-il. Espérons que ce cher Mason n'a pas encore tout oublié de ses cours de chimie inorganique et que ça lui en imposera. »

Janet l'observa pendant qu'il portait le flacon rond jusqu'au bureau vitré. Elle commençait à se demander sérieusement s'il ne perdait pas la tête. Il est vrai que depuis quelques jours il multipliait les actes inconsidérés, mais pour enlever les Mason avec une arme à feu il fallait vraiment qu'il ait perdu l'esprit. Juridiquement parlant, cet acte ne pouvait qu'être lourd de conséquences. Janet avait beau ne pas être très forte en droit, elle n'ignorait pas qu'elle était elle aussi impliquée jusqu'à un certain point. Personne ne croirait à la théorie de Sean selon laquelle elle avait agi sous la contrainte. Désorientée, perdue, la jeune femme ne savait quelle décision prendre.

De loin, elle vit Sean présenter la soi-disant nitroglycérine aux Mason. A en juger à la réaction du Dr Mason elle se dit qu'il devait effectivement avoir gardé assez de souvenirs de ses cours de chimie pour croire à cette fable. Le directeur de l'Institut écarquilla les yeux et sa femme porta la main à sa bouche pendant que Sean leur agitait violemment le récipient sous le nez. Ils reculèrent tous deux, visiblement effrayés. Puis Sean plongea l'erlenmeyer dans le bain de glace qu'il avait au préalable posé sur le bureau, rassembla les dossiers laissés par Janet et sortit du box en verre. Il laissa tomber la pile de documents sur une paillasse voisine.

« Qu'ont-ils dit ? demanda Janet.

— Je crois avoir obtenu ce que je voulais, répondit Sean. Je leur ai bien précisé que la nitroglycérine atteignait son point de congélation aux environs de 13° centigrades et que sous forme solide cet explosif est d'une instabilité prodigieuse. Je les ai prévenus que le simple fait de bouger la table suffirait à déclencher l'explosion.

— Tu devrais aller leur expliquer que tout ça n'est qu'une plaisanterie, dit Janet. Cette histoire n'a que trop duré.

— Je préfère attendre un peu. De toute façon, c'est moi qui décide, pas toi.

— Je suis tout aussi concernée, rétorqua Janet. Ma seule présence ici suffit à faire de moi ta complice.

— Une fois que tout sera fini, Brian nous sortira de là. Fais-moi confiance. »

Janet le quitta un instant des yeux pour regarder le couple enfermé dans sa cage en verre.

« Tu n'aurais pas dû les laisser, dit-elle. Le Dr Mason est en train de passer un coup de fil.

— Tant mieux, répondit Sean. J'espérais bien qu'il finirait par se servir du téléphone et je prie le ciel pour qu'il appelle la police. J'ai envie d'un peu de public, vois-tu. »

Interloquée, Janet le dévisagea en se disant pour la première fois qu'il faisait peut-être un accident psychotique.

« Sean, j'ai comme l'impression que tu es en train de décompenser, articula-t-elle doucement. La pression de ces derniers jours a dû être trop forte.

— Non, sérieusement, reprit Sean. Ce serait formidable s'il y avait une ambiance de carnaval, ici. Je me sentirais bien plus en sécurité. L'horreur, ce serait de voir s'amener un para sur le retour du style Robert Harris, qui sortirait comme par magie des tuyaux d'aération, un couteau entre les dents et bien décidé à jouer les héros. Avec ce genre de type, ça se termine toujours dans le sang. Je préfère mille fois que le bâtiment soit cerné par des escouades de flics et de pompiers qui se risqueront à jeter un œil de temps en temps, mais qui sauront garder les matamores à distance. En fait, l'idéal serait que tout le monde pense que je suis timbré, comme ça on me laissera tranquille pendant quatre ou cinq bonnes heures.

— Je ne te comprends pas, soupira Janet en hochant la tête.

— Ça finira par venir, la rassura Sean. D'ailleurs, j'ai un petit travail à te confier. Tu m'as dit que tu t'y connaissais un peu en informatique. Va à la compta, au sixième étage, ajouta-t-il en lui tendant le passe-partout. Rentre dans le bureau vitré où on s'est caché quand on a photocopié les dossiers, là où il y avait un ordinateur qui énumérait ces séries de chiffres, tu te rappelles ? J'ai dans l'idée qu'il doit s'agir de numéros de sécurité sociale. Et que les numéros de téléphone sont ceux des compagnies d'assurance qui souscrivent les contrats. Vérifie-moi ça. Et essaie aussi d'entrer dans la mémoire centrale de l'Institut. Ce qui m'intéresse, ce sont les fichiers sur les déplacements du personnel médical, en particulier ceux qui concernent Margaret Richmond et Deborah Levy.

— Tu peux m'expliquer pourquoi je dois faire tout ça ?

— Non. Disons qu'il s'agit d'une étude en double aveugle. Il faut que tu puisses rester objective. »

La folie de Sean s'avérait étrangement communicative et persuasive. Janet s'empara du trousseau et se dirigea vers la porte donnant sur la cage d'escalier. Alors qu'elle refermait le battant derrière elle, Sean leva le pouce en l'air pour l'encourager. Quelle que soit la conclusion de ce projet aussi insensé qu'imprudent, la jeune femme saurait à quoi s'en tenir d'ici quelques heures.

Avant de se mettre au travail, Sean appela son frère à Boston et laissa un long message sur le répondeur. Il s'excusa tout d'abord de l'avoir frappé, puis ajouta que, comme il ne savait pas si les choses se termineraient à son avantage, il tenait à lui expliquer tout de suite ce qui à son avis se tramait à l'Institut. Le tout lui prit cinq bonnes minutes.

En temps ordinaire, le lieutenant de gendarmerie Hector Salazar consacrait ses dimanches après-midi à finir d'éplucher les innombrables rapports occasionnés par les échauffourées du samedi soir. Le dimanche était un jour calme, en comparaison de la veille ; les accidents de voiture, qui restaient le plus souvent pris en charge par les policiers en patrouille, constituaient le plus gros du travail. En fin de journée, une fois que les matchs de foot étaient terminés, les violences domestiques reprenaient. Elles requéraient parfois la présence du gradé de service, et c'est la raison pour laquelle Hector préférait avancer le plus possible dans sa lecture avant que le téléphone se mette à sonner.

Quand, à trois heures et quart, la sonnerie retentit, il ne s'alarma pas outre mesure car il savait que l'équipe des Miami Dolphins était toujours en train de jouer contre un club extérieur.

« Brigadier Anderson à l'appareil, dit une voix au bout du fil. Je suis à la clinique de l'Institut de cancérologie Forbes. Il y a un problème.

— Que se passe-t-il ? s'enquit Hector en se renversant sur le fauteuil qui couina sous son poids.

— Un type s'est enfermé dans l'autre bâtiment de l'Institut avec deux otages, peut-être trois. Il est armé. Et il paraît qu'il aurait fabriqué une espèce de bombe.

— Bon sang ! » jura Hector. Le siège sur lequel il se tenait en équilibre bascula lourdement vers l'avant. Ce genre d'incident était de nature à multiplier le travail de paperasserie, Hector le savait d'expérience. « Il y a d'autres personnes, dans le bâtiment ? demanda-t-il.

— Il semble que non, répondit Anderson. En tout cas, pas d'après le gardien. Ce qui complique les choses, c'est que les otages sont des personnalités : il s'agit du directeur de l'Institut, le Dr Randolph Mason, et de sa femme, Sarah Mason.

— Vous avez établi un périmètre de sécurité autour de l'Institut ? » questionna Hector qui prévoyait déjà le pire. L'affaire lui paraissait d'autant plus épineuse que le Dr Mason était un personnage très en vue à Miami.

« On s'en occupe, dit Anderson. Les gars sont en train d'entourer le bâtiment avec ces rubans de plastique jaune dont on se sert pour isoler les scènes de crime.

— La presse n'est pas encore là ? »

Le lieutenant avait de bonnes raisons d'être inquiet : les journalistes avaient la sale manie d'écouter les messages radio des voitures de patrouille et ils arrivaient parfois sur les lieux avant les renforts de police.

« Pas encore, le rassura à moitié Anderson. Mais les choses risquent de se gâter d'une minute à l'autre. Le preneur d'otages s'appelle Sean Murphy. C'est un étudiant en médecine qui faisait un stage à l'Institut. Il est avec une infirmière, une certaine Janet Reardon. On ne sait pas encore si c'est sa complice ou s'il l'a prise en otage, elle aussi.

— Vous avez parlé d'une bombe qu'il aurait fabriquée. Qu'est-ce que c'est que cette histoire ?

— Il a préparé de la nitroglycérine dans un récipient de laboratoire, et il l'a mise dans de la glace, sur un bureau qui se trouve dans la pièce où sont enfermés les otages. Avec ce genre de truc, il suffit de claquer une porte pour tout faire sauter. C'est ce que prétend le Dr Mason, en tout cas.

— Vous avez pu parler avec les otages ? s'étonna Hector.

— Oui. Le Dr Mason m'a dit que sa femme et lui étaient séquestrés dans un bureau vitré, avec la nitroglycérine. Ils ont l'air terrorisés, mais jusqu'à maintenant, aucun des deux n'est blessé et ils ont pu se servir du téléphone. De là où ils sont, ils peuvent voir Murphy, mais la fille n'est plus dans la pièce. Ils ne savent pas où elle est passée.

— Qu'est-ce qu'il fait, ce Murphy ? Il a posé ses conditions ?

— Non, pas encore. Apparemment, il est très occupé par une expérimentation.

— Une expérimentation ? De quoi voulez-vous parler ?

— Une expérience scientifique, mais je n'en sais pas plus. Je ne fais que vous répéter ce que m'a dit le Dr Mason. Il semblerait que Murphy soit en rogne parce qu'on ne lui a pas permis de travailler sur un projet qui l'intéressait. Peut-être qu'il a décidé de s'y mettre coûte que coûte. En tout cas, il est armé. D'après le Dr Mason, il les a menacés avec un pistolet quand il est entré chez eux par effraction.

— Quel calibre ?

— Ça pourrait être un P. 38, d'après la description du Dr Mason.

— Assurez-vous que tout le périmètre est bouclé. Personne ne doit pouvoir entrer ou sortir de là. Compris ?

— Compris », répondit Anderson.

Après avoir annoncé à Anderson qu'il arriverait sur les lieux quelques minutes plus tard, Hector passa trois coups de fil. Il appela d'abord Ronald Hunt, responsable de l'équipe chargée des négociations en cas de prise d'otages ; puis George Loring, responsable du commando d'intervention ; et enfin Phil Darell, responsable de l'équipe des spécialistes des alertes à la bombe. Il leur donna à tous trois l'ordre de réunir leurs hommes et de le retrouver dans les plus brefs délais à l'Institut. Il s'apprêtait à enfiler sa veste d'uniforme lorsque le téléphone sonna. C'était son chef, Mark Witman.

« J'ai cru comprendre que nous avions affaire à une prise d'otages, commença Witman.

— En effet, chef, bégaya Hector. On vient juste de m'appeler. J'ai mobilisé tous les effectifs nécessaires.

— Vous avez l'impression que vous allez pouvoir gérer ça facilement ? reprit Witman.

— Je pense qu'on y arrivera, chef.

— Vous êtes sûr que vous ne voulez pas que je vous envoie un capitaine de gendarmerie pour superviser les opérations ?

— Il ne devrait pas y avoir de problèmes majeurs, chef.

— Très bien, dit Witman. Mais je dois vous prévenir que j'ai déjà parlé avec le maire. La situation a bien évidemment des implications politiques.

— J'en tiendrai compte, chef.

— Je veux que tout soit fait dans les règles. Vous me comprenez, n'est-ce pas ?
— Oui, chef », acquiesça Hector.

Sean s'attaqua au travail avec détermination. Sachant qu'il ne disposait que d'un temps limité, il s'efforça d'avancer de la manière la plus efficace possible, en prévoyant chaque étape à l'avance. Il commença par se rendre au cinquième étage pour vérifier l'analyseur automatisé qu'il avait mis en marche la veille afin d'obtenir un séquençage d'acides aminés. En fait, il craignait qu'on n'ait touché à l'appareil car c'est juste après être redescendu qu'il avait eu droit au sermon de Deborah Levy. Il se rassura vite en constatant que les choses étaient restées en l'état et que l'échantillon qu'il voulait analyser se trouvait toujours à l'intérieur. Sean arracha la feuille sortie de l'imprimante sur laquelle figuraient les résultats.

Il entreprit ensuite de transporter du cinquième au quatrième deux appareils à cycles thermiques qui effectueraient l'essentiel du travail pour lui. Ces instruments permettaient en effet de déclencher la PCR, la réaction en chaîne de la polymérisation.

Après avoir jeté un bref coup d'œil aux Mason, apparemment très occupés à se rejeter l'un sur l'autre la responsabilité de leur mésaventure, Sean se mit sérieusement à l'ouvrage.

Il vérifia tout d'abord le séquençage des peptides que lui avait fourni l'analyseur. Le moins qu'on puisse dire est que les résultats étaient spectaculaires : les sites de liaison antigéniques des produits administrés à Helen Cabot et à Louis Martin comportaient exactement la même séquence d'acides aminés. Les immunoglobulines étant elles aussi identiques, cela signifiait que tous les patients atteints d'un médulloblastome étaient soignés, au début tout du moins, avec le même anticorps. Cette information qui corroborait la théorie de Sean accrut encore l'enthousiasme du jeune chercheur.

Il sortit ensuite du réfrigérateur le cerveau d'Helen Cabot et le flacon de liquide céphalo-rachidien, préleva un autre échantillon de la tumeur cérébrale et replaça l'organe dans le réfrigérateur. Une fois qu'il eut découpé ce nouvel échantillon en tout petits morceaux, il plongea ces derniers dans une éprouvette puis versa par-dessus une préparation enzymatique destinée à mettre en suspension les cellules cancéreuses. Cela fait, il introduisit le récipient dans l'incubateur.

Pendant que les enzymes agissaient sur les fragments de la tumeur, Sean remplit plusieurs des quatre-vingt-seize minuscules coupelles d'un appareil à cycles thermiques avec une infinitésimale quantité de liquide céphalo-rachidien. Il compléta cette opération en ajoutant tour à tour, d'abord une enzyme appelée transcriptase inverse, qui transformerait l'ARN du virus en ADN, puis les brins d'ADN complémentaires du virus de l'encéphalite de Saint Louis, et enfin certains réactifs à même d'assurer la polymérisation.

Retournant à la préparation en suspension, Sean se servit d'un détergent, le NP-40, pour ouvrir successivement les membranes cytoplasmiques et nucléaires des cellules tumorales. Des techniques de séparation minutieuses lui permirent ensuite d'isoler les nucléoprotéines des autres éléments cellulaires, la dernière étape consistant à séparer l'ADN de l'ARN.

Après avoir introduit un peu d'ADN à l'intérieur des coupelles encore libres du premier appareil à cycles thermiques, il ajouta très soigneusement une paire différente de brins d'ADN complémentaire dans chacune d'entre elles, ainsi qu'une dose précisément calculée des réactifs indispensables au déclenchement de la polymérisation. Lorsque toutes les coupelles furent remplies, Sean mit l'appareil en marche.

Là-dessus, il se tourna vers le second appareil à cycles thermiques et plaça dans chaque coupelle un fragment d'ARN des cellules tumorales d'Helen. Cette deuxième étape devait lui permettre d'identifier l'ARN messager des oncogènes. Pour la mener à bien, il déposa dans tous les petits godets une infime quantité de transcriptase inverse, cette enzyme dont il s'était déjà servi pour travailler sur le liquide céphalo-rachidien. Mais alors qu'il s'appliquait à y introduire une par une les paires de brins d'ADN complémentaire, le téléphone se mit à sonner.

Sean ne se dérangea tout d'abord pas, se disant que le Dr Mason répondrait. Il se trompait. La sonnerie qui se répétait à intervalles réguliers finit bientôt par lui taper sur les nerfs. Avec un soupir excédé, il posa la pipette qu'il tenait entre les mains et se dirigea jusqu'au box en verre. Assise sur une chaise de bureau, l'air plus que maussade, Mme Mason, qui devait avoir pleuré toutes les larmes de son corps, s'essuyait le nez avec un mouchoir. Son mari ne quittait pas des yeux l'erlenmeyer qui reposait toujours dans la glace, comme s'il avait peur que la sonnerie du téléphone puisse avoir un effet détonateur sur la substance qu'il contenait.

Poussant la porte, Sean les apostropha sur un ton irrité :

« Ça vous dérangerait vraiment de répondre au téléphone ? Je ne sais pas qui vous aurez à l'appareil, mais quoi qu'il en soit vous pourrez toujours dire que la nitroglycérine ne va pas tarder à se solidifier. »

Le Dr Mason cilla, mais il avait trop peur pour ne pas obéir. Soumis, il décrocha l'appareil pendant que Sean retournait à sa paillasse. Le jeune homme venait à peine de déposer deux autres brins d'ADN au fond d'une coupelle quand il fut de nouveau interrompu.

« J'ai le lieutenant Hector Salazar au bout du fil. Il aimerait vous parler », lui cria le Dr Mason.

Sean tourna la tête. Debout dans l'embrasure de la porte qu'il bloquait avec son pied, le directeur de l'Institut tenait le boîtier du téléphone dans une main et le combiné dans l'autre.

« Dites-lui de ne pas s'inquiéter. Tout se passera bien, pourvu qu'ils attendent encore une heure ou deux », répondit Sean.

Le Dr Mason s'engagea dans un échange qui dura quelques instants avant de héler une nouvelle fois Sean :

« Il insiste pour vous parler », lui dit-il.

Exaspéré, Sean reposa ses instruments sur la paillasse et se dirigea vers le téléphone mural pour prendre la communication.

« Je suis très occupé, lieutenant, déclara-t-il sans autre préambule.

— Ne vous énervez pas, dit Hector d'une voix apaisante. Je sais que c'est difficile, mais tout se passera bien, vous verrez. Aucun d'entre nous n'a envie que les choses se gâtent. Et vous non plus, j'en suis sûr. Je vais vous passer le brigadier Ronald Hunt. Il est à côté de moi et il aimerait bien vous dire deux mots. »

Sean allait rétorquer qu'il n'avait pas le temps de se lancer dans une discussion quand la voix bourrue du brigadier Ronald Hunt lui résonna aux oreilles.

« Surtout, gardez votre calme, lui conseillait cette voix.

— Je ne demanderais pas mieux, répliqua Sean. Je suis très bousculé et j'ai encore beaucoup à faire.

— Tout va bien se passer, reprit le brigadier Hunt. Mais il faudrait que vous descendiez au rez-de-chaussée pour que nous puissions parler sérieusement.

— Ah, non brigadier, désolé.

— Je crois savoir que vous avez pris la mouche parce qu'on ne vous a pas autorisé à travailler sur un projet qui vous tenait à cœur, insista le brigadier. C'est bien cela, n'est-ce pas ? Pourquoi ne pas venir en parler avec nous ? Je comprends que cela vous irrite et je peux aussi comprendre que vous ayez envie d'en faire baver à la personne que vous jugez responsable de cette situation. Mais retenir les gens contre leur volonté est un délit sérieux, vous savez. C'est aussi de cela que j'aimerais discuter avec vous. »

Sean ne put s'empêcher de sourire en constatant que la police s'imaginait qu'il avait pris les Mason en otage pour se venger d'avoir été tenu à l'écart des recherches sur le médulloblastome. En un sens, cette hypothèse était assez proche de la vérité.

« Votre sollicitude et votre présence ici me touchent beaucoup, déclara-t-il, mais franchement je n'ai pas le temps de bavarder avec vous. Le travail m'attend.

— Dites-nous simplement ce que vous voulez, concéda le brigadier.

— Du temps, répondit Sean. Tout ce que je veux c'est un peu de temps. Laissez-moi deux ou trois heures, quatre peut-être, au maximum. »

Et sur ce, il raccrocha pour retourner à sa paillasse et reprendre ses expériences.

Le brigadier Ronald Hunt mesurait un bon mètre quatre-vingts et arborait une tignasse du plus beau roux. A trente-sept ans, il avait déjà quinze ans de métier ; il exerçait depuis qu'il était sorti de l'Ecole de police avec son diplôme en poche. Pendant ses études, il avait suivi la voie normale qui ferait de lui un gradé chargé d'appliquer la loi, mais il s'était également inscrit à des cours de psychologie en option. Et c'est pour combiner ces connaissances en psychologie avec son travail de policier qu'il avait saisi la première occasion d'intégrer la brigade chargée des négociations avec les preneurs d'otages. Il aimait par-dessus tout relever le défi inhérent à ce genre de situation, même s'il ne pouvait pas utiliser ses compétences aussi souvent qu'il l'aurait souhaité. Pour se perfectionner, Ronald Hunt continuait d'ailleurs à suivre des cours du soir en psychologie à l'université de Miami.

Le succès qui avait jusqu'ici couronné chacune de ses missions lui avait donné pleine confiance en ses capacités. La résolution heureuse de la dernière affaire dont il avait eu a s'occuper — un employé d'une usine de conditionnement de boissons gazeuses qui avait pris en otage trois ouvrières — lui avait même valu une citation à l'ordre des forces de police. Aussi prit-il comme un affront personnel le fait que Sean Murphy interrompe si abruptement leur conversation.

« Cette andouille m'a raccroché au nez ! s'exclama-t-il avec indignation.

— Il a dit ce qu'il voulait ? l'interrogea Hector Salazar.

— Du temps, répondit Ronald Hunt.

— Du temps ? Comment ça, du temps ?

— Du temps, c'est tout. Il avait l'air pressé de se remettre au boulot. Si vous voulez mon avis, il travaille sur ce projet auquel on lui avait interdit de toucher.

— C'est quoi, ce projet ?

— Je ne sais pas, dit Ronald tout en appuyant sur la touche “ bis ” de son téléphone cellulaire. Il faut que je le rappelle. Je ne peux rien négocier si je ne lui parle pas. »

Le lieutenant Hector Salazar et le brigadier Ronald Hunt se trouvaient derrière les trois voitures bleu et blanc de la police de Miami qui étaient garées sur le parking de l'Institut, juste en face de l'entrée du bâtiment abritant les services administratifs et la recherche. Les véhicules étaient rangés de façon à former un U qui tournait le dos à l'immeuble ; au centre de ce U, une table pliante supportant un émetteur radio et deux téléphones faisait office de mini-centre opérationnel.

En moins d'une demi-heure, les effectifs de policiers présents sur les lieux avaient considérablement augmenté. Au début, ils se composaient en tout et pour tout de trois personnes : les deux gendarmes qui avaient reçu l'appel du Dr Mason et leur brigadier. Maintenant c'était une vraie petite foule qui se pressait devant l'Institut Forbes. En sus des dizaines de policiers en uniforme mobilisés par le lieutenant Hector Salazar, il y avait là deux hommes de l'équipe chargée des négociations, dont Ronald Hunt, cinq hommes de l'équipe spécialisée dans les alertes à la bombe et dix hommes de la brigade d'intervention spéciale. Tout de noir vêtus dans leurs tenues d'assaut, ces derniers avaient déjà commencé les exercices d'échauffement.

L'Institut Forbes, lui, était représenté par le Dr Deborah Levy, l'infirmière en chef Margaret Richmond et le chef de la sécurité Robert Harris. On les avait autorisés à rester à proximité du PC opérationnel mais en leur demandant de se tenir un peu à l'écart. Des badauds et des représentants de la presse se massaient en groupes compacts devant les bandes de plastique jaune qui délimitaient le périmètre de sécurité. Plusieurs camions de télévision étaient venus se garer le plus près possible, toutes antennes déployées, pendant que d'autres journalistes se promenaient dans cette cohue un micro à la main et une équipe de cameramen sur les talons, cherchant à recueillir le témoignage des personnes susceptibles d'avoir des informations sur le drame qui se déroulait à l'intérieur.

Pendant que la nouvelle attirait toujours plus de curieux, les forces de l'ordre s'efforçaient de mener leur tâche à bien.

« Le Dr Mason me dit que Murphy refuse catégoriquement de répondre au téléphone ! pesta Ronald Hunt, visiblement offensé.

— Insistez ! » lui conseilla Hector Salazar. Puis, avisant le brigadier Anderson, il le héla : « Vous avez mis tous les accès sous surveillance, n'est-ce pas ?

— Oui, lieutenant, affirma Anderson. Personne ne pourra entrer ni sortir à notre insu. Nous avons également placé des tireurs d'élite sur le toit.

— Et la passerelle qui relie les deux bâtiments ? s'enquit Hector.

— Un de nos hommes monte la garde devant la passerelle du côté de la clinique, dit Anderson. Nous sommes parés. Il n'y aura pas de mauvaise surprise. »

D'un geste, Hector fit signe à Phil Darell d'approcher.

« Vous en savez plus sur cette bombe ? lui demanda-t-il.

— C'est assez peu classique, reconnut Phil. J'ai parlé avec le Dr Mason. Il s'agirait d'une éprouvette contenant de la nitroglycérine, deux ou trois centilitres, d'après le docteur. L'explosif est placé dans un bain de glace. A ce qu'il semble, Murphy vient de temps en temps rajouter des glaçons pour que ça prenne. Chaque fois qu'il fait ça, le docteur est terrifié.

— C'est si dangereux ? s'étonna Hector.

— Et comment, que c'est dangereux ! Surtout une fois que c'est solidifié.

— Ça pourrait exploser si on claquait une porte ?

— Non, sans doute pas. Par contre, s'il y avait une secousse, oui. Et si l'éprouvette tombe par terre, alors là c'est le carnage.

— Mais vous savez manipuler ce truc ?

— Absolument », affirma Phil.

Se détournant, Hector indiqua à Deborah Levy de venir le rejoindre.

« Si j'ai bien compris, vous êtes responsable de l'organisation des recherches », lui dit-il.

Le Dr Levy opina.

« Qu'est-ce que ce gosse fabrique là-haut, à votre avis ? lui demanda Hector. Il a déclaré à notre négociateur qu'il avait besoin de temps pour travailler.

— Travailler ! s'exclama le Dr Levy en laissant éclater son mépris. Il est plus vraisemblablement en train de saboter nos recherches, oui ! Il est furieux parce que nous n'avons pas voulu l'associer au travail en cours sur un de nos protocoles. Ce garçon ne respecte rien ni personne. Je me suis méfiée de lui dès notre première rencontre.

— Vous pensez qu'il pourrait travailler sur ce protocole, en ce moment ? reprit Hector.

— Certainement pas ! Le protocole en question en est déjà au stade de l'expérimentation clinique.

— Donc, pour vous, il s'est simplement enfermé là-haut pour créer des problèmes ?

— Vous pouvez être sûr qu'il a déjà commencé ! s'écria le Dr Levy. Il faut monter là-haut sans attendre et l'en sortir le plus vite possible.

— Nous ne pouvons pas risquer de mettre la vie des otages en danger », rétorqua Hector.

Le lieutenant Salazar s'apprêtait à consulter George Loring, le responsable de l'équipe d'intervention spéciale, quand un agent en uniforme attira son attention.

« Lieutenant, lança-t-il, cet homme insiste pour vous parler. Il prétend qu'il est le frère du type qui s'est enfermé à l'intérieur. »

Brian se présenta, en expliquant qu'il était avocat et venait de Boston.

« Et vous avez une idée de ce qui peut bien se passer là-dedans ? l'interrogea Hector.

— Hélas non, répondit Brian. Mais je connais mon frère. C'est assurément une forte tête, mais jamais il ne ferait une chose pareille sans motif sérieux, croyez-moi. Je voudrais que vous me donniez votre parole que vos hommes ne commettront pas l'irréparable.

— Prendre des gens en otage sous la menace d'une arme et les intimider avec une bombe, c'est grave, même pour une forte tête, répliqua Hector. Ce genre de comportement place votre frère dans la catégorie des individus dangereux, parce que imprévisibles dans leurs réactions. Nous ne pouvons pas entrer dans d'autres considérations.

— Je reconnais qu'il s'est mis dans une mauvaise posture, concéda Brian. Mais Sean est tout de même quelqu'un de sensé. Au moins, laissez-moi lui parler.

— Vous pensez qu'il vous écoutera ?

— Je crois, oui », affirma Brian, bien qu'il soit encore sous le choc du traitement que Sean lui avait infligé chez les Mason.

Hector arracha le téléphone à Ronald Hunt et le tendit à Brian. Mais à l'autre bout du fil, personne ne décrocha, pas même le Dr Mason.

« J'ai parlé avec le docteur il y a à peine quelques minutes, remarqua Ronald avec étonnement.

— Dites à vos hommes de me laisser entrer. Il faut que je le voie », dit Brian.

Hector secoua la tête en signe de dénégation.

« Non, rétorqua-t-il. Il y a déjà assez d'otages comme ça.

— Lieutenant Salazar », lança alors une voix dans son dos.

Hector se retourna pour voir un homme grand et mince s'avancer vers lui en compagnie d'un Noir barbu et solidement charpenté.

« Je connais assez bien votre chef, Mark Witman, déclara d'emblée Sterling lorsque Wayne et lui se furent présentés. Nous avons entendu parler des ennuis que vous cause Sean Murphy et nous sommes venus vous proposer nos services.

— Cette affaire ne regarde que la police », dit Hector en dévisageant les nouveaux venus d'un œil soupçonneux. Il n'appréciait pas du tout qu'on essaie de lui forcer la main en prétextant d'une vieille relation d'amitié avec son chef direct.

Et il trouvait curieux que ces deux-là soient arrivés à s'introduire à l'intérieur du périmètre de sécurité.

« Mon collègue, M. Wayne Edwards, et moi-même suivons M. Murphy depuis plusieurs jours, expliqua Sterling en devançant sa question. Nous sommes engagés par l'Institut Forbes sur un contrat, en quelque sorte.

— Vous avez une théorie sur ce qui a bien pu le pousser à agir comme ça ? s'enquit Hector.

— Tout ce qu'on sait, c'est que le p'tit gars n'est pas net et qu'il devient de plus en plus cinglé, avança Wayne.

— Il n'est pas cinglé ! le coupa Brian. Sean est peut-être impétueux et imprudent, mais cinglé, sûrement pas !

— Quand un type se met à faire un truc cinglé après l'autre, il me semble qu'on peut le traiter de cinglé », répliqua Wayne.

A peine avait-il terminé sa phrase qu'ils baissèrent tous instinctivement la tête, comme pour esquiver un coup, pendant qu'un hélicoptère s'immobilisait dans les airs à quelques mètres au-dessus du parking après avoir frôlé le toit du bâtiment. Le vacarme tonitruant des pales qui brassaient l'air résonnait au fond de toutes les poitrines. L'air se chargea de poussières et de saletés grosses comme des gravillons et le souffle fit s'envoler quelques papiers posés sur la table pliante.

George Loring, le chef de l'équipe d'intervention spéciale, s'approcha d'Hector.

« C'est notre hélico, lui hurla-t-il à l'oreille pour essayer de couvrir le bruit assourdissant. J'ai donné les instructions au pilote. Il va se poser sur le toit dès qu'on aura votre feu vert.

— George ! bon sang ! cria en retour Hector tout en retenant à deux mains sa casquette qui menaçait de s'envoler. Dites-lui d'aller voir ailleurs jusqu'à ce qu'on ait besoin de lui.

— Compris, lieutenant ! » brailla George. Il s'empara du petit micro épinglé à l'une de ses épaulettes et le brancha pour parler au pilote en s'abritant derrière ses mains. Au soulagement général, l'hélicoptère vira de bord et s'éloigna pour aller atterrir sur l'héliport voisin de l'Institut.

« Quelle est votre impression sur la situation ? demanda Hector à George dès que la conversation fut redevenue possible.

— J'ai regardé les plans que m'a donnés le chef de la sécurité, un homme très coopératif, soit dit en passant, répondit George avec un signe de tête en direction de Robert Harris. A mon avis, il suffirait d'envoyer six hommes sur le toit, en deux équipes de trois qui descendraient chacune par un des escaliers. Le suspect est au cinquième étage. Et bien que je croie qu'une grenade lacrymo serait assez, nous en lancerons deux pour mettre toutes les chances de notre côté. Ça ne prendra que quelques secondes. C'est du gâteau.

— Vous avez pensé à la nitroglycérine ? demanda Hector.

— Jamais entendu parler de nitroglycérine ! lâcha George stupéfait.

— Eh bien, il y en a. Il l'a mise dans le bureau vitré qui se trouve dans le labo.

— C'est dangereux, hasarda Phil qui avait écouté leur conversation. Les ondes de choc des grenades risquent de faire détoner la nitroglycérine si elle est solidifiée.

— La barbe ! jura George. Mais tant pis. On oublie les grenades. Si les deux équipes font irruption ensemble, tout se passera bien. Le terroriste ne comprendra rien à ce qui se passe.

— Sean n'est pas un terroriste ! l'interrompit Brian que cet échange horrifiait.

— Je me porte volontaire pour participer à l'assaut, proposa Harris qui n'avait pas encore pris la parole. Je connais le terrain.

— Nous ne pouvons pas prendre d'amateur, répliqua Hector.

— Je ne suis pas un amateur, protesta Harris avec indignation. J'étais membre des commandos à l'armée et j'ai effectué pas mal de missions dangereuses pendant la guerre du Golfe.

— Quoi qu'il en soit, il faut agir vite et sans perdre de temps, intervint à son tour le Dr Deborah Levy. Plus on laisse cet irresponsable là-haut, et plus il risque de faire des ravages sur les recherches que nous poursuivons. »

Tout ce petit monde rentra soudain la tête dans les épaules pendant qu'un autre hélicoptère passait lentement au-dessus du parking. L'inscription « Channel Four » qui se détachait en gros sur les flancs de l'appareil l'identifiait clairement comme appartenant à une chaîne de télévision.

Hector hurla à l'adresse d'Anderson de prévenir le commissariat qu'il ordonne à la chaîne en question d'éloigner immédiatement ce fichu hélico, faute de quoi les hommes du commando d'intervention allaient le descendre à l'arme automatique.

Profitant du vacarme et de la confusion générale, Brian s'empara d'un des téléphones et appuya sur la touche « bis » en faisant une prière pour que quelqu'un décroche. Il fut exaucé. Mais ce n'est pas Sean qui lui répondit. A l'autre bout du fil, il avait le Dr Mason.

Sean n'avait aucune idée du nombre de cycles qu'il devait programmer sur les appareils qu'il était allé chercher au cinquième étage. Tout ce qu'il voulait, c'était obtenir une réaction positive dans l'une ou l'autre des quelque cent cinquante coupelles qu'il avait préparées. Plein d'impatience, il arrêta le premier appareil au bout du vingt-cinquième cycle et attrapa le plateau sur lequel étaient posés les petits godets.

Il sélectionna d'abord ceux d'entre eux qui contenaient le liquide céphalo-rachidien d'Helen Cabot et y introduisit une sonde ADN, ainsi que différents réactifs enzymatiques qui lui permettraient de détecter les éventuelles réactions que cette sonde allait provoquer sur le liquide céphalo-rachidien. Il introduisit ensuite ces préparations dans l'appareil à chimiluminescence et attendit que l'imprimante lui donne les résultats.

A sa grande surprise, le premier échantillon s'avéra positif. Il n'avait certes pas exclu cette possibilité, mais sans toutefois s'attendre à une réaction aussi rapide. Ce test prouvait qu'Helen Cabot, à l'instar de Malcolm Betencourt, avait contracté une encéphalite de Saint Louis au beau milieu de l'hiver, une constatation des plus étranges puisque cette maladie est en principe inoculée par un moustique.

Sean s'intéressa ensuite aux coupelles qu'il avait préparées pour vérifier l'éventuelle présence d'oncogènes. Mais avant qu'il ait pu y ajouter les sondes appropriées, il fut dérangé par le Dr Mason.

Le jeune homme avait jusque-là choisi d'ignorer le téléphone qui avait sonné à plusieurs reprises depuis son bref échange avec le brigadier Ronald Hunt. Le Dr Mason avait apparemment adopté la même ligne de conduite, puisque la sonnerie s'était mise à retentir sans que personne ne décroche, et de façon si insistante que Sean avait d'ailleurs fini par couper le son de l'appareil fixé au mur. Mais ceux qui cherchaient à les joindre ne désarmaient pas pour autant, et cette fois le Dr Mason avait sans doute daigné répondre puisqu'il ouvrit avec précaution la porte pour avertir Sean que son frère était au bout du fil.

Sean n'avait aucune envie de s'interrompre dans sa tâche, mais il se sentait néanmoins suffisamment coupable vis-à-vis de Brian pour prendre la communication. Avant toute autre chose, il s'excusa de l'avoir frappé.

« Je ne demande qu'à oublier et qu'à pardonner, dit Brian, mais il faut que tu arrêtes cette folie tout de suite. Descends et accepte de te rendre.

— C'est impossible, répondit Sean. J'ai encore besoin d'au moins une heure, peut-être même deux.

— Seigneur ! Mais qu'est-ce que tu manigances ? s'exclama Brian.

— Ce serait trop long à t'expliquer. En tout cas je suis sur un gros coup, crois-moi.

— Tu ne te rends pas compte de la panique que tu as créée, reprit Brian. A part la Garde nationale, toutes les forces de police se sont mobilisées. Sean, tu es vraiment allé trop loin, cette fois. Si tu ne descends pas immédiatement, si tu n'arrêtes pas ce jeu insensé, je ne veux plus jamais rien avoir à faire avec toi.

— Tout ce qu'il me faut, c'est encore un peu de temps, protesta Sean. Ce n'est pas la mer à boire, tout de même !

— Je peux t'assurer que les types qui m'entourent sont plutôt excités, l'avertit Brian. Ils envisagent de donner l'assaut d'une minute à l'autre.

— Dis-leur de faire gaffe, impressionne-les avec la soi-disant nitroglycérine, dit Sean. Théoriquement, ça devrait les dissuader de jouer les héros.

— Comment ça, " soi-disant " ? demanda Brian.

— Ce n'est qu'un peu d'éthanol auquel j'ai mélangé un soupçon d'acétone, mais ça ressemble comme deux gouttes d'eau à de la nitroglycérine, lui expliqua Sean. En tout cas, le Dr Mason s'y est laissé prendre. Tu ne croyais tout de même pas que j'étais prêt à tout faire sauter, si ?

— Vu la façon dont tu te conduis, en ce qui te concerne je ne suis plus sûr de rien, rétorqua Brian.

— Ecoute, empêche-les simplement de nous rejouer *Mission impossible,* dit Sean. Laisse-moi encore une heure, rien qu'une. »

A l'autre bout du fil, Brian continuait d'avancer des arguments mais Sean ne l'écoutait plus. Il avait raccroché pour revenir à ses analyses scientifiques.

Il venait juste de commencer à introduire les sondes ADN dans les coupelles quand Janet entra par la porte donnant sur l'escalier, un listing d'ordinateur à la main.

« Je n'ai eu aucun problème à retrouver la trace des déplacements du personnel médical, lui annonça-t-elle. Deborah Levy voyage en effet beaucoup mais je ne sais pas ce que tu vas pouvoir en tirer ; il s'agit essentiellement d'allers-retours entre ici et Key West. »

Sean jeta un regard sur le listing.

« Elle ne tient pas en place, acquiesça-t-il. Cela étant, il lui arrive d'aller ailleurs qu'à Key West. Regarde toutes ces villes mentionnées ici. C'est bien ce que je pensais. Et Margaret Richmond ?

— Elle, elle ne va jamais à Key West, répondit Janet, mais il lui arrive quand même de partir de temps en temps. Elle s'absente en moyenne une fois par mois.

— Et le programme de l'ordinateur qui nous a tant intrigués, l'autre jour ? Tu as trouvé ? demanda Sean.

— Tu avais vu juste. Il marchait quand j'y suis allée, et j'ai noté deux des séries de chiffres qui ressemblent à des numéros de téléphone. J'ai essayé de les appeler directement, mais ça n'a pas marché ; en fait, il s'agit d'un réseau connectant plusieurs ordinateurs entre eux. Alors je suis passée par l'unité centrale en me branchant sur un modem. Et je suis tombée sur deux compagnies d'assurance : Medi-First et Santé Plus.

— Gagné ! s'écria Sean. Tout s'emboîte à la perfection...

— Si tu me mettais dans la confidence, maintenant ? demanda Janet.

— J'étais prêt à parier que cet ordinateur était programmé pour repérer des numéros de sécurité sociale bien précis dans les fichiers des demandes de prise en charge qui sont adressées aux compagnies d'assurance. Et comme il vaut mieux que cette recherche reste confidentielle, j'étais presque sûr qu'il ne fonctionnait que la nuit et le dimanche après-midi.

— Tu penses à des demandes de prise en charge pour des interventions chirurgicales ?

— Exactement. Pour ne pas avoir à rembourser celles qui ne leur paraissent pas indispensables, la plupart des compagnies d'assurance, si ce n'est toutes, exigent des médecins hospitaliers qu'ils les préviennent des opérations qu'ils ont l'intention d'effectuer. En fait, le plus souvent les choses se règlent à l'aide de quelques coups de tampon et les demandes sont en général acceptées, ce qui fait que toute cette paperasserie ne sert pas à grand-chose. Par ailleurs, je doute que les assureurs se soient beaucoup souciés de respecter le secret médical quand ils ont informatisé leurs fichiers. L'ordinateur qui est là-haut travaille à partir d'une liste de numéros de sécurité sociale présélectionnés, et il signale tout bonnement quelle intervention chirurgicale va subir telle ou telle personne.

— Donc ce sont bien des numéros de sécurité sociale qu'on voit défiler sur l'écran ?

— Ça ne peut être que ça.

— Bon, et alors ? s'enquit Janet.

— Je te laisse trouver ça toute seule. Pendant que je continue à analyser ces échantillons, consulte donc les histoires de cas rapportées dans les dossiers que nous avons photocopiés. A mon avis, tu devrais tomber plus d'une fois sur une information qui t'apprendra que le patient a subi une opération peu de temps avant qu'on diagnostique qu'il avait un médulloblastome. Et je voudrais aussi que tu confrontes les dates de ces opérations avec les déplacements du Dr Levy. »

Janet regarda Sean sans ciller. En dépit de son épuisement, elle commençait à comprendre ce sur quoi il avait mis le doigt. Sans mot dire, elle s'installa devant une table avec les dossiers et le listing d'ordinateur qu'elle avait descendu du sixième.

Retournant à son travail, Sean remplit encore quelques-uns des petits godets avec des sondes ADN pour identifier des oncogènes. Mais il venait à peine de s'y mettre quand le Dr Mason le dérangea pour la énième fois.

« Ma femme commence à avoir faim », annonça le directeur de l'Institut.

La fatigue due au surmenage mettait les nerfs de Sean à vif. Après tout ce qui s'était passé, il ne pouvait plus supporter les Mason, et tout particulièrement Mme Mason. Qu'ils puissent se permettre de l'interrompre sous un prétexte aussi futile qu'un petit creux à l'estomac le jeta dans une colère noire. D'un geste rageur, il posa sa pipette sur la paillasse et se précipita vers le box en verre.

Un seul coup d'œil suffit au Dr Mason pour comprendre que son geôlier n'était franchement pas de bonne humeur. Lâchant le battant qu'il tenait entrouvert, il recula prudemment dans le bureau.

Sean poussa violemment la porte qui vint cogner contre la butée en plastique. Il se rua à l'intérieur, attrapa l'erlenmeyer toujours posé dans son bain de glace et se mit à le secouer. La préparation avait commencé à se solidifier. Dans le silence total, seul résonnait le bruit des glaçons qui tintaient contre les parois du récipient.

Brusquement devenu livide, le Dr Mason parut se ratatiner dans l'attente de l'explosion. Mme Mason enfouit son visage dans ses mains.

« Je vous avertis, cria Sean. Si vous avez le malheur de faire le moindre bruit je n'hésiterai pas à laisser tomber cette fragile petite chose par terre. »

Le danger paraissant momentanément s'éloigner, le Dr Mason ouvrit les yeux et sa femme écarta un peu les doigts pour regarder au travers.

« Vous m'avez bien compris ? » reprit Sean.

Le Dr Mason hocha la tête en avalant sa salive.

Ecœuré par l'attitude du couple et plus encore par son accès de rage, Sean tourna les talons et regagna sa paillasse. Il jeta un regard coupable vers Janet, mais la jeune femme n'avait prêté aucune attention à la scène. Elle était trop absorbée par la lecture des dossiers.

Sean reprit sa pipette et essaya de se concentrer. La tâche qu'il avait entreprise n'était pas facile. Elle consistait à déposer une sonde ADN déterminée dans chacune des coupelles, et il avait au total plus de quarante oncogènes à tester de la sorte, avec les sondes et les brins d'ADN complémentaire appropriés.

Les résultats devaient s'avérer négatifs pour les premiers échantillons vérifiés. Sean ne savait pas si c'était parce qu'il les avait sortis de l'appareil trop tôt, sans attendre le nombre de cycles suffisant, ou bien si l'expérience était en soi vouée à l'échec. Au bout du cinquième essai, il sentit le découragement le gagner. Et pour la première fois depuis qu'il avait échafaudé toute cette mise en scène, il se mit à se poser de sérieuses questions sur les conclusions auxquelles il était arrivé et qui, jusque-là, lui avaient paru solides comme le roc. C'est alors qu'il put enfin observer une réaction positive sur le sixième échantillon : il venait de détecter la présence de l'oncogène dénommé ERB-2, associé au virus de l'érythroblastose aviaire, c'est-à-dire à un virus normalement présent chez le poulet.

Le temps que Janet finisse de consulter les dossiers, Sean découvrit un autre oncogène, le V-myc, celui du virus du myélocytome qui lui aussi se développe chez le poulet.

« Les dates des opérations ne sont mentionnées que dans les trois quarts des dossiers, remarqua Janet à voix haute. Mais quand elles le sont, elles correspondent généralement aux déplacements du Dr Levy.

— Dieu soit loué ! s'écria Sean. Les pièces du puzzle se mettent en place.

— Ce que je ne comprends pas, dit Janet, c'est ce qu'elle est allée faire dans ces différentes villes.

— Les patients qui viennent de subir une opération sont presque toujours sous perfusion, lui rappela Sean. Ça leur évite de se déshydrater et, en cas de problème, le personnel médical dispose d'une voie toute trouvée pour administrer le traitement. A mon avis, le Dr Levy allait voir ces malades pour compléter leur goutte-à-goutte.

— Comment ça, le “ compléter ” ?

— En y ajoutant le virus de l'encéphalite de Saint Louis », déclara Sean. Il raconta alors à Janet que le liquide céphalo-rachidien d'Helen Cabot avait réagi de façon positive au test du virus de l'encéphalite de Saint Louis, et que, quelques jours après son opération, Louis Martin avait présenté des symptômes neurologiques passagers identiques à ceux d'Helen. « Si tu te replonges dans ces dossiers, poursuivit Sean, tu pourras vérifier que la plupart de ces gens ont tous eu le même genre de symptômes, plus ou moins accentués.

— Mais pourquoi n'ont-ils pas développé une vraie encéphalite ? s'enquit Janet. C'est étonnant, non ? Surtout après avoir été infestés par voie intraveineuse.

— C'est là que cette entreprise machiavélique frise le génie, dit Sean. Tout semble indiquer que le virus de l'encéphalite a préalablement été altéré, et donc rendu moins virulent, grâce à l'inclusion d'oncogènes viraux. J'ai déjà détecté deux de ces oncogènes dans la tumeur d'Helen et je suis à peu près sûr que je vais en découvrir d'autres. Une des théories qui circulent actuellement sur le cancer est qu'une cellule doit subir au moins trois agressions différentes pour devenir cancéreuse.

— Qu'est-ce qui t'a mis sur la piste ? » lui demanda Janet. Tout cela lui paraissait à la fois trop compliqué, trop embrouillé, trop complexe et par-dessus tout trop horrible pour être vrai.

« J'ai compris les choses petit à petit, répondit Sean. Mais malheureusement j'ai un peu trop traîné. Au départ, évidemment, j'avais peu de raisons de me méfier, et jamais je ne me serais attendu à découvrir ce genre de chose. Mais quand tu m'as signalé qu'ils démarraient les traitements immunothérapiques du jour au lendemain, j'ai commencé à me dire qu'il y avait quelque chose qui ne tournait pas rond. Cette façon de procéder était en contradiction flagrante avec tout ce que je savais sur la spécificité des agents immunothérapiques. D'une part, il faut forcément du temps pour qu'un anticorps se développe, et d'autre part, antigéniquement parlant, une tumeur constitue toujours un cas unique en soi.

— En fait, c'est à partir de cette soirée chez les Betencourt que tu as commencé à te conduire de façon bizarre.

— La discussion avec Malcolm Betencourt m'a effectivement mis la puce à l'oreille, reconnut Sean. Malcolm a d'abord été opéré, là-dessus les symptômes neurologiques se sont déclenchés et il a fait une tumeur au cerveau. Les choses s'étaient déroulées exactement de la même façon pour Helen Cabot et Louis Martin, mais avant d'avoir entendu l'histoire de Malcolm je n'avais pas réalisé toute l'importance de cet enchaînement. Comme disait si bien un de mes professeurs de médecine, une fois qu'on s'est scrupuleusement appliqué a noter toutes les informations sur un cas on n'a plus de problèmes pour poser le diagnostic.

— Finalement, donc, tu penses que l'Institut Forbes a délibérément inoculé le cancer à plusieurs personnes en choisissant ses cibles à travers tout le pays, articula lentement Janet en s'obligeant à mettre des mots sur son épouvante.

— Oui, mais il s'agit d'un cancer bien particulier, précisa Sean. Un des oncogènes de virus que j'ai pu détecter fabrique une protéine qui forme une saillie sur la membrane cellulaire. Et comme cette protéine est homologue à celle qui sert de récepteur à l'hormone de croissance, elle agit en quelque sorte comme un signal qui encourage la cellule à grossir et à se diviser. Qui plus est, la partie qui fait saillie à travers la membrane correspond à un peptide qui est très probablement antigénique. Mon hypothèse, c'est que l'immunoglobuline que l'on a administrée aux malades est en fait un anticorps pour cette partie extra-cellulaire de l'oncoprotéine ERB-2.

— Tout cela me dépasse, avoua Janet.

— Je vais essayer de te montrer sur pièces. Tu comprendras peut-être mieux et ça ne nous prendra pas beaucoup de temps puisque j'ai trouvé de l'ERB-2 dans le labo de Key West. Nous allons voir si le produit codé qu'on donnait à Helen réagit avec cette oncoprotéine. Tu te souviens que je n'ai jamais pu obtenir une réaction entre ce médicament et un antigène cellulaire naturel ? Il ne réagissait qu'en présence de la tumeur. »

Pendant qu'il se mettait à préparer un test d'immunofluorescence, Janet s'efforça de mémoriser tout ce qu'il venait de lui expliquer.

« Autrement dit, ajouta-t-elle au bout d'un moment, ce qui rend ce médulloblastome si différent c'est que non seulement il est en quelque sorte fabriqué, donc artificiel, mais qu'en plus il est accessible au traitement. »

Sean lui jeta un regard admiratif.

« Exactement ! dit-il. Tu as tout compris. Ils fabriquent en effet un cancer avec un antigène bien précis dont ils connaissent déjà l'anticorps monoclonal. En présence de l'antigène, l'anticorps réagit en bloquant toutes les cellules cancéreuses. Et à partir de là, il ne reste plus qu'à stimuler le système immunitaire, à la fois in vivo et in vitro, dans le but d'obtenir le plus grand nombre possible de cellules " tueuses ". Le seul hic, comme tu as pu t'en apercevoir, c'est qu'au début le traitement provoque inévitablement des problèmes inflammatoires à l'origine de l'aggravation des symptômes.

— Et c'est à cause de cela qu'Helen Cabot est morte, souligna Janet.

— A mon avis, oui. On l'a gardée trop longtemps à Boston pour faire le diagnostic. Il aurait fallu l'envoyer tout de suite à Miami, mais les types de Boston ont toujours du mal à croire que d'autres médecins pourront faire mieux qu'eux.

— Tout de même, qu'est-ce qui te rend si confiant ? s'étonna Janet. Tout à l'heure, avant qu'on arrive ici, tu n'avais encore aucune preuve mais tu étais assez sûr de toi pour obliger les Mason à te suivre sous la menace d'une arme. Tu as pris un risque énorme.

— Le déclic s'est fait dans le laboratoire de Key West, quand j'ai vu ces dessins de capsides virales, lui expliqua Sean. J'ai tout de suite su que j'avais forcément raison. La vraie spécialité du Dr Levy, c'est la virologie, tu comprends. Et ces dessins portaient tous sur des virus de forme sphérique, avec une symétrie icosaédrique. La capside du virus de l'encéphalite de Saint Louis se présente exactement comme ça. Au fond, toute cette machination sordide repose sur une seule prouesse scientifique, à savoir que le Dr Levy a réussi à introduire plusieurs oncogènes à l'intérieur de la capsule virale. C'est un vrai tour de force que de mettre plus d'un oncogène dans chaque virus ; en principe, il n'y a pas assez de place puisqu'il faut laisser le génome du virus intact afin de lui conserver son pouvoir infectieux. Je ne sais comment elle s'y est prise. D'autant qu'il a bien fallu qu'elle ajoute aussi des gènes de rétrovirus pour que l'oncogène passe dans les chromosomes des cellules infectées. Je suppose plus ou moins qu'elle a transformé tout un tas de virus avec les oncogènes, en s'attachant exclusivement à ces pauvres cellules cérébrales qui ont le malheur de pouvoir choper tous les oncogènes d'un coup, et donc de devenir cancéreuses.

— Il y a une raison pour qu'elle ait choisi le virus de l'encéphalite ?

— Il a une prédilection marquée pour les neurones, répondit Sean. Pour provoquer un cancer qui réponde favorablement au traitement, il fallait que la tumeur déclenche des symptômes rapidement perceptibles. Il se trouve que c'est le cas des cancers du cerveau. D'un point de vue scientifique, tout cela est très bien vu.

— Tu veux dire que c'est diabolique, oui », répliqua Janet.

La jeune femme se retourna pour jeter un regard vers le box en verre. Le Dr Mason arpentait la petite pièce de long en large en évitant soigneusement le bureau sur lequel était posée l'éprouvette dans son bain de glace.

« Tu crois qu'il est au courant ? reprit-elle.

— Je n'en sais rien, répondit Sean. Mais s'il fallait parier, je dirais oui. Ça me paraît un peu difficile de lancer une opération aussi complexe à l'insu du directeur de l'établissement. Après tout, le véritable objectif était de forcer la main des généreux donateurs.

— Ce qui explique qu'ils n'aient sélectionné que des P-DG et les membres de leur famille.

— C'est en tout cas ce que je soupçonne. Il est assez facile de repérer quelle est la compagnie d'assurance de telle ou telle grosse entreprise. Et pas beaucoup plus difficile de trouver le numéro de sécurité sociale de quelqu'un, surtout quand ce quelqu'un est une quasi-célébrité. Une fois en possession de ce renseignement, ça devient un jeu d'enfant de déterminer qui sont les ayants droit.

— Alors le soir où on a photocopié les dossiers, quand on a surpris le mot " donneur " dans la conversation, il s'agissait en fait d'une déformation du jargon médical. Cette femme voulait parler de " donateur ", c'est bien ça ? »

Sean approuva d'un signe de tête.

« Nous nous sommes laissé emporter par notre imagination, dit-il. Et nous avons tout simplement oublié que les établissements hospitaliers spécialisés et les centres de recherche qui leur sont associés se trouvent dans une situation de plus en plus désespérée depuis que l'Institut national de la santé publique octroie ses subventions au compte-gouttes. Ceux qui veulent survivre jusqu'au XXIe siècle ont tout intérêt à se constituer un groupe de patients prospères et reconnaissants. »

Sean s'arrêta un instant de parler pour contrôler le test d'immunofluorescence destiné à étudier la réaction entre l'ERB-2 et le produit administré à Helen Cabot. Les résultats, fortement positifs, étaient plus impressionnants encore que ceux qu'il avait observés sur les cellules tumorales.

« Gagné ! s'exclama-t-il avec satisfaction. La voilà enfin, cette fameuse réaction antigène-anticorps que j'ai si longtemps cherchée. »

Il se tourna ensuite vers les centaines d'échantillons préparés dans les deux appareils à cycles thermiques.

« Je peux t'aider ? lui proposa Janet.

— Ça ne serait pas de refus », répondit Sean en lui montrant comment manipuler une pipette à douze cols avant de lui confier toute une séries de sondes ADN à déposer dans les coupelles des appareils à cycles thermiques.

Ils travaillèrent côte à côte pendant près de trois quarts d'heure, très absorbés par cette tâche méticuleuse. Déjà épuisés physiquement, ils étaient aussi accablés l'un que l'autre par l'ampleur du complot qu'ils venaient de découvrir. L'analyse systématique de toutes les coupelles leur révéla la présence de deux autres oncogènes : Ha-sar, le virus du sarcome de Harvey qui en principe ne s'attaque qu'aux rats, et le lymphocyte SV 40, associé à un virus présent en temps normal dans le rein des singes. Les analyses d'ARN effectuées dans le second appareil que Sean avait préparé pour étudier quantitativement la PCR leur démontrèrent ensuite que tous les oncogènes s'étaient exprimés avec une force inhabituelle.

« Quel cocktail ! » déclara Sean aussi ébahi qu'horrifié. Il s'étira pour décontracter ses muscles endoloris. « La présence de ces quatre oncogènes dans n'importe quelle cellule nerveuse doit la rendre cancéreuse à tout coup. Le Dr Levy ne laissait pas beaucoup de place au hasard. »

Janet reposa sa pipette pour se masser le cuir chevelu à deux mains.

« Et maintenant, qu'est-ce qu'on fait ? » demanda-t-elle sans lever les yeux, d'une voix infiniment lasse.

— On arrête. Je crois qu'on en est venu à bout », répondit Sean. Tout en essayant de réfléchir à la suite des opérations, il jeta un coup d'œil au bureau vitré où les Mason s'étaient lancés dans une nouvelle querelle. Fort heureusement, les parois en verre atténuaient considérablement leurs éclats de voix.

« Comment comptes-tu t'y prendre pour négocier notre sortie ? reprit Janet en bâillant.

— A vrai dire, je n'y ai pas beaucoup pensé, lâcha Sean dans un soupir. Ça risque d'être un peu délicat. »

Janet releva la tête : « Tu devais bien avoir une petite idée sur la façon dont tu allais t'en tirer, quand tu as monté tout ce plan ?

— Non, reconnut Sean. J'étais trop excité pour m'en préoccuper. »

Janet se leva pour aller regarder par la fenêtre donnant sur le parking.

« En tout cas, les choses se déroulent comme tu voulais, observa-t-elle. C'est un vrai cirque, en bas. Tu as réussi à déplacer la foule, et il y a en particulier des hommes en uniforme noir qui n'ont pas l'air de plaisanter.

— Ceux-là m'inquiètent un peu, dit Sean. Il doit s'agir du commando d'intervention.

— Nous pourrions peut-être envoyer les Mason en messagers pour prévenir tout le monde que nous sommes prêts à sortir.

— Ce n'est pas une mauvaise idée. D'ailleurs, tu pourrais y aller avec eux.

— Ce qui fait que tu resterais tout seul ici. » Janet quitta son poste d'observation et revint s'asseoir. « Je n'aime pas ça, poursuivit-elle. Surtout avec ces types en noir qui visiblement brûlent d'envie de donner l'assaut.

— En fait, c'est le cerveau d'Helen Cabot qui me préoccupe le plus.

— Allons bon ! Et pourquoi ? s'enquit Janet sans dissimuler son exaspération.

— C'est la seule preuve que nous ayons, et les gens de l'Institut saisiront la première occasion pour le détruire. Nous ne pouvons pas prendre ce risque. Tu penses bien que la foule qui attend en bas ne va pas m'accueillir avec des hourras. Ça va chauffer, et dans la confusion qui s'ensuivra il y a de fortes chances pour que le cerveau tombe dans de mauvaises mains. Or personne ne prendra le temps d'écouter mes arguments, tu ne crois pas ?

— Ça me paraît en effet assez peu probable, admit Janet.

— Ah, mais attends ! s'exclama Sean comme frappé d'illumination. Je viens d'avoir une idée. »

13

DIMANCHE 7 MARS,
16 H 38

Il fallut vingt minutes à Sean pour convaincre Janet que le mieux était qu'elle aille rejoindre les Mason dans le bureau vitré. Le jeune homme espérait en effet que si on pouvait penser qu'il l'avait prise en otage, il serait plus facile de soutenir qu'elle avait été entraînée de force dans cette aventure. Pour sa part, Janet restait sceptique, mais elle finit par se laisser fléchir.

Une fois cette question réglée, Sean mit ce qu'il restait du cerveau d'Helen Cabot dans la glacière et le recouvrit de glaçons. Puis, avec un bout de ficelle déniché dans le placard à fournitures, il attacha ensemble les photocopies des trente-trois dossiers en y joignant le listing d'ordinateur où figuraient les déplacements du personnel médical de l'Institut. Quand tout fut prêt, Sean prit le trousseau de clés que leur avait remis le gardien et, saisissant la glacière d'une main et la liasse de papiers de l'autre, il monta jusqu'à l'étage de l'administration.

Grâce au passe-partout, il put s'introduire sans problème dans le bureau de la comptabilité. Il retira les plateaux qui encombraient le monte-charge, se glissa à l'intérieur avec tout son chargement, et descendit directement du sixième au sous-sol, recroquevillé dans la cabine, les coudes serrés contre le corps pour ne pas les érafler contre les murs.

S'aventurer dans le souterrain devait s'avérer moins facile. L'interrupteur était en effet placé près de la porte, à l'autre extrémité, et Sean dut avancer tout du long dans le noir le plus total. Par chance, il se souvenait de la disposition générale des lieux et de l'emplacement des rayonnages, ce qui lui permit de progresser avec un minimum de confiance malgré les difficultés qu'il avait à s'orienter. Il finit enfin par trouver le second monte-charge et réussit à l'ouvrir à tâtons. Quelques minutes plus tard, il sortait deux étages plus haut, dans la salle des archives du bâtiment de la clinique.

C'est avec soulagement qu'il retrouva la lumière, mais lorsqu'il poussa la porte de l'appareil un bruit de voix étouffé le mit tout de suite sur ses gardes. Avant de se glisser hors de l'étroite cabine, Sean tendit l'oreille : les sons provenaient d'un bureau délimité par des parois à mi-hauteur qui le dissimuleraient aux regards. Le plus doucement possible, il s'extirpa de l'habitacle, puis s'avança à pas de loup jusque dans le couloir en serrant ses deux colis sous le bras.

En sortant des archives, il sentit immédiatement que l'air autour de lui était comme chargé d'électricité. De toute évidence, le personnel des services de radiologie et de chimiothérapie n'ignorait rien de la prise d'otages survenue dans le bâtiment d'à côté ; l'excitation créée par cet événement donnait à l'endroit une atmosphère de jour férié. La plupart des médecins et des infirmières s'agglutinaient dans le couloir pour regarder par les grandes baies placées face aux ascenseurs et donnant sur le bâtiment de la recherche. Aucun d'entre eux ne prêta attention à Sean.

Dédaignant l'ascenseur, le jeune chercheur préféra emprunter l'escalier pour descendre au rez-de-chaussée. Quand il émergea dans le hall d'entrée, toute sa tension se relâcha d'un coup. Il tombait bien : c'était l'heure des visites et une petite foule de gens se massait à côté des portes. En dépit de ses deux paquets volumineux, de sa barbe de deux jours et de ses vêtements froissés, il n'eut aucun mal à passer inaperçu.

Il quitta donc la clinique sans encombre. Tout en traversant le parking vers l'autre bâtiment, il observa avec satisfaction l'assistance nombreuse qu'il avait réussi à mobiliser. Par centaines, les officiels et les simples badauds rassemblés en petits groupes compacts occupaient tout l'espace entre les véhicules en stationnement, parmi lesquels se trouvait son propre quatre-quatre.

Sean envisagea un instant la possibilité de laisser les dossiers et le cerveau dans l'Isuzu, puis il y renonça en se disant qu'il serait plus prudent de remettre le tout directement à Brian. Son frère se trouvait encore sûrement sur les lieux, malgré ses menaces de l'abandonner à son triste sort.

La police avait délimité un périmètre de sécurité en tendant des bandes de vinyle jaune de voiture en voiture devant la façade principale. Sur l'arrière, les rubans de plastique avaient été passés autour des arbres de façon à isoler complètement le bâtiment de la recherche. A intervalles réguliers, des agents de police en uniforme montaient la garde le long de ce cordon.

Sean remarqua le QG rudimentaire organisé à l'intérieur de la zone interdite, autour d'une table pliante protégée par des voitures de patrouille. Plusieurs dizaines d'officiers de police s'étaient rassemblés à proximité de ce centre de commandes. Un peu plus loin, sur la gauche, certains des membres du commando d'intervention, tout de noir vêtus, effectuaient des exercices d'assouplissement en rythme pendant que d'autres vérifiaient les armes d'un arsenal impressionnant.

Sean s'arrêta devant le ruban de plastique jaune et scruta la foule du regard. Il ne lui fallut pas longtemps pour repérer Brian, aisément reconnaissable à sa chemise blanche et à ses bretelles à l'imprimé cachemire. Son frère était apparemment plongé dans une discussion animée avec un des hommes du commando d'intervention, au visage barbouillé d'une espèce de pommade noire sous chaque œil.

S'approchant d'un agent chargé de surveiller le périmètre de sécurité, Sean attira son attention par gestes. L'homme, jusque-là très occupé à se couper les ongles, s'interrompit pour lui jeter un regard interrogateur.

« Désolé de vous déranger, dit Sean. Je suis de la famille du type qui a pris les otages. Il y a un de mes frères, là-bas, ajouta-t-il en montrant Brian du doigt. Celui qui est en train de discuter avec un spécialiste de l'équipe d'intervention. Je crois que j'ai peut-être une solution pour résoudre ce sac de nœuds. »

Sans mot dire, le policier souleva la bande de plastique et lui fit signe de passer. Puis il se pencha à nouveau sur ses ongles.

Sean passa prudemment à distance de Deborah Levy et de Robert Harris, qu'il avait remarqués à côté d'une des voitures de patrouille. Heureusement, ils ne regardaient ni l'un ni l'autre dans sa direction. Il évita tout aussi soigneusement un des hommes qu'il avait enfermés dans le placard du laboratoire de

Key West, celui-là même qui attendait dans l'avion de Sushita Industries et qui, en ce moment, se tenait à quelques pas de la table pliante.

Il se dirigea droit vers son frère, en s'approchant par-derrière afin de saisir quelques bribes de la conversation. Cette dernière portait sur la nécessité de donner l'assaut au bâtiment, et de toute évidence les deux interlocuteurs ne partageaient pas le même avis.

Sean tapota légèrement sur l'épaule de Brian qui, peu désireux de s'interrompre, se contenta d'esquisser un petit geste agacé sans même se retourner. Il était bien trop occupé à défendre un argument qu'il exprimait avec conviction, en frappant du poing dans sa paume. Sa tirade passionnée ne prit fin que lorsque Sean, esquissant un pas de côté, se glissa dans son champ de vision. Bouche bée, Brian s'interrompit alors au beau milieu d'une phrase.

Suivant le regard de son vis-à-vis, George Loring découvrit à son tour Sean et le rangea d'emblée dans la catégorie des « sans domicile fixe ».

« Vous connaissez ce type ? demanda-t-il à Brian d'un air dubitatif.

— On est frères », répondit Sean avec un coup de coude à l'adresse de Brian que la surprise laissait pantois.

« Mais que diable... ! réussit-il enfin à articuler.

— Chut ! pas d'esclandre, lui lança Sean en l'attirant à quelques mètres de là. Si tu es toujours aussi furieux que je t'aie sonné, tout à l'heure, je te présente mes excuses les plus sincères. Je ne voulais pas frapper, mais tu ne m'as pas laissé le choix. Tu as vraiment mal choisi ton moment pour débarquer. »

Brian jeta un coup d'œil bref inquiet vers le poste opérationnel, distant d'une centaine de mètres au plus. Puis, se tournant vers Sean, il lui parla à voix basse :

« Mais qu'est-ce que tu fais ici ? lui demanda-t-il.

— Je voudrais que tu prennes cette glacière, rétorqua simplement Sean en lui tendant l'objet. Ainsi que ce paquet de dossiers. Mais c'est surtout la glacière à laquelle je tiens. »

Un peu déséquilibré par le poids de la liasse de papiers, Brian se campa plus solidement sur ses jambes.

« Explique-moi quand même comment tu as réussi à sortir de là, dit-il. Ils m'avaient juré leurs grands dieux que le bâtiment était complètement bouclé et que personne ne pouvait ni entrer ni sortir.

— Je te raconterai tout dans quelques minutes, lui promit Sean. Il faut d'abord que je te parle de la glacière : elle contient un cerveau ; un cerveau pas très joli à voir mais auquel je tiens comme à la prunelle de mes yeux.

— Le cerveau que tu as volé ? s'enquit Brian. Si tel est le cas, tu n'as aucun droit sur lui.

— Ton baratin de juriste ne m'intéresse pas, riposta Sean.

— A qui est ce cerveau ?

— Il appartenait à une de mes malades. Et il nous sera utile, crois-moi, pour inculper quelques-uns des responsables de l'Institut Forbes.

— Tu veux dire qu'il s'agit d'une pièce à conviction ?

— Absolument. Et ce que j'ai découvert grâce à lui devrait envoyer pas mal de gens au trou, répondit Sean.

— Reste que, pour le moment, nous n'avons aucun motif d'inculpation.

— L'ADN nous en fournira en pagaille. D'ici là, ne t'en sépare surtout pas. Et fais également attention aux dossiers.

— Ce tas de papiers ne peut pas être considéré comme une pièce à conviction, répliqua Brian. Ce ne sont que des photocopies et elles ne sont pas certifiées conformes.

— Bon sang, Brian, jeta Sean qui commençait à perdre patience. Je sais que c'était un peu léger de ma part de n'avoir pas eu la présence d'esprit de convoquer un huissier pour m'assister pendant que je les photocopiais, mais je te promets que je saurai m'en servir au tribunal. Ces copies ne sont peut-être pas conformes, mais nous y trouverons les noms des témoins à faire comparaître ; qui plus est, elles nous permettront de vérifier que les originaux n'ont pas été modifiés d'ici le procès. Maintenant, ajouta-t-il en baissant la voix, est-ce qu'à ton avis il y aurait un moyen de mettre fin à ce cirque sans que personne n'y laisse sa peau ? Je tiens à la mienne et je ne suis pas très tranquille quand je vois ces mecs de l'équipe d'intervention ; ils ont l'air de commencer à s'ennuyer. »

Brian jeta un regard à la ronde.

« Franchement, répondit-il, je ne sais pas. Laisse-moi réfléchir. Tu as l'art de me mettre dans des situations impossibles. Ce n'est pas de tout repos d'avoir un frère comme toi, il te faudrait plusieurs avocats à plein temps. Ah, pourquoi n'ai-je pas eu une petite sœur, à ta place !

— Tu n'avais pas l'air de le regretter autant quand on a vendu les actions d'Immunotherapy, lui rappela Sean.

— Peut-être qu'on pourrait tout simplement s'esquiver discrètement, suggéra Brian.

— Je te laisse juge.

— Mais après coup, ils risquent de m'inculper comme complice, ajouta Brian en hésitant.

— Je ferai tout ce que tu voudras, reprit Sean. Toutefois il faut que je te prévienne que Janet est enfermée là-haut.

— Janet ? Cette fille plutôt huppée avec qui tu sortais à Boston ?

— Tout juste, confirma Sean. Elle m'a fait la surprise d'arriver ici le même jour que moi.

— Alors, raisonna Brian, le mieux serait peut-être que tu te rendes tout de suite. Ça ne pourra que te servir au moment du procès. Oui, plus j'y pense, plus je crois que cette solution est la bonne. Viens, je vais te présenter au lieutenant Hector Salazar. C'est lui qui dirige les opérations et il me fait l'impression d'être un type correct.

— Je te suis, répondit Sean. Allons-y avant qu'un de ces excités en noir qui font de la gym comme des malades se claque un muscle et qu'on m'arrête pour atteinte au prestige d'un corps d'élite.

— Il va falloir que tu donnes des explications, et elles ont intérêt à être bonnes, le prévint Brian.

— Tu vas en rester baba, aussi sûr que tu es mon frère.

— En tout cas, pour le moment tu n'ouvres pas la bouche, c'est moi qui parle.

— Je ne pensais même pas m'en mêler. Question baratin, c'est toi le chef. »

Alors qu'ils se dirigeaient tous deux vers la table pliante, Sean aperçut Sterling Rombauer et Robert Harris qui discutaient un peu à l'écart. Il fit un détour pour les éviter, de crainte qu'ils ne provoquent un mouvement de panique en se jetant sur lui dès qu'ils l'auraient reconnu. Mais ce luxe de précautions s'avéra inutile. Sterling et Harris étaient bien trop absorbés par leur conversation pour le remarquer.

S'approchant par-derrière de la massive silhouette d'Hector Salazar, Brian s'éclaircit la gorge pour attirer son attention, mais sans succès. Hector, qui avait pris le relais de Brian auprès de George Loring, lui prêchait la patience. Le chef du commando d'intervention brûlait de passer à l'action.

« Lieutenant ! lança Brian.

— Encore ce connard ! jura Hector. Anderson ! Vous n'avez pas prévenu la télé, pour ce fichu hélico ? Le revoilà qui vient traîner par ici. »

Le vacarme provoqué par l'hélicoptère de la chaîne de télévision coupa momentanément la parole à tout le monde. L'appareil survolait le parking en passant au ras des têtes. Hector brandit un doigt menaçant vers le cameraman installé dans la cabine, geste qu'il devait regretter plus tard lorsqu'il le vit répété jusqu'à plus soif sur l'écran de son téléviseur.

Quand l'appareil se fut enfin éloigné, Brian obligea Hector à l'écouter.

« Lieutenant, lui annonça-t-il avec entrain, je voudrais vous présenter mon frère, Sean Murphy.

— Encore un de vos frères ! s'exclama Hector sans faire le rapprochement. Mais c'est une réunion de famille, ma parole ! » Puis, s'adressant à Sean, il lui demanda : « Vous croyez que vous pourriez avoir une influence quelconque sur le seul de vos frères qui nous intéresse, le dingo qui s'est barricadé dans ce labo ? Il faut absolument l'amener à discuter avec nos négociateurs.

— C'est Sean qui est devant vous, reprit Brian. C'est lui qui était dans le laboratoire. Mais maintenant il en est sorti, et il veut vous présenter ses excuses pour tous les problèmes qu'il vous a causés. »

Le regard d'Hector allait de Brian à Sean pendant que son esprit essayait de s'adapter à ce brusque et confondant retournement de situation.

Sean lui tendit la main, et le lieutenant la serra machinalement, trop abasourdi pour prononcer un mot. La poignée de main se prolongea, comme si les deux hommes venaient de se rencontrer à un cocktail mondain.

« Bonjour, dit Sean avec son plus beau sourire. Je tenais à vous remercier personnellement pour tout ce que vous avez fait. Si tout se termine bien, c'est grâce à votre efficacité. »

14

LUNDI 8 MARS,
11 H 15

Sean passa devant Brian pour s'engouffrer le premier dans la porte à tambour du tribunal du comté de Dade, et tout de suite il se sentit revivre en retrouvant le soleil et l'air vivifiant du dehors. Il venait de passer la nuit derrière les barreaux, après avoir été arrêté et écroué la veille au soir.

« C'est mille fois pire que la fac de médecine », commenta-t-il en se retournant pour jeter un bref regard à l'édifice, avant de commencer à descendre l'imposante volée de marches en compagnie de Brian.

« Autant t'y faire tout de suite, répondit Brian. Car si jamais ton procès ne se déroule pas comme nous le voudrions, tu peux t'attendre à une longue peine de prison. »

Ils étaient arrivés en bas de l'escalier. Sean s'arrêta net.

« Tu ne parles pas sérieusement ? s'inquiéta-t-il. Il me semble que je t'ai donné des explications assez claires sur ce qui se tramait à l'Institut, non ?

— Maintenant, ton sort est entre les mains de la justice, répondit Brian en haussant légèrement les épaules. Il faudra déployer des trésors d'éloquence pour arriver à persuader le jury de ta bonne foi. Tu as entendu comme moi l'acte d'accusation que nous a lu le juge ; il n'a pas l'air de te porter dans son cœur, malgré ta reddition volontaire et cette nitroglycérine qui n'en était pas. Pour le moment, tout ce qui compte pour lui c'est que tes prisonniers aient cru dur comme fer qu'il s'agissait bien d'un explosif. Tu ferais mieux de me remercier d'avoir fait en sorte que tu n'aies pas de casier judiciaire pour tes bêtises de jeunesse. Sans cela, tu n'aurais probablement jamais obtenu ta mise en liberté provisoire.

— Pourquoi Kevin Porter ne lui a-t-il pas expliqué que j'avais des circonstances atténuantes ? se plaignit Sean. Vous auriez pu mettre ça au point, tous les deux.

— Une inculpation n'a rien à voir avec un procès, rétorqua Brian. J'ai déjà eu plusieurs fois l'occasion de te le dire. Ce n'est qu'une formalité, une première étape qui a pour but de t'informer des charges qui pèsent contre toi, de façon à te permettre d'organiser ta défense. Kevin a d'ailleurs glissé un mot sur les circonstances atténuantes quand on a parlé de la caution.

— Alors là, je n'en reviens pas, s'exclama Sean. Une caution de cinq cent mille dollars ! Non mais je rêve ! Il n'aurait pas pu marchander un peu mieux, ton ami Kevin ? Cette somme engage une bonne partie des capitaux de départ d'Oncogen.

— Tu peux déjà t'estimer heureux d'être libéré sous caution, fulmina Brian. Laisse-moi récapituler ce dont on t'accuse : vol de documents confidentiels, abus de confiance, vol avec effraction, vol à main armée, prise d'otage, menaces et voies de fait, et pour finir mutilation d'un cadavre. Bon Dieu, Sean, ce serait mille fois plus simple si tu t'en étais tenu à un viol et un meurtre banals !

— Et le procureur du comté de Dade ? Comment est-il ? demanda Sean.

— Je l'ai vu hier soir, en même temps que le procureur de la République, répondit Brian. Parce que pendant que tu dormais sur tes deux oreilles en prison, moi je me remuais les fesses.

— Qu'est-ce qu'ils en disent ?

— Tout cela a l'air de les intéresser beaucoup. Mais dans la mesure où je n'avais rien de plus concluant à leur présenter qu'un petit récapitulatif des déplacements de certains membres du personnel et des photocopies de dossiers médicaux, ils se sont sagement abstenus de tout commentaire.

— Et le cerveau d'Helen Cabot ? insista Sean. C'est ça notre pièce à conviction.

— Non, ou du moins pas encore. Il faut attendre que les examens que tu prétends avoir faits aient pu être reproduits.

— Où l'as-tu mis, en attendant ?

— La police l'a confisqué pour le confier au médecin légiste du comté de Dade, répliqua Brian. N'oublie pas que c'est un objet volé, ce qui complique un peu son statut de pièce à conviction.

— Je déteste les avocats, maugréa Sean.

— Et j'ai le sentiment que tu vas les aimer de moins en moins au cours des prochains jours. J'ai appris ce matin que pour se défendre contre tes propos scandaleusement diffamatoires, l'Institut Forbes venait d'engager un des plus grands et des plus brillants avocats du pays, qui sera épaulé par un prestigieux cabinet de Miami. Tes accusations ont l'air d'avoir soulevé l'indignation aux quatre coins des Etats-Unis et les richissimes clients de l'Institut ont déjà commencé à envoyer de l'argent pour couvrir les frais du procès. En sus des charges retenues contre toi, tu vas être littéralement assailli par les plaintes des parties civiles.

— Cela ne m'étonne pas que les gros industriels se rangent comme un seul homme derrière l'Institut Forbes, rétorqua Sean. En revanche, je serais étonné qu'ils ne changent pas d'avis en apprenant que le fantastique traitement grâce auquel l'Institut les a sauvés a été mis au point pour soigner un cancer provoqué par l'Institut lui-même.

— Sur ce point, tu n'as peut-être pas tort.

— Je suis même sûr d'avoir raison. J'ai trouvé quatre oncogènes viraux dans la tumeur que j'ai analysée. Or il est exceptionnel d'en trouver, ne serait-ce qu'un, dans les tumeurs qui se développent naturellement.

— Oui, mais tu n'as examiné qu'une seule tumeur et il y a trente-huit autres cas, remarqua Brian.

— Ne t'inquiète pas. Je sais que j'ai raison.

— Je veux bien le croire. Il se trouve cependant qu'une de tes conclusions a déjà été contestée. Par l'intermédiaire de ses avocats, l'Institut affirme que c'est un pur effet du hasard si, *primo*, le Dr Deborah Levy s'est rendue dans un certain nombre des villes où ont été opérés ceux qui allaient bientôt devenir les clients de l'Institut, et si, *deuxio*, ses déplacements ont justement eu lieu le lendemain de l'intervention.

— Ben voyons, dit Sean d'un air sarcastique.

— C'est un point que nous allons devoir prouver. D'autant que les voyages du Dr Levy ne coïncident pas systématiquement avec chaque opération.

— Ce qui signifie tout simplement qu'ils envoyaient de temps en temps quelqu'un d'autre. Margaret Richmond, par exemple. Il va falloir vérifier les déplacements de tous les membres du personnel médical.

— Il y a plus, ajouta Brian. L'Institut soutient que le Dr Levy est déléguée par le Collège national d'anatomopathologie pour effectuer des contrôles sur place. J'ai vérifié ce point ; c'est exact. Il lui arrive effectivement de partir en tournée d'inspection pour s'assurer que tel ou tel hôpital ou clinique respecte les conditions attachées à l'autorisation d'exercice. J'ai également vérifié auprès d'un certain nombre des établissements hospitaliers concernés ; à première vue, les dates de ses voyages concordent avec les tournées d'inspection.

— Et le programme informatique qui marche le dimanche et la nuit à partir de numéros de sécurité sociale ? s'enquit Sean. Voilà qui devrait appuyer mes accusations, non ?

— L'Institut dément catégoriquement. La direction ne conteste pas que les services administratifs soient régulièrement en contact avec des compagnies d'assurance, mais elle affirme que c'est sur des bases exclusivement juridiques. A l'en croire, elle ne s'est jamais permis de consulter les fichiers de demandes préalables. Et quant aux assureurs, ils jurent leurs grands dieux que tous leurs fichiers sont strictement protégés.

— De la part des assureurs, ça ne m'étonne pas, commenta Sean. Je suis sûr qu'ils tremblent tous comme des feuilles à l'idée d'être appelés à comparaître au procès. Mais il n'y a pas une once de vérité dans les dénégations de l'Institut : Janet et moi avons vu de nos yeux ce programme fonctionner.

— Ça sera difficile à établir, dit Brian. Il faudrait que nous puissions mettre la main sur ce programme, et je ne crois pas qu'ils soient prêts à nous le confier.

— Et merde ! jura Sean.

— En fait, tout va reposer sur les arguments scientifiques, reprit Brian, ainsi que sur notre capacité à amener le jury sur ce terrain-là, et déjà à en comprendre les bases. Ça risque de n'être pas facile. Ces questions restent assez ésotériques pour le commun des mortels. »

Les deux frères gardèrent un instant le silence.

« Où est Janet ? demanda Sean au bout de quelques pas.

— Dans ma voiture, répondit Brian. Le juge l'a convoquée avant toi et son cas est plus facile que le tien, mais elle n'a pas voulu attendre à l'intérieur du tribunal. Je ne le lui reprocherai pas. Toute cette histoire l'a vraiment secouée. Elle n'a pas ton habitude des démêlés avec la justice.

— J'apprécie, répliqua Sean. Elle est accusée, elle aussi ?

— Evidemment qu'elle est accusée ! Tu prends les gens d'ici pour des débiles, ou quoi ? Si tu veux tout savoir, elle est poursuivie pour complicité sur toute la ligne, exception faite des menaces à main armée et de la prise d'otages. Par chance, le juge a l'air de penser que son crime le plus grave est de s'être associée avec toi. Il n'a pas demandé de caution. Elle a été libérée sur parole. »

Alors qu'ils s'approchaient de la limousine louée par Brian, Sean aperçut Janet de loin, assise sur le siège avant. La jeune femme avait renversé la tête contre le dossier et paraissait dormir. Mais quand les deux frères ne furent plus qu'à quelques mètres, elle ouvrit les yeux. A la vue de Sean, elle se précipita hors de la voiture pour le prendre dans ses bras.

Sean lui rendit son étreinte, bien qu'un peu gêné par la présence de Brian.

« Ça va ? lui demanda-t-elle en s'écartant un peu pour le dévisager, les bras toujours passés autour de son cou.

— Ça va. Et toi ?

— Me retrouver en prison fut une drôle d'expérience, reconnut Janet. Au début, j'étais dans un état proche de l'hystérie. Mais mes parents sont arrivés presque tout de suite avec notre avocat. Il a réussi à accélérer les choses.

— C'est bien que tes parents soient venus. Où sont-ils ? demanda Sean.

— Ils sont rentrés à l'hôtel. Plutôt furieux que j'aie préféré t'attendre, je dois dire.

— J'imagine, dit Sean.

— Dites-moi, intervint Brian en consultant sa montre. Le Dr Mason a convoqué les journalistes à midi pour une conférence de presse à l'Institut. Je crois qu'il faudrait y assister. J'avais un peu peur que nous restions bloqués plus longtemps au tribunal, mais là nous avons le temps. Qu'en pensez-vous ?

— Pourquoi veux-tu aller là-bas ? s'enquit Sean.

— Je ne sais pas si tu as remarqué, mais cette histoire me préoccupe, rétorqua Brian. Je préférerais mettre toutes les chances de notre côté pour que le procès soit au moins équitable, et dans l'immédiat j'aimerais autant que cette conférence de presse ne se transforme pas en campagne de relations publiques, ce qui est à mon avis le souhait le plus cher des responsables de l'Institut. Ta seule présence devrait suffire à leur rabattre le caquet. Et elle contribuera aussi à te poser aux yeux des autres comme un individu responsable et sérieux dans ses allégations. »

Sean haussa légèrement les épaules : « Si tu y tiens, d'accord, répondit-il. D'ailleurs je serais curieux de savoir ce que va dire le Dr Mason.

— Je vous accompagne », dit Janet.

A cause des embouteillages, il leur fallut plus de temps que Brian ne l'aurait cru pour se rendre du tribunal à l'Institut, mais la conférence de presse n'avait pas encore commencé lorsqu'ils arrivèrent enfin à destination. La rencontre devait se tenir dans la salle de réunions de la clinique, et il ne restait plus une place de parking devant cette aile de l'Institut. Une longue file de camions de télévision bloquait l'accès pompiers ménagé à côté de l'entrée. Ils durent aller se garer de l'autre côté, devant le bâtiment de la recherche.

Alors qu'ils retraversaient le parking à pied, Brian leur parla de l'agitation médiatique que suscitait cette affaire.

« Autant vous prévenir que les esprits sont échauffés, leur expliqua-t-il. Nous allons avoir droit à un procès où les réactions des médias et de l'opinion publique auront au moins autant d'importance que les débats au tribunal. Qui plus est, il va se jouer sur le terrain de l'Institut. Ne vous étonnez donc pas de l'accueil qui va vous être réservé ; à mon avis il sera plus que froid. »

Une foule de gens se massait devant l'entrée. Il s'agissait pour la plupart de journalistes, dont certains ne tardèrent pas à reconnaître Sean. Ils se ruèrent aussitôt sur lui, en jouant des coudes pour lui brandir leurs micros sous le nez et l'assaillir tous à la fois de questions fielleuses. Les flashs des appareils photo se mirent à crépiter. Les projecteurs des équipes de télévision inondèrent la scène d'une lumière crue. Sean était fou de rage lorsqu'il atteignit enfin la porte en compagnie de Janet et de Brian. A un moment, son frère dut le retenir pour l'empêcher de s'en prendre à quelques photographes particulièrement insistants.

A l'intérieur, les choses ne devaient guère mieux se passer. La nouvelle de l'arrivée de Sean se propagea comme une onde de choc dans l'assistance étonnamment nombreuse. Quand les deux frères et Janet réussirent enfin à pénétrer dans la salle de conférence, des huées s'élevèrent des rangs occupés par le personnel médical de l'Institut Forbes.

« Je vois ce que tu voulais dire en parlant d'accueil peu chaleureux, lâcha Sean à mi-voix en s'installant sur un siège. Tu avais raison, nous ne sommes pas en terrain neutre.

— Tu es perçu comme un danger public et ils sont prêts à te lyncher, lui glissa Brian. Au moins, ça te donne une petite idée de ce contre quoi il va falloir te battre. »

Les huées et les sifflets adressés à Sean cédèrent brusquement la place à des applaudissements nourris lorsque le Dr Mason fit son apparition au fond de la petite scène. Le directeur de l'Institut s'avança d'une démarche assurée jusqu'au pupitre, sur lequel il déposa une volumineuse enveloppe de papier kraft. Puis, se penchant légèrement en avant, les deux mains fermement posées sur les deux bords du pupitre et la tête un peu inclinée vers l'arrière, il contempla un moment le public. Tout, dans son allure et dans son port, indiquait l'homme de métier compétent et respectable : ses cheveux grisonnants, coiffés à la perfection, son costume bleu marine, sa chemise blanche et sa cravate sobre. Seule la tache de couleur du foulard en soie lavande glissé dans sa poche de poitrine égayait un peu sa tenue.

« C'est vraiment le portrait-robot du médecin idéal, chuchota Janet. Très télégénique.

— Oui, murmura à son tour Brian en hochant la tête. Tout à fait le genre de personnage auquel les jurés font *a priori* confiance. La bataille sera rude. »

Le Dr Mason s'éclaircit la gorge avant de prendre la parole, d'une voix bien timbrée qui résonnait agréablement aux oreilles. Il commença par remercier l'ensemble de l'assistance de s'être déplacée pour manifester son soutien à l'Institut de cancérologie Forbes, en butte à de graves accusations.

« Est-ce que vous comptez porter plainte contre Sean Murphy pour diffamation ? » lança tout à trac un journaliste placé au deuxième rang.

Le Dr Mason put s'épargner la peine de répondre. Les sifflets qui jaillirent dans la salle se chargèrent promptement de remettre l'impertinent à sa place. Celui-ci comprit qu'il avait manqué de tact et s'excusa humblement.

Pendant ce temps, le Dr Mason lissait l'enveloppe posée sur le pupitre tout en rassemblant ses pensées.

« Tous les établissements de soins et les centres de recherche traversent aujourd'hui des temps difficiles, déclara-t-il, et ces difficultés pèsent encore plus lourdement sur ceux d'entre eux qui assument à la fois les soins aux malades et des fonctions de recherche. En effet, les bases diagnostiques et thérapeutiques servant à définir les barèmes de remboursement sont particulièrement mal adaptées à des établissements tels que l'Institut Forbes, où les traitements sont la plupart du temps définis en fonction de protocoles expérimentaux, et coûtent d'autant plus cher qu'ils doivent être administrés de façon intensive.

« Toute la question revient donc à déterminer les sources de financement à même d'assurer ces traitements. Certains semblent penser qu'il suffit pour cela de bénéficier des subventions gouvernementales accordées au titre de la recherche, dans la mesure où ce type de soins thérapeutiques fait partie intégrante de la recherche scientifique. Mais l'Etat a largement amputé le budget alloué aux chercheurs, nous obligeant ainsi à chercher ailleurs l'argent nécessaire à nos activités, c'est-à-dire, le plus souvent, du côté de l'industrie privée quand ce n'est pas auprès de groupes étrangers. Pourtant, là aussi nous nous heurtons assez vite à des limites, surtout dans le contexte actuel de récession économique. Dans ces conditions, pourquoi dédaignerions-nous ce recours aussi ancien qu'éprouvé que constitue la philanthropie ? »

« Il est gonflé ! dit Sean à mi-voix. Il ne s'y prendrait pas autrement s'il voulait faire la quête à la fin de son discours. »

Plusieurs personnes se retournèrent vers lui en lui lançant des regards indignés.

« J'ai consacré ma vie à soulager ceux qui souffrent, poursuivait le Dr Mason. Depuis que je suis entré à la faculté de médecine, le progrès médical en général et la lutte contre le cancer en particulier n'ont pas cessé de m'occuper. Délivrer l'humanité du fléau de cette maladie est devenu pour moi un but auquel je me suis employé de toutes mes forces. »

« Maintenant, il parle comme un politicien, reprit Sean. Quand est-ce qu'il va enfin se décider à entrer dans le vif du sujet ?

— Ça suffit ! » souffla une voix dans son dos.

« Lorsque j'ai accepté de prendre la direction de l'Institut de cancérologie Forbes, disait le Dr Mason, je savais que la maison connaissait de graves difficultés financières. La redresser sur des bases solides fut pour moi un objectif en tout point cohérent avec mon désir d'œuvrer pour le bien de l'humanité. Je m'y suis donné cœur et âme. Et si quelques erreurs ont pu être commises, croyez bien que ça n'est pas à un quelconque manque d'altruisme qu'il faut les imputer. »

Le Dr Mason s'interrompit. Un tonnerre d'applaudissements salua cette première partie de son discours pendant qu'il tripotait l'enveloppe de papier kraft pour défaire le cordon qui la fermait.

« Quelle perte de temps, chuchota Sean, exaspéré.

— Nous n'en sommes qu'à l'introduction, lui glissa Brian. Tiens-toi un peu tranquille. Je suis prêt à parier qu'il ne va plus tarder à aborder le problème. »

« Il est temps pour moi de prendre congé, reprit le Dr Mason. Et avant tout, j'aimerais remercier du fond du cœur tous ceux qui ont su m'aider pendant ces heures si éprouvantes. »

« Quel charabia ! Pourquoi ne pas démissionner tout de suite ? » s'exclama Sean à voix suffisamment haute pour être entendu de ses voisins. L'ensemble de cette prestation l'écœurait complètement.

Mais personne ne prit la peine de lui répondre. La fin de sa remarque fut vite noyée sous le brouhaha horrifié qui s'éleva dans l'assistance lorsque le Dr Mason, ouvrant enfin l'enveloppe, en sortit un 357 Magnum.

La rumeur gonfla comme une vague quand quelques-uns des auditeurs des premiers rangs se mirent debout, sans qu'on sache s'ils désiraient se protéger ou au contraire s'approcher du Dr Mason.

« J'aurais préféré agir plus discrètement, lança ce dernier. Mais j'ai pensé... »

Il n'avait de toute évidence pas fini sa phrase quand deux journalistes du premier rang l'empêchèrent de continuer en montant sur l'estrade. Le directeur de l'Institut fit un geste pour les écarter, mais les deux hommes continuèrent d'avancer vers le pupitre. L'air paniqué, pareil à un gibier aux abois, le Dr Mason esquissa un pas en arrière. Son visage était devenu blanc comme un linge.

Devant les spectateurs épouvantés, il introduisit alors le

canon du revolver dans sa bouche et appuya sur la détente. La balle qui lui perfora la voûte du palais creva le bulbe rachidien et le cervelet, emportant avec elle un morceau de crâne de cinq centimètres de diamètre, avant de venir se ficher dans une corniche en bois sculpté. Le Dr Mason s'écroula comme une masse. Dans sa chute, il lâcha l'arme qui tomba sur le plancher pour aller rebondir devant la première rangée de sièges, au grand effroi de leurs occupants qui les abandonnèrent en toute hâte.

Quelques personnes se mirent à crier, d'autres à pleurer, mais la majorité du public resta muette d'horreur. Quand le coup était parti, Sean, Janet et Brian avaient tous trois les yeux fixés vers l'estrade. La salle qu'ils balayèrent tout de suite du regard était en proie à une indescriptible confusion. Nul ne savait comment réagir. Les médecins et les infirmières eux-mêmes se sentaient impuissants. De toute façon, il était trop tard pour porter secours au Dr Mason.

Tout ce que Sean, Brian et Janet pouvaient voir de feu le directeur de l'Institut, c'était, dans une perspective saisissante, son corps étendu sur le sol avec les semelles de ses souliers en gros plan. Le mur qui fermait la scène était tout éclaboussé de rouge, comme si on avait jeté dessus une pleine poignée de framboises mûres.

Sean sentit sa bouche devenir sèche ; il avala sa salive avec difficulté.

Les yeux de Janet s'embuèrent de larmes.

Et Brian chuchota à toute allure : « Sainte Marie, mère de Dieu, priez pour nous. »

La salle restait sous le choc, accablée par l'émotion. Presque personne ne parlait. Quelques hommes au cœur bien accroché (dont Sterling Rombauer) se risquèrent à aller examiner le cadavre du Dr Mason, mais un instant durant les témoins de ce drame restèrent presque tous rivés à leurs sièges — tous ou presque à l'exception d'une femme qui se leva d'un bond pour se précipiter vers la sortie. Sean la vit jouer des coudes pour se frayer un chemin à travers la foule abasourdie. Il la reconnut instantanément.

« C'est le Dr Levy, dit-il en se mettant debout. Il faut la rattraper. Si elle sort, je suis sûr qu'elle va quitter le pays. »

Brian saisit son frère par le bras pour l'empêcher de se lancer à la poursuite de Deborah Levy.

« Ce n'est ni le moment ni le lieu de jouer les héros, lui dit-il. Laisse-la partir. »

Impuissant, Sean la suivit des yeux pendant qu'elle gagnait la sortie. Quand elle eut disparu, il se tourna vers Brian.

« Le mystère commence à s'éclaircir, tu ne trouves pas ? lui demanda-t-il.

— Possible », répondit Brian évasivement. En bon avocat qu'il était, il s'inquiétait néanmoins de l'émotion que cet événement brutal ne manquerait pas de provoquer dans l'opinion publique.

Petit à petit, les spectateurs du drame commencèrent à se disperser.

« Allons-nous-en, soupira Brian. Nous n'avons plus rien à faire ici. »

En silence, Brian, Janet et Sean quittèrent la salle à pas lents avant de devoir traverser la cohue rassemblée devant l'entrée de la clinique. Ils se dirigèrent vers la voiture de Brian, chacun absorbé en lui-même pour essayer de surmonter l'horrible tragédie à laquelle ils venaient d'assister. Le premier, Sean prit la parole :

« Cet aveu de culpabilité a pris des formes plutôt dramatiques, déclara-t-il. Sans doute faut-il au moins créditer ce pauvre bougre de n'avoir pas eu le doigt qui tremblait au moment décisif.

— Je t'en prie, Sean, ne sois pas cynique, lui intima Brian. Ce genre d'humour noir n'est pas ma tasse de thé.

— Merci », dit Janet à Brian, avant de s'en prendre à Sean : « C'est quand même un homme qui vient de mourir. Comment peux-tu avoir le cœur à plaisanter sur un sujet pareil ?

— Helen Cabot est morte, elle aussi, répliqua Sean. Sa mort m'a affligé bien davantage.

— Ces deux décès devraient t'affliger, intervint Brian. Après tout, le suicide du Dr Mason risque fort d'être attribué à la mauvaise publicité dont l'Institut a pâti à cause de toi. Le malheureux avait de bonnes raisons d'être déprimé, et le fait qu'il ait décidé d'en finir ne prouve pas forcément sa culpabilité.

— Une minute ! s'exclama Sean en les obligeant tous deux à s'arrêter. Est-ce qu'après ce qui vient de se passer tu te remettrais à avoir des doutes sur ce que je t'ai raconté, à propos de cette sombre histoire de cancer fabriqué de toutes pièces par l'Institut ?

— Je suis avocat, répondit Brian. Mon métier m'a habitué à réfléchir de manière un peu spéciale. J'essaie simplement d'anticiper sur ce qui va se passer, pour mieux assurer ta défense.

— Essaie d'oublier une seconde ce que tu es pour raisonner en être humain comme tout le monde, insista Sean. Qu'est-ce que tu en penses ?

— D'accord, s'inclina Brian. Je dois reconnaître que tu as raison. Le suicide du Dr Mason est en soi très compromettant pour l'Institut. »

Epilogue

VENDREDI 21 MAI

13 H 50

Le gros avion de ligne Delta vira sur l'aile avant d'entamer sa descente vers l'aéroport de Logan pour atterrir selon une trajectoire nord-ouest. Grâce à cette manœuvre, Sean qui avait une place près d'un hublot découvrit soudain Boston qui s'étalait à la gauche de l'appareil. Assis à côté de lui, Brian ne leva pas les yeux de la revue juridique dans laquelle il était plongé. Ils survolèrent d'abord la bibliothèque Kennedy, érigée sur le promontoire Christophe Colomb, puis l'extrémité sud de la ville, avec ses maisons en bois de deux étages qui s'alignaient le long du front de mer.

Sean eut ensuite droit à une vue magnifique sur les gratte-ciel du centre-ville se détachant en arrière-plan sur le vieux port. Juste avant que l'avion ne se pose sur la piste, il eut le temps d'entr'apercevoir Charlestown et l'obélisque de Bunker Hill, dressé contre le ciel.

Le jeune chercheur poussa un soupir de contentement. Il était enfin de retour chez lui.

Les deux frères n'ayant pas fait enregistrer leurs bagages, après l'atterrissage ils purent tout de suite gagner la station de taxis pour se faire ramener en ville. Ils passèrent d'abord par le cabinet que Brian occupait dans l'ancien hôtel de ville de School Street. Après avoir demandé au chauffeur de l'attendre, Sean rejoignit Brian sur le trottoir. Depuis leur départ de Miami, quelques heures plus tôt, ils s'étaient tous deux contenté d'échanger des propos laconiques ; ils n'étaient pas encore tout à fait remis de la tension des trois jours précédents, ni surtout de leurs longues discussions en tête à tête. Brian avait en effet tenu à venir à Miami où Sean devait témoigner devant le tribunal fédéral chargé de juger le procès opposant l'Etat de Floride à l'Institut de cancérologie Forbes.

Sean jeta un coup d'œil à son frère. Malgré tout ce qui les séparait et leurs innombrables disputes, il éprouvait pour lui un brusque élan de tendresse. Impulsivement, il lui tendit une main que Brian s'empressa de serrer longuement. Mais ce geste ne suffisant pas à exprimer ce que Sean ressentait, il se dégagea pour gratifier son frère d'une chaleureuse accolade. Là-dessus, ils se dévisagèrent mutuellement avec une certaine gêne. Peu coutumiers de ces démonstrations d'affection, ils préféraient la plupart du temps les éviter pour se contenter de petites tapes bourrues sur l'épaule ou dans le dos.

« Merci d'avoir fait tout ça, s'empressa de dire Sean.

— Je t'en prie. Ce n'est rien comparé à ce que toi tu as fait pour toutes les victimes potentielles de l'Institut, protesta Brian.

— Si tu ne m'avais pas assisté juridiquement, à l'heure qu'il est l'Institut poursuivrait ses activités en toute impunité.

— Cette histoire n'est pas définitivement réglée, lui rappela prudemment Brian. Nous n'avons franchi que la première étape.

— Bah, on verra bien. Maintenant il faut se remettre à travailler d'arrache-pied sur Oncogen. Le sort de l'Institut est désormais entre les mains du procureur de Floride et du procureur général. Lequel des deux va engager les poursuites judiciaires, à ton avis ?

— Ils vont peut-être s'associer, répondit Brian. Etant donné les réactions de la presse, ils doivent se dire l'un comme l'autre que ce procès peut leur servir de tremplin politique. »

Sean hocha la tête.

« Bon, j'y vais, lança-t-il en remontant dans le taxi. Je te tiendrai au courant. »

Brian retint la portière avant que Sean ait eu le temps de la refermer.

« Je n'aime pas beaucoup te faire des remarques, ajouta-t-il, mais mon rôle de grand frère m'oblige à te donner un conseil. Tu sais que ta vie serait mille fois plus facile si tu mettais ton insolence en sourdine ? Sans pour autant changer du tout au tout, tu devrais quand même faire un effort pour perdre tes manières de mauvais garçon. Tu te cramponnes trop à tes anciennes habitudes.

— Allez, Brian, jeta Sean en se forçant à sourire. Ne me fais pas la morale.

— Je parle sérieusement, reprit Brian. Tu te débrouilles toujours pour retourner contre toi des gens qui n'ont pas le quart de ton intelligence, ce qui est malheureusement le cas de presque tout le monde, moi y compris.

— Eh bien, dit Sean, embarrassé. Je crois qu'on ne m'a jamais fait de compliment plus équivoque.

— Tu ne devrais pas prendre ça pour un compliment. Au fond, tu n'es qu'un savant imbécile. Tu as beau être très fort dans certains domaines, dans d'autres tu te comportes comme un attardé mental. Je ne sais pas si c'est parce que tu ne comprends rien à ce que les autres ressentent ou si c'est parce que tu t'en fiches, mais au bout du compte le résultat est le même.

— Attention, Brian, tu deviens sentimental !

— Tu devrais y réfléchir, à l'occasion. Maintenant je te laisse », conclut Brian en lui assenant une bourrade amicale sur l'épaule.

Sean demanda au chauffeur de taxi de le conduire à l'hôpital Memorial. Il était déjà près de 15 heures et il voulait surprendre Janet avant qu'elle ne quitte son travail. Le jeune homme se cala contre son dossier et repensa à ce que venait de lui dire Brian. Un léger sourire flottait sur ses lèvres. Son frère était vraiment quelqu'un sur qui on pouvait compter, mais il lui arrivait aussi de tenir des discours vraiment nuls.

Arrivé à l'hôpital, Sean se rendit directement à l'étage où travaillait Janet. L'infirmière à qui il s'adressa au bureau lui dit qu'elle était en ce moment dans la chambre 403, où elle renouvelait la perfusion d'une certaine Mme Mervin. Impatient de lui communiquer la bonne nouvelle, Sean décida d'aller la rejoindre sans attendre. Il la trouva en train d'injecter une dose d'antibiotique dans le flacon du goutte-à-goutte de Mme Mervin.

« Tiens, salut, bel étranger ! » lui lança Janet lorsqu'il entra. Elle était manifestement contente de le voir bien qu'elle soit très absorbée par sa tâche. Dès qu'elle eut fini, elle le présenta à la malade en lui précisant qu'il faisait ses études de médecine à Harvard.

« J'adore recevoir les visites des jeunes gens », répliqua Mme Mervin, une vieille dame aux cheveux blancs, aux joues roses et aux yeux pétillants. « Revenez me voir quand vous voudrez », ajouta-t-elle avec un petit rire étouffé.

— Il faut revenir vite car Mme Mervin devrait bientôt nous quitter, reprit Janet avec un clin d'œil en direction de Sean. Elle va de mieux en mieux.

— C'est ce que j'avais cru remarquer », commenta Sean d'une voix enjôleuse.

Janet nota quelques mots sur une petite fiche bristol qu'elle glissa aussitôt dans sa poche. Puis, ramassant le plateau qui lui servait à transporter son matériel, elle dit au revoir à Mme Mervin en lui recommandant de sonner si elle avait besoin de quoi que ce soit.

Dans le couloir, Sean dut allonger le pas pour rester à la hauteur de la jeune femme.

« Au cas où tu ne l'aurais pas deviné, lui glissa-t-il en la rattrapant, j'ai plein de choses à te raconter.

— Tu m'en vois ravie, répondit Janet, mais pour le moment je suis débordée. C'est bientôt l'heure du rapport et je n'ai pas encore fini de donner les soins.

— Le tribunal fédéral a prononcé l'inculpation de l'Institut », lui annonça Sean.

Janet s'arrêta et lui adressa un grand sourire rayonnant.

« C'est formidable ! s'exclama-t-elle. Je suis contente. Et fière de toi, en plus. Tu dois te sentir vengé, non ?

— Pour parler comme Brian, déclara Sean, ce n'est qu'une première étape, mais elle est importante. L'inculpation porte également sur le Dr Levy, bien que personne ne l'ait ni vue ni entendue depuis le spectaculaire *mea culpa* du Dr Mason, à la conférence de presse. Apparemment, cette chère Deborah s'est volatilisée. Deux des médecins de la clinique sont également inculpés, ainsi que l'infirmière en chef, Margaret Richmond.

— J'ai encore du mal à y croire. Tout cela me semble tellement irréel.

— Ça le deviendra peut-être moins quand je t'aurai précisé les sommes astronomiques que l'Institut Forbes a encaissées grâce à la générosité des patients atteints d'un médulloblastome. Avant que nous mettions un terme à tout ça, ces braves gens reconnaissants lui ont au total versé plus de soixante millions de dollars sous différentes formes de dons.

— Que va devenir la clinique ? s'enquit Janet en jetant un coup d'œil à sa montre.

— Elle est en règlement judiciaire, expliqua Sean. Mais le centre de recherche, lui, est bel et bien fermé. Et si tu veux tout savoir, cette magistrale arnaque avait été montée au nez et à la barbe des Japonais. Ils n'y participaient pas. Depuis que l'affaire a éclaté au grand jour, ils ont tiré un trait sur leurs investissements et ont tout laissé tomber.

— Je regrette pour la clinique, glissa Janet. Personnellement, je trouve que c'était un bon établissement de soins. J'espère qu'on arrivera à la redresser.

— J'ai encore d'autres nouvelles, reprit Sean. Tu te souviens du cinglé qui nous a menacés sur la plage en nous flanquant la trouille de notre vie ? Il s'appelle Tom Widdicomb, et il est fou à lier. Il vivait avec le cadavre de sa mère, qu'il avait mise au congélateur après sa mort. Apparemment, il croyait dur comme fer qu'elle était en communication permanente avec lui ; à l'en croire, c'est sur les conseils de sa maman qu'il avait entrepris d'endormir les femmes hospitalisées pour un cancer du sein avec une petite dose de succinylcholine. Sa mère elle-même était morte du même cancer.

— Oh, mon Dieu ! murmura Janet. C'est donc cela qui est arrivé à Gloria D'Amataglio.

— Il y a des chances, confirma Sean. A elle et à beaucoup d'autres.

— Je me souviens de ce Tom Widdicomb. C'était le garçon de salle qui tapait tellement sur les nerfs de Marjorie.

— Apparemment, toi aussi tu lui tapais sur le système. Pour des raisons mystérieuses, un beau jour son esprit tordu lui a soufflé que tu avais pour mission d'arrêter ses agissements. C'est pour cela qu'il t'en voulait. Il est fort probable que ce soit lui qui t'ait attendue dans ta salle de bains, le soir où tu t'es fait agresser à la résidence de l'Institut. En tout cas il ne fait aucun doute que c'est lui qui nous a suivis jusque dans la morgue de l'Hôpital général de Miami.

— Doux Jésus ! » s'écria Janet. Elle tremblait rétrospectivement à l'idée d'avoir été suivie pas à pas par un dément. Tout cela lui rappelait à quel point ce voyage en Floride avait été différent de ce qu'elle avait imaginé lorsqu'elle avait pris la décision de rejoindre Sean.

« Il devrait bientôt être jugé, poursuivit ce dernier. Son

avocat va bien sûr plaider l'irresponsabilité, et s'il raconte l'histoire de la maman dans le congélateur, Widdicomb s'en tirera sûrement à bon compte. » Sean se mit à rire. « Bien évidemment, ajouta-t-il, c'est à cause de lui que la clinique a été mise en règlement judiciaire. Toutes les familles des malades atteintes d'un cancer du sein et mortes dans des circonstances douteuses se sont portées parties civiles.

— Et les familles des gens soignés pour ce pseudo-médulloblastome ? s'enquit Janet. Elles ne font rien ?

— Si, mais pas par rapport à la clinique. Les juristes ont séparé le cas de l'établissement hospitalier de celui du centre de recherche. C'est ce dernier qu'attaquent les familles des personnes qui ont servi de cobayes au Dr Levy et consorts. Après tout, c'est logique. Si ces malades ont guéri, c'est grâce aux soins reçus en clinique.

— Sauf Helen Cabot, remarqua Janet.

— C'est vrai », acquiesça Sean.

Janet regarda à nouveau sa montre et secoua la tête.

« Maintenant je suis vraiment en retard, dit-elle. Sean, il faut que j'y aille. On ne pourrait pas se voir ce soir pour continuer à discuter de tout ça ? Retrouvons-nous pour dîner, si tu veux.

— Ce soir je ne peux pas, répondit Sean. C'est vendredi.

— Ah, bien sûr, j'oubliais ! » répliqua Janet froidement. Elle se frappa le front de la paume de la main. « Je n'y pensais plus, c'est vraiment idiot de ma part. Bon, eh bien passe-moi un coup de fil quand tu auras un moment. » Et sans même prendre le temps d'achever sa phrase elle s'éloigna en courant presque.

Sean s'élança derrière elle et la rattrapa par le bras pour l'obliger à s'arrêter.

« Attends ! s'écria-t-il, surpris par cette façon abrupte de mettre un terme à leur conversation. Tu n'as pas envie de savoir quelles sont les charges qui pèsent contre toi et moi ?

— Oh, ce n'est pas que ça ne m'intéresse pas, mais là tu tombes assez mal, répliqua Janet. Et comme tu es occupé ce soir, autant remettre ça à plus tard.

— Je n'en ai que pour une seconde, lâcha-t-il d'un ton excédé. Hier, avec Brian, nous avons passé une grande partie de la soirée à marchander avec le procureur général. Il nous a donné sa parole qu'il ne retiendrait aucune charge contre toi. Quant à moi, tout ce qu'il me demande en échange de mon témoignage c'est de plaider coupable pour atteinte à l'ordre public et dommages intentionnellement provoqués. Alors, qu'est-ce que tu en dis ?

— Je trouve ça formidable, rétorqua Janet. Maintenant, si tu veux bien m'excuser... » Elle essaya de se dégager, mais Sean ne la lâcha pas.

« Encore un point, ajouta-t-il avec une certaine hésitation. J'ai beaucoup réfléchi depuis que cette histoire avec l'Institut est réglée. » Mal à l'aise, il détourna la tête et se balança d'un pied sur l'autre. « Je ne trouve pas bien mes mots, mais tu te rappelles ce que tu m'as dit quand tu as débarqué à Miami... tu voulais qu'on parle de notre relation, qu'on discute de notre engagement réciproque, et tout ? Eh bien, je crois que je suis prêt à le faire. Enfin, si tu es toujours dans les mêmes dispositions, ou plutôt dans les dispositions dans lesquelles il m'a semblé que tu étais... »

Très étonnée, Janet plongea son regard dans les yeux si bleus de Sean. Il essaya de l'esquiver, mais la jeune femme l'attrapa par le menton pour l'obliger à lui faire face.

« Qu'est-ce que c'est que ce discours embrouillé ? le questionna-t-elle en fronçant les sourcils. Une demande en mariage ?

— Euh... oui, plus ou moins », tergiversa Sean.

Il libéra son menton d'un petit mouvement de tête et contempla l'autre bout du couloir d'un air absent. Il n'arrivait pas à la regarder. Ses mains esquissèrent un geste, comme s'il allait parler, mais il resta muet.

« Je ne te comprendrai jamais, dit Janet dont les joues s'enflammèrent. Quand je pense au nombre de fois où j'ai voulu te parler et où tu t'es dérobé ! Et tout d'un coup ça te prend, comme ça, et ici en plus ! Eh bien je vais te dire une bonne chose, Sean Murphy. Je ne suis pas très sûre de pouvoir supporter longtemps une relation avec toi si tu ne te décides pas à changer sérieusement. Or je ne crois pas que tu en sois capable. Après cette expérience que nous avons vécue ensemble en Floride, je ne suis pas sûre que tu saches vraiment ce que tu veux. Tout ça ne veut pas dire que je ne t'aime pas. Je t'aime, tu le sais. Mais simplement je ne pense pas pouvoir supporter le type de relation qui a l'air de te convenir. »

Sean en resta comme assommé. Il ne pouvait plus articuler un mot. La réponse de Janet l'avait totalement déconcerté.

« Tu veux que je change ? demanda-t-il enfin. Mais comment ? sur quel point ?

— Si tu ne le vois pas et si j'ai besoin de te le dire, il est inutile d'aller plus loin. Nous aurions pu en parler plus longuement ce soir, mais puisque tu dois aller retrouver tes copains...

— Ne me fais pas un procès, riposta Sean. Ça fait des semaines que je ne les ai pas vus et que je ne fréquente que des hommes de loi.

— Voilà au moins un point que je ne contesterai pas, rétorqua Janet. Passe une bonne soirée. » Elle se remit en marche pour s'arrêter au bout de quelques pas. « En tout cas, reprit-elle en le dévisageant, moi à ma grande surprise j'ai changé depuis ce voyage en Floride. Je pense très sérieusement à m'inscrire en médecine. Dieu sait pourtant que j'aime mon métier d'infirmière et qu'il est exigeant ! Mais tout ce que tu m'as expliqué sur la biologie moléculaire et la révolution médicale qui s'annonce me passionne littéralement, et j'ai envie d'y être associée de plus près. Bon, maintenant je te quitte, ajouta-t-elle sur un ton définitif. N'hésite pas à me faire signe. Et surtout ne dis rien. »

Sean était de toute façon trop sidéré pour ouvrir la bouche.

Il était un peu plus de 20 heures quand Sean poussa la porte de l'Old Scully's, plein d'une excitation joyeuse à l'idée de retrouver cet endroit où il n'avait pas mis les pieds depuis des semaines. Ses amis et connaissances réunis au grand complet se pressaient autour du bar dans une atmosphère chaleureuse et bon enfant. Plusieurs d'entre eux y étaient probablement depuis 5 heures de l'après-midi, histoire d'oublier plus vite leurs soucis. Un match de base-ball passait à la télé, et un groupe de supporters enthousiastes rassemblés sous l'écran encourageait les joueurs de la voix et du geste.

S'arrêtant un instant sur le seuil, Sean balaya la pièce du regard. Il aperçut Jimmy O'Connor et Brady Flanagan, pliés en deux de rire à côté du jeu de fléchettes. Un maladroit venait de rater la cible. Il avait même réussi à éviter le mur, envoyant la fléchette dans le montant de la fenêtre. Les deux autres étaient hilares.

Derrière le bar, Molly et Pete s'activaient inlassablement, remplissant tour à tour les chopes de bière brune ou blonde qu'ils faisaient glisser sur le zinc ou saisissaient par quatre ou cinq à la fois pour les déposer devant les buveurs. De petits verres de whisky irlandais étaient disposés çà et là sur le comptoir. Cet alcool dégusté à petites gorgées entre deux grandes lampées de bière aidait à chasser plus vite les tracas quotidiens.

Sean contempla de loin le groupe compact massé autour du bar. Il reconnut Patrick FitzGerald, dit Fitzie, que toutes les filles adulaient quand ils étaient au lycée. Sean se souvenait comme si c'était hier de la façon dont Fitzie lui avait soufflé sa petite amie sous le nez à l'époque où ils étaient en classe de seconde. Sean qui était alors amoureux fou de Mary O'Higgins l'avait amenée à une boum où elle s'était laissé embobiner par Fitzie. On les avait retrouvés tous les deux sur la banquette arrière de la camionnette de Frank Kildare.

Mais les succès de jeunesse de Fitzie semblaient loin, aujourd'hui. Il s'était considérablement épaissi et son beau visage était devenu lourd et bouffi. Quand tout allait bien, il travaillait à la surveillance des anciens entrepôts de marine ; sa femme, Anne Shaughnessy, devait bien peser dans les cent kilos depuis la naissance de leurs jumeaux.

Sean fit un pas en direction du bar. Il voulait se sentir à nouveau intégré à ce monde-là. Il avait envie que tous ces gens qu'il connaissait si bien l'accueillent avec de grandes claques dans le dos et d'épaisses plaisanteries sur son frère qui se préparait à la prêtrise. Il avait la nostalgie de l'époque où il imaginait l'avenir comme une route à parcourir sans fin avec les gars de la bande. Oui, tout le plaisir et le sens de la vie résidaient dans ce passé commun que les souvenirs et les évocations se chargeaient d'enjoliver toujours davantage.

Pourtant, quelque chose le retint d'avancer. Il avait l'impression troublante, presque tragique, d'être irrémédiablement à part. Le sentiment que sa vie l'avait éloigné de ses vieux amis s'empara soudain de lui avec une clarté aveuglante, et il comprit qu'il serait désormais condamné à observer cette vie qui avait été la sienne sans plus pouvoir y participer. La bataille engagée contre l'Institut Forbes l'avait en effet dépouillé de l'innocence propre à ceux qui vivent à l'écart du monde ; ce qui l'intéressait aujourd'hui resterait totalement étranger à ses compagnons d'autrefois. Tels qu'il les voyait là, à moitié ivres ou pire, ils avaient gâché toutes leurs chances de s'en sortir. À cause d'une multitude de raisons d'ordre social et économique, ils se retrouvaient pris au piège des erreurs à répétition. Ils étaient ligotés à leur passé.

Sans même s'être adressé à l'un ou l'autre d'entre eux, Sean tourna abruptement les talons et sortit de l'Old Scully's. Une voix sonore brusquement jaillie dans son dos pour le ramener à la chaleureuse intimité de ce havre de jeunesse le poussa à accélérer le pas. Sean avait pris sa décision. Il ne deviendrait jamais comme son père. Dorénavant, il regarderait vers l'avenir, pas vers le passé.

En entendant le coup frappé à la porte, Janet souleva ses pieds de l'ottomane et s'extirpa du fauteuil confortable où elle s'était installée pour lire attentivement le gros livre acheté quelques heures plus tôt dans une librairie de médecine, et intitulé : *Biologie moléculaire de la cellule*. Elle regarda par l'œilleton fixé dans la porte et eut un choc en reconnaissant Sean. Il avait l'air passablement abruti.

Après s'être battue un instant contre les verrous, la jeune femme finit par ouvrir la porte.

« J'espère que je ne te dérange pas, dit Sean.

— Que s'est-il passé ? lui demanda Janet. Ton repaire préféré a brûlé ?

— Au sens figuré, peut-être bien que oui, répondit Sean.

— Tu n'as pas retrouvé tes amis ?

— Ils étaient tous là-bas. Je peux entrer ?

— Excuse-moi. Bien sûr. Je suis tellement surprise que j'en oublie les bonnes manières », ajouta-t-elle en s'écartant pour le laisser passer avant de refermer la porte derrière lui. « Tu veux boire quelque chose ? Une bière ? Un verre de vin ? »

Sean la remercia mais déclina son offre. Il s'assit sur le bord du divan, visiblement mal à l'aise.

« Je suis allé à l'Old Scully's, comme d'habitude... » commença-t-il.

Janet lui coupa la parole : « Oh, je vois ! Et ils étaient à court de bière, c'est ça ?

— Ecoute-moi, à la fin ! J'essaie de te dire quelque chose ! repliqua-t-il, passablement excédé.

— D'accord, d'accord, je suis désolée. Raconte-moi tout, je ne me moquerai plus.

— Il y avait tous les habitués, poursuivit Sean. J'ai vu Jimmy O'Connor, Brady Flanagan, et même Patrick FitzGerald. Mais je n'ai parlé à personne. Je n'ai même pas franchi le seuil.

— Et pourquoi ?

— J'ai compris qu'en remettant les pieds là-bas je resterais prisonnier du passé, se mit à expliquer Sean. Et tout d'un coup j'ai commencé à comprendre à quoi vous faisiez allusion, Brian et toi, en me conseillant de changer. Alors voilà : j ai décidé de changer. Je ferai sûrement des rechutes, de temps en temps, mais je n ai franchement pas envie d'être un paume toute ma vie. Et je voulais savoir si de ton côté tu étais prête a m aider un peu.

Janet baissa la tête et serra les paupières pour refouler ses larmes. Puis, plongeant son regard dans les yeux bleus de Sean, elle déclara : « Tu peux compter sur moi, je t aiderai. »

REMERCIEMENTS

Je tiens à remercier le Dr Matthew Bankowski pour les innombrables services qu'il m'a rendus en m'écoutant avec patience, en répondant généreusement aux multiples questions que je lui ai posées sur son domaine de compétence, et en acceptant de relire d'un œil critique le manuscrit original de *Phase terminale*.

Je remercie également Phyllis Grann, mon éditrice et amie, de m'avoir aidé avec tant de constance. Et je m'excuse auprès d'elle des effets délétères que mon retard à lui remettre *Phase terminale* pourraient avoir sur sa longévité.

J'adresse enfin mes sincères remerciements à la faculté de médecine et de chirurgie de l'université Columbia, sans qui je n'aurais pu acquérir les bases nécessaires pour comprendre et estimer à leur juste valeur les développements vertigineux qui bouleversent aujourd'hui la biologie moléculaire.

La composition de cet ouvrage
a été réalisée par l'Imprimerie BUSSIÈRE,
l'impression et le brochage ont été effectués
sur presse CAMERON *dans les ateliers de B.C.A.,*
à Saint-Amand-Montrond (Cher),
pour le compte des Éditions Albin Michel.

Achevé d'imprimer en août 1994.
N° d'édition : 13545. N° d'impression : 110-93/837.
Dépôt légal : septembre 1994.